TORMENTA

JAMBÔ APRESENTA

BURN OUT

QUANDO A SOMBRA PASSAR PELO GLOBO DE LUZ
TRAZENDO A VIDA QUE TRARÁ A MORTE
TERÁ SURGIDO O EMISSÁRIO DA DOR
O ARAUTO DA DESTRUIÇÃO

IV

SEU NOME SERÁ CANTADO POR UNS
E AMALDIÇOADO POR OUTROS
O SANGUE TINGIRÁ OS CAMPOS DE VERMELHO
UM REI PARTIRÁ SUA COROA EM DUAS
E A GUERRA TOMARÁ A TUDO E A TODOS

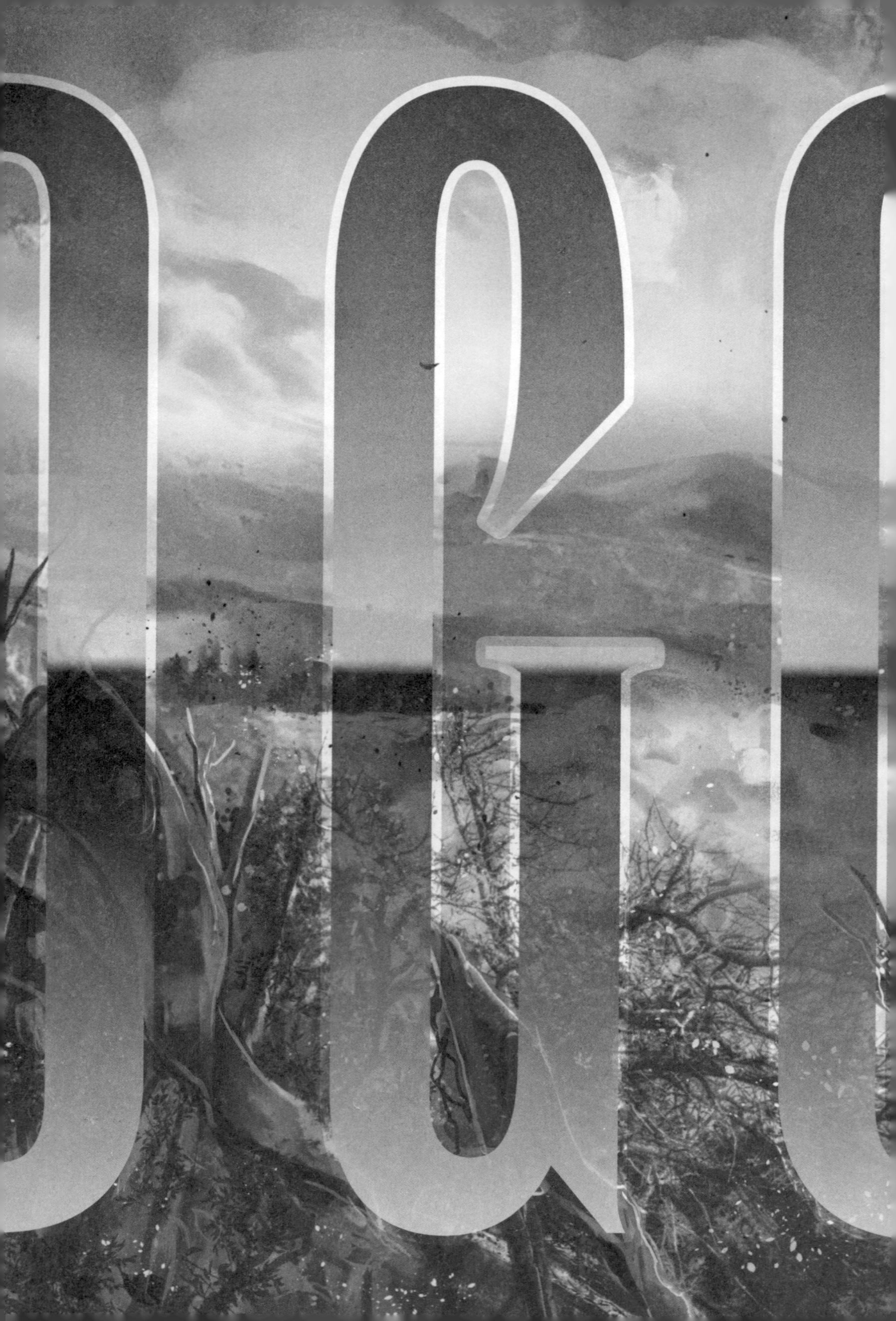

ATÉ QUE A SOMBRA DA MORTE COMPLETE SEU CICLO
E A FLECHA DE FOGO SEJA DISPARADA
ROMPENDO O CORAÇÃO DAS TREVAS

A FLECHA

DE FOGO

LEONEL CALDELA

A FLECHA DE FOGO
Copyright © 2018-2021 Leonel Caldela

CRÉDITOS

Edição: J. M. Trevisan

Revisão: Jair Barbosa

Diagramação: Guilherme Dei Svaldi

Projeto Gráfico: Samir Machado de Machado

Capa: Caio Monteiro

Ilustrações do Miolo: Ricardo de Sá

Mapa: Leonel Domingos

Editor-Chefe: Guilherme Dei Svaldi

Tormenta é Copyright © 1999-2021 Leonel Caldela, Marcelo Cassaro, Rogerio Saladino, Guilherme Dei Svaldi e J. M. Trevisan. Todos os direitos reservados.

Jambô
Livros divertidos

Rua Coronel Genuíno, 209 • Porto Alegre, RS
CEP 90010-350 • Tel (51) 3391-0289
contato@jamboeditora.com.br • www.jamboeditora.com.br

Todos os direitos desta edição reservados à Jambô Editora. É proibida a reprodução total ou parcial, por quaisquer meios existentes ou que venham a ser criados, sem autorização prévia, por escrito, da editora.

2ª edição: março de 2021 | ISBN: 978858365093-5

Dados Internacionais de Catalogação na Publicação

C146f   Caldela, Leonel

A flecha de fogo / Leonel Caldela; edição de J. M. Trevisan; revisão de Jair Barbosa. — Porto Alegre: Jambô, 2018.
736p.

1. Literatura brasileira — Ficção. I. Trevisan, J. M. II. Barbosa, Jair. III. Título.

CDU 869.0(81)-311

Para Raphael "PH" Santos,
ushultt desde o começo.

PREFÁCIO

Thwor Ironfist surgiu num impulso. Ou é como eu me lembro, pelo menos.

Eu precisava escrever uma matéria para a revista *Dragão Brasil*, nos idos de 1997, e não sabia bem sobre o que escrever. Alguma coisa me fez lembrar de Genghis Khan, o conquistador mongol que formou um império unindo as tribos nômades do nordeste da Ásia e usando táticas de guerra inovadoras (não o grupo brega dos anos 80 que se apresentava nos programas dominicais), e a ideia veio.

E se a gente aplicasse isso a um reino de fantasia? E se surgisse um líder de inteligência anormal entre monstros, previsto em uma profecia sagrada, capaz de unir cada agrupamento num exército — surpresa — monstruoso? Por fim, e se um continente inteiro já tivesse sido conquistado, incluindo a nação élfica, normalmente tão poderosa em outros mundos? Assim surgiu Thwor, o bugbear predestinado que, liderando a Aliança Negra dos goblinoides, esmagou o continente de Lamnor e ameaçava destruir o restante dos reinos civilizados. Aventureiros poderiam apenas atrasar seus planos, pois seu avanço só poderia ser detido pela Flecha de Fogo, um mistério incluso na mesma profecia de seu nascimento.

Era um gancho de aventura, uma semente de trama elaborada para que jogadores de RPG continuassem a história e a resolvessem como bem lhes coubesse. Ou pelo menos era assim que eu imaginava. Nos 21 anos que se seguiram à publicação, Thwor e seu exército se tornaram ao mesmo tempo queridos e odiados pelos fãs de *Tormenta*. Uns clamando pelo sucesso do general, outros ansiosos para ver seus crimes punidos. Um dia a trama teria que ser resolvida.

O dia finalmente chegou.

Eu poderia dizer que deixamos esta função nas mãos de Leonel Caldela, mas seria mentira. Leonel tomou para si a tarefa como se, vejam só, estivesse predestinado a isso. Tudo que já foi discutido um dia sobre Thwor, sobre a Aliança, tudo que alguma vez foi comentado entre nós como possibilidade ou ideia brilhante (ou não), passou a fazer parte do quebra-cabeças que viraria *A Flecha de Fogo*. Meu autor preferido de fantasia tem o dom não só de criar coisas fantásticas, mas também de incorporar, melhorar e fazer crescer cada fagulha surgida de outras mentes. Nada é supérfluo se servir para engrandecer a história.

Editar *A Flecha de Fogo* foi um presente para mim em uma porção de níveis. Pude ver, antes de todo mundo, personagens conhecidos mas tão pouco aprofundados tomando vida e ganhando voz. Assisti a novos personagens incríveis (oi Maryx, oi Gradda) surgirem e tomarem meu coração. Tive o privilégio de voltar a trabalhar com um grande, querido e talentosíssimo amigo em um romance de *Tormenta* depois de exatos 10 anos.

Mas o mais importante de tudo: puder ler o desfecho da trama criada quando eu era um escritor iniciante, com o mesmo maravilhamento, surpresa e satisfação que vocês leitores terão.

Foi um longo tempo até que a profecia fosse concluída, mas a espera termina aqui. A flecha de fogo foi disparada. E eu não podia estar mais satisfeito.

J.M. Trevisan
Outubro de 2018

ARTO

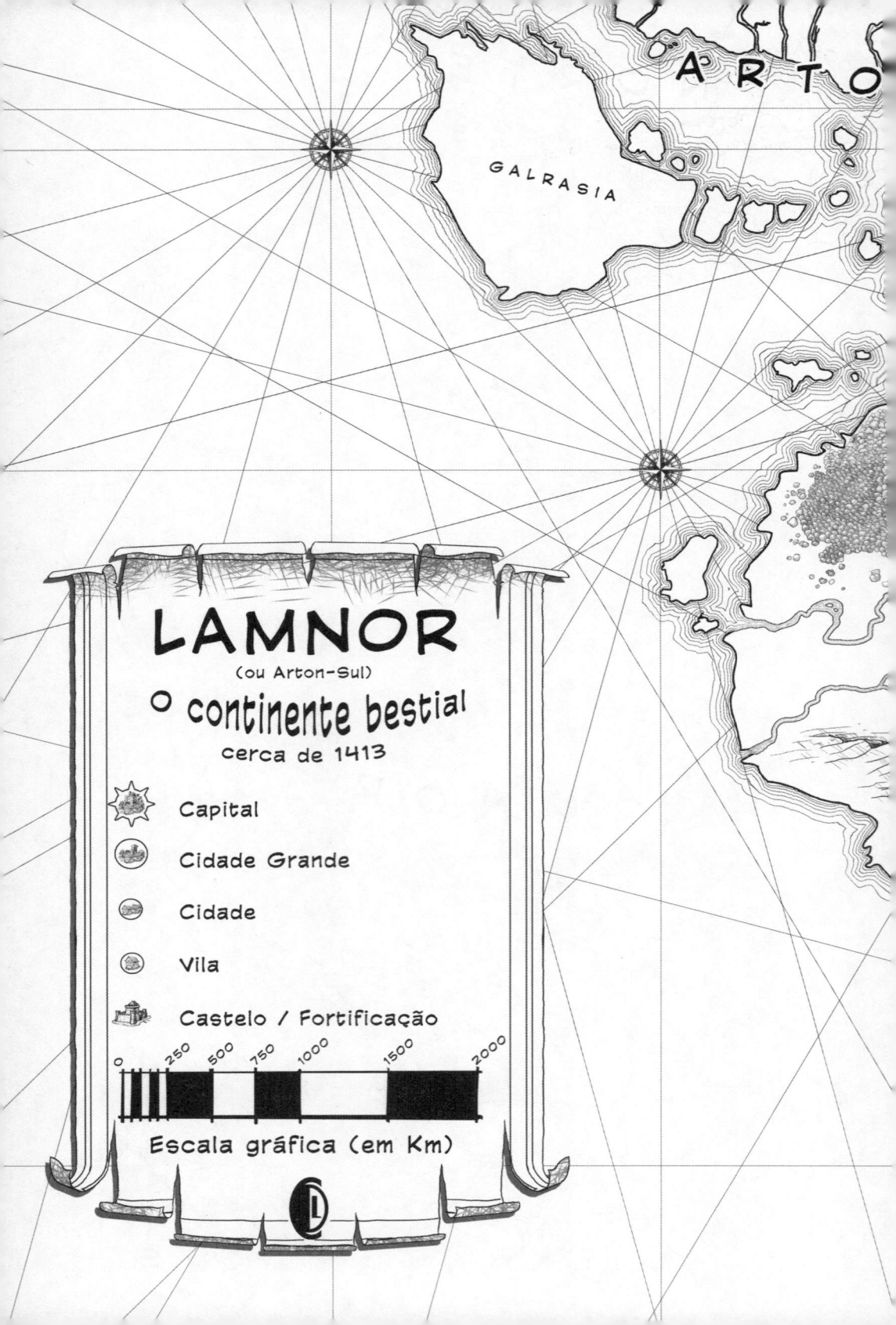

GALRASIA

LAMNOR
(ou Arton-Sul)

O continente bestial
cerca de 1413

- ☀ Capital
- ⦿ Cidade Grande
- ⦿ Cidade
- ⦿ Vila
- 🏰 Castelo / Fortificação

0 — 250 — 500 — 750 — 1000 — 1500 — 2000

Escala gráfica (em Km)

NORTE

- Cosamhir
- Tyrondir
- Grimmere
- Dagba
- Khalifor
- Istmo de Hangpharstyth
- Pântanos
- Floresta dos Sem Lar
- Castelo do Sol
- Farddenn
- Zazenn Garya-teyshenn (floresta do futuro)
- Oyteyhrann
- Tōrienn/ ...rhaakk
- ...resta ...rvallar

DOYSHNYURTT
(o coração intocado)

- URKK'THRAN

LAMNOR

MONSTROS DE INFÂNCIA

— **E**LES ESTÃO POR TODA PARTE — DISSE MEU PAI.

Ele me segurou forte pela mão. Senti um pouco de dor. Eu estava apavorado porque conhecia aquele jeito. Aqueles olhos arregalados, as veias saltadas no pescoço, a respiração rápida e os dentes rilhados.

Os inimigos sempre estavam por perto, segundo ele, mas às vezes meu pai tinha a certeza de que estavam logo do outro lado das paredes. Ele apenas *sabia* que a qualquer momento eles derrubariam a porta, entrariam pelas janelas, brotariam do chão por túneis subterrâneos. Naquelas horas de maior certeza, de maior medo e fúria, ele pegava a espada e brandia contra as sombras. Gritava e fazia acusações a coisas que eu e minha irmã não enxergávamos. Mas, acima de tudo, certificava-se de que tudo estava trancado. Metia a mão por trás da barricada de móveis, testava a fechadura e a barra de madeira que atravessava a porta. Vasculhava o chão de terra em busca de passagens secretas. Conferia os pregos das tábuas que mantinham as janelas fechadas.

E, mais importante, deixava a casa no escuro. No escuro e em silêncio. Por alguma razão, só ele podia falar.

Mas, num dia de certeza, num dia de fúria e de medo, meu pai quis abrir a porta.

Ele arrastou a estante, revelando a entrada. Pegou um martelo, removeu uma por uma as tábuas pregadas. Ergueu a barra pesada dos suportes de ferro. Então enfiou a mão na camisa e puxou a chave pendurada no pescoço.

— Pai, o que está acontecendo? — perguntei.

— Eles estão muito perto hoje, Corben — ele disse. — Se não se cuidar, vão pegá-lo.

— Então por que...

Enfiou a chave no buraco da fechadura e girou. O barulho me encheu de pânico. Aquele era um dia de medo, um dia de escuro. Abrir a porta já era assustador normalmente. Meu coração pequeno disparou, enquanto eu tentava entender a razão daquilo tudo.

Ele abriu a porta, para meu terror.

Protegi os olhos da claridade do sol.

— Pai, o que está fazendo?

— Venha comigo.

Ele me puxou pela mão. Tentei resistir, mas minhas pernas finas de menino que nunca saía de casa eram fracas. Ele não teve dificuldade de me arrastar.

Eu não estava acostumado à luz. Não lembrava da última vez em que saíra de casa, muito menos que o sol tocara em minha pele. O calor era gostoso, mas logo foi forte demais e me senti ardendo. Era difícil discernir o que havia em volta, a claridade feria meus olhos. Vi as plantações deixadas aos corvos e às pragas. As árvores ao longe.

A pequena cova solitária.

O mundo exterior era grande demais, muito cheio de cores e luz. A casa era sempre escura e barricada, porque *eles* estavam por toda parte, podiam chegar a qualquer momento e queriam nos matar de formas horríveis. Nossa fazenda não era grande, mas me parecia uma terra exótica, cheia de monstros e perigos.

Aos 10 anos, eu tinha certeza que a Aliança Negra estava sempre à espreita.

— Pai, aonde está me levando?

— Eles estão perto, Corben. Muito perto. Você precisa obedecer. Os goblinoides estão perto, posso sentir o cheiro deles.

— Então por que estamos saindo?

— Porque precisamos fazer algo, apesar dos goblinoides. Algo importante. Tem que ser hoje, tem que ser agora.

Ele não olhava para mim, mantinha os olhos arregalados à frente. Acariciou o cabo da espada que levava na cintura. Meu pai não era um guerreiro, mas dizia que, no reino de Tyrondir, até mesmo um fazendeiro precisava saber lutar. Tinha uma espada enferrujada, que sempre deixava ao alcance da mão. Com aquela espada ele atacava as sombras, estocava o chão, ameaçava coisas que ninguém mais via, mas que, segundo ele, estavam do outro lado da porta.

Procurei os monstros, os guerreiros da Aliança Negra. Eles não estavam escondidos atrás do espantalho ou no meio do mato que havia tomado nossa lavoura de trigo. Não estavam no chiqueiro vazio ou no curral que só continha o esqueleto de uma vaca.

Meu pai era um fazendeiro, mas dava mais atenção a sua espada enferrujada do que a sua plantação arruinada, porque morávamos em Tyrondir. O reino de Tyrondir ficava ao extremo sul do Reinado, no continente norte. Logo abaixo vinha o Istmo de Hangpharstyth e então Lamnor, o Continente Bestial. Uma terra tomada pela Aliança Negra.

Aos 10 anos, eu sabia tudo que havia para saber sobre a Aliança Negra e os goblinoides. Ou pelo menos tudo que meu pai me dizia. Era um exército imenso, uma horda de carniceiros formada por raças monstruosas que saqueavam, destruíam e massacravam tudo que encontravam pela frente. Eram monstros bípedes, coisas selvagens cujo único talento era matar.

Os goblinoides conquistaram todo o continente de Lamnor e estavam subindo ao norte. Para Tyrondir.

Para nossa fazenda.

Passei minha infância acreditando nisso.

— Hoje eles estão perto! — meu pai gritou. — Estão muito perto! Sinta seu fedor!

— Pai, aquela é a tumba de...

— Eles estão perto, Corben! Estão chegando!

Lágrimas escorreram de meus olhos. Ele me arrastou para a floresta.

Eu nunca vira um goblinoide. Imaginava criaturas horrendas, com cabeças deformadas, bocas cheias de dentes pontiagudos, garras afiadas, olhos esbugalhados. Sempre cobertas do sangue de suas vítimas. Imaginava-as me observando dormir, porque meu pai dizia que um dia estariam lá. E, se eu não acordasse, morreria na cama, sem nem perceber.

Goblinoides eram meu maior pesadelo e o pior de todos eles era Thwor Ironfist.

Thwor Ironfist era o Grande General da Aliança Negra. O monstro que unira uma horda de monstros, o assassino que devastara um continente inteiro e estava chegando para nos pegar. Thwor Ironfist estava sempre por perto. Podia chegar de repente por um túnel e puxar meu pé. Podia ouvir nossas vozes se não ficássemos em silêncio total. Podia enxergar nossas silhuetas se alguém acendesse uma vela.

Olhei ao redor, aterrorizado, procurando Thwor Ironfist em meio aos arbustos, atrás da cerca desabada.

Entre as árvores.

— Eles vão pegá-lo — disse meu pai. — Se você não se cuidar, vão pegá-lo.

— Pai, a floresta não! — implorei. — Por favor, a floresta não!

Eu nunca estivera na floresta. Senti meu coração na garganta, supliquei para que ele não me levasse para lá. Eles podiam estar na floresta, porque lá havia sombras e sons, lá tudo era desconhecido. Eu queria minha cama, queria a porta fechada e as janelas tapadas de nossa casa. Queria fechar os olhos e ter medo de longe.

Mas meu pai me arrastou para a floresta.

— Eles estão por toda parte, Corben.

O sol passava por entre as folhas. O vento assobiou pelos troncos. Ouvi um barulho estranho. Meu estômago deu um nó. Eram eles, eu tinha certeza. Como meu pai sempre dissera, eram eles. Eles estavam aqui, eles vinham me pegar. Quis correr de volta para casa, mas talvez isso fosse ainda mais perigoso.

Ele soltou minha mão.

— Ande — ordenou.

— Pai, vamos para casa.

— Em frente. Você precisa achá-los antes que eles o encontrem.

Andei um pouco. Contornei uma árvore. Alguns pássaros voaram, dei um grito de susto. Olhei em volta e soube que estava perdido.

Sozinho.

Ouvi um som.

— *Pai, não me deixe aqui!*

Então não lembro de mais nada.

PROFECIA

1
A CIDADE QUE OLHAVA AS ESTRELAS

A COISA MAIS FÁCIL QUE FIZ NA VIDA FOI ACHAR UM MOTIVO para odiar alguém.

Aquele era um dia agitado, um dia de preparações. O lorde visitava a cidade e, nos templos, nas oficinas e nas bibliotecas, todos estavam ocupados. Mas meu corpo estava cheio de preguiça e minha cabeça estava cheia de ódio, então eu era indolente. Ódio e preguiça andavam juntos, eram sentimentos leves e descomplicados para um jovem. Eu odiava sem esforço, porque era preguiçoso.

Todos nós éramos sacerdotes. Vivíamos todos nas colinas altas da cidade de Sternachten, cultuávamos o mesmo deus, vestíamos as mesmas roupas, tínhamos os mesmos sonhos. Nas torres sobre as colinas, observávamos o céu à noite e políamos as lentes dos telescópios de dia. Para qualquer um que nos visse de fora, éramos iguais, irmãos numa enorme família. Seguíamos o dogma de nunca tirar uma vida humana, o que deveria garantir um cotidiano pacato, livre do medo que assolava a maior parte dos aldeões e até mesmo dos nobres no mundo todo.

Mas era muito fácil achar um motivo para odiar. Eu odiava profundamente os clérigos do Observatório da Segunda Flama, que despontava orgulhoso na Colina Norte. Odiava-os porque achava que eram mais ricos, mais ilustres. Porque em minha mente eles recebiam muito mais visitas de nobres do reino e até mesmo de lugares distantes, sem ter feito nada para merecer esta reputação. Mas, sendo realmente honesto, eu os odiava apenas porque eles pertenciam àquele observatório e não ao meu. Tinham uma mínima diferença em relação a mim mesmo e às pessoas mais próximas a mim; isso era suficiente. O que observei em meus anos em Sternachten, muito mais que os padrões das estrelas e o movimento dos céus, foi como somos capazes de inventar distinções entre quem é igual, para poder nos dividir em pequenas tribos e entrar em guerras mesquinhas.

Minha cabeça estava muito longe dessas reflexões na tarde em que começou minha participação nos eventos que levaram à Flecha de Fogo. O sol já estava caindo de seu ápice, o que significava que há pouco eu comera o desjejum. A cidade começava a se encher dos cheiros de carne assada e especiarias, enquanto as tavernas e as cozinhas dos observatórios se preparavam para dali a algumas horas servir o almoço aos clérigos que, como eu, passavam a noite acordados e dormiam até o meio-dia. Eu andava pelas estreitas ruas de paralelepípedos, desviando de pessoas envolvidas nas preparações para receber o lorde. A maioria vestia mantos vermelhos iguais aos meus e sandálias de couro idênticas às minhas. Havia algumas distinções: uma garota tinha uma fênix negra bordada no ombro direito do manto, sinal de que ajudava com os ritos funerários; um homem pouco mais velho que eu usava um capuz que cobria metade do rosto, marcando-o como um confessor. E, é claro, ostentavam seus medalhões.

Todos os clérigos em Sternachten vestiam os mesmos mantos vermelhos, mas cada observatório tinha seu próprio brasão. Todo sacerdote na cidade usava um medalhão com o brasão de seu observatório, identificando-se com uma torre, uma colina, uma subdivisão do clero. O medalhão era motivo de orgulho, uma marca de nossa lealdade. O brasão do Observatório da Pena em Chamas era uma pena cercada de fogo e de estrelas, sobre as asas flamejantes de uma fênix. Eu amava aquele símbolo, amava aquele medalhão, assim como odiava o Observatório da Segunda Flama e seu brasão feio e sem graça.

Exceto por meu medalhão, eu me vestia de forma simples, sem adornos, pois era um adepto sem responsabilidades ou honrarias especiais. Completara meu treinamento há pouco mais de dois anos e agora era um clérigo pleno, mas ainda assim, durante o dia, fazia trabalho braçal: carregava uma sacola cheia de pesadas peças metálicas de uma das ferrarias até meu observatório.

A vida não era ruim em Sternachten. Na verdade, era ótima. Nunca faltava comida e, sendo uma cidade que crescera em volta do clero, doenças eram quase desconhecidas. Nós seguíamos um código de conduta estrito, trabalhávamos e estudávamos muito, precisávamos obedecer aos bispos-videntes sem questionar, mas eu tinha tempo de pousar a sacola cheia de peças metálicas no chão e sentar encostado à lateral de uma casa, numa ruela movimentada, para descansar um pouco.

Aquela era uma área secular da cidade, território de burgueses comuns, com suas oficinas, tendas de comércio e habitações. Não havia muito espaço, pois as regiões seculares se acomodavam como podiam entre as colinas. Eu vivia numa colina, assim como todos os clérigos. Lá o espaço era amplo, desimpedido e dominado por um observatório. Havia cinco colinas em Sternachten, cada uma com sua própria torre, de onde à noite se erguiam os telescópios.

Nós, os clérigos, praticávamos uma ciência sagrada moderna e inovadora: observávamos as estrelas através dos telescópios em busca de augúrios, registrávamos seus padrões e adivinhávamos o futuro.

Éramos astrólogos.

Os observatórios eram um misto de templos, universidades, laboratórios e tendas de adivinhos. Todos os clérigos de Sternachten eram devotos de Thyatis, o Deus da Ressurreição e da Profecia. A cidade encampava o lado profético da divindade, por métodos desenvolvidos apenas nas últimas décadas, com uma precisão quase desconhecida no resto do mundo. Éramos estudiosos e não havia lugar para superstição em nossas vidas.

No meio do emaranhado de casas e ruelas, de roupas estendidas entre janelas do segundo andar e tabuletas anunciando negócios, sempre era possível entrever alguma colina alta, com uma torre de onde brotavam os enormes telescópios. Entregue à preguiça na viela estreita, sentado no chão enquanto burgueses e clérigos passavam por cima de mim ou desviavam, eu vislumbrei meu lar, o Observatório da Pena em Chamas, e sorri. Ao mesmo tempo em que odiava o Observatório da Segunda Flama, eu amava meu querido Observatório da Pena em Chamas. Via a Colina Norte como um covil de falsários pomposos e egoístas, enquanto enxergava meu lar como uma congregação de sacerdotes brilhantes e abnegados. O nome de nosso observatório era motivo de chacota: pouco grandioso, levara ao apelido de Observatório da Galinha Assada, mas eu não me importava. Era o nome de meu lar.

Ergui a sobrancelha quando enxerguei um acólito passar pela rua, tão longe de mim quanto era possível. Ele tentou esconder o medalhão pendurado em seu pescoço, mas notei que era o símbolo de meus rivais, o Observatório da Segunda Flama. Meu sorriso adquiriu um tom zombeteiro.

— Ei, moleque! — gritei para ele.

O garoto virou o rosto para o outro lado e fingiu não me escutar. Eu conhecia aquela expressão, aquele jeito, aquele comportamento. Eu fora exatamente assim oito anos antes. Ele era ainda um acólito, devia ter uns 12 anos. Era só um noviço, um aprendiz, mas já podia sair do observatório e cumprir pequenos deveres pela cidade. Tinha deixado a segurança das paredes de sua torre para ganhar as assustadoras ruas de Sternachten, cheias de clérigos rivais. Era engraçado pensar que, para uma criança, a pacata Sternachten podia ser assustadora só porque havia sacerdotes irritantes, dispostos a infligir um pouco de tortura bem-humorada a alguém mais jovem.

Como eu estava prestes a fazer.

— Acólito! — insisti. — Estou falando com você!

O garoto parou e se encolheu involuntariamente. Então se virou devagar, olhando para baixo, tapando o medalhão com uma das mãos. Com a outra, carregava uma sacola grande, cheia de alguma coisa. Eu era magro e tinha bochechas rosadas, o oposto de uma figura ameaçadora. Mas, simplesmente por ser mais velho e acima dele na hierarquia eclesiástica, eu intimidava aquele menino.

— Não cumprimenta seus superiores? — provoquei. — Será que vou ter que denunciá-lo a um bispo-vidente?

— Que a Fênix veja seu futuro, adepto — o garoto gaguejou.

— Que você sempre tenha uma segunda chance — devolvi. — O que está carregando aí, acólito?

O garoto estremeceu. Mesmo pertencendo a observatórios rivais, seguíamos a mesma hierarquia, assim como todos os clérigos em Sternachten. Eu era um adepto, um clérigo novato já ordenado e abençoado, e ele era um acólito, um mero aprendiz sem nenhum poder milagroso. Ele devia obedecer a mim, pois a igreja acreditava que um sacerdote mais velho e mais sábio sempre teria os melhores interesses dos mais jovens em mente. Prova de que nosso deus patrono podia ver o futuro, mas não entendia a juventude.

— Nada — ele respondeu, mal conseguindo pronunciar a palavra simples.

— Então está carregando um monte de nada nessa sacola. Não sabia que nada fazia tanto volume. Traga aqui.

— Adepto...

— Vamos, obedeça a seu superior — eu mal consegui conter o riso, mas o garoto estava apavorado.

Ele arrastou os pés até mim. Eu também olhava para os lados. Embora nunca fosse usar de violência, principalmente contra uma criança, nem soubesse desferir um mero soco, eu estava fazendo algo errado. Algo que acontecia todos os dias em Sternachten, mas errado mesmo assim. Caso um adivinho-mestre de qualquer observatório me visse abusando de minha suposta autoridade sobre um acólito, eu iria lavar latrinas por uma semana. Talvez até mesmo as latrinas de um observatório rival. Mas parei de pensar nisso quando peguei a sacola e a abri. Pensei que iria encontrar rolos de estopa, pedaços de couro ou outros materiais cotidianos que, em geral, eram confiados a aprendizes. Mas fui surpreendido por um cheiro maravilhoso, mistura de mel e especiarias, e enxerguei pequenos fardos enrolados em panos bordados.

— Isto por acaso é para receber Lorde Niebling?

O garoto já tremia tanto que não conseguia falar.

Meti a mão na sacola e retirei um embrulho. Desenrolei, era uma espécie de tortinha. Mordi sem hesitar.

— Muito bom! — falei de boca cheia. — Acho que nunca provei algo assim. De onde vocês tiraram essa iguaria?

— Por favor, adepto... — implorou o pobre rapaz.

Mas, se antes meu objetivo era só me divertir um pouco às custas de um acólito do maldito Observatório da Segunda Flama, agora eu sabia que tinha descoberto algo valioso. Sim, no mundinho minúsculo que eu habitava antes de tudo acontecer, uma tortinha agridoce era um tesouro e uma criança que rezava para o mesmo deus que eu era um inimigo. Os mortais são capazes de transformar qualquer coisa num grande drama épico.

Terminei de devorar o primeiro petisco. Então passei a colocar os outros em minha própria sacola.

— Vocês do Observatório da Segunda Flama não têm vergonha! — falei, erguendo-me. — Já que não podem apresentar nenhuma profecia de valor, tentam bajular o Lorde com culinária. É assim que encantam os nobres? Enchendo seus ouvidos de palpites infundados e sua pança de pratos típicos?

— Não sei — disse o acólito, com sinceridade.

— A não ser que desta vez tenham mesmo descoberto algo importante — fiquei sério de repente. — Diga, acólito. Vocês por acaso encontraram a Flecha de Fogo?

Ele me olhou como se eu fosse um louco perigoso.

Era algo impossível. Todos nós procurávamos a Flecha de Fogo dia e noite. Os sacerdotes mais velhos contavam histórias sobre como começaram a busca, décadas atrás, enquanto os mais jovens, como eu e aquele garoto, sonhavam em um dia fazer a descoberta. Sternachten era uma cidade de clérigos de Thyatis, o Deus da Ressurreição e da Profecia, e nenhuma profecia era mais importante que a Flecha de Fogo. Em especial no sul de Tyrondir, praticamente no quintal do território dos goblinoides.

A Flecha de Fogo ocupava nossos pensamentos a cada hora de cada dia. A profecia que anunciara sua chegada fora proferida há séculos. Contava sobre o surgimento de um líder guerreiro, um assassino que traria morte e destruição ao mundo. Então falava sobre a derrocada do monstro, quando "a Flecha de Fogo fosse disparada".

A primeira parte da profecia se cumprira décadas atrás, com o surgimento de Thwor Ironfist e da Aliança Negra.

Mas ninguém sabia quem ou o que cumpriria a última parte. Ninguém sabia o que poderia ser a Flecha de Fogo.

O maior feito que qualquer sacerdote astrólogo poderia alcançar era decifrar o que, afinal, era a Flecha de Fogo. Teoricamente seria uma vitória de todos, um marco para o mundo inteiro. Mas na verdade nenhum de nós queria que os clérigos de um observatório rival fizessem a descoberta. Era impossível que o Observatório da Segunda Flama tivesse enfim decifrado a profecia e achado a Flecha.

Mas Lorde Niebling estava visitando a cidade por alguma razão. E se houvesse um segredo?

— Sou só um acólito — o garoto balbuciou. — Não sei nada sobre a Flecha...

Ele podia ser discípulo dos tratantes de nariz empinado da Colina Norte, mas era só uma criança. Fiquei com pena. Mesmo assim, mantive a pose.

— Volte a seu observatório e diga que perdeu a comida de Lorde Niebling. Melhor, diga que comeu tudo! Assim vão deixá-lo sem almoço.

— Mas, adepto...

— Não discuta! Sou seu superior. E nada de revelar o que aconteceu aqui! Thyatis amaldiçoa os alcaguetes.

O garoto seguiu seu caminho, desolado. Fiquei com remorso, mas logo esqueci. Naquela época eu não pensava muito nos outros, porque achava que a pior coisa que podia acontecer na vida real era um acólito ficar sem almoço e um lorde gnomo ficar sem bajulações. Eu não queria pensar no que já conhecera de maldade verdadeira, na fazenda, e também não quero agora. A Aliança Negra estava por perto, mas meu pai estivera errado: ataques de monstros eram algo que só acontecia com os outros. Nós vivíamos em Sternachten, onde as coisas mais emocionantes eram estrelas piscando à noite.

Mordi outra tortinha enquanto segui pelas ruelas. O gosto era mesmo diferente de tudo que eu já provara. Algum padeiro devia ter estudado as refeições preferidas de Lorde Niebling no Palácio Imperial e preparado aquilo para surpreendê-lo. Não devia ter sido fácil; as tortinhas com certeza eram culinária dos gnomos. E não havia gnomos em nosso mundo — exceto um.

Lorde Niebling era conhecido como "o Único Gnomo de Arton". Talvez houvesse outros, mas ele era o único que importava. Nem mesmo a palavra "gnomo" era comum antes da chegada do Lorde, que a introduziu ao vocabulário artoniano quando precisou descrever a raça a que pertencia. Niebling afirmava ser natural de outro mundo, onde gnomos eram numerosos e criavam máquinas de sofisticação insana. A maior parte de Arton o conhecia por ser parte da corte da Rainha-Imperatriz, por viver no Palácio Imperial, ao lado de heróis e arquimagos.

Nós o conhecíamos por ser o fundador de Sternachten.

A cidade já existia antes da chegada de Lorde Niebling, mas era só uma sombra do que viria a ser. Não passava de um ajuntamento de clérigos de Thyatis sobre cinco colinas, tentando olhar os céus com lunetas toscas. Ninguém prestava atenção às profecias de Sternachten, porque nunca se realizavam. Observar as estrelas com aqueles equipamentos precários era o mesmo que tentar ler as palavras dos deuses num quarto escuro com lampiões apagados. A astrologia não passava de crendices vagas e suposições de que elas contivessem um fundo de verdade. Então, setenta anos atrás, Lorde Niebling chegou ao mundo e por acaso se deparou com a cidade. Passou algum tempo desenhando diagramas e anotando ideias loucas. Deu início à construção do primeiro observatório e deixou os planos para que outros fossem erguidos.

Em poucos anos, com o conhecimento do homenzinho que falava rápido e tinha curiosidade sobre tudo, Sternachten começou a ver os céus com clareza. Os clérigos daquela época apontaram os telescópios projetados por Lorde Niebling para as estrelas e foi como se tivessem acendido os lampiões no quarto escuro. De repente, as palavras dos deuses eram claras e o destino surgiu escrito em letra elegante. As profecias vieram numa torrente contínua e se provaram corretas.

Os padrões das estrelas mostraram uma combinação de perigo, animais, viagem e nobreza, ao mesmo tempo em que o conjunto de estrelas conhecido como Corujas Gêmeas adquiriu brilho maior que o normal. Isso foi interpretado como um possível acidente de cavalgada num baronato próximo, cujo brasão exibia duas corujas. Na próxima vez em que a baronesa viajou a cavalo, sofreu uma queda feia. Mas ela escolhera levar clérigos curandeiros consigo. Sua vida foi salva graças aos astrólogos. A presença do sol na Constelação de Medusa, numa época em que os padrões falavam de revelação, sinalizou uma época propícia para o descobrimento dos Olhos da Serpente, um artefato perdido há séculos. Aventureiros recuperaram o objeto mágico e celebraram os sacerdotes de Thyatis que tinham feito a profecia. Um alinhamento planetário nefasto avisou sobre a possibilidade de uma praga nas plantações e as preparações resultantes pouparam um ducado de uma grande fome. O duque agradeceu aos clérigos astrólogos em um pronunciamento oficial. E assim o reino de Tyrondir passou a conhecer a pequena Sternachten.

Nobres, heróis e mercadores começaram a visitar a cidade, pagando grandes somas em troca de um vislumbre do futuro. Plebeus construíram suas casas entre as colinas, para atender às necessidades da população crescente de clérigos e aproveitar o fluxo de ouro que vinha de fora. Os observatórios formaram suas tradições, cunharam seus símbolos e a cidade criou seu próprio pequeno clero de Thyatis.

Foi assim que Lorde Niebling, o Único Gnomo de Arton, deu início à ciência da astrologia.

O Lorde voltava à cidade, de tempos em tempos, para ver como a disciplina progredia e como a cidade estava se desenvolvendo. Sua última visita ocorrera quando eu tinha acabado de chegar a Sternachten e ainda não podia deixar o observatório. Só lembro do alvoroço dos clérigos e da vontade de agradá-lo a todo custo. Lembro de ser colocado em fila, ao lado dos outros acólitos, para que o estranho sujeito baixinho de nariz enorme me olhasse com um sorriso. E lembro de estar apavorado, pensando que, se um homem esquisito como aquele podia entrar no observatório e me encontrar, talvez meu pai também pudesse. Enfim, fazia dez anos desde a última visita de Lorde Niebling. É claro que todos os observatórios queriam impressioná-lo. Eu havia cumprido meu dever sacerdotal ao roubar as tortinhas e cortar pela raiz a bajulação da Colina Norte.

Todos nós desejávamos o favor de Lorde Niebling. Ouvíamos dos bispos-videntes que era simples questão de prestígio e sobrevivência. Os observatórios que mais agradassem ao Lorde virariam assunto na corte imperial, então seriam visitados por nobres importantes, talvez algum dia até mesmo pela Rainha-Imperatriz. Receberiam mais doações, poderiam avançar a pesquisa. Enquanto isso, observatórios que não impressionassem Niebling ficariam para trás, rejeitados e esquecidos.

Isso era o que se falava em Sternachten, mas era uma mentira coletiva. A verdade é que, como uma comunidade insular, a cidade se preocupava com fofocas e competições particulares que não importavam a ninguém de fora. Víamos Lorde Niebling como um pai, uma figura de autoridade, e queríamos ser os favoritos. Só isso.

Convencido de que meu roubo de tortinhas era decisivo para algo crucial no grande plano de Thyatis, saí da ruela para ganhar a pequena praça central de Sternachten, dominada pela estátua de uma fênix de asas abertas e uma fonte com a efígie do próprio Niebling. O povo circulava por ali com ainda mais pressa. Alguns videntes de rua tentavam enganar os crédulos, oferecendo augúrios pré-prontos em pergaminhos enrolados. Um arauto relatava as últimas notícias com voz límpida, fazendo floreios com um chapéu bufante que ostentava uma enorme pena. Algumas crianças brincavam.

Laessalya estava examinando um graveto.

— O que você tem aí? — perguntei, em tom bem-humorado.

Ela se virou assustada, mas, quando viu que era apenas eu, abriu um sorriso.

— Eu sou a Flecha de Fogo! — anunciou Laessalya, orgulhosa.

— Eu sei. E o que é isso?

— Minha arma para matar Thwor Ironfist!

Ela brandiu o graveto com imponência.

Laessalya era uma figura trágica, mas querida, em Sternachten. Uma elfa jovem — tinha mais ou menos o equivalente a minha idade. Seus cabelos eram vermelhos vivos e seus olhos eram lindos e prateados. Infelizmente, era louca. Ninguém sabia toda a história de Laessalya. Ela aparecera na cidade muito antes de mim, trazida por um halfling, ainda criança. Ninguém sabia como uma elfa podia atingir a idade adulta em tão pouco tempo. Elfos viviam séculos, sua infância deveria durar décadas. Mas eu também já lera que seu amadurecimento podia ser afetado pelas circunstâncias. Se isso fosse verdade, faria sentido que Laessalya tivesse crescido rápido. Eu nem podia imaginar ter passado pelo que ela passou, tão jovem. O que vivi na fazenda nem se compara.

— Eu sou a Flecha de Fogo! — ela repetiu.

— Então precisa se manter forte, para enfrentar o Grande General. Quer uma tortinha?

Tirei um dos embrulhos da sacola e ofereci à elfa. Laessalya pousou seu graveto-arma com cuidado na mureta da fonte, então pegou o farnel com as duas mãos. Desembrulhou-o, cheirou-o, deu uma mordida. Seu rosto se iluminou.

— É parecido com o que comíamos em Lenórienn — ela falou, de boca cheia, cuspindo migalhas. — Tem gosto mais forte, mas lembra muito!

— É mesmo? Fale mais sobre o que você comia em Lenórienn.

Eu estava tentando descobrir mais sobre ela, talvez até ajudá-la a lembrar, recuperar um pouco de quem ela fora. Talvez fosse verdade e Laessalya realmente tivesse memórias do Reino dos Elfos antes de ser destruído. Talvez a tortinha fosse parecida com algo que ela comera quando criança. Mas, ao longo dos anos, ela já dissera para mim e para muitos outros que a cantiga de um bêbado era uma música tradicional de Lenórienn, que um sapato velho achado no lixo fazia parte do uniforme dos guardas de Lenórienn, que uma colher de pau numa taverna suja era feita de madeira encantada de Lenórienn. Quase todos os habitantes de Sternachten queriam o bem da elfa, gostariam de vê-la fazer sentido da própria vida. Mas acreditar em suas "memórias" era tão difícil quanto acreditar que ela era a Flecha de Fogo.

Laessalya não respondeu. Meteu a mão na sacola e pegou outra tortinha. Devorou-a e quis mais, então lhe dei todas que restavam.

— Acha que existe alguma razão para a visita de Lorde Niebling, Laessalya? — perguntei.

Eu não esperava resposta, só estava preenchendo o ar com palavras e dando alguma atenção a ela. Mas Laessalya respondeu:

— Ele veio por causa da Flecha de Fogo.

Algo em sua seriedade me fez franzir o cenho. Será que podia haver alguma verdade nos devaneios da elfa?

— A Flecha...?

— Sim! — ela exclamou, derramando tortinha mastigada no chão. Deixou a comida cair e apanhou seu graveto. — A Flecha de Fogo!

Laessalya agitou o graveto como uma espada e ele pegou fogo instantaneamente. Dei um pulo para trás. Todos se voltaram a ela, a maioria se afastando. O arauto ficou calado, os videntes de rua saíram correndo, os pais e as mães puxaram seus filhos que brincavam. Era algum tipo de magia ou milagre e não era a primeira vez que acontecia. A elfa possuía um poder fraco, mas indecifrável. Já fora estudada pelos clérigos muitas vezes, mas ninguém conseguia determinar o que eram aquelas capacidades. Fogo era um elemento ligado a Thyatis, e isso valia ainda mais o favor de Sternachten. Ela já dera início a pequenos incêndios, mas não era perigosa. Todos nós cuidávamos da elfa louca, dando-lhe pequenos trabalhos e formando uma comunidade a seu redor, já que ela não tinha ninguém.

— Deixe eu ver sua arma — peguei o graveto em chamas e joguei-o na fonte, onde o fogo se apagou com um chiado.

— *Eu sou a Flecha...*

— Eu sei.

Ela me abraçou.

Laessalya vivia à sombra da Aliança Negra, o exército monstruoso que destruíra o Reino dos Elfos. Achava que era a Flecha de Fogo. Nós, clérigos, vivíamos à sombra da Aliança Negra, que agora ameaçava nosso reino. Procurávamos a Flecha de Fogo. Não éramos tão diferentes de Laessalya, afinal.

— Corben! — ouvi uma voz conhecida chamar meu nome.

Desvencilhei-me de Laessalya com delicadeza. Virei-me e enxerguei o Adepto Clement, correndo esbaforido.

— Por que ainda não voltou? — meu amigo exigiu. — Os adivinhos-mestres vão apagar seu futuro! Estamos esperando as peças!

— Mas não havia pressa nenhuma... — argumentei.

— Agora há. Volte ao observatório, Corben, tivemos um problema.

Em qualquer outro lugar de Tyrondir, uma pessoa correndo e dizendo que havia um problema seria sinal de um ataque da Aliança Negra.

Por séculos, a civilização julgou que goblinoides eram apenas bestas desorganizadas, selvagens estúpidos incapazes de representar ameaça verdadeira aos reinos dos humanos, dos elfos, dos anões. Goblinoides eram capangas de feiticeiros malignos, eram monstros que guerreiros matavam como treinamento para oponentes de verdade.

Então surgiu Thwor Ironfist.

O Grande General nasceu durante um eclipse, como previsto pela profecia. Uniu goblins, hobgoblins, bugbears, orcs, ogros, gnolls, kobolds, todas as criaturas que quase ninguém sabia diferenciar, chamadas pela civilização apenas de "monstros" ou "coisas". Provou que goblinoides podiam ser inteligentes, organizados e principalmente eficientes. Conquistou os reinos humanos do continente sul um a um. Destruiu o reino élfico de Lenórienn, talvez o primeiro lar da infeliz elfa Laessalya. Então avançou pelo Istmo de Hangpharstyth, derrubou a cidade-fortaleza de Khalifor e se postou como uma nuvem negra às portas do continente norte.

Nada era capaz de deter Thwor Ironfist. Ele era o escolhido de Ragnar, o Deus da Morte. Eu passara minha vida toda em Tyrondir, o Reino da Fronteira, o próximo passo natural no avanço de Thwor e sua Aliança Negra. Vivendo em Tyrondir, especialmente no sul, eu devia estar condicionado a pensar que qualquer situação grave era um ataque goblinoide.

Mas eu não estava em qualquer lugar de Tyrondir. Estava em Sternachten. Meu primeiro pensamento não foi que estávamos sob ataque, mas que poderia haver algo errado com nosso sumo-telescópio, o maior dos três telescópios no observatório, o centro e âmago de todo o complexo.

Eu estava certo.

— É um desastre! — disse Clement, sem fôlego, correndo a meu lado colina acima, seu medalhão balançando. — Os bispos-videntes estão cuidando disso em pessoa! Achamos que alguém tinha roubado suas peças! Ysolt está rezando sem parar há horas!

— Respire, Clement — também ofeguei. — Não adianta nada chegar ao observatório e cair morto.

— Acho que prefiro morrer aqui a encarar o Bispo Dagobert.

A última parte da subida era sempre a pior. A Colina Oeste, onde ficava o Observatório da Pena em Chamas, começava suave e coberta de grama, depois ficava cada vez mais íngreme e pedregosa. Havia algumas estradinhas calçadas e duas escadarias estreitas e serpenteantes que levavam ao observatório, mas sabíamos que encontraríamos muita gente nestes caminhos, gente que poderia fazer perguntas. Então, quando emergimos dos becos e das vias apertadas da Zona Secular, logo nos embrenhamos entre as árvores. A Colina Oeste tinha mais árvores do que as outras quatro. Isso era muito útil para acólitos e adeptos, que sempre tinham algo a fazer escondidos. Eu não podia imaginar como seria viver na Colina Leste, baixa e árida, um mero pedregulho gigante onde todos podiam ver o que cada um estava fazendo. Evitamos um grupo de acólitos que estava sendo instruído por uma adivinha-mestra especialmente rígida, desviamos de um bispo-vidente que meditava sob uma árvore e passamos ao largo de um casal de adeptos que fazia o que jovens casais de adeptos faziam. Precisamos escalar o último trecho, as peças metálicas tilintando dentro de minha sacola. Acompanhando o tilintar, ouvi o ronco do estômago de Clement.

— Não tem nada de comer aí? — ele perguntou.

— Tinha. Dei para Laessalya.

— Tudo bem, ela precisa mais do que eu — ele tentou esconder a decepção na voz, mas o estômago falou a verdade de novo.

Já passava da hora do almoço. Eu realmente tinha me demorado demais passeando nas ruelas, atormentando o pobre acólito e conversando com Laessalya. Também ficara admirando um alquimista, mas não iria revelar isso a Clement, pois não queria ouvir zombarias sobre minha paixonite mais recente. Sternachten não era grande, mas atravessar a cidade era sempre demorado. As ruas eram apertadas, havia muita gente, os caminhos nunca eram retos.

Evitamos a entrada principal do Observatório da Pena em Chamas. Em vez disso, contornamos a torre e achamos uma parede rachada, velha conhecida de acólitos e adeptos que precisavam fazer saídas e entradas ocultas. A rachadura era perfeita para escalar e dava acesso a uma janela. Como sempre, escalei primeiro. Eu era desajeitado, mas também era leve. Clement me entregou a sacola e eu o ajudei a subir. Nós dois saltamos para dentro do observatório, batemos o pó dos mantos e esperamos nossa respiração ficar mais relaxada, nossos corações pararem de bater tão rápido, o suor parar de brotar em nossas testas.

Segurei meu medalhão para me certificar que não o havia perdido.

Quando já não estávamos mais ofegantes e achamos que não dávamos tantos sinais de nossa volta às pressas, Clement e eu andamos pelo corredor em direção ao salão principal.

Na primeira esquina, encontramos a Bispa-Vidente Salerne.

— Corben, até que enfim! — ela me fulminou com seus olhos azuis.

— Que a Fênix veja seu futuro, Vossa Excelência Reverendíssima — comecei, fazendo uma mesura.

— Não há tempo para isso! Que você tenha sempre uma segunda chance de *correr,* adepto! Vamos lá!

Passei por ela, a sacola tilintando em minhas costas, deixei Clement para trás. Saindo dos corredores, alcancei o salão principal do observatório. Não era hora para admiração contemplativa, mas eu nunca deixava de me impressionar com aquela visão.

O Observatório da Pena em Chamas, assim como os outros quatro, era uma torre cilíndrica. As áreas exteriores eram ocupadas por planetários, alojamentos, escritórios, capelas, cozinhas, oficinas, bibliotecas, confessionários, sacristias e todos os outros cômodos que compunham um prédio sagrado. A área interior era oca e ampla, aberta para cima sem divisão de andares, e abrigava os telescópios.

O piso do salão principal era todo coberto por um mosaico magnífico, representando Thyatis em forma de fênix, cercado de chamas, com uma procissão de esqueletos do lado esquerdo e outra de homens e mulheres vivos do lado direito. Era uma inversão do ciclo natural da vida: Thyatis como Deus da Ressurreição, dando aos mortos uma segunda chance. O mosaico também apresentava o sol, a lua, os Mundos dos Deuses e várias constelações conhecidas, num diagrama astral complexo. O maquinário que controlava os telescópios, milhares de engrenagens, cabos, polias e barras de metal reluzente, ocupava a maior parte do espaço do piso térreo até o quarto e último andar. Os imensos tubos cheios de lentes de diferentes tamanhos se estendiam como colossos em direção à abertura no teto abobadado. Havia várias alavancas e círculos de metal semelhantes a timões que direcionavam cada um dos três telescópios, movendo as engrenagens num padrão complexo. Elevadores mecânicos e escadas em espiral se erguiam no espaço aberto, dando acesso aos postos de observação no último andar. O interior do observatório era uma maravilha da ciência e da fé. Eu sabia que tinha muita sorte de viver ali.

Mas agora parecia um formigueiro, cheio de clérigos de todos os níveis hierárquicos que mexiam nas engrenagens, subiam e desciam pelas escadas e pelos elevadores, gritavam uns com os outros e davam instruções conflitantes.

— Corben! — trovejou o Bispo-Vidente Dagobert. — Por acaso morreu e ressuscitou no caminho? Que demora foi essa?

Dagobert era um homem baixo e magro, mas parecia um gigante.

Embora cada observatório fosse regido por um conselho de bispos-videntes iguais entre si, Dagobert era o líder não oficial do Observatório da Pena em Chamas, apenas por sua personalidade dominante.

— Perdão, Vossa Excelência...

— Não sabe mais cumprimentar um bispo, não sabe nem mesmo ir até uma maldita oficina de ferreiro e apanhar peças sem se perder! Thyatis errou quando disse que todos merecem uma segunda chance, você é a exceção!

Confuso, fiz menção de lhe entregar a sacola.

— E agora ainda quer que um bispo carregue tudo isso escada acima? Não deseja que eu também lhe faça uma massagem, adepto?

Fiquei de boca aberta, sem saber o que dizer.

— Venha comigo! — nesse meio tempo, Clement chegou esbaforido. Dagobert se virou para ele. — E você, pare de respirar tão alto!

Fui atrás do bispo-vidente, carregando a sacola. Todos abriram caminho ante sua passagem. Mas todos, todos estavam muito ocupados. Vi adeptos chegando tão perplexos quanto eu, carregando desde minúsculos parafusos até braseiros cheios de incenso sagrado. Um grupo de adivinhos-mestres entoava uma reza em forma de cântico ao redor de uma lente. Três sacristãos-ourives se penduravam entre as engrenagens para consertar alguma coisa. A Adepta Ysolt, minha grande amiga e uma das pessoas mais inteligentes no observatório, conjurava um pequeno milagre de vidência para tentar enxergar dentro de um dos telescópios. Dagobert não quis tomar um elevador, preferiu uma escada. Subiu dois degraus de cada vez, sem perder o fôlego. As escadas eram apertadas demais para que duas pessoas as ocupassem ao mesmo tempo, então um adepto que descia preferiu pular e se agarrar ao corrimão do lado de fora a barrar o caminho do bispo em fúria.

Enfim chegamos a um posto de observação no topo.

— Abram o domo! — berrou Dagobert. — Não consigo enxergar nada!

Alguns adeptos giraram alavancas e o domo se abriu, deixando entrar luz do sol. Os três telescópios reluziram. Subimos numa pequena plataforma, um pouco acima do último andar, onde podíamos observar o céu através de visores no sumo-telescópio. Dali eu também conseguia ver Sternachten inteira.

As outras quatro colinas se erguiam, limpas, com seus observatórios, em meio ao emaranhado de ruelas e casinhas. A Colina Central, lugar do Observatório da Visão do Fogo, o primeiro da cidade, parecia governar tudo como uma rainha. O observatório central era o menor dos cinco, construído com técnicas e ambições de setenta anos atrás, mas tinha uma majestade que impunha respeito. A árida Colina Leste abrigava o Observatório da Ave

Profeta, lar de clérigos que trabalhavam sem descanso, concentrando-se em previsões para fazendeiros da região e pequenos comerciantes da própria cidade. Eu os respeitava. Tinha pena do Observatório da Flecha de Fogo, o mais recente, construído na Colina Sul por clérigos dos outros observatórios que haviam se julgado capazes de decifrar a maior das profecias e descobrir o que iria derrotar Thwor Ironfist. Nenhuma profecia nunca havia saído daquele observatório, que contava com poucos clérigos e ainda menos acólitos. Por fim, o Observatório da Segunda Flama era o mais alto, rico e bem decorado de todos. Do alto da Colina Norte, parecia zombar de nós, com suas alas doadas por nobres e histórico de profecias para regentes.

— Isso é ruim, isso é muito ruim — disse o Bispo-Vidente Dagobert, quase para si mesmo. Ele estava com a cara enfiada nos mecanismos do sumo-telescópio. Olhou por um instante pelo visor, balançou a cabeça, então voltou a examinar o maquinário.

— O que houve, Reverendíssimo?

Ele se virou para mim e sua expressão não era intensa ou furiosa. Só derrotada.

— As lentes estão desalinhadas — falou. — Alguém retirou uma peça, ou talvez algumas peças, de algum lugar no sumo-telescópio. Ainda não sabemos o que está errado.

Os telescópios recebiam manutenção obsessiva. Os sacristãos-ourives fabricavam cada peça delicada à mão — apenas as mais comuns e grosseiras, como as que eu carregava, eram feitas por ferreiros. Cada clérigo registrava com cuidado qualquer uso que fazia dos telescópios. E mesmo um bispo-vidente podia ser repreendido por um mero acólito se fosse visto relaxando nesse dever. Qualquer conserto ou troca de peça era supervisionado por uma junta e anotado em manuais sagrados. A operação dos telescópios era um dever santo, uma liturgia tão séria quanto um funeral ou um batismo.

Se havia algo errado, só podia significar que alguém de fora estivera ali e estragara o telescópio deliberadamente.

Lorde Niebling estava prestes a chegar e corríamos para consertar uma sabotagem. Iríamos decepcionar nosso patrono, mostrar que o observatório não sabia lidar com sua dádiva científica. Isso era um golpe duro para a Colina Oeste, algo que só podia vir de nossos inimigos.

Por instinto, segurei meu medalhão e olhei para o Observatório da Segunda Flama, cheio de ódio e indignação.

Meus problemas eram realmente minúsculos.

2
NOTÓRIO SABER PROFÉTICO

ERA NOITE QUANDO LORDE NIEBLING CHEGOU AO OBSERVAtório da Pena em Chamas. Isso era injusto e foi percebido como uma grande desvantagem por mim, pelos outros adeptos, pelos adivinhos-mestres e pelos bispos-videntes. Até mesmo os acólitos sabiam o tamanho daquele azar. Os outros observatórios tinham sido visitados de dia, quando era impossível olhar estrelas. Mas, ao chegar em nossa torre, o gnomo quis usar o sumo-telescópio.

— Nossos sacristãos-ourives são os mais capacitados de Sternachten! — garantiu o Bispo-Vidente Ancel, esforçando-se para acompanhar as pernas curtas e rápidas de Niebling. — E temos vários acólitos promissores sendo treinados. Tenho certeza de que a próxima geração de clérigos...

— Mostre-me as engrenagens do mecanismo de controle do telescópio — interrompeu o gnomo.

Eu ouvia de longe. Estava enfileirado com os outros adeptos na plataforma do topo, fazendo pose ao lado do sumo-telescópio. Os bispos-videntes fingiam se ocupar de alguma coisa e tentavam parecer dignos. Os adivinhos-mestres estavam espalhados pelo observatório, coordenando equipes de acólitos para que tudo estivesse limpo e arrumado se por acaso o Lorde decidisse inspecionar cozinhas ou latrinas, num frenesi de aparências e desespero de última hora. O telescópio não estava consertado, não podia ser usado para realmente observar estrelas. Mas o cobre do maquinário estava muito bem polido, os medalhões estavam brilhando e nenhum de nós vestia mantos amarrotados.

O Bispo-Vidente Ancel acompanhou Niebling até o meio do maquinário, tagarelando bajulações enquanto o Lorde se enfiava entre o metal e parecia projetar mentalmente alguma inovação ou ajuste. Ancel era o responsável por receber nobres, dignitários e pessoas importantes no observatório. Seu talento para etiqueta e hospitalidade quase ofuscava sua incapacidade de compreender os princípios mais básicos da astrologia científica. Apesar de nunca ter realizado um milagre maior do que acender uma vela num dia sem vento, Ancel subira ao posto de bispo-vidente por sua disposição a lidar com a pompa que podia valer doações e prestígio.

— Nunca pensaram em substituir esta seção de cabos de cobre por crina de unicórnio tratada magicamente? — perguntou Niebling. — Seria preciso trançar a crina e conseguir um acordo com os unicórnios, mas acho que eles não precisam dos pelos que caem de suas crinas. Também seria preciso calcular o custo de renovar as magias de enrijecimento periodicamente. Mas talvez seja mais barato que treinar ourives para forjar cabos tão resistentes. As crinas trançadas também serão mais flexíveis, terão menos desgaste, o que pode poupar recursos em longo prazo. Além disso, possibilitarão maior amplitude de ângulos para o telescópio. O que acha?

Ancel gaguejou alguma coisa e disse que, se o Lorde quisesse, os acólitos podiam trazer um cálice de licor anão. O cálice era de cristal de Cosamhir, extremamente refinado.

— Licor anão sempre cai bem, mas estou pensando que podemos substituir todos estes cabos e estas hastes por crina de unicórnio! O que acha? Conhece algum unicórnio? Lembre-me; eles têm reis e líderes ou podem ser encontrados no estábulo de qualquer fazendeiro empreendedor? Vamos, diga para seu acólito nos acompanhar com o tal cálice, precisamos examinar o maquinário!

O Bispo-Vidente Ancel não entendia que Niebling não se importava com a pompa. O gnomo subiu alguns degraus de uma escadaria em espiral, então saltou para o meio das engrenagens, pendurou-se num cabo e passou a examinar as hastes, falando em alternativas para a crina de unicórnio — talvez juba de mantícora? O pobre acólito se esticou para entregar o cálice a Niebling. O gnomo bebeu o licor de um gole só e largou o cálice, para que caísse vários andares até o chão, onde o refinado cristal de Cosamhir se espatifou.

Na verdade, eu também não entendia Lorde Niebling. Estava preocupado com ser passado em revista, como ocorrera na última visita do gnomo, quando eu tinha 10 anos. É estranho pensar nisso agora: éramos estudiosos e devotos, mas passávamos a maior parte do tempo ocupados com trivialidades. Podíamos ver o futuro, mas usávamos isso para competir com outros clérigos. Acho que os mortais têm a capacidade de banalizar qualquer coisa.

Niebling continuou falando para Ancel sobre as diferentes propriedades dos pelos e cabelos de variados seres mágicos. Era parte de sua pesquisa atual, em paralelo com o cálculo do peso de fantasmas, espectros e assombrações diversas e a possibilidade de ensinar a língua comum a elementais do fogo.

— É claro que, para essa pesquisa, o primeiro passo é desenvolver armaduras resistentes a fogo! — explicou Niebling, para um bispo-vidente cada vez mais confuso. — Como você cumprimenta um elemental do fogo se não sabe falar sua língua? O jeito mais simples é um aperto de mão, mas nenhum de meus assistentes se voluntariou para fazer o primeiro contato. Jovens sem ousadia, não estão dispostos a um pequeno sacrifício em nome da ciência.

De repente, Lorde Niebling parou tudo que estava fazendo, ficou calado e olhou para cima, através da floresta de hastes e engrenagens, direto para nós, enfileirados, esperando no andar superior.

— O que todos aqueles clérigos estão fazendo ali parados? — quis saber o gnomo. — É noite, hora de trabalhar!

— Bem, estão todos esperando que o senhor os passe em revista, meu lorde — disse Ancel.

— Ah, sim, a revista. Vocês adoram a tal revista, foi a mesma coisa nos outros observatórios. Vamos lá.

Meu coração disparou. A meu lado, Clement estava suando frio. Ele era pouco mais velho que eu. Na última visita de Niebling, fora responsável por anotar o que o Lorde dizia, mas ficara tão nervoso que seu suor borrou a tinta, deixando tudo ilegível. Meu amigo lembrava disso naquele momento, o que só o fazia suar de novo.

— Respire, Clement — sussurrei. — Ele não vai prestar atenção em nós. Só pensa na pesquisa.

— Por que você está quase quebrando os próprios dedos então? — Clement devolveu.

Notei que fechava os punhos com tanta força que ameaçava mesmo quebrar os ossos da mão. Forcei-me a relaxar e vi que minhas unhas tinham deixado marcas fundas nas palmas. Eu estava meio tonto. Não importava o que eu mesmo tivesse dito, o que soubesse racionalmente. Ali estava o fundador de Sternachten, o pioneiro da ciência sagrada da astrologia. Além disso, independentemente do que se passava na cabeça do gnomo, se nossos superiores achassem que fizemos o observatório passar vergonha, seríamos punidos.

— Corben — sussurrou a Adepta Ysolt, que estava a minha esquerda. — Rápido, qual é o tratamento para um lorde? Como falo com ele?

Minha mente ficou vazia.

— Por quê? — perguntei.

— Acho... — ela hesitou um pouco, depois continuou: — Acho que vou falar a ele sobre minha pesquisa. Sobre o trabalho que quero desenvolver com a Flecha de Fogo.

Além de minha melhor amiga, Ysolt era uma adepta realmente especial no Observatório da Pena em Chamas. Não apenas tinha mente afiada a ponto de eu mal conseguir acompanhar seu raciocínio, era ambiciosa e organizada enquanto eu era indolente. Ysolt era risonha e desastrada, às vezes um pouco inadequada, mas sempre divertida. Sua inteligência quase parecia fora de lugar no meio daquela personalidade. Estava claro para todos que a conheciam que ela alcançaria altos postos no clero de Thyatis. O mínimo que aconteceria com Ysolt seria chegar a bispa-vidente. Uma posição de conselheira na corte imperial ou mesmo ascensão a sumo-sacerdotisa não seriam sonhos impossíveis.

Ela era uma mera iniciante com exatamente minha idade, mas já tinha uma teoria sobre como descobrir a Flecha de Fogo. Eu era o único a quem ela tinha confidenciado a ideia, pois não se achava pronta para divulgar seus planos a mais ninguém. Nem mesmo Clement sabia. Mas agora estava pensando em usar a visita de Lorde Niebling para contar tudo ao fundador da cidade, aos bispos-videntes, a todos os colegas. Era uma decisão ousada. Mas, vinda de Ysolt, eu tinha certeza de que daria certo.

— Como me dirijo a um lorde? — ela repetiu, tirando-me do devaneio.

— Não sei — gaguejei. — Como pude esquecer? "Alteza"?

— Isso é para duques.

— "Majestade"?

— Isso é para reis, seu idiota!

— Você também não sabe!

Fomos silenciados por um olhar fulminante do Bispo-Vidente Dagobert. O homem pequeno e magro estava todo vermelho, as veias em sua testa pulsando. Ele parecia prestes a falar algo, mas então Niebling surgiu no mezanino do último andar, após escalar todo o maquinário. O Bispo-Vidente Ancel surgiu logo depois, esbaforido, tendo subido as escadas na tentativa de acompanhar a velocidade do Lorde. O infeliz acólito vinha logo atrás.

— Meu lorde — Dagobert fez uma mesura.

Eu e Ysolt trocamos um olhar, lembrando do tratamento, surpresos com nossa própria estupidez.

— Boa noite, Dagobert, como vai? — disse Niebling, agarrando a mão do bispo e chacoalhando-a com força amigável. — Estes são os adeptos, não? Muito bem, muito bem, vamos fazer logo a revista. Todos parecem muito inteligentes e devotos, que ótimo, todos excelentes. Agora sobre o sumo-telescópio...

Observei aquele homenzinho zunir de um lado para o outro sobre suas pernas curtas que nunca paravam de se mexer, como uma espécie de abelha matraqueante. Niebling tinha cabelos grisalhos penteados de forma excêntrica — impossível saber se era um estilo de sua raça, mantido daquela forma com cera, ou apenas a aparência de alguém que dormia sobre máquinas, tubos de ensaio e livros e nunca tinha tempo para olhar em um espelho. Suas roupas provocavam a mesma pergunta. Uma casaca verde ao avesso cobria uma túnica laranja e uma camisa azul. Era impossível determinar como as duas peças estavam abotoadas, tamanho era o desencontro. Suas calças listradas terminavam num par desigual de botas de trabalho resistentes e remendadas. Ele usava alguns adornos: anéis, colares, penduricalhos. Mas pareciam coisas que haviam ficado presas em seu corpo ao longo dos anos e que ele nunca notara. Também carregava alguns relógios, partes mecânicas que se mexiam o tempo todo sem função aparente, rolos de pergaminhos amarrados pela roupa. Deixava um rastro de pequenas engrenagens por onde passava.

Dagobert e Ancel trocaram um olhar apavorado quando o Lorde falou sobre o telescópio.

— Antes disso! — o Bispo-Vidente Ancel quase gritou. Então pigarreou e prosseguiu, mais contido: — Antes disso, gostaríamos que conhecesse a pesquisa de nossos adeptos.

Não faço ideia do plano dos bispos naquele momento. De que adiantaria apenas postergar a vistoria do telescópio? Será que eles imaginavam que o objeto seria consertado por algum milagre de Thyatis? Ou que o gnomo iria se distrair e esquecer do gigantesco tubo metálico bem a sua frente? De qualquer forma, não importava, pois Ancel me puxou pelo manto e me apresentou a Lorde Niebling.

— Este é o Adepto Corben, meu lorde — disse o bispo. — Chegou a nossa cidade há cerca de dez anos, depois de ter se perdido na floresta. Realmente um garoto que foi guiado por Thyatis. Vamos, Corben, conte a Lorde Niebling sobre sua pesquisa.

Senti uma onda gelada tomar meu corpo. Subitamente, o observatório inteiro estava em silêncio, olhando para mim. Ancel não conhecia minha pesquisa, não conhecia nada que não fossem notícias da moda e da etiqueta que vinham da capital.

Além disso, eu não tinha pesquisa.

Era fácil só acompanhar pequenos projetos e cumprir ordens, deixando o trabalho verdadeiro para um futuro cada vez mais nebuloso. Eu era um clérigo devotado, embora um pouco dado à preguiça e excessivamente preocupado com a rivalidade entre os observatórios. Mas não era excepcional de nenhuma forma, não tinha ideias inovadoras. Não tinha nada a oferecer.

Niebling fixou os olhinhos curiosos em mim, apontando seu imenso nariz como uma arma.

— Vossa Santidade — cumprimentei-o. Ouvi Ysolt controlar um riso em algum lugar a mil quilômetros de distância. Achei que Ancel fosse desmaiar nos braços do pobre acólito.

— Adepto Corben, não é? — disse o Lorde. — Então, rapaz, o que está pesquisando?

Sem nada para dizer, falei a primeira coisa que me veio à mente:

— A Flecha de Fogo.

Niebling ergueu as sobrancelhas, intrigado. Ouvi a voz do Bispo-Vidente Dagobert falar *"O quê?"*, mas mal lembrava que ele existia.

Não era surpreendente que se pesquisasse a Flecha de Fogo em Sternachten. O surpreendente era que um adepto, um mero iniciante, tivesse uma pesquisa independente sobre a maior das profecias. Era como um soldado recém-treinado tentar enfrentar um dragão. Era algo que só uma pessoa naquele observatório faria, e não era eu.

— E quais avanços já fez na pesquisa, adepto?

— Eu... — quando comecei a falar, não sabia o que sairia de minha boca. Acho que pessoas possuídas por demônios devem se sentir assim.

E talvez, se estivesse possuído por um demônio, eu tivesse alguma desculpa para o que falei em seguida. Mas não tinha. Foi minha escolha roubar a ideia de minha amiga. Eu não era excepcional. Mas a Adepta Ysolt era.

Eu menti para Lorde Niebling na frente de Ysolt e de todos, apresentando como meu o projeto de pesquisa que pertencia a ela.

— Teci uma hipótese de que a profecia segue uma linha de tempo definida e que é possível prever quando ela se cumprirá — comecei. — Tudo teve início com um eclipse. Mapeando a progressão dos eventos identificados como partes da profecia em relação ao movimento pregresso dos astros, podemos determinar quais conjunções astrais corresponderam a quais acontecimentos da profecia.

Eu não tinha coragem de olhar para trás, mas senti o olhar de Ysolt fulminando minha nuca. Rezei a Thyatis para que ela estivesse furiosa. Se minha amiga sentisse só raiva, eu poderia lidar com isso. Se, contudo, ela se sentisse traída e desapontada, seria muito pior.

No fundo, eu esperava que ela me perdoasse.

— Assim, podemos prever quando as próximas conjunções importantes acontecerão e quais delas melhor correspondem a desenvolvimentos prováveis já em curso na política e na guerra, segundo as paridades já determinadas pela relação conjunções-eventos transcorridos — continuei, recitando o que Ysolt me contara há duas semanas. — Isso nos dará uma linha de tempo futura provável, o que levará a uma janela em que a profecia pode se cumprir. O passo seguinte é tentar determinar a época do próximo eclipse. Então, interpretando as estrelas e fazendo referências cruzadas com eventos, objetos e heróis importantes da época determinada, podemos chegar a um conjunto restrito de possibilidades sobre o que é a Flecha de Fogo.

Houve silêncio total. Acho que nem meu coração batia.

Roubei um olhar para Ysolt. Ela estava muito séria, seus lábios tinham se transformado num risco reto.

— E como pretende lidar com a possibilidade de a Flecha ser algo ainda não considerado relevante para figurar em sua análise? — perguntou Lorde Niebling.

— Logisticamente, a Flecha de Fogo precisaria surgir em Tyrondir ou nos arredores — respondi, tomado por alguma eloquência nascida do desespero. — Caso contrário, poderia ser detectada em seu caminho até a Aliança Negra por quaisquer espiões ou traidores que possa haver pelo continente. Tendo em vista que a maior parte dos augúrios e portentos do reino chega a Sternachten, isso não passa de um trabalho braçal de catalogação e indexação.

Ali estava. Eu tinha despejado sobre nosso patrono tudo que lembrava sobre a ideia que Ysolt vinha desenvolvendo há meses. Um projeto como aquele, mesmo em estágio inicial, não surgia sem esforço, sem manhãs passadas em claro considerando cada nuance ao redor da profecia. Como astrólogos, estávamos acostumados a olhar para o futuro. A ideia de olhar para o passado era simples e genial, algo que distinguiria Ysolt entre todos nós.

Ou que distinguiria quem tivesse apresentado a ideia em primeiro lugar.

Niebling sorriu. Ficou nas pontas dos pés e me deu um tapinha no braço.

— Muito bom, adepto, muito bom. Thwor Ironfist não tem chance! Por acaso vocês têm algo para comer? Alguém fez menção de comida no Observatório da Segunda Flama, mas depois desconversou.

Ancel se iluminou, subitamente tendo a chance de ser mais importante que qualquer profeta. Conduziu o Lorde de volta ao andar térreo, onde um banquete esperava por ele.

Todos nós respiramos aliviados. Niebling não quis, afinal, examinar o telescópio. Ficou satisfeito com minha pesquisa improvisada sobre a Flecha de Fogo. Ysolt continuava sem expressão.

O Bispo-Vidente Dagobert se postou a minha frente.

— Você tem uma responsabilidade, Adepto Corben — cutucou-me com um dedo magro e pontudo. — Não sei de onde inventou esse estudo, mas agora vai levá-lo adiante. Escolha uma equipe de dois adeptos e três acólitos. Verei qual adivinho-mestre pode orientá-lo.

— Sim, Vossa Excelência Reverendíssima — assenti, nervoso.

Clement estava pasmo, de queixo pendente. Ysolt deu um sorriso amarelo, falou "parabéns" com voz embargada.

Lá embaixo, entre as escadas, ouvi o Bispo Ancel perguntar para Niebling:

— Mas, se me permite a curiosidade, o que o trouxe ao sul em primeiro lugar, meu lorde?

— Ainda não cheguei a meu destino, Ancel. Continuarei para o sul, passarei por Khalifor, atravessarei o istmo. Vou a Lamnor pesquisar a ciência dos goblins.

Logo após ouvir aquilo, não pensei "um membro da corte imperial está indo ao covil do inimigo sem proteção" ou mesmo "goblins na Aliança Negra possuem técnicas que interessam a Lorde Niebling". Meu mundo era tão minúsculo que eu mal compreendia o que havia além dele. Eu pensava apenas em como iria encarar Ysolt e fazia planos para uma desforra contra o Observatório da Segunda Flama.

Outras pessoas vieram me cumprimentar, fazer perguntas e se oferecer para a equipe. Tentei me desvencilhar, mas eu havia me tornado um grande centro de atenção. Vi Ysolt desaparecer pelas escadas em espiral. Só depois de meia hora me livrei de todos e pude ir atrás dela.

É claro que minha amiga não estava descansando ou mesmo se deixando sentir a traição que eu cometera. Ela estava trabalhando. Ysolt e a Adivinha-Mestra Neridda rezavam em volta de um grande cristal, pedindo a bênção de Thyatis para que o defeito no sumo-telescópio fosse revelado.

Toquei em seu ombro.

— Ysolt...

Ela não respondeu, continuou de olhos fechados, murmurando a prece.

— Ysolt — insisti.

Na terceira tentativa, ela interrompeu o que estava fazendo e se virou para mim, com calma fria.

— Estou ocupada, Corben. Não está vendo?

— Preciso falar com você sobre a pesquisa.

Ela encontrou meus olhos. Seu rosto parecia feito de pedra.

— Agora não — ela disse.

— Ysolt, vá conversar sobre a pesquisa! — entusiasmou-se a Adivinha-Mestra Neridda.

— Mas...

— Existem muitos adeptos que podem me ajudar a rezar, Thyatis não vai se importar se eu fizer uma pequena troca. Mas você é uma das melhores neste observatório. É claro que Corben a quer para a pesquisa dele.

Ysolt se encolheu um pouco ao ouvir a palavra "dele".

— Sim, Professora.

Ela deixou o cristal e andou a meu lado em silêncio. Levei-a até uma sala de estudos vazia. Sentei numa cadeira, puxei outra para ela. Ysolt ficou de pé.

Permaneceu me olhando.

— É claro que você vai fazer parte da equipe... — comecei.

— Por que, Corben? — ela interrompeu.

Fiquei sem palavras.

Comecei a falar algumas vezes, mas desisti. Ela se virou de costas e começou a andar. Pedi para que não fosse embora.

— Desculpe, Ysolt! Eu sei que fiz algo horrível, mas entrei em pânico. Ancel me colocou frente a frente com o Lorde e eu não tinha nada. O que deveria falar?

— A verdade — ela respondeu, seca.

— Dagobert estava observando tudo! A fúria dele acabaria recaindo sobre todos nós! Foi melhor que pelo menos *alguém*...

Ela estreitou os olhos e percebi o tamanho do absurdo que estava dizendo. Baixei a cabeça de vergonha.

— Você poderia usar toda a esperteza que possui e chamar atenção de outra forma — disse Ysolt. — Por exemplo, me puxando e dizendo que *eu* tinha uma boa ideia de pesquisa.

Não havia resposta para aquilo. Era um curso de ação perfeito, que eu conseguiria executar sem problemas. Era o que eu deveria ter feito.

Fiquei mudo.

Ela continuou me olhando. Fui obrigado a falar.

— Desculpe, Ysolt. Desculpe. Só posso pedir que me perdoe. Vou falar com Dagobert e confessar o que fiz. Você ficará com o crédito.

Ela balançou a cabeça e deu de ombros.

— Agora não adianta mais, Corben. Todos já estão falando de *sua* grande ideia. Com certeza logo até os outros observatórios já terão ouvido o boato. Desmentir uma mentira que já se espalhou é muito mais difícil do que espalhá-la em primeiro lugar. Alguns acreditarão que a pesquisa é mesmo minha, outros dirão que você está tentando proteger minha fama de perfeita clériga e perfeita estudante. Será ainda pior para mim.

Coloquei a cabeça nas mãos, os cotovelos apoiados numa mesa. Eu estava horrorizado com meu próprio ato.

— Pelo menos podemos beneficiar o mundo — ela deu um sorriso triste, sem nenhuma satisfação. — Não importa quem for o responsável. O importante é descobrir a Flecha.

Depois completou:

— De qualquer forma, isso não vai resultar em nada. Qual a chance de uma mera adepta ter tido a ideia que decifrará a profecia?

Forcei-me a olhar Ysolt de novo. Levantei e fui até ela.

— O que fiz não merece perdão. Mas, por favor, trabalhe conosco. Pelo menos entre nós e Thyatis, saberemos que o mérito é todo seu.

Ela fechou os olhos.

Suspirou fundo.

— É claro que vou trabalhar com você, Corben.

Eu me permiti um sorriso pequeno.

— Mas primeiro — falei — temos um assunto mais urgente.

Primeiro eu queria me vingar do Observatório da Segunda Flama.

Ysolt franziu o cenho e abriu a boca, surpresa, preocupada e consternada. Minha mente estava preenchida pelos desejos e medos de uma criança.

⬤

Lorde Niebling partiu no início daquela manhã. Não sei como o gnomo tinha energia para visitar cinco observatórios, escalar maquinários, projetar inovações científicas e ainda viajar por terreno perigoso sem dormir, mas ele parecia imune ao cansaço. Niebling viajava sozinho, numa estranha carroça de metal e madeira com imensas rodas. Era puxada por um trobo, um pássaro-boi lento e forte, mas também tinha alguma espécie de maquinário em seu interior que expelia vapor por uma chaminé atarracada. Niebling falara algo sobre como a carroça era mais leve por causa do maquinário e sobre a ração alquímica que dava de comer ao trobo, mas não escutei. Duvido que qualquer clérigo no Observatório da Pena em Chamas tenha dado atenção ao que o Lorde falou depois que ele demonstrou interesse em "minhas" teorias sobre a Flecha de Fogo.

Havia um alvoroço a meu redor. O Bispo-Vidente Dagobert designou a Adivinha-Mestra Neridda para orientar o trabalho. Neridda era uma astróloga brilhante, que compreendia a parte matemática da vidência como ninguém. Chegara a passar alguns anos num templo de Tanna-Toh, a Deusa do Conhecimento, tamanha era sua curiosidade e sua capacidade de contribuir com o saber alheio. Neridda me deu algumas ordens iniciais no fim daquela noite cheia de reviravoltas, logo antes da partida de Niebling. O sol já estava alto quando tive permissão de dormir.

Não notei que Ysolt ficou trabalhando no conserto do telescópio durante todo aquele tempo e continuou depois do nascer do sol.

Eu estava exausto, mas não conseguia fechar os olhos. Dividia meu claustro com outros três adeptos — apenas adivinhos-mestres e bispos-videntes tinham quartos próprios, mas aquilo era melhor que o alojamento coletivo dos acólitos. Meus companheiros de claustro roncavam sem problemas. Eu só conseguia sentir meu coração batendo forte. Por um lado, sentia um entusiasmo com minhas novas responsabilidades, com a noção quase fantasiosa de que eu poderia contribuir com a descoberta da Flecha de Fogo, com conjecturas sobre como fazer a correspondência entre conjunções astrais e acontecimentos interpretados como parte da profecia. Por outro, sentia a culpa terrível porque nada daquilo pertencia a mim. Tentava pensar numa forma de colocar Ysolt como a protagonista do estudo.

Mas, acima de tudo, eu fervia de ódio contra os clérigos da Colina Norte, que tinham sabotado nosso sumo-telescópio.

Nada de ruim verdadeiramente acontecera. Lorde Niebling chegara e partira sem nenhum julgamento negativo contra meu observatório. Mas a sensação de injustiça me corroía. Eles tinham sabotado nosso telescópio. Talvez tivessem sua própria pista sobre a Flecha de Fogo e quisessem nos atrasar. Não interessavam as reais consequências, aquilo era errado e merecia punição. Os sacristãos-ourives continuaram trabalhando manhã adentro, eu ouvia o som de seus parafusos e martelinhos ecoando pela torre. Vários clérigos também sacrificaram o sono em nome do diagnóstico e do conserto do telescópio. Estavam sofrendo por causa do Observatório da Segunda Flama. Eu não tinha provas, mas não precisava delas. Os culpados eram sempre eles.

Arrogantes, sentados em cima de seu ouro e sua fama, cercados de nobres. Não tinham nenhuma dificuldade na vida e achavam que podiam fazer o que quisessem impunemente para manter seu status.

Eu nunca havia pisado dentro do Observatório da Segunda Flama. Meu julgamento se baseava puramente em imaginação e interpretação de ofensas anteriores. Era muito fácil achar um motivo para odiar alguém. Era muito fácil ignorar que eu mesmo usara uma tática traiçoeira.

Não dormi mais de uma hora e me arrastei da cama quando o sino do meio-dia reverberou pelo observatório. Mal tive tempo de engolir o desjejum e fui chamado pela Adivinha-Mestra Neridda. Ela tinha olheiras fundas, ficara ocupada no conserto, que continuava sem dar sinais de avanço. Neridda me incumbiu com a tarefa de vasculhar os arquivos do observatório em busca de todos os acontecimentos dos últimos anos que pudessem ser interpretados como partes da profecia sendo cumpridas. Logo após, eu teria a tarefa ainda mais extenuante de revirar os registros de movimentos celestes e juntar as conjunções aos fatos.

Minha restrita equipe de adeptos se compunha de Clement e Ysolt. Ele dormira a manhã toda, como seus roncos a meu lado podiam atestar. Ela tinha passado a manhã acordada, mas continuava firme. Clement reclamou da tarefa a seguir, mas Ysolt não foi afetada pela enormidade ou pelo tédio do trabalho. Até me dirigiu um sorriso forçado.

Então nós três nos isolamos para começar a importante tarefa. Passamos horas debruçados sobre o problema. Eu só conseguia falar de um assunto.

— O que você pretende fazer? — perguntou Clement.

— Qualquer coisa que estrague o dia deles — respondi. — A semana. O ano.

Eu, Clement e Ysolt estávamos sozinhos no porão do observatório, em meio a registros antigos, peças estocadas e enormes sextantes astrais aguardando manutenção. A noite caía mais uma vez, logo começaria a jornada de trabalho mais intenso. Devíamos ter passado o dia revirando pergaminhos com registros de fatos históricos e posições celestes, mas minha cabeça estava tomada por vingança.

— O que significa estragar o ano deles? — insistiu Clement.

— Algo de que eles não se recuperem com tanta facilidade — respondi.

Quanto mais eu falava na sabotagem, mais irado ficava. Tinha dificuldade até mesmo para articular as palavras, queria rilhar os dentes. Maldito Observatório da Segunda Flama.

Só Ysolt estava realmente concentrada no primeiro passo da pesquisa.

— Não acha melhor se vingar com um sucesso estrondoso? — ela ofereceu. — Esfregar na cara deles a descoberta da Flecha de Fogo?

— Quanto tempo vai demorar? — protestei. — Enquanto isso, eles continuarão recebendo visitas de nobres e nos chamando de Observatório da Galinha Assada. Com todo o ouro que ganham, pode ser que cheguem ao resultado antes de nós.

— Você está levando isso a sério demais — disse minha amiga. — Nem os bispos-videntes ficaram tão indignados. Passei a manhã trabalhando no conserto, ninguém está pensando em vingança.

— Porque não podem — retruquei. — Eles são bispos, têm responsabilidades e devem parecer respeitáveis. São velhos e já estão acomodados. Ninguém fará nada se nós, adeptos, não fizermos.

Ysolt suspirou de novo. Era injusto falar dos bispos como velhos acomodados. Ancel podia ser meio obtuso, mas Dagobert, Salerne e os outros eram inteligentes e ativos.

— Vamos nos concentrar na profecia — ela disse, séria.

Clement não sabia de minha traição. Eu queria contar, mas Ysolt achou melhor que ficasse só entre nós dois. Não seria surpreendente que ela tomasse a liderança da equipe, mesmo que para o resto do mundo a ideia inicial fosse minha. Se nós pudéssemos nos concentrar, ela conseguiria levar sua pesquisa, mesmo que por caminhos tortos. Mas meu desejo de revide não permitia que sequer começássemos. Ysolt não imaginara que eu fosse desviar a atenção de todos com minha necessidade de desforra.

Tentei me focar, pelo menos para não decepcioná-la mais uma vez. Tínhamos acesso aos registros proféticos, históricos e astrais mais relevantes. Desenrolei um dos inúmeros pergaminhos onde a profecia de Thwor Ironfist e da Flecha de Fogo estava escrita. Li em voz alta a primeira linha:

"Quando a sombra passar pelo globo de luz"

— Isso se refere ao eclipse — disse Clement, falando o que todos sabiam.

"Trazendo a vida que trará a morte"

— O nascimento de Thwor Ironfist — disse Ysolt. O Grande General nascera há cerca de cinquenta anos. Quase toda a comunidade profética concordava que o eclipse era sinal divino de seu nascimento e correspondia àquela parte da profecia.

*"Terá surgido o emissário da dor
O arauto da destruição
Cantado por uns e amaldiçoado por outros"*

— É só uma descrição de Thwor — disse Clement. — Não tem valor profético, só está tirando qualquer dúvida.

"O sangue tingirá os campos de vermelho"

— A conquista de Lamnor — disse Ysolt.
— Ou qualquer uma das batalhas que Thwor travou — disse Clement.

"Um rei partirá sua coroa em duas"

— Aqui temos algo interessante — disse Ysolt.
— É o fim das Guerras Táuricas, não? — Clement deu de ombros. — Há alguma dúvida sobre isso?
— O Rei-Imperador preferiu ceder metade do Reinado aos minotauros invasores a continuar com a guerra — concordei. — Passou a governar só metade do que antes era a grande coalizão. Partiu sua coroa em duas.
— O mesmo pode ser dito de vários acontecimentos — ponderou Ysolt. — Yuden mudou de regência duas vezes em poucos anos.
— Esta é uma interpretação forçada — Clement balançou a cabeça.
— Mas não podemos descartá-la — Ysolt insistiu. — Se as conjunções astrais da época da divisão do Reinado não corresponderem ao que achamos, não podemos descartar nada.

Anotei a data do casamento real que "dividira" a coroa de Yuden e o golpe que a "dividira" mais uma vez.

"E a guerra tomará a tudo e a todos"

Ficamos calados.

Mesmo na segurança de Sternachten, era difícil falar sobre a guerra tomando tudo e todos sem pensar no morticínio que ocorria nos campos de batalha ao norte, no genocídio de não humanos promovido pelo reino de Yuden. Nosso continente estava sem liderança, sem Rainha-Imperatriz. Cada reino lutava de forma quase independente, num conflito generalizado que parecia insano e sem sentido para qualquer espectador externo.

— Sabemos o que é isso — disse Ysolt. — Qual data vamos usar?

Discutimos o tema soturno. Anotamos a data da declaração oficial de guerra, a data do primeiro ataque registrado, a data dos primeiros sacrifícios sistemáticos de não humanos. Mesmo que estivéssemos em busca da solução da profecia que poderia deter *outro* exército sanguinário, parecia que estávamos tratando a guerra como uma mera ferramenta.

*"Até que a sombra da morte complete seu ciclo
E a Flecha de Fogo seja disparada"*

— Fala do próximo eclipse — disse Clement. — A Flecha de Fogo surgirá durante o próximo eclipse, todos sabem disso.

— Não é hora de presumir nada — protestou Ysolt. — E se for outra coisa? Uma ressurreição? Outro ciclo astrológico? Algum corpo celeste que não conseguimos ver justamente porque é escuro? O que é "a sombra da morte"?

Ela era mesmo muito inteligente.

— O que sabemos é que a Flecha de Fogo "será disparada" — continuou Ysolt. — Talvez saia de algum lugar em uma trajetória direta e contínua.

— Você já está presumindo algo — disse Clement.

— Esta profecia é bem literal — ela respondeu. — A "vida que trará morte", os "campos tingidos de vermelho", o "rei partindo a coroa em duas"... Por que começaria a fazer alegorias só no fim? Não podemos nem mesmo descartar que a Flecha seja *uma flecha,* algum tipo de arma mágica, e que todos estejam apenas complicando o que é simples.

Ela pensava naquele tipo de coisas sem dormir.

"Rompendo o coração das trevas"

— A morte de Thwor Ironfist — disse Clement.

— Não necessariamente — Ysolt pontuou.

— Agora você só está duvidando de tudo! É claro que a profecia é sobre a morte de Thwor! Por isso vamos estudá-la!

— Thwor Ironfist é o coração das trevas? Vai ser rompido? Lembre-se, a profecia é literal. Talvez fale da capital da Aliança Negra caindo.

— Talvez fale do coração do próprio Thwor, literalmente — eu disse. — Não seria elegante? Uma flecha de fogo literal, literalmente rompendo o coração do arauto da destruição.

Era uma possibilidade instigante. Meu orgulho me fazia querer que fosse aquilo. Assim eu seria um gênio capaz de enxergar a clareza da verdade enquanto todos perseguiam ilusões complexas. Assim eu poderia contribuir pelo menos um pouco para o trabalho que aos olhos de todos era meu. Discutimos sobre aquilo por algum tempo. Se a Flecha fosse uma flecha, precisaríamos conseguir relatos sobre artefatos encontrados no reino, sobre incursões de heróis a ruínas esquecidas. Seria necessário deixar Sternachten, viajar em busca de conhecimento. Era apavorante e sedutor.

Parecia que estávamos entrando fundo na profecia. Mas:

— Eles vão ficar impunes — falei, sem contexto algum.

— Não acredito que ainda está pensando nisso! — Ysolt jogou uma pilha de pergaminhos no chão. — Esqueça, Corben, já acabou! Você nem mesmo ajudou no conserto, foi direto para a cama! O mínimo que você deve...

Temi que ela revelasse tudo, mas também não queria guardar segredo de Clement. Contudo, a própria Ysolt se deteve, balançou a cabeça.

— Eles vão ficar impunes — repeti. — Até mesmo Thwor Ironfist, talvez o maior assassino que o mundo já viu, será punido pela Flecha de Fogo. Mas pretensos seguidores de um deus benevolente podem cometer crimes e ficar impunes.

— Por favor, não diga que você está comparando o genocídio dos elfos e a conquista do continente sul com uma lente desalinhada num telescópio.

— É o princípio! — esbravejei. — Eles podem fazer o que quiserem sem consequências. Claro, não se compara com ferir uma pessoa, quanto mais chacinar milhares. Mas eles poderiam ter causado a ruína de nosso observatório. Talvez a Flecha de Fogo nunca fosse descoberta se eles tivessem sucesso!

Ela ergueu uma sobrancelha acusatória.

— Corben, você está voando longe num mundo imaginário. Isso não são previsões do futuro, são as especulações de um louco.

— Que moral temos para estudar a profecia que prediz o fim de uma força maligna se não somos capazes de combater o mal que bate em nossa porta? Você acha que é certo falar sobre maldade e retribuição num sentido abstrato, mas ficar calado quando somos os responsáveis por fazer justiça?

— Não somos responsáveis por nada além de observar as estrelas.

— Somos devotos de um deus guerreiro! Somos clérigos de Thyatis! Temos que honrar nossos medalhões!

— Isso é o maior absurdo...

— Corben tem razão — interrompeu Clement.

Até eu fiquei surpreso. Na verdade, acho que até o próprio Clement ficou. Ele era o mais pacato dos adeptos, contente em pesquisar e observar. Até as estrelas se moviam com maior velocidade que meu amigo. Se ele não tivesse uma mente tão astuta, eu poderia quase dizer que seria o próximo Ancel, ocupado apenas com trivialidades no observatório.

Mas estava indignado, a sua maneira.

— Eles estragaram equipamento santo — continuou Clement. — O crime não foi só contra nós, foi contra Thyatis. Vamos tolerar clérigos tão ambiciosos a ponto de prejudicar o resto do clero para se promover?

— Então faça uma reclamação formal a um alto clérigo — disse Ysolt, de mau humor. — Vá atrás do sumo-sacerdote!

— Isso nunca daria certo — retruquei. — O Observatório da Segunda Flama tem muito prestígio entre os nobres, todos iriam em sua defesa. Precisamos de algo mais simples, mais direto.

Os dois me olharam. Ysolt exasperada, Clement ansioso.

— Vamos ver se prestígio basta para praticar astrologia. Vamos ver o que eles fazem sem o que deveria ser sua maior ferramenta.

— Corben, não fale o que eu acho que vai falar.

— Vamos quebrar a grande lente de seu sumo-telescópio.

3
ATRAVÉS DA LENTE QUEBRADA

E PRECISAVA SER NAQUELA NOITE, PARA QUE ELES ENTENDESSEM que era uma consequência, uma retribuição.

Na verdade, era porque minha raiva estava fervendo e eu não queria que a vergonha e o arrependimento a sobrepujassem. Não queria pensar melhor, não queria considerar nossas opções. Não queria ser só um mentiroso. Queria poder contribuir com algo para o observatório, mesmo que fosse algo com que ninguém mais se importava.

— Não acredito que vão mesmo fazer isso — disse Ysolt.

Algo mudara na voz dela, no jeito como me olhava. Ao mesmo tempo em que estava decepcionada com o que eu fizera, também estava com o que eu faria. Em um dia, eu revelara todo um lado novo e feio a minha amiga.

Era estranho vê-la séria por tanto tempo. No observatório e até nas áreas seculares da cidade, Ysolt era reconhecida de longe por sua risada fácil e alta. Mesmo quando éramos acólitos e fazíamos provas extenuantes que duravam horas e determinariam boa parte de nosso futuro, ela começava a rir no meio do silêncio. Alguns adivinhos-mestres odiavam, Ysolt ficara detida muitas vezes antes de ser ordenada clériga. Lembro também de quando ela desatou a rir no meio do funeral do Bispo-Vidente Acheraus, que participara da construção do primeiro observatório, um dos últimos clérigos que ainda lembravam da primeira visita de Niebling a Sternachten. Toda a cidade estava reunida ao redor da pira funerária, as chamas lambiam o céu, sacerdotes entoavam cânticos de louvor, então Ysolt lembrou de uma piada e começou a gargalhar. Ela ainda estava dobrada de riso quando foi escoltada para longe. Por meses insistiu que valera a pena. Era uma boa piada.

Mas agora Ysolt não achava graça.

— Vocês só estão mostrando que não passam de crianças birrentas — ela disse. — Você se acha um verdadeiro clérigo, Corben? Acha que vai entrar para a história ao decifrar a profecia? O que os bardos vão dizer? *"Logo depois de ser incumbido com a tarefa de encontrar a Flecha de Fogo, o santificado Corben ficou bêbado e vandalizou um telescópio."*

— Não estou bêbado — eu disse, dando um gole no odre de hidromel.

E não estava. Não de verdade. Era só um pouco de coragem líquida. Eu tinha sede de mais coragem.

Nós dois escutávamos o subtexto da conversa, embora Clement não captasse nada daquilo. Ao mesmo tempo ela questionava se eu queria entrar para a história como um criminoso e como um mentiroso. Eu tentava me concentrar na vingança, na raiva que sentia dos outros, para disfarçar a raiva que sentia de mim mesmo.

— Você está jogando tudo fora — ela disse. — Vai ser descoberto e vai sofrer consequências. Não eles, *você*. E você também, Clement. Por que não completam o desastre e usam vidência para descobrir os verdadeiros culpados? Assim saberiam quem punir!

Fiz uma careta. Meu estômago revirou de medo e repulsa instintivos. Usar vidência por motivos pessoais era um dos piores crimes para um clérigo de Thyatis em Sternachten. Eu mesmo já vira um adivinho-mestre ser excomungado e banido porque vasculhara o interior da casa de um oleiro por pura curiosidade. Cresci ouvindo a história de uma clériga que espionou o futuro de um burguês que ela odiava, para planejar uma armadilha mística contra ele, e foi cegada antes de ser expulsa. Seu nome foi apagado dos registros da congregação. Não sei se uma punição tão severa realmente ocorreu ou era só uma história para amedrontar acólitos, mas todos nós sabíamos das consequências de invadir a privacidade de qualquer um usando o dom de Thyatis.

A regra foi criada porque, nas primeiras décadas de Sternachten, formou-se uma espécie de governo totalitário de vigilância intensa, em que os clérigos observavam o interior das casas dos burgueses em busca de hereges. Então passaram a ver dentro de suas mentes à procura de pensamentos heréticos. Logo passaram a vasculhar seu futuro por *possibilidades* de heresia. A noção do que era heresia se dilatou cada vez mais, até que os burgueses passaram a viver em terror constante de seus próprios pensamentos e destino. O domínio durou até que a maioria dos clérigos perdeu os poderes por ter se desviado dos ensinamentos de Thyatis. Os poucos que sobraram lideraram os burgueses na captura e no banimento dos vigilantes. Desde então, Sternachten pregava o dogma de nunca usar vidência, exceto em profecias e augúrios encomendados por patronos de fora da cidade ou que dissessem respeito ao mundo exterior.

Roubar uma ideia era ruim, mas violar a lei sagrada seria imperdoável.

Inclusive, pela existência daquela regra, eu sabia que ficaria impune pelo que fizera.

— Nós sabemos quem são os verdadeiros culpados — disse Clement, interrompido por um soluço. — E não vamos cometer nenhum crime que eles mesmos não tenham cometido.

Notei que meu amigo estava um pouco mais bêbado que o planejado, mas achei que não faria diferença. Clement precisava de um ímpeto extra. Tudo ficaria bem.

— Não vou denunciá-los — disse Ysolt. — Mas também não quero mais participar de sua pesquisa.

De novo, aquilo tinha uma conotação a mais. Ela não iria nos denunciar, não iria me denunciar. E não iria mais trabalhar conosco. Abandonaria seu próprio projeto.

— Vai largar seu... — comecei, mas me corrigi: — Vai largar o estudo da Flecha de Fogo?

— Não, quem está largando são vocês. Quando isso desabar, não quero estar envolvida em nada. Eu logo terei um novo projeto. Podem me procurar quando estiverem prontos para levar o sacerdócio a sério.

Ysolt virou as costas e subiu a escada de madeira que levava de volta ao andar térreo. Não falei nada. Havia uma certeza, um ar de rompimento, que me deixou mudo. Eu mostrara uma outra face a minha amiga, talvez minha verdadeira face. Ela preferia entregar sua ideia a mim do que continuar interagindo comigo.

Tentei me convencer de que era tudo culpa do Observatório da Segunda Flama. Se eles não tivessem sabotado nosso telescópio, eu nunca teria sido posto na posição que me obrigara a mentir daquela forma.

Clement foi tomar outro gole e viu que o odre estava seco.

— Vamos à despensa pegar mais hidromel.

— Não precisamos de mais hidromel — eu disse. — Está na hora de agir.

Ele pareceu meio desolado, mas deu de ombros.

— Você acha que ela vai mesmo abandonar a pesquisa? — ele perguntou.

— Amanhã falamos com ela. Quando Ysolt perceber que nada deu errado, vai voltar atrás. Ela sabe que é uma oportunidade de trabalhar com a Adivinha-Mestra Neridda.

Clement assentiu com a cabeça, satisfeito. Não percebeu o quanto minha voz tinha tremido.

Nós esperamos algum tempo, depois saímos um por vez. Precisávamos ser discretos. Se fôssemos interpelados por Neridda, Dagobert, Salerne ou qualquer outro clérigo superior, seríamos mandados de volta ao trabalho. Isso se não sentissem o cheiro de bebida em nosso bafo. Eu saí primeiro. Fingi que organizava alguns pergaminhos no corredor, determinei que o caminho estava seguro, então dei três batidas no alçapão. Saí rápido em direção a nossa velha janela secreta, saída e entrada da torre para todos que faziam atividades ilícitas.

Subi na janela, pulei para fora. Era noite escura, eu não conseguia ver nada no meio das árvores, dos arbustos e das pedras. Esperei algum tempo e vi Clement surgindo na janela. Ajudei-o a descer. Então nos esgueiramos pela floresta colina abaixo, rumo ao Observatório da Segunda Flama. Entre as árvores, vimos um adivinho-mestre lecionando para um pequeno grupo de acólitos que bocejavam. Mais à frente, numa área escondida, evitamos mais um casal que fazia o que casais faziam escondidos na floresta. Talvez o mesmo casal de antes. Então chegamos ao pé da colina e logo estávamos numa área secular, transitando pelas ruelas, longe da vista dos clérigos.

Sternachten era estranha à noite. Como os observatórios trabalhavam principalmente depois do crepúsculo, a cidade nunca parava. As torres nas colinas despontavam, iluminadas, com os domos abertos e os enormes telescópios emergindo em direção ao céu. Em todas as áreas seculares sempre havia muita gente acordada, muitos negócios funcionando. Acólitos corriam para as ferrarias noturnas em busca de peças de reposição de emergência. Cozinhas preparavam o jantar, que era servido cerca de três horas antes do amanhecer. Lojas de alquimistas abriam as portas, pois sabiam que sempre havia grande chance de surgirem clérigos precisando de substâncias para polir lentes ou desemperrar engrenagens. Isso tudo fazia funcionar as tavernas, o que motivava o funcionamento do mercado, onde se vendiam frutas e vegetais em plena madrugada. Metade da população trocava a noite pelo dia, e assim curtumes, alfaiatarias, barbeiros e sapateiros funcionavam à noite. Era comum ver crianças brincando nas ruas escuras ou praticando em guildas à luz dos lampiões.

— Qual é o plano? — perguntou Clement.

— Eu crio uma distração. Você fica atento perto do observatório. Vou escalar pelo lado de fora. Grite se alguém notar algo estranho lá em cima.

— Qual distração?

— Não se preocupe com isso.

Clement fez um muxoxo de desaprovação, mas não falou nada. Quis parar numa taverna e beber mais um caneco de hidromel. Não pude detê-lo, felizmente ele se contentou com só um. Seguimos por caminhos separados, cada um indo a um alquimista de lados opostos da cidade e comprando uma substância específica. Escolhi o alquimista que vinha admirando há algum tempo, mas ele estava dormindo. Fui atendido por um aprendiz. Quando me juntei a Clement de novo, nos escondemos num beco escuro. Então misturei as duas substâncias num recipiente feito de cabaça. Quando as duas se juntaram, ouvi um chiado e senti a cabaça borbulhar. Um vapor de cheiro forte emergiu da boca. Derramei um pingo do líquido resultante num paralelepípedo e o vi rachar em instantes.

Eu não era alquimista, mas conhecia algumas bases daquela ciência. Sabia preparar uma mistura com dois componentes comuns, que podia quebrar com facilidade minerais, mas era absolutamente inofensiva contra qualquer coisa viva ou que já tivesse sido viva. Se uma pessoa mergulhasse um dedo no preparado, o único risco seria estragar um anel.

A grande lente de um sumo-telescópio era reforçada, espessa e tratada magicamente para resistir a intempéries. Nenhum observatório já havia trocado a grande lente mais de duas vezes desde sua construção. Um objeto como aquele custava o preço do resgate de um rei, era produzido apenas pelas melhores guildas de vidreiros de Cosamhir, ao longo de semanas ou meses. Não bastava um martelo ou uma pedra para quebrar uma grande lente.

Mas aquele preparado alquímico serviria.

— E agora? — perguntou Clement.

— É melhor você não saber. Vá à Colina Norte e me espere do lado de fora do observatório.

— Como vou saber que você chegou?

— Você vai ver minha distração.

Ele não gostou daquilo, mas era melhor não assustá-lo com meu plano. Clement sumiu numa ruela e fui até a praça central. Por sorte, a elfa Laessalya estava acordada.

— Eu sou a Flecha de Fogo — disse Laessalya.

— Eu sei. O que está fazendo de pé a esta hora?

Ela olhou para o chão e começou a remexer os dedos. Estava com vergonha. Imediatamente me arrependi de ter perguntado. Todos em Sternachten gostavam de Laessalya, mas ela não era muito estável. Muitas vezes dormia nos fundos da estalagem *Luneta Celeste*, mas era frequente que "seu" quarto estivesse ocupado por hóspedes. Então Laessalya dependia da caridade do povo ou do clero, e quase sempre conseguia.

Exceto em seus dias de fogo.

Todos em Sternachten conheciam os poderes de Laessalya. Não era uma feiticeira — vários arcanos já tentaram treiná-la, ou ao menos entender seus poderes, sem sucesso. Suas chamas também não eram divinas, embora fosse tentador pensar que Thyatis tinha algo a ver com aquele dom. Até onde se podia compreender, ela era apenas uma garota que gerava fogo de vez em quando. Desde que chegara à cidade, Laessalya nunca conseguira controlar o fogo, muito menos fazer algo útil com ele. Antes que eu mesmo chegasse, dizem que um pregador veio à cidade e tentou usá-la como prova de que o fim do mundo estava próximo, mas se frustrou quando a elfa não conseguiu produzir a menor fagulha para amedrontar os fiéis. Ela também tentou muitas vezes acender a lareira da *Luneta Celeste* como pagamento por sua estadia, mas sempre fracassava. O fogo chegava sem aviso e sem propósito. Passavam-se meses sem que ela incendiasse nada. Então acontecia algo como na tarde anterior, na fonte, e todos a evitavam por alguns dias.

Laessalya estava acordada na praça central porque os cidadãos de Sternachten tinham medo de que ela queimasse suas casas durante a noite. Não era um medo infundado: ela já incendiara o sótão de uma viúva no meio de um pesadelo em um de seus dias de fogo.

Era com isso que eu contava.

— Você acha que pode me fazer um favor, Laessalya?

— Uma vez salvei um halfling e um elfo. Disseram que eu parecia Glórienn.

— Não vai ser nada tão difícil. Que tal? Acha que pode me ajudar?

Ela sorriu. Laessalya gostava de mim. Eu me sentia um pouco sujo por usar sua inocência em minha vingança, mas não era como se a estivesse prejudicando. Eu ajudava Laessalya sempre que podia. Gostava de passear com ela e ouvia suas histórias, por mais desencontradas que fossem. Além disso, estava oferecendo algo em troca.

— Não quer passar as próximas noites no observatório? — perguntei. — Lá ninguém tem medo de suas chamas.

— Eu sou a Flecha de Fogo! — seu rosto se iluminou.

— Claro que é! Não esqueça disso. Venha comigo.

Laessalya me deu a mão e me acompanhou saltitando. Talvez fosse uma manipulação, mas parecia melhor do que ignorá-la ou evitá-la como a peste.

— Flecha de Fogo! — ela cantarolou por quase todo o caminho. — Flecha de Fogo! Flecha de Fogo!

Quando chegamos perto da Colina Norte, abaixei-me atrás de um pedregulho e fiz sinal para que ela me imitasse. Como em uma brincadeira,

Laessalya obedeceu, dando risinhos. Coloquei o dedo indicador sobre os lábios e ela abafou o riso com a mão.

— Agora você vai me ajudar, certo?

Fez que sim.

— É fácil — continuei. — Você só precisa ir até o observatório. Está vendo? — Ela assentiu de novo. — Então mostre que você é a Flecha de Fogo. Fale bem alto, para que todos ouçam! Use as armas que vai empunhar quando matar Thwor Ironfist.

— Tenho uma arma escondida bem ali!

— Que sorte! Viu? Vai ser fácil.

Fiz sinal de silêncio mais uma vez e Laessalya concordou, conspiratória como uma menina travessa. Deixei que ela corresse colina acima em direção ao Observatório da Segunda Flama e fui pelo caminho oposto. Andando agachado, cheguei à lateral do observatório alguns minutos depois dela. Laessalya estava do outro lado. Eu podia ouvir sua voz musical vagamente, abafada pelo vento e pela distância. Lá dentro, o observatório estava no auge da atividade. Contornei a torre por alguns metros. Apertando os olhos, vi a silhueta de Clement, vigiando como combinado. Ele ergueu o polegar para mim num sinal de positivo.

Então murmurei uma prece rápida a Thyatis, escondi meu medalhão dentro dos mantos e comecei a escalar.

Escalar uma torre à noite sem equipamentos parece uma boa maneira de quebrar o pescoço, mas eu já escalara um observatório várias vezes. Era meu próprio observatório, que eu conhecia bem, e foi durante o dia, mas não era tão difícil. Os sacristãos-ourives muitas vezes precisavam chegar aos telescópios quando as escadas e os elevadores estavam comprometidos por alguma razão. Assim as paredes externas das torres tinham apoios para mãos e pés. Além disso, sendo dormitórios e escolas de jovens, todos os cinco observatórios foram adaptados sorrateiramente para fugas e entradas furtivas ao longo das décadas. Acólitos e adeptos de gerações anteriores escavaram e entalharam apoios e auxílios adicionais para facilitar seu movimento e como dádiva aos colegas futuros. Os encontros entre casais de diferentes observatórios dependiam em grande parte daquele segredo aberto — a menos que os namorados confiassem muito na discrição de estalajadeiros ou se contentassem com as florestas, como o casal que eu sempre via na Colina Oeste.

De qualquer forma, era preciso um pouco de coragem e um pouco de agilidade, mas eu estava escalando o Observatório da Segunda Flama.

Ouvi um barulho numa janela acima, então uma luz bruxuleante surgiu pela abertura. O susto me fez errar, meu pé resvalou num apoio precário. Minha boca secou, agarrei-me a uma haste de metal curta que brotava por entre as pedras. O barulho acima cessou, a luz foi embora.

Muito tênue, lá embaixo, ouvi:

— Sou a Flecha de Fogo! A Flecha de Fogo! Saia de minha cidade, sou a Flecha de Fogo!

Continuei escalando e logo ouvi um crepitar de chamas.

O cheiro de fumaça chegou a minhas narinas sem demora. Lá embaixo, Clement devia estar em pânico, mas eu sabia que ele não ia me abandonar. O crepitar se transformou num chiado contínuo e a luz do fogo se fez visível do outro lado da torre.

— Sou a Flecha de Fogo! Eles não podem me tocar, sou a Flecha de Fogo!

Sorri quando a gritaria se instaurou dentro do observatório. A torre em si não queimaria, pois era de pedra. Talvez um ou outro galpão de madeira virasse cinzas, porque os clérigos da Colina Norte estocavam lenha e potes de cerâmica do lado de fora. Mas principalmente o que queimaria era mato. Arbustos, árvores atarracadas. Seria apenas uma distração.

Como eu previra, a madeira viva, úmida e cheia de viço gerou uma quantidade enorme de fumaça. Se fosse madeira seca, o fogo seria mais devastador, mas mesmo um fogo contido criaria uma cortina negra naquelas condições. Tossi algumas vezes quando a fumaça chegou até mim, mas prossegui. Logo já era difícil enxergar o céu. O burburinho de dezenas de clérigos tomou o interior do observatório. Eu podia tossir à vontade e não seria ouvido. Meus olhos lacrimejavam, mas eu já estava quase no topo. Tateei os últimos metros, achando apoios para pés e mãos. Até que encontrei uma espécie de escada, aros de ferro enfiados na pedra, um após o outro, que serviam como ponto de apoio quando o domo móvel precisava ser consertado.

Achei ter ouvido um assobio alto. O sinal de Clement. Mas era difícil ter certeza no meio da algazarra dos clérigos, do crepitar das chamas, de minha própria tosse. Fiquei parado, escutando com atenção, mas o assobio não se repetiu. Devia ser minha imaginação.

Escalei a escada de ferro e cheguei ao domo.

Estava entreaberto, claro. Numa noite como aquela, todos os domos estavam abertos, para que os telescópios emergissem do interior das torres.

Arrastei-me pelo domo, avançando deitado. Alcancei a borda. O sumo-telescópio estava a minha frente.

Eu podia ver aqueles equipamentos centenas de vezes, mas nunca deixava de me impressionar. Era um gigantesco cilindro de metal, mais grosso que o corpo de três homens, cheio de hastes finas, rodas que podiam ser apertadas ou afrouxadas, sulcos e reentrâncias. Seu interior era uma sequência complexa de lentes e espelhos de diferentes tipos. Todos os telescópios eram capazes de aumentar e diminuir de comprimento, os tubos entrando uns nos outros, numa dança perfeita, coordenada pelas alavancas e engrenagens no observatório. O exterior de cada telescópio era pintado com padrões abstratos e imagens figurativas. O sumo-telescópio de cada observatório, em especial, era decorado com esmero. E, sendo aquele o Observatório da Segunda Flama, o telescópio fora pintado por mestres, decorado com riqueza ostensiva. Cada parafuso era acompanhado por uma pedra preciosa, transformando-se de detalhe funcional em ornamento. Em toda sua extensão, cenas religiosas mesclavam-se com momentos heroicos e importantes da história de Arton. Lá estavam retratadas a luta contra Mestre Arsenal, a Grande Batalha, o Exército de Deuses, a fundação da Ordem da Luz e da Ordem de Khalmyr, a queda do Paladino. Tudo ao redor do enorme brasão do observatório. Toquei em meu medalhão, por cima dos mantos, como se ele me desse forças.

Fiquei acocorado na borda do domo aberto. Então me coloquei de pé. Estendendo o braço, eu conseguia encostar no telescópio. Segurei uma grande alça que servia para que ourives e clérigos pudessem se pendurar no equipamento para consertos. Também era cheia de entalhes e adornos. Com um pequeno salto, subi no tubo metálico, ficando deitado rente a ele.

Subi rumo à grande lente, a ponta do telescópio. Lá embaixo, a gritaria continuava. Como eu imaginara, nenhum clérigo estava trabalhando nos telescópios enquanto havia um foco de incêndio no pé do observatório. A fumaça dificultava que eu enxergasse qualquer coisa, mas não havia como errar o caminho. Tossi várias vezes, mas quase não escutei meu próprio barulho, tamanha era a confusão lá dentro. Eu queria uma distração, mas aquilo era algazarra demais. Talvez o incêndio tivesse saído de controle. Mas Sternachten era uma cidade de clérigos, meras chamas não causariam grande estrago antes que alguém rezasse por chuva.

Cheguei ao extremo do telescópio. Olhei para baixo, mas não conseguia ver muita coisa através do véu de fumaça. O importante era que não havia movimento nas plataformas de observação. Puxei a cabaça com o preparado alquímico. Destampei-a e derramei o conteúdo sobre a grande lente. O líquido escorreu e logo ouvi o vidro rachar. Uma vez, duas, três, então várias. Eu não tinha ângulo para enxergar, então me debrucei e corri os dedos com cuidado pela lente. Estava inutilizada.

Ouvi outros estalos e rachaduras. O líquido devia estar escorrendo por dentro do sumo-telescópio, danificando outras lentes.

— Que observem as estrelas assim — murmurei para mim mesmo.

Então o telescópio começou a se mexer.

Escorreguei para baixo, mas consegui me agarrar numa alça antes que desabasse. Meu coração disparou. O telescópio estava ficando cada vez mais na vertical, logo seria impossível ficar sobre ele. Olhei para os lados, para as bordas do domo aberto. Eu precisava pular.

Firmei o pé numa reentrância, conseguindo algum apoio. Teria de servir. Preparei-me para tomar impulso.

Então o telescópio começou a se retrair.

Meu pé escorregou. Fiquei pendurado pela alça. A fumaça encobria tudo. O rangido ensurdecedor das engrenagens não deixava nem mesmo ouvir o que se passava dentro do observatório. O telescópio se retraiu cada vez mais, entrando na torre. Logo qualquer um conseguiria me ver ali, com ou sem fumaça. Decidi fazer uma tentativa desesperada e saltei para uma plataforma dentro da torre.

Tive pouco impulso, só o que consegui empurrando as pernas contra o tubo metálico, mas foi suficiente. Caí pesado no piso de metal, rolei. Segurei o ombro, que tinha absorvido a maior parte do impacto. Doía, mas eu conseguia mexer.

O telescópio continuou se retraindo. Olhei em volta. Não havia ninguém. Eu não fora visto.

Havia uma chance, uma pequena chance, de escapar por dentro do observatório. Eu era só mais um jovem de mantos vermelhos. Talvez pudesse me mesclar ao alvoroço lá dentro. Corri para as escadas e comecei a descer, rezando a Thyatis, sentindo que não merecia sua piedade. Pensei nas palavras de Ysolt. Eu seria pego e agora não teria nada.

O telescópio chegou a seu comprimento mínimo. Com um estrondo metálico, fechou-se em um cilindro que só chegava até a metade da torre. As engrenagens ficaram silenciosas.

E o interior do observatório também.

Eu não entendia. O que tinha havido com toda a algazarra? Mesmo que o fogo já tivesse sido debelado, por que não havia uma única voz ali dentro? Segui escada abaixo, meus passos nos degraus metálicos ecoando pelo espaço aberto. Estava cada vez mais consciente de que aquele era o único som ali dentro.

Não aguentando mais meu próprio barulho óbvio, parei.

Ouvi sons tênues. Não dentro do observatório, mas lá fora.

O rugido das chamas. Alto demais, vindo de todos os lados. Não importava que o incêndio tivesse saído de controle, não deveria haver *tanto* barulho de fogo. E gritos, gritos longínquos. Estremeci e senti meus músculos ficarem moles. Segui pela escada. Em meu medo, tropecei, caí alguns degraus, consegui me segurar no corrimão.

Até que enfim vi alguém. Era um clérigo do Observatório da Segunda Flama, mas fiquei feliz como se ele fosse Clement ou Ysolt. Estava agarrado a uma alavanca que operava o telescópio. Com certeza fora ele que tinha feito o tubo se retrair.

Corri para o clérigo.

— O que está acontecendo?

Toquei nele e sua cabeça caiu para trás, o pescoço sem força. O capuz revelou um rosto ressequido, a pele como pergaminho velho. Os lábios retraídos, mostrando dentes e gengivas num esgar paralisado. Da boca, dos olhos, do nariz e dos ouvidos escorria uma espécie de lodo negro viscoso. As mãos seguravam a alavanca como se fossem pedra esculpida em volta dela. Horrorizado, esbarrei no cadáver sem querer. Todos os dentes caíram como frutas maduras demais. Gritei.

Corri para me afastar daquilo. Tropecei em algo.

Era outro cadáver.

Apoiei as mãos no chão para me erguer e toquei em outro cadáver, e mais outro. O chão estava coberto deles. Gritei de novo. Minha voz ecoou pela torre. Tentei caminhar, escorreguei em algo. Eu não precisava olhar para saber: era o lodo negro. Andei tropeçando, resvalando naquela coisa. Não conseguia mais gritar. Sacudi os cadáveres, mas eram só cadáveres. Cada um deles com o rosto ressequido, a pele fina e quebradiça. Quando eu tocava neles, seus cabelos caíam todos ao mesmo tempo, seus dentes se soltavam, suas unhas desgrudavam dos dedos. Para meu horror, caí com a mão no peito de um clérigo estirado e o esterno dele estourou, sem resistência nenhuma. Afundei até o pulso em carne esponjosa e ossos com consistência de areia. Puxei a mão e vi que estava coberta de lodo negro.

Eu não pensava em nada. Estava além do horror, mergulhado num sentimento para o qual eu não tinha e não tenho nome. Era o absurdo abjeto, a noção de que o mundo se tornara irreconhecível num instante. Como se eu assistisse a minhas próprias ações num teatro, fosse uma marionete e não estivesse no controle de mim mesmo.

Tropeçando e escorregando, consegui chegar à saída do observatório.

Abri a porta e ganhei a Colina Norte. De lá, tive uma visão de toda a cidade.

Sternachten queimava.

Comecei a correr colina abaixo, em direção às regiões seculares, às chamas e aos gritos. Sob a luz do fogo, vi pessoas correndo pelos becos e pelas ruelas. No meio do caminho, lembrei de Clement.

Virei e corri para cima de novo. Eu estava desorientado, confuso. Pensava em todas as pessoas que conhecia, mas fora de qualquer ordem lógica. Tentei enumerar meus amigos, lembrar de onde eles estavam, mas não consegui pensar em ninguém, só no acólito do Observatório da Segunda Flama que eu aterrorizara no dia anterior. Pelo menos lembrava de Clement. Tropecei em algo e caí. Achei que era uma raiz, puxei o pé para me erguer, mas algo me segurou.

Era um clérigo.

Tentei gritar quando o vi estendido no chão, sua mão cadavérica agarrando meu tornozelo, mas eu não tinha mais voz. Tudo que restava dentro de mim era o gosto da fumaça. Eu nunca vira aquele clérigo antes, mas enxerguei-o me segurando, pavor nos olhos. Ele chorava lodo negro. Vi seu rosto perder a cor, então murchar. A pele ficou seca e encarquilhada em instantes.

— Ajude...

Foi tudo que ele conseguiu falar antes que sua língua se abrisse em rachaduras fundas e secas. Então uma golfada de lodo negro verteu de sua garganta e ele morreu. Senti seu toque ficar gelado. Puxei o pé, mas o agarrão não diminuíra com a morte. Num grito contínuo e mudo, apanhei uma pedra no chão. Ergui-a e bati na mão do clérigo. Bati de novo e de novo, acertando seu pulso, seus dedos, meu tornozelo. Eu tinha noção de que a dor era forte e eu estava me machucando, mas não conseguia parar. Enfim os dedos se desgrudaram de mim e da mão, caindo como pétalas, sem sangue, deixando apenas buracos secos.

Consegui levantar, muito ciente de que meu tornozelo estava ferido. Manquei de volta ao observatório. Atravessei o mato em chamas, tentando me proteger, tossindo fumaça. Minha boca expeliu ar e meus lábios fizeram os movimentos certos, mas eu não conseguia produzir som.

Queria chamar Laessalya.

Ela estivera bem ali, mas não consegui achá-la. Então contornei o observatório. Com um esforço supremo, emiti uma só palavra, fraca e fina em meio ao rugido das chamas:

— Clement?

E ouvi:

— Corben!

Tirei força de algum lugar e corri. Meu tornozelo cedeu no último passo. Caí de joelhos. Mas vi a forma de meu amigo. Ele ergueu a cabeça. O instante que aquele movimento demorou pareceu uma hora. Eu não queria ver seu rosto ressequido, não queria ver sua pele de pergaminho, não queria ver seus dentes caindo ou o lodo negro escorrendo. Rezei a Thyatis com fervor que nunca tivera antes, implorei para que meu amigo não tivesse sido vítima daquela maldição, o que quer que fosse.

Clement estava sorrindo.

Sua pele brilhava de suor.

Não havia lodo.

— Corben!

Manquei até ele. Abracei-o.

Senti algo molhado ao mesmo tempo em que ele gemeu de dor.

Olhei minha própria mão e vi que estava suja de sangue.

— Corben, me ajude — disse meu amigo, abrindo os mantos.

Vi seu peito branco escorrendo vermelho, um rombo atravessando-o de um lado a outro. Notei que ele respirava com dificuldade. A voz saía cada vez mais fraca.

— Corben, por favor...

Chorando e engasgando, rezei para Thyatis.

— Corben, eu vi uma bruxa... — ele balbuciou, com o mesmo sorriso absurdo. — Uma bruxa voando... Aqui na cidade...

— Você está delirando — gaguejei. — Fique calmo, vou cuidar de você.

Coloquei as mãos trêmulas sobre Clement, entoando todas as preces de cura que eu conhecia. As palavras foram automáticas, sem que eu conseguisse pensar. Não tinham significado, eu só queria curá-lo. Vi o brilho divino do milagre, tremendo ao acompanhar minhas mãos. A luz se derramou sobre o ferimento e consegui enxergar a carne se recuperar.

Mas também senti ar vazando do rombo. Seu pulmão estava comprometido.

Ele falava, mas nenhum som saía de sua boca. O sorriso de alívio por me ver se transformou numa expressão de horror quando ele notou que era inevitável.

Com suas últimas forças, Clement agarrou meu manto, como se assim pudesse se agarrar à vida.

Ele tentou falar "Corben", mas sem som.

— Era tudo mentira — eu disse. — Eu roubei o projeto de Ysolt. Menti para você.

Ele me olhou, sem conseguir focar a visão em mim.

— Não tenha medo — eu disse para ele e para mim mesmo.

As lágrimas se misturavam à fuligem em meu rosto. A luz em seus olhos foi se apagando.

— Não tenha medo, Clement. Não é o fim. Thyatis está com você. Não há morte. Não há morte.

Seus dedos ficaram um pouco mais fracos.

— *Me perdoe...*

Então a morte chegou, zombando de mim.

Clement morreu apavorado, sem entender nada. Eu estava com ele, mas mesmo assim ele parecia sozinho.

Sacudi-o. Rezei a Thyatis. Meu patrono era o Deus da Ressurreição e da Profecia. Um de seus clérigos não podia morrer daquele jeito. Clement merecia uma segunda chance. Rezei por um milagre, por algo muito além de meus conhecimentos e minhas capacidades. Coloquei as mãos no peito de Clement. De olhos fechados, sem querer ver o que acontecia. Com fervor, pedindo mais uma chance, alguma esperança.

Uma ressurreição.

Abri os olhos.

Nada tinha acontecido. Clement estava morto.

Uma mosca pousou em seus lábios.

Cambaleei para longe do cadáver de meu amigo, perguntando a Thyatis por quê.

Não havia resposta.

As ruelas da área secular estavam cobertas de cadáveres. Manchas de lodo negro sujavam as paredes. Tudo queimava, enchendo cada beco de fumaça. A maioria dos cadáveres estava ressequida e encarquilhada, como os do observatório, os corpos paralisados numa morte maldita que eu nunca vira. Mas vários também tinham morrido por espada ou machado.

Vi a cabeça do alquimista que eu admirara de longe por tanto tempo jogada no chão. O corpo estava a alguns metros.

Avancei mancando, sentindo o ombro e o tornozelo como se fossem dores do corpo de outra pessoa. Eu só queria chegar a meu observatório. Precisava ver com meus próprios olhos. Mesmo que ele estivesse queimando, mesmo que Dagobert, Salerne, Neridda, Ancel e todos os outros estivessem mortos. Precisava ver por mim.

Precisava salvar Ysolt.

Precisava pedir seu perdão.

Cheguei à praça e vi a estátua de Thyatis queimando.

Era pedra, não devia queimar.

A chama era negra.

Girei sem controle, vendo só morte e fogo ao redor. Exceto pelas chamas, nada se mexia, todos estavam mortos. Uma taverneira surgiu correndo por um beco. Abri um sorriso estúpido ao ver alguém vivo. Então ela caiu.

Corri para ela. Por entre as ruas, vi a silhueta da Colina Oeste. O Observatório da Pena em Chamas ardia. Agachei-me sobre o cadáver da taverneira. Seus cabelos castanhos e ondulados estavam sujos de sangue. Seu crânio fora aberto por um golpe. Vi seu cérebro.

— Ela ainda está viva? — ouvi uma voz límpida atrás de mim.

Virei e enxerguei-o pela primeira vez.

Sua armadura completa rebrilhava com as chamas. Era polida como um espelho, mas estava suja de sangue, fuligem e lodo negro. Ele carregava uma espada e um escudo. No escudo, identifiquei a espada e balança — o símbolo de Khalmyr, o Deus da Justiça. Mas, sobre aquele brasão, havia também a fênix de Thyatis. Logo reconheci outros brasões: o sol de Azgher, o coração e a pena de Marah e outros, todos misturados num desenho complexo. Era uma junção dos símbolos de vários deuses benevolentes, os sinais da Justiça, da Paz, da Ressurreição. De início, não consegui ver o rosto do guerreiro. Ele usava um elmo prateado que cobria a parte superior de seu rosto, como uma máscara. Asas metálicas decoravam as laterais do capacete e por baixo despontava um comprido bigode loiro.

Ele tirou o elmo e vi seus olhos azuis brilhantes, seu rosto duro e suado, seus cabelos dourados. Não era jovem, mas era forte e sólido.

— Ainda está viva? — ele perguntou de novo. — Pode curá-la?

— Não — gaguejei. — Está morta. Não há nada que...

— Cuidado! — gritou o cavaleiro.

Por instinto, corri para longe do beco, a tempo de sentir algo voando rente a mim. Joguei-me no chão e ergui os olhos: era uma criatura humanoide pequena e magra, metida em farrapos negros e fétidos. Tinha um chapéu pontudo e estava dentro de um grande pilão. Ela gargalhou enquanto voava em seu estranho veículo. Virou-se e pude enxergar sua pele cinzenta e cheia de verrugas, seus olhinhos vermelhos, seu nariz pontudo, seus dentes afiados e quebrados. Era um goblin.

Era a bruxa que Clement mencionara em seu delírio de morte. Era uma goblin fêmea.

A bruxa disparou um relâmpago contra o guerreiro, que ergueu o escudo prateado. A eletricidade atingiu o metal num clarão branco, com um estrondo enorme. No meio do caos, do horror e do choque, pensei que aquele devia ser um objeto místico. Um escudo de metal não bloqueava um relâmpago, não fazia com que ele explodisse para todos os lados. Ali estava um guerreiro que portava um artefato milagroso, com os símbolos dos deuses da bondade.

No meio do brilho súbito, achei ter visto uma silhueta numa ruela próxima.

— Thalin! — chamou o guerreiro. — Rápido, antes que ela fuja!

Enquanto eu me arrastava nos paralelepípedos, piscando para me livrar dos pontos vermelhos que enxergava após o clarão, vi uma sombra graciosa e ligeira sobre um telhado. A bruxa se afastava sobre o pilão, soltando uma risada aguda. A figura no telhado empunhou um arco, puxou a corda e fez mira, em movimentos contínuos e fluidos. Seus cabelos foram soprados para trás pelo vento quente do incêndio e vi suas orelhas longas. Era um elfo.

Ele disparou a primeira flecha e, antes que ela tivesse atingido o alvo, deixou voar outras duas. Eu já não enxergava mais a bruxa no meio da fumaça e na escuridão do céu, mas ouvi quando sua gargalhada se transformou num grito de dor. Então houve um baque, como se algo desabasse sobre um telhado.

— Rutrumm! — gritou o homem de armadura. — Ela caiu!

— Considere feito, chefe! — disse um vulto. Vi um anão trajado em roupas negras correr pela praça como um gato, sem fazer barulho, sua longa barba negra deixando uma espécie de rastro.

A praça se iluminou. Vi uma mulher de braços erguidos, entoando palavras mágicas através de lábios pintados de verde. Ela estava concentrada, procurando algo ou alguém. Sua cabeça raspada era coberta de tatuagens. As tatuagens se moviam.

O guerreiro foi até mim. Estendeu a mão e me ajudou a levantar.

— Você é um clérigo, não? — perguntou. — A qual observatório pertence?

— Ao Observatório da Pena em Chamas — gaguejei. — Meus amigos...?

Ele balançou a cabeça lentamente.

— Não sobrou ninguém, rapaz.

De repente, lembrei da silhueta que eu vira no clarão.

— Havia alguém ali! — apontei para a rua onde eu enxergara a figura. — É um de seus heróis?

O guerreiro e a maga trocaram um olhar.

— Ela está aqui! — ele disse.

Então, como se fosse convocada, a figura apareceu.

Não sei de onde ela veio. Quando notei, estava sobre nós, no meio de um salto, com as armas em punho. Seu corpo duro não parecia ter nada além de músculos sob a pele retesada. Usava poucas roupas, apenas armadura de couro cobrindo áreas sensíveis. O pescoço grosso sustentava uma cabeça de ângulos retos, mandíbula forte, de onde despontavam duas presas sobre o lábio superior. Os olhos pequenos, negros e fundos brilharam por baixo de uma testa protuberante. Os cabelos finos e escuros eram curtos e amarrados atrás, raspados dos lados. Naquele instante, fiquei impressionado com sua aparência agressiva. A pele amarela fosca era coberta por tatuagens desencontradas, cada uma pequena e isolada, sem ligação com as outras. Apenas o rosto e a cabeça não eram tatuados.

Era uma guerreira hobgoblin. Ela caiu sobre o cavaleiro com um golpe forte, que ele bloqueou com o escudo, soltando faíscas brancas místicas. O clangor me ensurdeceu. A hobgoblin rolou para o lado com agilidade de predador. O guerreiro cambaleou para trás e colocou o elmo de novo. Enquanto isso, o elfo e a maga não perderam tempo.

O chão perto da hobgoblin foi cravejado de flechas. Ela correu, evitando-as. A maga exclamou palavras arcanas e fez gestos místicos, criando uma esfera azul entre seus dedos. A hobgoblin sacou uma adaga e arremessou-a num único gesto. Acertou a maga no peito. Ela caiu para trás, a luz azul de sua magia se desvaneceu.

O cavaleiro deu um grito de guerra, já de elmo.

— Por Khalmyr e por Lena! — ele ergueu a espada e o escudo. — Para cada um de nós, dez deles!

Ouvi o ulular da hobgoblin atrás de mim, com seu próprio grito agudo e selvagem, sem palavras.

Eu estava entre os dois.

Virei para a selvagem, ergui os braços por instinto para me proteger. Olhei apavorado enquanto ela levantou sua arma. Era uma mescla de espada, clava e machado, uma única lâmina grossa quase no formato de uma cimitarra, mas com desenho quadrado. Não era de metal: parecia ser feita de uma espécie de osso negro, uma peça única, sem cabo. Estava ensanguentada.

Vi-a descer a lâmina com fúria fria nos olhos.

Senti menos de um instante de dor.

Então tudo ficou escuro.

4
O ÚLTIMO ASTRÓLOGO

EM MEU SONHO, VI THYATIS.

Ele era uma fênix que ao mesmo tempo era um homem. Tinha cabeça de ave de rapina e uma longa língua em chamas, mas sua face de predador era capaz de expressões humanas. Imensas asas de fogo brotavam de seu tronco e cobriam o mundo. Também estava de braços cruzados sobre um peito musculoso. A anatomia não se encaixava no espaço, mas nas possibilidades. Ele era algo e era outra coisa.

Ao redor havia chamas, mas eu não queimava.

— Você quer conhecer o futuro ou o passado? — perguntou o deus.

Pisquei algumas vezes. Lembrei da última vez que tivera aquele sonho, dez anos antes. Eu estivera na floresta, depois de tudo, exausto de tanto chorar. Meu sono fora profundo e gelado, até que Thyatis me visitara com o fogo. Naquele dia, ele fez a mesma pergunta, disse que se eu escolhesse o passado, seria *todo* o passado. Respondi que queria conhecer o futuro, porque o passado estava próximo demais e eu não sabia se queria entender todo ele. Não acho que seja certo uma criança ser capaz desse tipo de reflexão, mas meu pai me fez amadurecer cedo. Não sei quanto tempo passei perdido nas memórias dentro do sonho, nem sei se existe tempo em sonhos. Quando comecei a pensar no conhecimento que Thyatis me dera, fechei aquela lembrança de novo.

Ele ainda estava ali, esperando uma resposta.

— Nenhum dos dois — falei. — Quero conhecer o presente.

De alguma forma, o bico de fênix sorriu, e era também o sorriso de um guerreiro, de um professor. Talvez fosse o sorriso de um pai, mas eu não tinha como saber.

— Boa resposta, Corben — disse Thyatis. — Mas este é o único conhecimento que ninguém pode lhe dar. Você precisa obtê-lo sozinho.

— O que aconteceu? O que houve em Sternachten?

— Você fez sua escolha, adepto. Não quis conhecer o passado.

Assenti, resignado. Ele não podia responder.

Prestei atenção no que havia além das chamas. Eram as casas e os becos das áreas seculares da cidade. Eu vagava por ali, mas não sabia se estava indo a algum lugar específico. Forcei os olhos e vi os cadáveres, o lodo negro. Alguns já tinham virado cinzas. As cinzas de gente e de coisas flutuavam no ar, como flocos de neve.

— Se eu tivesse escolhido o passado... Seria todo o passado?

Ele assentiu, grave.

— E o futuro...?

— Você sabe que não ofereço todo o futuro.

— Então fiz mesmo a escolha certa — eu disse. Não sabia por que tinha falado aquilo. Em sonhos, nós mesmos podemos nos surpreender.

Ele me olhou com seus olhos de brasa. Quanto mais inescrutável, mais parecido com uma fênix ele era. Por um instante não vi nenhum traço humano, apenas o pássaro em chamas que desafiava os ciclos naturais de passado e futuro, de vida e morte. O deus hermético ao qual eu escolhera dedicar minha vida.

Ou talvez ele tivesse me escolhido. Afinal, eu tivera um sonho com Thyatis aos 10 anos, quando estava perdido na floresta e não sabia o que fazer. A visão do futuro que ele tinha me oferecido se tornara verdade — virei mesmo um clérigo, vivi num lugar onde não havia medo, onde eu não era odiado. Todos gostam de pensar que são escolhidos para algo, e o grande segredo embaraçoso dos clérigos jovens é que cada um de nós se julga um grande predestinado. Eu não era a única criança encontrada nos ermos ou visitada por sonhos místicos em Sternachten. Havia muitos escolhidos e os adivinhos-mestres deixavam claro que nenhum de nós era realmente especial por isso. Todos precisávamos estudar. Todos precisávamos ter fé e praticar se quiséssemos ser agraciados pelo mais simples dos milagres. Um dos "escolhidos", que já estava na cidade quando cheguei, trabalhava num curtume, pois confiara demais em sua predestinação e nunca se dedicara o bastante.

— Não pode me contar sobre o presente? — insisti. — Nada mesmo?

Ele foi de novo mais humano.

— O passado está nos pergaminhos e o futuro está nas estrelas — disse Thyatis. — Mas o presente está a seu redor. O presente é como uma pequena chama. É óbvio, urgente e claro, desde que você preste atenção. Se lhe der as costas e você se recusar a vê-lo, ele pode incendiar tudo e destruí-lo sem que você perceba até que seja tarde demais. E, se você tentar fechá-lo numa redoma, ele vai se apagar. Você deve apenas observá-lo, lidar com ele, contê-lo. Deve se aquecer nele, mas não deixar que o queime.

— O que isso significa?

— Você sabe.

Abri a boca para responder. O presente estava ali. Bastava que eu o enxergasse, que não me recusasse a vê-lo. O que quer que estivesse acontecendo era bem óbvio, desde que eu não me fechasse e o ignorasse.

Mas não fazia sentido responder a uma pergunta que eu mesmo fizera, para algo com o que eu estava sonhando, então não falei nada.

Toquei no medalhão, mas estava quente demais. Queimei as pontas dos dedos, recolhi a mão.

— Bem-vindo ao presente, Corben.

※

— Bom dia — disse o guerreiro, com um sorriso.

Pisquei algumas vezes, atordoado. Minha cabeça ainda doía com um latejar difuso. Minha mão segurava o medalhão, soltei-o e toquei o local do ferimento. Notei que tudo acima de minha testa estava enfaixado. Apalpei meu corpo. O ombro e o tornozelo doíam, as juntas estavam duras como dobradiças enferrujadas. Mas eu estava bem.

— O que... — comecei.

— Fique calmo, irmão — disse o homem. — Você ficou desacordado por muito tempo, mas agora está em segurança.

Um vento gelado soprou em meu rosto. Olhei ao redor, tentando fazer algum sentido dos arredores. O sonho se tornava cada vez mais fugidio, transformando-se em uma sensação, então em só uma noção de que eu precisava lembrar dele.

— A cidade! — eu disse. — Onde...?

— Fique tranquilo.

— Os clérigos, o povo!

— Você está entre amigos.

— *Ysolt, Laessalya!*

Ele colocou uma mão em meu ombro. Estava coberta por uma manopla e o metal era frio, mas o toque foi reconfortante. Parei de gritar. Fiquei de boca aberta, ofegando, olhos arregalados.

Aos poucos entendi que tudo acabara.

— Você não está mais em Sternachten, irmão.

— Não sou irmão — falei, anestesiado, agarrando-me à coisa mais banal e reconhecível que achei.

— Você...

— Não sou um monge — eu o interrompi, nem notando que ele falava algo. Eu estava pasmo, achava que precisava corrigi-lo. Era importante que ele soubesse meu nome. — Sou um astrólogo. Pode me chamar de adepto. Adepto Corben.

— Prazer em conhecê-lo, Adepto Corben — ele segurou meu ombro com companheirismo respeitoso. — Sou Avran Darholt. E estes são meus amigos. Somos a Ordem do Último Escudo.

Foi como se o mundo se tornasse menos nublado momento a momento. Como se os deuses o estivessem criando a meu redor e ele se definisse aos poucos. Provavelmente era só minha visão desanuviando depois de um machucado na cabeça e meus olhos se livrando de sujeira.

Estávamos numa região fria e pedregosa, entre duas montanhas. À frente e atrás a paisagem era a mesma, uma longa cordilheira de picos nevados. Em nossas costas, vi uma montanha bem maior que todas as outras, destacando-se no horizonte. Identifiquei-a como a Montanha do Grifo. Isso significava que estávamos na Cordilheira de Kanter, bem a sul de Sternachten.

Estávamos atravessando o Istmo de Hangpharstyth. Saindo do continente. Estávamos entrando em Lamnor, o Continente Bestial, território dominado pela Aliança Negra. Era um lugar famoso por seus perigos. O terreno era traiçoeiro, criaturas rondavam por toda parte e patrulhas goblinoides tentavam capturar qualquer viajante. Ou pelo menos era isso que diziam os livros.

Quase fiquei orgulhoso de meu pensamento rápido, mas coisas demais ocupavam minha mente.

O sol estava alto no céu, iluminando tudo com clareza. Percebi que estava sentado numa espécie de maca, meio coberto por uma manta de lã. Uma pequena fogueira soltava uma trilha fina de fumaça. Sobre ela, a carne de alguns animais assando exalava cheiro apetitoso. Havia bastante gente ao redor. Alguns sentados, outros deitados ou andando.

Avran Darholt continuava agachado a minha frente, com um sorriso compreensivo sob seu bigode loiro. Mais atrás, o elfo que disparara flechas contra a bruxa goblin na cidade me olhava, atento. O anão de barba negra comprida estava sentado numa pedra, limpando as unhas com uma adaga. A maga com a cabeça tatuada e os lábios verdes ergueu os olhos de um grande livro para me dar alguma atenção, então perdeu o interesse. Seu peito estava enfaixado, onde fora atingida pela adaga arremessada. Um homem imenso, que mal parecia humano, uma montanha de músculos vestida apenas em trapos sujos e peles de bichos, rondava o acampamento, vigilante. Quatro mulheres baixas, do tamanho de crianças humanas, discutiam e argumentavam entre si, enquanto treinavam com espadas. Eram halflings, pequeninas que normalmente viviam para o conforto e a preguiça. Uma mulher belíssima, vestida numa camisa bufante, com longos cabelos escuros e uma grande cicatriz no rosto, estava debruçada sobre o que primeiro pensei ser um fardo enrolado em pano negro. Depois vi que se mexia: era a bruxa goblin, amarrada e amordaçada.

Tentei me erguer. Avran ofereceu a mão e me ajudou.

— O que aconteceu?

— Você tem sorte de estar vivo, Corben. Sorte ou bênção dos deuses.

— A cidade...

— Haverá tempo para isso. Antes gostaria que conhecesse meus companheiros.

O elfo deu alguns passos em nossa direção. Tinha olhar sério, cenho franzido. Estava com o arco às costas. Era esguio, tinha longos cabelos castanhos e usava uma capa surrada.

— Você falou em Laessalya — disse o elfo. — Ela estava em sua cidade, não?

— Sim... — gaguejei.

— O que sabe sobre ela? Foi treinada? Aprendeu a dominar seu dom?

— Laessalya vivia de caridade — falei, tonto.

Ele quase rosnou para mim, os olhos me fustigaram como se ele fosse me atacar.

— Calma, Thalin! — disse Avran. — Você fez sua escolha há muito tempo. E sabe que foi a escolha certa.

— Laessalya estava lá! Desde o começo, ela...

— *Estava* — cortou Avran. — Quantas vidas você salvou em todos esses anos? Quantos inocentes resgatou?

A realidade vinha em ondas. Eu tinha perguntado sobre a cidade, sobre meus amigos. Agora, subitamente, percebi que não encontrara Laessalya no meio do caos. Ela devia estar...

— Parceiro, precisa se perdoar pelo passado ou perderá a paz permanentemente — disse uma das halflings.

— Com a quantidade de conquistas que coleciona, comprou uma consciência calma — argumentou a segunda.

— Possui personalidade perfeita — falou a terceira. — Permita-se provar da própria piedade.

— Elas têm razão, Thalin — completou a última. — Você deve se perdoar.

Avran deu um meio riso, apesar de tudo.

— Estas são Trynna, Lynna, Gynna e Denessari. Não deixe o jeito que falam enganá-lo, são algumas das guerreiras mais temíveis que já conheci.

— Trocou tudo — disse uma delas.

As quatro riram disso.

— Não subestime o que o bom humor pode fazer numa guerra — Avran olhou-as com carinho. — Muitas vezes é o que mantém um soldado lutando, não importa o quanto já tenha perdido ou quantos horrores já tenha visto.

Lembrei dos horrores. Do lodo negro. De minha mão afundando no cadáver.

— E estamos em guerra — Avran interrompeu meu pensamento. — Mesmo que você não saiba, estamos em guerra.

— Guerra é coisa de idiotas — o anão de preto se levantou e veio até nós. — Faz você pensar que deve encarar o inimigo de frente. Muito melhor enfiar uma faca nas costas dele quando não está olhando.

Não falei nada.

— Muito prazer, garoto — ele estendeu a mão. Aceitei, apático, ele apertou com força. — Sou Rutrumm. Fizemos o possível por sua cidade. É uma lástima.

— É a guerra — disse Avran.

O homem com jeito primitivo passou por nós, descrevendo um perímetro ao redor de todos. Além de um grunhido, não deu nenhuma importância para mim.

— Aquele é Manada. Não sabemos seu nome verdadeiro, mas ele atende quando você diz isso. Não é de muitas palavras. Na verdade, não é de quase palavra nenhuma, a menos que você seja capaz de compreender seus rosnados. Mas ele prefere enfrentar cem goblinoides a deixar um companheiro para trás.

— Seguro — disse Manada, com uma voz que parecia o rugido de um urso.

— Ótimo — disse Avran. — Continue vigiando, por favor, meu amigo.

Avran me ajudou a andar pelo acampamento.

— A maga é Fahime. Não espere ouvir sua voz enquanto ela não estiver conjurando um feitiço. A caravana de Fahime foi chacinada pelos goblinoides.

Tinha sobrevivido incólume no deserto, na Grande Savana. Tinha atravessado o Reinado inteiro, então foi destruída em Tyrondir. Porque a Aliança Negra é o único inimigo realmente sanguinário e irracional em Arton. Fahime sabe que o estudo é a única coisa que pode impedir que isso aconteça com outras pessoas.

Assenti. Tudo acontecia muito rápido. Era impossível lembrar de todos os nomes. Os rostos formavam um borrão. Meu tornozelo doía. Fui assaltado pela imagem de Clement se agarrando em meus mantos, a vida se apagando em seus olhos. Achei que fosse vomitar. Pensei em Ysolt. Ela nunca me perdoara e nunca me perdoaria. Morrera decepcionada comigo.

Quase esqueci que estava no acampamento. Eu olhava tudo com jeito mortiço. Não conseguia reagir.

— A bruxa não vai cooperar, Avran — disse a mulher estonteante, vindo em nossa direção com movimentos que lembravam uma dança. Apontou a prisioneira com o polegar.

— Claro que não vai — disse o guerreiro, com tristeza. — Eles nunca cooperam. Não são capazes de nos ver como nada além de inimigos. Não conversam. Só matam ou morrem.

— Avran — comecei, o nome soando estranho em meus lábios. — O povo de Sternachten...

— Esta é Nirzani — ele cortou. — Não conheço mente mais astuta. Nirzani sempre terá um plano para salvar sua vida, mas não a desagrade.

Ela me olhou de cima a baixo como se me julgasse.

— Avran — repeti. — O que houve com minha cidade?

O guerreiro deu um suspiro, deixou-se murchar um pouco. Nirzani deu de ombros e foi conversar com as halflings.

Acho que tudo aquilo aconteceu várias vezes. Não sei se desmaiei de novo, quantas vezes perguntei os nomes daquelas pessoas. Nem sei quanto tempo se passou. Lembro de trechos, das apresentações, de minha própria confusão.

Lembro de perguntar o que acontecera com Sternachten de novo e de novo, até entender a resposta.

— Foi um ataque goblinoide, Corben — ele disse. — Seu lar foi mais uma vítima da Aliança Negra.

Minhas pernas ficaram bambas. Avran me segurou antes que eu caísse de fraqueza súbita.

— Meus amigos estão lá... Meus professores. O povo, os ourives. Laessalya.

— Lamento, Corben. Vasculhamos a cidade e não encontramos nenhum sobrevivente.

— Ysolt! Ysolt não tinha culpa de nada! Ela não queria sabotar o observatório, ela...

— Eles foram especialmente cruéis com os clérigos. Lamento, Corben. Lamento muito.

Então Avran Darholt me abraçou. O metal duro de sua armadura apertou meu peito, seus braços fortes seguraram meus ombros.

Abracei-o também. A enormidade da tragédia caiu sobre mim de uma só vez. O desespero era tanto que eu não conseguia chorar, não conseguia nem gritar. A tristeza e o horror pareciam grandes demais para sair, como se ficassem entalados dentro de mim.

Tremendo, eu comecei a compreender.

Entendi que *não haveria volta*. Eu nunca mais veria aquelas pessoas, Sternachten não existia mais. Não havia mais normalidade. Foi outra onda de trevas. A destruição da cidade tinha tantos ângulos que era impossível enxergar todos ao mesmo tempo. Minha mente pulava entre as pessoas de que eu gostava e que estavam mortas, as ruas onde eu nunca mais andaria, os pratos que nunca mais comeria, os telescópios por onde eu nunca mais olharia. Pensei no acólito que eu atormentara. Pensei na ciência da astrologia. Eu era o último que a conhecia, além do próprio Lorde Niebling. Mesmo os livros e pergaminhos deviam ter queimado.

— Por quê...? — falei, fraco, segurando-me em Avran, os olhos fixos no vazio. — Por que eles fizeram isso?

— Porque estamos em guerra, Corben.

Em meu estado de choque, eu não fazia um julgamento preciso da situação. Não estranhei que aquele guerreiro me chamasse pelo nome, como se nos conhecêssemos. Apenas ouvir meu nome era um conforto. Aquelas primeiras horas foram um turbilhão, os acontecimentos se amontoavam sem ordem ou lógica.

— O Reinado finge que não há guerra — continuou Avran —, mas não é preciso de dois lados para fazer uma guerra. Só de um inimigo que não nos permita viver. Os goblinoides nos odeiam. Sternachten estava muito perto do continente sul, tomado por eles. Lamento dizer isso, mas era só questão de tempo até que a Aliança Negra atacasse.

Avran me colocou sentado no chão de novo. O ângulo da injustiça se mostrou mais claro que os outros. Nós não havíamos feito nada para merecer aquilo. Eu nunca sequer vira um goblinoide antes da bruxa e da guerreira.

— Eles odeiam o que nos torna civilizados — continuou Avran. — Odeiam conhecimento, arte, progresso. A Aliança Negra já destruiu a cultura élfica. Queimaram seus livros, quebraram suas esculturas, profanaram seus palácios. Vão fazer o mesmo com a cultura humana se permitirmos. E com a cultura anã, halfling e todas as outras. Eles odiavam que vocês possuíssem tanto conhecimento. Que tivessem telescópios e pergaminhos. Não restou ninguém vivo, mas o alvo eram os clérigos.

Ele continuou falando sobre aquilo. Escutei atento, mas minha mente divagava. A visão de Sternachten queimando, de Clement morrendo, não me deixava. A chama negra que queimava a pedra. O lodo negro. Ninguém nunca falara em lodo negro, todos diziam que a Aliança Negra matava de um jeito selvagem, com machados e adagas. Sternachten fora atacada de forma diferente.

Imaginei se Ysolt tinha morrido seca, expelindo aquela substância.

— Enquanto não nos juntar e enxergar a Aliança Negra como um inimigo real e organizado — disse Avran —, continuaremos sendo mortos um a um. Sozinhos.

Fui tomado por vergonha e arrependimento. Eu tinha quebrado a grande lente do telescópio principal do Observatório da Segunda Flama. Eu atrasara os esforços de clérigos de Thyatis em nome de uma vingança boba. Eu roubara a ideia de uma clériga brilhante, por medo de ser repreendido. Nem dentro do mesmo clero estávamos unidos. Eu criara uma distração quando os goblinoides mais precisavam. Eu ajudara a destruir Sternachten.

— Conheço este olhar — Avran pegou meu rosto e me forçou a encará-lo. — É o início da culpa dos sobreviventes.

— Foi minha...

— *Não* foi sua culpa, Corben. Você não fez nada de errado por sobreviver.

— Você não entende.

— Sim, entendo. Você estava fazendo algo mesquinho ou estúpido logo antes do ataque, não?

Meu queixo pendeu. Comecei a perguntar como ele sabia daquilo.

— Não sou nenhum vidente — ele disse, com um riso sem humor. — Não preciso ser. *Todos* estamos sempre fazendo algo mesquinho ou estúpido. Todos nos entregamos a rixas sem sentido, invejas amargas, ganância e egoísmo. Esta é a vida dos mortais. Apenas quando algo assim acontece, percebemos que deveríamos estar trabalhando juntos.

Fiquei calado.

— Quase todos aqui perderam algo. Quase todos perderam tudo. Manada é o último sobrevivente de sua tribo. Só está vivo porque continuou lutando e os goblinoides preferiram soterrá-lo em pedras do que continuar tentando matá-lo. As halflings perderam sua mãe. Thalin perdeu uma cidade inteira e agora parece ter perdido uma amiga.

Senti a culpa ser arrancada de mim. Ela voltaria, claro, mas naquele momento tinha sumido. Não foi um alívio. Também senti minha tristeza e meu horror serem banalizados, ouvindo que eram tão comuns. Fui tomado por um grande vazio.

— Mas você não pode desistir, Corben. Não pode se entregar, ou eles vencerão. Todos nós encontramos uma família formada dos retalhos das outras famílias, uma comunidade feita de pedaços de cada comunidade que eles destruíram. Um lar que preserva em si um pouco de cada um de nossos lares. Eu pertenço à tribo de Manada, à cidade de Thalin. Eu sou filho da mesma mãe que deu à luz as halflings.

Olhei ao redor. Todos me observavam, ostensivamente ou de esguelha.

— Eles podem roubar, destruir e matar todo o resto — disse Avran. — Mas a Ordem do Último Escudo continua.

Fiz mais perguntas. Fiz tantas perguntas que é impossível lembrar de metade delas. Olhei e escutei, aturdido, enquanto os membros da Ordem do Último Escudo conversavam entre si. Estava claro que tinham um longo passado juntos. Eles discutiam, faziam piadas, criticavam uns aos outros, referenciavam batalhas antigas. Mencionavam companheiros que não estavam lá. Lembravam de triunfos e derrotas, de inimigos vencidos e amigos mortos. Era uma sensação estranha, como se eu tivesse caído subitamente na narrativa de outra pessoa. Todo o caos em Sternachten durara menos de uma noite. Eu desmaiara e acordara naquele mundo diferente.

A todo momento pensava em como iria contar aquilo para Clement, em como pediria perdão a Ysolt. Nas desculpas que iria dar ao Bispo-Vidente Dagobert. Então lembrava que estavam todos mortos. Que Thyatis me perdoe, eu pensava se os clérigos do Observatório da Segunda Flama descobririam minha sabotagem, então sentia uma espécie de alívio mórbido ao perceber que não restava nenhum deles.

No meio de tudo isso, tinha vontade de chorar. Mais vontade de chorar do que jamais sentira na vida, mas não conseguia. Não se tratava de vergonha ou reserva. A situação era tão surreal que eu estava além desses sentimentos. Não conseguia ver meus salvadores como gente igual a mim. Tinha a sensação de ser uma criança, de que eles eram meus pais, mas sem o pavor que isso acarretava. E, como uma criança, eu não teria pudor em chorar. Só estava travado.

Ficamos mais uma hora acampados, ou pelo menos é disso que lembro. Talvez tenham sido várias horas, vários acampamentos. Eles comeram a carne assada e me ofereceram. Não quis. Avran insistiu, me fez comer e beber vinho diluído em água. Disse que tinham me mantido alimentado como puderam nos dias em que fiquei desacordado. Que eu precisava de energia. Vomitei logo em seguida. Avran continuou insistindo, até que consegui manter algo no estômago. Ele me deu tapinhas nas costas, elogiou-me por ter comido.

— Quantos dias? — perguntei, com a voz embargada e os olhos embaçados. — Quantos dias fiquei inconsciente?

— Quase uma semana, meu amigo — disse Avran.

Então partimos.

Meu orgulho me forçou a andar com meus próprios pés. Durante todo aquele tempo, Thalin e Manada tinham carregado minha maca entre os dois. O elfo era surpreendentemente forte para alguém tão esguio. A Ordem do Último Escudo seguia a pé, pois seria difícil para qualquer montaria atravessar o terreno montanhoso. Tive dificuldade de acompanhar o ritmo com meu tornozelo machucado. Na segunda pausa que fizemos, rezei a Thyatis, mas me descobri incapaz de canalizar sua bênção. A reza era vazia, sem fé. Falei as palavras, mas eram só barulho.

— Thyatis não o abandonou — garantiu Avran. — Você não perdeu a fé, só está abalado. Apenas espere.

As quatro halflings fizeram muitas perguntas sobre meus poderes clericais, as magias com que Thyatis me abençoava. Respondi em monossílabos.

Quando anoiteceu, parecia que já tinha se passado um mês desde o massacre da cidade.

Acampamos ao lado de um paredão vertical. Alguns deles começaram a montar barracas, fazer uma nova fogueira e vasculhar a área em busca de perigos. Cheguei perto de Avran de novo. Ele estava tirando sua armadura de placas. Desprendeu as ombreiras, esfregou a pele por baixo da túnica, onde as tiras de couro tinham apertado o dia inteiro, girou o braço para senti-lo sem o peso do metal.

Eu queria entender, se qualquer compreensão fosse possível. Queria entender o que tinha acontecido, quem exatamente eles eram, quem tinha atacado Sternachten e por que aqueles heróis estavam lá. Avran me ofereceu mais vinho diluído em água, para me incentivar.

— Não sei por onde começar — eu disse.

— Não existe começo. É impossível compreender todo um mundo novo num dia. Você é muito forte, Corben. É um dos únicos sobreviventes que já encontrei que foi capaz de viajar logo após um ataque goblinoide. Em geral, as pessoas ficam tão chocadas que precisam ser carregadas por dias.

— Eu *fui* carregado por dias.

— Só porque estava inconsciente. Se tivesse saído de lá andando, tenho certeza de que conseguiria nos acompanhar.

Ele me pediu para ajudá-lo com a armadura. Retirou cada placa e depositou com cuidado numa pilha. Por baixo, usava cota de malha, que também retirou, uma túnica e calças de couro. A pele que estava exposta era cheia de cicatrizes, coberta de hematomas e esfolada em vários lugares. Avran sentou no chão e abriu uma mochila. Retirou alguns equipamentos e começou a limpar a armadura com estopa. Vi que também tinha areia para polimento. Cumpria as tarefas com a humildade de um acólito.

Vi mais uma vez seu escudo. Os símbolos dos deuses protetores se interligavam de forma fascinante. Cada um era parte do outro, como se sempre estivessem conectados.

— Você é um devoto? — perguntei.

Ele sorriu.

— Tento ser mais que apenas um devoto, meu amigo. Assim como você, fui abençoado. Minha vida gira em torno de fazer jus à bênção que me foi concedida.

— É um guerreiro santo, então?

— Nunca usaria essa palavra para me referir a mim mesmo. Deixe que os deuses decidam quem é santo. Sou um soldado numa guerra, Corben, mas não respondo a nenhum general humano. Quem me escolheu e designou minha função foram os deuses.

Guerreiros santos eram figuras lendárias em Arton. Não porque se duvidasse de sua existência — a história recente estava cheia de homens e mulheres com poderes divinos que pegavam em armas para defender uma causa. Mas era inevitável criar histórias ao redor de figuras tão únicas. Alguns os chamavam de paladinos — heróis da bondade, inspirados pelos deuses a se comportar como uma arma e um exemplo na batalha contra o mal. Outros os confundiam com cavaleiros ou achavam que eram anjos e celestiais em forma mortal. Não importava o nome que recebessem, eram diferentes de clérigos como eu. Nós estudávamos, decorávamos rezas, fazíamos penitências. Quase firmávamos um contrato com os deuses, segundo o qual eles nos abençoavam em troca de devoção e esforço. Já guerreiros sagrados podiam vir de qualquer lugar, sem treinamento. Raramente escolhiam se dedicar para obter seus poderes: eram iluminados e o destino os colocava onde precisavam estar.

Avran Darholt parecia a figura de um paladino saída de um livro de histórias. O estereótipo do guerreiro santo usava armadura completa, porque se confundia a inspiração divina com o código de honra da cavalaria. Quase todos imaginavam um paladino exatamente como era aquele homem. Só lhe faltava um cavalo branco.

— É seguidor de Khalmyr? — perguntei.

— Obedeço ao Deus da Justiça — ele disse, erguendo os olhos da tarefa braçal. — Mas não viro as costas a nenhum dos deuses da luz. Rezo a Marah por paz e alegria, suplico a Lena por saúde e piedade para meus amigos. Tento aprender a honra de Lin-Wu e a harmonia de Allihanna. Procuro ser vigilante como Azgher. Desejo a ambição de Valkaria para aprender o que Tanna-Toh tem a me ensinar. E, é claro, sei que todos merecem uma segunda chance, pelos dogmas de Thyatis.

Era uma proposição difícil ou impossível. Muita gente achava que a vida de clérigo era restrita e abnegada demais — embora não fosse minha experiência em Sternachten. A vida de um guerreiro sagrado era ainda mais austera, praticamente uma única cruzada que só acabava na morte. E, mesmo assim, isso era servir a só um deus. Seguir nove deuses era um feito a ser registrado na história da teologia. Avran não podia obedecer a cada dogma de cada deus; eles se contradiziam. Mas precisava estar atento a todos.

— Você é inteligente, Corben — ele fazia força com a areia, polindo a armadura. — Sei disso porque domina a ciência divina de Sternachten, mas também pelas perguntas que fez. Não é um mero aldeão que não entende o que acontece a sua volta, embora meros aldeões sejam as pessoas mais importantes do mundo. O que quero dizer é que não posso confortá-lo com promessas vazias de que tudo vai ficar bem. Você sabe que não vai. Quer saber o que está acontecendo com você agora?

Aquilo me pegou desprevenido. Sem saber o que responder, disse sim.

— Você está num estágio inicial de reação ao que aconteceu. Já vi isso em muitos sobreviventes. Já está quase se acostumando à nova realidade, mas ainda não compreendeu a fundo todas as mudanças e perdas. Você está começando a ficar curioso, quer fazer muitas perguntas. Sendo um clérigo, deve estar divagando sobre minhas alianças divinas, certo?

— Certo — falei em voz pequena.

— Não há problema. Faça perguntas. Use essa sensação, esse entusiasmo, para se armar contra o que vai chegar. Pois você vai afundar de novo. A tristeza e o horror vão chegar mais fortes do que nunca. É bom que você tenha informações, que esteja preparado.

Não respondi.

— Se você fosse alguém sem educação ou leitura, eu o trataria como uma criança. Mas você é o último guardião de uma tradição divina. É alguém importante, não uma mera vítima. Estou sendo franco. Faça as perguntas, Corben, antes que a escuridão chegue.

Fiquei paralisado por um tempo. Minha primeira reação foi negar. Então notei que ele não me acusara de nada.

— Para onde estamos indo?

— Até a fortaleza da Ordem do Último Escudo, em Lamnor. Eu a chamo de Castelo do Sol, mas na verdade não passa de uma ruína. De lá coordenamos todos os esforços da Ordem.

— Quem são vocês? O que fazem em Lamnor? E por que estão me levando para lá?

Nisso ele parou de polir o aço. Secou o suor da testa e fitou meus olhos.

— Somos um punhado de idiotas que acham que podem salvar Arton de seu pior inimigo. E eu sou o maior idiota de todos, porque *sei* que posso salvar nossa civilização. A Aliança Negra está avançando, Corben. Os cadáveres de seus amigos são prova disso. O Reinado está complacente, imerso em suas politicagens e guerras internas. Por muitos anos nos acostumamos a ver goblins civilizados nas cidades e achamos que isso é normal. Mas goblinoides são a maior ameaça a nosso modo de vida. E estão chegando.

Ele ficou de pé.

— Atualmente, somos trinta e um aventureiros. Entre nós não há ninguém que nunca tenha passado por uma tragédia nas mãos dos goblinoides. O inimigo dominou um *continente* inteiro. Nenhuma outra ameaça na história foi capaz de conquistar e chacinar nessa escala. Somos só trinta e um dentro de uma ruína, erguendo os escudos e tentando avisar à civilização.

— Por que uma fortaleza em Lamnor? Por que no território da Aliança Negra?

— Porque o território na verdade não é deles, Corben. É *nosso*. Eles avançaram sobre os reinos humanos de Lamnor e os elfos acharam que tudo estava bem. Então destruíram o reino élfico e a cidade-fortaleza de Khalifor achou que conseguiria detê-los. Khalifor foi derrubada e o continente norte acha que o inimigo está parado. A civilização cede cada vez mais terreno para esses monstros, meu amigo, mas isso não é certo! O território não é deles! Eu me recuso a aceitar a posse de feras sanguinárias sobre todo um continente onde antes houve beleza e paz. A Ordem do Último Escudo ocupa castelos erguidos por humanos e elfos, que os goblinoides nunca seriam capazes de construir. Nosso quartel-general fica em Lamnor porque Lamnor é nosso. Sempre foi e sempre será. *Nada* pertence a eles.

Meu peito se encheu de medo, mas também de uma chama que motivava a fazer alguma coisa, qualquer coisa. Avran não ergueu a voz, não esbravejou. Só colocou aquelas palavras a minha frente como se fossem uma muralha. Eram sólidas e estavam encaixadas. Nada poderia destruir aquele pensamento.

— Quanto a sua pergunta anterior — ele falou com mais tranquilidade — estamos levando-o ao castelo porque é o único lugar quase seguro num raio de muitos quilômetros. Nunca poderíamos deixá-lo sozinho à mercê dos goblinoides. Conseguimos passar ao largo de Khalifor, que está ocupada pelo inimigo, e por enquanto evitamos suas patrulhas, mas eu nunca poderia abandoná-lo aqui.

— Vocês já viram algo como aconteceu em Sternachten?

— Massacres? — ele disse. — Sim. Muitos. Mais do que qualquer pessoa deveria presenciar em dez vidas. Tremo ao pensar no que essas visões podem fazer com a alma de um mortal. Entrar para a Ordem do Último Escudo é abrir mão de tudo de bom que sua civilização construiu e viver afundado na imundície do inimigo. Ver massacres de novo e de novo. Temos trinta heróis, Corben, mais um líder que tenta se igualar a eles todos os dias.

Estava falando de si mesmo.

— Mas e aquela coisa...? — gaguejei, temendo até mesmo falar sobre aquilo, como se a menção pudesse aproximar a tragédia. — O... O lodo? A chama negra na praça?

Ele rilhou os dentes.

— A Aliança Negra é uma horda. Um exército. Eles sempre atacaram com centenas ou milhares de guerreiros. Mas agora... Agora uma única bruxa pode dizimar uma cidade inteira.

Fiquei boquiaberto. Imediatamente pensei em meu pai. *"Eles estão por toda parte."*

— O que quer que seja, o lodo negro é uma nova arma goblinoide. Estamos seguindo a bruxa e a caçadora há semanas para descobrir o que é isso e como detê-lo.

— Então Sternachten não foi a primeira?

— Não. E não será a última se esmorecermos em nossa missão.

Avran pareceu notar como estava sisudo e intenso. Riu de si mesmo, balançando a cabeça. Sentou e voltou a limpar e polir a armadura. Fiquei calado por um longo tempo, digerindo as informações que ouvira e tentando ordenar os pensamentos para mais indagações.

— Seguro! — gritou Manada, de algum lugar ao longe.

— Vocês precisam ajudar Lorde Niebling — eu disse. Minha cabeça voava de um assunto ao outro. Eu já me esquecera do lodo negro, agora estava preocupado com o gnomo. — Ele passou por Sternachten pouco antes do ataque. Está indo em direção a Lamnor.

Mais uma vez Avran largou seu trabalho, mas agora por surpresa. Chamou o anão Rutrumm, o elfo Thalin e a humana Nirzani. Eles sentaram perto de nós. A um pedido de Avran, repeti tudo sobre Niebling, contando todos os detalhes de que lembrava. A razão da viagem do Lorde. Ele queria estudar a ciência dos goblins.

— Niebling é um tolo inocente — Nirzani balançou a cabeça em desaprovação.

— Viajava sozinho em campo aberto — disse Rutrumm. — Um membro da corte imperial! Terá sorte se for só capturado.

— Ele não é tolo — Avran parecia exausto. — É só alguém que vive no norte. Que nunca testemunhou o horror goblinoide. Acha que é possível aprender algo com os goblins, porque eles montam tralhas com os restos do que a civilização produz. É alguém que acha que eles são pessoas, não monstros.

Goblins eram criaturas pequenas e magras, como a bruxa que fora capturada em Sternachten. Eram conhecidos entre os reinos da civilização por construir engenhocas e máquinas impressionantes, mas que sempre resultavam em desastre. Enquanto a ciência de Lorde Niebling só parecia louca, as invenções dos goblins eram mesmo loucura, produto de mentes que não entendiam como o mundo funcionava. Eu sempre ouvira que a maior causa de morte de goblins, além de aventureiros, eram as próprias máquinas goblins explodindo ou desabando.

Thalin ergueu um dedo. Avran se deteve.

— E se ele não estiver indo a Lamnor por uma razão tão idiota? — disse o elfo. — E se ele soube que a descoberta da Flecha de Fogo está próxima... E está indo espionar os goblinoides?

Os quatro trocaram um olhar conspiratório. Então discutiram mais entre si. Consideraram partir em busca de Lorde Niebling. Mas, sem nenhuma informação sobre seu rumo exato, seria inútil. Chegaram à conclusão de que era melhor continuar com o plano original, levando-me ao Castelo do Sol, e então buscar pistas da passagem do gnomo.

Avran, Nirzani e Rutrumm se ergueram. Foram fazer outras coisas, falar com os demais membros da Ordem.

Thalin ficou.

— Fale-me sobre Laessalya — ele pediu.

Pigarreei e tentei lembrar. Fazia pouco tempo, mas parecia outra vida. Primeiro recuperei alguns detalhes e histórias desimportantes. Então consegui montar um quadro, puxando a memória a partir daquelas pequenezas.

— Ela era feliz? — perguntou Thalin, depois que eu falara um pouco.

— Não sei — disse, com sinceridade. — Laessalya tinha muito dentro de si. Muitas coisas que não conseguia expressar. Acho que, quando a tristeza e a frustração eram demais, ela as transformava em fogo. Mas ninguém a fazia sofrer.

— Obrigado, Corben — o elfo falou meu nome pela primeira vez.

Talvez ele fosse embora naquele momento. Mas eu tinha outra coisa a falar:

— Como você a conhecia? — perguntei.

Ele hesitou.

— Ela... — Thalin começou, depois decidiu falar de outro jeito: — Laessalya me salvou, há muito tempo.

Franzi o cenho. A elfa tinha mencionado que salvara um halfling e um elfo, quando era criança. Era muita coincidência que não só aquilo fosse verdade, mas que o tal elfo surgisse em meu caminho.

Mas Thalin notou que havia algo a mais, algo errado. Pediu que eu contasse.

— Eu... Eu a usei, Thalin — chamar aquele estranho pelo nome era desconfortável. — Sabotei um observatório e deixei-a do lado de fora, sabendo que ela iria criar chamas e causar uma distração. O fogo de Laessalya começou ao mesmo tempo que o incêndio que destruiu a cidade. Não sei o que aconteceu com ela.

Ele me olhou fixo.

— Perdão, Thalin. Não posso pedir perdão a Laessalya, então só resta você. Talvez seja Thyatis me dando uma segunda chance de confessar. Não sei se a morte dela não foi minha culpa.

— Eu também a usei — ele disse, de repente. Fui pego de surpresa. — Eu era um vigarista. Tinha um companheiro. Um halfling. Fomos atacados pela Aliança Negra no meio de uma tramoia. Toda a cidade foi destruída. Mas uma criança élfica nos salvou.

A história entrou por meus ouvidos como uma torrente, sem que eu conseguisse exatamente entender. Ela apenas se alojava, junto a todas as outras novidades e tragédias.

— Achei que fosse um milagre! — disse o elfo. — Achei que fosse a Deusa dos Elfos chegando para me redimir. Jurei que mudaria de vida...

Não respondi. Deixei que falasse.

— Mas não mudei.

Thalin contou que, apesar de achar que a criança com poderes especiais que o havia salvado era divina, usou-a em trambiques durante anos. Apenas quando uma nova tragédia aconteceu, ele e seu amigo halfling se separaram.

— Decidi voltar ao sul, procurar meu povo — completou Thalin. — Quando cheguei lá, todos já estavam mortos. Então lutei sozinho contra a Aliança Negra. Queria que algum dos monstros me matasse. Queria morrer antes que eu desistisse mais uma vez, antes que pensasse em como transformar aquilo em mais um trambique.

Vontade de morrer. Eu fora apresentado àquela sensação naquele mesmo dia.

— Mas então Avran me encontrou — disse o elfo. — Encontrou-me antes que eu encontrasse um goblinoide capaz de me matar.

— E o halfling?

— Boghan levou Laessalya para longe. Disse que encontraria um bom lar para ela.

— Ele não mentiu.

Thalin fungou, virou o rosto.

— Está perdoado, Corben.

— Você também.

Apertamos as mãos.

Acordei gritando no meio da noite.

— *Clement! Ysolt!*

Não sei quando comecei a chorar. Já despertei berrando, tomado por uma agonia terrível. Compreensão total.

— *Perdão, Ysolt! Perdão!*

— Tudo vai ficar bem, Corben — disse Avran, agachado a meu lado. — Tudo vai ficar bem.

5
CAÇADORA

ACORDEI GRITANDO NA NOITE SEGUINTE, E NA PRÓXIMA, E EM todas as outras depois. Passei os dias calado, remoendo a morte, apático. Quando sentia que a dor estava passando um pouco, de repente ela me atingia de novo como um chute no peito. Eu não conseguia respirar. Sempre havia mais alguém a ser lembrado, algum plebeu para quem eu dera uma resposta mal-educada, um colega cujo nome eu esquecera. Fiquei dias obcecado com o fato de ter enganado a Adivinha-Mestra Neridda em seu último dia de vida. De ter decepcionado e traído Ysolt duas vezes logo antes de sua morte. O rosto e a voz de Clement se tornaram mais e mais tênues, substituídos pela imagem clara do ferimento.

Enquanto isso, Avran Darholt não me deixou em paz. Atravessávamos a Cordilheira de Kanter, um caminho difícil e traiçoeiro mesmo para viajantes experientes. A todo momento, havia risco de ataques de monstros selvagens ou de patrulhas goblinoides. Os aventureiros enfrentaram algumas criaturas, nós precisamos desviar o caminho e ficar escondidos durante dias para evitar a Aliança Negra. Eu queria ficar sozinho, pensar na tragédia até que ela fizesse algum sentido, mas o guerreiro sagrado sempre tinha alguma tarefa para mim. Mandou-me vigiar com Manada, fazer a fogueira, ajudar Rutrumm a apagar nossos rastros, afiar as armas com as halflings. Quando não havia nada a fazer a não ser andar, Avran me fustigou com perguntas, querendo saber todos os detalhes da vida nos observatórios e as minúcias mais esotéricas da doutrina de Thyatis. Ele também não deixava que eu ficasse sem comer e beber, ressaltava que eu precisava de energia. Passei os dias calado e apático, remoendo a morte, mas sempre ocupado.

Depois de algumas semanas, notei o que Avran estava fazendo. Quis sentir raiva, mas só havia gratidão.

Então certa noite acordei quando Fahime me sacudiu para acompanhá-la no turno de guarda. Depois de duas horas vigiando, dormi, exausto, e não acordei de novo até o sol nascer.

Apenas no meio da tarde percebi que não tinha despertado gritando.

A dor se tornou mais vaga. Meu ombro e meu tornozelo também não doíam mais.

— Sei o que você fez — eu disse a Avran, enquanto seguíamos por um trecho plano.

— Não sei do que está falando.

— Sei que me manteve ocupado. Sua exigência ajudou.

— Só exigi que você colaborasse, assim como todos, Corben.

— Você pode ser um guerreiro sagrado e líder de uma ordem de resistência à Aliança Negra. Mas não é mais esperto que adivinhos-mestres que precisam transformar crianças em clérigos. Conheço todos os truques sujos de professores, Avran.

Ele deu um meio sorriso, olhando para frente.

Eu me sentia mais familiar comigo mesmo a cada dia. Aos poucos, aprendi a aceitar o que aconteceu em Sternachten. Mas ainda não conseguia rezar. Não tinha perdido a fé em Thyatis, ou pelo menos achava que não tinha, mas as orações pareciam sem sentido. Se uma cidade inteira dedicada ao deus podia morrer, que direito eu possuía de pedir sua bênção?

Além disso, eu carregava uma culpa que não tinha sido expiada.

Tentei puxar o assunto com Avran no meio de uma tarde, enquanto contornávamos uma enorme rocha cinza.

— Não consigo rezar — eu disse.

Ele me olhou. Não falou nada. Esperou que eu continuasse.

— Posso parecer jovem, mas sou capaz de milagres. Ou pelo menos era. Mas não consigo nem pedi-los a Thyatis.

— Não conte com milagres no Istmo de Hangpharstyth, meu amigo — ele respondeu. — Estamos na faixa de terra entre os dois continentes. Esta região é amaldiçoada desde que uma feiticeira morreu aqui, séculos atrás. Magia arcana não funciona direito em todo o istmo, não sei como a magia divina se comporta.

— Não é isso — balancei a cabeça. — Eu... Fiz algo antes da destruição de Sternachten.

— Algo?

— Algo ruim.

Então contei sobre a traição que cometera contra Ysolt, o roubo de sua ideia.

Contei sobre como só tinha pensado em mim mesmo, em toda a culpa que eu sentia.

— Já falei, Corben — disse Avran. — Todos nós sempre estamos fazendo algo mesquinho antes de um ataque da Aliança Negra.

— É pior do que isso — eu disse. — Eu agi contra uma clériga. Contra uma amiga. Contra uma irmã.

Ele não falou nada.

— Coloquei meu medo acima de meu dever sagrado. Preciso me redimir, Avran. Preciso de uma penitência para ser digno do sacerdócio mais uma vez.

O guerreiro então parou. Dei mais alguns passos antes de estacar também.

— Não acredito que nenhum mortal possa lhe designar uma penitência. Nem mesmo perdoá-lo.

Estremeci.

— Este assunto é entre você e seu deus — Avran apontou para mim. — Só Thyatis pode retirar sua culpa. Só ele pode decidir se perder tudo e todos que você conhecia é ou não punição severa o bastante.

— Mas...

— A Aliança Negra já traz sofrimento suficiente. Não vá atrás de ainda mais dor.

Então ele continuou andando. Fiquei um pouco para trás.

Na manhã seguinte, rezei.

A Cordilheira de Kanter se abria em diversos vales, por onde fazíamos nosso caminho. Tivemos que escalar muito pouco em todo o percurso. Havia subidas que duravam quase uma semana, até regiões onde o frio era maior. Mas, à medida que avançamos ao sul, as elevações diminuíram cada vez mais, as montanhas deixaram de nos cercar para se tornar pontos isolados no horizonte. As árvores ficaram cada vez mais comuns. Então entramos em uma área plana, e logo em uma floresta.

Eu estava em Lamnor.

A sensação era estranha. Embora eu ainda pensasse em Sternachten todos os dias, a viagem tinha se tornado rotina, os membros da Ordem do Último Escudo viraram meus companheiros. A Cordilheira de Kanter fora uma espécie de lar. Tive a impressão inconsciente de que a jornada nunca acabaria, aquelas montanhas seriam tudo que eu veria até morrer. Lamnor era um conceito abstrato, um futuro que nunca chegaria. Lamnor sempre fora uma terra incógnita, escura e perigosa, onde estavam os *outros*. Habitado por monstros e assassinos, desbravado por heróis e loucos. Quando eu descobrira que Lamnor era nosso destino, não acreditara de verdade.

Mas eu pisava no Continente Bestial, território da Aliança Negra, governado por Thwor Ironfist. A floresta era aberta, as árvores não muito altas e bem espaçadas entre si. Uma floresta jovem. Antes da chegada dos goblinoides, aquilo fora outra coisa. Talvez um entreposto, talvez uma pequena aldeia. Vi o resto de uma espécie de poste de pedra, um marco de algum tipo. Estava quebrado e coberto de limo. Cheguei perto e toquei nele. Eu estava em busca da sensação de realmente estar *ali*, de tornar Lamnor real.

Não houvera uma quebra, uma fronteira a ser cruzada, depois da qual tudo era horrendo. O chão de Lamnor era de terra coberta de folhas, as árvores eram as mesmas de Arton Norte. Eu estava em Lamnor e ainda não vira um único goblinoide, uma única atrocidade.

— Vamos aproveitar e descansar aqui — decretou Avran. Então se dirigiu a mim: — Só vai ficar mais difícil a partir de agora. Precisaremos andar ainda mais escondidos, evitar bandos de caça e tribos inteiras.

Manada já estava vasculhando a área em busca de perigos. Thalin depositou a prisioneira no chão. Os outros se ocupavam de diferentes tarefas.

— Estou com a mente mais clara, Avran — falei. — Voltei a rezar.

— Era só questão de tempo.

— Já fui agraciado com um milagre pequeno. Thyatis me revelou para onde fica o norte.

— Ótimo — ele franziu o cenho, não entendendo onde eu queria chegar.

— Posso fazer algo mais útil do que recolher lenha ou ajudar a montar barracas. Posso usar vidência, discernir a verdade. Deixe que eu converse com a bruxa.

Ele ficou sério.

— Na cordilheira, eu não passava de um peso morto — argumentei. — Mas agora sou um clérigo de novo. Thyatis me abençoa com a vidência. Posso falar com ela, fazer perguntas, determinar quando ela mentir.

— Corben...

— Ainda não conheço Fahime direito, mas sei algo de magia arcana. Pelo menos a parte teórica. Podemos combinar meus milagres e os feitiços dela para arrancar da goblin tudo que vocês precisam saber.

— Não é uma boa ideia.

— É claro que ela terá proteções. Mas está há semanas sem realizar rituais, ler seu grimório ou fazer o que quer que seja necessário para obter poderes mágicos. Você sabe que nenhuma magia vem de graça. Ela com certeza está mais fraca do que nunca. O que quer saber dela?

— Você não vai falar com a prisioneira, adepto — cortou a voz de Nirzani, a humana de cabelos negros.

Eu nem tinha percebido que ela estava por perto. Dei uns passos ao lado, para que ela não ficasse atrás de mim.

— Sei que não sou tão poderoso quanto vocês, mas não sou um aprendiz! Fiz meus votos clericais há dois anos, posso...

— Você não vai falar com a prisioneira.

Fiquei calado.

A Ordem do Último Escudo tinha cuidado extremo com a bruxa goblin. Tratavam-na como se fosse capaz de atacá-los a qualquer instante. Mantinham-na amarrada e amordaçada o dia inteiro. Desatavam os nós por menos de uma hora, para que ela pudesse se mexer um pouco. Durante esse tempo, a goblin ficava cercada pelas quatro halflings de armas em punho. Thalin fazia curativos em seus pulsos e tornozelos, pois as cordas esfolavam a pele cinzenta. De qualquer forma, ela nunca ficava desamarrada e sem a mordaça ao mesmo tempo. Recebia água duas vezes por dia e só uma refeição. Quando estava sem a mordaça, Manada vigiava-a de perto, um enorme machado de pedra pronto para atingi-la caso tentasse alguma coisa. Rutrumm dava-lhe pedaços de comida na boca e entornava um cantil para que ela bebesse. Às vezes, Nirzani e Rutrumm levavam-na para longe do acampamento e os três passavam algumas horas escondidos. Então humana e anão voltavam arrastando a goblin por uma corda, sem mencionar coisa nenhuma.

— Deixe-me pelo menos curar os pulsos e os tornozelos dela. As bandagens de Thalin não vão impedir que os ferimentos fiquem cada vez piores se ela continuar amarrada.

— Ela não vai morrer e é isso que importa — retrucou Nirzani. — A bruxa que massacrou sua cidade pode sentir um pouco de dor.

Eu não estava com pena dela. Nem mesmo a oferta de curá-la fora por piedade. Só me parecia mais eficiente. Se havia um prisioneiro, era melhor mantê-lo com saúde. Mas eu não imploraria por sua vida, se matá-la fosse a decisão da Ordem.

— Por que a estão levando? — perguntei. — Querem interrogá-la? Podemos descobrir algumas coisas agora mesmo!

— Você subestima a bruxaria do inimigo — disse Avran, soturno.

— Não precisa argumentar com o clérigo — falou Nirzani. Então pousou seus lindos olhos em mim: — Ela é uma goblin. Aventureiros matam goblins em suas primeiras missões, como treinamento para heroísmo de verdade. Você nem deveria estar pensando nela.

— Vocês a estavam caçando! É claro que penso na prisioneira se ela era o objetivo disso tudo.

— O que Nirzani quer dizer — falou Avran, com uma ponta de tristeza na voz — é que você está pensando na goblin como uma pessoa. Como um inimigo. Pense nela como um componente alquímico prestes a explodir. Um artefato amaldiçoado. Um fungo venenoso que pode matá-lo se tocar em sua pele.

— Você dá explicações demais — exasperou-se Nirzani. — Este garoto não deveria estar conosco.

Então ela se afastou de nós.

Avran balançou a cabeça.

— Nirzani não tem nada contra você — disse o paladino. — Apenas sofreu demais nas mãos dos goblinoides. Ela não gostaria que eu contasse, mas sei que você será discreto. Nirzani nasceu na escravidão em uma tribo hobgoblin. Fugiu e conseguiu achar um grupo de sobreviventes, uma guilda secreta de menestréis que tentava manter a música élfica viva. Eles a treinaram, ensinaram-lhe tudo que sabiam. Eram bons em se esconder e lutar, porque precisavam. Mas um dia foram descobertos...

Engoli em seco.

— Nirzani cresceu sem nada, depois perdeu o pouco que conquistou. Acho que ela conhece a capacidade dos goblinoides para o horror melhor que ninguém.

— Melhor que você?

Ele ficou calado por um longo tempo.

— Quando digo que apenas tento liderar esses heróis — falou, por fim, escolhendo cada palavra — não estou sendo humilde, Corben. Tudo que posso fazer é me esforçar para merecê-los.

Fiquei pensando no que ele queria dizer. Imaginei se eles seriam meus colegas dali em diante, meus irmãos, como os clérigos haviam sido depois do que acontecera na fazenda quando eu era criança. Talvez eu estivesse conhecendo rapidamente uma nova família. Ou talvez eles fossem só um detalhe que mal seria lembrado dali a alguns anos.

— Por que não querem que eu fale com a bruxa? — voltei, forçando-me a parar de conjecturar.

— Porque ela é perigosa. Muito mais perigosa do que você imagina.

— Mas está amarrada e amordaçada! De qualquer forma, Nirzani e Rutrumm somem com ela por horas a fio. Estão interrogando-a, não?

— É diferente.

— Eles sabem o que perguntar? O conhecimento de um clérigo pode ser útil para lidar com uma bruxa. Precisamos descobrir o que é o lodo negro, o que provocou tudo aquilo. Não sabemos quais cidades podem ser as próximas.

— Mesmo que eles não façam todas as melhores perguntas, são as pessoas certas para perguntar.

— Não faz sentido...

— Você subestima o inimigo, Corben. Os poderes daquela bruxa vão muito além de relâmpagos, fogo e maldições. Ela usa uma arma que não se conhece igual no mundo todo. Você não sabe quais de suas palavras são partes de encantamentos. Não é capaz de discernir uma verdade de uma mentira profana, tecida especialmente para enredá-lo.

— Eu poderia...

— E você não é da Ordem do Último Escudo. Não é voluntário. Não posso permitir que arrisque sua vida desse jeito.

— Acha que a bruxa pode me matar?

— Talvez não ela.

Avran se agachou. Observou o chão. Retirou uma manopla e tateou o solo. Pegou um graveto quebrado e levou ao nariz. Cheirou-o e fez uma careta.

— Não posso permitir que você seja alvo de vingança, Corben. A bruxa não está sozinha. Estamos sendo caçados desde a cordilheira.

O pânico tomou conta de mim de novo, como se eu estivesse mais uma vez em Sternachten. Num instante, as sombras gentis entre as árvores pareceram bruxulear com fogo negro. A lama em nossos pés foi idêntica ao lodo que escorria dos cadáveres. Comecei a suar frio, notei que tinha perdido a visão periférica, enxergava apenas num túnel à frente.

Avran colocou a mão em minhas costas e me conduziu para junto dos outros.

— Ele já sabe — falou o guerreiro.

— É cedo demais — disse Rutrumm. — Não precisamos de um garoto assustado pulando a cada sombra.

— Corben tinha direito de saber — disse Avran.

Nirzani só balançava a cabeça. Manada chegou perto de mim. Olhou-me de cima, fez um esgar e disse:

— Fraco.

Mal compreendi o insulto. Minha mente estava tomada pelo que Avran me dissera, pela noção de estar sendo caçado.

Nisso, ouvi a voz de Thalin.

— Não, ele não é fraco! Também não é um garoto assustado! Você era uma garota assustada quando fugiu da escravidão, Nirzani? Trynna, Lynna, Gynna e Denessari, vocês eram garotas assustadas depois da tortura e do assassinato de sua mãe?

— Até assustadas, antes de armar o ataque — disse uma das halflings.

— Atacamos todos, trucidamos três, tentamos triunfar — disse outra.

— Fizemos a façanha de fugir em família — continuou a terceira.

— E, se éramos garotas assustadas quando nossa mãe foi assassinada, depois de matar os goblinoides já tínhamos virado adultas — completou Denessari. Eu pelo menos achava que era Denessari, pelo jeito que falava.

— Corben viu tanta morte quanto qualquer um de nós — disse Thalin. — E ele nem é tão jovem para um humano. Se Thyatis confia nele, quem são vocês para desconfiar?

Rutrumm, Nirzani e Manada seguiram me olhando de esguelha. Fahime estava lendo seu grimório, como se nada estivesse acontecendo.

Aos poucos minha visão voltou ao normal. Eu ainda rilhava os dentes e fechava os punhos com força.

— Corben não vai nos decepcionar — disse Avran. — Nossa inimiga é perigosa, sim. Mas em Sternachten não tomamos um protegido. Conquistamos um aliado.

As palavras de Avran Darholt não tiveram o menor efeito em mim. Se ele queria motivar alguém, teria mais sucesso ao discursar para uma pedra — e, em contraste com o que ele dissera antes, soava quase falso. Eu estava aleijado de pavor, só conseguia pensar que os assassinos de Clement e Ysolt estavam atrás de mim e agora iriam completar o serviço. Talvez ele e Thalin tenham dito mais algumas coisas reconfortantes, mas não lembro. Meu pânico só diminuiu com as horas, porque meu corpo não conseguia manter aquele estado.

Mesmo assim, naquele dia, eu pulei de susto com cada barulho, vigiei cada sombra.

Como Avran avisara, nossa jornada ficou cada vez mais cuidadosa e oculta. Desviamos para atravessar um riacho, voltamos por sobre nossas próprias pegadas. Rutrumm apagava alguns rastros a cada noite. Thalin seguia metade do tempo sobre árvores, sem fazer barulho, para monitorar à frente de uma posição vantajosa.

Certa noite, quando montamos acampamento numa clareira, vi algo entre as árvores. Aproximei-me para examinar e caí de joelhos, tremendo.

Era uma estaca com um crânio na ponta.

O primeiro sinal real de goblinoides que eu jamais vira.

Afastei-me ainda no chão, arrastando os mantos na terra úmida. Fui detido pela mão forte de Avran.

— Calma. Não fuja. Não recue. Continue olhando.

— Aquilo é... É...

— Uma vítima da Aliança Negra. Assim como seus amigos. Clement e Ysolt, não? Aquilo é o crânio de alguém que foi morto pelos goblinoides. Não afaste os olhos. Mantenha isso em mente, Corben. Aquela era uma pessoa com tantos amigos, familiares, objetivos, sonhos e segredos quanto você, quanto Clement e Ysolt. E agora é um crânio numa estaca, por causa de Thwor Ironfist.

— Nós estamos...?

— Em segurança, por enquanto. Se Manada, Thalin, Rutrumm e Nirzani não veem nada, é porque provavelmente não há nada para ser visto. Além disso, o solo não tem o fedor das patas do warg. Ela ainda não deve ter passado por aqui.

Aos poucos, parei de tentar recuar. Fiquei sentado no chão, com os olhos fixos na caveira.

— Eu não deixaria você se aventurar sozinho na orla da clareira se houvesse algum risco.

Imaginei o crânio coberto de carne e pele, as órbitas preenchidas por olhos, o topo decorado com cabelos. Vi o rosto gorducho de Clement sobre o osso branco e o enorme sorriso de Ysolt no ricto dos dentes expostos.

Pensei em quem os havia matado.

— Quem é ela? — perguntei. — A guerreira que lutou contra você em Sternachten?

— Você quer dizer a guerreira que tentou matá-lo. Que provavelmente assassinou seu amigo Clement com as próprias mãos. Que matou os habitantes de sua cidade que não caíram para o lodo negro.

— Que está nos perseguindo.

Mesmo de costas, pude sentir Avran concordando com a cabeça.

— Este crânio na estaca não é obra dela, claro. É algo antigo. E nossa perseguidora não enfia caveiras em estacas. Ela retira os ossos do crânio e encolhe as cabeças dos inimigos usando secagem, cinzas e ervas especiais. Então as guarda como troféus.

Uma caçadora de cabeças. Eu já ouvira falar da tradição bárbara dos guerreiros que encolhiam as cabeças dos inimigos, num processo que era quase uma alquimia primitiva. Em geral, ocorria em tribos que devoravam gente.

— Você a conhece?

— Sternachten não foi nosso primeiro confronto, embora tenha sido o mais direto. Tentei alcançá-la numa colina a sudeste daqui, um ano atrás, mas ela cavalga um warg, um lobo deformado muito rápido. Meu cavalo não conseguiu acompanhar o ritmo. Vi-a partir com as cabeças de dois de meus amigos. Ela é uma caçadora, Corben. Ela nos vê como presas, nada mais.

— Quem é ela?

— Chamam-na de Maryx Corta-Sangue. Ela já chacinou várias aldeias. Só conhecemos este nome porque sobreviventes relataram tê-lo escutado nos gritos dos hobgoblins que a seguem. Maryx lidera batalhões e também caça sozinha, mas é sempre precisa e letal. Sei que é subordinada direta de Thwor Ironfist, pois Nirzani já conseguiu se infiltrar em um de seus bandos de guerra, disfarçando-se de escrava. Dizem que faz uma tatuagem para cada inimigo poderoso que mata ou grande vitória que conquista para a Aliança Negra. Sternachten será mais uma tatuagem para ela, Corben, talvez uma bem grande. Tenho certeza de que já há um espaço em sua pele amarela para a tatuagem que pretende fazer quando der cabo de mim. Quero evitar que também haja um espaço para você.

As órbitas da caveira tornaram-se preenchidas pelos olhos negros e fundos que eu vira em Sternachten. Tive a sensação vívida de estar sendo observado.

— Não se engane. Se você ficar no caminho de Maryx Corta-Sangue, suas alternativas serão lutar, fugir ou morrer.

Avran falou de seus medos para comigo. Mesmo que meus novos companheiros fossem heróis, não podiam garantir minha segurança, caso me matar fosse uma prioridade para ela. Tínhamos apenas um trunfo: éramos muitos, Maryx era só uma. O objetivo era que eu tivesse o mínimo contato possível com a prisioneira, que a caçadora nunca me visse como ameaça ou como alguém que fora cruel com a goblin. Assim, se o pior acontecesse, eu seria o último a ser atacado e poderia fugir.

— Ela e a bruxa trabalham juntas? — perguntei.

— Às vezes. Ela tem nome. Gradda, a Pútrida. Goblinoides consideram isso um título honorífico, acho. Já houve muitos relatos das duas atacando em conjunto. Na primeira vez que ouvi um menino falar sobre uma bruxa voando em um pilão enquanto uma sombra caçava os membros de sua família um por um, achei que fossem fantasias de uma criança apavorada. Mas era tudo verdade.

Eles pretendiam levar Gradda até o Castelo do Sol, onde poderiam interrogá-la em segurança. Então extrair tudo sobre a nova e terrível arma da Aliança Negra.

— Não estamos levando Maryx até a fortaleza? — perguntei.

— Minha esperança é despistá-la. Não é impossível. É uma caçadora hábil, mas não é uma deusa. Contudo, mesmo se ela nos achar, teremos vantagem. Dentro da fortaleza, com a Ordem inteira, podemos vencê-la.

— E se Maryx estiver com um bando de guerra?

Avran suspirou.

— Então faremos o que já fizemos antes, Corben. Vamos tentar sobreviver, salvar tantos quantos puder. Fugir para uma nova ruína, um novo castelo que os goblinoides tenham destruído sem nunca sequer entender sua complexidade. Então vamos reerguer a Ordem do Último Escudo. Enquanto houver um de nós, o escudo estará erguido.

Imaginei de que adiantaria um escudo contra uma sombra que ataca pelas costas.

Dois dias depois, Avran disse que sentia cheiro de warg.

Eles já tinham feito o caminho de ida e volta a Arton Norte várias vezes, mas nunca era exatamente o mesmo percurso. Uma trilha usada com frequência se tornava uma estrada, e uma estrada em Lamnor atraía a atenção da Aliança Negra. Assim, a Ordem do Último Escudo fazia uma rota totalmente nova sempre que voltava a sua fortaleza. A rota atual era ainda mais tortuosa, na tentativa de despistar aquela que agora eu sabia que nos caçava, Maryx Corta-Sangue. A passagem de um continente a outro era um território vasto, quase incompreensível para a mente mortal, não importava o quanto parecesse estreito num mapa. Estávamos em terreno inexplorado, ou pelo menos inexplorado pela civilização.

Se a entrada em Lamnor fora sutil e gradual, afundar-se no continente era muito mais súbito e drástico. Seguimos por aquela floresta jovem. Houvera beleza no sol filtrado pelas copas esparsas. O cheiro de folhas verdes, chuva recente e flores causava uma atmosfera quase idílica. Mas, depois do primeiro crânio fincado numa estaca, vieram outros.

Avran, Thalin e Nirzani discutiram algum tempo sobre o que exatamente significava aquilo. Chegaram à conclusão de que era o local de um ritual antigo em honra a Ragnar, o Deus da Morte cultuado pelos goblinoides. Não representava mais perigo. Fahime ficou por perto, como se quisesse dizer algo, mas se manteve calada.

Em todo aquele tempo, eu não ouvira a voz da maga uma única vez, a não ser que estivesse entoando palavras arcanas. Fahime ainda estava com um grande curativo no peito, onde fora atingida pela adaga, mas já se movia bem melhor. Ofereci a ela repetidamente para rezar a Thyatis e curá-la, mas ela sempre recusou em silêncio. Eu não entendia e também não sabia por que Avran não orava por ela. O favor dos deuses costumava ser acompanhado pela bênção da cura. De qualquer modo, Fahime continuava um mistério.

A magia era menos útil do que podia parecer numa travessia daquele tipo. Ouvindo relatos de aventureiros e lendo livros de histórias antigas, eu imaginava que magos fossem capazes de resolver qualquer situação. Um estalar de dedos ou um menear de cabeça e um batalhão inteiro podia voar, ficar invisível ou atravessar paredes. Uma ou duas palavras e uma montanha se abria para permitir a passagem de uma comitiva. Um gesto e um grupo era transportado de um lugar a outro sem realmente transpor a distância entre os dois pontos. Na realidade, Fahime ajudava quase sempre, mas como uma ferramenta.

Mantivera-se calada, sem conjurar uma única magia no Istmo de Hangpharstyth, pois sabia que não adiantaria de qualquer forma. Depois, já no continente, usava os poderes arcanos para nos ajudar. Quando precisávamos vigiar à noite, concedia a capacidade de enxergar longe e escutar como um lobo. Quando o solo deixava pegadas muito fundas, fazia com que nossos rastros se apagassem, completando o trabalho de Rutrumm. A magia era algo meticuloso e preciso, com regras claras e específicas. Assim como os milagres de Thyatis. Rapidamente cheguei à conclusão de que um passe de mágica que resolvia tudo era o recurso de histórias de bardos preguiçosos.

Avran foi até Fahime. Disse algumas palavras carinhosas e sorriu. Então a abraçou com carinho fraternal.

Veio até mim, ofereceu um gole de vinho. Aceitei, bebi olhando para as caveiras.

Pensando em rituais do Deus da Morte e em Maryx Corta-Sangue.

Seguimos viagem, encontrando outras estacas algumas vezes por dia. A floresta se tornou mais densa e escura. As árvores eram altas, suas copas mal deixavam passar luz. O cheiro se tornou úmido e opressivo, lembrando mofo antigo. O ar era viciado, como em uma sala fechada há muito tempo.

Eu finalmente me sentia em Lamnor.

— Não precisamos tentar adivinhar o que é um ritual ativo ou onde estão os inimigos — eu disse para Avran no terceiro dia após encontrar as estacas. — Encontrar resíduos místicos não é vidência muito avançada. É algo que os clérigos de Sternachten aprendiam no primeiro ano após a ordenação. Achar inimigos também é fácil.

Andávamos como de costume: Avran na frente. Eu apressava o passo para conseguir falar com ele. Thalin no meio de todos, carregando a prisioneira com sua força descomunal que não combinava com o físico esguio. Fahime e Nirzani perto dele. As halflings em volta, como uma escolta de segurança. Manada se afastava do grupo de tempos em tempos, mas agora estava logo atrás. Por último ia Rutrumm, apagando rastros. Já era noite, mas ainda viajávamos, pois anoitecia cedo naquela região.

— Sou um vidente, Avran — insisti. — Deixe-me usar o dom de Thyatis.

— Não queremos atrair atenção sobre você.

— Mas não vou fazer nada arriscado. Só descobrir a verdade, sem dúvidas.

— A verdade pode transformá-lo em um alvo.

Ele falou isso me olhando fundo nos olhos. Por um instante, achei que Avran soubesse de algo sobre mim, algo que eu queria esconder. Mas era absurdo. Ele era um guerreiro que combatia os goblinoides. Não podia conhecer a história do filho de um fazendeiro e seu pai.

Não podia saber nada sobre uma menina de cinco anos numa fazenda no meio de Tyrondir.

Ainda havia tanto a falar, tanto a saber. Havia o lodo negro e agora novas perguntas. Abri a boca para dizer algo, então ouvi a voz trovejante de Manada:

— *Perigo!*

No mesmo instante, Fahime gritou. Virei para enxergá-la, enquanto Avran já estava correndo para trás, a meio caminho.

Ainda consegui ver a armadilha sendo acionada.

A maga pisou num monte de folhas que parecia natural. Isso ativou uma corda, que puxou um galho e fez despencar um tronco enorme que estava equilibrado no alto das copas das árvores. Era tudo um borrão, mas vi o tronco cheio de espinhos grossos de metal. Tudo rústico, improvisado e mortífero. Fahime protegeu o rosto com o antebraço, um gesto fútil, enquanto tentava falar uma palavra mágica.

Com um berro, Manada se jogou sobre ela, empurrando-a para longe. O tronco caiu em cheio sobre ele, os espinhos se enterrando em suas costas.

O bárbaro se ergueu, urrando, banhado por seu próprio sangue. Apenas a força necessária para erguer o tronco já era prodigiosa, e ele fazia isso com os músculos sendo estraçalhados por dentro, dilacerados pelas pontas de ferro.

Duas explosões de fumaça preta envolveram nosso grupo. Eu não enxergava quase nada. Um vulto passou rápido a meu lado, vindo de nossa frente. Só senti o deslocamento do ar. Então Thalin avisou:

— Ela está aqui!

Ouvi a gargalhada estridente que escutara em Sternachten. A risada de Gradda, a Pútrida.

— Ela cortou a mordaça! — gritou Avran. — Rápido, alguém silencie a bruxa!

Aquele era o momento que eu temia, o momento que todos temíamos. A caçadora estava ali. O ataque de Maryx Corta-Sangue, que nos perseguia desde a Cordilheira de Kanter. Ela era o vulto que passara zunindo por mim, estava entre nós e já tinha cortado a mordaça da goblin sem que sequer notássemos. Lembrei de sua arma erguida, então descendo em minha direção, em Sternachten.

A névoa negra se abriu um pouco enquanto Thalin corria em minha direção, a direção oposta à que Maryx passara. O elfo tentava se afastar dela, carregando a prisioneira com sua força surpreendente.

— Sua hora chegou, sua hora chegou! — gritou a bruxa, bem perto de mim.

Tive a impressão de que seus olhos cruzaram com os meus.

Thalin se jogou no chão, ficando por cima dela, e tapou sua boca com as duas mãos. As quatro halflings o cercaram, armas em punho, atacando o ar, tentando fazer um perímetro.

— Corra, Corben! — gritou uma delas.

Comecei a me afastar de costas. Meus olhos se acostumavam com a escuridão, a névoa se abriu aos poucos. Súbito, três clarões me cegaram de novo. Sem enxergar, ouvi o mesmo grito ululante que escutara na cidade, então o urro de dor de uma halfling.

— Estão todas vivas? — gritou Avran.

— Trynna tentando trespassar a tratante!

— Lynna levemente lanhada!

— Gynna jorrando pujança!

— Estamos todas vivas, Avran, mas Lynna está bem ferida! A bruxa continua presa!

Fahime gritou um encantamento. Era uma magia de revelação que se estendia a todos nós. No meio da cegueira provocada pelos clarões, vi apenas uma coisa bem nítida: a figura de Maryx Corta-Sangue, no meio de um salto em direção a Manada.

Naquele pedaço de instante, fiquei mais uma vez impressionado com seus músculos, cada um se movendo com definição perfeita sob a pele amarelada. Vi as tatuagens desencontradas e pensei que cada uma significava uma morte. Vi as duas armas que ela usava: a estranha espada-machado feita de uma só peça de osso escuro e uma foice curta.

Vi as cabeças encolhidas penduradas em seu cinto.

Assim como ela tinha sido revelada para mim, também foi revelada aos outros. Avran avançou com uma estocada, a espada em riste. Manada se virou para recebê-la com um golpe do imenso machado de pedra. Nirzani puxou minúsculas adagas de algum lugar e as arremessou.

Então Maryx deixou de ser nítida entre a cegueira, só enxerguei uma sombra em meio às cores que tomaram minha visão aturdida. A sombra caiu e rolou. O machado passou ao largo, a espada errou-a por cima, as adagas se cravaram em árvores próximas.

Manada soltou um urro e eu o vi cair sobre um joelho. Mesmo com a visão prejudicada, notei o corte fundo na perna. O vulto da hobgoblin não estava mais lá.

Então parei de pensar.

Avran me dissera que eu não deveria interferir. Que deveria passar despercebido por Maryx. Que deveria ser a última prioridade.

Mas qualquer cautela só existe enquanto há pensamento. Minha cabeça estava vazia, tomada pelo medo, pelas lembranças recentes. Aquilo era Sternachten de novo, era Clement morrendo agarrado em meu manto. Era Ysolt abandonada por mim.

Corri para Manada. Coloquei as mãos sobre sua perna e berrei uma prece a Thyatis. O brilho dourado da Fênix banhou seu ferimento. Vi a magia cicatrizar a pele e estancar o sangue. Ele ficou de pé mais uma vez, num salto, sem hesitação. Com um movimento colossal das costas, o dar de ombros de um gigante, ele se livrou do tronco que estava preso com espinhos em sua carne. A coisa caiu no chão, pesada, deixando uma trilha de sangue. Olhei aquilo maravilhado.

Então fui puxado pelos mantos. Pisquei e estava frente a frente com o rosto duro da hobgoblin.

Maryx Corta-Sangue me examinou com os olhos fundos e negros. Vi suas presas que surgiam da mandíbula, seu nariz achatado. Senti seu cheiro ácido. Avran tinha razão. Eu interferira no combate e fora notado. A mão dela estava quase dentro de meus mantos, segurando-me com força.

Ouvi um rosnado passar entre as árvores. Por um instante, vi dois grandes olhos bestiais brilharem na escuridão, um grande nariz de morcego num focinho peludo.

— O warg está aqui! — gritou Avran.

Maryx me deu um soco. Voei para trás. Ela fez um movimento acrobático, girando e saltando para evitar mais um golpe de machado, mais uma estocada da espada.

Quatro explosões de fumaça negra taparam minha visão.

Tossi, tentando me erguer. Toquei meu nariz. Não estava quebrado, mas doía bastante. Ouvi armas cortarem o ar, ordens, um urro de frustração do bárbaro. Mas nenhum grito de dor.

Então silêncio. A respiração ofegante de meus companheiros.

E mais nada.

Aos poucos, a fumaça se dissipou.

Olhei em volta. Não havia mais caçadora ou warg. Tudo estava muito quieto.

— Acabou — disse Nirzani.

Thalin continuava deitado sobre a prisioneira, segurando sua boca e seu rosto, mantendo-a em segurança.

Alguns deles estavam feridos, outros só em alerta. Manada estava em pior estado, mas a halfling Lynna tinha sofrido um corte fundo no estômago. Não esperei ordem ou permissão, fui até a pequenina para rezar.

— Ela queria Gradda — disse Thalin.

Lynna começou a falar algo, mas não ouvi. Fechei os olhos, entoei uma prece. Talvez Avran tenha tentado me censurar. Não importava. Eu não obedecia a um guerreiro sagrado. Obedecia a Thyatis. Faria meu papel de clérigo, curaria os feridos. E, quando fosse necessário, usaria a vidência.

Virei-me, ainda aturdido, procurando mais alguém que precisasse de milagres. A bênção de Thyatis era pequena, pois eu não conhecia os dogmas o bastante para canalizar seu poder como um sacerdote experiente. Mas era o suficiente para ajudar alguns heróis. Para não ser inútil.

Manada estava logo atrás de mim. Quase bati de cara nele, como se fosse uma parede.

O bárbaro me olhou. Colocou a manzorra em meu ombro.

— Forte.

Apesar do medo, do ataque, da proximidade da inimiga, sorri.

Foi a primeira sensação realmente boa que tive desde a destruição da cidade. Um elogio de um quase estranho, a palavra de encorajamento de um bárbaro. Mas era um sentimento quente, acalentador. Era algo que fazia eu me sentir humano de novo. Fazia eu me sentir parte de algo.

Eu era um deles.

Então Nirzani disse:

— Onde está Rutrumm?

Fahime usou de magia. Apesar dos protestos de Avran, eu rezei a Thyatis. Não vimos nada.

Nirzani, Thalin e Manada vasculharam as redondezas, enquanto os outros mantinham vigilância cerrada sobre a bruxa. Até que Avran decretou que era muito arriscado se separar daquela maneira. Então seguimos com um a menos.

Dois dias depois, achamos um corpo decapitado.

Um corpo de anão.

Estava preso a uma árvore por espinhos de ferro que atravessavam os braços e as pernas. Um pedaço de couro fora pregado em seu peito. Algo estava escrito no couro. Uma letra tosca, típica de quem não estava acostumado a escrever. Era o idioma valkar, a língua da civilização, mas cheio de erros.

Mesmo assim, a mensagem era clara:

DEVOLVAM A BRUXA

Manada urrou. Girou o machado e derrubou árvores. Avran conseguiu acalmá-lo depois de algum tempo. Ninguém mais falou nada.

Quando acampamos, antes de dormir, ouvi o paladino dizer só uma palavra:

— Nunca.

A viagem continuou soturna. Qualquer sensação de companheirismo foi maculada pela perda de Rutrumm, pela impressão de que qualquer um podia ser o próximo. Foram dias e dias de caminhada, andando por florestas e pântanos, evitando tribos. Mas não houve nenhum outro ataque.

Quando achamos um rio lento, Avran decretou que podíamos tomar banho. Agradeci em silêncio, pois estávamos imundos. Fizemos turnos: dois iam juntos, vigiando um ao outro, enquanto os demais faziam um perímetro em volta.

Avran me acompanhou. Estava atento aos arredores enquanto eu me preparava para entrar.

— Você descumpriu minhas ordens, Corben.

Tirei o manto, ficando apenas com o medalhão em volta do pescoço. Estava de costas para o guerreiro, à margem da correnteza preguiçosa.

— Existem coisas mais importantes que ordens — respondi.

Notei que havia algo dentro de meus mantos. Algo amassado entre as dobras. Na tensão, sujeira e cansaço dos últimos dias, eu não notara. Peguei o objeto, pronto para jogá-lo fora como um pedaço de lixo.

— Sim, existem — concordou Avran. — Por exemplo, lealdade. E liberdade.

Era um pergaminho.

— Você foi leal, Corben. Nunca vou repreendê-lo por isso. E você é livre. É livre para obedecer a mim. Ou para fazer o que julga ser certo.

Desdobrei o pergaminho. Havia algo escrito.

— Se você quiser, Corben — disse o paladino — existe lugar para um clérigo de Thyatis na Ordem do Último Escudo.

Era a mesma letra que víramos antes. A letra malfeita de alguém que quase não sabia escrever. O idioma era o valkar, mas cheio de erros.

— É bom ter você conosco, meu amigo.

Dizia:

NÃO ACREDITE NAS MENTIRAS DELES

6
ÚLTIMO ESCUDO

DEIXEI O PERGAMINHO SER LEVADO PELO RIO, MAS AS PALAVRAS escritas nele me acompanharam até o Castelo do Sol.

A última parte da viagem foi pelos arrabaldes de um antigo reino humano. Depois do rio lento, entramos numa região pedregosa, onde rochas altas delimitavam passagens estreitas, numa espécie de labirinto. Era o lugar ideal para uma emboscada goblinoide, por isso Avran tinha cuidado redobrado. Pediu que Fahime usasse de magia divinatória em busca de perigos. Pediu a mim também.

Afastei-me alguns metros do grupo, em um tipo de corredor rústico formado pelas rochas. Aquela região toda tinha o aspecto de um vasto desabamento, como se um deus desastrado tivesse derrubado pedras soltas e tido preguiça de arrumar a bagunça. A vegetação que crescia ali era esparsa, apenas árvores baixas e aguerridas, ervas daninhas e limo. Mas havia marcas quase apagadas da presença de humanos: um grande rochedo ainda ostentava os restos de um brasão pintado, com uma medida de distância que eu não conseguia ler. Eu não conhecia aquele símbolo, duvido que muita gente no continente norte conhecesse. Era um resquício de uma nação destruída pela Aliança Negra, uma das últimas marcas da civilização que ocupara Lamnor desde tempos imemoriais, varrida nas últimas décadas.

Era estranho pensar em como o norte tinha se isolado do sul por séculos, até que o sul foi esmagado pelos goblinoides. Mesmo vivendo em Tyrondir e sendo um estudioso, eu mal conhecia os nomes das maiores nações humanas de Lamnor — Mortenstenn, Yllorann, Tarid, Gordimarr. E certamente não sabia a qual deles pertencia aquele brasão, ou mesmo se não era o símbolo de algum feudo ou principado menor. Éramos vizinhos separados pelo istmo, mas não sabíamos nada um do outro. E agora não havia nada a saber.

Fiquei uns minutos olhando o brasão ininteligível, perdido em divagações sobre reinos mortos e as palavras mal escritas de uma assassina goblinoide. Em uma pedra ao lado, havia um brasão bem mais fresco e mais simples. Mal podia ser chamado de brasão: era um círculo preto, desenhado de forma tosca com mãos mergulhadas na tinta. O sinal da Aliança Negra.

Olhei para trás. Não era possível enxergar nenhum de meus companheiros. Eu precisava ficar sozinho, precisava de calma e quietude para rezar por vidência. Fechei os olhos e comecei a murmurar a prece a Thyatis, mas perdi o foco na metade. Abri os olhos e quase dei um pulo. Nirzani estava a minha frente.

— Não se preocupe, não vou atrapalhar — ela disse. — Só achei que não era seguro deixá-lo sozinho neste terreno. Pode haver goblinoides escondidos.

Qualquer reentrância ou espaço entre duas pedras podia ser um esconderijo. Por instinto, olhei para os lados.

— É difícil rezar com alguém assistindo — falei.

Ela não respondeu. Também não parou de me observar. Nirzani era inescrutável, não pude deixar de lembrar do que Avran me contara sobre ela. Era uma barda treinada em um conservatório élfico, mas não carregava nenhum instrumento.

— Vocês nunca precisam de privacidade? — perguntei. — Nunca guardam nenhum segredo?

— Você tem segredos a guardar?

— Sou um clérigo — dei de ombros. — Minha relação com Thyatis deveria ser só entre mim e ele.

— Agora é um fugitivo. Nada mais é só entre você e seu deus.

Ela continuou me olhando. Continuei sem conseguir rezar.

— Você nunca toca ou canta? — perguntei.

Ela permaneceu calada.

— Também é algo que guarda para si mesma, não?

Nirzani deu um passo em minha direção. Recuei por instinto.

— Eu sabia que Avran abriria a boca — ela falou, séria. — Ele quer sempre fazer todos se sentirem bem. Isso significa que não é bom em manter segredos.

— Pensei que não existissem segredos... — comecei.

— Eu provei minha lealdade e não preciso cantarolar ou dedilhar um alaúde só porque fui educada numa escola de música. Você tem segredos, garoto?

— Não. Mas também não gosto de expor algo tão íntimo.

Ela relaxou só um pouco.

— Não consigo cantar ou tocar nenhum instrumento com gente por perto — falou, por fim.

— Desculpe — respondi. — Não é de minha conta.

— O que acha disso? Uma barda treinada segundo as tradições élficas, incapaz de fazer música.

Forcei um riso pequeno.

— Quando você...? — comecei, mas não soube como terminar a pergunta.

— Quando perdi a capacidade de cantar na frente dos outros? Quando a escola de menestréis foi chacinada.

Fiquei calado.

— O problema é que tudo isso parece tolo demais — disse Nirzani. — Cantar, tocar, dançar. Em meu interior, sei que são disciplinas rígidas, arte que quase foi apagada pelos goblinoides. E que, de certo modo, é meu dever exibi-la para que não morra. Mas tudo que não seja lutar contra a Aliança Negra parece tolo. Por que estaríamos dançando, comendo ou rindo se lá fora há goblinoides planejando nossa morte? Matando inocentes?

Senti uma conexão com ela. Achei que compreendia seus motivos. Então imaginei por que ela estava revelando aquilo, quando dias atrás era tão mordaz e distante.

— É assim que você se sente? — ela perguntou. — Tolo por rezar?

— Um pouco — admiti. — As preces que conheço são acadêmicas, elaboradas. São fórmulas. Sternachten interpreta... *interpretava* — corrigi — Sternachten interpretava Thyatis quase como um conceito matemático e filosófico em forma divina. Parece idiota pensar em coisas tão elevadas quando um selvagem pode surgir das sombras e acabar com sua vida num instante.

Era uma preocupação sincera, mas não era tudo. Nirzani me observou por longos instantes. Imaginei se ela podia enxergar dentro de mim, o quanto meu rosto traía. Eu estava acostumado a mentir para adivinhos-mestres, não para espiãs. Ao mesmo tempo, questionei por que tinha revelado aquilo. Era como se minha boca falasse antes que eu percebesse.

A expressão dela era indecifrável.

— Este é o grande perigo da Aliança Negra — ela disse, por fim. — Destruir é mais fácil que criar. Eles nos fazem questionar a razão de construir, estudar, ter uma vida completa, se fogo e lâminas podem terminar com tudo. O maior dos sábios elfos pode ter escrito obras que mudaram Arton para sempre, mas foi morto por um goblinoide anônimo. Quem é mais poderoso? Quem teve a palavra final?

Eu não soube o que responder.

— O sábio teve a palavra final, porque o goblinoide anônimo sempre será anônimo e deve ter morrido um mês depois, vítima de seus próprios companheiros. Não tenha medo ou se sinta tolo. Reze.

— Preciso me concentrar...

— *Reze.*

Engoli em seco. Aquilo fora um incentivo ou uma ameaça?

Rezei.

Recitei as fórmulas, orei com fervor, quase consegui esvaziar a mente para que ela fosse preenchida com a visão de Thyatis. Mas o milagre não se completou. Não vi nada, não senti conexão com o deus.

Alguns minutos depois, abri os olhos.

— Tudo seguro — menti. — Não há sinal de inimigos.

Ela manteve os olhos em mim, séria. Em silêncio, sem quebrar o contato, parecia estar me interrogando. De braços cruzados, parada, era como se tivesse uma adaga em meu pescoço.

— Não consegui ver coisa nenhuma — admiti. — Estou nervoso demais para completar a oração.

— Admita, você não sabe de nada. Não era alguém importante em sua cidade, não conhecia nenhum segredo, era pouco mais que um aprendiz.

— Eu nunca disse que era importante — protestei.

— Você deveria deixar bem claro a Avran o quanto é inútil. Ele deposita confiança demais num garoto assustado.

— Eu...

— Admita que não passa de uma criança. Diga a ele. Você é inútil.

Nirzani passou por mim e voltou ao resto do grupo. Depois de alguns instantes, fui atrás dela. Seguimos viagem.

Naquela noite, no acampamento, Avran veio falar comigo.

— Espero que Nirzani não tenha exagerado com seu teatro de intimidação — disse o paladino, sentando a meu lado.

A região pedregosa tinha se aberto numa planície pontilhada de rochedos altos. Era fácil conseguir abrigo do vento, posicionando-nos entre duas pedras lisas como lápides, cobertas de limo, com quase dois andares de altura. Aquela paisagem se estendia por quilômetros, uma floresta de pedra. Eu estava um pouco afastado dos outros, ao redor da fogueira. Seria um ótimo momento para ter um livro aberto e fingir que lia para disfarçar minha introspecção, mas não havia livro nenhum.

— Ela é intensa — desconversei.

Avran deu um riso. Ofereceu o odre de vinho, lembrou que eu precisava comer. Então ficou sério.

— Você não precisa acatar ordens dela — ele disse. — Ou minhas. Ou de ninguém.

— Tudo bem — falei, dando um gole. — Sei que ela só estava tentando me incentivar.

— Não tenho certeza se isso é verdade. Nirzani é uma companheira fiel e um recurso valioso para a Ordem do Último Escudo, mas é dura como aço. Se ela tentou amedrontá-lo ou forçá-lo a fazer algo, agiu contra nossos ideais. A civilização existe para nos libertar, não para nos obrigar a baixar a cabeça. Intimidação é o modo dos goblinoides.

Contive algumas respostas. De novo, senti um ímpeto forte de revelar o que ela dissera, simplesmente falar a verdade. Fiquei olhando a fogueira, a conversa mortiça dos outros. Nem mesmo as halflings tinham muito entusiasmo após a morte de Rutrumm.

— Você não está comendo — disse Avran.

— Não tenho muita fome.

— Parte do treinamento de aventureiro é comer para manter a força, mesmo após as tragédias. Mas, se não consegue comer, pelo menos pode beber.

Ele piscou, deu um riso meio triste e me ofereceu um odre diferente. Dei um gole, senti a garganta queimar, a boca formigar num sabor cáustico. Ele explicou que se chamava dilínio, um destilado tradicional do reino de Mortenstenn antes da chegada da Aliança Negra. Era feito com um cereal que só existia naquelas terras, muito raro depois que os goblinoides queimaram as plantações.

— Agora não há quase ninguém que conheça a receita, nem recursos para destilar cereais — disse Avran. — Achamos alguns barris numa cidade saqueada ano passado. Estamos racionando a bebida, mas acho que a morte de um amigo exige um pouco de dilínio. Rutrumm iria resmungar por não ser cerveja anã, mas beberia mesmo assim.

Ele pontuou o comentário com um gole.

Lembrei das palavras de Nirzani: destruir é mais fácil que criar.

Lembrei das palavras no pergaminho.

— Não somos perfeitos — disse o paladino, voltando ao assunto anterior. — Às vezes nem tenho certeza se somos boas pessoas. Mas não decapitamos alguém só para mandar uma mensagem. Não destruímos cidades ou chacinamos inocentes. Nirzani errou com você, mas você *pode* enfrentá-la, Corben. O pior que vai acontecer é ouvir algumas palavras ríspidas.

Olhei para o fardo amarrado que era a bruxa goblin. Ela estava viva. E, embora tivesse a pele esfolada onde a corda apertava, não fora torturada.

— Aproveite a fogueira, meu amigo — ele completou, gesticulando para que eu me aproximasse do fogo. — A partir de amanhã acamparemos no frio e no escuro, para não atrair a atenção do inimigo. Estamos perto de casa.

Aceitei. Perto da fogueira, vi Nirzani discutindo com uma das halflings, ordenando que ela fizesse o turno de guarda separada das irmãs. A pequenina se manteve firme, sem ceder. Por fim, Nirzani xingou-a e se conformou com a derrota. Pouco tempo depois, as duas estavam conversando sobre estratégias.

Olhei para Avran e ele sorriu, mastigando.

Depois de uma série de acampamentos frios e escuros, avistei o Castelo do Sol. A cada dia, lembrei das palavras no pergaminho, mas não notei nenhuma mentira.

Já devia ter sido magnífico, por isso me encheu de melancolia. O Castelo do Sol ficava numa colina, atrás dos restos de uma cidade. Ao redor, a floresta tinha crescido sem controle. Árvores brotavam no meio de casas, furando os tetos de sapé estragados. Mato crescia por tudo. O que mais me impressionou foram os ossos.

Havia uma estrada estreita levando à cidade. Avran disse que aquele era o único motivo de a fortaleza ter sido poupada da ocupação. Os goblinoides tomaram as maiores estradas, estabeleceram suas próprias fortalezas nas construções que ficavam ao longo das vias principais. A Aliança Negra era incapaz de construir estradas, apenas aproveitava o que a civilização deixara. Aquele havia sido um dos muitos condados isolados e quase independentes de Lamnor. A estrada precária não interessava ao inimigo, então a cidade e o castelo foram chacinados e destruídos, depois abandonados.

Restavam os ossos.

Ao longo da estradinha, meus passos começaram a fazer barulho. Olhei para baixo e vi com horror que pisava nos restos brancos de esqueletos. Era impossível evitá-los. Estavam espalhados pela estrada e pelos ermos ao redor. Empilhados no caminho, fazendo colinas baixas. Entrando na cidade, estavam em cada construção, cada ruela. Aquela tinha sido uma cidade pequena, protegida por um castelo modesto. Mas cada ser vivo ali fora massacrado, então os números eram aterradores. Para onde eu olhava, havia ossos. Ossos antigos, restos com décadas de idade. Centenas de vidas com histórias, sonhos, medos, dúvidas — reduzidas a nada. Era difícil não enxergar as pessoas de Sternachten em cada uma das ossadas.

— Precisamos fazer um ritual pelos mortos... — balbuciei. — A cidade pode ser consagrada, para que as almas sejam protegidas.

— Estamos num continente profanado, Corben — disse Avran. — Um ritual como o que você sugere seria um farol para os clérigos da Morte, para os necromantes, para todos os poderes escuros que nos cercam. Além disso, teríamos de fazer uma expedição a Arton Norte em busca de um clérigo poderoso o bastante e disposto a vir, talvez sem chance de voltar.

Não importava o pergaminho, o que aquela caçadora de cabeças tinha tentado me dizer. Ouvindo ossos estalar sob meus pés, eu não podia acreditar nas palavras de uma goblinoide.

Subimos a colina. Era um matagal selvagem, deixado em abandono para não atrair atenção. O Castelo do Sol era pequeno: apenas três torres, uma delas desabada. Toda uma área da fortaleza não passava de um monte de entulho. As paredes que restavam estavam enegrecidas, marcadas por um incêndio antigo. Limo crescia do lado de fora, decorando as muralhas de verde-escuro. Nenhum estandarte ou bandeira pendia, nada do lado de fora sugeria que aquela era a sede de uma ordem de resistência. O castelo estava silencioso e lúgubre. A chegada dos heróis exaustos, de sua prisioneira e do clérigo que os acompanhava seria quieta e soturna.

Então os portões se abriram e minha impressão mudou.

Não havia pompa ou riqueza, mas o pátio central foi tomado por gritos de júbilo. No fundo do espaço aberto havia um grande estandarte com uma versão do brasão do escudo de Avran. Vinte e um aventureiros estavam à frente daquela bandeira. Eram humanos, elfos, anões, halflings. Até mesmo um qareen e um minotauro. Eles ergueram os braços, cada um com uma arma ou ferramenta, e saudaram nossa chegada com risos e aplausos.

Avran abriu um sorriso imenso.

Logo os outros membros da Ordem do Último Escudo o tomaram em seus braços. Cada um disputava para abraçá-lo, felicitá-lo pelo retorno, agradecer aos deuses por sua segurança. As quatro halflings correram à frente e também encontraram amigos e amantes. Uma delas girou nos braços de uma anã, outra foi erguida por um elfo, enquanto gargalhava. Manada logo recebeu uma perna de carneiro fumegante, que começou a comer na mesma hora. Fahime se juntou a dois outros magos, em cumprimentos contidos, mas o trio foi interrompido por um humano espalhafatoso que pulava de felicidade. Todos abriram espaço para Thalin, que carregava a prisioneira. Vendo o fardo que se contorcia, eles gritaram seu nome, celebrando-o como o maior responsável pela captura. Até mesmo Nirzani deu um meio sorriso, mas ninguém tocou nela, apenas a saudaram de longe.

Então o minotauro disse:

— Onde está Rutrumm?

Tudo ficou em silêncio. Cada par de olhos se voltou a Avran. Todos ali eram aventureiros: guerreiros, magos, caçadores, infiltradores. Certamente eram hábeis e competentes por si só, assim como os dez que eu conhecera. Mas estava claro que todos viam o paladino como um grande líder.

— Rutrumm Knucklann está morto — disse Avran. Suas palavras foram claras, diretas, cada sílaba pronunciada com cuidado, em voz bem alta. — Foi mais uma vítima de Maryx Corta-Sangue, que encontramos em Sternachten e que nos perseguiu por boa parte do caminho.

Um dos aventureiros começou a chorar baixinho.

— Rutrumm foi assassinado nas sombras — continuou Avran. — Tirado de nós e usado para nos mandar uma mensagem. Maryx desejava sua cúmplice Gradda, a Pútrida, mas não cedemos! Rutrumm está morto, mas não profanamos sua morte com covardia.

Thalin depositou a prisioneira no chão sem esforço. Um humano colocou o pé no peito da bruxa, como se ela pudesse se soltar sem aquela precaução. O elfo ergueu o arco. Cada um dos aventureiros ergueu uma arma, um cajado, um punho fechado. Avran ergueu seu escudo. Thalin então recitou:

— Para cada um de nós, dez deles.

E todos responderam:

— *Para cada um de nós, dez deles!*

Gritaram de raiva e tristeza. Vi Manada soluçar, as haflings berrarem de ódio. Então, aos poucos, todos ficaram quietos, tendo exorcizado a morte num voto de vingança.

Para cada aventureiro morto, morreriam dez goblinoides.

Numa fonte seca no meio do pátio, havia uma imensa coleção de armas desencontradas, jogadas ali sem ordem aparente. Nirzani foi até a fonte e depositou na pilha as adagas de Rutrumm. Era um memorial aos caídos.

Eles voltaram a conversar entre si. Manada entrou no castelo, Fahime estava examinando um livro pertencente a um dos dois magos. Finalmente eles pareceram me notar, embora eu não soubesse muito o que fazer e tivesse certa vontade de ser invisível. Avran veio até mim.

— Temos um novo convidado — disse o paladino, com a mão em minhas costas. — Este é o Adepto Corben, um clérigo de Thyatis. O último astrólogo de Sternachten.

Antes que eu estivesse preparado, mais uma vez ouvi uma enxurrada de nomes, que nunca conseguiria decorar tão rápido. Alguns apertaram minha mão, outros me deram os pêsames pela destruição de minha cidade. Pelo menos três disseram que eu tinha sorte por ter encontrado Avran Darholt. Então me levaram para dentro do Castelo do Sol.

Os portões se fecharam atrás de mim.

Trinta e duas pessoas num castelo era quase o mesmo que um castelo vazio. Embora fosse pequeno e tivesse uma seção desabada, o Castelo do Sol possuía inúmeras salas e corredores abandonados. Eu seguia as quatro halflings, que me levariam a meu quarto. Avran e os outros tinham desaparecido na fortaleza. Eu ouvia suas vozes de vez em quando, mas era muito fácil se espalhar, sair de vista sem querer. Todo o castelo exibia marcas dos antigos habitantes e da destruição que ocorrera lá. Caminhei por um átrio largo, pisando num tapete mofado e carcomido. Tapeçarias queimadas pendiam aos farrapos. Um enorme lustre repousava em pedaços no chão.

— Todos estes trapos têm um intuito — disse uma das pequeninas.

— As memórias do morticínio merecem se manter — continuou a outra.

— Constantemente contemplamos a queda do condado — a terceira completou.

— Além disso — emendou a que eu achava ser Denessari — se tudo estiver em ruínas, os goblinoides podem achar que o lugar continua desocupado.

Em todo o caminho até o aposento que me tinham designado, cruzamos com apenas uma pessoa, um humano de cota de malha e espada na cintura. Então chegamos ao quarto. Abri a porta: havia sido um quarto de hóspedes. Era extraordinário para os padrões que eu conhecia em Sternachten e tinha certos luxos mesmo para um nobre. Havia uma penteadeira com um espelho quebrado — o que me surpreendeu, pois espelhos eram coisas raras e caras. Apenas na capital de Tyrondir, uma cidade conhecida por suas vidrarias, eram comuns mesmo em casas ricas. O castelo devia ter pertencido a um nobre muito abastado para ter um espelho fora do quarto principal. Ou talvez houvesse uma grande produção de vidro neste reino, antes de ser destruído pela Aliança Negra. Também havia alguns móveis queimados e uma enorme cama de dossel. A cobertura de veludo cor de vinho pendia em tiras.

Sobre a cama, um esqueleto com roupas apodrecidas de aristocrata e uma espada ainda nas mãos cadavéricas.

— Recomendo resistir a remover os restos — aconselhou uma das halflings.

— Quase quarenta quartos, cada um ocupado com cadáveres — suspirou outra.

— Avran acha que assim atentamos às atrocidades da Aliança — a terceira deu de ombros.

— Se não quiser acordar abraçado com o senhor ossudo — a quarta apontou com o polegar para o esqueleto — posso emprestar um cobertor de viagem e alguma palha.

Ela me jogou um embrulho. A palha estava quase seca, enrolada no cobertor e amarrada com um cordão. Elas se despediram e me deixaram sozinho no quarto, com meu companheiro esquelético.

Imaginei se devia me preocupar por Avran insistir para que dormíssemos nos mesmos aposentos que as vítimas dos goblinoides. Será que isso era algum tipo de penitência que ele impunha à Ordem? O homem bem-humorado que eu conhecera não parecia o tipo para exigir algo tão mórbido.

Será que era mesmo verdade?

O que seriam as mentiras em que eu não devia acreditar?

Olhei para o cadáver, como se ele pudesse me dar respostas.

E podia.

Cheguei perto. As roupas fediam, mas meu olfato já estava impregnado com o odor de mofo, umidade, fuligem e podridão que havia no castelo inteiro, então não era tão ruim. O corpo em si não tinha cheiro, não passava de ossos secos. Ele morrera de espada na mão. Estava vestido com roupas de gala. Uma casaca, uma camisa cheia de rendas e babados, botas de couro com pequenos saltos. Havia rasgos e buracos na roupa — calculei que seriam joias, broches ou outros detalhes valiosos que haviam sido arrancados pelos assassinos. Nobres gostavam de se enfeitar com coisas brilhantes. Ele morrera deitado. Por que estaria deitado com roupas de luxo? Talvez estivesse terminando de se vestir para um jantar ou baile. Talvez tenha resolvido descansar um pouco antes de uma audiência com o conde. Talvez simplesmente tivesse sido jogado na cama pelos goblinoides. De qualquer forma, morrera com o crânio esmagado; pouco restava de sua caveira. Aparentemente tentara resistir, pois ainda segurava a espada.

Ali estava uma vítima da Aliança Negra, morta na cama. Por qualquer ângulo, não havia honra naquela morte. O esqueleto não jazia num campo de batalha, nem mesmo numa praça ou pátio; não fora uma guerra ou um duelo. Fora uma invasão. A porta de meu quarto — do quarto do esqueleto — estava intacta, mas a janela tinha sido estraçalhada. A espada estava limpa, exceto por poeira. Não fora usada. Os assassinos haviam entrado pela janela, surpreendido a vítima na cama e matado-a antes que pudesse desferir um golpe.

Ali estava a resposta. Por que eu dava atenção às acusações de uma hobgoblin caçadora de cabeças? Ela tinha matado o anão Rutrumm. Se era capaz de assassinar e intimidar, por que não seria capaz de mentir? Fazia sentido que ela quisesse me separar da Ordem do Último Escudo se o objetivo fosse completar o serviço, dar cabo do último clérigo de Sternachten.

Mas eu estivera nas mãos dela. Levara um soco em vez de um golpe da estranha lâmina negra.

Olhando o crânio esmagado, tentei pensar em como resolver aquilo. Eu era um vidente. Podia usar a bênção de Thyatis para discernir se algo que ouvia era mesmo verdade. Podia pedir iluminação, então tentar decifrar se Avran ou algum dos outros estava mentindo. No entanto, para isso precisaria fazer as perguntas certas. Minha fé precisaria ser mais forte que a vontade de quem quer que estivesse tentando me enganar.

Mas eu era mais que um vidente. Era um astrólogo. Um cientista. Eu podia usar o tipo de raciocínio que aprendera desde criança para chegar à verdade.

Aquela era uma questão simples de bondade e maldade. Embora filósofos e bêbados no mundo todo discutissem o que era o bem e o mal, aqueles que realmente se aprofundavam nos conceitos celestes sabiam que eram duas forças reais e opostas, não noções abstratas. Um plebeu comum em Arton se deparava com dilemas morais sem resposta certa por toda sua vida, mas os deuses faziam julgamentos definitivos, derramavam luz ou trevas sobre indivíduos e coisas. Isso era bondade e maldade palpáveis, para quem fosse capaz de vê-las. O bem e o mal, a verdade e a mentira, não eram questões de ponto de vista. Pelo menos não para cientistas teológicos como eu. Eram fenômenos divinos observáveis.

Avran Darholt era um guerreiro sagrado, ou ao menos afirmava ser. Se eu o pegasse numa mentira, sua bênção poderia ser questionada. A maneira mais fácil de saber se ele era mesmo santificado seria testando sua virtude, como uma hipótese qualquer.

Avran tinha um escudo com um brasão de todos os deuses da luz. Um escudo que o protegera de um relâmpago.

Se fosse um objeto sagrado, não poderia ser tocado por alguém que carregasse a maldade dentro de si. Reagiria a violações dos votos de um guerreiro santo. Se eu pudesse enxergar a bênção do escudo, ele serviria como um medidor da alma e das palavras de um paladino.

Bem e mal materializados pelos milagres dos deuses. Bem e mal que podiam ser testados por um estudioso da fé.

Saí de meu quarto, despedindo-me em silêncio do esqueleto. Fui procurar Avran.

Quando o encontrei, já estava anoitecendo. Vasculhei inúmeros quartos, uma sala de guerra abandonada, um salão de banquetes com uma imensa mesa quebrada ao meio, repleto de cadáveres de convivas e pratos de comida há muito transformada em poeira.

Avran estava no porão, nos aposentos dos servos.

— Corben! — ele me cumprimentou com um sorriso. — Deram-lhe um bom quarto?

Ele estava deitado, mas se ergueu assim que me viu. No passado, os servos não tiveram camas naquele castelo. Dormiam no chão, sobre palha. Era onde Avran estivera descansando.

Entre dois cadáveres.

Dei um passo para trás.

— Ah, não dê importância para minhas estranhezas — ele olhou para os mortos dos dois lados e balançou a cabeça, como se estivesse envergonhado. — Esta é minha penitência autoimposta. Dormir com os cadáveres das vítimas da Aliança, para nunca esquecer por que lutamos.

— Eu sei — disse, sem pensar.

— Já lhe contaram sobre minhas idiossincrasias, então? Bem, espero que o assunto esteja servindo para que você se entrose com os outros.

— Não é uma penitência autoimposta se você a impõe aos outros — surpreendi a mim mesmo ao falar aquilo.

Avran ergueu as sobrancelhas.

— O que está dizendo, Corben?

— Não é uma penitência autoimposta se eu também preciso dormir com um esqueleto.

— Quem disse que...?

— Você!

— Eu nunca falei isso, meu amigo.

— Bem, as halflings disseram — gaguejei. — Disseram que você manda que todos nós fiquemos em quartos com cadáveres, para não esquecer do que aconteceu aqui.

Ele pareceu atônito.

— Você tem certeza de que elas disseram isso? Às vezes nem eu entendo aquele jeito esquisito como elas falam. Escolhem palavras estranhas.

— Sim, é claro que tenho!

Mas na verdade não tinha. Tentei lembrar das palavras exatas de Lynna, Gynna, Trynna e Denessari. Elas tinham falado em restos. Presumi que eram restos mortais, mas aquilo nunca fora dito.

— Talvez elas estivessem tentando dizer para você não fazer consertos óbvios no quarto, que pudessem ser vistos de fora — ofereceu Avran.

A quarta halfling falou que, para não dormir na cama com o esqueleto, eu precisava dormir na palha e no cobertor. Pelo menos eu achava que ela dissera isso. Será que elas estavam mentindo? Com qual propósito?

Avran deu de ombros. Não parecia se importar muito com aquilo. Disse para eu escolher outro quarto se não quisesse a companhia desagradável. Havia vários no castelo que estavam vazios quando os goblinoides atacaram.

— Mas o que o traz aqui, Corben?

Eu ficara desconcertado. Surpreso pelo rumo daquela conversa, quase não notava os vários esqueletos no chão do dormitório.

— Só curiosidade — respondi. — Agora que estamos fora de perigo...

— Nunca estamos fora de perigo — ele me corrigiu.

— Bem, agora que chegamos a nosso destino, quero saber mais sobre todos vocês. Sobre a Ordem. Ainda estou convidado para fazer parte?

Ele abriu um sorriso e segurou meu ombro.

— É claro. Pergunte o que quiser.

— Você falou que a Ordem é o último escudo contra a selvageria da Aliança Negra — eu disse, tentando disfarçar que havia preparado um pequeno discurso. — Mas há outra coisa, não? O escudo que você carrega.

Ele assentiu.

— Você quer falar dos deuses, meu amigo. Ótimo! É o único além de mim que tem vocação divina por aqui. Vamos à capela, é o melhor lugar para discutir os céus.

Avran pegou seu escudo, que repousava contra uma parede. Ele não estava de armadura. Vestia uma túnica simples e calças de algodão sem cor. Estava de pés descalços e não se incomodou em calçar sapatos para sair aos corredores. Exceto por seu porte físico e seu ar galante, ele parecia um servo, um cavalariço, um plebeu qualquer.

Subimos uma escadaria para sair do porão, andamos por vários corredores. Não encontramos ninguém no caminho. Nossos passos ecoavam no vazio. Passamos por esqueletos. Quase todos humanos, mas havia dois anões.

Então, quando já estávamos quase chegando, Avran parou frente a um esqueleto diferente dos demais. Seu crânio era maior que os outros, sua mandíbula era larga e quadrada. Seus dentes eram afiados. As roupas que pendiam dos ossos não eram nobres e refinadas, nem mesmo armaduras de guardas e cavaleiros, mas trapos e couro tingido de preto. O esqueleto segurava uma foice longa.

— É o único esqueleto goblinoide que encontramos no castelo — ele explicou. — Bem às portas da capela. Mostra que os deuses não nos esqueceram.

Olhando os ossos, senti um certo júbilo. Era impossível determinar o que o havia matado, mas fiquei feliz por ele ter morrido. Em quase todas as ossadas, eu vira os rostos de Clement, Ysolt, Dagobert, Neridda, Ancel, Salerne. Mas minha mente recobriu aquele esqueleto goblinoide com a pele amarelada e cheia de tatuagens de Maryx Corta-Sangue. Imaginei-a morta e estremeci de satisfação.

— Nunca saberemos o que aconteceu neste castelo — disse Avran. — Havia guardas e cavaleiros. Por que não há mais restos de goblinoides? Será que as bestas levaram seus mortos embora? Será que o ataque foi tão surpreendente e devastador que todos os humanos foram pegos desprevenidos e não conseguiram reagir? Ou será que os goblinoides usaram algum estratagema profano que não conhecemos, como em Sternachten?

Percebi que ainda não sabia nada sobre o lodo negro. Não tinha nenhuma pista sobre como o massacre de minha cidade acontecera, na verdade.

— Este era o castelo de um conde — ele prosseguiu. — Não sabemos por que um nobre tão importante e rico vivia numa região afastada de tudo, conectada por estradas tão precárias. Nunca saberemos. Quase nenhum registro sobrou, pois os goblinoides odeiam a escrita e o conhecimento.

— Maryx deixou uma mensagem escrita — falei, de novo dando vazão repentina ao que vinha em minha mente.

Cada vez mais eu dizia coisas intempestivas, sem nenhuma hesitação ou barreira entre um pensamento e a fala. Eu estava falando sobre o aviso para que devolvêssemos a prisioneira, mas tive medo de mim mesmo, pois aquilo era muito próximo de uma revelação sobre minha mensagem particular.

— E estava claro que ela mal sabe escrever — disse Avran. — Porque é goblinoide. De qualquer forma, só os cadáveres contam a história deste lugar. Do banquete que foi interrompido, dos convidados, dos servos que ainda descansavam enquanto seus colegas trabalhavam. E deste único goblinoide que morreu no ataque. O herói que deu cabo dele deve estar por aí, também estendido no chão. Não sabemos quem é, então honramos todos. Todos são vítimas deste assassino vil, todos são os bravos que o mataram.

Olhamos o cadáver por mais uns instantes.

Então passamos ao largo. Avran abriu a porta da capela e entramos.

Era uma típica capela dentro de um castelo: uma sala ampla, suficiente para abrigar quinze ou vinte pessoas, com um aposento bem menor atrás, a sacristia onde o sacerdote fazia as preparações litúrgicas. Havia um púlpito e bancos. Não era um templo dedicado a um deus específico, mas um lugar de culto a todo o Panteão. Ou pelo menos a todos os deuses civilizados e benevolentes. Uma bandeira mofada e comida por traças pendia da parede atrás do altar. Exibia um símbolo parecido com o do escudo de Avran, mas bem mais simples.

Khalmyr, o Deus da Justiça, estava representado no centro, ao lado de Lena, a Deusa da Vida. Havia representações de Marah, a Deusa da Paz, e de Tanna-Toh, a Deusa do Conhecimento. Nada sugeria que ali fosse cultuada Allihanna, a Deusa da Natureza, mesmo sendo uma poderosa força da bondade. Allihanna costumava ser selvagem demais para capelas em fortalezas nobres. Thyatis também era muito exótico para figurar naquele símbolo. De certa forma, ver aquilo era confortável. Eu me senti num lugar pitoresco, com pensamentos antigos e conservadores, uma espécie de porto seguro no turbilhão de mudanças das últimas semanas. Ver a capela era como encontrar um avô. Podia ser antiquado e ter mentalidade diferente, mas era acalentador.

Aqueles símbolos divinos não eram totalmente familiares para mim, claro. Aquela podia ser uma capela tradicional do Panteão, mas era uma capela em Lamnor. Vários deuses eram conhecidos por nomes diferentes no continente sul antes da destruição. Os objetos e grafismos que os representavam também eram distintos. Khalmyr era chamado de Hedryl e simbolizado por um escudo, uma manopla aberta e outra manopla fechada em punho.

Lena ainda tinha como símbolo uma lua, mas era chamada de Luna.

A capela não parecia ter queimado. Não havia nenhum dano, além do envelhecimento dos tecidos. Não havia cadáveres lá dentro, nem sinal de que fora profanada. Era mesmo como se os deuses estivessem protegendo aquele lugar.

— Nunca encontramos o cadáver de nenhum sacerdote — disse Avran, encostando seu escudo no púlpito, de forma que ele ficasse de pé. — Gosto de pensar que o capelão do castelo conseguiu escapar com vida, para pregar aos sobreviventes de outros lugares. Quando estou particularmente esperançoso, imagino que ele foi levado aos céus pelos próprios deuses, sendo poupado da fúria goblinoide. Mas meu lado realista diz que ele estava no templo da cidade e é um dos esqueletos dentro daquele prédio.

Ele sentou num dos bancos compridos, de frente para o escudo. Eu o imitei.

— Não acha maravilhoso, Corben? Estas pessoas em outro continente cultuavam os mesmos deuses que nós. Com nomes e símbolos diferentes, mas os mesmos patronos. Eu e você recebemos iluminação, provas concretas da existência das divindades. Mas mesmo plebeus veem evidências de que elas existem quando notam que todos os povos as cultuam, em qualquer lugar do mundo.

Não respondi. Comecei a murmurar uma reza, pedindo uma bênção ligeira a Thyatis. Só queria enxergar mais que o aspecto físico do escudo de Avran. Eu esperava ser discreto o bastante e não ficar nervoso demais, como fora nos caminhos pedregosos.

— É a prova de que somos nós contra eles — continuou o paladino. — A Aliança Negra cultua Ragnar. Chama-o de Deus dos Goblinoides, mas eu e você sabemos que é o Deus da Morte. Leen.

Eu era jovem demais para lembrar, mas, antes da Aliança Negra, Ragnar fora chamado por outro nome. Ele era conhecido como Leen e representado como uma sombra esguia que brandia uma foice. Apenas com a ascensão de Thwor Ironfist a divindade assumira sua faceta de Ragnar, como era cultuado pelos goblinoides.

Era um exemplo clássico da natureza fluida e ao mesmo tempo imutável dos deuses, um caso usado como ferramenta de ensino de teologia em qualquer templo de Arton. Sem que ninguém percebesse, ao longo dos anos o aspecto brutal de Ragnar substituíra a crueldade fria e controlada de Leen. Especulava-se que o Deus da Morte escolhera se apresentar com aquela faceta para aumentar seu poder. A substituição ocorrera na mentalidade dos mortais como um fenômeno natural. Mas eu mal prestava atenção ao falatório de Avran, continuava rezando baixinho.

— Eles cultuam o Deus da Morte! — o guerreiro disse, quase para si mesmo, quase com assombro. — Não interessa qual faceta ele apresente. Hedryl é Khalmyr e Ragnar é Leen. Não um conquistador, mas um ceifador! "O Deus da Morte e dos Goblinoides"... Os dois conceitos estão ligados! Ou "o Deus da Morte dos Goblinoides". Pertence a eles! Tomaram para si um deus ligado ao fim de tudo. Nem mesmo o Deus da Guerra tem maldade tão inquestionável. Ragnar só quer a morte. Seus fiéis só querem matar.

Concluí a prece. A meus olhos, o escudo foi coberto por um brilho branco e puro. Sem dúvida era um artefato abençoado.

— Agora que já enxerga a aura de meu escudo, podemos conversar?

Comecei a falar algo, gaguejando e confuso, mas ele riu. Ergueu-se e enfiou o escudo no braço. A luz alva o banhou.

— Não o culpo por tentar descobrir alguma coisa pela bênção de seu deus — disse Avran. — Afinal, você está em Lamnor, onde as regras são diferentes. Onde elfos e anões vivem juntos num castelo construído por humanos. Onde um paladino dorme com cadáveres e só fala em matar inimigos.

Ele ficou a minha frente.

— O que quer saber?

Por um instante, pensei em revelar a mensagem que eu achara. Questionar se havia alguma mentira naquilo tudo. Quase falei, controlei-me por pouco.

— O que é seu escudo? — perguntei.

Decidi me ater ao método que criara antes: perguntar sobre aquele objeto. Era sagrado. Se Avran podia segurá-lo, ele era iluminado. Se mentisse, desagradaria aos deuses que o abençoavam e eu poderia ver a interação de seus atos com o poder do escudo.

— Eu o achei — ele disse, com simplicidade.

O escudo continuou emitindo o brilho branco.

— Eu era um aldeão em Deheon — continuou Avran. — Vivia no reino mais civilizado e seguro do mundo conhecido. Tinha uma vida garantida, nunca iria sequer chegar perto de algo como a Aliança Negra. Então, numa certa madrugada, logo antes de amanhecer, fui até o poço na praça de minha aldeia para tirar água. Puxei o balde e notei que estava mais pesado que o normal. Ouvi barulho de algo raspando na pedra enquanto o balde subia. Quando ele surgiu, vi este escudo cravado entre as tábuas de madeira.

Ele olhou a coisa com carinho.

— Eu o chamo de Escudo do Panteão.

Ficou meio constrangido por isso, como um garoto descoberto em uma brincadeira. Senti uma grande empatia com o entusiasmo que ele tinha pelo objeto.

— Nunca tive uma explicação de como ele foi parar lá. Tomei-o para mim, antes que os outros aldeões acordassem. Fiquei olhando-o por horas. Então senti que precisava fazer algo com minha vida. Algo maior do que trabalhar, casar, ter filhos e morrer. O escudo me puxou ao sul, para o continente que eu nunca conheceria sem intervenção divina.

Avran ficou sério.

— Minha bênção se manifestou quando decidi lutar contra os goblinoides.

Ele passou mais de um minuto em silêncio. Então tirou o braço das tiras e sentou no banco, ficando com o escudo no colo e nas mãos.

— Nunca aprendi a lutar, Corben, apenas passei a saber. Nunca aprendi a cuidar de uma armadura ou mesmo a cavalgar. Nunca estudei os deuses, apenas *sei* coisas. Isso me assusta, se você quer saber a verdade. Sinto que fui escolhido para algo e quero saber o que é.

— Ser escolhido não adianta nada — falei. — É preciso estudar, treinar.

— Eu sei. Por isso digo que quero me tornar digno de nossos companheiros. Todos eles treinaram, todos se esforçaram. Todos tiveram uma grande perda. Eu não. Apenas achei um escudo e andei ao sul até encontrar goblinoides. Então continuei andando até encontrar uma armadura e uma espada num guerreiro caído. Acho que estou fazendo o certo ao liderar esses heróis. Sei que estou fazendo o certo ao combater o maldito Thwor Ironfist. Mas não há nenhuma garantia. Por que um aldeão achou um escudo com os símbolos de todos os deuses que apadrinham guerreiros sagrados? Será que eu deveria ter dado este escudo a alguém?

Avran não estava desesperado, mas a angústia em seu rosto era visível. Pensei nas palavras escritas pela hobgoblin. No jeito de Nirzani, na conversa das halflings.

— Avran... — comecei, devagar. — Você acha que você pode ser... A Flecha de Fogo?

Ele olhou para baixo. Ficou em silêncio.

— Claro que não, Corben...

— Eu estava estudando a Flecha de Fogo antes da destruição de Sternachten — interrompi. — Uma de nossas conclusões preliminares era que a Flecha podia ser algo que se move em linha reta, que faz uma trajetória. Chegamos a especular que poderia ser uma trajetória de Arton Norte a Lamnor.

Ele me olhou com medo e esperança.

Será que havia mentira naquilo? O escudo continuava brilhando em minha percepção divina, sem protestar contra o comportamento do paladino.

Então, devagar, Avran se ergueu do banco. Depositou o escudo mais uma vez contra o púlpito. Com jeito solene, abaixou-se de novo, agora ficando ajoelhado.

— Vamos rezar, Corben.

Incerto sobre o que ele pretendia, aceitei. Fiquei de joelhos sobre o genuflexório.

— Seguimos os passos do destino — falou Avran. Ele ainda não estava rezando, só parecia refletir. — Um aldeão levado por um objeto sagrado, iluminado com conhecimento que nunca deveria ter. O último sobrevivente de uma cidade de profetas.

Aos poucos, a bênção de Thyatis se desfez. O escudo parou de brilhar em minha visão.

— Fomos colocados neste caminho por uma força maior — continuou Avran. — Agradecemos por estar aqui. Agradeço por ter sido tirado da vida mundana para embarcar na mais importante das batalhas. Agradeça por estar vivo, Corben.

Aquilo me pegou de surpresa. Pela primeira vez, Avran parecia um pouco ignorante sobre os protocolos sagrados. Aquilo não era nenhuma reza que eu conhecia.

— Agradeça! — ele exigiu.

Sua voz tinha um tom imperioso. Quase colérico.

— Eu agradeço por estar vivo — falei em voz alta, para os deuses e para o paladino. — Agradeço por ter sido poupado da fúria da caçadora e por ter encontrado Avran Darholt e a Ordem do Último Escudo.

Olhei de esguelha para ele. Avran apertava as mãos com força. Duas lágrimas escorreram de seus olhos cerrados, ele falava entre dentes.

— Nós prometemos nunca desistir da luta. Até a hora de nossa morte, prometemos matar os inimigos. Nunca teremos misericórdia, nunca aceitaremos trégua. A guerra só acabará com a morte do último deles. Somos o escudo da civilização. Somos as armas da bondade.

Aquilo era muito diferente das preces que eu conhecia.

— Prometa, Corben. Prometa.

— Eu prometo...

— Prometa matá-los. Prometa queimá-los com o fogo de seu deus, prometa nunca se entregar!

Os dogmas de Thyatis proibiam tirar a vida de um ser inteligente. Segundo alguns clérigos, até mesmo animais eram protegidos pelo ensinamento da divindade. Eu não podia prometer aquilo. Toquei no medalhão por instinto.

— Prometo salvar as vidas das vítimas da Aliança Negra — tentei me esquivar.

— *Não basta, Corben, não basta*. Eles precisam *morrer*. Não está sentindo? Não está ouvindo os deuses?

— Thyatis proíbe...

Avran se virou para mim num relâmpago. Segurou meu pulso como um torniquete. Olhou fundo em meus olhos, sua boca num esgar.

— *Eles não são seres inteligentes. São emissários da morte, nada mais.*

Engoli em seco.

— Prometa!

— Eu prometo...

— Jure.

— Eu *juro* queimar os inimigos com o fogo de Thyatis.

— Matá-los.

— Prometo matá-los. Até que não reste mais nenhum.

Avran sorriu. Largou meu pulso. Pareceu satisfeito.

Ergueu os olhos ao teto da capela, como se enxergasse os céus.

— Que o Panteão nos proteja, até que chegue a hora de nossa morte.

— Que o Panteão nos proteja — repeti — até que chegue a hora de nossa morte.

Ele se levantou, secou as lágrimas com as costas da mão. Fiquei ajoelhado, observando seus movimentos. Não temia por minha alma ou por minha fé. Palavras eram só palavras. Thyatis não se importaria se eu falasse sobre morte sem realmente acreditar naquilo.

— É a primeira vez que rezo na frente de um clérigo, desde que fui iluminado — disse Avran, sem jeito. — Não foi fácil para mim.

Franzi o cenho. Ergui-me devagar.

— Tento rezar com fervor, expressar o que está em meu coração. Mas não sei se é o certo.

Sua fala era mansa de novo. Ele saiu da capela devagar, absorto. Fui atrás. Quando vi o corredor, tive a impressão de estar voltando ao mundo real depois de uma experiência alucinatória.

— Corben — ele disse com suavidade — você me ensina a rezar?

— É claro — abri um sorriso cauteloso.

Andamos pelo corredor. Tudo ali era estranho. Era estranho desviar do cadáver de um goblinoide, era estranho conversar com um guerreiro que dormia entre esqueletos. Se havia mentiras, eu não sabia quais eram. Mas, mesmo que existisse algo oculto em Avran Darholt, ele merecia uma segunda chance. Merecia aprender a rezar.

— Você se saiu muito bem no ritual — disse o paladino, dando um tapinha em minhas costas.

— Ritual?

— Seu ritual de iniciação. Parabéns, Corben, você é o mais novo membro da Ordem do Último Escudo.

7
COLEGAS DE CASA

Havia um banquete nos esperando num dos maiores salões do castelo. Todos estavam reunidos numa mesa longa. Quando enxergaram Avran e eu, ergueram canecos de cerveja e cálices de vinho. Gritaram, animados. Até mesmo Fahime tinha um grande sorriso nos lábios verdes, até mesmo as pessoas cujos nomes eu não lembrava estavam felizes.

— Aqui está mais um que sangra conosco! — disse Avran, segurando meu ombro num meio abraço. — Mais um que se ergue contra as trevas. Mais um que estará na escuridão até o amanhecer da morte. Este é Corben e ele é um herói!

— Corben! — gritaram os membros da Ordem do Último Escudo. — Corben! Corben!

Eu não sabia o que fazer. Sorri, meio envergonhado e meio temeroso. Avran me conduziu até a mesa cheia de comida e bebida. O verdadeiro salão de banquete do castelo estava eternamente ocupado pelo festim dos esqueletos. Aquele devia ter sido um salão de bailes, um lugar onde as pessoas pudessem conversar e fazer intrigas quando ainda havia intrigas a serem feitas. Tinha teto alto, e um enorme buraco lá em cima deixava entrar a luz da lua. Velas e tochas ao redor criavam uma atmosfera onírica. Pequenos arbustos e tufos de grama cresciam nos cantos, limo escalava as paredes.

Aquele não era um banquete de nobres, como eu vira algumas vezes em Sternachten durante visitas importantes, ou como eu lera em histórias de heróis e aristocratas. Era um banquete de guerreiros e sobreviventes. Havia muitos pratos desencontrados: rações de viagem, pedaços incertos de carne assada, peixes de tamanho médio. Frutinhas e hortaliças selvagens colhidas das plantações que há décadas estavam sem cuidado. Uma fartura obtida das ruínas, da coleta, da caça e da pesca.

Sentei à mesa, ao lado de Avran e Nirzani, de frente para Thalin e as halflings. Era a primeira vez em que eu sentava a uma mesa para comer desde Sternachten. Avran me empurrou um enorme caneco amassado transbordando cerveja espumosa. Muitos me deram parabéns, elogiaram meus atos durante o ataque de Maryx Corta-Sangue, ressaltaram como eu era o membro mais jovem da Ordem, o único que ingressara sem ter realizado grandes feitos, apenas pelo potencial que o líder enxergava em mim. Uma guerreira que eu não conhecia disse que, como único clérigo na fortaleza, eu agora seria o responsável pelas almas de todos. Outra pessoa fez uma piada, dizendo que eu teria muito trabalho, e todos riram. Tentei rir também.

As quatro halflings me observavam.

Apesar da comida em meu prato de metal, da cerveja apetitosa a minha frente, meu estômago se retorceu. Eu estava com fome, mas achava que poderia vomitar se ingerisse algo. Repassei as palavras de Lynna, Gynna, Trynna e Denessari em minha mente, tentando determinar exatamente o que tinham dito.

— Você está bem? — perguntou o elfo Thalin. — Sei que a iniciação pode ser pesada, mas fique tranquilo. Está entre amigos.

Mal desviei o olhar para ele. As halflings continuavam me fitando.

— Por que vocês disseram aquilo? — falei, intempestivamente.

Eu me via cada vez mais incapaz de controlar a língua. Talvez fosse efeito da vida surreal que eu levava desde a destruição da cidade. Talvez fosse coragem nascida de minha sobrevivência.

Elas deram de ombros.

— Corben comenta qual conversa? — uma perguntou para outra.

Antes que elas começassem outra sequência de sua fala estranha, interrompi:

— Vocês disseram que Avran ordena dormir com os mortos. É mentira. Ou então ele está mentindo? O que significa isso?

As quatro ficaram sérias. Em alguns instantes, a mesa silenciou.

Então as quatro halflings caíram na gargalhada.

Os outros membros da Ordem do Último Escudo balançaram as cabeças. Alguns começaram a xingá-las de maneira bem-humorada, outros se juntaram no riso.

— Vocês não podem continuar fazendo isso! — disse Thalin, tentando disfarçar uma risada. — Cada novo companheiro sofre em suas mãos!

— Podia ser pior, adepto — um anão se esticou para falar comigo. — Quando foi minha vez, elas disseram que eu deveria fazer minha iniciação nu!

Conseguiram me convencer que tinha a ver com pureza e renascimento, algo ritualístico. Atravessei o castelo daquele jeito! Avran quase desmaiou quando cheguei.

— Acredite — o paladino suspirou. — Você não foi a maior vítima daquela piada.

Todos riram mais ainda. As halflings choravam de diversão. Ouvi alguns pedaços de histórias sobre as peças que elas pregavam nos novos membros da Ordem. Acabei rindo de algumas, mas algo ainda me incomodava.

Nirzani estava séria.

O jantar durou horas. Eles conversaram, trocaram anedotas, fizeram planos. Não havia nada estranho. Nada que não tivesse explicação.

Levantei da cadeira para ir embora. Eu estava cansado e tinha um quarto luxuoso com um esqueleto, ou podia procurar outro sem nenhum cadáver. Quando estava na metade do salão, Thalin me alcançou.

— É um pouco demais, não? — disse o elfo. — Tudo isso. Provoca desconforto, certo?

Olhei para ele. Não respondi.

— A piada que as halflings fizeram com você... Não é a mesma coisa que enganar alguém para que atravesse o castelo nu. A sugestão de que Avran exige uma penitência sinistra é mais real. Deixa dúvidas. Certo?

Assenti devagar.

— A iniciação também parece desnecessária. Por que os juramentos? Por que falar tanto em morte?

— Não parece muito típico de um guerreiro sagrado — falei.

— Não se preocupe, os juramentos e o falatório não significam nada.

— Eu não sabia que estava sendo iniciado.

— Eu também não soube, quando foi minha vez. Mas isso não é algo ruim, Corben. Você escolheu entrar para a igreja de Thyatis? Ou foi algo que simplesmente aconteceu?

— Fui escolhido — respondi.

— E acha que sua vida teria sido melhor se tivesse tido a chance de dizer não?

Pensei em como seria se eu ainda estivesse na fazenda, no escuro, racionando comida. Tentei imaginar o que acontecia na fazenda naquele momento. Se ela ainda existia.

— Você foi escolhido para estar na Ordem do Último Escudo, assim como foi escolhido para o clero. Escolhido por Avran e por Thyatis. E por qualquer poder que tenha determinado que você fosse o único sobrevivente de Sternachten. Talvez isso seja algo bom. Você pode contribuir com a luta. Pode salvar pessoas inocentes.

Assenti mais uma vez.

— Venha, quero lhe mostrar algo. Você vai ver que este castelo oferece mais que piadas de mau gosto e juramentos de sangue.

Acompanhei-o pelos corredores. Acabamos nos afastando bastante do salão, até uma área que eu ainda não conhecera. Thalin acendeu tochas ao longo do caminho. Fez um comentário bem-humorado sobre como ele enxergava no escuro, mas eu podia tropeçar em algum esqueleto. Havia vários. Partes reconhecíveis e também ossos espalhados. As paredes, o chão e o teto estavam cobertos de fuligem e as ossadas não tinham restos de roupas. Também não havia quadros ou tapetes. Tudo havia queimado ali.

Passamos por uma porta destruída e entramos numa sala vasta, repleta de colunas e reentrâncias. Thalin acendeu uma tocha e vi inúmeros esqueletos no chão. Na parede oposta, meio oculto pela fuligem, havia um afresco que retratava o símbolo de Tanna-Toh, a Deusa do Conhecimento.

— Esta era a biblioteca — disse o elfo.

Então ele me levou até a única estante que restava de pé. Sob a luz da tocha, vi que não estava suja de fuligem ou quebrada. Destoava de tudo.

— Mudamos pouca coisa no castelo — explicou Thalin. — Arrastamos a mesa para o salão onde comemos agora há pouco, porque queremos um pouco de civilização, mesmo num lugar a céu aberto, onde chove em nossas cabeças e mato cresce no chão. Abrimos espaço em alguns quartos para que nossas coisas caibam. Penduramos o estandarte no pátio e enchemos a fonte com as armas de nossos irmãos caídos. E trouxemos uma estante para cá.

Uma estante cheia de livros.

Ele passou os dedos por lombadas danificadas, pergaminhos enrolados, maços de folhas amarradas. Não passavam de cinquenta tomos, uma quantidade irrisória.

— Nenhum destes estava aqui quando ocupamos o castelo — ele disse. — Os goblinoides queimaram tudo. Cada folha de papel, cada pergaminho. Mataram os bibliotecários. Nem a sala do trono ou o salão de banquete sofreram selvageria tão grande. Eles odeiam o conhecimento. Mas Avran disse que uma biblioteca é ainda mais sagrada que uma capela, por isso precisávamos guardar livros aqui mais uma vez. Aonde quer que vamos, tentamos recuperar livros. Todos que já conseguimos salvar estão aqui.

Puxei um dos tomos ao acaso. Então o abri. Era uma história de aventura de algumas décadas atrás, sobre um homem que se envolvia em todo tipo de lutas e peripécias. Uma narrativa estranha: o narrador em certo momento entrava na história e se tornava um personagem. Fechei o livro. Puxei um pergaminho e desenrolei com cuidado. Uma poesia élfica.

— A sensação é boa, não? — ele perguntou. — Faz lembrar que ninguém pode destruir o que construímos no passado. Não de verdade.

Guardei o pergaminho élfico.

Era bom estar numa biblioteca. A perspectiva de ter algo para ler me deu algum alívio. Era um mundo mais reconhecível. Passamos mais de uma hora lá dentro. A noite avançou, cada vez mais escura. A tocha queimou aos poucos. Havia alguns livros interessantes.

— Vocês recuperaram algo de Sternachten? — eu quis saber.

— É difícil recuperar qualquer coisa numa luta contra Maryx Corta-Sangue.

Havia um livro de histórias para crianças de Lamnor, um folclore semelhante ao nosso, mas também marcadamente distinto. Um conjunto de pergaminhos contendo o diário de um antigo cavaleiro no interior do reino de Cobar. Um relato de viagem de alguém que conhecera a distante ilha de Tamu-ra. Não achei nada sobre os deuses.

— Talvez você possa registrar algo do que estudava na cidade — sugeriu Thalin. — Temos alguns pergaminhos em branco. Pena e tinta não faltam. Aproveite enquanto tudo está fresco em sua memória. Talvez até mesmo algo sobre a Flecha de Fogo.

— Não sei nada sobre a Flecha de Fogo.

— Deve saber algo. Você mencionou que iria estudar a profecia.

— Era só uma ideia — desconversei, um pouco incomodado. — Nem era minha.

— Mas devia haver especulações, não? Você deve saber o que os clérigos mais experientes faziam.

— Lamento, ninguém tinha nenhuma teoria concreta sobre a Flecha.

— Mas você poderia encontrá-la se continuasse o estudo que fazia em Sternachten?

— Thalin... — franzi o cenho. — Tudo que eu fazia em Sternachten dependia dos telescópios. De observação cuidadosa e interpretação de movimentos celestes. Sem isso, sou só um clérigo novato com um punhado de milagres fajutos, testando a paciência de Thyatis. Agora que jurei matar durante minha iniciação, nem sei se o deus continua me abençoando.

Ele não falou nada. Continuou olhando os livros. Abriu a boca como se fosse dizer algo, então se deteve. Na segunda vez teve coragem.

— Corben — começou, devagar. — Você acha que...

Fiquei esperando a conclusão daquilo.

— Você acha que Laessalya poderia estar ligada à Flecha de Fogo?

Ele engoliu em seco. Apertou os lábios, com ar preocupado. Eu não pensava na elfa Laessalya há dias, talvez semanas. Com pesar, notei que ela era uma das figuras mais descartáveis de minhas lembranças.

— Laessalya está morta — falei, sentindo-me cruel, como se eu fosse o culpado. — Vocês disseram que não sobrou ninguém na cidade. Ela não poderia ser a Flecha de Fogo, porque então a profecia não se cumpriria.

— Mesmo que ela não fosse a Flecha, poderia estar ligada...?

— Como?

— Se estivesse viva... — ele ignorou minha pergunta. — Você acha que havia alguma chance?

Eu não entendia aquilo. Era uma especulação absurda. Thalin me pedia para imaginar um mundo que não existia, então dizer o que poderia ou não ser verdade nele.

— Thalin, desculpe, mas Laessalya vivia da caridade do povo. Não tinha grandes poderes. Não conseguia nem mesmo desempenhar as atividades mais simples sem ajuda.

— Entendo.

— Ela não era a Flecha de Fogo. Eu gostaria que fosse. Não porque eu ou outro clérigo poderíamos descobri-la, mas porque seria bom pensar que as fantasias de uma inocente iriam se realizar. Isso a deixaria feliz.

Ele virou de costas. Acho que estava emocionado.

— Ela poderia ser uma boa adição à Ordem do Último Escudo — disse o elfo. — Se o que você diz é verdade, ela pensava em derrotar Thwor Ironfist, libertar o continente. Talvez a sua maneira peculiar, mas pensava nisso. Ela era uma de nós.

Aquilo era genuíno. Thalin havia sido um guerreiro, um vigarista e uma espécie de pai para uma criança dotada com poderes inexplicáveis. Agora era mais uma vez um guerreiro e pensava no bem daquela que, por um tempo, fora sua filha. Aquilo era verdade. Eu estava num lugar onde as pessoas faziam piadas, gostavam umas das outras, comiam, bebiam, rezavam. Resgatavam livros.

Onde então estavam as mentiras?

Quis contar a Thalin sobre a mensagem que eu achara em meus mantos. Então, de repente, algo me ocorreu:

— Se as halflings queriam me pregar uma peça — eu disse, quase sem perceber que falava em voz alta — por que me deram palha e um cobertor?

Por que não me fizeram dormir uma noite ao lado do esqueleto?

Uma tocha iluminou a porta destroçada da biblioteca. O rosto sorridente de Avran surgiu, banhado pela luz que se refletia em sua armadura. Estava todo paramentado de novo.

— Eu devia saber que estariam aí! — disse o paladino. — Chega de encher os ouvidos de Corben com histórias, Thalin. Temos um dever importante a cumprir.

O paladino liderou o caminho através da fortaleza, com uma tocha na mão. Eu ia atrás e em seguida caminhava Thalin, carregando outra tocha. Os corredores silenciosos se encheram de fumaça, até que desembocamos num átrio meio desabado. Então a fumaça das tochas se perdeu no céu noturno. Eu estava exausto e todos já pareciam estar dormindo, mas uma inquietude no ar me impelia a continuar aceitando os convites.

Descemos por uma escadaria, então entramos nas masmorras do Castelo do Sol. Havia poucos ossos naquela área, todos exibindo restos de uniformes de guardas. Meia dúzia de celas tinha as portas destruídas, sem sinal de esqueletos lá dentro.

— Se havia prisioneiros, os goblinoides os libertaram — disse Avran.

— Devem ter soltado os criminosos para aumentar o caos — completou Thalin. — Bandidos tão vis a ponto de aproveitar uma invasão para fugir... Tão vis a ponto de trair a própria raça.

Só havia uma porta intacta na masmorra. Era feita de madeira sólida, estava no fim do corredor. Eu não precisava ser um vidente para adivinhar o que estava do outro lado. Não ouvia nenhum som, então imaginei que não seria algo muito ruim ou grotesco. Avran abriu a porta.

Eu estava errado.

Era uma sala grande, feita de pedra, as paredes manchadas de sangue antigo. Instrumentos de tortura ocupavam a maior parte do espaço. Havia o cavalete, uma espécie de estrutura de madeira onde a vítima ficava presa, apoiada sobre madeira pontiaguda, para então sofrer com água despejada em sua boca. O balcão de estiramento, onde a vítima era presa e puxada para os dois lados, deslocando as juntas. A cadeira inquisitorial, coberta de pregos. Havia prateleiras e mais prateleiras com objetos afiados, pontudos, contundentes. Eu conhecia aqueles aparatos de relatos tétricos das igrejas de certos deuses na antiguidade — dizia-se que o clero do Deus da Força costumava ser hábil no suplício. Havia pouco dano na sala de torturas. Talvez não houvesse ninguém ali durante a invasão, talvez o cômodo tenha servido a algum propósito para os goblinoides.

Bem a minha frente, vi a prisioneira goblin pendurada pelos pulsos em grilhões. Era difícil discernir a idade de uma goblin, mas ela parecia velha, como uma bruxa de contos de fadas. Manada apertava um de seus tornozelos. A bruxa abriu a boca, como se estivesse berrando, mas tudo continuava em silêncio absoluto. Fahime estava ao lado, concentrada, de olhos fechados, murmurando sozinha. Nirzani observava com expressão impassível. Algumas tochas iluminavam tudo, fazendo as sombras dançar. Tudo em silêncio.

— Venha, Corben — disse Avran.

Dei dois passos para dentro da sala de torturas e meus ouvidos foram invadidos pelo grito de dor da prisioneira, pelas palavras mágicas que Fahime repetia de novo e de novo, pelos grunhidos de Manada, pelo crepitar das tochas. A maga conjurava um feitiço de silêncio. Fiquei paralisado pela violência. Sangue escuro escorria da boca da goblin, seus farrapos negros ficavam lentamente empapados de sangue.

— Você queria participar do interrogatório — disse o paladino. — Eis sua chance.

Senti a manopla em minhas costas, um empurrão gentil, mas mal registrei. Thalin foi até um braseiro aceso no canto da sala e retirou de lá de dentro um atiçador de ferro, a ponta em brasa. Sem hesitar, sem perguntar nada, encostou o objeto na coxa da goblin, que gritou mais uma vez.

— Não precisamos disso — gaguejei, com voz sumida. — Posso rezar a Thyatis. Posso saber se ela fala a verdade...

— Nada sai desta sala — disse Avran, com jeito orgulhoso. — Fahime cuida disso. Seu deus não está ouvindo. Também estamos a salvo de qualquer curioso. Você pediu, Corben, agora é a hora. Agora é seguro.

Ele me empurrou com mais força para perto da goblin.

— Faça as perguntas que quiser.

A prisioneira me olhou por entre a fumaça.

Então abriu um sorriso maldoso, dolorido, cheio de dentes quebrados.

— Você é muito burro, garoto humano.

Manada apertou seu tornozelo de novo. Ouvi o som de osso se esfacelando. Olhei em volta, tomado pelo horror. Nirzani mantinha os olhos fixos em mim. Sua boca se moveu, mas ela não emitiu som. Apenas pronunciou uma palavra, de modo que só eu enxergasse:

"Calma."

Avran foi até a bruxa e agarrou seu pescoço com a mão coberta pela manopla.

— Você não vai falar nada que não for perguntado — rosnou. — Ou as coisas ficarão ainda piores. Acredite em mim, goblin, tudo pode ficar muito pior.

— Ela ainda não se machucou de verdade — disse Thalin. — Pode perder dez dedos dos pés, dez dedos das mãos. E isso antes de começarmos a tirar partes importantes.

Fahime continuava murmurando o feitiço.

— O que ela já entregou? — Avran se dirigiu a Nirzani.

— Nada que já não tenha falado durante a viagem — a mulher respondeu. — Diz que estavam lá por acaso.

Senti outra mão em meu ombro, meu coração disparou de susto. Mas era apenas Thalin.

— *"Por acaso"* — ele falou para mim, indignado, quase debochado. — Ela disse que destruiu sua cidade por acaso. Porque estava passando. É isso que as vidas de seus amigos representam para a Aliança Negra. Só um acaso.

Minha cabeça girou. Avran começou a gritar com a prisioneira. *Gradda, seu nome era Gradda.* Por alguma razão, achei importante lembrar daquilo. Gradda, a Pútrida. O paladino a acusava dos mais horrendos crimes, exigia saber onde estava Maryx e qual era a missão das duas. O rosto dele estava transfigurado numa máscara de ódio. Ele gritava bem perto de Gradda. Fechou o punho e acertou seu estômago com um soco. Quase sem notar, comecei a rezar para Thyatis. Aquele não era o rosto de um guerreiro iluminado, aquele não era o comportamento de alguém abençoado pelos deuses. Eu precisava enxergar a alma de Avran, ver se ele escondia algo.

Mas não senti nenhuma conexão com meu deus. Era como ele dissera: estávamos numa redoma mística fechada e protegida.

— Vocês sabem algo sobre a Flecha de Fogo — acusou o paladino. — Prefere morrer sob tortura a contar os planos de Thwor Ironfist? Seu líder não vale o sacrifício que você faz por ele. Revele o que sabe! Quem mais tem a informação?

— Vocês estão mesmo desesperados — disse Gradda. De alguma forma, ela conseguia manter um sorriso. Era sofrido, cheio de esforço, mas era um sorriso. — Não sei nada sobre Flecha nenhuma. Deve estar enfiada no seu rabo, tão fundo que o fogo já se apagou!

Então deu uma gargalhada, interrompida por um soco de Avran em seu rosto.

— Por que estavam em Sternachten? — ele perguntou.

— Por que *vocês* estavam lá? — devolveu a bruxa.

A resposta foi mais um soco.

— Quer me convencer de que é tudo coincidência? — o paladino falou entre dentes. — A passagem de Lorde Niebling? A ideia que a amiga de Corben teve para encontrar a Flecha? Sua chegada à cidade?

— Quer que o garoto ouça minha resposta?

— Não tente nos enganar com mentiras, bruxa suja!

— Não tente me elogiar, bonitinho, não vai conseguir nada de mim.

— *Por que Lorde Niebling estava na cidade?* — Avran berrou.

— Não sei quem é esse tal Lorde! — ela guinchou. Então desatou a rir: — Vai me matar por isso, e nunca ouvi falar dele!

Nirzani pousou a mão no braço de Avran.

— Acho que ela está falando a verdade.

— Não podemos ter certeza — o paladino ofegou. — É coincidência demais, é...

— Corben perdeu tudo que conhecia — interrompeu Nirzani. — A bruxa é principalmente inimiga *dele*. Ele também tem direito de fazer perguntas.

Ela me dirigiu um olhar intenso. Não entendi o que queria dizer, mas era algo sério.

Dei dois passos na direção da bruxa.

Avran estava com a mão em torno do pescoço dela.

— Vocês aproveitaram a cobertura do incêndio? — perguntei.

Não era uma pergunta útil para a Ordem do Último Escudo, para a luta contra a Aliança Negra ou para a civilização como um todo. Só para mim. Eu queria saber se minha idiotice havia colaborado com a destruição de Sternachten. Se uma vingança tola contra o Observatório da Segunda Flama tinha dado às duas goblinoides a chance de que precisavam para atacar.

Ela olhou em meus olhos. Desfez o sorriso. O polegar de Avran estava sobre sua garganta.

— Não — respondeu, simplesmente. — Não vimos incêndio nenhum.

Meus olhos se encheram de lágrimas. Quis agradecer à bruxa, mas tive medo do que Avran faria.

— A Flecha de Fogo — insistiu o paladino. — Quem mais estava envolvido?

— Não sei nada sobre a profecia — respondeu Gradda. — Pergunte a mesma coisa o dia inteiro e responderei a mesma coisa noite adentro. Mas me mate antes, por favor, é melhor do que aguentar sua ladainha e seu bafo!

Manada apertou o tornozelo de novo. Àquela altura, já devia ser só farelo de osso.

— A elfa! — disse Thalin, de repente. Ele estava com uma adaga na mão. Segurou a mão de Gradda, presa pela algema, e encostou a lâmina em um de seus dedos. — A elfa de cabelos vermelhos! Ela está mesmo morta? Você a viu...?

— Este não é o momento, Thalin — repreendeu o paladino.

— Vocês mataram a elfa? — ele gritou. — Responda! Por que...

— Matei! Decapitei uma elfa de cabelos vermelhos e mijei dentro de seu pescoço!

Ela gargalhou. Thalin urrou, decepou o dedo da goblin. A risada se transformou em grito. Avran soltou a prisioneira e segurou o elfo.

— Componha-se! — ordenou. — Não é hora para isso! Laessalya está morta, Thalin.

— Mas talvez...

— Ela está morta!

— E se ela for a Flecha de Fogo?

Avran segurou Thalin pelo pescoço. Ergueu-o com uma mão, Thalin esperneou e segurou os pulsos do outro enquanto ficava roxo de asfixia.

— Componha-se — repetiu Avran, sem alterar a voz.

Enquanto eu olhava aquilo, atônito, senti os dedos esguios de Nirzani apertando meu antebraço. Olhei para ela. A mulher sussurrou:

— *Sem mais perguntas.*

Avran deixou o elfo cair e se voltou a mim. Agia como se nada tivesse acontecido. Thalin se ergueu, tossindo.

— Continue — falou o paladino, colocando a mão ao redor do pescoço de Gradda. — Fique à vontade.

Senti os dedos sutis de Nirzani. Ela me apertou, como se pedisse ou ordenasse "não".

A bruxa sangrava, indefesa. Rilhava os dentes de dor. Seu dedo cinzento estava no chão. Quis obedecer a Nirzani. Quis parar de falar. Mas:

— O que é o lodo negro? — perguntei.

Nirzani apertou meu antebraço com força, como se suplicasse para eu ficar calado, mas repeti a pergunta. Eu não conseguia evitar, um pensamento se traduzia em fala imediatamente. Tive a impressão de que Gradda roubou um olhar para Avran. Eu já não entendia mais nada.

— É bruxaria da Aliança Negra! — gritou Avran, por cima da voz da prisioneira. — Eles mudaram seu modo de atacar! O que mais você precisa saber, Corben? Faça perguntas importantes!

— É um novo ritual de nossos xamãs — ouvi Gradda dizer. — Com apenas um feitiço, podemos acabar com uma cidade inteira.

Avran ficou em silêncio. Soltou o pescoço dela. Nirzani também soltou meu braço. Em meio à semiescuridão bruxuleante e à fumaça, tudo pareceu estático por um momento. Eu não sabia quais eram as mentiras, nem quem as contava.

— Aí está sua resposta — Avran assentiu para mim. — Um ritual dos xamãs da Aliança Negra. Por que isso era tão importante para você? E o que esperava que fosse a resposta?

Balbuciei algo. Entre tanta coisa que não fazia sentido, aquilo era lógico. Um novo ritual dos xamãs inimigos. A Aliança Negra estava mudando suas táticas para preservar seus soldados. Uma resposta sem risos, sem provocações ou insultos. Restavam questões: por que alguns morriam pela maldição do lodo negro e outros não? Por que eu mesmo não fora afetado? Por que ninguém da Ordem do Último Escudo fora vítima daquilo? Como se espalhava? Comecei mais uma pergunta, mas Avran me interrompeu.

— Muito bem — ele disse. — Você tem suas respostas, Thalin tem as respostas dele. Nós temos nossas respostas.

Manada soltou o tornozelo. A carne estava amassada, o pé pendia mole. A bruxa ficou quieta, suando e observando com cautela.

— Só resta uma coisa a fazer — disse o paladino.

Então puxou a espada.

— Não! — gritou a prisioneira.

— Por que acha que eu atenderia aos pedidos de uma goblin imunda? Manada, cale a boca dela.

O bárbaro tapou a boca e metade do rosto de Gradda com uma manzorra. Ela se debateu, mas mal podia se mexer. Avran deixou a espada deitada sobre as mãos, apoiada nas palmas.

Então ofereceu o cabo a mim.

— Vamos — ele disse. — Pode pegá-la, Corben. É uma espada honrada, que já viu muitas batalhas justas. E você é um companheiro leal, que já mostrou o que vale. Você merece.

— O que...? — comecei a perguntar.

— *Pegue* — ele falou, mais incisivo.

Peguei a espada. Era um objeto estranho em minhas mãos. Eu nunca empunhara uma espada antes, só vira meu pai brandir a espada enferrujada. Tive um pouco de medo. Ela era mais pesada do que eu imaginava. Minhas mãos tremiam de leve e isso fez a ponta se mexer sem controle.

Avran levou as mãos a meus pulsos e direcionou meus braços, até que a ponta da lâmina estivesse encostada no peito da bruxa.

— A honra é sua, irmão — disse Avran Darholt. — Execute a prisioneira.

Eu mal podia ver os olhos de Gradda acima dos dedos imensos de Manada. Mas seu olhar ficou fixo no meu. Talvez ela quisesse dizer algo, talvez estivesse só assustada.

— Sou um clérigo de Thyatis — falei. — Não posso tirar uma vida inteligente.

— E você acha que *isso* é uma criatura inteligente? Acha que uma *coisa* capaz de chacinar uma cidade é comparável a um humano, um elfo, um anão ou um halfling? Seu deus criou esse dogma para gente civilizada, Corben. Não para goblinoides.

— Não posso matar — insisti.

Então Thalin deu um passo em minha direção. Avran também chegou mais perto, quase me envolvendo em seus braços.

— Você jurou — disse o elfo.

Olhei para os lados. Os dois estavam me cercando. Tentei achar o olhar de Nirzani, mas ela examinava a prisioneira. Fahime continuou murmurando de olhos fechados. Manada parecia pouco mais que uma estátua.

— Você fez um juramento à Ordem do Último Escudo — insistiu Thalin. — Disse que mataria os inimigos da civilização. Não foi assim? Eu fiz este juramento, assim como Nirzani, Manada e todos os outros. Você não jurou, Corben?

— Você disse que não significava nada...

— Não jurou, Corben?

— Você jurou — disse Avran. — Agora mate-a.

Eu não podia fazer aquilo. Não podia tirar uma vida. Era contra tudo que eu aprendera.

— Um juramento não significa nada para você? — perguntou Avran. — Você por acaso é um mentiroso, um bandido? Como aqueles que estavam na masmorra e foram libertados pelos goblinoides?

— Eu não sabia...

— Assim como eles, você é um traidor de sua própria raça, Corben? Vai quebrar um juramento feito em um templo sagrado para salvar a vida de uma goblin que chacinou sua cidade?

— Tínhamos grandes esperanças para você — disse Thalin, com uma mão em minha nuca. — Não se mostre um traidor.

A espada tremia.

— A bruxa sabe de mais alguma coisa! — a voz de Nirzani cortou a tensão.

Thalin e Avran me soltaram. Meu corpo todo estremeceu, deixei a arma cair no chão com um clangor.

— Como você sabe? — perguntou o paladino.

— Está nos olhos da desgraçada. Está escondendo algo. Melhor deixá-la viva.

Avran fez um meneio de cabeça, Manada tirou a mão da boca de Gradda. A prisioneira não se mexeu.

— É sobre a Flecha de Fogo, não? Você sabe algo, maldita, outros devem saber também.

— Talvez... — disse Gradda, em tom de deboche. Logo em seguida começou a rir.

Manada girou o tornozelo esmigalhado, o que fez a bruxa berrar de dor e entrar numa convulsão de agonia.

— Eu disse que este clérigo era só um garoto assustado — falou Nirzani. — Ele não sabe nada e não é nem capaz de matar uma goblin. Melhor soltá-lo em Lamnor como isca.

Avran olhou para mim, já menos intenso.

— Ele é um bom rapaz. Só precisa se acostumar com Lamnor. — Então decretou: — Continuaremos amanhã.

Avran me soltou e caminhou para a porta. Em alguns passos, saiu da bolha de silêncio. Virou-se para mim, apontou em minha direção como um professor severo que designava uma tarefa grande a um aluno talentoso. Então abriu a porta e ganhou o corredor. Thalin foi logo atrás, depois Manada. Comecei a segui-los. Fahime estava ainda concentrada, murmurando. Ouvi um sussurro de Nirzani:

— As halflings não lhe pregaram uma peça. Elas lhe fizeram um favor. Não é má ideia dormir com o esqueleto.

O que quer que aquilo significasse, escolhi dormir na cama, com o esqueleto.

Deitei ao lado do cadáver, tentando não encostar nele. Fiquei estirado, como se também estivesse morto. O cheiro podre das roupas era revoltante. Saber que ossos humanos estavam a meu lado dava arrepios. Eu queria ter uma arma para segurar, como ele. Achei que assim teria uma sensação de maior segurança.

A noite já estava acabando. Assustado, tenso e cheio de dúvidas sobre o que era verdade e o que era mentira, achei que não fosse dormir.

Mas adormeci ao lado do esqueleto e sonhei com os berros da prisioneira torturada.

Acordei quando um raio de sol tocou meu rosto, passando pela janela quebrada. Pisquei. A porta do quarto continuava fechada, mas Avran estava lá dentro. De pé, de armadura, observando-me dormir.

— Eu sabia que não precisava ordenar — disse o paladino, olhando-me com afeição. — Você entendeu tudo.

Comecei a me erguer na cama, mas ele falou em tons tranquilizadores que eu devia continuar descansando. O dia anterior fora longo e exaustivo.

— E se... — murmurei. — E se eu não tivesse entendido? E se tivesse trocado de quarto?

— Então precisaríamos educá-lo, meu amigo. Mas não se preocupe. Você é um escolhido.

8
LABIRINTO

A EXAUSTÃO PODE SER MAIOR QUE QUALQUER COISA, ENTÃO apaguei de novo e dormi a manhã inteira. Fui acossado por pesadelos, misturando a destruição de Sternachten, a tortura de Gradda, o ritual de iniciação à Ordem do Último Escudo, o esqueleto a meu lado. Acordei com o sol a pino, sem saber se a visita de Avran fora real ou mais um sonho ruim.

Cambaleei para fora da cama. O quarto estava inundado pela luz do meio-dia, poeira dançando no ar, tornada evidente pelos raios. O espelho na penteadeira estava quebrado e manchado, mas ainda refletia alguma coisa.

Vi meu reflexo. Era uma figura deplorável. Eu estava ainda mais magro do que me lembrava. Minhas bochechas, antes rosadas e causa de vergonha, agora tinham um tom cinzento. Enormes olheiras marcavam meu rosto. Eu não fazia a barba desde que deixara Sternachten, os fios escuros e esparsos pareciam sujeira. Meus mantos estavam imundos.

Eu não parecia mais eu mesmo.

Avran Darholt tinha me feito jurar ser um deles, com todos os deveres que aquilo acarretava. Tinha me acusado de traição quando me recusei a assassinar Gradda, a bruxa goblin. Falara que eu precisaria ser "educado" caso não quisesse dormir com o esqueleto. Nirzani, que me hostilizara desde o início, parecia me ajudar. Talvez ela quisesse me manter longe. As halflings tinham me avisado para eu não remover o cadáver, depois fingiram que fora uma piada, mas Avran levava a sério.

E, rodando no fundo de minha cabeça, sempre havia as palavras de Maryx Corta-Sangue.

Talvez a mentira fosse minha condição de irmão e convidado. Talvez eu fosse um prisioneiro. Pensei em minhas alternativas: se saísse do castelo, estaria nos ermos selvagens, sozinho e desarmado em território da Aliança Negra. Mesmo se tivesse alguma arma, eu não saberia usá-la. Certamente não saberia me defender contra mais de um guerreiro goblinoide, muito menos voltar a Tyrondir. Não seria capaz de refazer o caminho tortuoso que tínhamos descrito para despistar a caçadora de cabeças, nem atravessar a Cordilheira de Kanter, sobreviver a monstros e evitar patrulhas.

Imaginei o quanto daquilo não fora planejado para impedir que eu fosse embora.

Eu era um prisioneiro. A certeza me preencheu como uma nevasca. Mas por que Avran queria me aprisionar? E que tipo de guerreiro sagrado ele era, capaz de usar um artefato abençoado e ao mesmo tempo torturar uma prisioneira indefesa?

Avran não parecia mentir. Pelo menos não o tempo todo. Talvez aquele fosse o modo de Lamnor. Talvez, como ele falara na capela, aqui os deuses assumissem outros aspectos, fossem cultuados de formas diferentes. Talvez o Deus da Justiça tolerasse aquela brutalidade contra o inimigo maior, a Aliança Negra.

Pelo menos eu sabia a origem do lodo negro. Gradda revelara que era resultado de um ritual dos xamãs goblinoides, uma nova e poderosa arma. Mas era tudo muito vago, não soava satisfatório. E ela olhara para Avran, um olhar que me parecia significativo. Os dois estavam mancomunados de alguma forma? Por que então a tortura?

O que, em tudo aquilo, era mentira? Mais importante: o que era verdade?

Fui até a porta do quarto com passos incertos e trêmulos. Coloquei a mão na maçaneta e girei.

A porta abriu. Minha certeza de que estaria trancada fora quase total, mas estava aberta. Saí sem que ninguém me detivesse. O corredor estava deserto, não havia gente suficiente para vigiar cada canto do castelo. Eu poderia andar pelas áreas vazias, então ganhar o pátio, alcançar o portão e correr. Poderia enfrentar Lamnor. Ou poderia ficar no castelo, aceitar a palavra de um soldado dos deuses, por mais violento que ele fosse. Não havia portas trancadas nem correntes, só a acolhida da Ordem do Último Escudo.

Meu estômago roncou.

Parti em busca de comida. As cozinhas ficavam perto da área dos servos, onde Avran fazia seu aposento entre cadáveres.

Cruzei com dois humanos. Eles me cumprimentaram, disseram que estavam felizes por eu ter me juntado à Ordem. Cheguei à cozinha. Havia alguns esqueletos por lá, mas alguém tinha deixado um caldeirão sobre um fogo pequeno. Olhei dentro: era uma espécie de cozido com vegetais e até um pouco de carne. Comida típica de lugares que precisavam alimentar muita gente com poucos recursos. Procurei ao redor, pelas prateleiras quebradas, passando por utensílios arruinados, e achei uma tigela. Mergulhei a concha de ferro no cozido e me servi de uma porção.

— Não coma isso — disse Nirzani.

Virei rápido. Ela estava a menos de dois metros de mim. Falou com voz mansa, para não ser escutada. Chegara em silêncio total, eu não sabia há quanto tempo estava me observando.

Fiquei parado, com a tigela na mão, sem saber como reagir.

— Não coma ou beba o mesmo que os outros, se quiser manter seus segredos. Nós já estamos acostumados. Mas você não deve aceitar nada que Avran lhe oferecer.

Meu estômago revirou e não tinha nada a ver com a fome ou o cheiro da comida. Eu tinha cada vez mais dificuldade de controlar o que dizia. Era aberto e inconsequente. Talvez houvesse uma explicação.

— Não tenho segredos — menti. Eu tinha um segredo, algo que não queria que ninguém soubesse. Talvez não fosse importante para eles, mas era para mim. Eu não queria falar sobre aquilo e não quero pensar naquilo agora.

— Faça o que quiser então — disse Nirzani. — Mas eu avisei.

Ela me entregou um embrulho pequeno. Abri, era ração de viagem.

— Estou preso aqui? — perguntei, mais uma vez direto e franco demais. Podia ser efeito do que eu andava comendo, podia ser só a confusão e a situação.

— Ninguém é livre no Castelo do Sol. Não tente fugir.

— Mas...

— Obedeça a ele. Não chame atenção.

— Ele vai me mandar matar a bruxa.

— Vai.

— O que vamos fazer?

— Não "vamos" fazer nada. Eu já o ajudei o bastante, consegui um tempo a mais para que você faça as pazes com matar uma goblin. Já lhe dei comida. Agora é por sua conta. Não me peça mais favores. Vá caçar ou colher frutinhas.

Seu rosto continuava frio e impassível. Eu não sabia o que era mentira, o que era um teste.

— Quem é Avran? — tentei.

— É um guerreiro sagrado. Ele faz um bom trabalho contra os goblinoides. Mas não seja seu inimigo.

Engoli em seco.

De repente:

— Vocês disseram que já resgataram outros sobreviventes. Onde eles estão? Existe uma comunidade? Conseguiram levá-los ao norte? Ou...

— Aprenda a ficar de boca fechada — disse Nirzani.

Ela então saiu da cozinha.

Despejei o conteúdo da tigela de volta ao caldeirão. Olhei para dentro. Imaginei o quanto aquilo afetava os outros — se realmente fosse verdade. Olhei a ração que ela me dera. Eu estava com muita fome, precisava fazer uma escolha.

Joguei a ração fora. Decidi colher frutinhas.

No pátio, encontrei as quatro halflings. Elas estavam feridas. Uma tinha um enorme hematoma no rosto, um olho quase fechado. Outra estava com o braço enfaixado, uma mancha de sangue se espalhando pelas ataduras. A terceira mancava, a quarta respirava com dificuldade e se mexia cuidadosamente, como se sentisse muita dor.

— O que houve com vocês? — perguntei.

— Caí da cama.

— Complicação cortando carne com um cutelo.

— Colisão com a canela no canto de uma cadeira.

A última chegou mais perto e me olhou nos olhos:

— Todas sofremos acidentes. Não pergunte. Também não queremos que reze para nos curar.

Saíram juntas.

Estático sob o sol, eu percebi. Após tentar me avisar sobre as regras de Avran, elas surgiram machucadas. E não queriam ser curadas.

Assim como Fahime também não quisera durante a viagem.

○

Os membros da Ordem do Último Escudo circulavam no pátio, treinando, ocupando-se com afazeres ou conversando. O portão de saída estava logo ali. Eu estava sob o sol forte de Lamnor, a céu aberto. Olhando ao redor, eu não sabia quem era um cativo, como talvez eu fosse, e quem era carcereiro.

Ou se havia diferença.

As palavras de Nirzani retumbavam: *"Ele faz um bom trabalho contra os goblinoides"*. E também a mensagem escrita por Maryx Corta-Sangue. As halflings feridas me mandaram não perguntar. Fahime não dizia nada. Eles todos falavam de haver resgatado sobreviventes, mas não havia nenhum. Eu já tinha esquecido a fome. Precisava saber onde estavam os sobreviventes. O que tinha acontecido com eles.

Talvez não fosse difícil esconder corpos num castelo cheio de cadáveres.

Saí do pátio, tropeçando de nervosismo, entrei por um corredor aleatório. Eu estava à procura de esqueletos, de restos mortais, de algum indício de que houvesse um morto mais recente ali. Achei uma pilha de ossos e roupas num armorial. Eram guardas, seus esqueletos embolados entre cotas de malha enferrujadas. A sala estava cheia de armas e armaduras em péssimo estado. Havia marcas antigas de sangue, impregnadas nas paredes como tinta. Ajoelhei-me entre os ossos, comecei a revirá-los. Minhas mãos afundaram nos restos humanos, na poeira, nas teias de aranha e nas carcaças de insetos que tinham se acumulado ao longo dos anos. Lembrei de quando afundara a mão no tronco quebradiço e esponjoso de um clérigo em Sternachten.

Só havia cadáveres com décadas de idade. Cotas de malha se desfazendo de ferrugem. Roupas em trapos, com brasões e símbolos antigos, que se desintegravam a um toque. Revirei aquilo tudo, procurando evidências de mortes mais recentes, não sabendo se queria ou não queria achar algo. Fiquei coberto de pó e sujeira, dos restos granulados de tecido e gente. Onde estavam os sobreviventes? O que acontecia com quem desafiava Avran?

— O que está fazendo, Corben?

A voz do elfo Thalin me despertou do transe frenético.

— Por que está revirando ossos? — ele perguntou, alarmado.

Eu não tinha resposta. Não senti nenhum ímpeto de falar o que não devia. Talvez o que quer que houvesse na comida e na bebida já estivesse deixando de fazer efeito. Ou talvez nunca tivesse existido.

Ele veio até mim, me ajudou a levantar.

— Já vi isso com alguns sobreviventes — disse Thalin. — Tudo que está acontecendo é demais para sua cabeça. Mas não se preocupe, vamos ajudá-lo. Você precisa rezar. Há quanto tempo não come?

— Onde estão os sobreviventes? — explodi. — Onde, Thalin? Estão todos mortos?

— Como posso saber onde eles estão, ou se estão vivos? Corben, tudo vai ficar...

— *Não diga que tudo vai ficar bem!* Para onde vocês os levam?

— Para o norte, é claro.

Ele falou aquilo com naturalidade, sem hesitar. Olhando-me nos olhos, como se fosse óbvio.

— Em geral as pessoas que sobrevivem aos ataques da Aliança Negra não passam de plebeus. Embora, como Avran sempre diz, plebeus sejam as pessoas mais importantes do mundo. Não conseguiriam sobreviver em Lamnor ocupado, então nós as escoltamos através da cordilheira e do istmo, até Tyrondir. Infelizmente não podemos garantir que todas tenham vidas dignas e felizes, mas pelo menos as levamos até a civilização.

— Mas...

— Claro, os sobreviventes precisam esperar bastante tempo, até que haja uma expedição planejada. Não podemos levar um por um, ou não faríamos mais nada.

— Eles não estão aqui?

— Alguns estão. Você conheceu alguns dos membros mais novos da Ordem, que foram resgatados nos últimos anos. Não entendo o que isso tem a ver com remexer em ossos.

Pisquei algumas vezes. Eu mesmo não entendia por que estivera convencido de que sobreviventes de ataques goblinoides eram executados pela Ordem do Último Escudo. Nada levava àquela conclusão.

— Você achou que as pessoas que resgatamos eram assassinadas? — ele perguntou, como se pudesse ouvir o que eu pensava.

Engoli em seco.

— E que seus cadáveres pudessem estar ocultos no meio das vítimas do massacre que ocorreu aqui décadas atrás?

Thalin deu um passo em minha direção, ficando bem perto. A imagem dele na noite anterior, encostando o atiçador quente na prisioneira, estava gravada em meus pensamentos, como se também tivessem sido marcados a ferro. A naturalidade com que ele falara em cortar dedos e "partes importantes" reverberava. O elfo repetiu as acusações implícitas que eu fizera e me olhou, sério.

Então me abraçou.

— Você está entre amigos, Corben. Sei que é difícil confiar em alguém de novo, mas você é um de nós.

Empurrei-o.

— Eu não sabia o que estava jurando! Nunca fiz esta escolha!

— Muito bem — ele ergueu as mãos, em gesto pacificador. — Você é livre. Como Avran disse, prezamos lealdade e liberdade. Se quiser, vamos escoltá-lo de volta ao norte assim que houver uma expedição. Mas você tem o que é necessário para se tornar um herói.

Dei um passo para trás, pisando na pilha de ossos.

— Nada do que acontece aqui faz sentido — eu disse.

— Pense comigo, Corben. Você é inteligente. Se estivesse observando de fora, o que seria mais lógico? Que os defensores da civilização estivessem assassinando pessoas inocentes depois de salvá-las? Que tivessem capturado um clérigo e o aprisionado numa fortaleza, sem correntes ou trancas? Ou que o único sobrevivente de um ataque da Aliança Negra estivesse confuso, misturando pesadelos e realidade, apavorado com sua nova vida?

Enxergando suas orelhas compridas e pontudas, suas feições esguias, eu não pude deixar de lembrar de Laessalya. Imaginei se ela se sentia tão perdida quanto eu, se o interior de sua mente também girava e gritava.

Imaginei se uma pessoa notava quando estava enlouquecendo.

— Não quero dormir com cadáveres...

— Isso foi uma piada das halflings. Uma piada de péssimo gosto. Elas deveriam saber que não podem brincar assim com alguém que acabou de sofrer uma perda tão grande. Mas foi só uma piada.

— Avran esteve em meu quarto, dizendo que eu devia...

— Alguém mais viu isso? Você levantou logo em seguida?

— Não, continuei dormindo.

— Foi um sonho, Corben.

Agarrei minha própria cabeça. Estava trêmulo. Ele continuou tentando me tranquilizar:

— Por acaso as coisas estranhas e suspeitas acontecem só quando você está abalado? Só quando não há mais ninguém por perto?

Fiquei bem concentrado num fio de saliva que escorria devagar de minha boca aberta. Não havia testemunhas de nada. Apenas minhas lembranças. Não havia ninguém em quem eu pudesse confiar.

— Há quanto tempo você não come? — perguntou Thalin mais uma vez. — Vamos, você precisa de energia.

— Por que está insistindo nisso? Você quer que eu coma! Comi ontem, no banquete!

Ele franziu o cenho.

— Você acha que o banquete foi ontem?

Fiquei mudo.

— Vamos, Corben. Responda. Você esqueceu dos últimos dias?

Fechei os olhos com força, tentei lembrar. Eu fora dormir depois da tortura, acordara com Avran me observando, então só despertara de novo ao meio-dia, esfaimado, procurando comida.

— *Foi* ontem...

— Não, já faz uma semana. Desculpe, não consegui me manter perto de você, mas estive ocupado. Há quantos dias não come?

Minha fome era mesmo anormal.

— Fez suas preces matinais? Os deuses podem ajudá-lo.

Talvez aquilo fosse efeito e qualquer substância que houvesse na comida e na bebida. Talvez eu viesse evitando comer e beber há dias. Talvez Nirzani tivesse me avisado sobre a comida há uma semana, não há menos de uma hora. Talvez eu tivesse imaginado. Não havia como saber, não havia testemunhas.

— Não! — desvencilhei-me dele. — Não há respostas! Onde estão os outros sobreviventes, o que é o lodo negro, por que Fahime não diz nada?

— Corben... — ele falou com cuidado. — Os demais sobreviventes estão em Arton Norte. O lodo negro é um ritual dos xamãs goblinoides, nossa maior preocupação atualmente. Fahime não fala muito porque sofreu uma perda tão grande quanto você.

Eram respostas que eu já conhecia. Faziam sentido. Mas eu tivera motivo de desconfiança, por causa de conversas que ninguém mais ouvira, por causa de uma visita no meio de meu sono, por causa das palavras de uma hobgoblin num pergaminho que ninguém mais vira e que eu tinha deixado para trás. As respostas só me deixavam mais confuso, mais preocupado.

— Como... — balbuciei, procurando outra pergunta. — Como você é tão forte, sendo tão esguio?

Ele sorriu. Ergueu a túnica e mostrou um cinturão decorado com runas e tiras de metal.

— É só um objeto encantado, Corben. Uma herança de meus primeiros dias como guerreiro, um achado de sorte. Um artefato simples que me empresta força. Só isso.

Assenti com a cabeça.

— Venha, vamos comer.

— *Não!*

Saí do armorial, passando por ele, murmurando para mim mesmo, olhando para baixo. Olhei em volta, enxergando todos como inimigos. Eu devia parecer igual à elfa Laessalya. Precisava de uma prova, qualquer prova de que havia uma grande conspiração contra mim. Se houvesse alguma testemunha, eu poderia confiar ao menos em mim mesmo.

Havia uma chance. Havia alguém que ouvira uma das conversas. Eu só precisava convencê-la a falar.

— Você nunca diz nada — interpelei-a, quase como uma acusação.

Fahime estava num jardim interno. O espaço tinha se tornado um matagal nas décadas desde a queda do castelo, mas era um lugar tranquilo e afastado. Bancos de pedra ainda se destacavam no meio de arbustos selvagens. A luz do sol fazia um clarão que tornava as cores muito nítidas e brilhantes. Era um espaço circular, exíguo, o tipo de lugar que só servia para aristocratas trocarem boatos. As paredes tinham janelas de vitrais e uma delas nem mesmo estava quebrada. Os cômodos ao redor do jardim eram uma sala de leitura, uma pequena galeria onde um dia houvera esculturas e pinturas expostas, uma sala de música.

Ela estava sentada num banco de pedra semidestruído, sem encosto, pouco mais que um enorme paralelepípedo. Suas pernas estavam cruzadas em posição de meditação. Como sempre, havia um livro aberto em seu colo.

Fahime virou os olhos para mim, mas continuou em silêncio.

— Por quê? — insisti. — Por que não diz nada? Ele a proíbe?

A maga era o retrato da perfeição e do comedimento. Usava roupas exóticas, que eu já vira apenas em ilustrações sobre os povos do Deserto da Perdição. As tatuagens em sua cabeça estavam paradas, sinal de que ela não tinha nenhum feitiço ativo. Seus lábios eram pintados de verde forte, a mesma cor de seus olhos. Ela ainda tinha um curativo no peito, embora o ferimento já estivesse muito melhor.

— Ele também não permite que você receba cura sagrada? Não vou traí-la, pode confiar em mim. O que está acontecendo?

Fahime me ignorou e voltou a ler.

Meu estômago roncou. Minha cabeça doía de fome, de sono mal dormido, de tensão. Eu era o oposto da maga: sujo, magro, macilento, falando absurdos em voz alta. Eu não rezara naquela manhã. Na verdade, minhas preces há muito eram esporádicas. Eu sabia que estava deixando a fé e os dogmas de Thyatis escorrerem entre meus dedos.

— Você ouviu o que Nirzani falou na sala de torturas — tentei de novo, em tom de súplica. — Você era a única que ainda estava lá. É verdade? As halflings tentaram me avisar?

Ela virou uma página.

— Diga algo, Fahime! O que são essas regras e esses juramentos? Por que você e as halflings não permitem que eu as cure?

Dei alguns passos, estendi o braço para tocar nela. Fahime ergueu a mão, as tatuagens se mexeram um pouco, esbarrei numa resistência invisível no ar. Ela me dirigiu um olhar sério, indecifrável. Falei, mais fraco:

— O que está acontecendo?

Então mais fraco ainda, enquanto eu caía sentado:

— Pelo menos o que ouvi foi real? Nirzani falou comigo?

— Nirzani não disse nada a você ontem.

Arrastei-me pelo chão de terra e mato, como se ela fosse perigosa. Fiquei de pé com alguma dificuldade. Eu já não sentia mais fome, mas mal conseguia sustentar meu próprio peso.

Saí do jardim de inverno, desorientado. Os corredores vazios eram todos iguais, eu tentava usar desabamentos e esqueletos caídos como pontos de referência. Ninguém fizera nenhuma ameaça, mas eu sentia as paredes se fechando a meu redor.

Percebi que Fahime dissera que a tortura ocorrera ontem. Então Thalin estava mentindo? *Por que tanta fome?*

Pelas janelas, vi o céu púrpura, laranja e vermelho do crepúsculo. Era lindo. Eu passara a tarde envolvido naquilo, nem senti as horas. Talvez não tivesse sentido uma semana passar. Precisava comer. Comer qualquer coisa, para ter alguma força. Voltei ao pátio. Agachei-me num canto onde havia alguns arbustos, de frente para uma parede. Tentando esconder o que fazia, peguei punhados de frutinhas. Coloquei-as na boca. Eram azedas e não satisfaziam. Logo o pouco que aquele arbusto tinha a oferecer acabou. Fui procurar outro.

— Você está bem?

Nem vi quem perguntou aquilo. Era uma anã a quem eu fora apresentado, cujo nome nunca lembraria. Eu não sabia se ela fazia parte da conspiração ou se era uma vítima. Eu também não notara quando tinha passado a pensar em termos absolutos, com a certeza de que havia conspiradores e vítimas, e eu era uma delas. Caminhei rápido, sem olhar para trás, fingindo ignorar a mulher. Vaguei pelas áreas do castelo que tinham mato selvagem, coletando qualquer coisa que eu achasse que pudesse comer. Tudo para não tocar na comida dos outros, no que podia conter algum veneno ou substância alquímica colocada ali por Avran.

Já não havia dúvida em mim de que Avran Darholt era o líder por trás de algo sinistro.

Percebi que a noite caíra quando tive dificuldade de enxergar entre as folhas de um arbusto. Eu não encontrara Avran o dia inteiro. Logo ele me chamaria para as masmorras. Logo seria hora de completar o serviço. Matar Gradda, a Pútrida, enquanto ela estava acorrentada e indefesa. Ou então lidar com as consequências. Ou talvez tudo aquilo já tivesse acontecido, uma semana antes.

Eu precisava de um aliado. Qualquer um. Todos se recusavam a falar comigo ou diziam que eu estava louco.

Andei pelos corredores, abrindo as portas dos inúmeros quartos. Pisei num esqueleto, meu pé enganchou nas costelas antigas. Caí, esfolando as mãos. Talvez as halflings concordassem em me ajudar. Talvez Nirzani.

Senti uma onda de alívio e alegria quando encontrei o quarto da mulher humana. A porta estava entreaberta e havia uma vela acesa, então pude vê-la sentada numa poltrona. Bati na porta e ela não respondeu.

Entrei no quarto, pedindo desculpas. Nirzani estava dormindo. Não se mexia. Em vez da camisa branca de sempre, usava uma blusa vermelha.

Eu estava sorrindo. Estava sorrindo porque tinha ali minha aliada. Tudo precisava ficar bem, porque a mesma coisa não podia acontecer de novo. Não podia haver outra tragédia. Eu nem queria pensar na palavra "tragédia", tentei afastá-la de minha mente assim como afastava meu pai, minha irmã, a fazenda e a floresta. Era cedo demais para algo assim mais uma vez, era absurdo demais. Toquei em Nirzani, assim como tinha tocado no primeiro clérigo que encontrei no Observatório da Segunda Flama, agarrado a uma alavanca.

Assim como foi com o clérigo, a cabeça dela caiu para trás.

Dei um grito, pensando que ao menos não havia lodo negro.

A garganta estava cortada, quase a ponto de decapitá-la. O sangue tinha tingido a camisa.

Saí do quarto correndo. Nirzani tinha me avisado, tinha falado comigo, guiado-me naquela estranha prisão. E eu traíra sua confiança, contando tudo para Fahime. Há algumas horas, talvez há mais tempo. Talvez há uma semana, se aquilo tivesse ocorrido antes de minha conversa com Thalin. Era impossível ter certeza. A maga também devia fazer parte da conspiração, o que quer que fosse. Nirzani estava morta. O assassino era Avran, era a única explicação. Ele matara a humana, assim como ferira as halflings.

Meus gritos ecoaram nas paredes, mas não me importei. Eu sentia muita fome. Desci uma escadaria estreita. No meio dos degraus, no escuro, escorreguei em algo. Desabei escada abaixo, sentindo-me ficar molhado com o que quer que tivesse me feito escorregar. Um cheiro ferroso inundou minhas narinas. No fim da escada, caí sobre algo duro, mas mais macio do que o chão. Toquei em pele humana ainda não totalmente fria. Era um cadáver.

Não um esqueleto, mas um corpo recente. Senti a viscosidade pegajosa do sangue, notei que aquela era a origem do cheiro forte. Meus mantos estavam empapados, eu sentia meu rosto e minhas mãos sujos. O sangue ainda estava quente, ainda fluía devagar. Tateei para a cabeça, tentando discernir quem era.

Não havia cabeça, só um pescoço que acabava em carne.

Gritei mais, fiquei de pé, resvalando no líquido empoçado. Eu não precisava, afinal, de mais detalhes para descobrir quem era aquele. Mesmo sem enxergar, pelo tamanho do corpo eu soube que era Manada.

Eles estavam morrendo, um a um. Aquilo era uma prisão cruel, em que todos falavam meias palavras ou se calavam, e quem me ajudava acabava ferido ou morto. Mas Manada não me ajudara. Não fazia sentido.

Eu não sabia o que era mentira. Não sabia há quanto tempo estava lá. Não havia mais testemunhas, pelo menos não testemunhas confiáveis.

Não.

Parei de gritar. Fiquei estático no corredor, ouvindo o sangue pingar de minhas mãos, da barra do manto, ouvindo meu estômago roncar. Havia *uma* testemunha. Alguém que não era um deles. Alguém que ouvira o que Nirzani dissera.

Corri à masmorra, para conseguir respostas com a bruxa Gradda.

Ela estava embolada num canto, amarrada e amordaçada. Seu pé era uma ruína. Virei o rosto por instinto ao enxergar o ferimento terrível. Não haveria jeito de salvar aquela perna — nem mesmo o mais santo dos clérigos conseguiria restaurar o estrago que Manada causara. Ninguém tinha feito curativos na prisioneira. Havia buracos em sua pele, meio visíveis através dos rasgos nos trapos negros que ela vestia. Sua mão estava coberta de sangue seco, o coto do dedo decepado inchado e coberto de formigas. Moscas voejavam ao redor de Gradda. Ela suava e respirava sem força. Achei que fosse vomitar com aquela cena, mas me controlei.

À luz da tocha na sala de torturas, vi minhas próprias mãos cobertas de sangue, meus pés sujos de vermelho. Tive de dizer a mim mesmo que o sangue não era meu e eu não fizera nada. Fui até ela. Pelo menos ainda estávamos sozinhos, mas não tardaria para que me achassem. Então eu não sabia o que aconteceria.

Toquei na goblin para tirar sua mordaça, ela gemeu. Qualquer movimento, por menor que fosse, parecia causar agonia. Descolei a mordaça do rosto e da boca numa pasta de suor, sangue, saliva e sujeira. Os lábios cinzentos da bruxa estavam inchados, alguns dentes tinham se quebrado. Todo um lado do rosto estava mais escuro. Eram marcas dos socos de Avran.

— Você precisa... — comecei.

— Água — ela interrompeu.

Demorei um pouco para compreender a palavra. Sua voz estava rouca, sua boca tinha inchado pelas feridas e seu sotaque era forte. Gradda não repetiu. Ficou me olhando com expressão vazia, olhos desfocados.

Olhei ao redor. O cavalete, o balcão de estiramento, a cadeira inquisitorial e todas as prateleiras cheias de ferramentas de dor pareciam me olhar. Pareciam me convidar a usá-las. Eu quase podia ouvi-las falando com a voz de Avran. Um dia atrás, uma semana atrás, ou daqui a um dia, daqui a uma semana. Era confuso. Não havia água para beber em nenhum lugar nas proximidades. Eu não tinha tempo de voltar aos andares superiores do castelo. Vi uma grande bacia de metal cheia de água suja. Era onde se colocavam os atiçadores quentes para que esfriassem. Era indigno e talvez cruel, mas era o melhor que eu tinha a oferecer.

Ergui a bacia com dificuldade, levei-a até Gradda. Ela ergueu a cabeça, derramei a água imunda em sua boca com todo cuidado que consegui. Ela tossiu, engasgou. Inclinou a cabeça, pedindo mais. Não tinha recebido água desde o dia anterior, talvez desde a semana anterior, talvez desde que chegara ao Castelo do Sol.

— Tire as formigas — disse a bruxa, depois de estar saciada.

Olhei para sua mão.

— Morrer não é tão ruim, mas não quero ser devorada por formigas.

Segurei seu pulso. Ela grunhiu de dor. Mergulhei a mão com o dedo decepado na bacia d'água. As formigas começaram a se afogar.

— Você precisa me ajudar — eu disse.

Ela forçou um sorriso. Acho que teria dado uma gargalhada, se conseguisse.

— Porque somos grandes amigos?

— Eu também sou prisioneiro.

— Até que cortem seu dedo e esmaguem seu tornozelo, você não é prisioneiro aqui, humano.

— Por favor, eu não queria fazer nada daquilo. Não quero matá-la.

— Mas vai me matar se seu líder mandar, porque é isso que humanos fazem.

Eu não estava preparado para aquilo. Não sei o que pensei que seria a conversa com a prisioneira, mas não esperava uma acusação contra minha raça.

— Nunca matei um goblin. Ninguém que conheço nunca matou um goblin.

— Seus novos amigos mataram muitos goblins. Há muitos órfãos e viúvas nas aldeias goblins, muitos abutres gordos em volta. Tudo por causa da Ordem do Último Escudo.

— Não são meus amigos! Não sei *o que* eles são. Você ouviu ontem, não? Ou há uma semana? Ouviu o que Nirzani me disse? A humana de cabelos negros?

Gradda me olhou séria por alguns momentos. Sua pele coriácea era coberta de verrugas, seus olhos vermelhos tinham uma qualidade inquietante.

— Sim, ela falou com você. Ontem. Disse para dormir com um esqueleto, o que quer que esta merda signifique.

Senti um alívio tão grande que teria abraçado a prisioneira ali mesmo, se isso não fosse lhe causar ainda mais dor. Ela não dizia palavras doces, não tentava me confundir. Só me odiava e falava a verdade.

— Vai me matar agora, humano?

— Não. Preciso de sua ajuda.

Desta vez ela conseguiu rir um pouco, mesmo que a risada tenha se transformado num gemido de dor.

— Por que não disse antes? — ela debochou. — Estou numa fortaleza com outros de minha raça, cheios de armas e magia! É claro que posso ajudá-lo!

Gradda cuspiu em mim, um líquido grosso e avermelhado. Mas ela estava fraca, então só atingiu o chão a minha frente.

— Peça ajuda para sua amiga de cabelos negros — ela rosnou.

— Nirzani está morta. Encontrei-a com a garganta cortada, sentada numa poltrona.

A bruxa arregalou os olhos.

— O bárbaro também. Manada está morto. Foi decapitado. Não sei o que está acontecendo, mas está acontecendo agora. Não há mais tempo.

Então, apesar de quanto havia sido brutalizada, Gradda começou a gargalhar. Eu quis perguntar sobre o que era o olhar que ela havia dirigido a Avran, sobre o lodo negro, mas a bruxa abafou minha voz com o riso agudo e cacarejante.

— Fuja, humano! — ela gritou, em meio à risada. — Fuja para dar alguma diversão a ela!

Só naquele momento eu percebi a verdade.

A porta se abriu com um estrondo.

— O que está acontecendo, Corben? — gritou Avran Darholt.

9
ÓDIO

AVRAN E THALIN ENTRARAM NA SALA DE TORTURAS. A ARMADURA do paladino estava suja de sangue, ele tinha a espada na mão. No outro braço, o orgulhoso Escudo do Panteão. O elfo estava de arco em punho, uma faca longa presa à cintura. Gradda continuou rindo.

— O que significa isto? — exigiu o paladino. — Por que está aqui?

Instintivamente, andei para trás, ficando de costas contra a parede, entre duas prateleiras de instrumentos de tortura. Olhei em volta, para as ferramentas, à procura de uma arma. Peguei um atiçador, que ergui à frente do corpo.

— *Por que a bruxa está sem a mordaça?* — rugiu Avran.

Então foi até ela, mas me interpus entre ele e a prisioneira. Avran me olhou incrédulo.

— Nirzani e Manada estão mortos — ele disse.

— Não se aproxime, Avran — avisei.

— Você tirou a mordaça? Ela chacinou sua cidade.

Fiquei parado, tremendo, com o atiçador erguido.

— Achei dois de nossos companheiros mortos — Avran estreitou os olhos para mim atrás do elmo. — Pode haver mais cadáveres que ainda não descobri. Essas mortes não significam nada para você? Vai defender uma das culpadas?

— Como sei que *você* não é o culpado?

— Porque não sou um traidor, Corben — ele rosnou. — Não estou tentando defender uma goblin imunda.

— Não se aproxime — repeti. Eu não conseguia pensar em mais nada para dizer.

— Heróis da civilização estão mortos e você acredita mais numa goblin do que em mim? Não sei o que ela lhe disse, mas não deveria dar ouvidos a essa coisa.

— Você já mentiu muito, Avran. Quem fere, tortura e ameaça também é capaz de matar.

Então ele se moveu.

Tentei barrar seu caminho, mas Avran bateu no atiçador com a espada, arrancando-o de minha mão e jogando-o no chão facilmente. Usou o corpo para me empurrar, caí no chão sem força, incapaz de resistir de qualquer forma. Ele pisou no peito de Gradda, que continuava rindo.

— Já fui piedoso demais com você, monstruosidade.

Ergueu a espada, preparou um golpe. Gritei para que ele não fizesse aquilo. Era assassinato. Assassinato puro e simples. Thalin me segurou, começou a me sacudir, como se eu estivesse num surto, e talvez estivesse mesmo.

Avran desceu a espada.

Então ouvi a voz esganiçada da goblin gritar uma palavra e as tochas se apagaram de uma vez, deixando tudo na escuridão. Ouvi um estrondo ensurdecedor, uma explosão longe dali, seguida de um desmoronamento. O castelo tremeu, eu soube que em algum lugar algo desabava na fortaleza. Senti Thalin se afastar, ouvi um ruído metálico estrepitoso e o barulho de algo pesado caindo. Avran urrou de surpresa. Uma das tochas se acendeu de novo e pude enxergar: Thalin tinha uma pederneira e um pouco de óleo, mas já puxava o arco mais uma vez. Avran estava caído no chão, erguendo-se.

Gradda estava desamarrada. A bruxa se arrastou para um canto, colocou algo na boca e começou a mastigar.

— Thalin, mate a goblin! — gritou o paladino. — Rápido, antes que...

O elfo ergueu o arco e encaixou uma flecha, mas fiquei de pé na frente de Gradda, os braços abertos.

— Se vão matá-la, precisam me matar também! — gritei.

Gradda achou isso muito engraçado.

— Por que, Corben? — perguntou Thalin.

— Digam o que está acontecendo! Quem são vocês? O que houve com as halflings?

Avran correu para a bruxa. Virei, joguei-me sobre ele, agarrando o braço do escudo. Ele se desvencilhou, deu-me um chute no peito. Caí para trás, sentindo as costelas doerem, mal conseguindo respirar. Bati pesado no chão de pedra. A armadura do guerreiro refletiu o fogo da tocha, toda a sala de torturas estava envolta num contraste forte de luz e escuridão. A gargalhada da bruxa, os gritos de ordens e o som de mais um desabamento longínquo preencheram o ambiente com uma cacofonia ensurdecedora.

Thalin abriu os dedos e deixou uma flecha voar. Gradda guinchou palavras arcanas, gesticulou com a mão mutilada. A flecha se quebrou na parede de pedra ao lado dela, a língua de fogo que a bruxa expeliu dos dedos lambeu os instrumentos de tortura perto do elfo. Uma nova explosão em algum lugar do castelo fez tudo tremer. A chama da única tocha sacudiu, enviando luz e sombras caóticas para todos os lados. Avran ergueu a espada, berrando de ódio para a goblin. Desceu-a direto sobre ela, num golpe impulsionado por fúria cega.

Então uma sombra caiu do teto.

Um clangor preencheu a sala de torturas quando a lâmina negra de Maryx Corta-Sangue aparou a espada de Avran Darholt. O braço de Avran foi jogado para baixo, com o impacto do golpe-surpresa que veio de cima. Ele perdeu o equilíbrio por um instante, num impulso para a frente. Gradda deu um berro que podia ser júbilo ou terror.

A caçadora hobgoblin desceu como um gato, rápida e leve, caindo sem fazer barulho. Recolheu a lâmina para perto do corpo, rolou no chão uma vez antes que o paladino conseguisse se recuperar, então saltou para cima. A lâmina negra se ergueu num movimento fluido, econômico, em direção ao pescoço de Avran. O guerreiro conseguiu interpor o escudo no último instante, os dois objetos se encontraram num impacto surdo, enviando uma chuva de faíscas brancas em todas as direções. Avran empurrou a inimiga com o escudo, recuperou o equilíbrio. Como se tivesse planejado aquilo, Maryx deu uma cambalhota acrobática para trás.

Ela estava segurando um objeto grande na outra mão.

Em pleno ar, Maryx arremessou a coisa na direção de Thalin. Antes de conseguir ver o que era, notei que deixou um rastro de sangue.

Era uma cabeça decepada.

Gradda abriu a boca num riso macabro, Thalin berrou ao ser atingido no peito pela cabeça de Manada. Por um instante, ficou desconcertado, recuou um passo. A cabeça atingiu o chão, os olhos ainda abertos do bárbaro fitaram o elfo como se estivessem vivos.

— Ela está aqui! — gritou a bruxa. — Ela está aqui! Vocês todos vão morrer!

Maryx completou a cambalhota, pousando no chão com as pernas arqueadas, os braços estendidos, a lâmina negra numa mão e a outra aberta, numa pose elegante. Cada músculo sob sua pele amarela e tatuada delineado com perfeição, como se ela fosse esculpida de mármore. A hobgoblin se impulsionou com as pernas de novo, ganhando o ar num salto de cabeça para baixo. No mesmo movimento, pôs a mão na cintura, atrás das costas.

Avran ergueu o escudo e correu três passos para ela. Maryx fez surgir de suas costas uma foice curta, de lâmina curva e cruel. Achei que o paladino fosse interceptar o salto dela com um golpe do escudo, mas Maryx jogou as pernas para cima e Avran passou incólume por sob ela, como um touro furioso. Ela caiu atrás dele, sem som, sem expressão, mortal e graciosa. Usou o impulso do pouso para rolar no chão e fez a foice curta descrever um arco em direção ao joelho de Avran, por trás.

Como se pudesse enxergar pelas costas, o paladino realizou um movimento pequeno e decisivo: girou e flexionou a perna, fazendo a foice encontrar placa de armadura, não uma junta desprotegida. O som metálico se juntou a mais uma explosão. Desta vez o desmoronamento fez a sala de torturas sacudir, o chão saltar como num terremoto.

Maryx pulou para trás, ficando de pé, enquanto Avran se virou para ela. A caçadora tinha pose acrobática de felino, o guerreiro parecia num campo de batalha, com o escudo protegendo metade do rosto e a espada surgindo em ameaça.

— Os deuses olham por mim, assassina — disse Avran.

Maryx não disse nada.

Avran avançou para ela, rápido, mas sólido, um pé depois do outro, sem correr e sem sair de uma base firme, o corpo curvado de leve, o escudo defendendo-o. Maryx deslizou para o lado, mas Avran se virou rápido, mantendo-a a sua frente como se fosse um aríete. A hobgoblin tentou sair do caminho de novo, mas Avran conseguiu bloquear a fuga e então se jogou sobre ela com o escudo.

Antes que a caçadora pudesse evitar, a chapa de metal místico atingiu-a de todo, o corpo blindado do paladino prensou-a contra a parede. Maryx era um pouco mais alta que Avran, mas ambos eram grandes e musculosos. O guerreiro deu um urro de esforço. Fixou as solas dos pés no chão para se manter firme. Prendeu a inimiga na parede de pedra, ergueu a espada para uma estocada de cima para baixo.

Maryx projetou o pescoço para a frente, como uma serpente dando o bote, e mordeu o queixo de Avran, desprotegido por um momento. O guerreiro gritou, ela puxou a cabeça para trás, os dentes arrancando pele, deixando uma chuva de sangue. O golpe de Avran perdeu força, ele ficou menos firme. Maryx empurrou um dos lados do escudo, ao mesmo tempo em que deslizou à esquerda. Escapou da prensa, dançou pela sala de torturas, olhando em volta em busca de perigos, ergueu a lâmina negra e a foice curta à frente do corpo.

Com o queixo lavado de sangue, Avran se preparou para outro ataque.

Maryx avançou contra o paladino numa corrida errática e imprevisível. Golpeou uma dezena de vezes com as duas armas no ar, alternando entre ameaçar Avran e fazer movimentos que pareciam aleatórios. Não consegui acompanhar os ataques. No meio da investida agressiva, ela ergueu a lâmina negra, fazendo o paladino levantar o escudo para se proteger, então a foice atacou por baixo, em direção à virilha.

O Escudo do Panteão brilhou, de novo a luz branca e pura, moveu-se como se tivesse vida própria. Ninguém teria reflexo suficiente para bloquear o golpe da hobgoblin, mesmo se conseguisse enxergá-lo, mas de repente o escudo estava baixo. A lâmina da foice o encontrou, de novo soltando faíscas brancas.

Maryx aproveitou a guarda aberta acima, dançou para a diagonal, bateu com a lâmina negra do outro lado, acertando Avran nas costas. O paladino cambaleou para a frente, passando por ela. Rolou no chão, ergueu o escudo. O clangor de metal se misturou a um desabamento e à gargalhada da bruxa goblin.

Gradda fez surgir um jato de líquido verde que foi certeiro em direção a Thalin. O elfo saltou para o lado. O líquido atingiu o cavalete, que começou a chiar e expelir fumaça no mesmo instante.

Avran estava no chão. Maryx deu uma corrida curta e saltou. Ergueu a lâmina negra no ar, indo cair direto sobre ele.

O paladino tirou os olhos da inimiga e se virou para mim. Vi sua expressão de fúria por trás do elmo.

— Traidor! — urrou Avran. — Traidor de sua raça!

Maryx caiu sobre Avran, mas ele se ergueu com velocidade impressionante, ficando sobre um joelho. Levantou o escudo sobre a cabeça, encontrou a lâmina negra com um clarão branco. Maryx pulou para trás, caindo suave.

Mais um desmoronamento.

Gradda berrou algo na língua goblinoide:

— *Eshhagh za'thragg!*

Maryx assentiu com a cabeça.

Thalin disparou uma flecha contra a caçadora. Maryx se virou como um relâmpago, cortou a seta no ar. O paladino usou o momento para ficar de pé mais uma vez. Thalin saltou para a cadeira inquisitorial. Sua leveza élfica fez com que ficasse nas pontas dos pés sobre os pregos, sem se ferir. Atirou mais duas flechas, desta vez em direção à hobgoblin. Maryx rolou no chão, deixando as setas quebrarem na pedra, então se protegeu atrás do balcão de estiramento. Uma flecha se cravou na madeira do instrumento de tortura imediatamente.

Avran se virou para mim.

— *Traidor* — falou, com ódio gelado.

— Você queria que eu dormisse com um cadáver! — acusei, aos berros. — Você feriu as halflings, ameaçou Fahime!

— Você deve conhecer a morte, garoto fraco! Deve conhecer o que os goblinoides fazem! Deve conviver com os mortos, como os deuses ordenam!

— Como *você* ordena!

No meio do caos, ele olhou direto em meus olhos. Sua expressão era fixa, rija, congelada numa tranquilidade louca:

— Eu falo pelos deuses, Corben.

Maryx Corta-Sangue deslizou para a frente, rente ao chão, por baixo das flechas de Thalin, em direção a Avran. O paladino me deu as costas, a caçadora o atacou por baixo, mirando sob o queixo. Avran bateu nela com o escudo antes que o golpe se completasse, empurrando-a para trás. A hobgoblin usou o impulso para girar numa cambalhota baixa, então golpear acima com a foice curta sob a axila do guerreiro. Eu mal enxergava seus movimentos na penumbra enlouquecida, sob a luz da única tocha, que chacoalhava com os desabamentos. Avran grunhiu, seu sangue manchou o chão. Ele estocou com a espada, Maryx saltou para trás. Sem baixar a guarda, tirou algo do cinto e arremessou num canto.

A sala foi tomada por fumaça preta. Comecei a tossir, já não conseguia enxergar mais nada. A luz da tocha foi obscurecida.

Gradda emitiu um conjunto de sons guturais e sílabas truncadas.

— Elas vão fugir! — avisou Thalin.

— *Não!* — o urro de Avran preencheu meus ouvidos.

Um clarão branco surgiu de seu escudo, vi sua forma reluzente avançar como um maremoto. A sala toda se revelou sob a luz mágica. Ele pegou Maryx desprevenida, ofuscada, bateu nela com o escudo, acertando bem no rosto. A luz desapareceu num instante, assim como surgira. A guerreira voou para trás, ele chegou nela antes que conseguisse se recuperar. Descreveu um arco com a espada e atingiu-a no flanco, um corte comprido e fino, que espirrou sangue. Maryx não fez nenhum som. Ela ergueu a foice num ataque, Avran golpeou a arma e estraçalhou a lâmina.

Gradda começou a falar algo, mas suas palavras se transformaram num grito de dor. Entre a névoa negra, vi que uma flecha estava cravada em seu peito.

Fiquei de pé. Não sabia o que iria fazer, só sabia que precisava fazer *algo*.

Corri para Thalin. Eu fora pego no meio da luta entre duas forças que não conhecia. Entre quem havia tentado me matar e quem me prendera. Mas a bruxa goblin tinha me ajudado, tinha falado a verdade enquanto todos mentiam.

Segurei o arco de Thalin, tentei arrancá-lo. Com sua força vinda de um objeto mágico, ele não teve dificuldade de agarrar meus mantos e me jogar para longe. Minhas costelas pareciam me cortar por dentro, eu não tinha chance nenhuma ali.

— Todos serão punidos! — urrou Avran, com um golpe pesado contra a hobgoblin. Ela bloqueou com a lâmina negra, que resistiu intacta. — Todos que me desobedecerem conhecerão a justiça!

— Você feriu as halflings! Você intimida Fahime! Você está drogando nossa comida!

— Ele faz o que é melhor por nós! — disse Thalin. — Você não entende, Corben. Elas desobedeceram! Avran estava testando-o e elas avisaram. Precisavam ser punidas. Fahime foi incompetente na luta em Sternachten, também precisava aprender. E, acredite, ela falava demais até ser *educada*. Você mesmo tinha potencial. Assim que fosse disciplinado também seria um herói.

Então voltou a flecha a mim.

— Pena que escolheu ser um traidor.

No instante em que a mão do elfo soltou a corda do arco, ele foi atingido por uma adaga arremessada. Grunhiu, a flecha voou torta, indo se quebrar numa parede. A fumaça negra estava se dissipando.

— Fale logo o que você sabe, traidor! — bradou Avran, para mim. — Confesse! *Confesse ou será o próximo a receber a dor sagrada!*

Eu não fazia ideia do que ele estava falando. Estava paralisado de medo.

Gradda berrou palavras arcanas, a tocha se apagou mais uma vez. Os desabamentos cessaram por alguns instantes, ouvi barulho lá fora. Sons de corrida, vozes humanas, élficas, anãs.

— Os humanos estão chegando! — disse Gradda. Por alguma razão, falou em valkar, o idioma comum.

No escuro total, só consegui escutar os gritos de Avran, o barulho de algo grande se quebrando. Um clarão branco revelou as silhuetas de Avran e Maryx, ele atacando de forma implacável, ela recuando e bloqueando. Tentei me afastar, tropecei nos restos de algum móvel. O paladino havia partido o balcão de estiramento ao errar um golpe.

— Maldita! — gritou o soldado santo, em fúria contra a caçadora. — Assassina profana! *Goblinoide!*

Mais um urro e mais um clarão: ouvi o estrondo de uma seção da parede quebrando ao mesmo tempo em que vi Avran desferir um golpe titânico. Maryx se abaixou, a espada acertou a parede e abriu um rombo. A força do paladino era prodigiosa e parecia ficar maior a cada instante. Ele ficava mais rápido quanto maior era sua fúria. Fui banhado por pequenos fragmentos de pedra.

Minha boca foi tapada por uma mão. Achei que seria uma das goblinoides, mas senti pele macia. Metal frio encostou em meu pescoço.

— Por que você nos traiu, Corben? — perguntou Thalin, com pesar na voz. — Por que não falou o que sabia desde o início? Por que nos forçou a enganá-lo, a drogá-lo?

— Não sei de nada — tentei falar, mas minhas palavras saíram incompreensíveis.

— Não se preocupe, você só vai ficar um pouco mais calmo. Vamos conversar mais tarde. Só eu, você e Avran.

Uma enorme onda de calor preencheu a sala de torturas. Uma explosão de fogo fez com que meus olhos se enchessem de lágrimas. Ao mesmo tempo, o clarão branco do escudo de Avran me cegou por um instante. A porta explodiu com um estrondo, chamas se espalharam por tudo. Duas prateleiras se estilhaçaram com o impacto. A onda de choque do ar fervente me jogou para trás, mas o elfo não me soltou. Caímos ambos de encontro ao balcão de estiramento quebrado. Vi de relance Gradda com a mão mutilada esticada, seus dedos ainda soltando pequenas chamas mágicas após ter lançado a bola de fogo. Senti uma centena de pequenos cortes e picadas, enquanto os estilhaços da porta foram arremessados contra mim, perfurando meu manto, entrando em minha pele, alojando-se em meu escalpo. Thalin me segurou com mais força. Senti sangue escorrer de sua mão, entre seus dedos, vazando para meus lábios.

O que restava do batente da porta estava em chamas. A luz fraca desenhou o corredor lá fora, o resto da masmorra, com as celas abertas e os esqueletos espalhados.

A lâmina de Thalin começou a cortar meu pescoço. Eu me debati, fazendo força para me soltar.

— *Shhh* — Thalin fez sons em meu ouvido, como se tranquilizasse uma criança.

A dor ficou mais funda, mais intensa. No meio da ardência dos estilhaços, da dificuldade em respirar pelas costelas quebradas, de todo o desgaste do último dia, senti a dor localizada, focada, a dor de uma faca cortando a pele de minha garganta. Gritei sob a mão do elfo, implorando sem palavras para Thyatis, para que algo me salvasse.

Uma voz feminina forte se ergueu, com sotaque goblinoide, atrás de nós. Falou uma frase curta:

— A elfa de cabelos vermelhos está viva.

Thalin interrompeu o corte. Soltou-me, consegui me erguer e cambaleei em direção à porta. Coloquei a mão no pescoço, mal acreditando que estava vivo. Aquela era minha chance, enquanto os quatro estavam se enfrentando. Eu podia ser livre mais uma vez. Mesmo que ficasse perdido em Lamnor, seria melhor do que estar dopado e amedrontado no Castelo do Sol.

Mas não pude deixar de olhar o que acontecia.

O elfo se voltou a Avran:

— *Ela está viva?*

— Não se preocupe com isso agora — respondeu o paladino.

— Você sabia?

— Estamos sob ataque! Concentre-se!

— Responda, Avran! — Thalin gritou. — Você sabia que Laessalya estava viva?

Mais uma vez a frieza de Avran Darholt emanou sob a armadura que refletia as chamas:

— Esqueça-a. Ela escapou, mas logo estará morta. Um destacamento foi enviado ontem à noite para buscá-la e exterminá-la.

Thalin não tinha mais o arco, mas a faca longa com que tentara me matar. Avran estava no meio da sala, incólume apesar da bola de fogo. Seu escudo fumegava. Maryx estava ensanguentada, agachada como um animal prestes a dar o bote, a alguns metros dele.

— Você... — o elfo começou, como se não conseguisse compreender. — *Você mandou matá-la?*

— Você conhecia a missão desde o início, Thalin. Conhecia nosso objetivo.

— Você mentiu para mim.

— Tomei a decisão que precisava ser tomada.

— Ela era inocente!

— Ela era uma ponta solta.

Thalin ouviu aquilo e berrou. Foi como se algo quebrasse dentro do elfo, uma fúria súbita que tivesse transformado seu interior. Ele ergueu a faca e correu para o paladino.

— *Você mandou matá-la!*

Avran bloqueou o golpe com o escudo, então o usou para bater no elfo. Ele recuou, mas sua força extraordinária fez com que resistisse. Maryx pulou e atacou Avran pelo outro lado. Avran se virou para aparar o golpe da lâmina negra, Thalin tentou esfaqueá-lo de novo.

— Antes era um sacrifício justificado! — gritou Thalin. — Antes ela podia ter alguma informação! Mas agora sabemos que é só uma mendiga louca! Não conhece nada sobre...

Avran ignorou Maryx, virou-se e desferiu um golpe com a borda do escudo na boca de Thalin. Seu rosto explodiu em sangue e dentes.

— *Cale a boca, elfo!*

Olhei para os lados. A hobgoblin tinha desaparecido nas sombras. Gradda se arrastava em direção à porta. Mal notei quando sua forma decrépita passou por mim, ganhando o corredor.

— Ela não sabe nada! — repetiu Thalin, falando com dificuldade por entre os lábios destroçados, as gengivas cheias de dentes em ruínas. — Ninguém acreditaria nela! Laessalya não precisa morrer!

As chamas que contornavam a porta destruída reluziram na armadura de Avran Darholt, enquanto ele deu um passo decisivo em direção ao elfo. Rebrilharam em sua espada erguida.

— Foi decidido que não deveria restar ninguém — disse Avran.

— Nenhum nobre ou herói acreditaria no que ela diz!

— *Nem mais uma palavra* — ordenou o paladino.

— Ela nunca poderia revelar a Flecha de Fogo!

A ponta da espada de Avran se enterrou na garganta do elfo, como um ponto final em suas últimas palavras.

Olhei para Avran, tomado de horror. Ele arrancou a lâmina do corpo mole de Thalin, chutou o cadáver para tirá-lo do caminho. Seu rosto estava sujo de sangue fresco, mas o escudo permanecia imaculado. Ele enviara uma equipe de aventureiros de volta a Arton Norte para matar Laessalya, uma pobre elfa louca que vivia de caridade. Porque ela poderia revelar algo sobre a Flecha de Fogo.

Avran Darholt enviara assassinos a Arton Norte para acabar o serviço.

Apontei para ele, mudo, a acusação horrível demais para ser articulada. Sob a imagem do sanguinário impiedoso, ele falou com voz mansa. Havia lágrimas em seus olhos.

— Você era um de nós, Corben.

Então Avran ergueu o escudo, cobrindo a cabeça. A luz branca emergiu dos símbolos combinados dos deuses benevolentes, então mais uma explosão o atingiu, tapando minha visão, encobrindo tudo com chamas e fumaça. Fui jogado para trás enquanto a bola de fogo explodiu no Escudo do Panteão. Ergui os braços para me proteger, ouvi a gargalhada da bruxa goblin entre o rugido das chamas.

Fui puxado como um boneco. Um braço duro e musculoso me envolveu, ergueu-me como se eu não tivesse peso nenhum. No meio do crepitar do fogo, dos brados de vingança de Avran, escutei os passos chegando mais perto no corredor. Ouvi as vozes da civilização gritando, armas sendo desembainhadas. Um jato de sangue quente molhou meus cabelos.

Consegui me contorcer e olhar para trás. Eu estava sendo carregado por Maryx Corta-Sangue, enquanto ela matava dois guerreiros da Ordem do Último Escudo com a outra mão. A hobgoblin não parecia se preocupar com Gradda, que se arrastava a nosso lado. Algo surgiu voando pelo corredor. A gargalhada aumentou. Demorei para discernir a forma de um pilão — o mesmo pilão que Gradda usara para voar em Sternachten agora vinha até ela, pelo ar, atropelando e derrubando quem houvesse pela frente.

No fundo do corredor, vi Fahime e as halflings, paradas, de olhos arregalados. Gritei para elas fugirem, mas acho que não me ouviram. Uma enorme forma negra e peluda surgiu das escadas que levavam aos andares superiores. O rosto deformado, meio lobo e meio morcego, mostrou as presas. Maryx assobiou e o warg pulou para o ataque.

Uma das patas imensas, cobertas de pelo negro eriçado, derrubou duas das halflings. Mesmo berrando, tentando avisar umas às outras, elas falavam daquele jeito estranho. O warg pisou sobre seus corpos diminutos, que se debatiam, e avançou para as outras duas. As halflings brandiram uma espada e um machado. Uma delas abriu um corte fundo no nariz do animal, mas o warg abocanhou sua mão, fechou os dentes em seu pulso. Puxou a cabeça, fazendo a halfling voar pelo corredor, batendo seu corpo nas paredes até que carne e osso se desprenderam. O warg engoliu a mão, cuspiu o machado, a pequenina desabou no chão, gritando e sangrando, o braço agora acabando num coto esfiapado.

Fahime gesticulou, começou a falar palavras mágicas. Um círculo de luz azul se formou na frente de seu corpo.

Eu enxergava tudo aquilo em instantes, ficando cada vez mais perto, sendo carregado por Maryx aos solavancos. Quando Fahime terminou a conjuração do encantamento, nós estávamos sobre ela. O warg mordeu, agarrando a outra halfling pelo ombro, arremessou-a para o lado. O mundo girou a meu redor, enquanto Maryx me jogou sobre a fera. Por instinto, me agarrei no pelo duro e seboso, que fincava como palha. Ela usou a mão que me segurava para se agarrar ao pelo também, puxou o próprio peso enquanto tomava impulso. Girou o corpo e acertou um chute no rosto de Fahime.

O feitiço da maga se desfez, ela bateu com a cabeça na parede. Maryx continuou o movimento e montou no warg, a minha frente. Virou-se, olhou em meus olhos e falou no idioma comum:

— Não tente fugir, humano.

Antes que eu pudesse sequer pensar, o warg correu escadaria acima. Segurei-me no pelo para não cair, tudo passava por mim num borrão de velocidade.

No fundo do corredor, Avran Darholt emergiu da sala de torturas com espada e escudo em punho.

— *Nunca!* — urrou o paladino. — *Nunca fugirão!*

Então ele estava sobre Gradda, que ainda se arrastava no chão. A espada desceu sobre ela. O pilão voou para Avran, atingiu-o em cheio, como uma pedra de catapulta. O paladino foi jogado para trás, o pilão continuou na trajetória, rodopiou para dar meia-volta e Gradda se agarrou nele.

Começou a rir.

Então perdi o ângulo para enxergar o que se passava no corredor, enquanto o warg nos carregava escada acima. Mas a risada da bruxa se aproximou cada vez mais, até que ela zuniu por nós, dentro do pilão, manobrando com precisão milimétrica. As duas trocaram algumas palavras em goblinoide aos gritos, enquanto Gradda passava. Ela nos ultrapassou, sumiu pelos corredores escadaria acima.

Quando o warg chegou ao fim da escada, no andar térreo, Avran surgiu de novo.

— Assassina! — ele gritou. Então inconfundivelmente para mim: — Traidor!

O paladino descreveu um arco imenso com a espada, erguendo-a e então baixando. O warg saltou no último instante, a lâmina encontrou o chão. O piso de pedra explodiu numa cratera, fragmentos enormes voaram para todos os lados.

Maryx puxou algo do cinto, virou-se e arremessou contra Avran.

Era uma espécie de bolsa pequena, menor que um punho. Mas, quando atingiu o chão logo à frente do paladino, explodiu em fogo e fumaça.

O warg correu a toda velocidade. Estávamos no átrio desabado que levava às masmorras. Não havia teto, aquela área ficava a céu aberto. Pelo menos dez aventureiros da Ordem do Último Escudo chegavam por todos os lados.

— Para cada um de nós, dez deles! — gritou alguém.

E os outros responderam:
— *Para cada um de nós, dez deles!*
Avran emergiu das chamas, o escudo brilhando branco.
— Segure-se em mim! — ordenou Maryx.
Sem pensar, soltei o pelo do warg e abracei seu pescoço taurino. Seus músculos não cediam, como se fossem feitos de metal. Só a respiração e o calor da pele deixavam claro que era mesmo uma criatura viva.
Gradda mergulhou com o pilão em nossa direção.
Avran correu para nós, os outros aventureiros nos cercaram.
Então Maryx apoiou um pé no flanco do warg e saltou, levando-me junto com facilidade. Agarrou-se na borda do pilão voador. Gradda soltou um riso histérico. Fez um gesto arcano com a mão mutilada, um relâmpago foi certeiro em direção ao paladino, que o bloqueou com o escudo.
O clarão branco iluminou o Castelo do Sol enquanto uma torre desabava em mais uma explosão. O pilão se ergueu num voo rápido, cada vez mais para cima. Senti meus pés pendendo soltos, meu estômago pareceu despencar enquanto ganhamos os céus. Eu agarrado a Maryx com toda minha força, ela apenas segurando o estranho veículo.
Sob a luz de chamas, os membros da Ordem do Último Escudo ficaram cada vez menores. A última coisa que vi foi a silhueta negra do warg sumindo entre as passagens do castelo, os aventureiros tentando cercá-lo.
Então as estrelas pareceram ficar mais próximas que o chão. Subimos acima das torres e das copas das árvores e zunimos para dentro de Lamnor, deixando como único rastro a gargalhada da bruxa.

Não sei quanto tempo passou, nem quanto são lembranças verdadeiras. Depois daquilo, tudo é uma mancha indistinta em minha memória.
Lembro de meu braço exausto escorregar do pescoço musculoso de Maryx. Tão ferido e cansado quanto eu estava, era impossível fazer muita força. Agarrei-me com as pontas dos dedos à borda de sua armadura de couro, o coração disparando, muito ciente das dezenas de metros que nos separavam da copa das árvores.
— Não desmaie e não fraqueje — disse a caçadora, com sotaque carregado. — Não vamos descer para buscá-lo.
Levei suas palavras a sério. Não desmaiei e não fraquejei. Ninguém desceria para me buscar, exceto inimigos em perseguição. Ninguém iria me

proteger. Eu não podia confiar em paladinos ou elfos, em goblinoides ou deuses.

Aquelas eram as regras de Lamnor.

O pilão mergulhou em direção às árvores, mas eu já estava anestesiado demais para ficar apavorado. Penetramos a barreira de folhas, fui atingido por incontáveis pequenos galhos. Maryx saltou do pilão em direção ao vazio, continuei agarrado a ela. Caímos sobre a superfície quase fofa do pelo do warg e continuamos na mesma velocidade, agora pelo chão.

Em algum momento, perdi a consciência, o que considero a maior piedade que Thyatis já teve para comigo.

Quando acordei, a dor era muito pior. Gemi e pisquei. Por instinto, respirei com cuidado. Levei a mão ao peito, vi que eu havia sido enfaixado. Qualquer movimento ativava uma centena de pequenos cortes, fazia milhares de farpas enterradas se mexerem. Estávamos parados. Tudo estava quieto, escuro e silencioso.

Era noite. Eu estava deitado no chão, sob copas de árvores altas. Nu.

— Ele acordou — disse Gradda, usando o idioma valkar. Deu uma risada curta, continuou mastigando um enorme pedaço de carne fibrosa.

Tentei me cobrir, a bruxa achou graça. Maryx Corta-Sangue estava sentada perto de mim, encostada no enorme corpo do warg. O pelo negro da fera se confundia com o escuro da noite, mas sua respiração barulhenta e seu cheiro horrível não deixavam esquecer que ele estava ali. Maryx balançou a cabeça em desaprovação de meu pudor, enquanto mordia uma tira de carne dura. O pilão estava pousado a alguns metros. Movia-se de leve, sozinho. Além disso, nenhum sinal de acampamento.

Apalpei meu próprio peito de novo. Faltava algo.

— Meu medalhão! — gritei.

— Sobre o que ele está falando? — perguntou Maryx, também no idioma comum.

— Aquela bosta que ele usava ao redor do pescoço — Gradda respondeu.

— Ah — Maryx deu de ombros. — Joguei fora.

Olhei ao redor, como se pudesse encontrar o objeto. A falta dele me fazia sentir mais vulnerável do que a falta das roupas.

— Achei que ele fosse dormir para sempre — comentou a bruxa.

— Sei que humanos são preguiçosos — disse Maryx. — Mas este deve ser algum tipo de campeão.

— Humanos têm campeonatos de preguiça?

— Por que não? Tudo que fazem bem é dormir, engordar e esperar. Melhor tornar isso logo um esporte.

Consegui me erguer um pouco.

— O que... — gaguejei. — O que estão comendo?

Gradda ficou séria.

— Sua perna — ela disse. — Vou perder a minha por causa de vocês, humanos. Agora você também perdeu.

Toquei em minhas duas pernas, com horror. Gradda começou a rir de novo. Maryx olhou para baixo, controlando um riso de boca cheia.

— Mentira — disse a bruxa. — É só uma criancinha humana.

Olhei para as duas de cenho franzido.

— Coma se quiser, humano preguiçoso — disse Maryx. — De qualquer forma, partimos logo.

Havia fatias de carne sobre um monte de folhas no chão. Peguei um pedaço, mastiguei. Era dura e muito salgada.

— Sou seu prisioneiro? — perguntei.

— Descubra por si só — respondeu a hobgoblin. — Tente fugir.

A carne salgada era muito ruim, mas começou a preencher meu estômago e logo me senti melhor.

— Não foram vocês — eu disse. — Vocês não destruíram Sternachten. Foi Avran e a Ordem do Último Escudo.

— Ele deve ser o humano mais inteligente do norte — disse Gradda.

— Um sábio — concordou a outra.

— E o... — comecei.

— Pergunte sobre o lodo negro mais uma vez e vou transformá-lo num rato — disse Gradda. — Então cortarei sua língua, porque acho que mesmo como rato você perguntaria sobre esta merda. Não sei o que é o lodo negro, você não sabe, ninguém sabe. Pronto, acabou.

— Você olhou para Avran quando perguntei.

— Porque seu amigo avisou que me mataria se eu contasse que não sabia de nada. E eu precisava sobreviver mais um tempo até ser resgatada daquele antro de imbecis. Agora cale a boca e coma. E não se preocupe em esconder seu gravetinho, não vai nos ofender.

É claro que isso fez com que eu me cobrisse. A dor de cada movimento era intensa e generalizada. Maryx também estava ferida, mas, entre nós três, achava-se em melhor estado. Gradda tinha a mão enfaixada e outros machucados ocultos pelos trapos negros, mas sua perna era uma ruína sem salvação. A carne já estava ficando escura, eu sabia que o pé precisaria ser amputado para que ela não morresse. Não entendia como ela podia falar normalmente com um ferimento tão horrendo.

— Coma isto também — disse Maryx, dando-me uma pequena raiz esférica, com alguns espinhos moles.

— O que é? — perguntei.

— Se vocês fossem tão bons em lutar quanto em fazer perguntas idiotas, Lamnor ainda seria seu. Coma e não discuta. Você vai se sentir melhor.

Olhei a coisa. Era pouco maior que uma uva. Cheirei, mas não tinha cheiro de nada. Coloquei na boca e mordi. O gosto amargo quase me fez vomitar, mas forcei-me a continuar mastigando. Engoli logo, controlando a náusea.

Em poucos minutos, minhas dores começaram a amainar. Consegui relaxar um pouco.

— Não tenho medo de vocês — falei. E era verdade. Depois de tudo pelo que passara, eu me sentia além do medo. — Podem me ameaçar o quanto quiserem. Bateram em mim com essa lâmina negra em Sternachten e tudo que conseguiram foi me deixar desacordado.

Gradda desatou a rir. Riu tanto que se engasgou, cuspiu a carne salgada que estava comendo. Maryx me olhou com tranquilidade absoluta.

— Eu não *tento* matar ninguém, humano. Quando quero matar, eu mato.

Comecei a falar algo, mas ela me interrompeu com um olhar incisivo:

— E o paladino também.

Uma percepção fria me inundou. Percebi que eu podia, sim, sentir medo. Muito medo. A bola de gelo nasceu em meu estômago e se espalhou para meu peito, meus braços, minhas pernas.

— Avran... — comecei a falar.

— Seu amigo Avran o atacou pelas costas — disse Maryx Corta-Sangue. — Você morreu em Sternachten.

IMPÉRIO

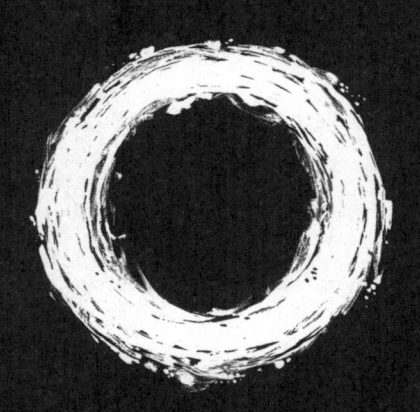

1
RECÉM-NASCIDO

LAMNOR ERA UMA FLORESTA À NOITE, QUE EU ATRAVESSAVA nu, para sempre.

Elas não falaram mais comigo nos primeiros dias. Às vezes conversavam entre si no idioma goblinoide, que me parecia um amontoado de grunhidos, rosnados e consoantes fortes. Eu não diferenciava uma palavra da outra, ouvia só uma torrente contínua de barulho. Fiz perguntas, mas fui ignorado.

Por quase uma semana, minha mente retumbou com o que Maryx Corta-Sangue me dissera:

"Você morreu."

Foram necessárias meras horas para que eu não estranhasse estar nu e descalço, totalmente exposto. Minha pele era um imenso rabisco de cortes e hematomas. Respirar era difícil, pelo menos uma costela devia ter quebrado com o chute de Avran Darholt. Meu pescoço ostentava o corte fresco da faca de Thalin. Tudo aquilo estava aberto ao mundo, aos olhos das duas goblinoides, à noite perpétua que nos acompanhava durante a viagem.

Insetos pousavam em mim, famintos por meu sangue ou só me enxergando como mais um objeto naquela paisagem de selvageria.

Eu morrera e viera a Lamnor. Talvez fosse o inferno, se o inferno existisse.

A disassociação de mim mesmo era total. Fui roubado de tudo que me fazia ser eu mesmo. Tinha visto Sternachten queimar, todos que eu conhecia morrerem. Então fui acolhido pela Ordem do Último Escudo e aos poucos notei que havia neles um propósito sinistro. Fui drogado para que revelasse algo que eles achavam que eu sabia. Adquiri uma nova aparência de magreza e desleixo. Aos poucos, parei de rezar. Então, após mais mortes, descobri que meus pretensos salvadores eram inimigos. Fui tirado do convívio humano. Perdi meu nome, pois Maryx e Gradda nunca o usavam. Perdi as roupas e até o medalhão. Caminhava à noite, cada vez mais fundo rumo ao desconhecido, sem tochas, sem enxergar um palmo à frente na lua ínfima acima das copas fechadas de árvores altas. Sentia terra, pedrinhas e raízes nos pés descalços.

Eu não tinha mais nem a certeza de estar vivo.

Porque Avran me assassinara em Sternachten.

Se alguém tivesse perguntado quem eu era naqueles primeiros dias após o ataque ao Castelo do Sol, eu não saberia dizer.

Viajávamos à noite, dormíamos de dia. Eu estava tão exausto que mal notava a paisagem quando havia luz. As árvores eram muito altas, maiores que qualquer coisa que eu já vira em Arton Norte. Seus troncos pareciam torres, seriam necessários muitos homens de braços abertos e mãos dadas para circundá-los. As copas verdes-escuras se perdiam no céu, como um domo permanente sobre nossas cabeças. Havia níveis de galhos que se cruzavam entre elas como imensas treliças, fungos e parasitas que se grudavam em cada uma. E as árvores não eram retas, crescendo acima diretamente em busca do sol. Seus troncos gigantescos se entortavam, inchavam em diferentes alturas. Às vezes duas ou mais árvores eram entrelaçadas entre si, numa dança milenar. Torres serpenteando ao redor de outras torres, suas folhas misturadas num caos incestuoso.

Não havia nenhuma trilha visível, nada que eu pudesse reconhecer como marcadores da passagem de seres inteligentes, mas Maryx e Gradda não tinham dúvida de por onde seguir. O chão era repleto de folhagens, arbustos, raízes da altura de meu peito, de forma que quase nunca eu podia avançar desimpedido.

A bruxa voava em seu pilão durante a maior parte da noite, costurando um caminho entre os troncos, sumindo nas copas, voltando para onde eu podia vê-la como uma mancha. Maryx caminhava a meu lado por horas, mas às vezes montava em seu warg e me deixava sozinho, sem vigilância. A criatura era imensa e muito rápida. Sua cernelha era mais alta que eu. Seu pelo negro era comprido. Maryx amarrava inúmeras sacolas de couro, odres e pequenas armas nos tufos sebosos e o lobo-morcego não parecia se importar. Também o decorava com ossos e uma fileira de cabeças encolhidas que não cabiam em seu cinto. Maryx não usava sela para montar e tudo de que precisava estava preso à pelagem do warg.

Na segunda noite, Gradda desapareceu no pilão e Maryx correu adiante no warg, também sumindo de vista. Fiquei parado um tempo. Então escolhi uma direção aleatória, qualquer direção, exceto aquela pela qual as duas seguiam, e comecei a correr. Menos de uma hora depois, encontrei as duas a minha frente. Elas não mudaram o curso ou pareceram notar que eu tinha tentado fugir.

Para onde quer que eu corresse, Lamnor estava ao redor. E Lamnor tinha olhos e garras em cada folha de árvore.

Eu acordava a cada anoitecer cheio de dores, mal conseguindo me mexer. Antes de partirmos, Maryx tirava uma raiz esférica cheia de espinhos de uma de suas bolsas, a mesma raiz que me dera antes. Eu mastigava, controlando a náusea. Gradda revirava as bolsas no warg e mastigava algumas coisas também. O alívio das dores era quase instantâneo. Eu me sentia bem, pronto a caminhar, sentia até um certo entusiasmo. Em alguns anoiteceres, a raiz fez meu corpo reagir com uma ereção forte e espontânea. Nenhuma das duas pareceu dar qualquer atenção a isso, e eu também não senti vergonha. Eu não era eu mesmo.

Mas eu notava que vários cortes estavam infeccionados. A pele ao redor ficava inchada e vermelha, sensível e quente. Meu corpo lutava contra as infecções, mas no limite da exaustão, não conseguia vencer todas as batalhas. Apesar de ser treinado como astrólogo e não curandeiro, eu conhecia o básico sobre medicina. Sabia que aquilo era perigoso, eu podia ficar em estado tão ruim quanto Gradda. A bruxa agonizava durante os crepúsculos. A carne negra estava se espalhando, já tomara seu pé e agora dominava o tornozelo. Se não fosse tratada, seria letal. Eu podia ouvi-la berrando de dor enquanto dormia à tarde. Mas, à noite, sempre estava melhor.

Certa noite, ao acordar, comi a raiz. O gosto já não era tão ruim. Senti o efeito anestésico, mas não foi tão completo. As feridas infeccionadas continuavam sensíveis demais.

— Preciso de mais uma — falei para Maryx.

A guerreira nem se virou para mim. Insisti algumas vezes, foi como se um pássaro cantasse ou o vento assobiasse entre as folhas. Nada que merecesse resposta.

Então fui até o warg, hesitante. Achei que a qualquer momento o monstro podia me morder, arrancar um braço ou a cabeça. Mas era difícil me importar quando eu sabia que já tinha morrido. O animal não fez nada. Abri uma das bolsas de Maryx e tirei um punhado de raízes.

Ela me derrubou com um poderoso tapa na cabeça, por trás. As raízes rolaram na terra.

Maryx apontou o dedo para mim e me dirigiu as primeiras palavras desde a revelação:

— A lua ainda não começou a crescer de novo. Não coma mais de uma nat'shikka.

— Agora vai falar comigo?

— Você é um recém-nascido, não sabe viver. Obedeça e não dê trabalho. Coma o que eu mandar, faça o que eu mandar.

— Ou o quê? Vai me matar?

Eu estava estranhamente corajoso. Era difícil ter o medo que me parecia sensato. Se o que Maryx dissera fosse verdade, eu não tinha o que temer, nunca mais. Se o que ela dissera fosse verdade, tudo que eu conhecia sobre Thyatis era mentira. Eu queria testar aquilo, em iguais partes desejava confirmar e desmentir.

— Eclipse vai comer uma de suas partes para cada ordem minha que desafiar — ela ameaçou, apontando para o warg. — Morrer e voltar à vida é um bom truque, humano, mas você não vai gostar de viver sem braços e pernas.

— Por que está me levando prisioneiro se pode me dar de comer a seu lobo?

— Você só precisa ser capaz de falar! — Gradda interrompeu. — E, pelo jeito como não consegue calar a boca, mesmo que o warg o devorasse todo, acho que a bosta que ele deixasse de manhã ainda estaria tagarelando num montinho! Então não teste Maryx, humano imbecil.

Não respondi.

Maryx precisava que eu falasse. A Ordem do Último Escudo queria que eu revelasse algo, mas eu não sabia o quê. Todos eles achavam que eu tinha algum segredo valioso.

A resposta óbvia era que tivesse a ver com a Flecha de Fogo.

Thalin morrera porque ia falar algo sobre a Flecha de Fogo. Avran estava secretamente obcecado com aquilo. Mas, com todo seu ódio por goblinoides, ele não estava disposto a colaborar com alguém que poderia saber algo sobre a profecia. E, se eu tivesse entendido bem a conversa entre o paladino e o elfo, ele mandara uma equipe a Arton Norte para matar Laessalya, porque desconfiava de que ela soubesse de algo.

Se eu ainda fosse o Adepto Corben, como fora há pouco mais de uma semana, estaria pensando em como tudo aquilo era confuso, como nada fazia sentido. Mas eu não era mais Corben. Nem mesmo era uma pessoa. Era *algo* amorfo, apenas existindo no escuro em Lamnor. Tudo que me importava era minha própria morte, minha própria vida. Na verdade, não havia nenhuma diferença entre ambas.

Levantei sem me preocupar em limpar a terra de minha pele exposta. Gradda já sumira no pilão. Maryx montou no warg e correu nas trevas. Sozinho, numa espécie estranha de liberdade, segui atrás das duas.

Não havia diferença entre uma pessoa e um continente.
Eu não era mais Corben. Eu era Lamnor.

— É lua crescente mais uma vez — disse Maryx Corta-Sangue, no idioma comum.

Gradda concordou, soturna. Eu já desistira de perguntar, pois sabia que nunca receberia resposta. Mas a hobgoblin veio até mim. Com sua calma absoluta de predadora, ela se mostrava perigosa sem nenhum movimento brusco. Os músculos que se moviam sob a pele retesada estavam relaxados, mas nunca a mais de um instante de ação súbita. A lâmina negra em suas costas podia ser sacada mais rápido do que o olho era capaz de acompanhar. Senti seu cheiro quente, acima do cheiro ácido do warg. Ela falou algo simples:

— Agora você vai se ajoelhar, humano. E vai rezar.

Tudo que Maryx falava tinha tom de ameaça. Seu sotaque, a pronúncia dificultada pelas presas, seu olhar, seu porte físico, sua altura. Olhei para cima, em seus olhos negros, e não me encolhi. Não aceitava mais ameaças. Eles tinham me destruído e não restava mais nada para ser ameaçado. Só uma casca vazia preenchida por Lamnor.

— Não vou lhe dar este gosto — retruquei. — Se vai me torturar, torture. Não vou implorar.

Ela olhou para Gradda, bufou de exasperação.

— Quem falou em torturar? Você vai rezar! Imagino que pelo menos isso um clérigo humano consiga fazer.

Franzi o cenho. Ela não quisera dizer "rezar por minha vida" ou "rezar por misericórdia". Só rezar.

— Por quê? — perguntei.

— Humanos precisam de razão para tudo? Não admira que seus reinos caiam um após o outro. Quando um general manda que avancem em carga, os soldados perguntam por quê?

— Por quê? — insisti.

Ela me olhou, respirando pesado como um touro raivoso.

— Você é inútil. Anda pela floresta fazendo mais barulho que um estouro de uryuks, deixando pegadas que até mesmo um anão cego seria capaz de seguir. Passaria fome se não lhe déssemos de comer, atrairia a morte só porque não quer sentir dor se eu não o tivesse impedido de comer mais de uma nat'shikka. Mas há algo que você sabe fazer, mesmo sendo um recém-nascido. Sabe rezar. Você finalmente pode ser útil. Então reze, humano. Implore por milagres a seu deus. Retribua um pouco da ajuda que recebeu.

— *Ajuda?* Acha que ser aprisionado é receber ajuda?

— Você não tinha propósito. Agora tem. Não conheço ajuda maior do que esta.

Gradda gritou de longe:

— Além disso, não é prisioneiro. É escravo! Então seja um bom escravo e obedeça!

Eu me sentia desafiante, mas provavelmente teria rezado, teria pedido milagres a Thyatis, se a bruxa não tivesse me dito para obedecer. A voz estridente de Gradda ressoou como o tom grave e imperioso de Avran. Naquele momento, a palavra "obedecer" era o que mais me causava repulsa.

— Nunca obedecerei a goblinoides — falei, a voz pingando de ódio.

Maryx me observou, como se medisse algo. Tentei decifrar sua expressão, mas me parecia o focinho de um animal.

— Faça sua escolha, humano. Mas saiba que lidará com o futuro que surgir dela. Você é uma das poucas criaturas neste mundo de quem não se pode tirar o futuro. Pense bem no que vai fazer com ele.

Ela me deixou sozinho. Montou no warg chamado Eclipse e correu para longe. Gradda voou em seu pilão.

Ajoelhei-me e rezei.

⬤

Elas me levaram a uma colina alta e íngreme, que subi num misto entre andar, engatinhar e escalar. O chão era instável e pedregoso, cheio de plantas espinhosas. As árvores se erguiam de forma normal no sopé, mas, quanto mais eu subia, mais elas cresciam inclinadas, até que formavam um emaranhado de troncos grossos quase horizontais. Então não enxerguei mais o chão da colina, fui obrigado a subir no escuro pelos troncos e galhos, um após o outro, como uma imensa escadaria de degraus irregulares. Mas depois as árvores rarearam e toquei no solo de novo. Quanto mais para cima, mais esparsa era a vegetação, até que o topo da colina era pedra nua a céu aberto.

A imensidão pontilhada de estrelas me avassalou. Lembrei de Sternachten, de observar as estrelas de perto com os telescópios. Tive vontade de estender o braço e tocá-las. A lua crescente já era maior que um mero fiapo, mas ainda proporcionava pouca luz.

Eu tinha tantas dores no corpo todo que elas se tornaram abstratas, uma espécie de ruído de fundo. A pequena raiz chamada nat'shikka ajudava a amortecer, mas o esforço constante piorava tudo. Desde que saíra de Sternachten eu não parara de andar e fugir. Meus pés tinham adquirido cascas grossas e escuras, calos que cobriam as solas inteiras. Minhas pernas estavam musculosas e meus braços, antes macios como os de uma criança, agora inchavam de leve. Aos poucos, sem que eu notasse, meu fôlego melhorara a ponto de eu raramente precisar de pausas numa jornada forte.

A barba tinha parado de coçar. Ainda era irregular, mas cada fio era comprido e fazia volume. Meus cabelos também estavam crescidos além de qualquer padrão que os adivinhos-mestres fossem tolerar nos observatórios. A nudez era meu estado natural, eu nem pensava mais em roupas.

No topo daquela colina, sob as estrelas e a lua, eu me senti exposto aos deuses. E, embora estivesse imundo, senti-me mais limpo do que nunca.

— Você rezou? — perguntou Maryx Corta-Sangue.

Fiz que sim. Ela não respondeu.

O topo da colina era decorado com cinco totens, postes de pedra e madeira altos e grossos, entalhados com figuras assustadoras e complexas. Cada um deles mostrava cabeças de goblinoides, humanos e elfos. Um dos cinco até mesmo exibia um anão. Também estavam representadas caveiras, ossos, animais, batalhões de hobgoblins, chamas. Um era encimado pela cabeça entalhada de um bugbear, a juba de cabelos feitos de madeira coroando a enorme face bestial. Eu não precisava perguntar para saber que era o rosto do Grande General da Aliança Negra, Thwor Ironfist. Outro totem tinha no topo a cabeça de um bugbear velho, cercado de pequenas caveiras. Maryx fez o que pareceu uma prece curta a ele, desviando os olhos. Além dos entalhes, muitas armas estavam cravadas nos totens ou mescladas com eles, como se os postes tivessem crescido naturalmente ao redor dos objetos. Também havia peles de animais e humanoides pregadas, todas já secas e curtidas. Maryx amarrou uma corda de cânhamo ao redor de cada um dos totens.

— Não fique com medo — ela disse. — Se você estiver muito amedrontado, algum espírito pode se grudar em sua alma. Então me dará ainda mais trabalho.

— Não tenho medo.

Era quase verdade. O medo físico tinha me abandonado, pelo menos por enquanto. A menção de espíritos me deixou inquieto.

— Falo sério — Maryx insistiu. — Você ressuscitou, é um banquete tentador para os mortos que querem voltar. Se vai ficar apavorado, é melhor ficar longe.

— Não estou com medo.

Ela grunhiu.

Gradda se arrastou para o meio dos cinco totens. Ao longo daqueles dias, ela parecia lidar muito bem com a perna arruinada, mas, naquele momento, eu a vi suar de esforço. Precisou parar no meio do caminho curto e recuperar o fôlego e o ânimo. Maryx viu aquilo e não fez nada para ajudá-la. Eu me aproximei, oferecendo as mãos.

— Não a ajude! — repreendeu a hobgoblin. — Se ela não for capaz de chegar à clareira de cura por suas próprias forças, a cirurgia nunca dará certo.

Gradda parou de novo, após se arrastar mais um metro. Ficou estirada no chão, contorcendo-se de dor. Lágrimas marcaram sua face cinzenta. Podia ser uma goblinoide, mas eu vira o que ela tinha sofrido no Castelo do Sol e não pude evitar o sentimento de pena.

— Ela comeu uma raiz hoje? — perguntei.

— Nat'shikka — corrigiu Maryx.

— Ela comeu uma nat'shikka hoje? — mutilei a pronúncia, mas consegui me expressar.

— A nat'shikka atrai a morte. Tudo que embota os sentidos possui morte dentro de si. As bebidas que os humanos e elfos consomem nada mais são que morte líquida, e as bebidas dos anões são destilado de morte ainda mais concentrado. Existe morte na cegueira e na surdez, morte no sono e em qualquer substância que diminui a dor. A morte estará muito perto hoje, mesmo que a lua seja crescente. Se ela comesse uma nat'shikka, seria arrastada com os mortos.

Não falei nada. Eram superstições. Crenças goblinoides que a civilização ignorava. Havia um fundamento de verdade em quase toda superstição, eu aprendera estudando história religiosa no observatório. A nat'shikka deveria ser um poderoso narcótico que poderia gerar reações adversas num paciente que fosse sofrer uma cirurgia. Da mesma forma, comer duas delas no mesmo dia poderia ser uma dose grande demais para alguém leve e não acostumado, como eu. Mas talvez goblinoides expressassem essa sabedoria na forma de crendices sobre espíritos e morte. O resultado era o mesmo.

Por fim, com grande dificuldade, Gradda se arrastou até o meio dos cinco postes. Ela ficou ali chorando, recuperando-se. Enquanto isso, Maryx voltou a descer a colina. Espiei, ela estava embrenhada no meio dos troncos horizontais. Escolheu um deles, apalpou-o por alguns minutos. Então bateu em vários pontos do tronco com o cabo de uma adaga. Aos poucos, fez com que uma grande fatia da casca da árvore se descolasse naturalmente. Com batidas leves, direcionou o descolamento na forma de uma tira larga e comprida. Segurou-a com enorme cuidado, usando só as pontas dos dedos, e escalou até o topo.

— O que é isso? — perguntei.

— Não se aproxime — ela avisou. — É casca de urdaynat velha. *Extremamente* afiada.

— Você vai cortar a perna apodrecida de Gradda, não?

— É uma cirurgia — ela assentiu.

— Sua lâmina negra não seria capaz de fazer o mesmo?

Maryx pousou a casca de árvore no chão, ao lado de Gradda.

— O kum'shrak é uma ferramenta de morte. Fica mais e mais impregnado de morte a cada inimigo caído. Hoje em dia, se eu o usasse para cortar Gradda, ela morreria com certeza. Seria contaminada pela morte, mesmo na lua crescente.

Ri para mim mesmo. Estudar diferentes culturas não era minha especialidade, mas não deixava de ser fascinante para um cientista. A hobgoblin se preocupava com contaminação. A casca de árvore devia ter alguma seiva ou componente que naturalmente limpava ou estancava ferimentos, enquanto a lâmina negra podia estar suja. Mas havia todo um sistema de crenças para justificar o conhecimento numa sociedade eminentemente ignorante.

— Achou algo engraçado, escravo humano? — ela rosnou.

— Eu poderia explicar exatamente o que está acontecendo. E, se você encontrasse um médico de Salistick, ele explicaria melhor ainda. Existem milagres que purificam objetos, para que não espalhem doença.

— Não falei de doença ou impureza. Falei de morte.

— O que você quer dizer...

Ela esteve sobre mim antes que eu percebesse. Agarrou meu rosto com os dedos grossos.

— Nunca tente me explicar o que eu quis dizer. Você não roubará minha voz, humano.

Então falou algo no idioma goblinoide. Pareceu uma bênção curta — ou uma praga.

Ela voltou ao centro dos totens.

— Isto não é cirurgia humana. As regras de vocês não valem aqui. É cirurgia goblinoide.

— As leis dos deuses são as mesmas em qualquer lugar — argumentei. — O mundo todo funciona pelas mesmas regras.

Maryx Corta-Sangue se virou para mim, olhou-me com calma e falou algo que determinaria boa parte de minha vida:

— É muito conveniente para vocês que as leis universais dos deuses sejam reflexo da maneira de pensar dos humanos e dos elfos.

Tentei falar algo, mas ela não me deu ouvidos. Ocupou-se com as cordas. Não sei por que eu tentava discutir com uma hobgoblin. Talvez para recuperar um pouco de minha dignidade. Talvez só porque ela estivesse muito errada. Mas era só uma goblinoide, nunca entenderia. Leis eram leis, regras eram regras, os deuses haviam-nas criado no início de tudo e elas nunca mudavam. Se uma pedra fosse largada, cairia no chão. Se um escudo fosse erguido, uma espada se chocaria com ele, não iria atravessá-lo. Se algo estivesse sujo ou contaminado, poderia transmitir doenças. Era só isso. Exceto por magia e milagres, não havia violações à lei da natureza. Ela não era opcional ou cultural.

— Está na hora — disse Gradda.

Maryx amarrou os braços e as pernas de Gradda, cada um a um totem. Quando foi a vez da perna arruinada, a bruxa uivou de dor e se debateu, mas a outra não deu atenção. O quinto totem foi amarrado ao tronco de Gradda. Maryx tinha uma sexta corda. Amarrou-a em volta do pescoço da goblin e deixou a outra ponta solta.

Então chegou perto de mim.

— Você vai rezar a seu deus para curá-la quando eu cortar a perna. Não se distraia e não fraqueje. Os mortos estarão perto, mas esta é a lua crescente. Eles estão mais fracos.

— Já vi isso ser feito. É um procedimento simples, embora arriscado. Não se preocupe.

Maryx me olhou séria. Não parecia tentar me ameaçar, mas a ameaça estava implícita em cada gesto.

— Isto não é o que você conhece. É cirurgia goblinoide, não humana. Precisamos lidar com os mortos.

— Cirurgia é cirurgia.

— Humano idiota, ouça o que estou dizendo. A sombra que devora a lua é a carruagem de Ragnar, o Deus da Morte, levando os mortos consigo. Seria melhor esperar até que a lua estivesse cheia, mas não temos esse tempo. Pelo menos os mortos já estão mais fracos, agora que a carruagem se afasta. Temos uma chance, mas não brinque com isso.

— Nada do que você falou é verdade — balancei a cabeça. — Não passa de uma história inventada por quem não conhece a natureza.

— Você é um recém-nascido! Não sabe do que está falando!

— Não, *você* não sabe! Eu cresci observando os céus! Vi a lua e as estrelas a cada noite! A lua não é devorada e a sombra não tem a ver com os mortos. Tudo são ciclos...

— Acha que confio mais em seus olhos humanos do que nos meus?

— Não são meus olhos! — gritei. — É a verdade!

— Talvez a verdade do norte, mas não a verdade de Lamnor.

— Só existe uma verdade! Só uma lua!

— E por que seria a lua humana?

— Não é...

— *Calem a boca* — guinchou a bruxa. — Meus ouvidos estão virando latrinas! Não podemos perder tempo!

Maryx bufou para mim.

— Reze. E não tenha medo demais.

Ela se virou, depositou suas armas bem longe da bruxa. Tirou as cabeças encolhidas do cinto e deixou-as ao lado. Então se despiu. Seu corpo era inteiro coberto das tatuagens desencontradas. Não parecia haver gordura, só músculos, ossos, tendões e pele. Também não havia pelos. Ela era como um animal perigoso. Maryx foi até Gradda e se agachou. Fez uma série de gestos ritualísticos. Segurou o pedaço de casca de árvore com as duas mãos, ergueu-o na altura dos olhos.

— Não tenho medo — respondi ao comentário de antes, sem saber se ela me escutava. — É só uma cirurgia.

Cheguei perto, pronto para rezar a Thyatis.

Maryx encostou a borda da casca de árvore na pele de Gradda, abaixo do joelho. A bruxa berrou, um corte se formou no mesmo instante. Sangue brotou, grosso, e com ele um cheiro horrendo de putrefação. Maryx começou a cortar, mexendo a casca de árvore como um serrote, enquanto eu comecei as preparações da reza. O corte foi fácil até atingir osso.

Então os mortos chegaram.

As cabeças nos totens começaram a falar, uma glossolalia incompreensível que não soava como o idioma goblinoide. Pisquei diversas vezes, tentando me livrar do que só podia ser uma alucinação, mas era a verdade. Os entalhes de animais rugiram, as pequenas figuras de guerreiros e vítimas se moveram, a madeira e a pedra tornadas fluidas e vivas. As cordas que amarravam os braços e as pernas de Gradda se retesaram, como se algo as puxasse, as tornasse mais curtas. A carne que Maryx cortava se dividiu, as fibras do músculo se desfizeram. As cordas se tornaram negras e fétidas, soltando cheiro de podre. Uma correnteza de escuridão viajou por elas.

Tremendo, orei a Thyatis.

— Os mortos estão perto — disse Maryx. Parecia falar sozinha, mas usava a língua comum. — Estamos carregados demais, houve muita morte.

Minhas mãos brilharam, o calor dourado da Fênix se derramou no corte que a hobgoblin abria. Vi a carne à mostra começar a cicatrizar. Aproximei as mãos, tentando me concentrar, sem coragem de fechar os olhos. Senti presenças girando a meu redor, embora não visse nada.

— Você é uma xamã! — eu disse. — Isto é um ritual, vocês estão mexendo com magia profana.

— Não sou xamã, não há nada místico aqui — ela respondeu. — Este é o modo de Lamnor. Vocês têm seu conhecimento, nós temos o nosso.

"Você está vivo, Corben", ouvi uma voz conhecida sussurrar em meu ouvido. *"Está tão vivo! Deixe-me tocar seu corpo um pouco. Só um pouco. Só quero sentir o calor."*

Parei de rezar. A luz se apagou em minhas mãos.

Eu estava apavorado.

Tentei chamar o nome, mas a palavra não saía de meus lábios. Depois de longos instantes, consegui gaguejar:

— Clement...?

Maryx Corta-Sangue se virou para mim como se eu tivesse gritado um alerta.

— Seus mortos estão aqui? — ela perguntou.

— Clement... Meu amigo...

— Não fale com ele! Não tenha medo! Ele quer entrar em seu corpo, você nunca mais vai se livrar!

Eu estava paralisado. A corda amarrada no peito de Gradda se estendeu, então começou a se enrolar cada vez mais na bruxa, como uma cobra tentando esmagar a presa. Vi seu tronco sendo espremido, ouvi a respiração cada vez mais difícil. Por instinto, segurei a corda, tentando livrá-la. Uma pequena explosão negra tomou minha mão. Senti uma dor estranha, súbita, então meus dedos e pulso ficaram fracos. Minha mão pendeu, sem que eu conseguisse mexê-la.

— Não toque nas cordas, a morte está passando por elas!
— Isto é um templo?
— Isto é uma clareira de cura, humano idiota! Vocês chamariam de hospital.
"Não se feche para mim, Corben", sussurrou Clement. *"Eu morri a sua frente. Estou sendo levado na carruagem. Já vou embora, deixe eu me divertir só um pouco."*
Senti um frio agudo perto de meu rosto. Quase tocando.
Sem conseguir mexer uma das mãos, rezei aos berros para Thyatis. Fechei os olhos, minha visão foi inundada pelos rostos dos mortos de Sternachten, a toda volta, todos estendendo os braços para me tocar. E eu sabia que, se permitisse, eles conseguiriam me alcançar. Ali estavam Dagobert, Neridda, Ancel, Salerne. Então vieram os mortos do Castelo do Sol. Rutrumm, Manada, Nirzani. E rostos anônimos, gente de quem eu mal lembrava.
"Você me traiu", ouvi a voz de Ysolt.
— Não! Não, por favor! Eu não sabia o que iria acontecer!
— Não lhes dê ouvidos! — ordenou a hobgoblin. — Eles não são mais seus amigos!
"Você tirou o que era mais importante para mim, Corben. Tirou minha ideia. Minha última emoção seria orgulho. Mas, graças a você, só tenho rancor e arrependimento."
Rilhei os dentes, esforçando-me para não responder. Tudo que eu queria era pedir perdão.
"Você tirou minha ideia. Precisa me dar algo em troca. Seu corpo. Só uma parte, vamos."
Eu pensei que nunca mais veria o sorriso largo de Ysolt, mas ele estava lá. Agora largo demais, com dentes demais, dividindo o rosto em dois.
— Perdão... — falei baixinho.
Senti o toque gelado de Ysolt morta. Gritei com uma aflição inominável quando ela começou a entrar em mim. Era a maior invasão, uma sensação bem pior do que levar um golpe de espada na cabeça. Achei que era o fim, eu tinha pedido perdão a ela e assim aberto a passagem.
De repente, Ysolt foi jogada para longe. Sua forma etérea sumiu no meio da multidão morta.
Em seu lugar estava minha irmã.
Ela continuava com cinco anos. Apesar de tanto tempo passado, não estava do outro lado, permanecia ali, na carruagem de Ragnar, sendo levada como uma sombra que devorava a lua. Thelma estendeu seu bracinho magro, seus dedos macios que costumavam segurar os meus. Tive vontade de deixar que ela tocasse em mim.

— Foi minha culpa... — eu disse em voz alta.

Senti os dedos fortes de Maryx em meu rosto. Isso me fez abrir os olhos. A face infantil de minha irmã morta se misturou com o rosto duro da hobgoblin.

— Eles querem que você acredite que foi sua culpa. Não importa o que, eles querem que você afunde com eles. Se tiver medo, se der ouvidos ao que eles dizem, irão se grudar em sua alma.

— Mas minha irmã...

— Ninguém permanece igual depois que morre, humano. Nem mesmo você, que voltou no mesmo corpo. Não importa quem pareça ser, não acredite e não tenha medo. Isto não é sagrado ou profano, é só uma cirurgia.

A corda amarrada no pescoço de Gradda se retesou, sendo puxada para cima por uma força invisível. Ela começou a engasgar. Então, aos poucos, a escuridão tomou forma. Dezenas de corpos translúcidos surgiram, puxando a corda, como se quisessem levar a bruxa consigo.

— A cirurgia já está no fim — disse Maryx. — Os mortos estão desesperados, tentando arrastá-la. Este é o ponto mais arriscado.

— Você também os vê?

— Cada um que cacei ao longo dos anos. Eles estão sempre por perto.

O som de algo raspando atraiu minha atenção. Uma das adagas de Maryx, no chão ao lado da lâmina negra, das cabeças encolhidas e da armadura de couro, viajou sozinha, escorregando na pedra, até um totem. A madeira se abriu para absorver a arma. Como um lodo espesso em que uma pedra afunda aos poucos, a adaga mergulhou gradualmente, então foi tragada de súbito. Só a ponta ficou de fora.

Maryx Corta-Sangue serrou o osso da perna da amiga. O barulho de serrote era horrível.

Rezei a Thyatis, derramando cura sobre ela.

"Deixe-me tocar em você", disse Clement.

"Você roubou tudo que eu tinha", disse Ysolt.

"O pai tem razão, você me matou", disse Thelma.

Maryx venceu o osso, a casca afundou de novo em músculo. Então foram poucos instantes e a perna caiu livre no chão. Mãos fantasmagóricas arrastaram o membro decepado, bocas invisíveis morderam a carne podre, arrancaram pedaços que sumiram na noite.

— *Thyatis, cure esta mulher que merece uma segunda chance.*

A carne viva adquiriu uma cobertura de sangue coagulado e cicatriz. Gradda parou de berrar.

As cordas deixaram de ficar retesadas. Readquiriram sua cor natural. A ponta que estava suspensa no ar caiu solta.

Os mortos e os totens se calaram.

Então, sem que houvesse outra mudança perceptível, o que era caos se tornou calma absoluta. A noite escura esteve em silêncio. A corda ao redor do tronco da goblin estava mais uma vez do comprimento certo, apenas uma volta, não um carretel letal.

Gradda adormeceu, respirando com suavidade.

— Acabou — disse Maryx. — Ela vai sobreviver.

E assim, sem grande cerimônia, a caçadora arremessou a casca de árvore longe, para dentro da floresta. Foi até suas roupas e começou a se vestir.

— Você se saiu bem — ela disse. — Para um recém-nascido, não atrapalhou tanto.

Eu não queria ouvir o cumprimento. Só queria respostas.

— O que aconteceu? — perguntei. — O que houve em Sternachten?

Ela já estava de armadura. Prendeu a lâmina negra às costas e me olhou com uma expressão enigmática. Talvez fosse, pela primeira vez, ausência de desprezo.

— A Ordem do Último Escudo vinha observando a cidade há bastante tempo — ela explicou. — A humana de cabelos negros se infiltrou com vários disfarces diferentes.

— Por quê?

— O que é a única coisa que tem valor quando humanos falam em Lamnor?

Fiquei calado. Não precisava responder.

A Flecha de Fogo.

— Eles planejaram bem o ataque — continuou Maryx. — Aproveitaram que vocês tinham aquelas torres onde clérigos se isolavam.

— Observatórios — falei, anestesiado.

— Entraram em cada uma das torres, massacraram todos lá dentro. Então se espalharam para o resto da cidade. Eles conheciam cada ruela, cada prédio, cada beco. Sabiam quais portas trancar para que as pessoas queimassem dentro de quais casas. Sabiam quais ruas seriam rotas de fuga. Emboscaram muita gente.

— Até mesmo as halflings?

— Suas amigas halflings mataram com alegria, humano. Mataram crianças. Atearam fogo numa taverna, barricaram a porta da frente e esperaram na saída dos fundos, para matar quem conseguisse fugir.

Eu não era capaz de conceber aquela imagem.

— Por que vocês não fizeram nada? Se são inimigas de Avran, por que não interferiram?

— Por que eu salvaria humanos? Quando guerreiros humanos chegam a uma aldeia goblinoide, fazem um massacre e chamam a si mesmo de heróis. Eu deveria arriscar a vida por quem me odeia?

Só havia frieza nos olhos negros da caçadora. Eu soube que ela me via como parte do inimigo, assim como eu a via. Ela continuou falando. Disse que nem teria lutado com Avran no dia do massacre de Sternachten se o elfo Thalin não tivesse avistado Gradda. As duas só estavam lá para observar, a chacina lhes era indiferente — só humanos matando humanos. Aquela batalha não foi o embate de duas forças com objetivos opostos, mas o resultado de um acidente, dois inimigos se encontrando por acaso. Então ela parou de falar. Continuou cuidando de suas coisas.

— E o lodo negro?

Maryx Corta-Sangue me ignorou.

— O que é o lodo negro? — insisti.

— Por que eu deveria responder a suas perguntas?

— Por que não me matou?

— Porque matá-lo não adianta.

Ela me deu as costas e se afastou. Emitiu uma espécie de chamado alto, no idioma goblinoide. O warg uivou lá embaixo.

— Volte aqui! — chamei. — Talvez você não pudesse me matar, mas podia ter me deixado lá. Se me trouxe, é porque tenho algum valor.

— Se eu responder — disse a caçadora, no idioma comum. — Você vai calar a boca por algum tempo?

— Estamos conversando.

Maryx bufou. Virou-se para mim de novo.

— O que quer saber, humano?

— O lodo negro!

Ela estreitou os lábios.

— Antes de tudo, surgiram as chamas negras. Não houve ritual, não houve nada. As estátuas começaram a arder sozinhas. Então o lodo. O resto do incêndio foi obra da maga careca. Exceto pelo fogo numa das colinas. Isso os pegou de surpresa.

No fundo de minha mente, houve esperança. O resultado era o mesmo, mas talvez minha consciência pudesse ser apaziguada. Talvez a elfa Laessalya tivesse escapado por causa do fogo que ela mesma criara. Talvez aquilo tivesse sido um fator de imprevisto que levou a Ordem do Último Escudo a um erro. Talvez meus atos naquela noite não tivessem sido tão horrendos, embora não houvesse dúvida de que eram mesquinhos e idiotas.

— Você viu a elfa de cabelos vermelhos fugir?
— Gradda viu. Se eu a tivesse visto, ela não teria fugido.
— Você a teria matado? Por quê?
— Porque é uma elfa.

As tatuagens se tornaram bem evidentes sob o luar fraco. Ela era uma caçadora de cabeças da Aliança Negra.

Então ela falou algo que fez meu estômago afundar. Apesar de tudo que já acontecera, apesar do comportamento bizarro de Avran, apesar de tudo que eu o vira fazer, não estava pronto para aquilo.

— Não sou a única que mata elfos. Está na época de elfos morrerem. Existem boatos de que a Ordem do Último Escudo matou vários humanos e elfos nos últimos meses. Nunca em escala tão grande, mas eles não são inimigos só de Lamnor.

Quando ela falava em Lamnor, falava dos goblinoides. Não parecia haver diferença para Maryx.

Fiquei em silêncio por vários minutos. Maryx desamarrou Gradda, acomodou-a com a cabeça num monte de trapos para dormir. O warg surgiu na colina, cheirou ao redor e deitou ao lado da bruxa, como um animal de estimação que sente doença ou fraqueza em alguém querido.

Por fim, tive coragem de fazer a pergunta que realmente queria:
— Como eu morri?

Maryx sentou a minha frente. Olhou-me nos olhos.
— Acho que você foi o último sobrevivente. Havia alguns da Ordem espalhados pela cidade, matando quem encontrassem vivo, mas talvez você tenha sido o último. E é um clérigo, eles estavam especialmente preocupados em matar clérigos. Avran estava se posicionando para matá-lo pelas costas desde que o encontrou. Ele achou uma boa oportunidade quando você se virou para mim. Então golpeou com a espada em sua cabeça. Seu crânio se abriu até a altura dos olhos.

Por instinto, toquei em minha própria cabeça.
— Por que pelas costas?
— Aldeões humanos são idiotas que morrem se você olhar feio para eles, mas clérigos podem ter truques. Acho que ele não queria lhe dar chance de fugir. Seja como for, você estava bem morto. Seus miolos se espalharam nas botas de Avran.

De repente, vomitei para o lado. Demorei alguns instantes me recuperando e tossindo.

Com um pouco de insistência e teimosia, consegui extrair mais algumas informações. Era curiosidade mórbida, eu queria saber como minha cidade fora destruída, o que acontecera quando eu estava morto. Maryx fugiu pouco depois de meu assassinato — sozinha, sem preparação, ela não conseguiria enfrentar a Ordem inteira. Ficou observando escondida durante um ciclo da lua. Avran e os outros vasculharam a cidade para ter certeza de que todos estavam mesmo mortos. Queimaram os observatórios, fizeram grandes pilhas com pergaminhos e livros que estavam lá dentro.

— E os telescópios? — falei, como se perguntasse sobre a morte de um ente querido.

— Os tubos de metal? Viraram sucata. A maga fez com que relâmpagos caíssem sobre eles. Disparou bolas de fogo, ondas de choque. Nunca vi ninguém tão empenhado em quebrar um objeto. No meio disso tudo, você ressurgiu.

Ela descreveu meu estado. O ferimento em minha cabeça de alguma forma fechado, meu rosto sujo de sangue e cérebro. Eu estava cambaleando pelas ruas de Sternachten, em meio ao fogo, balbuciando para mim mesmo. Lembrei de meu sonho. Lembrei de me ver naquelas mesmas ruas, naquele mesmo estado, então falar com Thyatis. Lembrei de Thyatis me dizendo que o presente estava a meu redor, se eu soubesse vê-lo.

— Avran o matou de novo — disse Maryx, como se fosse algo sem importância. — Ele é esperto. Como você não ficou morto antes, decidiu levá-lo ao castelo.

Eu ressuscitara.

Duas vezes.

— Isto é impossível — eu disse. — Thyatis só concede o dom da ressurreição a uns poucos guerreiros santos. Certamente não sou um deles. Nem sei lutar.

— Não precisa me dizer, vi como você foi patético contra Avran e os outros.

Ali estava toda a verdade. Maryx ficou em silêncio por um tempo, depois foi até o warg. Tirou algum petisco de uma bolsa, deu para o animal comer. Tirou um pedaço de carne salgada para si mesma e pôs-se a mastigar.

Sternachten fora destruída por um paladino, por causa da Flecha de Fogo. Eu fora assassinado por um paladino. Duas vezes. E duas vezes voltara. Mas não fazia sentido.

— Como chacinar humanos pode ajudar a descobrir a Flecha de Fogo?

— Este é o mistério — disse a hobgoblin. — Eles não querem que a profecia seja decifrada. Avran odeia a Aliança Negra, mas não quer que ninguém descubra sobre a Flecha de Fogo.

2
O DELÍRIO DE LAMNOR

Quando emergimos da floresta e encontramos a primeira estrada, meus ferimentos já estavam cicatrizados. Eu não precisava mais comer as nat'shikka. Gradda estava aprendendo a viver sem uma parte da perna.

Meu pé descalço tocou nas pedras de calçamento e achei estranho, escorregadio e duro demais. Eu tinha me acostumado com terra e grama sob as solas dos pés. A estrada era larga, ladeada por árvores esparsas. Ervas daninhas cresciam entre cada paralelepípedo, mas ainda havia uma regularidade característica da civilização. As árvores naquela região eram muito menores, suas folhas mais claras. Quando era dia, deixavam passar a luz do sol, mas nunca viajávamos de dia.

A carne salgada acabara no dia anterior. Maryx deixou Gradda e eu perto de uma árvore particularmente alta, entregou à bruxa a lâmina negra que ela chamava de kum'shrak. Então montou no warg e saiu para caçar.

— Por que ela não levou a arma? — perguntei.

Gradda não me deu atenção. Colocou o kum'shrak dentro do pilão. Então ficou com a orelha grudada em seu estranho veículo, como se escutasse alguma coisa lá dentro. Murmurou para si mesma e acariciou o objeto.

— Eu impedi que você sangrasse até a morte — falei. — O mínimo que você pode fazer é responder minhas perguntas.

Ela cuspiu no chão. Tive a impressão de que o pilão estremeceu de leve.

Eu me sentia menos intimidado pelas duas goblinoides do que por Avran e os outros. Em parte, porque eu vivia em caos há tanto tempo que o medo tinha perdido o significado. Mas também porque as duas não mentiam. Elas me odiavam, me chamavam de recém-nascido, idiota e inútil o tempo todo. Deixavam claro que eu era um prisioneiro e um escravo. De alguma forma, foi um alívio saber qual era minha situação. Além disso, mesmo que não admitisse, Gradda tinha um pouco de piedade por mim, por eu ter me recusado a assassiná-la.

— O kum'shrak é uma ferramenta de morte — disse a bruxa, impaciente. — Se ela usasse para conseguir comida, iríamos cagar as tripas até morrer.

— Ela pode limpar a lâmina...

— Garoto, Maryx já lhe explicou que as coisas não funcionam aqui como no norte. Esqueça o que acha que sabe. Você está em Lamnor.

Elas davam muita importância ao conceito de ferramentas de morte e de vida. Se algo era relacionado à morte, trazia a morte consigo, como uma lei natural. Se era relacionado à vida, fazia com que tudo a seu redor ficasse mais saudável. Coisas de morte e coisas de vida não podiam se tocar, não podiam ser usadas em contextos errados. Se o que elas falavam fosse verdade, a cirurgia de Gradda não fora nada sobrenatural, apenas a aplicação de conceitos mundanos de cura, da maneira como funcionavam em Lamnor. Eu não acreditava naquilo, tinha que ser um ritual.

Cheguei perto da bruxa. Acima de tudo, estava curioso. Aproximei a mão para tocar no kum'shrak.

O pilão fez um movimento brusco, sozinho. Zumbiu e pareceu me ameaçar.

— Calma, crianças — disse Gradda, acariciando o objeto. — Ele é humano, mas não é perigoso.

— Seu pilão é vivo?

— É claro que não. Não seja idiota.

— Então...

— Você realmente está tentando tocar no kum'shrak de Maryx Corta-Sangue?

Franzi o cenho.

— Vocês falam em meias palavras. Dizem que sou idiota por não entender o modo como fazem as coisas, mas não querem que eu aprenda.

— Eu digo que você é idiota porque sua língua fraca não tem as palavras para expressar o que você realmente é. Se acha que é seguro encostar numa arma que não conhece, vá em frente.

Olhei para ela, então para a lâmina que estava dentro do pilão. Eu já vira Maryx manusear aquilo várias vezes. Era uma peça única, mas nem toda ela era afiada, havia uma espécie de cabo. Eu era Corben, duas vezes ressuscitado, e não tinha medo de nada. Estendi o braço de novo, desconfiando do pilão.

Meus dedos encostaram na superfície plana do kum'shrak e a primeira impressão foi de algo absolutamente seco. Não era quente nem frio, mas sem temperatura. O material pareceu absorver algo de minha pele, como se a deixasse também mais seca. Então meus dedos começaram a sangrar.

Dei um grito, recolhi a mão, um novo corte se mostrou. E, quando eu já não estava mais tocando na coisa, a palma se abriu em mais um corte.

Gradda desatou a rir.

— Ainda está curioso, humano? Não consegue tocar em nada sem se machucar!

— Isso é um objeto mágico — eu disse, procurando algo para estancar o sangue.

— Se quer aprender, esvazie a cabeça, está entupida de bosta! O kum'shrak não é mágico, é uma ferramenta. Poucos conseguem usá-lo, pois só se afia matando um oponente. No início era um porrete desajeitado. Já matou tanto que agora nem pode ser tocado por um humano sem feri-lo.

"Por um humano". Aquele era um objeto que me odiava. Eu me sentia parte de Lamnor, por falta do que fora minha identidade antes de tudo aquilo, mas a verdade era que *tudo* ali era meu inimigo.

A custo de bastante insistência, mais tarde aprendi sobre o kum'shrak. Não era forjado ou fabricado, mas feito do osso de um animal raro que só existia em Lamnor. Originalmente era branco e rombudo, como todo osso. À medida que era usado para matar oponentes, ficava mais escuro e adquiria fio. O desafio era matar inimigos com a arma ruim, para que se tornasse uma arma extraordinária. Apenas grandes guerreiros usavam um kum'shrak. Muitos morriam na tentativa de aprimorá-lo. Havia também eventos capazes de tirar o fio e a cor de um kum'shrak.

Mas, naquele momento, eu continuava achando que era magia.

Uma hora depois, Maryx chegou de volta, trazendo os cadáveres de duas raposas. Colocou os corpos peludos no chão, no meio de nós. Cortou as quatro patas de trás, ofereceu-as a Gradda. A bruxa aceitou. Deixou que a carne crua sangrasse dentro do pilão, então a devorou. Meu estômago se embrulhou. Maryx deu as vísceras dos dois animais para o warg, que comeu tudo em um bocado. Cortou para si mesma outro pedaço e me deu as duas cabeças.

Olhei para aquilo e fiquei tonto de enjoo.

— Está cru!

— Você não quer ficar vivo? — perguntou Maryx. — Como vai viver se não quiser comer o mais próximo de algo vivo?

— O ideal é comer insetos — disse Gradda. — Eles são pequenos, você pode engoli-los vivinhos.

— Não consigo comer isso — protestei.

A hobgoblin olhou para mim com surpresa e desapontamento.

— Você não quer comer cérebros *de raposa?*

— Estão esfriando — disse Gradda. — Daqui a pouco não prestarão para nada.

Maryx me olhou, rilhando os dentes. Parecia se controlar, tentando reunir paciência.

— Raposas são rápidas e inteligentes — explicou. — Dei as pernas a Gradda, porque ela perdeu a sua. Está precisando. Eclipse sempre está com muita fome, então ficou com as entranhas. Peguei para mim um pedaço de carne qualquer, só pela vida que contém. Você está sempre fazendo perguntas. Agora tem a chance de comer a inteligência, a sabedoria fresca.

— Vou vomitar se comer isso.

— Vocês, humanos, realmente preferem carne queimada ou salgada, bem morta. Não admira que sejam tão fracos. Não têm a menor vida dentro de si.

— Deixe que eu coma os miolos — disse Gradda. — Se o imbecil não quer, pelo menos que não sejam desperdiçados.

Maryx continuou me fitando.

— Você está recebendo uma honra enorme para um escravo. Nestas cabeças há a esperteza dos cérebros, a fala das línguas, a visão dos olhos. Em geral um escravo só receberia os pulmões e as patas da frente, só precisaria continuar respirando e trabalhando.

Peguei as cabeças nas mãos. Era algo grotesco.

De alguma forma, comi a maior parte daquilo.

Depois, fiquei esperando a náusea chegar, mas comecei a me sentir bem. Não houve enjoo. Pelo contrário, fiquei revigorado, entusiasmado.

Cheio de vida.

Gradda limpou o sangue dos lábios com as costas da mão mutilada. Olhou para mim de soslaio. Deu um meio sorriso.

Pouco depois, uma enorme carroça cheia de goblins passou por nós na estrada. Eram os primeiros seres inteligentes que eu via além de Gradda e Maryx desde que deixara o Castelo do Sol. A carroça era um cubo imenso, feito de madeira, ossos e couro. Tinha vários metros de altura, de alguma forma equilibrando-se precariamente. Estava cheia de sacos de comida, peças metálicas, crânios de humanoides e animais, armas, roupas, panelas, objetos decorativos, criaturas vivas e uma infinidade de bugigangas de todos os tipos, num quebra-cabeças caótico. Também havia uma chaminé emergindo do meio daquilo, expelindo vapor. Lembrei do veículo que Lorde Niebling usara para sair de Sternachten. Não sei quantos goblins havia lá dentro, mas deviam ser pelo menos vinte. Eles surgiam a todo momento, escalando as pilhas de entulho, agarrando-se às enormes rodas, equilibrando-se nas hastes de madeira que sustentavam a estrutura, montando nos dois animais que puxavam o veículo — pareciam mulas de pescoço curto. Maryx se colocou no caminho da carroça. Um dos condutores puxou rédeas e fez as mulas pararem, pateando o chão. A chaminé soltou uma enorme golfada de vapor e o interior da carroça fez alguns barulhos altos e esquisitos.

Um goblin maior que os outros, com braços musculosos longos demais e pele verde-escura, saiu da carroça arrastando um machado. Maryx puxou o kum'shrak, mostrou-o, depositou-o no chão. Então retirou o cinto que continha suas adagas e também o deixou de lado. O goblin pousou o machado nos paralelepípedos.

Os dois se jogaram um sobre o outro e lutaram.

O combate foi curto, brutal e injusto. O goblin avançou para Maryx com suas mãos desproporcionais, mas ela desviou com habilidade, segurou seu pulso, torceu um dos braços atrás de seu tronco, chutou-o nas costas. O goblin se virou e recebeu uma cotovelada lateral seca e rápida. Ele cambaleou para trás, Maryx deu-lhe uma joelhada na virilha e, quando ele se curvou, bateu com força na nuca, o punho fechado como um martelo. O goblin caiu no chão.

Goblins se despejaram da carroça, tagarelando e puxando produtos lá de dentro. Perdi a conta de quantos eram, achei que devia haver um portal mágico para que tantos coubessem lá de uma só vez. Gradda estava falando com alguns deles, usando uma versão do idioma goblinoide que soava diferente, mais rápida e entrecortada. Maryx recolheu suas armas, ajudou o goblin que havia surrado. Então se pôs a examinar os produtos da carroça.

Para mim estava bem claro que aqueles eram goblins comerciantes. Eu não sabia para onde estávamos indo — podia receber a honra de comer cérebros de raposa, mas ainda não merecia respostas diretas. Mas com certeza era um lugar que atraía mascates. Maryx selecionou um embrulho de tecido, algo metálico e algumas bolsinhas de couro como a que jogara em Avran, causando uma explosão. As duas se despediram dos goblins e a carroça seguiu viagem. Para minha surpresa, a hobgoblin não pagou por nada.

— Você roubou de goblinoides? — perguntei.

As duas se entreolharam. Eu sabia que era a expressão de quando eu fazia um comentário ignorante.

— Goblinoides não podem roubar da Aliança Negra — disse Maryx. — Eles me deram as coisas de que eu precisava.

— Mas você não deu nada em troca.

— Mentalidade de humano — ela balançou a cabeça. — Você pode ter muita coisa, mas só compartilha se receber algo em troca. Povo mesquinho.

— Por que eles têm aquela carroça então?

— Para carregar coisas de que os outros precisam — ela disse, como se fosse uma obviedade.

Eu percebi que não vira as duas com nenhum tipo de moeda ou metal precioso. Elas não carregavam dinheiro ou mesmo joias, só coisas funcionais, como armas, armaduras, comida e remédios.

Maryx jogou o embrulho de tecido para mim.

— Vista isso — ordenou. — Não quero chegar a Farddenn com um escravo nu.

Abri o embrulho. Eram roupas. Uma túnica branca e calças escuras resistentes. Roupa bem-feita, do tipo que os cidadãos de Sternachten usavam. Vesti aquilo, sentindo-me estranho por mais uma vez estar coberto de panos. O modo como eles raspavam em minha pele incomodava, a gola e as barras pareciam forcas ao redor de meu pescoço, meus pulsos e tornozelos. Achei que tudo ficaria grande demais em mim, mas, para minha surpresa, meus ombros se encaixaram bem na túnica, minhas pernas ficaram bem acomodadas nas calças. Eu já não era mais tão magro quanto antes.

Ela então pegou o objeto metálico e mandou que eu estendesse os pulsos. Fechou algemas sobre eles, prendeu-as numa corrente longa que segurou com uma das mãos.

— Agora é um escravo apresentável.

— Não vou fugir — protestei. — Já tentei e vocês me capturaram com facilidade. Por que tudo isso?

— Você é meu escravo, humano. Vou cuidar de você. Não deixarei que ande sem grilhões.

Ela falou aquilo com uma espécie de carinho. Pensei nas crianças de Sternachten, aterrorizadas de que seus gatos ou cães fugissem e se perdessem nas ruelas. Eu era um bicho de estimação, ela não me deixaria andar sem coleira.

Gradda também havia pegado algo para si. Era uma perna metálica, uma prótese escura e pesada, na forma de uma garra de ave. Possuía tiras de couro para que ficasse presa à coxa e ao joelho. A goblin recusou ajuda e, com alguma dificuldade, conseguiu fixar a prótese ao coto. Então experimentou alguns passos na estrada, a garra fazendo barulho contra os paralelepípedos. Riu de felicidade, tentou dançar um pouco. Desequilibrou-se e ia cair, mas o pilão se arrastou sozinho e ela se segurou nele.

— Para onde estamos indo? — perguntei.

— Já disse — Maryx puxou a corrente, fazendo-me acompanhá-la. — Farddenn.

— Você vai se divertir muito em Farddenn — Gradda deu um risinho.

"Cidade goblinoide" é um termo errôneo, mas nossa língua comum não possui outro. Falar numa cidade goblinoide faz pensar que é como uma cidade humana, élfica ou anã, apenas com goblinoides substituindo as raças civilizadas que conhecemos. Talvez com arquitetura ou organização diferentes.

Eu nem mesmo tinha vocabulário para descrever Farddenn.

Aquela primeira carroça goblin foi só o prenúncio de muitas. Ao longo dos dias na estrada, encontramos dezenas, depois centenas de goblinoides em todos os tipos de veículos e animais, a pé e saltando entre as árvores. Não havia espaço para Eclipse entre o fluxo constante de vida e veículos, então Maryx deu dois tapinhas no flanco do warg e ele desapareceu na floresta. Gradda se irritou, subiu em seu pilão e voou até sumir entre as copas. Sobramos Maryx e eu. Ela sempre me levando pela corrente.

Alguns goblinoides também levavam escravos, mas a maior parte era composta de guerreiros, bandos e famílias que agiam como se estivessem chegando a um festival. Os hobgoblins, como Maryx, eram disciplinados, marchavam em pequenos grupos, carregando lanças, clavas e escudos. Alguns tinham tatuagens, mas não vi nenhum com tantas quanto ela. Vários deles eram cobertos de pelos curtos, mas havia algo em seu porte e sua compleição física que deixava claro que pertenciam à mesma raça. Três líderes hobgoblins fizeram seus bandos parar apenas para cumprimentar Maryx. Trocaram saudações que soavam militares, mesmo sem que eu entendesse uma palavra do que diziam.

Bugbears eram ainda maiores. Tinham certo status na Aliança Negra, pois pertenciam à raça do general Thwor Ironfist, e quase todos os outros abriam caminho para eles. Alguns tinham focinho em vez de nariz, outros ostentavam vastas jubas. Todos, sem exceção, carregavam armas. Eram montanhas de músculos, pareciam desajeitados, mas não vi nenhum tropeçar ou sequer dar um passo em falso. Diferentes dos hobgoblins, era impossível determinar se um bugbear era macho ou fêmea. Um deles passou por nós, a pé, bem perto. Maryx recusou-se a dar caminho. O brutamontes olhou para baixo, na direção dela, preferiu não empurrá-la. Passou ao largo — a sua frente ia um humano jovem, pouco mais que uma criança. Estava aterrorizado. O bugbear gritava com ele, puxava sua corrente. O garoto olhou para mim, como se eu fosse capaz de fazer algo. Seu mestre se abaixou e o cheirou. Abriu um enorme sorriso e urrou com prazer.

— Não dê a satisfação a ele — disse Maryx. — Bugbears ficam bêbados com o medo dos outros. Mas você está comigo.

— E aquele escravo? — perguntei, com voz pequena.

— Duvido que passe desta manhã — ela deu de ombros. — Bugbears gostam do medo, mas medo é algo que diminui com a passagem do tempo. Você, por exemplo, já consegue falar comigo sem bater os dentes. Quando o medo daquele humano começar a diminuir, o bugbear estará bêbado demais, então provavelmente vai se descontrolar e matá-lo.

Criatura e escravo desapareceram no meio da multidão. Demorei alguns instantes para compreender a brutalidade do que Maryx havia dito. Sternachten parecia outra vida — e na verdade era.

Goblins eram os mais numerosos entre os viajantes. Estavam por toda parte, ocupavam todos os espaços. Crianças goblins brincavam entre nossos pés, rindo e perseguindo umas às outras. Goblins se amontoavam em carroças como a que encontramos antes, andavam em veículos que não tinham rodas, mas uma espécie de pés articulados, feitos de madeira e metal, puxados pelas mesmas mulas de pescoço curto e crânio inchado.

E havia imensos ogros, maiores que os bugbears, mas tratados quase como animais. Grupos de orcs que carregavam toras de madeira, grandes pedras e até mesmo uma catapulta. Criaturinhas ainda menores que goblins, com feições animalescas, um misto de lagarto e cão — kobolds. Havia gnolls, homens-hienas altos e desengonçados, que pareciam se submeter a todos os outros.

No meio da selvageria daquela horda que andava na mesma direção, não havia caos. Era menos ordenado que o mesmo número de humanos seria, havia mais barulho, mais fedor, mais armas e muito mais perigo. Mas não havia violência. Algumas lutas rápidas explodiram no meio da estrada, como a luta que Maryx travara contra o goblin antes. Nenhuma foi até a morte, poucas tiveram algum derramamento de sangue. Os lutadores invariavelmente se cumprimentavam antes da luta e conversavam depois.

— Isto é uma espécie de saudação? — perguntei.

— Goblinoides não fingem — respondeu Maryx. — O estado natural de todas as criaturas inteligentes é inimizade. Quando pessoas se encontram, o certo é de início lutar, depois interagir de qualquer outra forma.

— Você faz isso com todos que encontra?

— Só quando há tempo — ela deu de ombros. — Numa cidade cheia, é impossível. Mas seria o natural.

— Não é natural. O estado natural das criaturas inteligentes é cooperação. Quanto mais inteligentes, mais cooperam.

— Diga isso para os humanos que viviam aqui antes que Thwor Ironfist os pisoteasse. A cooperação os levou muito longe.

Ela usou a palavra "cidade", mas vi que tinha hesitado e depois descobri por quê. E também era falso dizer que goblinoides não cooperavam. Eles apenas se mediam antes, testavam um ao outro para determinar seu lugar numa hierarquia rápida e particular. Não parecia haver ressentimento por parte dos vencidos, nem os vencedores mostravam grande júbilo. Era apenas o modo como as coisas transcorriam.

Após algum tempo, estrada e floresta se mesclaram de forma imperceptível. Só notei que algo havia mudado quando meus pés pisaram em terra, não em pedras. A multidão era tão vasta que nem mesmo uma estrada larga podia comportá-la. Além disso, vários grupos de goblinoides, especialmente famílias goblins, tinham resolvido acampar no meio da estrada, ou no caminho dos demais, sem nenhuma cerimônia. Em alguns casos, nem se podia chamar o que eles faziam de acampamento: um grupo de goblins construía uma casa, com ripas de madeira e pedras roubadas de algum lugar, bem no centro do caminho. Em outro ponto, árvores eram cortadas para dar lugar a um tipo de galpão. Uma pequena aldeia estava se formando ali mesmo, sem nenhum planejamento. Havia estacas fincadas de tempos em tempos aos dois lados da estrada. Crânios humanos estavam cravados sobre elas, como fora no local sagrado que eu vira com a Ordem do Último Escudo. Mas essa era a única marcação do caminho. Sem que eu percebesse, sem que existisse uma fronteira real, outras casas, tocas, alojamentos e barracas começaram a pipocar por todos os lados. Avistei uma construção estranha, irregular. Era um prédio cônico, de dois andares, feito de crânios. Havia uma bandeira rasgada com um brasão selvagem, desenhado com as mãos, mostrando rastros de tinta escorrida. Semelhante ao símbolo da Aliança Negra, era um círculo preto com uma estrela ou um sol também preto. O símbolo de Ragnar.

Estaquei no lugar ao ver aquilo, mas Maryx me puxou e não tive escolha a não ser andar. Ela passou ao largo. Alguns goblinoides chegavam mais perto da construção. Outros iam direto para ela, então se ajoelhavam a sua frente. Um grupo de orcs arrastou uma anã para a frente do prédio e sacou armas. A mulher gritou um desafio, mas antes que tivesse terminado a bravata, os orcs a mataram.

Súbito, houve silêncio atrás de mim.

A quietude se espalhou como uma onda. Os goblinoides ficaram parados. Até mesmo as onipresentes crianças goblins ficaram estáticas. Então, pouco a pouco, todos abriram espaço para uma pequena procissão.

Eram bugbears.

Meia dúzia das criaturas. Todos eles pilhas de músculos com ar selvagem, mas ao mesmo tempo um jeito solene. Um ia à frente, carregando um grande cetro feito com espinhas dorsais entrelaçadas e quatro crânios: humano, elfo, anão e halfling. Os demais tinham objetos litúrgicos — foices longas, um turíbulo de crânio de minotauro, uma túnica toda feita de dentes amarrados. Eles usavam mantos negros esfarrapados. Pareciam mortalhas.

Não precisei perguntar para saber que eram sacerdotes de Ragnar, o Deus da Morte.

À medida que eles passaram, os goblinoides foram se ajoelhando. Maryx fechou os punhos com força, pareceu resistir ou ter raiva de algo. Mas se ajoelhou também.

— Não olhe para eles — ela sussurrou. — Não toque em nenhuma arma. A morte está muito perto.

Ajoelhei-me. Baixei o rosto, mas quis examinar a reação da horda. Muitos se comportavam como Maryx, prestavam um respeito quieto e soturno. Outros se prostraram em verdadeira adoração. E um punhado correu para os sacerdotes. Dois goblins e cinco hobgoblins estenderam os braços para tocar nos clérigos. Um bugbear muito velho, com os pelos completamente brancos, mancou até o líder dos sacerdotes, ficou a sua frente e agarrou seu rosto. Forçou-o a olhar bem em seus olhos. Então se deu por satisfeito. Os clérigos foram até o prédio de caveiras, que obviamente era um templo. Os orcs que tinham acabado de sacrificar a anã se ajoelharam, tocaram nas barras das mortalhas, exibiram em silêncio o cadáver ainda fresco. Nenhum dos sacerdotes pareceu dar qualquer importância.

Eles sumiram dentro do templo.

Aos poucos, os goblinoides se ergueram e recomeçaram o burburinho.

— Se estiver com vontade de fazer alguma idiotice — falou Maryx, baixinho — pelo menos nunca cruze o caminho dos clérigos da Morte.

— Eu sigo Thyatis — respondi. — Não há morte.

— Pense o que quiser, recém-nascido. Mas você é meu escravo e nenhum escravo meu vai ser roubado pelos clérigos.

Fiquei um tempo observando-a.

— Você não é devota de Ragnar? — perguntei. — Ele não é o patrono da Aliança Negra?

Maryx não respondeu. Continuou andando e puxou minha corrente.

⚫

Aos poucos, a multidão deixou de ser uma horda em movimento numa única direção e se tornou povo andando em todas as direções. Os paralelepípedos da estrada se tornaram paralelepípedos de ruas. As árvores da floresta se tornaram árvores que pontilhavam um centro urbano. As casas, os galpões, os quartéis e as tocas ficaram cada vez mais comuns. Notei que estávamos na cidade.

Mas, como já disse, "cidade" não é o termo certo.

Eu já ouvira muitas cidades humanas sendo descritas como "vivas" ou "sempre em movimento". Isso queria dizer que havia expansão e construção constantes. Onde o ritmo era mais acelerado, talvez de dez em dez anos a cidade estivesse toda diferente.

Farddenn era uma cidade que se transformava de minuto a minuto.

Enquanto andávamos por uma ruela entre dois prédios inclinados, de construção humana, um grupo de goblins começou a montar sua própria casa ali, transformando a rua num beco sem saída. Um batalhão de hobgoblins estava desmanchando os andares superiores dos dois prédios e construindo uma habitação baixa ao lado. Não havia nenhuma ordem aparente. Orcs tinham uma mina bem no centro de um conjunto de casas antigas, o que as tinha feito desabar. Bugbears taparam a saída da mina com tábuas enquanto passávamos, deixando uma pequena abertura, e construíram um túnel acima do solo que levava para um salão de guerreiros, através de uma parede que ogros destruíram. Novos andares eram adicionados a casas humanas em velocidade impressionante, passarelas estreitas entre árvores baixas tornavam áreas inteiras acessíveis só para goblins de uma hora para a outra. Uma arena foi estabelecida de improviso a meu lado, e logo começaram lutas e apostas. Orcs se puseram a delimitar um perímetro na arena, usando pedras antigas, tiradas de um templo que já havia sido transformado em taverna.

Tudo se movia o tempo todo, não havia caminhos lógicos. Saímos para a floresta sem que houvesse menos pessoas, menos agitação, menos construções. Na verdade, achei que aquilo era um pedaço da floresta só porque enxerguei mais árvores, mas então as árvores estavam definindo um corredor e, quando notei, já estava dentro de uma forja onde hobgoblins fabricavam armas. Em poucos minutos, fiquei totalmente perdido. Tentei olhar para trás, determinar se conseguiria refazer o caminho, mas o caminho que fizéramos já não existia. Eu não conseguia entender como Maryx se orientava naquele lugar.

Mas, mesmo em meio ao movimento estonteante, algo chamou minha atenção.

Os goblinoides mudavam tudo, mas não era destruição sem sentido. Só havia quebra de paredes e brutalidade quando eles transformavam alguma construção humana. Tudo que era feito pelas mãos deles se encaixava de um jeito que parecia tosco, mas dava certo. Eram ripas de madeira irregulares, quebradas, tortas, mas deslizavam e se encontravam como se tivessem ângulos retos perfeitos. Pedras disformes montavam quebra-cabeças com outras igualmente retorcidas. Buracos no chão não causavam acidentes.

Eu não entendia como tudo aquilo funcionava, mas eles entendiam. De alguma forma, para eles era lógico.

Era Lamnor.

O símbolo da Aliança Negra era visível por toda parte. Simples como era, mesmo um ogro podia reproduzi-lo. Paredes de prédios e lonas de tendas exibiam o círculo preto.

De alguma forma, chegamos a um tipo de mercado. Não era como um mercado humano, porque não havia dinheiro. Apenas uma infinidade de bancas e barracas, onde goblinoides de todas as raças exibiam produtos e ofereciam serviços. Havia cozinheiros que simplesmente alimentavam quem parava frente a seus caldeirões, sem pedir nada em troca. As barracas e tendas também não eram fixas. Quando um mercador, por falta de uma palavra melhor, dava as costas, outro mexia em seus produtos, começava a pregar uma mesa adicional, mudava a configuração de tudo ou assumia o "negócio" sem cerimônia. Muitas lutas rápidas aconteciam naquele mercado caótico e perfeitamente ordenado. Vi um bugbear esfregar o rosto de um hobgoblin no chão, para então lhe dar uma balança delicada, de fabricação claramente anã. Dois goblins se engalfinharam, então um dividiu um coelho cru com outro.

Era um emaranhado de protocolos sociais numa maneira de viver que eu não conseguia começar a compreender.

Maryx me puxou até uma tenda que oferecia armas. Sem pensar duas vezes, entregou duas adagas ao "mercador". Foi até outra tenda, esmurrou o focinho do bugbear que a operava e tomou para si uma foice curta, como a que Avran destruíra. Eu não entendia uma palavra do que ela dizia, mas era um misto de rosnados e amizade. Um goblin puxou-a pela mão. Ela chutou a cabeça da criaturinha. Então falou com ele e lhe deu dois dos sacos que tinha pego com os goblins da carroça.

Fui arrastado para uma tenda grande. Entramos e tive um pequeno alívio do burburinho. Goblinoides entravam e saíam o tempo todo, mas parecia haver maior estabilidade.

Lá dentro, um hobgoblin com metade do corpo coberta de tatuagens abriu um enorme sorriso para Maryx. Eles não lutaram: ela foi até ele e o abraçou. Começaram a conversar. O hobgoblin tinha uma infinidade de apetrechos — agulhas, panos, pincéis e o que pareciam dezenas de frascos de tinta.

Fiquei curioso. Havia uma bênção que Thyatis podia me conceder da qual eu não fazia muito uso. Em Sternachten, éramos só humanos, falávamos o valkar, o idioma comum. Mesmo vivendo perto da Aliança Negra, nunca nos deparávamos com a língua dos goblinoides, porque era só a língua dos goblinoides. Goblinoides nunca tinham algo interessante a dizer. Quando surgia algum texto no idioma élfico ou anão, os tradutores estavam sempre a postos. Então havia pouca necessidade do milagre de compreensão de idiomas, mas eu sabia rezar por ele.

Fechei os olhos, orei a Thyatis por entendimento. Senti minha mente se abrir.

— ...o paladino... — disse Maryx, no meio dos grunhidos e rosnados.

— ...deixar o espaço? — perguntou o outro hobgoblin, também em meio à língua gutural.

Então, aos poucos, mais palavras se tornaram transparentes. Eu adquiri uma compreensão momentânea daquela língua. Duraria o suficiente para bisbilhotar a conversa dos dois.

— Deixo um espaço reservado para quando eu matar o desgraçado — disse Maryx. — Mas matei o anão, a barda humana e o bárbaro. Mereço marcas por eles.

— Você resgatou Gradda da fortaleza — retrucou o homem. — Merece uma marca por isso.

Ela me olhou de esguelha:

— Tive ajuda.

Maryx se deitou de costas numa grande pedra plana, como um altar de sacrifício. O hobgoblin ficou de olhos fechados, murmurou para si mesmo. Quando abriu os olhos de novo, eles estavam revirados. Tateou por seus frascos de tinta como um cego, apanhou uma agulha, mergulhou-a na tinta e fincou-a na pele amarela da caçadora. Com uma espécie de martelinho de madeira, ele fez um milhão de minúsculos furos, cada um deixando entrar um pouco de tinta. Assim, ao longo de algumas horas, deu a Maryx Corta-Sangue três novas tatuagens pequenas.

Eu observei aquilo fascinado. Não houve mais muita conversa. Mas, antes que o milagre se desvanecesse, Maryx falou:

— Você também vai tatuar meu escravo. Ele está deixando de ser humano.

Ela me mandou deitar no altar de pedra. Mesmo que eu pensasse em alguma forma de resistir, minha chance era nula, então me resignei. Maryx fez com que eu erguesse o queixo, expondo a garganta. O tatuador desenhou em meu pescoço, por toda a volta.

Foi horrível e doloroso.

Eu achava que ainda era humano.

A sensação do pescoço recém-tatuado era estranha. Uma ardência quente fazia a pele latejar. Eu tinha vontade de tocar nas áreas mais sensíveis o tempo todo.

— Pare de mexer na tatuagem — disse Maryx. — Não vai adiantar nada se ficar cheia de pus e borrada.

— Adiantar para quê?

— Para marcá-lo como minha propriedade.

Achei que ela hesitou um pouco ao falar isso.

Já era quase manhã. Todos na cidade convergiam para a mesma direção, e foi para lá que Maryx me arrastou. Havia um zumbido no ar, os goblinoides falavam entre si com entusiasmo. Suas construções foram deixadas pela metade enquanto eles caminhavam àquele ponto que eu não conhecia, como se fossem atraídos por magnetismo.

Toda aquela gente não cabia nas ruas e nos caminhos até onde quer que estivéssemos indo. Maryx abriu espaço com os ombros, com rosnados. Foi a maior violência que testemunhei entre goblinoides naquele lugar, exceto pelas lutas-saudações. Mas conseguimos chegar bem à vista do objetivo.

Era uma espécie de palanque alto. Uma construção feita sobre paredes do que devia ter sido uma fortaleza humana, elevada sobre camadas sucessivas de madeira, troncos inteiros com pontas afiadas. Uma enorme bandeira esfarrapada com o símbolo da Aliança Negra atrás. E ossos, e crânios. Nunca pensei que veria tantos crânios. O templo que eu enxergara antes não passava de uma maquete em comparação ao palanque. Devia haver milhares, dezenas de milhares de crânios ali, em pilhas, em arcos, em decorações intrincadas, formando padrões abstratos. Havia também cadáveres empalhados de humanos, montados em posições de terror e submissão. Alguns decapitados, outros mutilados.

Vi Gradda flutuando em seu pilão acima de todos.

Aos poucos, o céu deixou de estar negro para se tornar púrpura. A multidão silenciou. A cidade inteira silenciou. Olhei para Maryx, ela tinha uma expressão beatífica. Uma espécie de sorriso sério.

Um tambor longínquo ressoou numa batida lenta e rítmica. O silêncio fazia com que aquele som contido dominasse tudo. A quietude intercalada pela percussão espaçada durou muito tempo.

Outros tambores se juntaram ao primeiro, sempre na mesma cadência vagarosa. Eu não os enxergava, mas ouvi-os por toda a volta. Mais e mais tambores se juntaram, sempre numa mesma batida, deixando silêncios compridos entre cada uma. Os goblinoides continuavam calados. Nada na cidade fazia barulho.

Alguns pés começaram a pisar no chão com força, seguindo a batida. Mais alguns, e mais. O solo reverberou naquele ritmo pausado. Logo todos estavam pisando forte, marcando a cadência, e a cidade inteira tremia. Meu coração ficou mais lento, como se acompanhasse a velocidade dos tambores, e mais forte. Maryx pisava no mesmo ritmo, e percebi que eu também, sem sentir. Meu corpo foi tomado por um calafrio forte e duradouro. A percussão reverberava em meus ouvidos, em meu peito, nas tatuagens frescas, em cada osso de meu corpo.

Meus olhos estavam fixos no palanque, todas as outras sensações eram reféns do formigamento e do impacto que as batidas causavam. Senti que iria desmaiar ou sair de meu próprio corpo.

Então, como se todos tivessem ouvido um sinal, pararam de pisar. As batidas do tambor cessaram. Senti como se perdesse o chão, como se precisasse de algo para me sustentar. O mundo se tornou muito silencioso, vazio, rarefeito. Meu coração entrou num descontrole total. O silêncio era ensurdecedor.

Os primeiros raios de sol surgiram.

E, como se aquilo fosse uma deixa, uma figura imensa subiu ao palanque. Seu corpanzil tapou o alvorecer, transformando-o em noite mais uma vez. Era um bugbear ainda maior que os outros. Seus músculos esculpidos num corpo cheio de altivez nobre, seus cabelos caindo pelas costas numa crina selvagem. Ele criou escuridão e olhou para todos, um rei examinando seus súditos.

— *Ayrrak!* — gritaram os goblinoides, em uníssono, toda a cidade, milhares e milhares de vozes como uma só. — *Ayrrak!*

A explosão de berros e entusiasmo foi a liberação de um sentimento criado aos poucos pelos tambores. A figura musculosa era tudo, era o mundo, tomava o lugar da percussão, do palanque e do próprio sol.

Eles o chamavam de *Ayrrak*, que depois descobri que significava "Imperador Supremo".

— É ele — disse Maryx, para si mesma tanto quanto para mim.

Era ele.

O Grande General.

A Foice de Ragnar.

O Ayrrak, o Imperador Supremo.

Thwor Ironfist.

3
ESTRANHO NUMA TERRA ESTRANHA

THWOR IRONFIST ESTAVA SOBRE O PALANQUE, TAPANDO O SOL nascente, cercado por uma vastidão de crânios e cadáveres. A um olhar, a um gesto, toda a cidade se movimentava. Fui tomado de horror total, sentimento de impotência. Era como estar diante de um deus.

Mais do que um deus: eu estava frente a frente com a morte.

Milhares de goblinoides gritaram *"Ayrrak! Ayrrak!"*. Maryx também ergueu o punho e gritou. Eu a conhecia há pouco tempo, mas nunca pensara que ela fosse capaz de uma demonstração de emoção tão grande. Havia fascínio em seus olhos negros. Havia devoção e amor.

Thwor continuou observando enquanto a massa berrava em adoração. Murmurei uma prece trêmula a Thyatis, errei as palavras por medo. Tentei de novo e fui abençoado. Pedi a mesma bênção de horas atrás, a iluminação dos idiomas. A compreensão tomou conta de mim. As vozes goblinoides se tornaram compreensíveis.

— *Ayrrak! Ayrrak!*

Aos poucos tomou um significado que eu entendia:

— *Imperador Supremo! Imperador Supremo!*

Eu o conhecia como um general, o "líder" da Aliança Negra. Seu povo o conhecia como Imperador Supremo. Naquele momento, entendi a verdade, compreendi a enormidade do que eram os goblinoides. Nós, humanos, pensávamos na Aliança Negra como um exército, uma força de conquista que ameaçava a civilização. Mas eles eram várias raças unidas, com seu próprio modo de existir. Seu monarca não era um mero general, mas o maior governante do mundo conhecido. Thwor Ironfist tinha domínio sobre todo um continente e quebrara a última barreira que o separava de outro. Ninguém controlava uma extensão de terras tão grande. Era o Rei dos Reis, pois tinha feito reis se ajoelharem. Era o grande unificador, pois nenhum outro era obedecido por tantos povos.

Como qualquer coisa podia ser maior que Thwor Ironfist?

Ele ergueu a mão e todos se calaram. Não houve demora, não houve desobediência ou distração. Cada um dos milhares de goblinoides mantinha a atenção total no enorme bugbear, estava pronto para cumprir qualquer ordem no mesmo instante.

Então Thwor falou.

— *Duyshidakk, arranyakk.*

Não há traduções para suas primeiras palavras, mas eu as entendi de imediato — assim era a bênção de Thyatis. Não uma mera tradução, mas compreensão de nuances que só um falante nativo da língua possuía. Naquele momento, eu preferia que fosse algo mais simples. Preferia não saber o que era *duyshidakk* e *arranyakk*, viver numa ignorância mais confortável.

Aquelas palavras diziam muito sobre o que era Lamnor, o que eram os goblinoides e a Aliança Negra. "Duyshidakk" significa "o povo", "o único povo", "o povo verdadeiro", "o povo que importa". É uma noção complexa, que exprime que todos aqueles que são *duyshidakk* são os donos do mundo por direito, pessoas acima das demais. Também exprime que todos que não são *duyshidakk* são estranhos, inimigos ou traidores. Um humano poderia traduzir a palavra como "nós que sofremos juntos", mas seria uma simplificação. Goblinoides são *duyshidakk*, exceto aqueles que vivem na civilização e respeitam as leis humanas. Ser *duyshidakk* é mais que ser um cidadão ou súdito, mais que ser natural de um reino ou membro de uma raça. É fazer parte de um grupo escolhido, de um conjunto de raças que possuem uma mentalidade e uma ideologia "corretas", que estão unidas num ideal comum.

"Arranyakk" são "guerreiros", "soldados", "caçadores" ou "sobreviventes". Enquanto *duyshidakk* são quaisquer goblinoides que compartilham da história e do sofrimento, *arranyakk* são aqueles que já derramaram sangue pelos *duyshidakk*. Não necessariamente soldados de profissão ou guerreiros recrutados, mas quem trava a eterna luta entre *duyshidakk* e o resto do mundo. Ser *arranyakk* é uma honra, uma medalha, mesmo que involuntária. Todos os goblinoides que já morreram nas mãos de humanos, elfos ou quaisquer outros inimigos civilizados são *arranyakk*, honrados acima dos demais.

Thwor Ironfist se dirigiu à horda ali reunida como *duyshidakk, arranyakk* para dizer que eles eram todos o mesmo povo e que todos que estavam lá eram soldados na luta para que os *duyshidakk* conquistassem o que era seu por direito:

Tudo.

Os milhares aguardavam as próximas palavras, ansiosos. O Imperador Supremo ergueu as mãos alguns centímetros, num gesto amplo.

— Este é o palco de nossa vitória inicial — disse Thwor. Sua voz poderosa alcançava centenas de metros, chegava a cada ouvido, sem que ele precisasse de auxílio mágico. Ele também não fora anunciado, não houvera arautos. O Imperador Supremo falava com os duyshidakk sozinho. — Esta é a única cidade inimiga que não rebatizamos. Esta é Farddenn, o Cemitério da Humanidade! Farddenn, onde as plantas foram regadas com sangue e adubadas com cadáveres! Farddenn, onde a noite começou a cair, onde os humanos conheceram seu lugar como nossos escravos e vítimas! Esta é Farddenn, que nunca receberá outro nome, para que eles nunca esqueçam!

A multidão explodiu em júbilo. Eles gritaram *"Ayrrak! Ayrrak!"*, gritaram várias palavras que não entendi, mesmo com a bênção. Depois soube que eram os nomes de seus batalhões, suas tribos, suas raças, seus familiares caídos em combate.

— Zystrix! — gritou Maryx. — Tropa da Forca!

Eu não sabia o que significava aquilo, mas saberia depois.

Procurei Gradda no céu. Eu não conseguia ouvir o que ela gritava, mas a bruxa também ergueu o punho mutilado, berrou alguma coisa. O pilão voava em frenesi, de um lado para o outro e em círculos. Parecia ter vontade própria.

Thwor esperou a gritaria acabar, olhando com um sorriso em seu rosto bestial.

Ele era bestial, mas não era animalesco. Havia uma inteligência inegável e inerente na maneira como ele se portava. Ainda maior que os outros bugbears, devia ter quase o dobro de minha altura. Ficava bem ereto, não curvado e desleixado como outros de sua raça. Assim como Maryx, não parecia haver gordura sob sua pele coriácea, nada supérfluo, nada que não fizesse parte de uma máquina de matar. Seu tronco se abria em ombros imensos, os braços cruzados sobre o peito de muralha eram grossos e marcados por músculos e tendões. Tufos de pelos avermelhados brotavam de sua pele cinzenta, mas havia elegância em sua aparência. Seus cabelos selvagens se derramavam longos, deixando o rosto à mostra. Era um pouco mais parecido com um humano ou hobgoblin do que com bugbears normais — seu focinho tinha a mesma cor do resto da face e parecia um nariz. Seus olhos eram astutos, brilhando mesmo àquela distância.

O Imperador Supremo se decorava com crânios. Caveiras humanas e élficas pendiam de seus ombros, amarradas como uma estola. Cada caveira tinha uma coroa soldada sobre si, objetos ricos de ouro e pedras preciosas. Eram os crânios dos reis que Thwor matara, símbolos das nações que haviam caído sob sua foice. Suas roupas eram restos de mantos reais costurados, casacas e capas que pendiam em tiras, os fios brilhantes opacos de uso e sujeira, mas visivelmente de origem nobre. Ele vestia suas vitórias, um lembrete a todos de quanto eles haviam progredido desde que eram tribos isoladas em conflitos internos.

Mas não usava só os espólios de culturas inimigas. Thwor Ironfist vestia pedaços de armadura de couro como a de Maryx, peles de animais como eu vira em outros goblinoides. Seus cabelos exibiam adornos de penas coloridas e presas de grandes animais. E seu cetro não era o de um rei do norte. Era sua própria arma, seu imenso machado irregular, mais alto do que ele mesmo. Havia manchas de sangue na lâmina que pareciam perenes, como se tanta morte tivesse ficado impregnada no objeto.

O sol estava demorando um tempo enorme para se erguer. Achei que ele também tinha medo de Thwor Ironfist.

— A cada ciclo, marchamos de novo a Farddenn para o Eclipse de Sangue — continuou o imperador. — Aqueles que fazem a peregrinação são duyshidakk. Aqueles que nunca a fazem, por medo ou indolência, não passam de inimigos!

Houve mais comemoração.

— Desde que conquistamos nossa terra de direito, os sacerdotes quiseram criar um dia sagrado. Quiseram que fosse o dia de meu nascimento, o Dia do Eclipse.

Thwor bateu com o machado no palanque. Houve uma pequena avalanche de crânios. Thwor acompanhou a batida com uma palavra:

— *Nunca!*

Os goblinoides urraram de orgulho.

— Nunca celebraremos o dia de um só, mas o dia de todos! Nunca celebraremos meu nascimento, mas a morte de nossos inimigos! O Dia do Eclipse não tem significado sem o Eclipse de Sangue! De nada vale o Ayrrak sem os arranyakk! Desde o início, comemoramos a conquista desta cidade, o começo do Mundo Como Deve Ser! Quando os netos de nossos netos forem velhos, eles trarão seus próprios netos a Farddenn e celebrarão o Eclipse de Sangue, sabendo que seus ancestrais construíram as fundações de suas vidas! Eles celebrarão o Eclipse de Sangue, sabendo que poderão trazer seus próprios netos, e assim até que a sombra da morte devore o mundo todo. Nós matamos para que eles possam viver! Nós plantamos os cadáveres e eles colherão o futuro!

Houve algo surpreendente. Os goblinoides não gritaram nomes de batalhões, nem mesmo o nome do imperador. Não urraram promessas de morte ou exaltações de massacres. Como uma só voz, eles gritaram:

— Zazenn! Zazenn! Zazenn!

A bênção de Thyatis revelou aquela palavra como um conceito fundamental para a sociedade da Aliança Negra:

— *Futuro! Futuro! Futuro!*

Era uma preocupação que eu nunca imaginara na mente de goblinoides. Os monstros que assolavam nossas aldeias, que povoavam nossos pesadelos, gritavam pela ideia de que haveria um dia de amanhã. Pensavam nos netos dos netos de seus netos. As *coisas* que fizeram meu pai trancar todas as portas e janelas falavam em deixar um legado, em construir, em viver.

Tudo aquilo, eu descobriria mais tarde, era O Mundo Como Deve Ser.

— Tragam os prisioneiros! — ordenou Thwor. — Que mais uma vez a maré de sangue impeça o nascer do sol!

Arregalei os olhos.

Maryx me puxou pela corrente, em direção ao palanque.

— Você me trouxe até aqui para me sacrificar? — protestei, enquanto ela me arrastava, abrindo caminho em meio à multidão.

Maryx não respondeu.

— Não vai adiantar! — gritei, com voz mais esganiçada e tremida do que eu pretendia, tentando convencer a mim mesmo. — Não morrerei! Um paladino não conseguiu me matar, um goblinoide não conseguirá!

Mas admito que só falei aquilo porque não tive coragem de dizer que Thwor Ironfist não conseguiria. Pronunciar o nome dele parecia muito arriscado. Todos os medos de minha infância estavam ali, na forma de um monarca: o bicho papão, os monstros que existiam nas sombras do quarto, as histórias de aldeias dizimadas, a impressão de um inimigo atrás de cada árvore. Tudo palpável. Apesar do calor de tantos milhares de corpos juntos, eu me senti gelado. Meus pés não obedeceram, mas Maryx não teve piedade, continuou puxando. Tropecei, fui arrastado por alguns metros. Ouvi as risadas de goblinoides a minha volta. Um bando de crianças goblins começou a me chutar. Um enorme rosto de bugbear surgiu a minha frente, berrando uma gargalhada de olhos muito abertos. Senti seu bafo de carne crua. A bocarra quase podia engolir minha cabeça inteira.

— Levante — ordenou Maryx, puxando-me pela gola da túnica, como se eu fosse um filhote de gato.

— Se me matar, vou voltar! — gaguejei. — Thyatis me protege...

Minha voz sumiu, pois fui avassalado por duas percepções. A primeira era que, não importava o quanto Thyatis me protegesse, ali estava algo que podia vencer qualquer defesa. O escolhido do Deus da Morte podia matar o escolhido do Deus da Ressurreição. Eu sabia que não era sequer comparável a Thwor Ironfist.

A segunda era que ele podia me matar várias vezes. Talvez me matar para sempre fosse até melhor como sacrifício.

Foi com a noção horrenda de uma existência de morte eterna que vi com mais clareza a estrutura do palanque.

Chegando mais perto, enxerguei várias jaulas de metal reforçado ao redor da construção. Dentro das jaulas havia o que só podiam ser chamados de animais selvagens — ou monstros. Um warg ainda maior que Eclipse, de jeito indomado, caolho e cheio de cicatrizes. Ele rugia para todos os lados, salivando e mordendo o ar. Uma criatura feita de cipós, folhas e galhos emaranhados. Parecia caótica e disforme, mas indentifiquei uma espécie de pés flexíveis e uma boca cheia de presas feitas de espinhos. A coisa ficava quieta por bastante tempo, então tentava atacar com os tentáculos-cipós quando um goblinoide se aproximava demais. Um lagarto emplumado e colorido com bico de ave de rapina e um único enorme olho no meio da cabeça. Era algo que eu nunca tinha visto em nenhum bestiário das bibliotecas de Sternachten. Ficou ainda mais estranho quando as penas em seu corpo se abriram em sucessão, exibindo olhos que piscaram por todo o tronco, o pescoço e as patas.

Guerreiros e sacerdotes surgiram no palanque, mas eu não sabia de onde vinham. Eram na maioria bugbears, também adornados com crânios e objetos saqueados. Um deles tinha uma grande semelhança com Thwor: o focinho que mais lembrava um nariz, a postura ereta, o tronco em forma de triângulo invertido.

E testemunhei vários outros prisioneiros sendo arrastados, assim como eu. Dois anões alternavam entre juras de vingança e berros de pavor, recusavam-se a andar e tentavam se agarrar ao chão de terra com as mãos. Eram puxados por um bugbear que não lhes dava nenhuma atenção. Uma elfa andava à frente do hobgoblin que a havia capturado, altiva, sem demonstrar medo. Um halfling era carregado acima das cabeças de um pequeno grupo de goblins. E vários humanos eram levados, com mais ou menos dignidade, por goblinoides de todas as raças. Todos estavam acorrentados, assim como eu.

— O Eclipse de Sangue! — gritavam os goblinoides da multidão. — O Eclipse de Sangue!

Não adiantou reclamar ou tentar resistir. A hobgoblin era muito mais forte que eu e não me ouvia. Cheguei mais perto do palanque, meu coração batendo cada vez mais forte, até que achei que fosse explodir. Comecei a contar os instantes, os passos, querendo prolongar mais um pouco aquela existência antes que ela me levasse ao Ayrrak.

A multidão urrou em júbilo. Olhei para cima, quase sem ângulo para ver o que acontecia, e enxerguei o hobgoblin com a elfa altiva. Ela continuava em sua postura desafiante. Thwor Ironfist chegou perto da mulher. Maryx me arrastou, estiquei a cabeça para tentar enxergar um pouco mais. Não houve silêncio, mas os goblinoides baixaram as vozes num zumbido de expectativa.

— Sinyariella, clériga da Deusa da Paz! — bradou o hobgoblin que trouxe a prisioneira. — Sacerdotisa-chefe de um templo que acolhia goblins selvagens! Já havia corrompido quase uma tribo inteira de duyshidakk para sua fraqueza!

Os goblinoides vaiaram a elfa, que continuou de queixo erguido, recusando-se a olhar para qualquer um deles. Então fizeram silêncio.

Thwor Ironfist observou-a, cheirou o ar a sua volta. Ponderou por alguns instantes.

— Será morta por meu filho Hwurok!

Boa parte da multidão gritou em aplauso, mas o hobgoblin que a trouxera deixou a cabeça pender um instante. Estava decepcionado. O bugbear parecido com Thwor foi até a elfa. Estendeu suas mãos para o pescoço dela.

Maryx me puxou e não tive mais ângulo para enxergar.

Ouvi um urro, então a multidão gritando em comemoração. Vi a cabeça da elfa voar por cima dos goblinoides, girando e espirrando sangue. Um grupo de crianças goblins agarrou a coisa grotesca, começou a disputá-la. Sangue escorria por entre as tábuas, pedras e ossos da construção. Muito mais sangue que caberia no corpo de uma elfa.

O sol ainda não tinha nascido.

Ela me levou para trás do palanque. Passei perto das jaulas dos monstros. A criatura vegetal tentou me agarrar com seus cipós, um domador hobgoblin espetou-o com um grande tridente entre as barras da gaiola.

— Troridd Grahaem, neto de um rei humano! — ouvi uma voz goblinoide lá em cima, no palanque. Não conseguia mais enxergar coisa nenhuma. — Portava a espada de sua família!

Houve silêncio de suspense, então a voz de Thwor Ironfist:

— Eu mesmo o matarei.

Fiquei surdo por quase um minuto, tamanho o entusiasmo dos duyshidakk. O nome do goblinoide que havia trazido aquele prisioneiro foi exaltado por milhares de gargantas. Thwor urrou e ouvi o som de ossos quebrando, carne rasgando, um humano soltando seu último grito de agonia. Pernas e braços foram jogados para a multidão. Finalmente o tronco voou, a caixa torácica aberta, as entranhas vazando e banhando os goblinoides.

O sol ainda não tinha nascido.

Havia um pequeno ajuntamento de guerreiros goblinoides e seus cativos atrás do palanque. Não vi nenhuma escadaria. A sequência de apresentação dos prisioneiros e decisão sobre quem os mataria se repetiu mais algumas vezes. Maryx foi reconhecida e cumprimentada pelos outros guerreiros. Eles sumiam com os condenados dentro de uma porta metálica. A jaula do warg começou a se erguer no ar, por um sistema complexo de cordas e polias. Um prisioneiro foi dado de comer a ele, sob aplausos mornos e muitas vaias. Era só um guerreiro humano sem distinção. Pouco sangue escorreu quando ele foi executado.

A dinâmica ali estava clara: o Eclipse de Sangue era o festival que marcava a queda de Farddenn, a primeira cidade conquistada pela Aliança Negra. Havia uma grande peregrinação e guerreiros goblinoides apresentavam ao Imperador Supremo prisioneiros que poderiam ser valiosos. Thwor Ironfist julgava seu mérito. Aqueles considerados mais importantes eram mortos por ele mesmo, para delírio da multidão e grande honra de seus captores. Os medianos morriam pelas mãos do filho de Thwor ou de sacerdotes do Deus da Morte. Ouvi alguns serem executados pelos próprios guerreiros que os haviam capturado, o que parecia ser motivo de vergonha. E o pior resultado de todos era ser dado de comer aos monstros. O lagarto-pássaro também foi erguido ao palanque e emitiu um guincho. Imaginei que estava destroçando um prisioneiro halfling, pelos gritos de dor que escutei. A multidão não estava impressionada.

Ninguém sobrevivia. Nem mesmo um.

E o sol não nascia.

— Vá — ordenou Maryx.

Era nossa vez na fila para a porta metálica.

— Não, por favor! — implorei. — Não, não! Eu ajudei Gradda! Não faça isso, eu não...

— Agora, humano.

Ela me empurrou para dentro da porta, entrou logo atrás de mim. Eu sentia que iria chorar, mas estava aterrorizado demais para isso. Agarrei-me a ela para não cair, minhas pernas estavam moles. Estávamos dentro de uma salinha exígua, feita de metal, cheia de alavancas e engrenagens. Três goblins escalavam e pulavam entre os mecanismos.

Começamos a nos mover e só então entendi que era um elevador.

Um elevador, como existia nos observatórios de Sternachten. No meio da Aliança Negra, da selvageria. No palanque feito de ruínas e caveiras, no ritual sangrento de sacrifícios, havia um elevador.

A ciência goblin não funcionava, todos sabiam disso. Goblins criavam engenhocas que só serviam para quebrar e explodir. Talvez pudessem ser usadas uma ou duas vezes, sob grande risco ao usuário. Isso não era problema para eles mesmos, pois goblins não davam grande valor a suas próprias vidas.

Perdi valiosos instantes imerso nessas conjecturas. O elevador parou com um leve solavanco, então a porta se abriu.

Maryx me empurrou. Pisei nas tábuas encharcadas de sangue do palco. Vi os goblinoides comemorando minha chegada, a chegada de Maryx. Tomei cuidado para não pisar nas entranhas. Os olhos do filho do Ayrrak, dos sacerdotes e dos outros guerreiros estavam sobre mim.

Então *ele* se virou e me mediu.

Maryx me conduziu até Thwor Ironfist.

O sol não nascia.

Apavorado, procurei Gradda no céu. Tentei implorar sem palavras, quis que ela me enxergasse ali, fizesse algo para me ajudar. Ela flutuava em seu pilão e gargalhava.

Ergui a cabeça para encarar Thwor, mas era impossível. Sua presença impedia que eu o olhasse nos olhos. Mal tive um vislumbre de seu rosto, precisei desviar o olhar. Vi seu enorme machado. Suas garras pingando sangue.

Na multidão, um batalhão de hobgoblins abriu caminho para perto do palanque. Usavam armaduras e escudos, tinham ordem e disciplina militar. Com uma só voz, eles bradaram:

— Maryx! Maryx! Maryx!

Outras vozes de hobgoblins se juntaram:

— Maryx! Maryx! Maryx!

Notei a caçadora hobgoblin se empertigar atrás de mim. Ela olhou cada um daqueles guerreiros sem júbilo, apenas com seriedade. Algumas vozes de bugbears e goblins se uniram, até mesmo uns orcs e gnolls. Crianças goblins cantarolaram seu nome. Gradda voou de um lado para o outro no pilão, berrando:

— *Maryx! A desgraçada merece! Maryx!*

Maryx Corta-Sangue murmurou algo, que não consegui discernir. Thwor Ironfist se curvou para escutar. Ela disse mais alguma coisa. Então o Imperador bateu com o cabo do machado no palco e a multidão silenciou.

Maryx respirou fundo.

— Por favor, não faça isso — falei, sem nenhuma esperança, com uma espécie de apatia resignada.

Ela me ignorou. Deu um passo à frente, fez um cumprimento militar, batendo no peito e estendendo a mão com a palma para cima, como se oferecesse o coração.

— Adepto Corben! — disse Maryx, selando meu destino. — Clérigo do Deus da Ressurreição! Último sobrevivente da cidade clerical de Sternachten, em Arton Norte!

O silêncio era quase total. Os hobgoblins olhavam com expectativa. Tudo ficou estático, uma sensação enlouquecedora, enquanto eu esperava por minha sentença de morte.

Thwor Ironfist falou:

— Será poupado e levado à masmorra.

Quase caí mais uma vez, agarrei-me a Maryx. Vi-a fechar os olhos e baixar a cabeça.

Então começaram as vaias e os risos.

Bugbears dominaram a multidão com suas gargalhadas estrondosas. Apontaram para ela, fizeram gestos que julguei serem obscenos. Os hobgoblins viraram de costas como um só, como se fosse uma manobra militar. Orcs berraram ofensas, crianças goblins jogaram pedras e pedaços de comida. Gradda estava calada e estática no ar, o rosto oculto nas mãos.

— Fraca e mole! — gritou um orc.

— Arranque sua pele, não merece as tatuagens! — exigiu um bugbear.

Os goblins xingaram de novo e de novo:

— Humana! Elfa! Humana! Elfa!

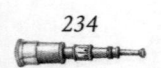

Maryx continuou estoica. Tentei falar algo, ela apertou meu braço a ponto de fazer doer. Então veio o único insulto que pareceu afetá-la. Um hobgoblin pôs a mão ao lado da boca e gritou:

— Não há mais futuro para você!

Maryx fez menção de dar um passo à frente, moveu o braço como se fosse sacar o kum'shrak. Então se deteve, tremendo de raiva.

— Venha, humano — ela disse, puxando minha corrente.

Maryx Corta-Sangue me levou de volta ao elevador. Os insultos e as vaias continuaram. Antes que a porta metálica fechasse, pude ver o sol nascendo.

Se havia uma masmorra construída por humanos em Farddenn, foi descartada. Os goblinoides tinham seu próprio calabouço.

Maryx me levou ao que parecia um grande buraco no chão, numa encruzilhada, bem perto dos restos de uma forja, de um enorme complexo de casebres de madeira e de uma torre alta e delgada, feita de pedra. Ela falou algumas coisas, mas a cada frase eu entendia menos, como uma memória que se esvai. A bênção de Thyatis acabou e a compreensão do idioma goblinoide me deixou. Maryx tirou minhas correntes. Então, sem cerimônia, me empurrou e me jogou lá embaixo. Caí pesado alguns metros, sobre o ombro — o mesmo que machucara uma vida atrás, em Sternachten. Não tive tempo de ficar me lamentando. Mãos rudes me agarraram e me ergueram do chão de terra. Dois orcs me arrastaram por um pequeno labirinto de túneis. Parecia uma mina, mas cada passagem era estreita e serpenteante. Então me jogaram numa espécie de caverna escavada.

Era uma esfera de vazio, um buraco em forma de bola no fim de um corredor aleatório. Não havia nenhuma superfície reta, mas não era apertado. Na verdade era enorme. Tinha o tamanho de quatro ou cinco celas como as que eu vira no Castelo do Sol. O "teto" também era muito alto — mesmo de pé, com os braços para cima e pulando, eu não chegaria perto de tocá-lo. Era uma cela que poderia abrigar um ogro. Havia palha num lado, um caixote aberto com ração no outro, uma bacia de água no terceiro e um balde no quarto. A "porta", uma entrada circular que desembocava num túnel, ficava acima, inclinada. Era possível escalar e sair por ela, mas exigiria certo esforço. As paredes eram de terra com pedras cravadas. Davam a impressão de que iriam ruir a qualquer instante, como um castelo de areia, pois não havia nenhum mecanismo de sustentação. Mas, testando-as, eram sólidas.

Não havia grade e nenhum tipo de barreira que me impedisse de sair. Os dois orcs colocaram as cabeças para dentro. Um deles disse:

— Humano igual você perde não liberdade.

Ele falava em valkar. Seu sotaque era muito mais carregado que o de Maryx e Gradda. Além disso, as duas se comunicavam em gramática quase perfeita, enquanto aquele só juntava palavras sem conectores ou concordância. Para entender qualquer coisa sem ajuda divina, eu precisava decifrar as frases do orc.

— Pode sair, outros pode — ele continuou. — Aqui ninguém entra. Fora todos livre.

Eles sumiram, me deixando a ponderar.

O que entendi era simples, mas se encaixava com o que eu já tinha experimentado da cultura goblinoide. Eu estava preso, mas não como a civilização entendia. Não havia grades e carcereiros para me segurar. Por um acordo tácito entre todos, eu estava seguro dentro de minha cela. Se saísse, enfrentaria os corredores da masmorra, que podiam conter todos os prisioneiros que decidissem sair também. Nos corredores era cada um por si. Se eu sobrevivesse ileso, poderia ganhar as ruas de Farddenn, então tentar fugir. Depois haveria floresta, o continente, o istmo.

Mas dentro da cela era seguro.

Escolhi ficar.

De alguma forma, aquilo parecia com o jeito de Maryx e Gradda. Em última análise, era minha escolha ficar preso. Eu era um escravo, um prisioneiro, mas não era tão restrito quanto seria em Arton Norte.

Um pensamento assustador surgiu: eu era um escravo e um prisioneiro, mas era mais livre do que um plebeu comum em Arton Norte. Ninguém me ordenara a ficar. Não havia um suserano que exigia que eu trabalhasse num só lugar.

Não havia um pai que fechasse a porta e as janelas de uma fazenda, proibindo os filhos de sair.

Era tudo uma questão de escolha. Eu era prisioneiro de minhas capacidades, de minha coragem.

De meu medo.

Aquilo foi mais deprimente do que se tivessem fechado a cela. Eu sabia que a escolha era minha. Vi pés peludos de bugbear passando pela abertura. A criatura se abaixou e olhou para dentro. Lambeu os beiços e ficou alguns minutos esperando, como se me desafiasse a sair. Então ficou entediado e foi embora. Se eu quisesse, poderia sair também, enfrentar o bugbear.

Ouvi gritos dos corredores. Talvez outros prisioneiros que tivessem escolhido sair e lidado com as consequências.

Pude pensar em tudo aquilo porque demorei várias horas para dormir. Acostumado a viajar à noite, eu tinha até estranhado a claridade de quando o dia nascera. Eu conseguia enxergar alguma coisa na masmorra escura, aquilo não era um convite ao sono.

Mas, por fim, dormi.

Sonhei com a fazenda.

Acordei com vozes dentro da cela.

Pisquei algumas vezes, espantando o cansaço. Discerni a forma de Maryx. Ela estava ajoelhada, numa posição servil, mas digna.

A sua frente estava Thwor Ironfist.

Dei um salto para trás, ficando grudado à parede curva. A cela era grande, mas o Ayrrak ocupava quase todo o espaço. O cheiro de terra úmida, de comida seca velha, da sujeira antiga de outros prisioneiros, foi abafado por seu cheiro acre e doce. Eu achava que goblinoides tinham um odor próprio, algo em seu suor ou sua pele que fazia com que se destacassem a minhas narinas humanas. Mesclado a isso, havia o cheiro distinto de um tipo de perfume, algo como especiarias exóticas. Em conjunto com os adornos e o machado, não deixava dúvida de que Thwor era um imperador. Um monarca que não precisava ser anunciado, que não tinha séquito ou pompa. Apenas poder.

Eles não deram atenção a meu susto, continuaram falando entre si. De início achei que Thyatis houvesse me abençoado de novo, porque eu entendia tudo. Depois de um instante notei que eles falavam no idioma comum.

— Você fez um bom trabalho, Maryx Corta-Sangue — disse Thwor Ironfist.

Sua voz era como um terremoto. Eu nunca ouvira um som tão grave sendo produzido por uma criatura viva. Ele falava com voz controlada, mas mesmo assim as paredes da caverna vibraram de leve, um pouco de terra caía a cada palavra. O Ayrrak não tinha sotaque e se expressava com valkar gramaticalmente perfeito.

— Eu devia ter trazido mais um prisioneiro, Ayrrak — disse a caçadora, em tom penitente. — Um sacrifício. Tive oportunidade de mutilar vários deles. Mas minha companheira Gradda também precisava de minha ajuda. Precisei matá-los em vez de mutilar. Peço perdão.

— Não há perdão — retrucou Thwor.

Maryx ergueu a cabeça com olhar beatífico. Um sorriso de orgulho desmedido estampou seu rosto. Era um contraste marcante.

— Você realmente não me perdoa?

— Nunca — a palavra de Thwor Ironfist fez o teto soltar pedrinhas. — Há muito futuro para você, Maryx.

Ela fez um cumprimento militar, ainda ajoelhada.

— Eu queria ter trazido o guerreiro sagrado — ela disse. — Seria um prêmio gordo, teria muito sangue. O sol não nasceria até que se rendesse à noite mais uma vez.

— É um humano, não? — o Imperador Supremo perguntou, recebendo confirmação de Maryx. — Avran. Avran Darholt. Lembro de você falar dele, *ushultt*.

Aquela última palavra foi demais para a caçadora. Ela não se controlou e lágrimas escorreram dos olhos negros. Maryx não teve vergonha, não tentou esconder ou limpar o rosto.

— Mesmo sem Avran Darholt, teremos uma colheita farta este ano — ele continuou. — Matei alguns com minhas próprias mãos. Farddenn se empanturrou de tanto beber. O sangue forte irrigou o futuro de batalhas, os cadáveres dignos adubaram o cemitério. Nós impedimos que o sol nascesse até quase o meio da manhã, Maryx Corta-Sangue, e você me trouxe um humano especial.

Ele se virou para mim.

Fiquei paralisado. Tive a esperança incoerente de que, se não fizesse nada, nada aconteceria, ele me esqueceria.

Maryx ficou de pé. Todo traço de emoção se apagou de seu rosto. Ela apontou para mim.

— Ajoelhe-se perante o Imperador Supremo, escravo.

Eu me ajoelhei, imitando a posição que ela tinha assumido, sobre um joelho só.

— Ajoelhe-se direito, recém-nascido! — ela repreendeu.

Fiquei sobre os dois joelhos, numa posição mais subserviente.

Thwor Ironfist deu um passo em minha direção. A masmorra inteira retumbou.

— Olhe para mim, escravo — ele disse.

Não havia ameaça ou mesmo autoridade em sua voz. Nem em sua postura. Ele não fazia pose, não rilhava os dentes ou franzia o cenho. Mas era impossível não sentir medo, impossível não acatar o que ele dizia. Thwor Ironfist não ameaçava, ele *era* o perigo. Não ordenava, *era* o poder.

Olhei para seu rosto com dificuldade. A sensação foi a mesma de olhar para o sol.

— Eu o trouxe a Farddenn, a cidade mais sagrada da Aliança Negra — disse Maryx. — Perceba a honra que recebe. Nenhum humano já viu Farddenn e sobreviveu. Todos os antigos habitantes foram mortos quando ela foi conquistada, seus parentes e descendentes que viviam em outras terras foram caçados e exterminados, todos os registros que a descreviam de alguma forma foram destruídos. Nem mesmo a memória de um inimigo macula Farddenn. Este é o ápice de sua vida, escravo, não importa o quanto morra e volte.

Ela não fizera uma pergunta, não dera uma ordem. Apenas relatara uma informação e agora os dois me olhavam.

Eu entendi que tinha uma escolha.

Podia ser humilde, baixar a cabeça e agradecer por aquilo. Ou podia escolher a liberdade e arcar com as consequências.

— Seria muito melhor ver Sternachten mais uma vez — eu disse.

O rei e a caçadora me observaram. Nenhum esboçou reação.

Inflei o peito, sabendo que fizera a escolha certa. Eles iriam me respeitar.

Então, num movimento quase invisível, Maryx sacou uma adaga e fez um corte fundo em meu antebraço.

— Nunca fale assim com o Ayrrak, humano!

Perdi a empáfia, pus a mão sobre o ferimento, olhando a hobgoblin com desconfiança.

Depois de um instante, Thwor Ironfist quebrou o silêncio:

— Deixe-nos sozinhos, ushultt. Avise aos prisioneiros que são livres para ficar por perto e escutar o que será conversado aqui, mas irão lidar com o futuro que surgir disso.

Ela fez o cumprimento bruto do punho no peito, oferecendo o coração.

— Sim, Ayrrak.

Escalou até a saída da cela com dois passos compridos. Parou enquanto se erguia com as mãos e roubou um olhar para mim. Assentiu com a cabeça uma única vez, um gesto curto. Então sumiu.

A cela pareceu ficar bem menor.

Eu estava sozinho com Thwor Ironfist e ele era do tamanho do mundo. Durante a viagem, eu achara que eu mesmo era Lamnor, mas era só um parasita no corpo do destino, da vida e da morte, e tudo isso era Thwor.

Ali estava o homem que unira um continente; que destruíra muitos reinos; que derrubara Khalifor, a cidade que nunca cairia. Uma criatura feita de desafios, uma existência destinada a criar o impossível. Um mortal adorado como um deus por várias raças.

O Imperador Supremo se abaixou só um pouco para mim, fitando meus olhos. O olhar fez com que eu me sentisse a pessoa mais importante do mundo. Ele era Thwor Ironfist e concedia a *mim* a honra de sua atenção.

— Humano — ele começou. — Pelo que entendo, você é a chave para descobrir a Flecha de Fogo.

4
LEALDADE

— O QUE EU SOU PARA VOCÊ, HUMANO? — ELE PERGUNTOU.
Uma pergunta sobre mim mesmo não era o que eu esperava ouvir de Thwor Ironfist.

Eu nunca interagira com um rei, mas já estivera na presença de nobres menores e conhecia os relatos sobre reis. Havia reis justos e sábios, que se comportavam como servos de seus súditos, da tradição e da terra. Mas, quase invariavelmente, alguém que falava a verdade a um rei acabava morto. Mesmo o mais bondoso dos reis estava a um comentário desconfortável de cair para a tirania.

Acho que mortais não foram feitos para ter esse tipo de poder. Na verdade, acho que qualquer poder absoluto é maculado. A capacidade de decidir sobre a vida e a morte de outras pessoas faz com que alguém acredite ser mais do que um mortal coroado. E alguém que é mais que mortal não pode receber críticas, só adulações. Quem desafiava reis costumava acabar na forca ou na masmorra. Os reis que queriam ser vistos como tiranos faziam isso abertamente. Aqueles que queriam ser amados mais tarde descobriam crimes que justificassem a punição. Mas nunca era boa ideia falar a verdade a um monarca. Nunca era boa ideia mostrar a ele sua alma, se lá existisse uma só migalha de rebeldia.

Eu estava frente a uma criatura que era muito mais que um rei. Que não tinha medo de ser visto como um tirano. Que tinha construído um império com massacres.

Não era hora de falar a verdade.

— Vossa Majestade é o Imperador Supremo — eu disse.

Thwor Ironfist continuou me olhando. Sua expressão não mudou de nenhuma forma perceptível, mas a sensação de ser a única pessoa do mundo deixou de ser um privilégio para se tornar uma impressão de desastre iminente.

— Ninguém mente para mim, humano. Mentiras são o modo do inimigo. Não o estou tratando como inimigo, mas como escravo. Então aceitarei o que vier de sua boca quando perguntar de novo. Se disser que sou seu Ayrrak, vai lidar com o futuro que surgir disso.

Ele respirou algumas vezes e repetiu:

— O que sou para você?

— Um monstro.

Havia formas mais poéticas de falar. Que talvez fossem mais lisonjeiras, sem abrir mão da verdade. Eu poderia dizer que ele era a morte, o flagelo dos deuses, o emissário de Ragnar. Mas, no fundo, para mim ele era um monstro. Tudo que o separava de um animal que destruía sem razão e precisava ser eliminado era poder. Nenhuma pessoa em todo o continente norte duvidaria que a melhor coisa que poderia acontecer em Lamnor era a morte de Thwor Ironfist antes que causasse ainda mais devastação.

— Você foi honesto — ele respondeu. — Vai lidar com o futuro que surgir disso.

Comecei a tremer sem controle. Antes eu achara que havia ameaça em todos os gestos e palavras de Maryx, mas agora conhecia o perigo verdadeiro. Desviei os olhos, intimidado.

— Olhe para mim — ele ordenou.

Obedeci com dificuldade.

— Você me chamou de monstro, eu o chamei de chave. Você não é idiota, não importa o que Maryx Corta-Sangue fale. Diga-me, humano. Qual é a diferença entre um monstro e uma chave?

A conversa seguia para um rumo surpreendente. Eu não sabia onde ele queria chegar. Mas, mesmo que quisesse, não poderia questioná-lo.

Ele esperou, sem repetir a pergunta. Eu sabia a resposta. Preferia não saber, mas sabia e não tinha coragem de fingir o contrário. Se ainda estivesse sob efeito das substâncias que Avran Darholt colocara em minha comida e minha bebida, eu teria falado sem pestanejar. Totalmente sóbrio, precisei reunir força. Não coragem, *força*. Como se a presença de Thwor criasse uma barreira.

— Uma chave é usada e preservada enquanto for útil — respondi. — Um monstro é exterminado assim que surge a chance.

Ele sorriu. Talvez não fosse um sorriso cruel, mas um predador nunca conseguia sorrir sem ferocidade.

— E qual é a diferença entre um monstro e um animal?

Eu não sabia a resposta.

— Não há diferença — ele completou após alguns instantes. — Já li muito do que vocês chamam de ciência, de sua filosofia e teologia. Humanos, elfos e anões se esforçam para explicar o que é um monstro e o que é um animal, por que existem as duas palavras e por que a diferença importa tanto. A resposta é que um monstro é um animal que vocês não querem compreender, apenas matar.

Ele chegou ainda mais perto.

— Você nunca me chamaria de animal. Não sou um animal, pois estamos conversando. Então me chama de monstro. Vocês criaram uma palavra que lhes dá autorização para matar.

— Os deuses criaram a diferença entre...

— Humanos sempre invocam os deuses e suas classificações. Principalmente clérigos, como você. Existe a Deusa da Natureza, que criou os animais, e o Deus dos Monstros. Eles são separados, portanto a separação existe. E existe também o Deus dos Dragões. Você acha que os deuses falam sua língua, humano? Acha que eles se definem de acordo com os caprichos e as nuances de um idioma que varia ao longo de meras décadas e se torna totalmente diferente com alguns séculos?

Eu estava acostumado a lidar com tomos antigos, escritos em valkar arcaico. Era quase incompreensível, a não ser que você o tratasse como o idioma diferente que era e o aprendesse em separado. Admiti que os deuses não deviam se prender a definições e palavras arbitrárias.

— Não presuma que existem separações e categorias porque existe a Deusa da Natureza, o Deus dos Monstros, o Deus dos Dragões, a Deusa da Humanidade. Vocês os definem assim. Vocês tentam transformá-los em algo conveniente.

Houve uma pausa.

— Qual é a diferença entre um humano, um elfo ou um anão... E um goblinoide?

— Não sei.

— Um goblinoide não se cobre de mentiras para matar seus inimigos.

Eu ainda não sabia aonde aquilo levaria. Mas, quando um rei todo-poderoso ponderava, um clérigo iniciante escutava.

— O que aconteceu com Sternachten, humano?

Ele era o primeiro goblinoide que pronunciava o nome da cidade sem dificuldade. Também não precisara perguntar se era mesmo assim que se chamava ou pedir qualquer confirmação. No meio de todos os deveres que ele devia ter, no meio de um festival que envolvia impedir o nascimento do sol, Thwor Ironfist tinha absorvido aquela informação. Eu tinha certeza de que na verdade ele sabia de toda a história da destruição de Sternachten. Apesar disso, e por causa disso, contei tudo.

— Avran me levou para sua fortaleza porque não conseguiu me matar — completei. — Lá, e ao longo da viagem, eles me drogaram. Lá me ameaçaram, fizeram-me jurar lealdade, quiseram que renegasse meu deus. No fim, o elfo tentou me matar de novo. Acho que era só para me deixar quieto.

— Eles queriam que você falasse algo.

— Queriam que eu revelasse o que sabia sobre a Flecha de Fogo — confirmei. — Mas não sei nada.

Thwor Ironfist se empertigou.

— Acredito em você — disse o Ayrrak. — Acredito que não saiba nada. Mas Avran Darholt e a Ordem do Último Escudo achavam que poderia saber. Por isso o mataram duas vezes, por isso o aprisionaram.

Eu não sabia o que responder. O silêncio era vagaroso e agonizante. Quis preencher o ar com alguma coisa:

— Havia uma elfa — eu disse. — Laessalya. Ela tem cabelos vermelhos, pode criar chamas e não há explicação para seus poderes. Diz que é a Flecha de Fogo, mas não passa de uma mendiga. Ela sobreviveu.

Thwor sorriu de novo.

— Lembro dessa elfa. Lembro de ouvir boatos sobre ela quando surgiu pela primeira vez. Não passava de uma criança. Eu imaginava onde ela poderia estar.

Involuntariamente, balancei a cabeça. Era impossível. Não importava o quanto aquele goblinoide conhecesse seu próprio império, ele não podia lembrar de um boato sobre uma criança décadas atrás.

Mas lembrava.

— Ela matou um comandante hobgoblin, não? Salvou um elfo e um halfling.

— Como...?

— As lembranças nunca morrem, humano, e até os mortos contam histórias. É inútil tentar apagar toda informação que existe sobre algo, por menor que este algo seja. Sempre haverá um boato, um comentário mal lembrado, uma especulação. Mesmo a antiga Farddenn, que foi destruída e chacinada, cujos registros foram apagados, que foi varrida da memória viva de toda uma raça, continua existindo. Porque algum velho goblinoide lembra do dia da conquista e contou a seus descendentes. E incluiu sem perceber algum detalhe que se referia a como a cidade costumava ser. Um dia surgirá de novo a descrição da antiga Farddenn, surpreendentemente acurada. Talvez os humanos julguem que é um augúrio, um sinal de que reconquistarão nosso sítio sagrado. Mas estarão errados, pois é só conhecimento. Conhecimento é imortal. Avran Darholt acha o contrário, acha que pode destruir uma cidade e apagar o conhecimento que estava nela. Mas um clérigo sobreviveu.

Thwor Ironfist pulava de assunto em assunto, mas tudo parecia ligado em sua mente. Era como se o mundo inteiro fosse um quebra-cabeças e ele ligasse as peças.

— A elfa de cabelos vermelhos não é a Flecha de Fogo — decretou Thwor. — Assim como a estátua que chora lava encontrada por aventureiros logo depois da conquista de Khalifor também não é. Assim como a espada capaz de emitir um raio de calor, achada no fundo de uma masmorra, dois anos atrás, também não é. Desde que a primeira parte da profecia foi cumprida, centenas de explicações fáceis já surgiram. Essa não é nem mesmo a primeira elfa de cabelos vermelhos que se declara a Flecha de Fogo, ou que é celebrada como tal. A última foi executada no Eclipse de Sangue quatro anos atrás e nem mereceu morrer por minhas mãos.

— Então você não vai matá-la?

Era uma pergunta ingênua, desesperada e até corajosa. Eu não sabia como me dirigir a um Imperador Supremo goblinoide, então o chamei de "você". E qualquer pedido era simplório, uma súplica que dependia da boa vontade de um assassino.

— Ela estará morta se cruzar meu caminho — ele avisou. — Mas não merece minha atenção.

Não merecer a atenção de um rei era uma boa meta de vida. Talvez Laessalya sobrevivesse. Talvez encontrasse outro estranho que fosse caridoso com ela.

— Você me considera um monstro — disse Thwor, de novo sem aviso. — Se tivesse poder para isso, me mataria. É o que seu povo fez com o meu, até que os papéis se inverteram.

— Eu não mataria...

— Não minta, a menos que esteja disposto a viver com o futuro que surge disto.

Lembrei de meu pai, de minha infância escura, quando havia a certeza de que um dia o inimigo chegaria a nossa porta. Lembrei de ir dormir todos os dias na fazenda sob os avisos de terror. Era difícil negar tudo aquilo.

Eu mataria Thwor Ironfist se tivesse a chance.

Fiquei calado.

— Você quer me matar porque sou um monstro. E você é a chave para descobrir o que vai me matar. Uma cidade de profetas e videntes em Tyrondir é destruída, há a tentativa de apagar todo seu conhecimento. O único clérigo sobrevivente chega até mim. Não é uma coincidência. Não existem coincidências. Existe algo em você. Algo que pode descobrir a Flecha de Fogo.

— Sou só um adepto — falei. — Era. Agora sou um escravo.

— Eu sou um monstro — ele disse. — Um bugbear. Décadas atrás, algum humano acreditaria que eu seria o maior rei do mundo conhecido?

Esperei a próxima jogada na conversa.

— Eu poderia ser igual a você, humano. Poderia matá-lo, assim como você me mataria se tivesse a chance. Você voltaria, mas existem formas de tornar qualquer existência uma tortura eterna. Eu poderia tratá-lo como você me trataria se tivesse poder, mas não vou. Sei que o conhecimento nunca pode ser realmente apagado e não sou como os humanos, que acreditam que todo o mundo se encaixa em categorias que eles mesmos inventaram. Não vou tratá-lo como inimigo. Você é uma chave e será usado.

Então Thwor Ironfist se agachou. Mesmo assim, era mais alto do que eu.

— Como é seu nome, humano?

— Corben — gaguejei.

— Vou lhe fazer uma proposta, Adepto Corben. Vá à capital da Aliança Negra, Urkk'thran. Descubra o que é a Flecha de Fogo.

Algo dentro de mim se acendeu, como uma fogueira quase morta que é atiçada. Ele me oferecia uma chance, de alguma forma, de fazer a grande descoberta buscada por todos os adivinhos. De cumprir a missão que minha cidade havia tomado para si desde o surgimento do exército goblinoide. Por caminhos tortuosos, recebi de Thwor Ironfist a oportunidade que roubei de Ysolt, mas agora de verdade. A chance de decifrar a profecia, gerar conhecimento novo. Fazer ciência.

Eu estava curioso.

— Não sou um profeta — disse. — Não tenho poderes especiais.

— O que você é?

— Um astrólogo.

Eu não achava que ele seria capaz de entender a palavra. Apesar de tudo, era um goblinoide. Mas:

— Por isso trabalhará em Urkk'thran e não aqui ou em outro lugar. A capital possui o que você precisa para praticar sua ciência.

— Um... — hesitei. — Um observatório?

— Por que isso é tão improvável?

Porque eu estava entre goblinoides. Era a resposta óbvia. A astrologia era uma das mais avançadas formas de vidência, tornada possível apenas pelos avanços capitaneados por Lorde Niebling. Goblinoides eram selvagens. Mesmo goblins, considerados mais inteligentes e inventivos, só criavam engenhocas inúteis. O campo de estudo a que eu dedicara minha vida não podia ser acessível a simples goblinoides.

Não falei nada daquilo, mas não precisei. Thwor podia ler cada dúvida em meu rosto.

— O que me oferece em troca? — perguntei.

Ele manteve o olhar fixo.

— Nada. A proposta é essa. Ninguém pode lhe tirar o futuro, então você precisa lidar com ele. Vá a Urkk'thran e descubra a Flecha de Fogo. Ou não vá.

— E se eu recusar?

— Lidará com o futuro que surgir disso.

Era uma ameaça, porque tudo ali era uma ameaça. Mas ao mesmo tempo não era. Não no sentido comum. Talvez, ao recusar, eu fosse morto e torturado, como ele insinuara minutos antes. Talvez só perdesse a chance. O conhecimento nunca era apagado, segundo Thwor Ironfist, a Flecha de Fogo seria achada por *alguém*.

Talvez eu mesmo, talvez outro.

Ele se ergueu.

— Daqui a exatamente um dia, Maryx virá para levá-lo a Urkk'thran. Você pode ir com ela ou não. Faça sua escolha, Adepto Corben.

Notei que ele acabara de falar e me curvei por instinto. Tudo acontecia como Thwor Ironfist desejava. Ligando as peças do destino, ele via o todo e determinava sua forma. O resto de nós apenas seguia. Eu soube que deveria me curvar e soube que deveria ficar curvado enquanto ele deu as costas e caminhou para a saída.

Lembrei de meu pai:

"Eles vão pegá-lo."

Então fiquei sozinho na cela, de joelhos.

A escolha não era entre ir ou ficar, entre obedecer ou desafiar.

A escolha era trair ou não minha raça, meu continente, minha civilização.

Meu pai.

Eu estava anestesiado para a violência. Todos os parâmetros com os quais eu crescera tinham sido destruídos. Eu perdera parte do sentimento de posse de meu próprio corpo, com a tatuagem muito visível no pescoço. Ela ardia e coçava, era uma marca indelével de que, mesmo que um dia eu escapasse daquilo, haveria uma época em que fui pouco mais que um boneco. Não havia mais um termo de comparação para qualquer coisa.

Mesmo assim, a brutalidade do Eclipse de Sangue fora chocante.

Não era uma guerra, nem mesmo tinha um objetivo, como o massacre de Sternachten. Ao matar aqueles prisioneiros, os goblinoides não queriam nada além da morte em si. Mais impressionante ainda era a visão dos pedaços de cadáveres jogados ao público, das crianças goblins brincando com uma cabeça decepada.

Era o que goblinoides faziam. Era a confirmação de tudo que eu ouvira na fazenda escura, de tudo que Avran Darholt me dissera. E Thwor Ironfist era o líder daquilo.

Aquela não fora a primeira vez de Maryx no Eclipse de Sangue, isso podia ser notado com facilidade. Então ela também já havia entregado prisioneiros para serem executados, para terem suas partes transformadas em brinquedos. Eu quase podia escutar a voz de Avran Darholt: *"Goblinoides fazem isso"*. Cada membro da Ordem do Último Escudo, por mais cruel que fosse, era vítima de uma atrocidade daquelas raças. Mesmo que quase tudo fosse mentira, bastava que *uma* daquelas histórias fosse verdadeira para provar que a Aliança Negra era uma horda de carniceiros, uma onda de crueldade gratuita que se espalhava rumo ao norte.

Lembrei dos prisioneiros sacrificados — a elfa altiva, os anões apavorados, o príncipe humano, o pequeno halfling carregado com alegria por goblins. Todos estavam mortos. Eu estava considerando ajudar seus assassinos.

Lembrei de meu pai, barricando as portas no escuro, garantindo que *eles* estavam por toda parte, eles viriam nos pegar. E, quando chegassem, fariam com que eu sofresse como nunca.

Lembrei de Ysolt e Clement, de todos os clérigos entusiasmados com a perspectiva da descoberta da Flecha de Fogo.

Achar a Flecha de Fogo era o grande objetivo de Sternachten. Mas sempre houve a certeza de que ela seria descoberta para ser uma arma nas mãos de heróis. Como meio de derrotar a Aliança Negra.

Eu estava pensando em fazer exatamente o contrário: descobrir a Flecha de Fogo para o inimigo. Thwor Ironfist não falara aquilo explicitamente, mas era óbvio que ele queria o conhecimento para usá-lo em seu próprio favor.

Para debelar o que quer que fosse a Flecha.

Por outro lado, abafar o conhecimento sobre a Flecha de Fogo era exatamente o que Avran queria fazer.

Humanos, elfos, halflings e anões tinham massacrado Sternachten. Não goblinoides: raças civilizadas. Tudo, aparentemente, para impedir que o conhecimento fosse descoberto e se espalhasse. Eu não sabia por que, mas era inegável. Eles tinham uma biblioteca no Castelo do Sol e falavam em recuperar livros da fúria goblinoide, mas tinham queimado todos os tomos e pergaminhos de um dos maiores centros de ciência sagrada em Arton. Enquanto isso, Thwor Ironfist falava que o conhecimento nunca podia ser apagado.

Matar era o modo dos goblinoides, mas também dos humanos, de todas as outras raças que eu via como meus iguais. A civilização era capaz de massacres tão grandes quanto a Aliança Negra. Prisioneiros morreram no Eclipse de Sangue, mas nenhum deles era uma criança. As halflings Lynna, Gynna, Trynna e Denessari tinham matado crianças. Imaginei seu jeito engraçado de falar enquanto elas esperavam famílias emergirem de casas em chamas. Pensei nas aliterações que fariam enquanto suas armas cortavam pescoços pequenos e macios, afundavam-se em crânios que ainda não tinham acabado de se formar.

Goblinoides tinham matado a elfa altiva, os anões apavorados, o príncipe humano, o halfling amarrado.

Humanos, elfos, anões e halflings tinham matado Clement, Ysolt, Ancel, Dagobert, Neridda, Salerne.

Tinham matado *meu* povo.

Goblinoides tinham me prendido numa cela aberta, para que eu lidasse com minhas escolhas. Um humano tinha me prendido numa casa fechada durante minha infância inteira, sem que eu pudesse escolher nada.

Lembrei de coisas que Gradda falara ao longo dos dias. Ela era uma goblin. Matar goblins era considerado um treinamento para aventuras.

Deixei que aquela percepção tomasse conta de mim aos poucos.

E se matar *minha* raça fosse uma brincadeira?

E se a morte de Clement não passasse de um treino para alguém? E se a morte de um humano fosse esquecida, e se tivesse valor só como preparação para matar inimigos que importavam?

Um aventureiro nunca mataria um cão ou mesmo um rato só como treinamento. Sempre haveria um objetivo. Se uma criança estivesse se divertindo ao matar formigas e dissesse que era preparação para matar coisas maiores, seus pais ficariam preocupados.

Isso era o quanto nos importávamos com goblins — para nós, eles eram menos que ratos. Menos que insetos. E, eu percebi, trataríamos assim todos os goblinoides, se eles fossem fracos o bastante. Que direito eu tinha de julgar goblinoides se humanos eram capazes de tamanha crueldade?

O que era uma raça? O que isso importava? Eu deveria sentir mais afinidade por alguém apenas por ser humano? O mundo deveria ser dividido daquela forma, lealdades feitas antes do nascimento, por virtude da forma de um corpo? Eu deveria sentir mais empatia por meu pai do que por Thwor Ironfist?

Minha mente ficou vazia.

Minha vontade era ficar afastado de tudo aquilo. Neutro. Ficar do lado de quem eu sabia ser inocente, de vítimas da Aliança Negra ou da Ordem do Último Escudo, de heróis que nunca matariam só por treinamento. Mas não havia neutralidade, não fazer nada era por si só uma escolha. Nem mesmo suicídio era uma opção, se eu chegasse àquele extremo.

Exausto de tanto pensar, tentando me agarrar a qualquer coisa que fosse reconhecível, eu notei o quanto estava sendo cego. O quanto estava sendo desonesto.

A verdade era que eu estava curioso. Eu queria fazer a descoberta sem precisar roubá-la.

Eu tentava justificar para mim mesmo ajudar o maior assassino de Arton apenas para satisfazer minha curiosidade.

Eles eram goblinoides. *"Estão por toda parte"*, diria meu pai. *"Vão pegá-lo."* Humanos eram capazes de maldade, mas também de bondade. Goblinoides eram maldade pura. Não existia relativismo moral para um clérigo — eu sabia que havia uma mácula comprovável e definitiva na alma de cada goblin, cada hobgoblin, cada bugbear.

Eu era um clérigo de um deus bondoso, não podia compactuar com o mal.

Talvez eu fosse capaz de trair minha raça e meu pai. Mas nunca trairia todos os indivíduos que morreram e morreriam pelas mãos daqueles monstros. Eles *eram* monstros, não havia outra palavra. Eu nunca ajudaria no massacre do continente norte.

Eu não serviria a Thwor Ironfist.

Iria me recusar a descobrir para ele a Flecha de Fogo. Então lidaria com o futuro que surgisse disso. Não seguiria Maryx Corta-Sangue, a assassina que me marcara como escravo. Ficaria dentro da cela, não importava o que acontecesse.

Eu era um clérigo de Thyatis.
Eu era, antes de tudo, humano.
"Somos nós", disse meu pai, no fundo de minha mente. *"Nós contra eles."*

Maryx surgiu na entrada da cela. Não falou uma palavra. Olhou para mim, deu as costas e saiu pelo corredor.
Fui atrás dela.
A decisão já estava tomada desde o início.

5
CORAÇÃO DA ESCURIDÃO

NÃO FIQUEI MAIS ACORRENTADO DEPOIS QUE SAÍ DE FARDDENN.
A saída da cidade foi tão gradual e imperceptível quanto a entrada. Embora muitos peregrinos continuassem na cidade da primeira vitória da Aliança Negra, vários foram embora depois do Eclipse de Sangue. O movimento dos habitantes e visitantes, as construções rápidas em constante mutação, as árvores no meio da cidade, os acampamentos improvisados, tudo se juntava para tornar impossível determinar quando exatamente deixamos os limites de Farddenn. Conjuntos de tendas e colunas de goblinoides em marcha podiam ser parte da cidade ou forasteiros voltando para casa. Aos poucos, encontramos cada vez menos casas, prédios e acampamentos, cada vez menos carroças e caravanas, até que eu soube que estávamos no meio do caminho.

Maryx seguia sem uma palavra.

— Gradda não virá conosco? — perguntei.

Ela deu um grunhido que podia ou não ter significado e continuou andando.

Não demorou para sairmos da floresta e entrarmos numa região vasta de planícies onduladas, como um oceano de pradarias subindo e descendo em coxilhas. Era uma região erma, mas, no limite da visão, eu podia divisar minúsculas comunidades ou povoados. Poderiam ser fazendas, se houvesse plantações, mas não passavam de tocas, pequenas torres, buracos no chão. Nós viajávamos durante o dia. Imaginei que era porque ficaríamos muito expostos se dormíssemos sob o sol no terreno que não oferecia cobertura.

Insisti na pergunta sobre Gradda, Maryx de novo só deu um pequeno rosnado. Achei que pudesse ter sido uma resposta, então rezei a Thyatis, pedindo mais uma vez compreensão do idioma.

— O que você fez? — ela me olhou com um rosto de dúvida e desprezo.

— Pode falar em seu idioma — respondi. — Pedi uma bênção para ser capaz de compreendê-la.

Ela deu um riso curto e agressivo. Falou em valkar:

— Humanos preferem esperar por um milagre a aprender uma língua goblinoide.

Aquilo me pegou de surpresa.

— Nunca conheci ninguém que falasse seu idioma.

— Mas eu falo o seu. Gradda fala. Thwor Ironfist fala. Há muito mais goblinoides que humanos, mas *nós* aprendemos o valkar. Humanos são tão arrogantes que nunca se esforçam para conhecer o que existe longe de seus umbigos.

— Sou um astrólogo! Por que aprenderia a língua goblinoide?

— Para entender a verdade sobre os céus, é claro.

Balancei a cabeça.

— Você só pode estar brincando. Vocês acreditam que a morte de prisioneiros é capaz de impedir o nascer do sol!

— Se está falando do Eclipse de Sangue, então sim, as execuções impedem o nascer do sol. Ano que vem levarei Avran Darholt para morrer lá, então haverá noite por um dia inteiro.

— O mundo não funciona assim. A Criação não funciona assim! O que vocês fazem é apenas mascarar a luz que chega à cidade com alguma magia ritualística. Não impedem o sol de nascer! Existe todo um movimento de mundos e astros, o nascer do sol é parte de um ciclo. Se Arton não se movesse, catástrofes horríveis iriam acontecer.

— Você quer dizer como o dia em que o nascimento de Thwor Ironfist bloqueou o sol? *Nós* somos a catástrofe, humano.

— Não! Aquilo foi um eclipse e não estou falando de chacinas ou invasões. Se o sol não nascesse, os oceanos, a própria terra...

— Isso é só o que você acredita — ela interrompeu.

Parei de falar, exasperado. Goblinoides tinham uma visão totalmente errônea do que era dia e noite, associavam tudo a vida e morte, a forças esotéricas.

— Por que viajamos de dia agora? — Maryx perguntou, me testando.

— Porque é arriscado dormir a céu aberto sob o sol.

— Não — ela grunhiu, condescendente. — É porque você está entrando numa tarefa de descoberta. De criação. É preciso viajar de dia para que a morte se afaste de você e sua missão tenha sucesso.

— Isso não faz sentido. Quando eu puder observar os céus, farei isto à noite.

— Claro. Porque você busca a Flecha de Fogo, que é uma ferramenta de morte. É claro que ela se mostrará à noite.

— Não, é porque só se pode observar as estrelas à noite!

— Fala isso, mas viveu em uma cidade obcecada com encontrar a Flecha de Fogo, que vivia à noite. E sua cidade foi assolada por um tipo diferente de morte. Vocês estavam chamando aquele destino para si, lidando com a morte sem saber como.

Não era só uma ideia errônea do mundo e do cosmo, mas do destino, da vida. Goblinoides enxergavam conexões onde não existiam, viam forças que se atraíam num nível conceitual.

— Você só pensa assim porque vocês cultuam o Deus da Morte — falei. — Se conhecessem bem o resto do Panteão...

— Nem todos os goblinoides são devotos de Ragnar — ela me interrompeu, feroz.

Aquilo foi uma surpresa. Despertou meu interesse teológico.

Desde sempre, eu ouvira que a Aliança Negra era uma horda de fanáticos de Ragnar, o Deus da Morte e dos Goblinoides. Alguns acreditavam que ele era um deus menor ascendido, um protetor dos bugbears, mas, até onde eu sabia, isso era falso. Segundo a teologia moderna, Leen, como era conhecido o Deus da Morte algumas décadas atrás, tinha assumido sua faceta brutal cultuada pelos goblinoides e impulsionado o exército conquistador. Tudo na Aliança Negra estava ligado a Ragnar. Thwor Ironfist era a Foice de Ragnar.

Mas ele não falara nenhuma vez no Deus da Morte. Nem mesmo durante o ritual do Eclipse de Sangue.

Maryx também não mencionara o nome do deus até aquele momento. Tampouco Gradda.

Eu crescera com clérigos. Eu sabia o que era ter a devoção como parte fundamental da vida. Não se passava um dia sem que eu pensasse em Thyatis, sem que invocasse seu nome em prece, jura ou pedido de ajuda. Ele era uma presença constante, algo que estava sobre mim o tempo todo. Em Sternachten, mesmo aqueles que não eram capazes do menor milagre viam Thyatis como um pedaço perene e onipresente do cotidiano. O silêncio daqueles goblinoides sobre Ragnar era estranho.

— O que você quer dizer com isso? — perguntei, minha curiosidade mais uma vez atiçada. — Você não é devota de Ragnar? Para quem reza?

— Preocupe-se com sua missão, humano.

— Thwor Ironfist não é um devoto? Mas seu nascimento, a profecia...

Ela sacou a foice curta e em menos de um instante esteve sobre mim, a lâmina em meu flanco e a outra mão em volta de minha garganta.

— Não questione o Ayrrak — Maryx avisou.

— Você não vai me matar — arrisquei. — Nem mesmo vai me machucar muito. Você não ameaça, apenas faz.

Ela me empurrou e guardou a arma.

— Se confiar em mim, serei mais útil — eu disse. — Se quiser que eu seja mais que um recém-nascido ou um humano idiota, deve me dar informações.

— Vocês, humanos, não entendem que entre o dia e a noite há o alvorecer e o crepúsculo. Para vocês, tudo é pétreo, o mundo só existe da maneira como vocês foram doutrinados a acreditar. Você nasceu e cresceu numa cidade de religiosos, é claro que acha que goblinoides não podem ser nada além de fanáticos.

Então foi minha vez de me retrair. Sempre que estava com Maryx, eu era tomado por meu instinto de pesquisador. Queria descobrir, saber mais. Talvez por ter testemunhado sua amizade com Gradda, talvez porque ela houvesse me tirado do Castelo do Sol, eu via nela uma profundidade maior que em outros goblinoides. Mas aquele comentário destruiu qualquer vontade de continuar conversando. Meu rosto se apagou, olhei para o chão, voltei a caminhar.

— Nem sempre estive na cidade — murmurei.

Então fiquei calado. Aprender mais sobre a Aliança Negra não deixava de ser um desafio a meu pai. Mas a certeza de Maryx de que eu nascera em Sternachten, de que não havia mais nada em mim exceto o sacerdócio, trouxe a escuridão da casa fechada de novo a minha mente.

Os papéis se inverteram, porque ela foi atrás de mim.

— Muito bem — Maryx bufou. — Fale, humano.

Não respondi.

— O que aconteceu? — ela insistiu.

Nada.

— Por que...

— Não faça mais perguntas — interrompi. — Nem sempre estive em Sternachten. Não pense que sabe tudo sobre os humanos.

Não falamos durante o resto do dia. Maryx caçou uma espécie de ratos grandes que se escondiam entre a vegetação rasteira e me deu os cérebros e olhos para comer. Devorei tudo cru, sem reclamar, sem estranhar. Acampamos no topo de uma colina baixa. À noite, ela me deixou dormir enquanto vigiava. Depois me acordou para que eu assumisse o turno de guarda. Era a primeira vez que fazia isso.

Enquanto a hobgoblin ressonava, observei o horizonte. Como sempre, não havia nenhum sinal de acampamento além dos pertences dela, dos restos de caça e de nós mesmos. As minúsculas aldeias pontilhavam a paisagem. Eu podia vê-las pelas fogueiras que estavam acesas. Era uma forma diferente de viver. Não comunidades grandes e centralizadas com grandes extensões de ermos desabitados, mas uma vastidão ocupada totalmente por pequenos grupos. Eu não sabia como aquilo funcionava, mas era mais um dos modos dos goblinoides.

A lua estava cheia. Pensei que os mortos deviam estar longe. Xinguei a mim mesmo pelo pensamento supersticioso.

Maryx repousava tranquila. Ela dormia nua, sua armadura de couro embolada sob a cabeça como travesseiro. Eu mal percebia aquilo como a nudez de um ser inteligente. Era como se um lobo ou leopardo estivesse nu. A nudez também não parecia estranha depois da longa viagem até Farddenn. Suas armas estavam dispostas a seu lado de forma organizada. As bolsinhas que ela adquirira na cidade sagrada estavam entre elas. Imaginei se eram iguais à que ela usara contra Avran. Havia muita coisa que eu ainda não sabia. Maryx usava truques como bombas de fumaça e explosões. Os desabamentos no Castelo do Sol deviam ter sido obra dela. Não fazia sentido, ela era só uma hobgoblin.

A lua cheia reluzia nas lâminas das adagas e da foice curta, mas o kum'shrak era totalmente opaco. Sua forma de ângulos retos parecia engolir a luz. Lembrei de quando tocara no objeto, de como cortara a mão. O ferimento não existia mais, pois eu rezara a Thyatis, mas nunca fora uma grande preocupação. Estar um pouco ferido era normal. Eu achava que existir sem alguma dor seria desconfortável, mole demais, estranho.

O kum'shrak atraía minha curiosidade. Cheguei perto. Estendi um só dedo e toquei na superfície chata.

Senti uma pontada. Eu estava sangrando de novo.

Afastei-me e fiquei de pé na colina, com uma vista imensa de Lamnor a toda volta. Abri os braços, como se pudesse tocar na vastidão do continente. Eu era um escravo, estava viajando rumo à capital da Aliança Negra para cometer um horrível ato de traição, por mera curiosidade. Mas me sentia livre. Mais livre do que nunca.

Maryx estava dormindo. Se eu quisesse, poderia sair correndo, perder-me nas coxilhas, encontrar um povoado entre os tantos que havia lá, arriscar a sorte de novo, esperando que aqueles goblinoides também não me matassem. Ou voltar após a morte e tentar de novo. Mesmo que Maryx me encontrasse em poucas horas, eu poderia desafiá-la. Não havia nada que me prendesse.

Eu só não queria trair a confiança que ela depositara em mim, dormindo desarmada e me deixando encarregado de vigiar.

Não queria quebrar minha palavra a Thwor Ironfist.

Vida e morte, civilização e Aliança Negra, humanos e goblinoides, tudo era fluido, relativo. A não ser o bem e o mal, que eram forças reais e palpáveis, como todo clérigo sabia.

"Isso é o que você acredita", a voz de Maryx surgiu automática em minha mente.

Um batalhão hobgoblin passou marchando lá embaixo, a algumas dezenas de metros. O líder se virou para mim. Viu minha forma de humano, meu corpo baixo e delgado, minhas roupas e tatuagem de escravo.

Fez um cumprimento militar, batendo no peito e oferecendo o coração.

Devolvi o cumprimento.

Eles marcharam até se perder no horizonte.

O warg Eclipse se juntou a nós após mais alguns dias. Assim como Gradda não andava sempre ligada a Maryx como se estivessem acorrentadas, ele também acompanhava a caçadora e se afastava de tempos em tempos.

Continuamos pelas coxilhas, chegamos a um rio largo e movimentado. Dezenas de pequenos barcos operados por goblins navegavam por lá. Alguns iam contra a corrente. Fiquei boquiaberto, assistindo aos barquinhos desafiarem a correnteza com enormes rodas de pás em suas popas. Eles tinham chaminés que expeliam vapor, também mecanismos nos quais ratos gigantes corriam, fazendo rodas girarem. Alguns eram movidos à força bruta dos próprios goblins. O tráfego no rio também se compunha de hobgoblins equilibrados em enormes crocodilos, segurando-os por rédeas enfiadas em suas bocarras. Vi um crocodilo desafiar seu mestre e abocanhar um goblin num barquinho próximo. Isso gerou enorme gritaria, os goblins jogaram bombas de fedor contra o hobgoblin, todos se xingaram muito, então passaram um pelo outro esbravejando. Só o crocodilo parecia satisfeito.

Um barco maior do que todos singrou o rio, a favor da corrente. Era um veleiro operado por hobgoblins. Levou alguns barquinhos goblins em sua trajetória, abalroando-os, jogando goblins na água, destruindo os cascos. Os hobgoblins acharam muita graça disso. Maryx esperava pacientemente na margem elevada, frente a uma enorme plataforma de pedra e metal sem forma definida.

Assim que o veleiro passou, gritos de goblins surgiram debaixo da plataforma. Então houve o som de muitas engrenagens rangendo, mais berros de goblins e uma ponte se descortinou.

Dos dois lados do rio havia aquelas plataformas. Cada uma delas deu origem a uma estrada suspensa de pedra, metal e madeira, que se desdobrou e se estendeu à medida que foi empurrada pelo mecanismo que existia sob as bases. Depois de uma certa distância, colunas se desprenderam sob a ponte em crescimento, afundando no rio com barulho enorme, jorrando água para todo lado. Um barquinho foi atingido a destroçado, um crocodilo evitou por pouco a morte certa. Depois de alguns minutos, a ponte estava formada.

Maryx e Eclipse cruzaram-na sem medo. Fui atrás.

Era suja de lama, encharcada e cheia de limo. Não havia nenhum tipo de corrimão ou proteção, apenas a superfície de pedra. Balançava muito, cada pedaço rangia, abrindo e fechando frestas enormes a cada instante. Não demorou para que hordas de goblins e um pequeno grupo de bugbears quisessem usar a ponte. Eles se empurraram, correram. Andando devagar, tentando não escorregar, fiquei para trás e me separei de Maryx. Fui tomado pela multidão, tive que me segurar em alguns goblins. Vi um deles cair na água, ser atacado por um crocodilo. Outro veleiro surgiu no horizonte. A ponte começou a se abrir, todos correram ainda mais.

Tentei correr, escorreguei e caí de joelhos. Os goblins continuaram enxameando a meu redor. As duas metades da ponte se descolaram, os goblins começaram a pular o vão. Notei que a ponte se erguia de novo. Fiquei de pé, segurei-me nas cabeças carecas e verruguentas dos goblins baixos. Acho que me xingaram, mas eu não entendia e não me importava. Consegui chegar ao vão numa corrida desajeitada, resvalando, então saltei. Caí agachado, mas em segurança, do outro lado. Ouvi risadas, mas já estava feliz por não estar me afogando. Atravessei a segunda metade da ponte com mais confiança.

Quando cheguei à margem, estava encharcado e ofegante. O vão da ponte já tinha mais de um metro e isso não parecia alarmar nenhum dos goblinoides. Maryx riu de mim.

— Tudo isso... — eu disse, sem fôlego, tentando controlar meu coração. — Como? Como os goblins conseguiram...?

— Você vai adorar Urkk'thran, humano.

Ela não falou mais nada sobre aquilo, só continuou viagem, seguida por Eclipse.

Logo após o rio, chegamos a uma estrada larga. Era bem diferente de todas as estradas que eu conhecia. As pedras do calçamento eram cobertas por uma espécie de resina brilhosa. Parecia estar seca e tinha marcas de uso antigo, mas era um pouco grudenta. Meus pés se colavam ao chão um pouco a cada passo. Passamos ao lado de algumas montanhas rochosas baixas, cobertas por aldeias que se organizavam de forma vertical — habitadas por goblins que se locomoviam escalando, balançando-se em cordas e subindo por escadas e elevadores. Vários deles montavam em cabritos-monteses.

A estrada contornou a última montanha e fui atingido por uma visão tão deslumbrante que perdi o fôlego.

O sol do fim da tarde deixava tudo amarelado, com um ar preguiçoso e pitoresco. Uma brisa morna convidava à sonolência. E, por todo o céu, centenas de balões e máquinas voadoras se erguiam.

Olhei para cima e girei, como uma criança. Eles se espalhavam, cruzavam uns com os outros. Eram muito coloridos, tons de vermelho vivo, verde brilhante, laranja quente, azul profundo. Pequenos dirigíveis com hélices se misturavam a planadores com asas de madeira e tecido, engenhocas com enormes hélices únicas, máquinas com asas cheias de penas artificiais que batiam simulando o voo de pássaros, pipas grandes o suficiente para transportar passageiros. Aos poucos, os veículos aéreos se espalharam em todas as direções, uma explosão de cor e vida que foi tingindo todo o céu.

— O que são eles? — perguntei, fascinado.

Maryx tinha parado de andar, permitido que eu observasse a trajetória lenta dos voadores.

— São aeronautas goblins — ela disse, com certo orgulho. — Alguns carregam mensagens, outros transportam passageiros. Alguns levam cargas importantes. Alguns são sacrifícios.

Fiquei escutando.

— Se o céu ficar totalmente coberto de aeronautas partindo, pelo menos um punhado deles nunca chegará ao destino. O que você está vendo é Oyteyhrann, o Porto dos Desbravadores. Um lugar cheio de vida, pois nunca foi tocado por humanos. Construção goblinoide pura, como quase tudo nesta região. Uma terra conquistada pela vida. Um lugar de criação. Um povoado onde muitas jornadas começam, mas nenhuma termina, pois lá é proibido haver fins. Lá é proibido morrer. Só há nascimento.

Sua voz estava carregada de emoção.

— Os bugbears nos uniram, os hobgoblins marcham e nos defendem, mas os goblins conquistaram os ares. Os goblins constroem. Não existe raça mais nobre no mundo.

Fiquei surpreso. Maryx pigarreou, ficou séria.

— Vamos, chega de perder tempo. Temos que chegar logo a Urkk'thran.

Continuei observando a saída dos aeronautas. Meu interior se encheu de respeito pelos goblins. Achei que seria a maior maravilha que veria em Lamnor.

Mas nada, nada poderia ter me preparado para Urkk'thran.

Minha primeira pergunta foi:

— Por que aquela cordilheira está se mexendo?

Então notei que era a cidade.

Urkk'thran ficava na região de Doyshnyurtt, o Coração Intocado. Por alguma razão, era um lugar em Lamnor que não possuía construções humanas ou élficas. Uma região que os goblinoides tinham conquistado e colonizado por si só, sem usar ruínas ou restos de outras civilizações. Antes da conquista, Lamnor era um continente de reinos esparsos e feudos quase isolados. Havia espaço para que uma cidade goblinoide florescesse de forma independente.

Urkk'thran, traduzida para o valkar como "Muralhas da Morte", era o epítome da independência goblinoide, o espírito daqueles povos de fazer algo grandioso por si só, sem usar fundações de outras raças. A capital da Aliança Negra já fora a antiga cidade de Lenóri400, após ser capital do reino élfico de mesmo nome, agora chamada Rarnaakk. Depois disso, durante muito tempo Thwor Ironfist fizera sua corte em Khalifor, a cidade-fortaleza que foi a última defesa do Reinado contra o avanço goblinoide, construída por humanos.

Mas tudo isso fora provisório.

A capital definitiva foi construída depois, por eles mesmos. E, embora Urkk'thran fosse "as Muralhas da Morte", minha primeira impressão foi de vida.

Estava anoitecendo quando a avistei claramente. A cidade era uma gigantesca construção de pedra, tão grande quanto uma metrópole da civilização. Talvez as obras dos anões se comparassem. Era espalhada, ocupando um espaço enorme no horizonte, mas também muito alta. As maiores espiras pareciam tocar o céu, enquanto que as regiões mais baixas eram como qualquer grande cidade humana.

Urkk'thran tinha muralhas sucessivas. Não exatamente concêntricas, mas havia incontáveis camadas, proteções, portas, passagens e corredores que levavam cada vez mais para seu interior. E tudo, *tudo* se movia.

As muralhas eram altas e, assim como eu vira nas faces das montanhas, milhares de goblinoides viviam na vertical, ocupando a superfície dos muros. Nenhum espaço era desperdiçado — enormes prédios podiam ter funções específicas, mas em seu exterior havia famílias e até bairros inteiros. Tudo era ligado com tudo por cordas, passarelas, elevadores, trilhos com carros movidos a pedais. E os próprios prédios se rearranjavam, se moviam, encaixavam-se uns nos outros como jogos infantis, por mecanismos gigantescos que rangiam horrivelmente, formando a sinfonia caótica da cidade. Urkk'thran, assim como Farddenn, mudava de minuto a minuto, mas numa escala muito maior. Tamanha fluidez era incompreensível para minha mente humana.

Nada era perfeito ou totalmente reto. Assim como eu vira na cidade sagrada, cada pedra e cada tábua de madeira eram irregulares, mas havia uma forma com que as peças se encaixavam — uma forma óbvia aos goblinoides, uma lógica própria daquelas raças. Enquanto nos aproximávamos, vi uma torre ser montada, por roldanas, aindames e trabalhadores frenéticos, enquanto outra foi desmantelada. Se Farddenn era uma cidade viva, Urkk'thran era um organismo em movimento acelerado. A paisagem mudava a cada instante, nada era estático.

Eu também nunca vira um lugar mais colorido. Sternachten fora vibrante com seus telescópios decorados, suas ruelas cheias de gente e varais cheios de roupas, mas Urkk'thran era uma explosão policromática. Cada pedra que formava as muralhas, as torres e os prédios tinha um tom ligeiramente diferente. Havia pedras brancas, cinzentas, vermelhas, amareladas, negras. Bandeiras, decorações e faixas de cores berrantes tremulavam ou estendiam-se por tudo — algumas tão pequenas que só podiam ser vistas como uma mancha longínqua, outras imensas a ponto de tapar a saída de várias ruas. Hera crescia em todo um lado da cidade, uma roseira monumental ocupava outro, plantações verticais escalavam diversas paredes. Muitas das tábuas, roldanas e até mesmo cordas que formavam os mecanismos que permeavam toda a cidade eram pintadas, por puro caos estético. Também havia gigantescas esculturas e altos-relevos em várias muralhas, retratando caveiras, foices, uma efígie de Thwor Ironfist que rivalizava o tamanho de alguns castelos. Havia goblins vivendo em seus olhos e em suas narinas.

Um símbolo colossal da Aliança Negra dominava a maior das muralhas.

Pintado de forma tosca como todos os outros, parecia ter sido desenhado por milhares de mãos, cada uma colaborando com uma mancha.

Embora fosse artificial, Urkk'thran estava mesclada à natureza. Um rio passava por dentro da cidade e, por um mecanismo que eu não conhecia, fluía para cima, dividindo-se em aquedutos, abastecendo riachos e cachoeiras que pareciam naturais, pois estavam em regiões de terra, grama e árvores. A cidade não era construída de encontro a uma montanha, mas havia montanhas e colinas em seu interior. Também havia túneis que davam para o subterrâneo, redes de cavernas, pequenas florestas.

De vários pontos decolavam balões e outros artefatos voadores. Fazendas pontilhavam as regiões entre as muralhas, trabalhadas por um conjunto caótico de goblinoides de todas as raças. Mercados de todos os tipos de itens e serviços funcionavam em praças, em muralhas verticais, pendurados de cabeça para baixo no teto de imensos salões internos que levavam a ruas e casas, que se dividiam e se abriam de acordo com as construções de rapidez estonteante. Nenhum dinheiro trocava de mãos, porque não havia dinheiro em Lamnor. Todos pegavam o que queriam de onde queriam, desde que o objeto não estivesse sendo usado. Lutas explodiam a todo instante, como saudação e estabelecimento de hierarquias.

Era sempre dia e noite: sempre havia corredores, salões e áreas inteiras mergulhadas em escuridão total, outras iluminadas por tantas tochas e substâncias alquímicas que era como se estivessem sob o sol. Havia salões tão vastos, tão altos e profundos, que nuvens se formavam dentro deles, seus habitantes experimentavam ali um mundo inteiro à parte.

Não havia apenas um grande portão em Urkk'thran. Centenas de passagens no nível do solo, subterrâneas e muito elevadas levavam a diferentes regiões. Havia escadas, paredões que podiam ser escalados, enormes túneis de metal que pareciam brinquedos infantis. Havia portos do rio natural e de rios artificiais, atracadouros de veículos voadores.

Maryx escolheu uma porta no nível do solo. Uma pequena fila de goblinoides de todas as raças esperava para entrar. Nossa vez chegou e ela foi interpelada por dois hobgoblins de armaduras completas, com caveiras pendendo dos cintos e elmos, carregando escudos e lanças.

— *Ayirratt'tt Maryx Nat'uyzkk arranyakk* — ela disse. Então apontou para mim: — *Ug'atzayi Corben oy'reshrrtt jak-duyshidakk.*

Meus ouvidos captaram meu nome e "duyshidakk". Intrigado, comecei a prece de compreensão a Thyatis, mas só tive tempo de ouvir um dos guardas hobgoblins dizer:

— Bem-vinda de volta ao lar, Maryx Corta-Sangue. Há combate na arena hoje.

Ela sorriu.

— Venha — disse para mim. — E pare de rezar. Se quiser nos entender, aprenda.

Nunca estive num lugar tão amplo e tão apertado quanto Urkk'thran. A população da cidade era incalculável, uma miríade de goblinoides de todas as raças, todos os tamanhos e etnias se movimentando por todos os espaços disponíveis o tempo todo.

Eu não conhecia grandes cidades humanas, mas Sternachten podia ser bem agitada em algumas épocas, principalmente quando havia visita de comitivas nobres. Ruelas cheias de gente, tavernas e oficinas lotadas, burburinho e multidões não me eram estranhas. Mas, em Sternachten e em todas as cidades sobre as quais eu lera, o fluxo de pessoas se limitava ao chão.

Urkk'thran era tomada de gente por todos os lados.

Todas as superfícies eram passagens para algum tipo de goblinoide. Ao mesmo tempo em que eu seguia Maryx pelas ruas horizontais, ao lado de hobgoblins, bugbears e gnolls, centenas de goblins e kobolds se moviam na vertical, pelas paredes, como a coisa mais normal do mundo. Ogros escalavam casas que se empilhavam na forma de degraus, atravessando em poucos passos a distância que nós levávamos vários minutos para cruzar através de passarelas e ruas inclinadas. Orcs se moviam por túneis fechados acima e abaixo dos níveis normais, emergindo de buracos irregulares já construídos ou que eles mesmos escavavam, aparecendo de surpresa sob nossos pés. Animais e monstros estavam presentes sem que ninguém estranhasse. Nas áreas cobertas, aranhas gigantes andavam de cabeça para baixo nos tetos, cavalgadas por goblins presos a elas com aparatos de couro e fivelas. Wargs corriam e saltavam entre vários níveis da cidade, alguns carregando ginetes, outros sozinhos. Eclipse se separou de nós depois de alguns minutos, juntando-se a uma alcateia de wargs sem que Maryx fizesse nenhuma tentativa de detê-lo. Pequenas máquinas voadoras individuais voavam baixo e costuravam entre os pedestres e as passarelas, zunindo por aberturas minúsculas e atravessando enormes salões.

Era estranho, mas eu não me sentia confinado ou claustrofóbico. Havia muita gente, mas de tempos em tempos o fluxo quase sumia em imensos espaços abertos, pátios de pedra ou terra, pontes estreitas que davam para o vazio dos dois lados. Também não me sentia num lugar artificial. Não era como estar numa cidadela ou fortaleza. Embora tudo fosse construído, a irregularidade e o movimento me davam a impressão de que estava numa floresta. O chão de muitas ruas e áreas abertas era de terra, havia árvores nascendo em todas as direções.

Como acontecera em Farddenn, as mudanças constantes impediam que eu me orientasse. Maryx me levou até uma ponte de madeira, decorada com ossos e flores, larga o suficiente para que quatro ou cinco hobgoblins passassem lado a lado. Pelo menos quinze goblinoides usavam a ponte além de nós. Enquanto atravessávamos, goblins chegaram correndo a gritando, todos se moveram para um só lado da ponte. Então os pequenos de pele verde começaram a desmontar o outro lado da passagem, jogando as peças de madeira lá embaixo, onde eram apanhadas por ogros e logo postas em uso para construir uma torre de vigilância. Fiquei apavorado, pois de uma hora para outra não havia proteção de um lado e eu estava a poucos centímetros do vazio, mas Maryx me puxou e continuamos atravessando. Ninguém estranhou aquilo, nem mesmo o hobgoblin que caiu durante o processo e morreu lá embaixo. Espiei e vi seu cadáver sendo levado para uma fazenda, onde sem demora foi esquartejado. As partes do corpo já estavam sendo enterradas quando perdi o ângulo para olhar. Antes que eu terminasse de cruzar a ponte, a torre de vigia já estava com um terço da altura total.

Houve outras passagens que começaram a se mover com rangidos altíssimos, levando-nos a lugares totalmente diferentes de onde queríamos ir no começo. Uma torre que subíamos para chegar até uma escadaria externa de repente perdeu o teto, então foi sendo desmontada, tijolo por tijolo, até que não havia mais paredes a nosso redor.

Acabei ficando um pouco para trás de Maryx numa ruela serpenteante, cheia de gente. Foi o bastante para ser atacado.

Um hobgoblin me segurou pelo pescoço e me jogou contra uma parede. Tentei me desvencilhar, mas sua força era tremenda. Olhei ao redor, ninguém deu atenção àquilo. A criatura chegou bem perto de mim e falou, num sussurro áspero, em valkar:

— Será que você é o humano que veio de Farddenn?

Tentei responder, mas ele estava apertando minha garganta.

— Dizem que um humano estava sendo trazido para cá. Dizem que é um escravo.

Ele apertou mais forte e chegou mais perto:

— Mas Thraan'ya acha que você é um espião.

Tentei puxar a mão do hobgoblin, mas não pude movê-la um centímetro. Ele então sacou uma lâmina.

— A morte do espião agradará Thraan'ya.

O rosto do hobgoblin foi jogado para o lado por um soco poderoso de Maryx.

Ele rolou no chão. Os goblinoides de passagem não estranharam. Maryx chutou-o e vociferou algo no idioma goblinoide — não entendi, pois a bênção de Thyatis já se fora. Permitiu que ele se erguesse e os dois discutiram. Ela então pareceu expulsá-lo. Ele se curvou, como se pedisse desculpas. Os dois trocaram o cumprimento militar e meu agressor foi embora.

— O que foi isso? — perguntei, quando consegui parar de tossir.

— Não interessa. Vamos, não podemos perder tempo.

Ela me deu as costas e continuou andando, sem duvidar de que eu a seguiria.

— Alguém tentou me matar!

— Acostume-se.

— Quem é Thraan'ya?

Maryx estacou e se virou.

— Não pergunte sobre Thraan'ya.

— Mas...

— Você não precisa saber sobre Thraan'ya. Só precisa ficar fora de seu caminho.

Ela não respondeu mais nada, então tive de me resignar.

À medida que caiu a noite, a cidade começou a brilhar.

Boa parte de Urkk'thran era construída com materiais fosforescentes — as próprias pedras, tábuas e cordas brilharam com a chegada da escuridão. Fungos se acenderam em várias paredes, no chão e no teto. Insetos com brilho natural foram soltos aos milhares, criando uma espécie de céu estrelado no meio das passagens e dos salões. Centenas de luzes alquímicas ganharam vida.

Urkk'thran era um misto de metrópole, ermo, aldeia primitiva e fortaleza. Não podia ser definida em termos humanos.

Maryx nos fez desviar de uma região decorada com ossos e caveiras. No fundo de uma rua, vi um prédio como o que enxergara logo antes de entrarmos em Farddenn: um cone de crânios com cadáveres dispostos a sua frente, como um capacho de boas-vindas.

— Não olhe muito para lá — ela avisou. — Não se aproxime destes lugares.

A caçadora apressou o passo quando entramos em uma enorme rua aberta, pela qual passavam inúmeras carroças e incontáveis goblinoides a pé, para todos os lados, desviando-se uns dos outros sem ordem aparente. A rua parecia acabar num vazio, eu conseguia ver toda a região aberta de coxilhas e as montanhas próximas sem nenhum impedimento. Quando chegamos mais perto, ouvi a gritaria de uma multidão. Maryx caminhou ainda mais rápido, quase correndo. Eu mal conseguia acompanhar.

Então vi que nosso objetivo era uma gigantesca arena.

A construção ficava num nível abaixo, como se fosse um imenso fosso num dos lados da cidade. A rua larga se desmembrava em várias escadarias, uma floresta vertical pela qual goblins e kobolds escalavam, algumas rampas espiralantes, meia dúzia de fossos de terra e areia. Tudo levava àquele buraco iluminado, ocupado por talvez dez mil goblinoides.

— Venha! — ela me apressou, então começou a descer as escadas de três em três degraus.

O barulho da multidão era ensurdecedor. A arena era semelhante a muitas outras que havia no mundo todo: um espaço aberto de areia cercado por arquibancadas de todos os lados. Mas o espaço de lutas e exibições era irregular — parte da floresta vertical continuava lá, na horizontal. Também havia uma área pedregosa e um pequeno lago. As arquibancadas acomodavam tanto espectadores sentados quanto de pé, pendurados em hastes e sobrevoando em balões. É claro que parte das arquibancadas estava em construção. Vi dois orcs carregando um cadáver para dentro de uma porta nos limites da área de combate, então a escadaria nos levou para um túnel escuro.

Quanto mais progredimos pelo túnel, mais alto ficou o barulho da multidão. Eu podia sentir o bater de milhares de pés e punhos acima. Enfim, emergimos do túnel e estávamos nas arquibancadas. Maryx me arrastou para um local que ainda estava vago, brigou com um bugbear para decidir quem sentaria onde, então nos acomodamos.

A meu lado, três crianças goblins brincavam com uma mão humana decepada.

No meio de toda a estranheza goblinoide, aquilo era familiar. Eu nunca estivera numa arena, mas histórias de gladiadores eram comuns na civilização. Eu sabia o que deveria fazer: assistir. Logo haveria uma luta.

Um bugbear caminhou até o centro da arena. Ele vestia uma mortalha e carregava uma foice longa. Eu sabia que era um clérigo de Ragnar.

A multidão fez silêncio.

O bugbear começou a falar algo no idioma goblinoide. Pedi a Maryx que me deixasse rezar para entender. Ela me silenciou com um chiado, olhos vidrados na arena, sem me ouvir direito. Murmurei a prece. Enquanto eu rezava, dois orcs e três goblins saltaram das arquibancadas para a arena, gritando e disputando para chegar ao clérigo. Um goblin estava na frente, mas um dos orcs o agarrou e o jogou longe. Chegou em primeiro lugar.

O clérigo da Morte tocou em sua testa e ele caiu morto na hora.

Minha prece começou a surtir efeito.

— Com este sacrifício a Ragnar, saudamos a luta principal da noite. Que os gladiadores tragam a morte e afastem a lua cheia. Que o Deus da Morte seja agradado e saciado. Que o campeão enfim interrompa seu caminho e encontre uma morte oportuna.

— Nem que seu deus venha em pessoa para levá-lo, desgraçado — murmurou Maryx, entre dentes.

— Todo o futuro a Thwor Ironfist! — o clérigo ergueu a foice.

A multidão respondeu. Maryx ergueu o punho e gritou também.

— Todo o futuro a Gaardalok!

As arquibancadas responderam em peso, mas Maryx ficou calada.

Gaardalok era uma figura tão sinistra e notória quanto o próprio Thwor. Era o sumo-sacerdote de Ragnar, o bugbear que guiara o Ayrrak desde o início. Como clérigo da Ressurreição, eu pensava naquele homem como a antítese de tudo em que eu acreditava. Fiz uma nota mental de que ela não parecia celebrá-lo.

— Todo o futuro à Aliança Negra!

A hobgoblin respondeu de novo, com grande entusiasmo.

Então o clérigo se afastou. Os orcs e goblins não escolhidos para o sacrifício tentaram voltar à arquibancada. Um dos orcs morreu no instante seguinte, com um berro. Eu nem vira o que o havia matado.

Um enorme ogro de duas cabeças entrou na arena, vindo de uma porta lateral, mastigando o cadáver do orc.

De outro lado da arena, surgiu um bugbear coberto de pelos. Ele arrastava uma espada de quase quatro metros de comprimento. Achei que nenhum guerreiro conseguiria erguer a arma, mas ele a levantou e a sacudiu para a multidão, que explodiu em júbilo.

Um gnoll chegou por outro lado, correndo com as quatro patas. Ficou de pé sobre as mãos e arremessou uma lança com os pés, para delírio da plateia.

Os três ficaram parados alguns instantes. Observei Maryx: ela estava com os olhos fixos na arena, os punhos fechados com força.

Então uma nuvem de fumaça vermelha surgiu no meio de tudo. Milhares de goblinoides gritaram ao mesmo tempo, pulando, batendo os pés. Brigas eclodiram por todas as arquibancadas. Quando a fumaça se dissipou, vi um hobgoblin.

Era alto, portava um chicote e uma lança. Assim como Maryx, não tinha pelos. Sua pele era vermelha e coberta de pequenas cicatrizes que faziam padrões decorativos. Seu nariz era trespassado por ossos, os olhos exibiam pintura azul brilhante. Seu cabelo era arrepiado para cima, numa faixa alta no centro da cabeça. Ele vestia uma armadura de escamas prateadas que deixava ver quase todo o corpo e não devia proteger nada.

O hobgoblin ficou de braços abertos, sorrindo para a multidão. De toda a arquibancada, veio o chamado:

— Vartax! Vartax! Vartax!

Maryx não acompanhou o grito de guerra, mas não tirou os olhos do homem.

Enquanto ele se mantinha olhando a multidão e banhando-se na adoração dos fãs, o ogro e o bugbear atacaram ao mesmo tempo.

Vartax saltou no último instante. A enorme espada do bugbear se cravou na areia, a centímetros do ogro. As mãos do ogro tentaram agarrar o hobgoblin e erraram por pouco, mas suas garras rasparam o rosto do bugbear. O bugbear se protegeu, mas uma das cabeças do ogro se sentiu intimidada pelo golpe de espada muito próximo. Rugiu para ele, enquanto a outra tentava acompanhar os movimentos do campeão.

O gnoll correu num movimento esquisito, dando cambalhotas, alternando entre correr com os pés e com as mãos. A cada passo, arremessava uma lança, um dardo, uma adaga. Vartax descreveu um zigue-zague para se esquivar das armas, então puxou algo do cinto e atirou contra o gnoll.

Houve uma explosão de fogo, a plateia foi ao êxtase. Maryx abriu um enorme sorriso.

Enquanto o gnoll corria em chamas rumo ao lago, Vartax deu uma chicotada em uma das cabeças do ogro. Sumiu tão rápido de onde estava que a cabeça se virou para o bugbear e o atacou com um soco. O bugbear, por sua vez, foi pego desprevenido. Cambaleou para trás e começou a gritar que eles deveriam se unir contra o verdadeiro inimigo. Então foi trespassado pela lança por trás.

Vartax surgiu num salto, impulsionando-se no ombro do bugbear, que caiu de joelhos, moribundo. Por um instante, o campeão pareceu ficar suspenso no ar, fazendo pose, então caiu com um cotovelo numa das cabeças do ogro. O nariz do brutamontes explodiu em sangue. Vartax pousou de forma elegante, rolando para o lado, então agarrou o cabo da espada gigantesca do bugbear.

De novo, achei impossível que ele erguesse aquela arma. Mas o campeão girou-a e a outra cabeça do ogro voou solta, num esguicho de sangue. Vartax apanhou a cabeça decepada no ar e ergueu-a, enquanto a outra rugia de dor e raiva. Então a arremessou para a plateia.

— Eu te amo, Vartax! — gritou alguém.

O ogro decapitado uma vez cambaleou para o campeão. Vartax estava de costas. Fez micagens, afetou que não estava notando a ameaça. Fingiu que achava algo no chão e lixava as unhas. As crianças da plateia foram à loucura, berrando para ele, dando-lhe avisos, sugerindo desesperadas o que ele deveria fazer.

Vartax fingiu que escutava um dos pequenos, então se virou bem a tempo de "ver" o ogro tentando esmurrá-lo. Abaixou-se, deixando o soco passar acima, então catou uma adaga do chão e se ergueu, rasgando o ventre do ogro. Suas tripas se derramaram, banhando o campeão.

O ogro caiu para trás. Vartax se exibiu, abrindo os braços para a multidão, coberto de sangue.

Maryx tinha um sorriso enorme.

Ela me levou para o subterrâneo da arena, um misto de túneis irregulares na pedra bruta e outros construídos com esmero goblinoide. Ali não havia mais multidão, embora não existissem guardas ou barreiras. Depois de algum tempo, chegamos a uma espécie de sala grande. Havia algumas cadeiras e bancos. Cabeças empalhadas de goblinoides, humanos e elfos decoravam as paredes. Duas portas fechadas levavam a lugares diferentes daquele pelo qual tínhamos vindo.

Maryx sentou num banco e ficou batendo o pé, apreensiva.

Após quase vinte minutos, uma das portas se abriu.

Por ela surgiu o campeão Vartax. Não estava mais com sua armadura de escamas, mas ainda se encontrava todo sujo de sangue. Ele estacou ao ver Maryx, como se levasse um susto. Então deu uma risada de alegria e correu para ela. Maryx encontrou-o no meio da sala, agarrou-o num abraço forte. Ele a girou e ela o girou, os dois se beijaram com sofreguidão, acariciaram o rosto e a cabeça um do outro com carinho, enquanto trocavam palavras suaves. Eu não entendia mais nada, pois a bênção já acabara de novo. Achava que ficaria constrangido se entendesse.

Ela se afastou só um pouco dele, mantendo as mãos em seus braços, sorrindo muito. Perguntou alguma coisa. Ele fez um gesto para a outra porta.

Então, como se por uma deixa, a porta se abriu de repente e duas figuras surgiram correndo pela sala. Maryx e Vartax se abaixaram e abriram os braços para acolher duas meninas hobgoblins, ambas sem pelos e com pele alaranjada. Eles as abraçaram e as encheram de beijos. Maryx puxou seus cabelos e mordeu-as enquanto elas riam de deleite.

Foi assim que conheci a família da caçadora de cabeças Maryx Corta-Sangue.

6
VIDA E MORTE GOBLINOIDE

— CORBEN — APONTEI PARA MIM MESMO.
A menina mais velha apontou para si e disse:
— *Yahobenn-duyshidakk.*
Então se desfez em risinhos.
Sua irmã mais nova estava escondida atrás dela, espiando-me por sobre seu ombro, meio assustada e muito curiosa. Maryx falou algo para a mais velha, ouvi meu nome sendo citado. A menina argumentou. Vartax deu uma risada estrondosa.
— "Yahobenn-duyshidakk" não é o nome dela, humano — disse o lutador, no idioma comum. — Minha filha acha que "Corben" é o nome de sua raça e disse que ela mesma é uma hobgoblin. Aliás, ela acha muito estranho que você saiba falar.
Maryx se abaixou para ficar da altura da filha. A menina mais nova se agarrou à mãe, escolheu-a como uma proteção melhor contra mim. Mas não deixou de espiar.
— *Ayiggatt'gg duyshidakk* — disse Maryx para a filha mais velha, com seriedade. — *Anhob. Ayirraaktt'kk duyshidakk anagh!*
A menina concordou, impressionada e um pouco tristonha. Maryx a abraçou e ela se voltou a mim de novo.
— *Duyshidakk!* — disse, apontando para si mesma.
— Isso vai levar a noite toda — suspirou Vartax.
Então falou algumas coisas para a menina, mencionou meu nome duas vezes. Ela pareceu entender. Virou para mim, apontou para si mesma e disse:
— Threshnutt!
— Muito prazer, Threshnutt — falei, oferecendo a mão em cumprimento. A menina deu um tapa em minha mão, o que provocou mais uma gargalhada de seu pai.

A casa de Maryx, Vartax e suas duas filhas ficava numa espécie de colina elevada dentro de Urkk'thran. Era preciso escalar vinhas, atravessar uma ponte estreita e subir alguns lances de escadas espiralantes a céu aberto para chegar lá — pelo menos até que tudo mudasse. Em volta havia algumas praças planas e plataformas cercadas por muretas, que se estendiam entre vários níveis de colinas de pedras mais ou menos regulares. Os dois adultos faziam a cortesia de falar em valkar quando estavam comigo, mesmo eu sendo apenas um escravo. As crianças não entendiam meu idioma. Pela conversa de Maryx e Vartax, cheguei à conclusão de que aquela casa era nova e a caçadora a estava conhecendo só agora. A família se mudara enquanto ela estava na expedição da qual acabara de voltar. O pai e as duas filhas não usaram a casa anterior durante quase um dia inteiro e voltaram para descobri-la já meio demolida e transformada num criadouro de vespas gigantes.

Aquilo não era problema — na verdade, parecia ser comum. O conceito de morar no mesmo lugar por muito tempo não fazia parte da mentalidade goblinoide. A família não tinha posses, exceto objetos de uso cotidiano. Era comum que pessoas entrassem quando eles não estavam, ou mesmo quando estavam, e simplesmente pegassem coisas que não estavam sendo usadas. Assim, não era tão inconveniente retomar a vida de onde tinham parado em outra casa desocupada ou construída recentemente.

Maryx e Vartax eram figuras notórias em Urkk'thran — isso ficou claro no caminho que fizemos da arena até a casa. Ela foi reconhecida e cumprimentada por vários hobgoblins, especialmente batalhões em patrulha ou em treinamento. Já ele era verdadeiramente famoso. Foi seguido por admiradores e crianças. Dois bugbears o desafiaram a lutas no meio do caminho e o campeão concordou em bater neles, o que pareceu ser uma honra aos derrotados. Vartax recebeu presentes na forma de comida e perfumes, mas logo os deu a outras pessoas.

Contudo, não era como o cortejo que se formava no caminho de um nobre ou de um herói numa cidade humana. Os goblinoides não o seguiram o tempo todo, não tentaram pedir alguma bênção ou favor. Apenas andaram atrás de nós por quase uma hora, então aos poucos perderam o interesse. Vartax também não precisava de nenhum tipo de segurança ou guarda-costas para manter o povo longe. Vários queriam tocar nele e o campeão deixava, sem constrangimento. Não notei muita preocupação com espaço pessoal, privacidade ou limites. Todos compartilhavam o mesmo espaço o tempo inteiro.

Eu também fui alvo de curiosidade durante o caminho. Na ida até a arena, ninguém me dera muita atenção, exceto pelo ataque repentino, talvez porque Maryx estivesse com pressa e seu jeito não convidasse a interações. Mas, andando com o casal e suas filhas, fui parado várias vezes por crianças e adultos que queriam cutucar meu rosto e examinar minha pele. Eu era muito estranho para eles. Alguns garotos goblins nos seguiram por mais de dez minutos, fazendo sons esquisitos. Maryx me explicou que eles achavam minha pele macia nojenta e me comparavam a um pêssego podre. Alguns orcs cuspiram em minha direção, mas um olhar duro de Maryx os manteve longe, só resmungando. Eu era humano, mas também era escravo — enquanto estivesse perto de minha mestra, devia estar em relativa segurança.

A filha mais nova do casal de hobgoblins passou o tempo todo sentada sobre os ombros de Maryx, agarrada a seu pescoço. A mais velha corria livre, às vezes se perdia na multidão, para retornar minutos depois.

Quando enfim chegamos à casa, demorei algum tempo para me orientar.

Era um conjunto de túneis e buracos escavados em muralhas, na terra e na pedra bruta da colina interna. Não havia um aposento para cada função ou para cada pessoa — cada um dormia onde queria, não existia uma cozinha ou uma sala de convívio familiar. Armas, roupas, utensílios culinários, brinquedos, grandes almofadas, tinas de água e todo tipo de objeto necessário para a vida doméstica estavam espalhados por tudo. A casa tinha cheiro forte de perfume doce, as paredes de pedra e terra eram pintadas com padrões abstratos e figuras humanoides em cores vivas. Não havia portas, mas cada abertura entre os cômodos era decorada com contas, ossos coloridos, tiras de tecido.

Maryx guardou o kum'shrak, cravando-o numa parede. Deixou o resto de suas armas e seus apetrechos espalhado. Enquanto as duas meninas corriam, cantarolavam e falavam sem parar, a caçadora tirou toda a roupa. Ela e Vartax continuaram conversando, entre si e com as filhas. O homem apanhou um grande pote de cerâmica, destampou-o e meteu a mão lá dentro. Tirou os dedos cobertos de um tipo de cera oleosa e passou a substância no corpo da mulher. Então achou uma espátula curva e raspou a cera. A substância se desprendeu do corpo de Maryx muito suja. Aquilo era uma espécie de banho.

Maryx fez o mesmo com o marido, tomando cuidado para retirar a enorme quantidade de sangue seco que recobria seu corpo. Eles não tinham a menor vergonha de fazer aquilo a minha frente. Também não conseguiam tirar as mãos um do outro — riam, trocavam abraços e beijos, acariciavam-se de forma terna e também sexual.

Depois da limpeza, Maryx deitou numa plataforma de pedra elevada coberta de trapos e peles e o marido massageou seu corpo inteiro. Em seguida inverteram as posições. Então, mais de uma hora depois que chegamos à casa, eles falaram comigo.

Já fazia alguns minutos que eu tentava me comunicar com a menina cujo nome acabara de descobrir. Threshnutt era ainda magra e um pouco desengonçada. Tinha jeito bem infantil, suas presas inferiores eram curtas e rombudas, diferentes dos dentes afiados e ameaçadores da mãe. Contudo, ela já tinha quase minha altura. Seu comportamento lembrava uma criança humana de 8 ou 9 anos, mas ela se portava com grande confiança em certas situações. Não se intimidou com a multidão que nos seguiu durante parte do caminho. Ao contrário da irmã, que se fosse humana teria 4 ou 5 anos, Threshnutt não tinha medo de mim, só curiosidade. Sabia lidar bem com armas — organizou as lâminas e os sacos explosivos que sua mãe tinha deixado jogados no chão, mas não tocou no kum'shrak.

— Vou lhe contar um segredo, escravo — disse Vartax.

— Ele não é um de seus admiradores — disse Maryx, também no idioma comum. — Não precisa se exibir para ele.

— Mas ele é um escravo, então precisa me adorar se eu mandar!

— Se *eu* mandar — ela corrigiu.

Vartax achou muita graça disso. Para minha surpresa, Maryx também riu.

— Se não quiser que seu escravo escute, mande ele enfiar agulhas nos ouvidos — o gladiador continuou. — Humano, saiba que sua mestra tem coração de alvorecer. Como é a expressão em sua língua primitiva? Ah, sim! Coração mole. Maryx, o sangue que corre em minhas veias, é uma guerreira de coração mole. Quer saber o que ela estava falando para nossa filha?

— O escravo não precisa saber o que ensino a Threshnutt.

— Precisa sim! — divertiu-se Vartax. — Se nós não ensinarmos os humanos a ser civilizados, quem ensinará?

Ela resmungou algo, mas o gladiador continuou falando para mim:

— Sua mestra disse que Threshnutt não deve chamar a si mesma de "hobgoblin". Deve se identificar como "o povo". Como... Goblinoide. Não há diferenças.

Vartax tinha boa gramática de valkar e era capaz de usar vocabulário avançado, mas seu sotaque era muito forte. Eu tinha dificuldade para entender o que ele dizia. Maryx falava com mais naturalidade.

— Ele é humano — disse Maryx. — Para ele, não há diferença. Ele não entende a Grande União ou O Mundo Como Deve Ser.

— Ele não vai servir ao Ayrrak? Então precisa entender! Não importa se é só um humano.

Não pude deixar de ver certa graça na interação dos dois. Foi um choque testemunhar uma demonstração de sentimento de Maryx além de raiva, desprezo e adoração por Thwor Ironfist. Havia uma intensidade na caçadora que nunca ia embora. Ela não estava exatamente relaxada com Vartax, não como eu imaginava uma família humana relaxando em casa. Maryx se mantinha atenta, a todo momento sabia onde estava o kum'shrak. Não se preocupava com as filhas ou comigo, mas roubava olhadelas para as passagens, como se vigiasse em busca de inimigos. Sua postura rija de predadora se mantinha, pois seu corpo talvez não fosse capaz de nada além disso.

Mas em meio aos gestos precisos havia afeto, demonstrado da mesma forma exata e deliberada. Maryx não se colocava junto ao companheiro como um humano faria, fosse homem ou mulher. Havia entrega, mas não vulnerabilidade. Mesmo entre as carícias, mesmo quando um massageava o outro, a relação era não só de igualdade, mas também de duas forças se chocando e se completando. Receber afeto era algo ativo.

De novo, meu lado estudioso começou a tomar conta. Observei com curiosidade de desbravador a maneira como eles interagiam. E sim, achei graça. Senti um certo conforto ao ver aquela faceta de Maryx.

Então ouvi algo:

— Não finja que você acredita tanto no potencial dos humanos — disse Maryx. — Lembre do que aconteceu com o último escravo.

— Mas *aquele* humano era irritante! — riu Vartax. — Quem poderia aguentar tanta choradeira?

O gladiador riu. Maryx abriu um sorriso.

Então fechou o rosto e me dirigiu um olhar.

Vartax estendeu o braço musculoso, deu-me um tapinha no ombro. Fez algum comentário que considerava espirituoso, explicando que tinha perdido a paciência com um escravo humano e cortado sua cabeça. Disse que lágrimas continuaram a escorrer dos olhos da cabeça decepada, como se o morto ainda não tivesse percebido que devia parar de choramingar.

Não ouvi direito, pois mais uma vez fui assaltado pela percepção de onde eu estava.

Eu era escravo de goblinoides. Talvez um escravo valioso, com uma tarefa importante, mas só um escravo de um povo sanguinário. Minha vida não valia nada.

Olhei de relance para as duas meninas. Elas eram engraçadas, eu conseguia ver nelas uma beleza infantil, apesar da diferença entre nossas raças. Mas em pouco tempo seriam tão cruéis quanto o pai e a mãe. Talvez já fossem.

Seria mesmo tão errado matar crianças goblinoides?

— Sua mestra acredita acima de tudo na Grande União, humano — disse Vartax, como se o comentário sobre a decapitação não tivesse importância. — Sabe o que é?

— Ele é humano — interveio Maryx. — Como poderia saber?

— É a união entre goblins, hobgoblins e bugbears? — arrisquei.

Vartax arregalou os olhos, deu uma risada, bateu em meu peito de forma amigável.

— Ele está errado — disse Maryx, balançando a cabeça.

— Mas, para um humano, até que chegou perto de acertar!

O gladiador ia dizer algo, mas Maryx o interrompeu. Ela se agachou perto de mim. Puxou a filha mais nova e começou a limpá-la com a cera e a espátula.

— A Grande União é parte do Mundo Como Deve Ser — explicou Maryx, séria, não deixando que Vartax se metesse. — É mais do que apenas juntar as raças num exército. É a noção de que os goblinoides são um só povo. São o povo escolhido, o mais digno e versátil do mundo. Mas estamos divididos. Assim como um corpo se compõe de braços, pernas, tronco e cabeça, o povo se compõe de goblins, hobgoblins e bugbears. Ogros, orcs, gnolls, kobolds e outros. Todos com suas próprias capacidades, suas funções no conjunto. Todos se completando.

Vartax sentou no chão. Pegou Threshnutt no colo, começou a simular uma luta com ela. Mas não tirou os olhos de Maryx. E, em qualquer raça ou povo, seu olhar era de amor, de adoração e de orgulho.

— Nenhuma das raças prospera sozinha — continuou Maryx. — Por isso vocês, humanos, acham que a ciência dos goblins não presta. Eles são só parte do todo. Seria como exigir que uma perna decepada pudesse correr! Mas juntos somos completos. Goblins criam, hobgoblins protegem, bugbears lideram. E mesmo isso é só o começo da Grande União. No futuro, no Mundo Como Deve Ser, hobgoblins serão capazes de voar em máquinas, como goblins. Bugbears se organizarão em batalhões e terão disciplina, como hobgoblins. Goblins liderarão como bugbears. Seremos todos um só. Fortes como ogros, resistentes como orcs, rápidos como gnolls, ardilosos como kobolds.

Fiquei calado.

O idealismo de Maryx e o amor de Vartax não combinavam com o comentário apavorante sobre decapitar um humano porque chorava. É claro que um escravo choraria. A escravidão roubava qualquer tipo de dignidade. Forcei-me a lembrar que aquele homem matara um escravo porque não estava satisfeito com a escravidão. Porque aquela vida começava a me parecer atraente.

Eu já lera sobre a mentalidade que surgia em mim. Eu era um escravo, minha vida estava nas mãos de meus mestres. E não estava sonhando com a liberdade. Estava sonhando com ser um deles.

Balancei a cabeça, num gesto involuntário. Eu era *humano*. Nunca seria um goblinoide, nem queria ser. Podia colaborar com eles para satisfazer minha curiosidade e minha ambição, mas sempre precisaria ter cuidado. E, na primeira chance, eu iria fugir.

— Maryx não está falando toda a verdade — disse Vartax, em tom zombeteiro. — Ela não acha que sejamos *todos* iguais. Tem seus preferidos.

— Não fale sobre... — Maryx começou.

— Minha esposa ama os goblins mais do que a mim! — divertiu-se Vartax. — Maryx e seus goblins são a maior paixão que existe em Lamnor!

Eles começaram a discutir, bem-humorados, num misto de valkar e goblinoide. Pude notar como trocar ideias e argumentos era um grande prazer para os dois. Eu já ouvira Maryx falar que os goblins eram a mais nobre das raças e não dera muita importância. Agora, testemunhando sua discussão com o marido, entendi melhor.

O papel dos goblins na Aliança Negra era criar. Em parte isso era a interpretação de Maryx, em parte era verdade inegável. Havia milhares de partes que faziam a horda de Thwor Ironfist ser invencível e quase todas tinham a ver com a morte. Hobgoblins eram generais e soldados, bugbears eram guerreiros e sacerdotes... Todos se destinavam a destruir. Mas era preciso inventar e construir máquinas de guerra, ocupar e transformar cidades, desenvolver o povo goblinoide. Tudo isso ficava a cargo dos goblins.

E os goblins também eram supremos ao se reproduzir. Maryx via aquilo como nobreza. Goblins geravam vida, eram fontes de infinitos nascimentos. Por onde goblins passavam, havia criação.

— Este é O Mundo Como Deve Ser — ela falou para Vartax. — Você sabe que é verdade! Os clérigos e fanáticos não entendem, mas nós conhecemos o verdadeiro plano do Ayrrak. Vida para os goblinoides.

— Não fale tão alto — repreendeu o gladiador.

Ela bufou, mas concordou.

Fiquei estupefato. Maryx já havia demonstrado reservas quanto aos clérigos de Ragnar, já dissera que "nem todos" os goblinoides eram devotos do Deus da Morte.

Mas agora dizia explicitamente que o grande plano de Thwor Ironfist envolvia não espalhar a morte, mas fomentar a vida.

Ela se virou para mim.

— Goblins levarão o mundo ao futuro — disse, olhando em meus olhos. — Vocês os veem como criaturinhas burras, sem orgulho, que vivem no lixo. Daqui a décadas ou séculos, todos lembrarão que vocês trataram dessa maneira os construtores do destino. Goblins criam. Goblins inventam. Goblins têm filhos.

— Se nossas filhas não fossem tão altas, eu desconfiaria que goblins têm filhos com você — provocou Vartax.

Maryx jogou uma pedra nele. O gladiador deu uma risada. Ela então continuou:

— Goblins são a mais nobre das raças. Em séculos de liberdade, humanos ergueram castelos e copiaram tudo que já existia no passado. Poucas décadas depois da libertação, goblins construíram obras como Urkk'thran. Transformaram Farddenn. Desenvolveram alquimia. Imagine o que farão com o tempo que vocês já tiveram!

Engoli em seco.

— O futuro pertence aos goblins, humano. E todos serão muito mais felizes.

Vartax mostrou a ela a filha mais velha, quase adormecendo em seus braços.

— Nem Threshnutt e Zagyozz aguentam mais ouvir sobre goblins — ele sorriu. — Venha, *dathrayatt*. Vamos colocar nossas filhas para dormir.

Maryx colocou meio corpo para fora da casa, através de uma das aberturas externas. Havia dois ogros escavando um túnel bem ao lado — em alguns dias, outra casa ou prédio teria ligação direta com a habitação da família. Também havia alguns hobgoblins em volta e, como sempre, um pequeno enxame de goblins, construindo, destruindo e se divertindo. A caçadora fez um sinal para seu marido.

Vartax então manteve as duas meninas acordadas e as levou a um cômodo pequeno nos fundos da casa, uma caverna apertada no fim de um corredor. Todas as cavernas estavam ligadas a vários outros cômodos, menos aquela. Espiei para o interior e vi que lá havia uma pequena pilha de ossos e uma foice longa. As duas meninas sonolentas se prostraram e começaram a entoar uma espécie de cântico.

Era um altar a Ragnar, o Deus da Morte.

Maryx voltou para dentro de casa. Pôs-se a afiar lâminas.

— Vocês são obrigados a rezar? — perguntei.

Ela me dirigiu um olhar enigmático e não respondeu.

— Já entendi que não são devotos — falei mais baixo. — Você queria verificar se podia haver alguém escutando, não? Se estavam vigiando como vocês criam suas filhas.

— Cale a boca, escravo.

— Eu sei o que é viver com medo.

— Nós *não* vivemos com medo — ela rosnou.

— Mas rezam para manter as aparências.

Maryx ficou calada.

Ela mandou que eu prestasse atenção. Desde que eu fora resgatado/ capturado no Castelo do Sol, não recebera nenhuma ordem a não ser caminhar. Eu era um escravo apenas em nome. Não tinha sido posto para trabalhar, apenas deixado livre dentro da casa, conversando com o casal e as crianças. Algo me fazia crer que a noção de escravidão dos goblinoides era diferente do que eu conhecia. Por outro lado, havia a história de como Vartax matara o último escravo. De qualquer forma, ela mandou que eu observasse e me mostrou como afiar as lâminas de suas várias armas. Apontou as várias pedras que havia nas paredes, no chão e do lado de fora que podiam ser usadas para aquela tarefa. Então me deu uma faca longa e deixou que eu tentasse.

— Está fazendo tudo errado — disse Maryx, após minhas primeiras tentativas. — Preste atenção, veja como eu faço.

— De que vale treinar um humano para este serviço leve quando você terá mais trabalho me ensinando?

— Cale a boca, escravo.

— Vocês fazem muita coisa para manter as aparências, não?

De novo, ela parou o que estava fazendo e me olhou.

— Você precisa ao menos parecer um escravo útil — ela sussurrou. — A notícia de sua missão vai vazar mais cedo ou mais tarde, mas é melhor que seja mais tarde. Então tente não atrapalhar.

— O culto a Ragnar, minha função... Tudo é fingimento.

Maryx pousou a pedra e a faca no chão. Aproximou-se de mim, sussurrou.

— Não se pode manter um povo vivo cultuando a Morte — mal pude ouvir sua voz. — Não se pode manter uma família viva com um altar à Morte dentro de casa. Ragnar nos impulsionou adiante no início, quando precisávamos conquistar, matar quem ocupava nosso continente. Mas isso foi gerações atrás. Agora é hora da vida.

— E eles têm muito poder, certo? Vocês precisam continuar agradando ao clero de Ragnar porque eles são influentes, não?

— A Aliança Negra foi fundada sobre os cadáveres de nossos inimigos. Mas também sobre nossos próprios cadáveres. Os clérigos dizem que toda morte é boa, porque é morte. Eu discordo.

— E Thwor Ironfist discorda também.

Ela ficou calada.

Com entusiasmo e certo alívio, percebi que Maryx estava tendo uma conversa de verdade comigo. Os insultos eram poucos, ela dava respostas, não havia Gradda ou Vartax intermediando. Ela não desmentiu nem confirmou que o Ayrrak discordava do clero de Ragnar, mas não precisava. O homem terrível e magnífico que eu conhecera em Farddenn era mais que só um sanguinário. Thwor Ironfist tinha ideias sobre a morte, mas também sobre a vida. Ele falava em futuro. Fiquei ainda mais intrigado, mas também percebi que ele não era todo-poderoso. Se não havia se livrado de quem pensava diferente de si mesmo, era porque não podia.

— Maryx — foi a primeira vez que falei o nome. Soou estranho. — Maryx, minha missão será mais fácil se eu entender o que está acontecendo. Como posso decifrar a Flecha de Fogo olhando os céus se não entendo o que vejo quando olho a terra?

— Você é só uma ferramenta — ela grunhiu. — Como o Ayrrak falou. Uma chave.

— Se vida atrai vida e morte atrai morte, ignorância também não atrai ignorância? Conhecimento também não atrai conhecimento?

Ela arregalou os olhos em surpresa genuína.

O pensamento típico goblinoide veio a mim espontaneamente. Por um instante, fez sentido. Não era lógico — pelo menos não tinha a lógica humana que eu conhecia em Arton Norte. Muitos clérigos talentosos em Sternachten tinham sido completos ignorantes sobre assuntos que não envolviam sua pesquisa. Houvera inclusive clérigos enclausurados, que se mantinham na ignorância voluntária sobre temas mundanos, para se concentrar no estudo dos céus. O que quer que eu fosse descobrir pela astrologia não dependia de saber sobre o modo de vida dos goblinoides. Só de telescópios, matemática, paciência e deduções.

Mas ali o oposto era verdadeiro. Eu sentia que, sendo ignorante sobre algo, estava me colocando numa posição de ignorância geral e me afastando de qualquer descoberta.

— Você é humano — ela refutou. — Está aqui numa missão do Ayrrak, mas é só um humano. Humanos não querem nos entender, só nos matar.

— Eu nunca quis matar um goblinoide — não era totalmente verdade, mas na fazenda a sensação fora mais de pavor.

— Em sua cidade, você estudava a Flecha de Fogo. O objetivo de toda sua ciência era matar goblinoides.

— Era algo abstrato! — protestei. — Eu nunca desejaria matar Thresh...

Ela me interrompeu no meio da palavra. Tapou minha boca e encostou uma lâmina em meu pescoço.

— Não pronuncie o nome de minhas filhas na mesma frase em que fala de morte.

Assenti.

Ela me soltou.

— Eu nunca quis matar um goblinoide, porque não conhecia nenhum — falei. — Em Sternachten, o objetivo era acabar com a Aliança Negra.

— Por quê? — ela perguntou. — Por que acabar com nosso modo de vida?

— Porque vocês querem acabar com o nosso!

Maryx riu seu riso sem humor. Balançou a cabeça, afastou-se de mim alguns centímetros. O que quer que estivéssemos compartilhando naquele momento tinha se quebrado.

— Você sabe como tudo começou, humano?

— Com o eclipse, o nascimento de Thwor...

— Não! Muito, muito antes, tudo começou com *vocês*. Humanos e elfos, sempre humanos e elfos pisoteando tudo que veem. Este continente era nosso, então chegaram os malditos elfos. Muitas gerações atrás, eles vieram com sua magia, suas bênçãos e suas armas e começaram a nos matar. E para vocês isso é um marco histórico! Sua civilização amaldiçoada nos odeia tanto que contam seu calendário a partir do ano da invasão! O início do genocídio de meu povo é algo tão maravilhoso que vocês nunca desejam esquecê-lo!

O início do calendário — ela falava de mil e quatrocentos anos atrás. Todo o norte considerava a chegada dos elfos como o ponto inicial de nossa história. Para Lamnor, era o trauma de quase um milênio e meio. Por instinto, recuei. Não esperava uma reação tão forte. Ela não estava mais sussurrando.

— Os hobgoblins não eram tão poderosos quanto os elfos. Não tenho vergonha de admitir isso. Os elfos eram muito melhores, mais avançados, mais abençoados por sua deusa covarde. Mas nós conseguimos nos manter, conseguimos sobreviver. Eles fundaram sua cidade patética, cheia de cristais e enfeites, que chamaram de Lenórienn... Em *nosso* continente!

— Maryx...

— E os humanos acharam lindo! Rastejaram para os malditos elfos, implorando para aprender magia, poesia e seu jeito piegas e sonhador de pensar! Então usaram tudo isso para nos atacar também!

Eu já não tentava falar nada.

— Vocês, humanos, são mesmo ridículos! Acham que têm mais a ver com seres etéreos e quase imortais, que vieram de longe em navios mágicos, do que conosco, que vivemos pouco, dependemos de força e coragem para sobreviver. Vocês deviam ter sido *nossos* irmãos, mas escolheram ser capachos dos elfos! Poderíamos ter lutado juntos! Vocês poderiam ser duyshidakk, então nos uniríamos e expulsaríamos a praga élfica de Lamnor! Mas preferiram lamber as botas deles!

Vartax chegou em silêncio, por trás dela. Não falou nada. Maryx não o notou.

— Com tudo contra nós, todos acharam que seríamos exterminados. Mas não! Tornamos a vida dos elfos difícil! O que deveria ser um massacre rápido entre uma poesia e um recital de música lírica virou a Infinita Guerra. Por geração após geração, resistimos ao domínio élfico. Perdemos mais e mais território, que os humanos ocuparam. Fomos expulsos às florestas e às cavernas. Tudo porque havia uma raça hostil mais antiga, mais desenvolvida e mais poderosa, que invadiu nosso continente.

Eu estava boquiaberto.

— Os humanos pelo menos receberam a chance de se submeter aos elfos. Nós fomos chacinados desde o começo! E por quê? Porque nos acham feios? Porque inventaram a maldade e a bondade e decidiram que somos malignos? Porque sacrificamos seres vivos? O que é a sociedade élfica senão um imenso sacrifício de goblinoides?

Ela parou de falar. Recuperou o fôlego aos poucos. Vartax veio até ela, abraçou-a por trás. Maryx segurou forte seus braços.

— Nós suportamos nossas terras sendo roubadas, nosso povo sendo assassinado, nosso futuro sendo destruído por geração após geração, após geração. Não tínhamos obras tão grandiosas porque nossos maiores criadores estavam se escondendo nos ermos ou vivendo em meio ao lixo das cidades do norte. Sim, o que fazemos é cruel, humano. Nós chegamos em suas cidades, em seus reinos, e matamos *todos*. Matamos *tudo*. Não há futuro para quem fica em nosso caminho. Mas você só está chocado porque desta vez é o lado mais fraco e está vivendo isso agora. Os elfos fizeram *exatamente* a mesma coisa no passado e seu crime virou uma grande saga heroica.

Vartax sentou ao lado dela. Os dois se acomodaram bem juntos.

— Esta é nossa saga. Os jovens estão aprendendo nossa história de triunfo. Já existem gerações de goblins que nunca viram a conquista, só conhecem a paz. Tudo graças a Thwor Ironfist.

Ficamos em silêncio por um tempo. Eu olhava para o chão. Pensei nos prisioneiros sendo executados em Farddenn. Pensei em meu pai dizendo que os goblinoides estavam por toda parte e viriam nos pegar.

Houve um tempo em que nós fomos pegá-los.

Na verdade, esse tempo ainda era o presente. Um goblin que encontrasse um aventureiro humano nos ermos estava morto. Os humanos estavam por toda parte e viriam pegá-los.

— Veja esta casa, humano — disse Vartax. Ele falou com voz mansa, sem a exaltação de Maryx. — Veja nossa vida, nossas filhas. Nada disto chega a nós sem sangue. Eu sou só um artista, um lutador de arena, mas Maryx é uma heroína. Ela se afasta de nós por muito tempo para conquistar nossa segurança.

Ele se curvou para mim. Ficou sério, com só um pouco de ameaça.

— Então não fale em acabar com a Aliança Negra. Você está falando em acabar com nossa casa, com nosso direito de criar nossas filhas.

Apesar de mim mesmo, pedi desculpas com voz pequena. Depois disso, a conversa foi mais uma vez uma conversa. Maryx não queria falar, mas Vartax retomou o ar bonachão e começou a me contar sobre o modo como as coisas funcionavam entre os hobgoblins.

Em geral, não havia famílias hobgoblins como aquela. Os casais se uniam por pouco tempo e as lealdades não eram entre pares de amantes ou esposos, mas entre colegas de batalhões militares.

— Hobgoblins não são feitos para o amor — ele piscou, num gesto que parecia totalmente humano. — Mas eu não sou um guerreiro! Sou um amante.

Aquilo arrancou um meio sorriso de Maryx.

O modo de vida totalmente militar era tido como natural, mas hobgoblins também tinham necessidade de formar ligações emocionais — apenas costumavam ter coisas mais urgentes para se preocupar, como a sobrevivência. Vínculos amorosos se formavam, mas clandestinamente. O conceito de maternidade não tinha muita importância, muito menos a questão da paternidade. As mulheres hobgoblins deviam entregar seus filhos para serem criados pelo clero e então retomar a vida nos batalhões.

— Nossa raça tinha seu próprio deus — Maryx interrompeu. — O Deus dos Hobgoblins. Naquela época, o clero não era tão ruim. Mas, nas últimas décadas, só há o Deus da Morte.

O culto a Ragnar tinha se tornado obrigatório. Assim, mandar os filhos para serem criados "pelo clero" significava que seriam doutrinados pelo culto à Morte. Mais e mais hobgoblins se revoltavam silenciosamente contra isso. Alguns poucos conseguiam desafiar aquela norma.

— Nós precisamos lutar pelo direito de casar e criar nossas filhas — disse Vartax. — Minha fama ajuda, porque as pessoas adoram que um artista tenha vida excêntrica. Mas o que decidiu tudo foi o heroísmo de Maryx.

A caçadora de cabeças tinha recebido permissão especial do próprio Thwor Ironfist. Então pudera ter o que todo plebeu humano considerava perfeitamente normal e ordinário: uma casa e uma família.

Mesmo assim, o casamento foi celebrado por um clérigo do Deus da Morte. Segundo seu sistema de crenças, aquilo significava que a morte macularia sua vida de casal.

— Não tenho medo — disse Vartax. — Se Ragnar surgir em nossa porta, minha esposa vai chutar o traseiro dele.

Maryx sorriu de novo.

Zagyozz, a menina mais nova, surgiu na sala, esfregando os olhos e resmungando. Todo o falatório a tinha acordado.

Maryx e Vartax colocaram as pequenas para dormir mais uma vez. Já era alta madrugada. Urkk'thran não tinha diferença entre o dia e a noite — algumas raças goblinoides eram noturnas, outras diurnas, então a cidade ficava ativa o tempo todo. Os dois hobgoblins mudavam sua hora de dormir constantemente, de acordo com sua vontade e as tarefas do dia, sem que isso os prejudicasse. Eles lutaram com as duas meninas, que riram de deleite. Fizeram-nas gritar a plenos pulmões. Então, por fim, elas adormeceram.

Aquilo tudo não tinha sido necessário antes, mas, uma vez acordadas, as duas ganharam energia. O casal tinha o ar satisfeito e exausto de pais de crianças pequenas no mundo todo.

Maryx saiu para caçar animais selvagens na cidade enquanto seu marido ficou comigo, explicando as tarefas domésticas. Na verdade, ele não se importava muito com meu aprendizado. Quis saber mais sobre mim, sobre Sternachten. Baixou a voz para perguntar sobre a Ordem do Último Escudo.

— Você conheceu o guerreiro sagrado? — perguntou o hobgoblin.

— Avran?

Fiz que sim.

— Ele é tão perigoso quanto dizem?

Contei uma versão resumida de tudo que sabia sobre o paladino. Falei de seu escudo, de seu ódio, de sua força surpreendente. Eu não pensava em Avran há bastante tempo. O mergulho na vida goblinoide desde que eu fora resgatado/capturado por Maryx tirara toda a atenção dos assassinos de Sternachten. Repassando o que acontecera, falei de como ele tinha parecido só um humano bem treinado, um guerreiro comparável a Maryx, mas ao longo do combate realizara feitos cada vez mais impressionantes. No fim, fora capaz de estraçalhar o chão de pedra com um só golpe.

— Ele não quer que a Flecha de Fogo seja descoberta — falei. — Chegou a matar um elfo porque ele ia falar algo sobre a Flecha.

— Bem, pelo menos fez algo de bom pelo mundo.

— Nem todos os elfos são ruins — protestei. — Conheci uma elfa inocente. Espero que ainda esteja viva.

— Uma elfa que não falava em matar Thwor Ironfist?

Desconversei. Vartax notou meu constrangimento e riu.

— Não posso dizer que realmente odeio elfos — ele admitiu, dando de ombros. — Conheci poucos. Mas eles nos odeiam tanto que é difícil não ter medo.

— Medo?

— Não tenho medo de um vulcão que cospe lava. Não tenho medo de um ogro que surge rosnando e berrando. Tenho medo de uma armadilha oculta, um pedaço de chão que parece seguro até você pisar nele e cair num fosso cheio de espinhos. Tenho medo de um elfo tranquilo e sorridente que me considera maligno além de qualquer redenção.

Fiquei um tempo digerindo aquilo.

— Além disso, aquelas orelhas são ridículas! — riu Vartax.

Ele deixou o riso morrer. Eu ia perguntar algo, mas vi que o gladiador tinha ficado sério.

— Acho que Avran está se aproximando daqui — ele falou, de repente.

Aquilo me pegou de surpresa.

— Como...?

— São só boatos. Dizem que há humanos atacando aldeias e tribos nas regiões em volta. Poucos dão importância; humanos estão sempre incomodando. Mas acho que têm o fedor de Avran.

— Maryx não sabe?

— Maryx acabou de chegar. Acho que minha esposa merece algum tempo sob a luz de sua família antes que a sombra deste homem escureça seu caminho de novo.

Eu era só um escravo. Não fazia sentido que ele compartilhasse segredos comigo.

— Talvez não seja nada, humano. Talvez seja *outro* grupo de assassinos que acha que matar goblinoides é heroísmo. Mas, se Avran está declarando guerra a nós, estamos em perigo.

Ele se inclinou para ficar bem perto de mim:

— Isso tem a ver com a Flecha de Fogo. Portanto *descubra o que é essa porcaria*.

Então se endireitou e deu uma risada:

— E rápido!

Maryx chegou pouco depois, trazendo os cadáveres frescos de cinco criaturas parecidas com marmotas, sem olhos e com bocarras circulares cheias de dentes afiados. Vartax lambeu os beiços. A caçadora abriu os estômagos dos animais, deixando cair de dentro pedras em diferentes estados de trituração. Enterrou as pedras em vários cômodos da casa. Deu os cinco corações a Vartax, que retribuiu com beijos e carícias. Retirou as gengivas e chupou a carne presa em cada dente. Deu-me os cérebros.

— Posso comer também as línguas e as gargantas? — pedi.

Os dois me olharam surpresos.

— Quero aprender a falar seu idioma — expliquei, um pouco envergonhado.

— Para aprender a falar, não é bom comer gargantas de vurttiyk. Eles só emitem som quando estão morrendo. Coma cabeças de corvos. De preferência vivos.

Talvez eu estivesse ficando louco, mas o que mais estranhei naquele conselho foi a parte prática. Eu teria que cuspir os bicos e ter cuidado para não me machucar com eles.

Depois da refeição, Maryx cortou alguns pedaços da carne dos vurttiyk, então os colocou num braseiro vagaroso, onde deixou a fumaça impregná-los. Jogou o resto das carcaças por uma abertura, para as ruas lá fora, onde foram apanhadas por um gnoll que começou a comer no mesmo instante.

Eu mesmo tive que trabalhar muito pouco. Vartax estava tentando me ensinar como costurar as roupas das meninas, fazendo pequenos reparos com retalhos de tecidos coloridos e linhas elásticas, feitas da seiva de árvore.

— Nunca ouvi falar de um escravo que come junto a seus mestres — eu disse. — Ou que trabalha menos que eles.

Maryx se deixou cair sentada no chão.

— Existem escravos em condições piores — ela retrucou. — Aqueles que escavam com os orcs ou são cobaias das máquinas dos goblins. Mas quase sempre é culpa deles mesmos.

— Chorões irritantes — explicou Vartax.

Eles continuaram a falar. O conceito de escravidão em Lamnor era diferente do que eu conhecia de relatos nos poucos reinos escravistas do norte. Para os goblinoides, a diferença entre escravo e cidadão livre era menor que entre aliado e inimigo. A Aliança Negra prezava a liberdade, por isso raramente a tirava totalmente de alguém. O que acontecia com regularidade era criar consequências para certos comportamentos. Em Farddenn, eu fora um prisioneiro, mas sem grades ou portas fechadas. O que me impedira de sair da cela foram as prováveis consequências de encontrar outros condenados pelo caminho. Em geral, escravos recebiam um lugar na sociedade goblinoide e uma nova gama de futuros possíveis. Qualquer escravo podia optar por desafiar seus mestres, desde que lidasse com as consequências disso.

O fato de a consequência em geral ser a morte não parecia contraditório para o casal de hobgoblins.

— Você é nosso escravo — disse Maryx. — Isso não significa que vai fazer todas as tarefas para nós. Apenas quer dizer que está recebendo a opção de ajudar em nossa casa, assim como vai ajudar a descobrir a Flecha de Fogo.

Ela falou a última parte num sussurro. Vartax me olhou de forma significativa, sem que ela percebesse.

— Você pode se recusar a comer conosco, a aprender o modo de vida dos duyshidakk — Vartax completou. — Vai lidar com o futuro que surgir disso.

— Um escravo é um convidado entre os duyshidakk — explicou Maryx.

— Mestres têm deveres com seus escravos. É a razão pela qual você tem uma tatuagem no pescoço. Diz que você não é um inimigo nem um estrangeiro completo. Não está solto. Tem futuro, tem lugar.

Toquei a tatuagem por instinto. Era uma violação horrenda, mas subitamente me trouxe um sentimento de união.

A caverna de Maryx e Vartax não era tão escura quanto a fazenda de meu pai.

Mas não era tão clara quanto Sternachten.

— Na verdade — disse o gladiador — você tem uma escolha grande pela frente. Por enquanto é *nosso* escravo. Mas quando sua importância for descoberta...

— Ele não precisa saber disso — a caçadora interrompeu.

Eles ficaram conversando entre si por um tempo.

— A história que você contou sobre o escravo decapitado — falei devagar. — Era só para me assustar?

Vartax riu.

— Não! Claro que não. Decapitei o último escravo que tivemos, é a pura verdade. Mas foi culpa dele. Era muito chato!

Fui dormir pouco depois. Em minha mente, formei uma imagem do escravo que Vartax matara porque a escravidão o deixava triste. Pensei também nos prisioneiros executados no Eclipse de Sangue.

Repeti a mim mesmo, de novo e de novo, que havia alternativas à fazenda, ao Castelo do Sol e a Urkk'thran. Podia haver uma vida comum e livre. A escolha não era entre fanáticos e monstros. Havia cidades como Sternachten. Havia todo um Reinado no norte, onde as pessoas eram normais e felizes, onde ninguém era escravo.

Onde, naquele momento, havia guerra.

Onde heróis eram celebrados por matar goblins.

Onde humanos admiravam a cultura élfica e lamentavam a queda de seu reino, ignorando a invasão e a chacina que os elfos promoveram. Ignorando que somos muito mais parecidos com goblinoides do que com elfos.

Meus pensamentos confusos foram interrompidos pelos sons de Maryx e Vartax fazendo sexo. Eles demoraram um tempo enorme, grunhiram e urraram sem se preocupar com discrição. Nos intervalos, tanto um quanto o outro passaram por mim, nus, para pegar água ou alguma outra coisa. Minhas bochechas ficaram rosadas, assim como eram uma vida atrás em Sternachten.

Quando consegui dormir, meu sono foi interrompido por goblins que entraram na casa sem nenhuma cerimônia. Eles tinham escavado um túnel a mais, passando pelas cavernas, e não se importaram com a presença de uma habitação em seu caminho. Pegaram duas das adagas de Maryx e um baú cheio de apetrechos de costura, além de vários pedaços de carne em processo de defumação. Maryx acordou enquanto um grupo de goblins passava, não lhes deu importância além de chutar um deles para estabelecer hierarquia. Urinou num canto, enterrou a areia molhada e voltou a dormir.

As duas meninas saíram de casa antes que seus pais acordassem. Eu já não conseguia mais fechar os olhos, de tanto barulho e entra e sai durante horas. Fiquei deitado, pensando. Comecei a ouvir sons de sexo de novo, que tentei ignorar, enquanto mais goblins usaram a casa como passagem entre túneis.

Quando enfim Maryx e Vartax levantaram, ela expulsou um grupo de goblins, sem que isso parecesse violento ou anormal. Vartax se ausentou por meia hora, voltou com um saco cheio de insetos vivos. Colocou o saco no chão, entre nós três. Os dois se puseram a comer as coisinhas esperneantes.

— Não existe comida mais viva do que esta — disse Maryx, mastigando. — É bom para acordar.

Peguei um inseto, hesitante. Ele balançou as pernas freneticamente, protestou com as antenas.

Coloquei-o na boca.

Os dois riram de minha repulsa, mas me forcei a mastigar e engolir. Mais goblins entraram, dois deles pegaram punhados de insetos. O casal ignorava aquilo com tamanha naturalidade que eu também comecei a achar normal.

Ouvi passos atrás de mim e achei que seriam mais goblins.

Mas então o casal se pôs de pé num salto.

Vartax ficou a minha frente. Maryx pegou o kum'shrak cravado na parede. Olhei para trás e vi três bugbears entrando na casa.

Eles vestiam mortalhas e se adornavam com ossos e caveiras. O que vinha mais à frente tinha um cetro de espinhas dorsais e crânios.

Os bugbears estacaram. O líder bateu com o cetro no chão. Maryx e Vartax fizeram cumprimentos militares, então se curvaram. Resolvi imitá-los. O líder falou algo no idioma goblinoide. Maryx respondeu, elevando a voz, gesticulando. Uma discussão começou. Ela também se colocou a minha frente, tapando meu rosto com a mão.

— O que está acontecendo? — perguntei.

Maryx e Vartax começaram a responder, mas foram interrompidos pelo bugbear:

— Você virá conosco, humano — ele disse no idioma comum. — O Deus da Morte quer conhecê-lo.

7
A TORRE DA MORTE

SUBI UMA LONGA ESCADARIA FEITA DE CRÂNIOS. ELES SE rearranjaram sob meus pés, tornando a subida uma escalada traiçoeira. Não havia corrimãos, apenas espaço vazio dos dois lados. O vento era gelado e forte, pois estávamos num dos pontos mais altos de Urkk'thran.

Perdi o equilíbrio por um instante, achei que fosse cair. Consegui me segurar no próprio chão, metendo os dedos em cavidades oculares de algum morto desconhecido.

O clérigo do Deus da Morte olhou para trás e deu uma risada curta.

Eles me levaram numa procissão. Seus mantos decorados com ossos faziam barulho enquanto eles caminhavam, mais audível ainda agora, no silêncio isolado, interrompido só pelo vento. Atravessáramos boa parte da cidade ao longo de horas. O crepúsculo já estava se aproximando mais uma vez. Por onde tínhamos passado, o povo abrira caminho para eles. As obras e construções cessaram, tudo ficara estático. Os sacerdotes de Ragnar deixavam um rastro de quietude, como se todos morressem um pouco ante sua passagem. Se fossem submetidos à natureza variável e imprevisível de Urkk'thran, os clérigos demorariam dias para fazer aquele percurso.

Passamos por áreas abertas e fechadas, por regiões que pareciam ermos e por florestas internas. Cruzamos com duas tribos de nômades urbanos, goblinoides que mantinham o estilo de vida viajante mesmo dentro da capital. Vimos incontáveis caçadores e coletores, além de mais guerreiros do que eu jamais imaginei existir. Soldados hobgoblins treinando movimentos estudados, bugbears selvagens em verdadeiras batalhas campais que eram apenas prática e diversão, patrulhas multirraciais garantindo a segurança. Não havia crime em Urkk'thran, porque tudo era permitido. Até na pacata e devota Sternachten houvera ladrões, mas era impossível roubar quando não existia propriedade. Assassinatos e agressões eram resolvidos com lutas, segundo a hierarquia que se estabelecia naturalmente entre eles. Cada um conhecia seu lugar e todos eram livres.

Exceto quando tratavam com os clérigos da Morte.

O medo que a população tinha daqueles sacerdotes era diferente de qualquer coisa que eu conhecia. Não possuía o componente de adoração que eu vira nas faces dos goblinoides frente a Thwor Ironfist: era um temor primordial, um sentimento desprovido de desafio ou hesitação. Eles respeitavam os clérigos assim como qualquer pessoa respeita o fogo, saíam de seu caminho assim como alguém entende que deve sair da frente de um rochedo rolando em sua direção. Sabiam que uma ação errada para com eles levaria à ruína.

Não havia divisão por classes sociais em Urkk'thran. Os goblinoides não pareciam dar importância ao tamanho de suas habitações ou a questões de estética e localização, já que tudo era transitório. Nós subimos cada vez mais, nível a nível da cidade, às vezes em elevações sutis que eu nem percebia, às vezes em escadas e elevadores que nos conduziam por dezenas de metros. Não notei diferença no tipo de gente que morava em cada área, exceto quando chegamos ao nível mais alto.

Urkk'thran possuía várias espiras que desafiavam o céu. Não consegui contar quantas eram, até porque algumas foram aumentadas e demolidas ante meus olhos. Mas havia um punhado de espiras que permanecia fixo. Foi numa dessas que subimos.

De início, não passava de uma série de escadarias em salões fechados e a céu aberto, feitas de madeira e pedra. Contudo, um último salão feito de palha, couro tingido em cores berrantes e milhares de armas penduradas nos levou à escada de caveiras. Era muito longa, estendia-se até onde a vista alcançava e se erguia solitária. Era construída sobre o lado de uma espira e levava até o que parecia ser seu topo. A torre em si era pontuda, rugosa e magnífica. Parecia um castelo de areia úmida, coberto por bolotas irregulares e trechos escorridos de pedra.

— Cada um destes crânios pertence a um humano, elfo, anão ou halfling — disse o líder dos clérigos. — Goblinoides de todas as partes de Lamnor se uniram no esforço de trazê-los para a construção da escada.

Engoli em seco.

O morticínio que ocorrera em Lamnor era incompreensível. Eu conseguia entender intelectualmente, superficialmente, mas não era capaz de internalizar quantos haviam morrido. Havia estradas cheias de ossos e fortalezas com dezenas de esqueletos deixados para trás. Havia vários templos cobertos de ossadas. E mesmo assim restavam crânios suficientes para construir uma escadaria imensa. Chacina brutal e bárbara, mas também metódica, planejada, sistemática.

O líder dos sacerdotes parou sobre um degrau pouco a minha frente. Os outros clérigos estavam atrás de mim e também pararam, então aproveitei para interromper a subida e recuperar o fôlego. Eles eram bugbears, criaturas muito mais fortes e resistentes que um humano. Para eles, subir múltiplas escadarias ao longo de horas não era esforço. Para mim, era extenuante. Eu suava apesar do vento frio, meus pulmões queimavam com ardor gelado. Meus pés sangravam, deixando pegadas vermelhas no osso.

O sacerdote colocou a mão em meu rosto. Parecia o toque de um cadáver.

— Há muito aprendemos o que fazer com mortos que ficam em nosso rastro, humano. É o que faz Lamnor ser o lugar mais importante do mundo.

Escorreguei num crânio.

Não sei se caí ou se fui empurrado, mas o sacerdote me segurou pela túnica. Ergueu-me com facilidade, deixando meus pés pendentes sobre o vazio por um momento.

— Nossa maior força não está nos campos de batalha — ele olhou em meus olhos. — Está na maneira como sabemos colocar cada coisa em seu lugar.

Ele me pôs sobre a escadaria de novo.

Então se virou e seguiu em frente.

O que quer que fosse acontecer agora, eu sabia de algo: eles tentariam me colocar num lugar de sua escolha.

Eu devia lidar com o futuro que surgia disso.

Os últimos degraus eram escorregadios de sangue fresco. A abertura era vasta, grande o suficiente para que um batalhão de bugbears passasse lado a lado, tão alta quanto vários ogros. Não havia porta. O que dividia o interior da imensa torre pontiaguda e o lado de fora era uma cortina de peles costuradas. Embora fosse claramente antiga, ela escorria sangue como se as vítimas tivessem acabado de ser esfoladas. Tentei afastar a cortina com a mão, mas era muito grande e mole. Encostou em meu rosto e em meu corpo. Senti que ainda estava quente. Entre as costuras desencontradas, era possível notar tatuagens, rostos, mamilos. Aquelas eram peles de humanos, elfos, anões e halflings.

Ainda estavam vivas.

Percebi aquilo com horror, enquanto a cortina de pele tapava meu rosto, cobria minha visão. Era quente porque não estava morta. Escorria sangue porque era mantida viva por alguma magia profana.

— Este é o limiar entre a vida e a morte — disse o líder dos clérigos, já do outro lado da cortina. — Você está entrando na sepultura do mundo. *Mokash-krohrok Nat'ak*, a Torre Ceifadora.

Corri, tentando me desvencilhar da cortina. Sangue fresco escorreu por meu rosto. Ela se prendeu, enroscou-se em meu pulso. Fiz força, consegui me livrar. Entrei na torre e meu tornozelo virou. Caí num chão irregular e acidentado.

Gritei.

O chão era feito de corpos.

Não esqueletos, mas cadáveres inteiros, mantidos intactos de alguma forma mística ou alquímica. Nada parecia ter mudado com relação a sua aparência em vida, exceto pela falta de calor, vivacidade e brilho em sua pele e seus olhos. Os mortos não formavam um tapete: estavam enfiados no chão de todos os jeitos. Alguns estirados, outros enterrados até a cintura. Alguns na diagonal, outros de cabeça para baixo. Mãos se erguiam do chão em súplicas paralisadas, rostos olhavam para cima ou para os lados. Era impossível andar em linha reta. O chão não era coberto de cadáveres, era *feito* de cadáveres; eles eram tijolos e argamassa naquela construção.

Também formavam as paredes.

O interior da torre era enorme, aberto, escuro e silencioso. Ela se erguia muito acima, mas não havia andares separados, apenas mezaninos também feitos de corpos. Escadarias em espiral formadas pela mesma matéria-prima macabra levavam a cada um, cruzando-se e serpenteando-se em volta uma da outra no vazio.

No centro de tudo, havia um poço.

O poço era a única coisa dentro da torre que não era feita de corpos. Suas paredes eram formadas pela mesma pedra rugosa que constituía o exterior da construção. O líder dos clérigos foi até lá e fez sinal para que eu o seguisse.

A água no interior do poço era negra. Meu coração disparou com a lembrança do lodo negro em Sternachten, mas era muito mais líquida e límpida. Refletia as luzes alquímicas que dançavam como fogos-fátuos por todo o vazio.

— Beba — ordenou o sacerdote.

Olhei em volta. Os outros clérigos tinham sumido por algum lugar enquanto eu estivera enrolado na cortina. Eu não estava mais cercado. Pesei minhas opções o mais rápido que pude. Tinha um caminho livre até a saída, mas o chão impedia que eu corresse.

Eu era um humano naquilo que certamente era o maior templo do Deus da Morte no mundo todo. Um templo goblinoide, o centro do poder profano de Ragnar. Não importava o quanto eu fosse abençoado por Thyatis, nenhum humano sairia vivo de lá. Lembrei das palavras de Thwor Ironfist: havia maneiras de tornar uma existência eterna muito desagradável. A noção de que a cortina era viva também me encheu de pavor. Mesmo que eu não pudesse morrer, eles sabiam o que fazer com inimigos eternamente vivos.

Um humano nunca escaparia de lá.

Minha melhor opção era ser um goblinoide.

Eu observara como Maryx, Vartax e o resto do povo reagia àqueles sacerdotes. Respeito total. Um humano poderia tentar uma corrida louca, um desafio, uma fuga desesperada. Um goblinoide obedeceria.

Mergulhei as mãos em concha na água negra, rezando para não ter tomado uma decisão que condenaria minha alma. Foi como me enterrar até os cotovelos na neve. Levei-as até a boca e bebi.

A mudança começou de imediato.

Minha visão se abriu, em ângulos e cores que eu não conhecia. Os tons de negro da escuridão explodiram em milhões de sutilezas, um novo espectro de percepções. Olhei em volta, para os corpos de pessoas da civilização, e senti um ódio instintivo de cada um deles. Eram inimigos. Mereciam estar ali.

O rosto do sacerdote subitamente adquiriu novas peculiaridades. Ele parecera igual a quase todos os bugbears que eu já vira, mas de repente era tão único quanto qualquer humano. Seu cheiro também era característico. Sua devoção à Morte num instante ficou clara para mim. O papel que Ragnar tinha na conquista do Mundo Como Deve Ser se descortinou sem equívocos: a morte era permanência, quietude, interrupção. Para mudar a direção do destino, primeiro era preciso deter seu movimento.

Eu, um clérigo do Deus da Ressurreição, vi a nobreza do culto à Morte.

O sacerdote me mediu de alto a baixo.

— A mudança foi mais rápida que o normal — ele disse. Demorei para perceber que ele falava no idioma goblinoide e eu entendia cada palavra. — Você já não era totalmente humano.

Toquei em meu próprio rosto. Quase esperei encontrar os traços rudes de um goblinoide, as presas longas e os pelos cobrindo toda a pele. Mas era só meu próprio rosto, meu velho conhecido. Debrucei-me sobre o poço e olhei meu reflexo. Eu estava idêntico.

A transformação ocorrera em minha mente.

Eu agora pensava como um goblinoide.

Senti raiva.

Senti muita raiva do homem que me observava. Quis apertar seu pescoço e cravar um machado em sua carne. Quis sentir seu sangue escorrendo por meus dedos. Também senti medo dele, um medo primordial. Permanecer parado com aqueles sentimentos era muito difícil; eu queria correr, ficar em movimento. Estar ali, esperar com calma o que quer que fosse acontecer, era um ato de devoção e sacrifício.

Apertei os punhos, ofeguei. O sacerdote virou as costas e andou. Fui atrás dele, meio como um escravo, meio como um predador.

Ele pisou num rosto do primeiro degrau de uma das escadarias. Senti um cheiro acre e quente atrás de mim. Meus ouvidos captaram um resfolegar calmo antes que eu conseguisse compreender o que era. Virei-me, pensando que iria encontrar alguém bem perto, mas ainda estava longe.

Das sombras, veio um enorme bugbear.

À medida que ele se aproximou, notei o tipo físico que eu conhecia. Como Corben, o humano, eu já notara que havia um padrão numa linhagem específica de bugbears. Agora, como Corben, o goblinoide, pude ver todas as sutilezas e os pequenos traços marcantes. Primeiro o tronco largo, em forma de triângulo invertido. Depois o porte altivo, muito mais majestoso e orgulhoso do que a maioria dos membros daquela raça. Em seguida o nariz, menos parecido com um focinho de urso e mais semelhante às feições humanoides. A tonalidade da pele e dos cabelos, os detalhes da testa pronunciada, o formato das presas, tudo foi revelado por meus novos sentidos e minha nova compreensão.

Era impossível confundir. Aquele era um familiar de Thwor Ironfist.

— O humano chegou! — disse o bugbear, com um grande sorriso.

— Aqui ele não é humano — retrucou o clérigo. — Todos são goblinoides.

— Ah, sim — ele chegou perto e fungou de desdém. — Seu templo de faz-de-conta exige que todos vistam uma fantasia.

Os dois homens se mediram. Aquele era o primeiro goblinoide que não demonstrava medo e respeito extremos por um clérigo da Morte. Nem Maryx teria coragem de insultar um deles daquela forma. Como familiar do Ayrrak, aquele bugbear tinha status especial. E era muito jovem, pude notar por sua pele lisa e suas presas ainda não muito grandes. Tinha a impetuosidade da juventude.

— Não ouça a ladainha dos sacerdotes, meio-humano — ele depositou uma manzorra em meu ombro. — Eles só fazem toda esta encenação porque seus paus são pequenos. Venha comigo.

Sem esperar resposta, me puxou pelo ombro. Minha força não se comparava à dele, mas a mentalidade goblinoide me impediu de ceder. Firmei os pés entre os ombros de um cadáver e tentei me desvencilhar.

— O que está fazendo, coisa sem pelos? — ele inflou o peito. — Sou Bhuorekk, filho de Thwor Ironfist!

Não respondi. Também não me mexi.

— Matei um batalhão inteiro de elfos quando era um guerreiro aprendiz e larguei minhas armas porque só desarmado encontrava desafio! — ele bravateou. — Sou chamado de Arauto da Paz, pois não resta conflito ou dor em meu caminho. Nem as folhas de grama sobrevivem a minha passagem! Você irá me obedecer!

— Sou Corben, O Que Não Morre — falei entre dentes. — Não obedeço a qualquer um.

O bugbear me empurrou com facilidade. Caí para trás. Ele colocou um pé imenso e peludo em meu peito.

— Antes que minhas presas crescessem, eu já tinha mais filhos do que lembrava! Nenhum warg aceita me carregar, porque todos têm medo! Matei minha mãe ao nascer, matei meus irmãos no berço, matei o clérigo que me ensinou as preces! Nem mesmo meu pai era tão poderoso com minha idade. Eu sou o futuro da Aliança Negra!

— Então por que não participou do Eclipse de Sangue?

Surpreendi a mim mesmo ao falar aquilo. Mas, ao contrário da língua solta quando eu estava sob efeito das drogas de Avran Darholt, agora eu sabia a origem de minha coragem. Era o pensamento goblinoide: sempre em frente, sempre tomando algum caminho, o mais rápido possível, na batalha e na vida.

Bhuorekk urrou de raiva. Ergueu o pé, achei que fosse me pisotear, protegi a cabeça. Mas ele deu um pisão bem a meu lado, destroçando os braços de um cadáver.

Eu me ergui. Olhei para trás, em direção ao clérigo, mas ele não fez nada.

— Você vai encontrar outros aqui, humano — Bhuorekk me cutucou com um dedo imenso. — Alguns são perdedores, outros são patéticos totais. Alguns são covardes que não sabem lutar.

Ao falar aquilo, ele olhou para o sacerdote e cuspiu no chão.

— Você irá encontrar alguém que quer matar seu corpo e alguém que quer matar sua mente. Você precisa estar ao lado de um campeão ou será presa fácil para Thraan'ya.

Eu ouvira aquele nome durante minhas primeiras horas em Urkk'thran. Não sabia quem era o goblinoide chamado Thraan'ya, mas era alguém que desconfiava de mim desde antes que eu chegasse, que queria me ver morto. Eu tinha um inimigo dentro da torre.

— E o único campeão sou eu! — apontou para si mesmo. — O único guerreiro supremo! O filho preferido de Thwor Ironfist! Venha comigo, coisa sem pelos, e acompanhe um herói. Faça qualquer outra escolha e estará rastejando para quem quer transformá-lo em um objeto, um cadáver ou um perdedor.

Ele não queria me matar. Nem mesmo me machucar. Se pudesse, teria feito.

O filho de Thwor Ironfist estava tentando me convencer.

Virei as costas. Comecei a subir a escada de corpos.

— Você vai se arrepender! — gritou Bhuorekk. — Sou o único herói! Serei o único herdeiro do Ayrrak! Lamnor será meu um dia e lembrarei de quem não acreditou em mim!

Subi mais alguns degraus.

— Você está perdendo a chance de seguir um vencedor! De andar lado a lado com o futuro! Terá riqueza e comida, glória e escravos! Sua cama sempre cheia de quem eu ordenar!

Continuei.

— Eu sou o futuro! Eu sou o herdeiro! Eu sou o preferido!

Depois de algum tempo, as bravatas viraram ruído de fundo.

⬤

A escada levou ao primeiro mezanino. Goblinoides eram criaturas ágeis, então havia menos preocupação com estabilidade em suas construções. Dentro da torre, tudo era aberto, sem muretas de segurança. O chão de cadáveres nunca era totalmente firme. O mezanino se estendia em passarelas e plataformas. Escadas brotavam dele, retorcendo-se e espiralando acima, juntando-se a outras escadarias que vinham do térreo.

Havia outro bugbear me esperando ali.

Não tive dificuldade para reconhecer que era mais um filho de Thwor. Eu não conhecia suas mães e ninguém ali parecia dar a menor importância a elas, mas a semelhança familiar era inconfundível. Era mais um bugbear de características fortemente humanoides, de peito largo e cintura delgada. Contudo, este era baixo e mirrado. Bem mais alto e forte que eu, mas não muito maior que um hobgoblin. Era mais baixo até mesmo que o clérigo que me conduzia. Em vez da juba de cabelos selvagens, tinha tranças cobrindo boa parte da cabeça, mas seus cabelos rareavam e a parte de cima do crânio era calva, exibindo amontoados de verrugas que ele tentava esconder amarrando e prendendo o cabelo dos lados.

Ele veio até mim num andar gingado, com um sorriso.

— Este é nosso novo irmão! — falou o bugbear. — Que bom que o trouxeram até aqui. Estava ansioso por conhecê-lo!

O sacerdote não disse nada. Tentei continuar o caminho, mas o filho de Thwor me bloqueou numa passarela estreita.

— Não vá embora, esperei muito para conversar com você.

Então ele me abraçou.

Goblinoides não eram econômicos com demonstrações físicas de afeto, como eu vira na casa de Maryx e Vartax. A mesma propensão que levava à violência também conduzia ao carinho. Não era incomum que dois amigos trocassem carícias, massagens ou beijos sem constrangimento. Mas era algo reservado a relações de afeição mútua, não devia ser feito com estranhos.

O jeito e a aparência daquele bugbear me repugnaram. Senti aversão pelo abraço, pelos afagos que ele fez em minha nuca. Com a mente goblinoide, eu conseguira notar a beleza de Bhuorekk, embora sua fanfarronice matasse qualquer atração. Da mesma forma, conseguia notar como este novo filho de Thwor era feio e fraco.

— Meu nome é Ghorawkk — ele disse. — Chamam-me de "Natimorto". Eu sei o que você está sentindo.

— O que acha que estou sentindo?

— Não acho, meu irmão. *Sei*. Você está cercado de inimigos. Perdeu tudo que tinha, foi capturado por humanos e por duyshidakk. Virou escravo, foi trazido a uma cidade onde tudo é diferente. Você está perdido e sozinho. Está amedrontado e indefeso. Sei muito bem como é estar assim.

— Não estou amedrontado.

Meu medo ia e vinha ao longo dos dias. Com Maryx, era uma maré que recuava e enchia de novo, à medida que eu descobria novas facetas da sociedade da Aliança Negra. Mas a mente goblinoide expulsara o temor de novo, ou pelo menos o tipo de temor que eu conhecia como humano.

Minha reação não seria fugir ou ficar paralisado. Como um goblinoide, eu só pensava em revidar.

— Esta cidade mete medo em qualquer um — Ghorawkk descartou minha resposta. — A única maneira de não ter medo é ser um *deles*. Ser grande, forte e burro. Atacar antes de ser atacado, vencer pela brutalidade. Mas você não é um bruto. Eu também não. Somos iguais.

Tentei passar por ele de novo. Ghorawkk me bloqueou com mais um abraço.

— Quando nasci, tentaram me matar! Só porque eu era menor e mais magro que meus irmãos. Acharam que eu não prestava para nada. Jogaram-me numa pilha de cadáveres para ser usado como adubo. Só sobrevivi porque tive determinação para engatinhar para longe. E eles nunca pararam de me maltratar...

Ghorawkk me segurou mais forte. Senti lágrimas molhando meu ombro.

— Por toda minha vida, fui escorraçado, espancado, humilhado. Nunca liderei uma tropa, nunca tive nenhuma responsabilidade, porque meu pai não acredita que sou capaz. Você conhece esta dor? A agonia de ser rejeitado por seu próprio pai?

Franzi o cenho. Imaginei se, de alguma forma, aquele bugbear sabia de algo sobre a fazenda, ou se fora só um palpite de sorte.

— Nem mesmo os clérigos me quiseram. Diziam que eu não era devoto o bastante. Todos aqui são valentões, covardes que só sabem pisar nos fracos como eu e você. Precisamos nos juntar. Unidos poderemos fazer frente a eles. Poderemos fazer frente a Gaardalok e Thraan'ya.

Gaardalok e Thraan'ya. Eu suspeitava de que o sumo-sacerdote de Ragnar estivesse aqui, me esperando. Ele queria me matar? Thraan'ya era seu aliado?

Empurrei Ghorawkk. Minha força não era comparável à de um bugbear, mesmo um bugbear débil. Mas ele aceitou o empurrão sem resistir. Fez uma careta de pesar, tremendo o lábio inferior em mágoa ultrajada.

— Me ajude — pediu. — Me ajude e também posso ajudá-lo. Você precisa de um aliado e eu também.

— Saia de minha frente.

— Você não entende. Eles estão sempre a um passo de me matar. Vão aproveitar qualquer chance. Eu preciso de *algo*, qualquer coisa para fazer frente a eles. Basta que você não se afaste de mim e estará salvando minha vida.

Ele era revoltante, mas fiquei com pena. Eu não conseguia imaginar como aquela criatura patética, que chorava e abraçava um completo estranho, podia sobreviver na sociedade goblinoide.

Ele se ajoelhou.

— Por favor, eu imploro. Você não terá que fazer nada que não faria normalmente. Só precisa me aceitar. Será meu único amigo.

— Não sei...

— Entenda que, se recusar, você estará me condenando à morte. Estou no limite, não posso mais resistir por mim mesmo. Preciso de algo e você pode me dar isso sem perder nada. Prefere me dar algo que não lhe fará falta nenhuma, sem nenhum custo, ou me matar?

— Levante-se.

— Por favor, não me mate — ele se abraçou em minhas pernas. — Estou a sua mercê. Tenha piedade, por favor.

— Eu não...

— Só não diga não. É tudo que peço. Só não diga não. Se falar esta palavra, estará me matando. Por favor, meu amigo, meu querido irmão, não me mate.

— Levante-se — repeti, confuso. — Deixe-me passar.

— Não diga não, por favor, não diga não.

Não falei nada. Fiz força para erguê-lo, ele ficou de pé. Fiz menção de continuar pela passarela e ele permitiu. Mas não tirou a mão de meu ombro e, quando alcançamos uma plataforma larga, me envolveu com seus braços e andou abraçado em mim.

— Obrigado, muito obrigado! Meu salvador! Agora estamos juntos. Obrigado por salvar minha vida. Eu sabia que você teria piedade!

Subimos mais uma escada. O clérigo ia na frente. Ghorawkk não desgrudou de mim, nem interrompeu sua ladainha. Repetiu de novo e de novo como eu era magnânimo e sábio por me apiedar de alguém como ele. Jurou amizade eterna, beijou meu rosto várias vezes.

Chegamos a mais um mezanino e havia um terceiro bugbear.

Era tão grande quanto o próprio Thwor. Quase não cabia no espaço aberto, seus braços grossos e compridos quase tocavam o chão e pareciam alcançar qualquer ponto da torre. O nariz e o tronco eram iguais aos do pai, assim como a juba, mas sua postura era mais animalesca. Ele andava curvado, o pescoço projetando a cabeça para a frente como um touro raivoso.

Ele me agarrou pela túnica, arrancou-me do abraço de Ghorawkk e me prensou contra uma parede de corpos.

— Escute, seu pedaço de esterco — o bugbear rosnou bem perto de minha cara. Seu hálito era pavoroso. — Você vai me obedecer. Ou vai sofrer as consequências.

— Não adianta, Thogrukk! — ganiu Ghorawkk. — Ele já declarou lealdade a mim! É meu amigo e não vai me trair!

— Cale a boca, Ghorawkk, ou vou fazê-lo comer meus carrapatos de novo!

— Você não pode! — choramingou o bugbear mais baixo. — O pai proibiu!

Thogrukk ignorou seu irmão e voltou a atenção a mim de novo.

— Você vai fazer o que eu mandar, humano. Esqueça Bhuorekk, Ghorawkk, Thraan'ya e Gaardalok. Esqueça tudo, exceto minhas ordens. A Flecha de Fogo é *minha*, entendeu? Vai rastejar até mim e vai me contar o que é a profecia. Não dirá nada a nenhum deles. Você é meu, a profecia é minha.

— A profecia pertence a Thwor Ironfist.

Não sei se disse isso por causa da mente goblinoide ou porque senti alguma lealdade para com o Ayrrak, agora que tinha contato com seus filhos. Eu já vira mais um filho de Thwor durante o Eclipse de Sangue. Imaginei se ele também estaria ali me esperando.

— E onde está o Ayrrak para protegê-lo, verme? Para quem você vai correr quando despertar minha fúria? Você não é nada. Posso quebrá-lo como um graveto. Posso matar todos que você ama. Todos com quem já falou. Experimente me desafiar, aborto, e conhecerá o que é dor.

— Todos que amo já estão mortos — falei. — Não conheço mais ninguém.

— Nem mesmo Maryx Corta-Sangue?

Meu estômago foi tomado por uma bola de gelo.

Era incongruente. Maryx era uma caçadora de cabeças, uma assassina que odiava humanos. Se havia um monstro escondido nas sombras, como meu pai dissera durante minha infância, seu nome era Maryx. Ela tinha me escravizado, me tatuado e me trazido à força até aqui.

Mas também me salvara de Avran.

Eu conhecera seu marido e suas filhas.

E, ao contrário de meu pai, de Avran e destes goblinoides, Maryx nunca mentira para mim.

Eu não queria vê-la morta.

— Maryx Corta-Sangue ama mais o conforto do que a caçada — Thogrukk pontuou a frase com um arroto. — É tão apegada a sua família ridícula que devia ter nascido elfa. Acha que eu sou como ela? Eu devorei meus filhos, lixo ambulante. Matei amigos e irmãos apenas por tédio. Não seria nenhum problema para mim desmembrar as pirralhas que Maryx escarrou por sua vagina. Arrancar os braços e as pernas de seu marido e deixá-lo para ser devorado por ratos.

Não respondi. Mantive o olhar para ele.

— Jure lealdade a mim ou você vai implorar para *só* ser torturado.

— Ele já jurou lealdade a mim! — Ghorawkk protestou de novo. Então se agarrou na manga de minha túnica: — Diga para ele, meu querido amigo. Diga que você é leal a mim. Está vendo com quem tenho que lidar? Como posso me defender dele sem você para me proteger?

Ghorawkk começou a beijar minha mão.

— Eles podem choramingar e ameaçar, mas só um de nós será o herdeiro! — disse a voz poderosa de Bhuorekk, terminando de subir as escadas. — Thogrukk não poderá tocá-lo quando eu for o Ayrrak. E você não quer se juntar a um perdedor como Ghorawkk. Thraan'ya não terá escolha a não ser aceitá-lo e Gaardalok não irá se meter com você. Só existe um caminho que leva ao topo, humano. É o *meu* caminho.

— Não existe caminho se eu quebrar suas pernas — rosnou Thogrukk.

Então elevei a voz:

— Não jurei lealdade a ninguém.

Ghorawkk desabou em lágrimas, agarrou-se a mim, implorou para que eu não o deixasse morrer.

— Vou continuar andando — decretei. — E lidarei com o futuro que surgir disso.

— Posso protegê-lo de Thraan'ya — ofereceu Thogrukk. Parecia um último recurso.

— Solte-me.

Thogrukk me soltou. Saiu de meu caminho. Ghorawkk continuou andando comigo, me abraçando, mas não tentou me barrar.

Foi naquele momento que entendi o poder que eu tinha.

Eu era a chave para encontrar a Flecha de Fogo. Eu traria a resposta para a pergunta que vinha atormentando a Aliança Negra desde o início. Minha chegada a Urkk'thran fora anunciada e aguardada. Maryx quisera me manter longe de tudo isso, mas eu não era um escravo comum.

Eu era o profeta que revelaria a Flecha de Fogo.

Andei orgulhoso sobre os cadáveres. Estava tremendo de entusiasmo. Precisava seguir em frente. Eu sabia que aquele não era o momento da revelação. Não havia nenhum telescópio ali e, quando eu recebesse equipamento, seriam precisos meses ou anos para observar padrões e fazer uma interpretação adequada.

Talvez eu usasse o método de Ysolt.

Mesmo assim, aquele era um momento cheio de peso. Os filhos de Thwor Ironfist estavam tentando me convencer a jurar lealdade, o que de alguma forma era crucial para eles. Thraan'ya, quem quer que fosse, estava ali para me matar e Gaardalok desejava "matar minha mente", o que quer que isso significasse. Mas minha mente estava viva, era goblinoide e humana ao mesmo tempo. Era a mente de um estudioso. Em todas as grandes dinastias havia disputa pelo poder. Mesmo a transição da coroa do Reinado no norte envolvera conflitos e incerteza. Todos ali estavam tentando me usar para conseguir posições superiores. Eles queriam a Flecha de Fogo para si.

Mas ela seria minha.

Subi mais uma escada, sendo precedido e seguido pelo cortejo de bugbears. As lamúrias, bravatas e ameaças se confundiam, sem que eu lhes desse atenção. As próximas plataformas estavam vazias, as escadas se estendiam muito acima. Então cheguei ao último mezanino, próximo ao topo da torre.

Era uma única grande plataforma de cadáveres, o ponto mais estável desde que eu começara a subir as escadas. No centro da plataforma havia um trono e, atrás dele, uma única passarela que se perdia na escuridão.

Eu estava num templo, não numa corte. Isso era bem claro, nenhum clérigo teria dúvidas. Mas lá estava um trono, inconfundível em sua majestade. Como tudo na torre, era feito de corpos.

Ao contrário do caos e da irregularidade do chão e das paredes, o trono possuía uma ordem rígida. Os cadáveres estavam posados em ângulos quase retos, posturas dignas. Suas cabeças despontavam sobre o encosto, sobre os braços da cadeira. Sobre cada cabeça havia uma coroa.

Era um trono feito dos cadáveres de reis.

Não evitei a surpresa: meu queixo pendeu quando notei que o encosto era feito do corpo de um elfo. Era Khinlanas, o grande rei élfico, soberano de Lenórienn antes da queda. Tinha sido transformado em mera mobília.

Em Farddenn, Thwor Ironfist usara os crânios de reis como uma estola. Aqui, reis formavam o trono.

Os corpos dos inimigos eram postos em uso na Aliança Negra. E os cadáveres dos monarcas tinham a função bem clara de mostrar quem era o Imperador Supremo de Lamnor.

Mas o trono não foi a maior surpresa, porque alguém estava sentada nele.

Uma elfa.

— Você não tem permissão de ocupar o assento de meu pai! — gritou Bhuorekk.

A elfa deu um sorriso maldoso e se levantou. Seus movimentos eram fluidos. Seu rosto era belo. Seus longos cabelos púrpuras eram a marca de uma linhagem única. Uma linhagem real. Eu reconheci aquela mulher mesmo sem nunca tê-la enxergado pessoalmente. Ela era igual às ilustrações que eu vira muitas vezes em livros de história. Uma das figuras mais trágicas da conquista de Lenórienn. Por instinto, me curvei.

— Princesa Tanya — cumprimentei-a.

※

As histórias sobre a Princesa Tanya eram talvez a parte mais dramática da narrativa sobre a ascensão da Aliança Negra. Thwor Ironfist desejava a lealdade dos hobgoblins, mas eles estavam envolvidos na Infinita Guerra contra os elfos. Então Thwor entrou em Lenórienn, a capital do reino élfico, e raptou a princesa. Entregou-a aos hobgoblins e assim conquistou sua força e disciplina militar, firmando para sempre a Aliança Negra como a horda invencível que fora desde então.

A figura da princesa cativa, símbolo vivo do povo que fora massacrado pelos goblinoides, era romântica e heroica. Atraía a atenção de heróis desde a queda de Lenórienn. Muitos já tentaram resgatá-la, sem sucesso. Os relatos históricos se confundiam com contos de aventura. Era impossível saber o que era verdade e o que era ficção.

Seu pescoço exibia uma tatuagem quase igual à minha, mas o desenho continuava por seu peito e seus braços. Ela falava goblinoide com sotaque denso, a pronúncia temperada pelo jeito macio e melodioso da fala dos elfos.

— Tanya era meu nome de inimiga — disse a elfa. — Sou duyshidakk. Meu nome é Thraan'ya.

Ela veio até mim e me deu um chute no peito. Caí para trás, no chão de cadáveres.

— Você não pode matar meu amigo, Thraan'ya! — gemeu Ghorawkk. — Ele é meu irmão, juntos vamos nos proteger!

— Saia de minha frente, verme, ou esquecerei de quem é filho — ela rosnou.

Ghorawkk se encolheu num canto.

Thraan'ya deu dois passos em minha direção, tremendo de raiva, os punhos cerrados. Tentei me erguer, tomado de surpresa. Bhuorekk se interpôs.

— Você não pode matá-lo, Thraan'ya! Ele é a chave para...
— Abra os olhos, Bhuorekk. Ele é humano! Um humano que veio da fortaleza de Avran Darholt! É um espião.
— Ninguém consegue me enganar.
— Você engana a si mesmo todos os dias com suas bravatas. Não conseguiria enxergar a verdade nem mesmo se ela tapasse a lua cheia.

O bugbear começou a retrucar, mas a elfa apenas o ignorou. Desviou dele e estendeu o braço para mim. Segurou-me pelo pescoço.

— Confesse, humano! Você está aqui para descobrir nossos segredos?

Antes que eu pudesse falar qualquer coisa, Thogrukk grunhiu:

— Ainda pensa como uma elfa! Diz que é uma de nós, mas fala sobre segredos e mentiras! Que Avran venha com sua ordem, vou esmagar todos!

— Não sou elfa! — rugiu Thraan'ya. — Retire o que disse! Sou duyshidakk!

Para minha surpresa, Bhuorekk falou algo sensato:

— Aqui dentro ele também é.

Thraan'ya interrompeu-se no meio de uma frase rosnada. Ficou em silêncio e todos a imitaram. Então ela me largou. Quase caí de novo.

— Não basta beber da água negra para ser duyshidakk — ela disse, fria. — Eu paguei o preço, aprendi o modo da Aliança Negra. Fui escrava de um hobgoblin por anos antes que enxergasse a culpa dos elfos e fosse aceita. Por que este humano entra na Torre Ceifadora sem nunca provar sua lealdade?

— Porque o Ayrrak precisa de mim — ousei.

Todos os olhos se voltaram a minha direção. Ghorawkk tinha um sorriso idiota de adoração, Bhuorekk me olhava de cima e Thogrukk me via com desprezo. Mas só o rosto de Thraan'ya mostrava ódio genuíno.

— O Ayrrak não precisa de humanos — ela disse.

— Precisa descobrir o que é a Flecha de Fogo! — falei, tomado de coragem goblinoide. — Alguém aqui sabe como fazer isso?

Eles não responderam. Thraan'ya abriu a boca, mas continuei:

— Eu saberei!

— Não saberá nada se estiver morto — disse Thraan'ya.

— Isso prova sua ignorância — eu quase sorri. — Aprende-se muito durante a morte.

A interação surreal era quase apagada pela urgência do modo de pensar goblinoide. A minha frente estava Tanya, a princesa raptada de Lenórienn, agora com outro nome, querendo me matar e falando em lealdade a Thwor. O mundo mudava muito rápido em Lamnor.

Com a mente goblinoide, eu entendia o que seu novo nome significava. Era "A Força da Morte que Gera a Vida" — um conceito de renovação, de destruição geral para que algo novo possa surgir. Eu também notava como a simples presença de um nome com o conceito de "vida" naquele templo era um grande desafio, algo que beirava a heresia.

Agora Tanya era Thraan'ya, colaboradora voluntária da Aliança Negra. Não se considerava inimiga dos goblinoides, mas duyshidakk.

Batia de frente com os filhos de Thwor.

Sentava num trono feito com o cadáver de Khinlanas, seu pai.

— Vocês são ingênuos e Maryx é muito piedosa — acusou Thraan'ya. — Por que este humano tem direito a uma tatuagem como a que ostenta? Por que deixar os caminhos do desenho abertos, para serem completados mais tarde?

Toquei em meu próprio pescoço, observando o desenho na pele dela. Realmente, as bordas da tatuagem deixavam margem para que os grafismos se estendessem. A tatuagem dela começava igual à minha, mas já tinha sido completada para o resto do corpo. Thraan'ya já fora igual a mim. Então eu estava também recebendo, desde o início, a chance de ser um deles?

— Avran Darholt está travando uma guerra particular contra a Aliança Negra! — disse a ex-elfa. — De que outras provas vocês precisam? Ele destruiu uma cidade humana que tentava descobrir a Flecha de Fogo, vem atacando aldeias a nosso redor e agora consegue infiltrar um espião em nosso local mais sagrado!

— O que você sabe de locais sagrados? — desafiou Bhuorekk. — Você mesma estava sentada no trono de meu pai!

— E você, por acaso, nunca sentou no Trono da Morte? E no Trono da Guerra, na Torre da Forja do Futuro? Eu sou Thraan'ya, a Princesa Transfigurada, Aquela que Viu a Verdade. O Poço da Dor de Todos existe nesta torre por minha causa, para que eu possa entrar sem a mácula élfica, como a duyshidakk que sou. Eu faço parte do Mundo Como Deve Ser e minha presença aqui é muito mais importante do que a de um filhote cujo único mérito foi ter saído das bolas do Ayrrak.

— Quando o Império for meu, você não será nada!

Quando Bhuorekk se referiu a si mesmo como herdeiro, Thogrukk rugiu para ele. Ghorawkk se agarrou a mim de novo, repetindo que eu era sua única chance de herdar os tronos e assim sobreviver.

— Nenhum de vocês será herdeiro até que o Ayrrak tome uma decisão — ela disse. — E seus privilégios apenas por serem filhos dele podem acabar logo. Não é especial ser filho de Thwor Ironfist! Vocês têm mais irmãos do que poderiam conhecer durante a vida toda! E nem mesmo haverá um Império para ser herdado se começarmos a aceitar qualquer verme que surge aqui sem esforço ou sacrifício.

Ela então chegou muito perto de Thogrukk e Bhuorekk, sem nenhum medo dos dois. Agarrou o rosto de Ghorawkk e o forçou a encará-la.

— A menos que *queiram* destruir o Império. A menos que estejam interessados em descobrir a Flecha de Fogo para usá-la contra o Ayrrak. Para matá-lo e usurpar os tronos. É isso? Também são traidores? Devo fazer uma acusação formal?

Os três recuaram. Ghorawkk me soltou.

— Não, por favor, Thraan'ya, eu imploro! — ganiu o bugbear raquítico. — Eu nunca desafiaria o pai ou você! Minha lealdade é total!

— Apenas uma elfa pensa que todos são traidores — Thogrukk repetiu a acusação. — A traição faz parte de sua alma.

— Não estamos na casa do Deus da Morte? — ela retrucou. — Vamos resolver isso pela morte! Em vez de tentar enganar o humano para roubar sua lealdade, vamos matá-lo. Se ele servir para alguma coisa, Ragnar irá cuspi-lo de volta para nós.

Súbito, tudo fez sentido. Eles queriam que eu fosse seu escravo. Eu era a chave, o escravo mais valioso de Urkk'thran. Eu pertencia a Maryx.

Mas cada um deles me queria para si, para que eu lhes revelasse a Flecha de Fogo. Minha descoberta pertenceria a meu mestre. Poderia ser usada para bajular o Ayrrak, para provar o valor de um filho ambicioso. Para matá-lo.

Mas, mesmo com a compreensão nascida da água negra, eu não entendia todas as nuances. Que sociedade era aquela em que um escravo podia escolher seu mestre? Mesmo que eu fosse um misto de prisioneiro e convidado, nunca julgara que tivesse liberdade verdadeira. Eu poderia declarar lealdade a quem quisesse? Poderia me ligar a um dos mais notórios goblinoides e ter uma vida de luxo? Thraan'ya, que era ou havia sido elfa, poderia me matar ou me mutilar e tirar deles aquele direito?

Eu poderia tirar deles aquele direito, escolhendo não servir a ninguém?

— Está na hora de se ajoelhar! — disse Bhuorekk. — Ajoelhe-se na frente do trono! Declare sua lealdade agora, humano!

— Isto é um erro... — Thraan'ya reclamou.

— Ajoelhe-se para mim e Thraan'ya não poderá matá-lo! — prometeu Ghorawkk.

— Ele não se ajoelhará agora — o clérigo falou pela primeira vez desde que começáramos a subir as escadas internas. — Ainda falta alguém.

Então algo se moveu nas sombras do fundo do salão.

Como se fosse um instinto irrefreável, todos ficaram quietos. Bhuorekk não fez mais nenhuma bravata, Thogrukk respirou com mais suavidade, Ghorawkk parou de choramingar. Thraan'ya baixou a cabeça.

O clérigo se prostrou no chão.

Senti um enjoo forte. Todos os meus pelos se eriçaram. De alguma forma, a Morte estava perto. Era uma sensação ainda mais poderosa do que quando eu estivera na presença de Thwor Ironfist. Ouvi passos na passarela ao fundo, aproximando-se lentamente. Eram vagarosos, mas deliberados.

Os bugbears começaram a tremer.

De repente, Thogrukk também se prostrou, como se fosse vencido por uma presença avassaladora. Ghorawkk o imitou sem demora. Bhuorekk resistiu mais um pouco, então se prostrou também.

Thraan'ya me dirigiu um olhar firme de desprezo. Sussurrou, mal audível mesmo em meio ao silêncio:

— *Vai desejar estar morto.*

E se prostrou.

A figura emergiu das sombras.

Era um bugbear. De altura mediana, porte menos imperioso que Thwor, mas muito mais assustador. Ele trajava uma mortalha longa que se misturava com as trevas. Carregava um cajado decorado com ossos negros, cheio de globos oculares preservados numa espécie de resina, como se fossem pedras preciosas.

Seu rosto era uma caveira. A pele se abria e sumia para revelar osso. Não tinha lábios, mas um esgar eterno de dentes expostos. Seus olhos não tinham pálpebras, as íris amarelas olhavam fixamente para sempre, secas e sem brilho. Ele era um morto-vivo, exalava frio enregelante.

Eu me prostrei também.

— Abençoados sejam todos com a Morte — ele disse, numa voz que soava distante, mesmo estando perto.

Ali estava o homem que erguera Thwor Ironfist, que o transformara de líder bugbear em Imperador Supremo. O representante do Deus da Morte em Arton.

Gaardalok, o sumo-sacerdote de Ragnar.

Embora naquele momento eu pensasse como um goblinoide, a noção de perigo me tomou de forma incontrolável. Eu era o único forasteiro. Até mesmo a elfa tinha se convertido, de alguma forma passado de prisioneira a figura importante na Aliança Negra. A meu redor estavam um clérigo e criaturas que, por falta de uma palavra melhor, podiam ser chamadas de príncipes. Todos se prostravam para o maior sacerdote da Morte que já existira.

Eu estava sozinho.

Gaardalok veio até mim. Aproximou sua mão esquelética. Suas unhas eram grossas, cinzentas e compridas. A pele dos dedos mostrava osso, as veias eram vazias. Ele não chegou a tocar em minha pele, mas senti o frio me queimar. A própria presença de Gaardalok sugava vida. Olhei minhas mãos e vi que elas adquiriram leves rugas apenas por estar perto do sumo-sacerdote.

— Erga-se, chave — ele ordenou.

Levantei.

Gaardalok estendeu o cajado em minha direção.

— Beije o Cetro da Morte.

— Ele não pode... — começou Bhuorekk.

Gaardalok calou-o com um olhar.

— Perdão, Santidade.

O sumo-sacerdote não respondeu. Continuou com o cajado estendido para meu rosto.

Não me mexi.

— Você morreu — disse Gaardalok. Ele também não moveu o cajado, manteve-o apontado para mim. Era como um jogo de resistência e teimosia. — Já pertence a Ragnar.

— Eu pertenço a...

Não consegui falar "Thyatis". Minha boca não foi capaz de formular o nome do deus. Não foi medo, mas um impedimento físico. Podia ser o poder do templo ou de Gaardalok.

— Thwor Ironfist é a Foice de Ragnar — disse o sumo-sacerdote. — Você é a chave. Todos nós somos apenas ferramentas no plano do Deus da Morte.

— Beije o cajado! — implorou Ghorawkk. — Você não entende o perigo! Beije o cajado!

— Todos os deuses são submissos a Ragnar — Gaardalok continuou. — A Justiça, a Força, o Caos. A Humanidade, a Natureza, os Monstros. A Vida. Tudo acaba na Morte. Em Lamnor, Ragnar já é supremo. Logo será no mundo todo. Este é O Mundo Como Deve Ser.

Minha boca ficou seca.

O Mundo Como Deve Ser. Eu ouvira aquele conceito dito por Maryx, por Thraan'ya. Pelo próprio Thwor. Era a utopia goblinoide, o futuro que eles queriam para seus descendentes. Mas eu ainda não sabia o que ele seria.

Era só aquilo?

Só a morte?

Lágrimas brotaram de meus olhos. Pura desilusão. Tanto movimento, tanta vida, tanto ímpeto e tantas diferenças vibrantes. Tudo acabaria de um só jeito. Com a morte. Era o que eles desejavam. No fim, Avran Darholt tinha razão. Meu pai tinha razão. Eles eram só monstros, só assassinos.

O Mundo Como Deve Ser era um mundo morto.

Aproximei os lábios do cajado.

— *Não...* — sussurrou Thraan'ya.

Um calafrio tomou conta de mim. Mais assustador que as bravatas de Bhuorekk, as ameaças de Thogrukk ou mesmo a própria sanguinolência de Thraan'ya, aquele sussurro fora um pedido. Ela não estava tentando me intimidar.

Roubei um olhar para ela e vi piedade e horror em seu rosto.

Thraan'ya achava que eu era um espião. Ela queria minha morte de alguma forma, não importava que outros já tivessem tentado e falhado. Queria que eu fosse silenciado e quebrado, como uma arma do inimigo.

Mas sua expressão deixou claro: nem mesmo ela queria para mim um destino tão ruim quanto beijar o cajado de Gaardalok.

Eu não sabia o que aconteceria se beijasse o cajado. Assim como sempre em Lamnor, eu agia por suposições e deduções. Mas, o que quer que fosse, era uma declaração de lealdade. Eu entendera que, para escolher meu mestre, deveria me ajoelhar na frente do trono. Beijar o cajado era algo além.

Bhuorekk falara sobre matar minha mente.

Thraan'ya dissera: *"Vai desejar estar morto."*

Na escadaria, o clérigo falara que eles sabiam o que fazer com os mortos. A cortina na entrada da torre possuía uma espécie de não-vida horrenda.

"Vai desejar estar morto."

Olhei para o rosto morto de Gaardalok.

Eu iria me transformar num morto-vivo.

Nenhum dos outros queria aquilo. Nem mesmo Thraan'ya. Eles não queriam sua chave servindo ao Deus da Morte. Queriam-me para si mesmos, ou queriam que eu fosse destruído. Se eu beijasse o cajado, renegaria a bênção de Thyatis, iria me transformar num servo de Ragnar.

— Beije — repetiu Gaardalok. — Tudo acaba na Morte.
— Não — eu disse. — Após a Morte, há a Ressurreição.
Ouvi Thogrukk engasgar.
Contornei Gaardalok, evitando o cajado. Caminhei para o trono.
— Ele vai declarar lealdade! — entusiasmou-se Ghorawkk.
— Você não vai lidar com o futuro que surgir disto — ameaçou Gaardalok.
— Não há futuro para você, fugitivo da morte.
Ajoelhei-me.
— Não há morte — eu disse, selando uma inimizade que me perseguiria para sempre.
Olhei o trono de cadáveres. Dali, onde Thwor Ironfist se sentava, brotava a autoridade. Dos cadáveres de reis, emanava um poder místico e social de servidão e lealdade.
Olhei para trás, medindo todos eles.
— Você não me engana — disse Thraan'ya.
Mantive a firmeza.
— Vai se arrepender! — gritou Thogrukk.
— Só eu posso levá-lo à glória! — urrou Bhuorekk.
— Por favor, você vai me matar! — choramingou Ghorawkk.
Gaardalok só me fitava com seus olhos sem pálpebras.
Baixei a cabeça:
— Eu declaro minha lealdade — disse — a Maryx Corta-Sangue.

8
DE VOLTA ÀS ESTRELAS

Urkk'thran dançou a meu redor enquanto zunimos de um lado a outro, desviando de vigas em movimento, evitando ogros que subiam as camadas da cidade, entrando em túneis largos e passando pelas saídas no último momento antes que fechassem.

— Mais força! — gritou o aeronauta goblin.

— Não consigo pedalar tão rápido! — respondeu outro. — Este humano é muito gordo!

— Ele não é gordo, só grande demais — corrigiu um terceiro.

— Vamos cair se não calarem a boca e pedalarem! — esbravejou o líder.

Dei uma risada, sentindo o vento no rosto. Era ao mesmo tempo apavorante e delicioso.

— Precisamos perder peso!

— Joguem as proteções fora!

Os dois outros goblins se penduraram na estrutura do ornitóptero e chutaram o chão de madeira. Em pouco tempo, ele se desprendeu e caiu lá embaixo, sobre as cabeças de alguns bugbears que xingaram com os punhos fechados para cima. De repente, não havia nada entre mim e uma queda livre, além da estrutura frágil de hastes de madeira, ossos e cordas. Fiquei equilibrado como pude, mas, com a falta do piso, o ornitóptero se tornou bem menos estável e balançou ainda mais. Segurei-me com toda força nas cordas.

Os goblins chutaram as proteções laterais e o veículo se tornou um mero conjunto balouçante de hastes e tiras sustentadas por uma enorme hélice e um par de asas.

— Está funcionando! — comemorou o líder.

Ele empinou o nariz do veículo e conseguiu capturar uma corrente de vento, ganhando altitude. Urkk'thran desceu vertiginosamente enquanto subíamos em círculos, em direção à torre.

— Pedalem, desgraçados!

Os três goblins mantinham a hélice girando por pura força física, as pernas se movendo freneticamente, os pés enfiados em pedais de couro. O sistema de engrenagens, contrapesos, polias e cordas estendidas que movia a hélice era desnecessariamente complexo e fazia inveja aos mecanismos que operavam os telescópios em Sternachten, mas funcionava. O veículo voador dependia de engenhosidade, coragem absoluta, sorte e uma torrente incessante de insultos trocados entre o aeronauta e os dois assistentes. Eles falavam uma versão esquisita do valkar, embora também soubessem se comunicar em goblinoide. Eu ouvira algo sobre como eram descendentes de goblins que tinham sido "resgatados" da vida de miséria numa cidade humana do norte. Por isso usavam meu idioma no cotidiano.

— Não é suficiente! — berrou o líder.

— Precisamos jogar alguém fora!

Sem parar de pedalar, os três goblins disputaram um rápido jogo, usando ossos de juntas dos dedos no lugar de dados. Não entendi como eles determinaram o resultado do jogo, já que os dados não ficavam parados por causa do movimento do ornitóptero e quase não havia superfícies planas para jogá-los. Mas, com três jogadas, o perdedor foi decidido.

— Não! Não! — gritou um dos goblins.

— Humano, jogue-o lá embaixo!

— Não vou matar ninguém! — protestei.

— Ele só vai morrer um pouco!

Bufando e me xingando, o líder mandou que eu assumisse o controle. Agarrei os ossos longos que eram a ferramenta que direcionava aquela engenhoca — eles chamavam de "manche". Eu não fazia ideia de como operá-lo, então logo permiti que o veículo embicasse para baixo e começasse uma queda brusca.

— Vamos todos morrer! — berrei.

— Humano chorão!

O líder e o outro vencedor do jogo agarraram o perdedor, que esperneou e tentou se segurar a uma haste. Eles o puxaram com força, a haste se partiu, o ornitóptero balançou mais ainda, enquanto eu forçava o manche em direções aleatórias, tentando manter o controle.

— Boa viagem! — os dois gritaram, enquanto arremessaram o terceiro no vazio.

O líder pulou para a cadeira de comando e me empurrou. Eu mesmo quase caí, mas me segurei numa corda. Consegui ver o goblin infeliz se agarrando a vinhas na lateral de uma torre e comemorando sua sobrevivência. Mas então uma enorme ave de rapina mergulhou para ele com as garras estendidas. Era mesmo o dia de azar daquele goblin.

— O que está esperando, humano preguiçoso? — xingou o líder. — Pedale!

Assumi a cadeira do goblin azarado, meti os pés nos pedais de couro. Eram apertados demais para mim, mas consegui firmá-los a ponto de poder pedalar. Fiz força, sentindo a resistência das cordas. Então o ornitóptero apontou o nariz para cima de novo e nos erguemos numa escalada veloz.

Abri os braços para o vazio, apesar de tudo. Soltei um grito de júbilo. Aquela era uma experiência horrível e também a maior diversão que eu já tivera.

Circundamos a Torre de Todos os Olhos. Era a mais alta de Urkk'thran, elevando-se acima até mesmo da Torre Ceifadora e da Torre da Forja do Futuro, onde eu nunca estivera, o centro de governo da Aliança Negra. Era a primeira vez que eu enxergava a Torre de Todos os Olhos de perto. Vista de qualquer outro lugar de Urkk'thran, ela só parecia uma confusão móvel que se erguia no céu, delgada e periclitante, sempre ameaçando cair. Quanto mais próximo cheguei, mais pude ver sua genialidade caótica.

Perto da Torre de Todos os Olhos, o resto de Urkk'thran parecia estático. Não havia nenhuma parte fixa. Minha mente de humano não compreendia como aquilo era possível — talvez eu entendesse se ainda estivesse sob efeito da água negra que me concedera a mente goblinoide. Não havia uma estrutura subjacente, nada que fosse totalmente firme. A torre se mantinha de pé por um equilíbrio de complexidade inimaginável. Enquanto uma seção descia por roldanas e alavancas, outra subia para contrabalançar o peso. Vi um andar ser retirado de bloco em bloco, mas vigas grossas de ferro e madeira desceram para tomar seu lugar, mantendo a altura original. Paredes eram substituídas o tempo todo, os andares giravam livres, cada um para um lado, elevadores subiam e desciam, eram fixados, tornando-se parte da estrutura maior, então logo estavam substituindo o andar ao qual tinham sido anexados.

A construção era um caleidoscópio tridimensional. E, por toda parte, só havia goblins.

Eu não vira, até aquele momento, uma região de Urkk'thran que pertencesse a uma só raça. Havia áreas em que uma das espécies goblinoides era dominante, mas ninguém estava banido de lugar nenhum, então sempre existia uma mistura. Os orcs principalmente podiam estar em qualquer lugar, já que se moviam por túneis, e os kobolds brotavam de todos os cantos. Mas a Torre de Todos os Olhos era povoada unicamente por goblins. Acho que nenhuma das demais raças, mesmo com a mentalidade goblinoide voltada ao movimento, seria capaz de lidar com algo tão rapidamente variável, tão intrincado e anárquico. Ali os goblins podiam exercer sua genialidade particular, sem se preocupar com as amarras impostas pelas limitações dos outros.

Meus olhos brilharam quando vi que, no topo da torre, havia um gigantesco telescópio.

Comecei a chorar imediatamente, minhas lágrimas sopradas pelo vento. Foi uma reação espontânea a algo que eu nunca mais esperava enxergar. Thwor Ironfist me dissera que havia equipamento para fazer observações do céu em Urkk'thran, mas eu imaginara algumas lunetas primitivas, talvez um instrumento divinatório mágico.

Aquilo era astrologia científica verdadeira.

O ornitóptero alcançou a altura do último andar da torre, então zuniu para ela. Os goblins usaram seu sistema de comunicação com o local de pouso: um deles se amarrou à estrutura do veículo e foi para cima das asas. Então começou a berrar, agitar bandeiras coloridas e abrir frascos que emitiam fumaça brilhante, na tentativa de chamar a atenção dos que estavam dentro do prédio. Enquanto isso, examinei o telescópio. Ele não era tão sofisticado quanto os de Sternachten. Não tinha tantas partes móveis e suas decorações pareciam selvagens. Mas era imenso, muito maior que o sumo-telescópio do Observatório da Segunda Flama. O que mais me chamou a atenção foi que ele também nunca ficava parado. Movia-se lentamente, em comparação com o resto da torre, mas movia-se mesmo assim. Seria impossível fazer observações daquela forma. O próprio balanço da torre fazia com que o telescópio se mexesse como uma casca de noz jogada sobre um rio. Os goblins da torre olharam por uma janela e finalmente notaram nossa chegada, quando achei que iríamos nos chocar com a construção.

Eles abriram a janela muito mais do que parecia possível, desmontando toda a parede para revelar um enorme salão lá dentro. Os pedaços de tijolo e madeira caíram, mas logo foram apanhados por redes de segurança e usados para construir outra coisa. Voamos para dentro do salão pela abertura. Uma coluna estava sendo erguida no meio do caminho. Os goblins berraram, ela foi derrubada quando um choque parecia inevitável. O aeronauta tentou diminuir nossa velocidade, mas o ornitóptero não respondeu bem. Estávamos nos aproximando da parede oposta. Ao mesmo tempo em que goblins começaram a demoli-la, outros giraram cordas acima das cabeças e laçaram o ornitóptero pelos dois lados.

A parede caiu lá embaixo, nós fomos apanhados pelas cordas. O ornitóptero desabou sem força e ficou pendurado. Os dois goblins escalaram a estrutura do veículo aos saltos e entraram na torre. Tentei criar coragem para escalar também, enquanto me equilibrava no veículo pendente. Logo não tive escolha, porque uma equipe goblin chegou por baixo e começou a desmontar o ornitóptero a meu redor, usando as partes para construir um tipo de andaime.

Cheguei ao piso da torre esbaforido, suando.

— Um pouso perfeito! — disse o aeronauta goblin. Então apertou minha mão efusivamente. — Bom trabalho, humano! Você tem futuro como aeronauta se esta bobagem de profecias der errado.

— Obrigado — balbuciei, com um meio riso.

Então olhei ao redor e me deixei ficar maravilhado.

Se eu precisasse resumir os goblins de Lamnor em uma frase, seria: "nunca faça nada de forma simples se houver uma alternativa complicada". Eu estava acostumado com a mentalidade humana de ordem e método. Se era preciso construir uma casa, ela teria fundações sólidas, então paredes robustas e por fim um teto que aguentasse as intempéries. No máximo conseguia compreender o jeito élfico de pensar, segundo eu o entendia por livros e histórias: a estética e a harmonia com a natureza eram tão importantes quanto a função. Goblins não pensavam assim. Para eles, causa e efeito, preparação e execução não tinham muito significado. Se algo precisava ser feito, devia ser feito *agora*. Se o problema era a falta de um teto que protegesse da chuva, um goblin não construiria uma casa — ele começaria pelo teto, então resolveria o problema de erguê-lo e só pensaria em paredes como contingência para situações que resultassem disto. Se a "casa" começasse a afundar por falta de fundações, um goblin lidaria com este problema, provavelmente inventando um meio de erguer a construção inteira alguns centímetros todos os dias, mas nunca pensaria em primeiro procurar terreno estável.

O interior da Torre de Todos os Olhos era a materialização desse modo de pensar. Era um misto de oficina, laboratório e centro de estudos, mas na verdade parecia o interior da cabeça de um goblin.

Não havia ordem: alambiques e substâncias alquímicas, peças e ferramentas para máquinas elaboradas, forjas, coleções de pergaminhos sobre todos os tópicos e qualquer outro objeto que pudesse servir a algum tipo de ciência, pesquisa ou manufatura estavam todos misturados. Não havia noção fixa de "em cima" e "embaixo", pois os goblins se moviam facilmente escalando estantes e paredes móveis, pendiam do teto, passavam em alta velocidade pendurados em cordas estendidas, voavam com seus veículos, cavalgavam aranhas, deslizavam por túneis, subiam por elevadores. As salas podiam girar sem aviso, derrubando centenas de objetos e transformando chão em teto num instante. Em pouco tempo, perdi qualquer senso de orientação.

— Cuidado, humano! — um goblin me puxou pela manga.

Saí do caminho pouco antes de uma bigorna desabar, quebrando o chão e atravessando um andar após o outro. Felizmente, o andar logo abaixo se abriu para permitir a passagem do objeto. Um goblin amarrado à bigorna gritou um obrigado e um pedido de desculpas.

Ainda meio atordoado pela quase morte, observei o goblin que me salvara.

Era um ancião. Andava recurvado sobre uma bengala móvel. Ele conseguia operar o objeto de forma a encontrar um ponto de apoio ideal a cada passo, mesmo na superfície inconstante. Seus olhos eram caídos e sua cabeça era coberta de verrugas. Alguns poucos cabelos quase transparentes nasciam em seu rosto e seu escalpo, mas as orelhas apresentavam uma cabeleira branca de fazer inveja à barba de um anão.

— Você precisa de um guia para a Torre de Todos os Olhos, ou vai acabar esmagado, queimado, triturado e dissolvido. Talvez ao mesmo tempo. Vamos, vamos. Apenas me lembre. Você é o vidente que veio operar o Olho Comprido ou a cobaia que encomendamos para o alambique de veneno?

— Sou o vidente — gaguejei.

— Claro! A cobaia já chegou... E não durou muito. Bem, não importa. Encontrou a pessoa certa! Sou Kuduk, mestre do Olho Comprido. Vou ensinar a você tudo sobre como olhar os céus.

Kuduk era o mais vagaroso daqueles goblins. Portanto, com algum esforço, eu conseguia acompanhá-lo. Os outros eram rápidos demais, suas ações imprevisíveis demais. Eles perdiam o interesse numa tarefa e adotavam outra sem aviso. Talvez Gradda, que não parecera tão caótica, fosse a exceção entre os goblins. Kuduk me levou por um sistema de cordas que funcionava como elevador. Ficamos pendurados, então fomos erguidos acima do último andar, para uma plataforma externa no topo da torre. Veículos voadores de todos os tipos circulavam ao longe. A plataforma era tão instável e variável quanto todo o resto e, sendo o ponto mais alto, aquele andar se movia mais do que todos os outros, chacoalhando sem controle. Não havia muretas ou corrimões — se eu escorregasse, cairia para a morte.

O telescópio oscilava para cima e para baixo, além de girar lentamente e se balançar de um lado para o outro. Tomando cuidado com cada passo, cheguei mais perto e olhei a base onde ele se erguia. Era um conjunto de molas, resina borrachenta, cordas em polias, pedaços de couro estendidos e todo tipo de estruturas de sustentação que permitissem mobilidade, funcionando como amortecimento.

Isso nunca daria certo.

Abri a boca para falar sobre aquilo, mas notei que Kuduk me olhava com um sorriso satisfeito, uma expressão de orgulho e talvez nostalgia, enquanto cofiava os pelos das orelhas. Secou uma lágrima de seu rosto enrugado.

— Ah, desculpe o sentimentalismo de um velho. Deixe-me fazer uma pergunta.

— É claro — falei, surpreso.

— Você acha mesmo que vai descobrir o que é a Flecha de Fogo?

Embora fosse óbvio, só nos últimos dias eu realmente começara a entender o que significava a Flecha de Fogo para aquele povo. Eu sabia o que ela significava para o norte, para os humanos, para Sternachten. Era um farol de esperança, uma promessa mística de salvação contra o monstro assassino que vinha de Lamnor.

Para os goblinoides, era uma profecia de fim do mundo.

Eu não voltara mais para a casa de Maryx desde minha visita à Torre Ceifadora, quase uma semana atrás. Urkk'thran era tão grande que se deslocar pela cidade cotidianamente era impossível, em especial para quem não tinha velocidade, fôlego e força de goblinoide. Eu dormira por um dia inteiro depois que a água negra perdera o efeito. Depois não havia ninguém para me conduzir de volta e eu nunca acharia o caminho sozinho. Na verdade, o caminho provavelmente não existia mais. Assim, fiquei alguns dias abrigado numa toca de um nível superior, à vista da Torre Ceifadora, enquanto esperava que alguém me levasse para a Torre de Todos os Olhos.

Naquele tempo de espera, pensei sobre o que tinha acontecido, sobre como todos aqueles goblinoides poderosos me queriam como seu escravo. Sobre como Thraan'ya havia sido Tanya, a princesa de Lenórienn, e agora queria achar uma forma de me matar porque pensava que eu era um espião. Sobre como Gaardalok tinha tentado me transformar em morto-vivo. Sobre como Avran estava atacando mais e mais aldeias e tribos, numa guerra particular que devia, de alguma forma, ter algo a ver com a Flecha de Fogo. Fui observado de longe e de perto, ouvi muitas perguntas, mas ninguém falava meu idioma, então não pude responder. Aos poucos compreendi que para eles eu era uma chance de escapar do fim. Alguém que podia identificar a causa da morte do homem que propiciara sua civilização. Eu era um arauto da destruição, mas que podia ser usado para evitá-la.

Eu era um profeta.

— Não posso garantir que vá descobrir nada — confessei para Kuduk. — Clérigos de meu deus tentam descobrir a Flecha de Fogo há décadas.

— Mas há uma chance.

— Claro — hesitei. — Sempre há uma chance.

Ele mancou até mim.

— Não desista, humano.

Balbuciei alguma coisa, mas Kuduk continuou:

— Sou muito velho, então ainda lembro de como tudo era antes da ascensão do Ayrrak. Sou um dos poucos goblins que restam daquela época. Lembro de viver com medo nos ermos de Lamnor, de ficar escondido nas sombras. Éramos tão pobres que meu pai foi obrigado a lutar em nome de um feiticeiro maligno. Humano, é claro. Meus irmãos também fizeram parte do mesmo exército. Todos morreram defendendo a torre de seu mestre. Eu tive sorte. Era o mais novo, então me deixaram numa caverna, com minha mãe e todo o ouro que minha família conseguira reunir.

Ele suspirou.

— Mas então os humanos chegaram. Mataram minha mãe. Fui poupado, talvez porque era criança. Roubaram nosso ouro.

Ele andou até o telescópio, usando a bengala móvel para se equilibrar no chão oscilante.

— Pouco depois, houve o levante de Thwor. Então a formação da Aliança Negra, a destruição da praga humana. Pude me dedicar a inventar máquinas. Meu pai nunca imaginaria uma vida assim. Uma vida de criação, sem medo, com futuro. Ele era fraco e doente, mas achava que todo goblin precisava saber usar uma lança e se esgueirar nas sombras, porque era a única forma de sobreviver.

Virou-se para mim com um sorriso.

— Não é mais.

Ele continuou falando, enquanto enrolava e desenrolava os pelos de uma orelha. Morou numa cidade humana ocupada, fez parte do primeiro grupo de engenheiros que começou a modificar as construções do inimigo. Lá se apaixonou por uma goblin, formou família. Quando Thwor Ironfist anunciou a construção de uma capital goblinoide, sem depender das ruínas de outras raças, Kuduk hesitou, porque eles já tinham filhos, mas sua esposa o incentivou. Eles se mudaram para o vale vazio e Kuduk ajudou a construir Urkk'thran enquanto seus filhos cresciam. Eles também se juntaram à construção. Seus netos participaram da última turma de construtores, quando a cidade já estava habitada.

Os filhos de seus netos não conheciam outro lar além da capital da Aliança Negra. Não conheciam outra vida senão a paz.

— Quando falo sobre como tudo era antes, eles não acreditam — o goblin riu para si mesmo. — Não de verdade. Acham que estou exagerando. Que lugar poderia ser este em que um goblin é obrigado a lutar para viver? Que raça poderia ser tão cruel a ponto de matar goblins só para roubar seu ouro?

Então ele ficou sério. Olhou-me fundo nos olhos.

— Eu quero que os filhos de meus netos continuem ingênuos, humano. Quero que os filhos *deles* sejam ainda mais bobos. Quero que minha infância seja um pesadelo distante, em que nenhuma geração futura de goblins acredite.

"Quero que minha infância seja um pesadelo distante." Eu podia entender isso.

— Este é O Mundo Como Deve Ser — ele suspirou. — Um mundo em que pessoas possam viver como querem, não como precisam. Quer dizer, para o inferno com as outras pessoas, elas já vivem muito bem. O que me importa são os goblins.

Dei um meio riso, sem saber quão sério ele estava sendo.

— Eu devia odiá-lo só por ser humano. Talvez, se fosse mais jovem, eu conseguisse. Hoje em dia, só o vejo como alguém que pode descobrir o que vai destruir o lar de meus descendentes. Se o Ayrrak morrer, nada disso vai restar. Os humanos e os elfos vão se unir, talvez auxiliados pelos anões, e vão nos atacar enquanto estivermos de luto. Eles vão queimar nossas cidades e massacrar nossas famílias, dizendo a si mesmos que são heróis. Vão destruir a cidade que construí.

Ele começou a chorar abertamente.

— Desculpe o sentimentalismo de um velho. Mas quero muito que você descubra a Flecha de Fogo. Quero que os filhos dos filhos dos filhos de meus filhos sejam aeronautas e alquimistas, não bandidos de estrada. Quero que eles tenham Lamnor, que é deles por direito.

Maryx aludira àquilo, mas eu nunca tivera contato com este lado da Aliança Negra. Goblins tinham vidas curtas e se reproduziam rápido. Já existiam pelo menos três gerações de goblins que não conheciam a conquista, só a vida normal em Lamnor. Culpá-los pelo massacre de humanos e elfos seria como me culpar pelas guerras que haviam estabelecido o Reinado no continente norte, séculos atrás.

Agachei-me para ficar da altura dele.

— Eu prometo tentar.

Ele sorriu.

— Sabe por que falo seu idioma?

Balancei a cabeça negativamente.

— Todos nós precisávamos aprender quando crianças. Começávamos decorando as palavras "piedade por favor".

O mais difícil no início foi convencer os goblins de que o telescópio devia ficar parado. Convencer goblinoides de que qualquer coisa devia ficar parada era enlouquecedor. Sua mente não funcionava desse jeito. O Olho Comprido, como eles chamavam o telescópio, era potente. Não tão avançado quanto os aparelhos de Sternachten, mas muito à frente de quase tudo que existia no Reinado. Os goblinoides não fabricavam lentes como nós, mas recolhiam cristais chamados *"krogdak"*, que surgiam naturalmente em certas minas, então os moldavam e preparavam até que se comportassem como lentes. Os krogdak eram raríssimos, de modo que só existiam dois observatórios em Lamnor, embora houvesse ciência, vontade e recursos para construir outros. Um deles ficava na Torre de Todos os Olhos, em Urkk'thran, e o outro na cidade de Eshhenntt, ao sudeste. Os goblins também tinham um sextante. Aprendi como usá-lo depois de algumas tentativas; não era muito diferente dos que tínhamos em Sternachten.

Só havia um problema: o telescópio era inútil porque estava sempre em movimento.

— Você não entende — sentei no chão oscilante, frustrado, após tentar explicar a Kuduk pela quinta vez. — É impossível fazer observações sem estabilidade.

— Claro que é possível. Eu mesmo faço o tempo todo.

— Você não observa nada! Só olha por um instante cada parte do céu!

— Olhar e observar são o mesmo. Só um humano poderia fazer distinções.

Esfreguei as têmporas e tentei outra abordagem.

— Um instante não é suficiente para medir posições relativas, anotar todos os detalhes que um determinado pedaço do céu oferece — tentei. —

Precisamos observar com cuidado, registrar tudo, observar outra parte e assim por diante.

— Por quê?

— Para ver os padrões!

— Não há padrões, o céu está sempre em movimento! Por que ficaríamos parados?

— O céu não se move tão rápido quanto o telescópio!

— Então a solução de seu problema é simples. Precisamos apenas medir a diferença entre o movimento do telescópio e do céu, então calcular...

Parei de escutar. Goblins podiam ter avanços científicos surpreendentes, mas a matemática não era um deles. Os goblinoides tinham uma noção muito diferente de números. Para eles, os números mudavam dependendo do que estivesse sendo contado. Não havia realmente palavras para cada número, mas os conceitos de "suficiente para um", "suficiente para uma família", "suficiente para um batalhão ou tribo", "suficiente para um povo" e "suficiente para o mundo". Assim, uma espada era "suficiente para um", mas um porco assado era "suficiente para uma família" e um sol era "suficiente para o mundo". Dizer a um goblinoide que, para um humano, as três coisas seriam representadas pelo numeral "um" era absurdo. Além disso, goblinoides tinham problemas para entender permanência. Ouvindo que dois mais dois eram iguais a quatro, eles perguntavam dois mais dois *o quê*. Se a resposta fosse "maçãs", por exemplo, diriam que uma delas poderia apodrecer, então dois mais dois seriam iguais a três. O que não fazia sentido, porque para eles isso significava "o suficiente para um mais o suficiente para um é igual ao suficiente para um". Ou seja, loucura de humanos. Assim, Kuduk fez uma longa explicação sobre como calcular a velocidade relativa de um objeto em Arton em relação às estrelas, usando matemática que só recebia este nome por falta de uma palavra melhor.

— Muito bem, Kuduk — falei, já com dor de cabeça. — Digamos que criar toda uma nova forma de calcular o movimento dos astros seja mesmo mais fácil que fazer um telescópio parar de se mexer. O problema é que minha mente não funciona assim.

— Hmm, verdade — ele ponderou. — A velha burrice humana. Não há problema. Podemos nos infiltrar na Torre Ceifadora e roubar um pouco de água negra. É claro que precisaríamos antes criar tinturas de camuflagem que enganassem os milagres dos clérigos de Ragnar. Então talvez construir um duto que levasse do poço diretamente a essa torre.

— Mas, se eu for tão abençoado por Ragnar — falei, triunfante, com uma ideia que poderia convencê-lo — talvez perca a bênção de Thyatis e não consiga achar a Flecha!

Isso foi um bom argumento, finalmente.

— Será que seria tão difícil criar uma redoma que bloqueasse a visão de seu deus? — ele sugeriu.

— Kuduk, por favor. Vamos deixar o maldito telescópio parado.

— Está bem! — ele bufou, puxando os pelos das duas orelhas. — É por isso que a ciência humana é tão limitada!

Não deixei que ele mudasse de ideia. Imediatamente fiz com que Kuduk repassasse as ordens ao resto da torre. Pois, para que o telescópio ficasse parado, todos os andares inferiores precisavam parar também. Foram necessárias horas, mas, quando já estava amanhecendo, a Torre de Todos os Olhos ficou estática.

Fui até o Olho Comprido e fiz minha primeira observação, aproveitando os poucos minutos antes que a claridade estragasse tudo. O céu de Lamnor era igual ao que eu conhecia.

Quando tirei o rosto do visor, alegre por finalmente começar meu trabalho, dezenas de goblins estavam reunidas na plataforma. Eles me vaiaram, jogaram lixo e pedrinhas por eu os ter forçado a interromper o funcionamento natural da torre, mas quase não me machuquei.

※

Meu cotidiano se tornou bem parecido com o que era em Sternachten. Eu dormia de manhã, fazia preparações e análises à tarde, observava à noite. Exceto pela ocasional interrupção de alguns ovos podres arremessados por goblins, consegui estabelecer uma rotina nos primeiros dias. Kuduk me acompanhava, criticando-me o tempo todo, mas também colaborando e aprendendo meu jeito de praticar a astrologia. Era impossível botar em prática a ideia original de Ysolt, pois eu não dispunha dos registros astrológicos e históricos do passado. Então, para começar, resolvi apenas mapear movimentos significativos e posições astrais relevantes. Não fui atrás da Flecha de Fogo em si, mas de qualquer profecia ou previsão que se apresentasse, por mais simples que fosse. Passei a comer coisas mortas, já que a profecia tinha a ver com a morte. O próximo passo seria tentar prever um eclipse, então seguir a partir dali.

Meu primeiro período na Torre de Todos os Olhos durou duas semanas.

No fim disso, os goblins ficaram inquietos demais e ameaçaram um motim. Kuduk recomendou que deixássemos a torre se mover pelo menos por alguns dias. Eu também estava exausto, sentindo-me muito isolado e de certa forma claustrofóbico, mesmo constantemente a céu aberto.

Fazia três semanas de minha declaração de lealdade na Torre Ceifadora e eu não falara mais com Maryx, que escolhera como minha mestra. Parecia a hora de voltar, passar algum tempo naquela área da cidade. Estudar os desenhos e diagramas que eu mesmo fizera e traçar planos. Aprender um pouco mais sobre a cultura de Urkk'thran.

Aos poucos, a cidade se tornava meu lar.

Sentei num banco baixo, sentindo a torre começar a se mexer aos solavancos. Estava esperando o ornitóptero que me levaria de volta à casa de Maryx. Kuduk sentou a meu lado.

— Por que isso tudo funciona? — perguntei.

Ele me olhou sem entender.

— No norte, a ciência goblin simplesmente não dá certo — expliquei. — Os goblins criam engenhocas mirabolantes, mas elas sempre explodem ou se desmantelam. Ou apenas não fazem o que deveriam.

Ele suspirou.

— Você já tentou voar, Corben?

Há dois dias Kuduk me chamava pelo nome. Era um alívio. Eu não gostava de ser reduzido apenas a minha raça.

— Claro que não — respondi. — É impossível, a menos que você seja um mago ou membro de alguma raça com poderes especiais.

— Você sempre ouviu que não podia voar. Desde criança, sempre soube. Então nunca tentou.

Concordei em silêncio.

— O que provavelmente foi uma boa ideia, pois você iria se esborrachar no chão. Mas a questão é que não tentou porque lhe ensinaram que não podia. Agora imagine se todos a seu redor lhe dissessem que nunca aprenderia a ler. Será que você tentaria?

— Talvez eu... — gaguejei.

— Mesmo se tentasse, o que aconteceria quando você encontrasse uma dificuldade? Não seria prova de que não consegue?

Comecei a entender onde ele queria chegar.

— Os goblins do norte escutam há muitas gerações que nada do que eles constroem tem valor. Ouvem que para eles "é natural" viver no lixo e nos dejetos das outras raças. Então é claro que, quando criam algo, é algo defeituoso.

Lembro de quando houve uma grande migração de goblins do norte para cá, em busca da liberdade. Eles eram terríveis. Quando construíam algo, contentavam-se com traquitanas desastrosas, davam de ombros e diziam que era assim mesmo. A maioria nunca conseguiu aprender ciência ou engenharia, morreu achando que ser incompetente era natural. Mas seus filhos aprenderam e seus netos aprenderam melhor ainda. É impressionante quantas limitações desaparecem quando o que se espera de você não é o fracasso.

Eu não sabia qual era o protocolo social para fazer amizade com um goblin, mas abracei Kuduk e lhe agradeci por ser meu amigo. Ele foi a vítima escolhida daquela afeição súbita porque não me metia medo. Achou estranho, mas me deu tapinhas na cabeça como se eu fosse seu neto.

— Maryx carrega umas bolsinhas... — comecei. Era uma curiosidade quase esquecida.

— Quem?

— Maryx. Maryx Corta-Sangue. Minha mestra, uma hobgoblin caçadora de cabeças.

— O que sua mestra carrega?

— Pequenas sacolas que explodem. Na verdade, ela conseguiu criar explosões enormes. Quase destruiu um castelo.

Kuduk não parecia nem um pouco impressionado.

— Não pode ser... — hesitei — ...pólvora. Pode?

— Por que não? Os hobgoblins descobriram a pólvora.

— Claro que não! A pólvora foi descoberta nos confins do continente norte.

Kuduk riu.

— Hobgoblins conhecem pólvora há muitas gerações. Era difícil minerá-la quando os elfos estavam nos calcanhares deles o tempo todo, mas pólvora não é nada de novo.

Perguntei mais. Pólvora era um tabu no norte. Todos os reinos civilizados proibiam seu uso, pois era destrutiva e incontrolável. Eu não sabia quase nada sobre pólvora, apenas que ocorria naturalmente e era extraída a grande custo de um mineral chamado "pedra-de-fumaça". Os goblinoides conheciam a substância há muito mais tempo do que a humanidade, chamavam o mineral de *"krozxa"*, "pedra de fogo".

Deixei aquilo se assentar em minha mente. Maryx carregava consigo itens de alquimia avançada. Trocava-os com outros goblinoides como se fossem objetos comuns. Não importava o quanto eu soubesse dela, sempre a subestimava.

— Goblinoides fazem muita coisa quando não há elfos e humanos incomodando — disse o goblin, cofiando os pelos da orelha. — Só precisamos de um pouco de espaço. E de vizinhos que não tentem nos matar quando viramos as costas.

Era inevitável imaginar como seria uma civilização goblinoide com séculos de idade. Com tempo para se desenvolver. Mesmo que fosse uma civilização que cometesse massacres e cultuasse o Deus da Morte, provocaria a curiosidade de qualquer cientista.

— Mas não fizemos tudo sozinhos, aquele gnomo ajudou um pouco — disse Kuduk. — Sujeito irritante, fala demais e tem ideias esdrúxulas. Mas às vezes é útil.

Meu queixo pendeu. Eu tinha quase esquecido do patrono de Sternachten com todos os acontecimentos dos últimos meses.

— Lorde Niebling esteve aqui?

— Algumas vezes — o goblin deu de ombros. — Começou a nos incomodar quando estávamos construindo Urkk'thran. Desenvolveu uma argamassa especial com os alquimistas, se bem me lembro. Também roubou alguns de nossos segredos e tentou convencer vários goblins a voltar com ele para o norte. Mas ninguém aceitou.

— Lorde Niebling esteve aqui recentemente? — reformulei a pergunta.

— Sim, sim. Visitou a cidade, desenhou nossos prédios num pergaminho. Acho que vai tentar copiar nossa arquitetura. Conseguiu se enfiar dentro de nosso Olho Comprido! Sujeito enxerido. Estava falando sobre crina de unicórnio, perguntou se havia unicórnios em Lamnor. Ah!, e disse que inventaria uma maneira de encontrar jazidas de krogdak para construir mais Olhos Compridos.

— Ele quer mais observatórios, então! — sacudi o goblin, como se pudesse fazer respostas caírem dele.

Lorde Niebling passara por Sternachten, então rumara ao sul para estudar ciência goblin. Estivera em Urkk'thran, examinara o telescópio e queria construir outros. Niebling não era um profeta ou um devoto, mas um inventor e estudioso. Se ele via valor na sociedade da Aliança Negra, seria arrogância de minha parte não ver também. Refleti sobre minha missão de decifrar a profecia para os goblinoides.

Uma torre ao longe começou a emitir luz em cores variadas. Um brilho longo, então alguns curtos. Dois longos, um curto, e assim se alternando. A luz era vermelha, verde, azul, amarela. Eu não sabia o que aquilo significava, mas parecia algum tipo de padrão. A luminosidade era forte, podia ser vista de quase toda a cidade. Kuduk estreitou os olhos.

— Não pode estar certo... — o velho goblin murmurou para si mesmo.
— O que é aquilo? — perguntei.
— Você não entenderia. É um meio de transmitir mensagens a distância. Mas o alquimista que opera o farol deve estar bêbado.
— Por quê?
— Não se preocupe com isso.

Meu ornitóptero chegou. Para minha surpresa, não veio só com o aeronauta. Um goblin de pele azul, jovem e apressado, pulou do veículo antes que pousasse. Trazia na mão um pergaminho enrolado.

— Enviem seus ornitópteros! — ele gritou, em valkar de Lamnor. — Todos os nossos já decolaram!
— O que houve? — Kuduk ficou de pé tão rápido quanto pôde.
— Avisem os clérigos e os guerreiros! Alguém precisa achar o Ayrrak!
— O que está acontecendo? A mensagem do farol não pode...
— O que a Torre do Farol transmitiu é verdade, mas não é tudo.
— Então houve mesmo um ataque?
— Pior que um ataque qualquer — ofegou o jovem goblin. — Aventureiros humanos queimaram Eshhenntt. O outro Olho Comprido foi destruído.

9
O ESCRAVO PROFETA

Os CULPADOS ERAM A ORDEM DO ÚLTIMO ESCUDO. PARA MIM, não restava dúvida. Avran Darholt estava cada vez mais ousado, talvez mais poderoso. Após chacinar várias aldeias, ele atacara uma cidade, destruíra um telescópio. Só podia significar que eu estava perto da Flecha de Fogo. Suas ações não faziam sentido. Ele queria impedir a descoberta da Flecha — não só pelos goblinoides, mas por qualquer um.

Depois que o ornitóptero pousou, andei como num sonho até a casa de Maryx. A meu redor, os goblinoides falavam e gritavam em seu idioma, que eu ainda não compreendia. A sensação era que a notícia estava se espalhando. Fui deixado perto da casa, mas mesmo assim não sei como não me perdi. Tudo estava diferente, eu estava atordoado. Entrei pela abertura do túnel sem pedir licença.

Eu não sabia nem mesmo se Lorde Niebling não estava em perigo. Ele queria construir observatórios, e um observatório podia ser a chave para descobrir a Flecha. Se tivesse cruzado o caminho de Avran, podia já estar morto.

Despertei das conjecturas quando vi Thraan'ya num dos maiores cômodos da casa de Maryx. Estaquei no lugar e por instinto procurei uma arma para me defender.

— Isso é culpa sua, espião! — ela vociferou. — Mesmo que não possa morrer, não conseguirá falar com seus mestres depois que eu cortar sua língua, decepar suas mãos, furar seus olhos!

— Você não vai fazer nada disso, Thraan'ya — disse Maryx. — Ele é *meu* escravo.

A outra apertou os lábios, em raiva frustrada. Então se virou para a hobgoblin.

— Por que você confia nele, Maryx? É um humano!

— Houve um dia em que confiei numa elfa. Acha que errei?

Thraan'ya desviou os olhos.

— Ele não sofreu — a elfa insistiu. — Não pode entender o que somos sem sofrer.

— Não há tempo para sofrer! O que quer que esteja acontecendo vai acontecer *logo*. Avran está fechando o cerco, sinais estão surgindo por toda parte. A Flecha de Fogo vai ser disparada. Talvez já tenha sido.

— Não é motivo para acolher um espião.

— Como ele pode ser um espião? Como estaria mandando informações?

— É um clérigo. Deve ter seus truques.

— Enfrente fantasmas e sombras então, Thraan'ya. Prefiro enfrentar inimigos reais.

Maryx estava de pé, firme como sempre, inflexível em sua agressividade contida. Vartax, seu marido, estava mais atrás, com as duas pequenas nos braços, também sério. A caçadora me examinou com um jeito enigmático. Eu não sabia se fizera algo errado ou se aquilo era só um reflexo da gravidade da situação. Não deixei de notar que ela me descrevera como *seu* escravo. Devia saber o que se passou na Torre Ceifadora.

— Ele está chegando perto, não? — perguntei. — O outro telescópio foi destruído. Só pode ser...

— Avran — a hobgoblin falou, com ódio frio. — Ele está mais corajoso. Mais poderoso. Mais desesperado.

— É pior ainda — disse Thraan'ya. — Dois oráculos foram encontrados mortos. Um poço de vidência foi profanado. Ele quer impedir qualquer forma de descoberta da profecia. O povo ainda não sabe, mas as notícias logo vão se espalhar.

— Por que Avran faz isso? — perguntei. — Se ele nos odeia tanto, por que não desejaria encontrar a Flecha de Fogo?

Demorei alguns instantes para perceber o que eu dissera. Vartax abriu um grande sorriso. Maryx continuou com seu rosto de pedra. Thraan'ya deu dois passos até mim.

A elfa destoava dos goblinoides, mas se vestia e se adornava como um deles. Seus longos cabelos púrpuras exibiam várias tranças e penduricalhos: penas, contas, caveiras de pequenos animais. Seu pescoço, seu peito e seus braços eram tatuados. Seu estômago ostentava o círculo que era o símbolo da Aliança Negra. Ela se cobria com peles costuradas de diferentes animais, nenhum deles nobre — couro de cavalo, de lagarto, de thraaguytppahet, ainda com pelos e escamas. Andava de pés descalços e usava trapos coloridos amarrados nas pernas.

— Como ousa dizer que é um de nós, humano? — ela rosnou. — Acha que pode roubar a honra de ser duyshidakk?

— Não tenho mais nenhum lar — respondi.

— Não o mate, Thraan'ya — recomendou Maryx.

A outra olhou para ela com irritação, mas não havia violência em seu comportamento.

— Não basta ter perdido seu lar — ela disse. — Enquanto não tinha mais nenhum lar, fui prisioneira. Tornei-me duyshidakk apenas quando percebi os crimes e a crueldade de meu antigo povo. Quando entendi que os elfos são invasores em Lamnor. Depois que *sofri*, sofri só um pouco do que todos os goblinoides sofreram desde a chegada dos elfos. Foi só então que conquistei a confiança do Ayrrak. Eu vejo o cadáver de meu pai e não sinto nada, pois sei que é o corpo de um criminoso. Você seria capaz de fazer o mesmo?

Pensei no que eu faria se visse o cadáver de meu pai.

Eu vira o cadáver de minha irmã de cinco anos. Não podia ser muito pior.

— Os métodos da Aliança Negra... — comecei.

Thraan'ya balançou a cabeça e me deu as costas.

— Mais um que defende os goblinoides até onde é conveniente! — ela se exasperou. — Mesmo que não seja espião, é um humano!

— Ele ainda não está pronto — disse Maryx. — Talvez nunca esteja.

— Estou tentando descobrir a Flecha de Fogo para vocês! — gritei.

Maryx passou pela elfa e foi até mim.

— E se encontrá-la? — perguntou. — E se encontrá-la e tiver a escolha de a revelar a nós ou aos humanos? O que vai fazer?

Sustentei seu olhar.

Mas não respondi.

— Temos um problema mais urgente, um inimigo em comum — Vartax cortou a tensão. — Avran e a Ordem do Último Escudo. Todos nós concordamos que ele precisa ser detido.

— Avran é humano — disse Thraan'ya, olhando fixo para mim. — O que nos garante que este intruso não vai se deixar levar por ele se a opção surgir?

Abri a boca para esbravejar sobre os crimes de Avran, sobre como ele matara todas as pessoas que eu amava. Sobre como ele tinha me drogado, me ameaçado. Mas, quando falei, as palavras foram outras:

— Eu declarei lealdade a Maryx.

— Mentiras são fáceis para um... — começou Thraan'ya, mas a ignorei.

Dirigi-me apenas à hobgoblin, olhando fundo em seus olhos negros.

— Os filhos de Thwor e o sumo-sacerdote de Ragnar estavam a meu redor, mas eu quis ser *seu* escravo. Você diz que humanos e elfos odeiam goblinoides só por sua raça, mas você julga humanos por nossa raça também. Não sou leal à Aliança Negra, Maryx, mas sou leal a você.

Falar aquilo em voz alta foi um alívio. Minha sede de conexão com outros seres vivos tinha me levado a abraçar um goblin que eu conhecia há meros dias. Viver isolado era torturante.

— Sei que declarou lealdade a mim — Maryx deu um riso de desprezo. — Não acho que seja um espião, mas não é um de nós. Sua lealdade é questão de sobrevivência.

— Não. É porque você não mentiu para mim, recebeu-me em sua casa, não tentou me fazer renegar meu deus ou me acusou de espionar. E, até que você mate inocentes perante meus olhos, para mim é uma heroína e nada mais.

Vi a expressão de Thraan'ya se desanuviar um pouco. Vartax cochichou para as meninas, que fizeram ruídos infantis de espanto.

— Já matei muitos humanos que você chamaria de inocentes — retrucou Maryx. — Matei humanos velhos e indefesos.

— Todos merecem uma segunda chance — recitei. — Eu também fiz coisas horríveis. Traí uma grande amiga. Se você não me condenar pela traição em meu passado, não irei condená-la pelas mortes no seu.

— Vou matar de novo — ela avisou.

— E eu talvez vá trair de novo. Não posso garantir que tenha mudado por completo. Mas nunca vou trair quem me salvou. Nunca vou trair a família que me acolheu.

Ela não teve resposta para aquilo.

Maryx estava frustrada. Seu dever e sua vocação eram a caça. Ela deveria sair de Urkk'thran imediatamente, levando consigo talvez um punhado de guerreiros de confiança, para achar os rastros dos assassinos. Ela tivera mais contato com Avran Darholt que qualquer outra pessoa na Aliança Negra, talvez com exceção de Gradda.

Mas Maryx não podia se ausentar. Eu tinha me colocado como sua responsabilidade, então ela precisava cuidar de mim.

— Seria melhor se eu tivesse me entregado a um filho de Thwor? — perguntei, de mau humor. — Eu não sabia o que estava acontecendo na

Torre Ceifadora. Eu nunca sei o que está acontecendo. Sou obrigado a tomar decisões sem informação nenhuma.

— Os filhos do Ayrrak só querem usá-lo em seus jogos de poder — disse Thraan'ya. Ela falava comigo de má vontade, mas por enquanto não me ameaçava. — Não passam de crianças briguentas. Se você descobrisse a Flecha enquanto fosse escravo de um deles, não teria permissão de revelá-la até que fosse conveniente.

Mesmo assim, Maryx não estava satisfeita.

— Você não é espião, é um incômodo — resmungou a hobgoblin. — Se eu soubesse quantos problemas traria, o teria deixado naquele castelo cheio de cadáveres.

Maryx Corta-Sangue foi insensível a minhas declarações sinceras. Dizer que eu a enxergava como uma heroína não significava nada para ela. Mesmo que a admirasse, eu não passava de um humano inconveniente. Tentei fingir que isso não me incomodava.

— Se eu não estivesse aqui, vocês teriam ainda menos chance de descobrir a Flecha!

— Mas eu poderia matar Avran, em vez de ficar parada, servindo de ama de leite a um recém-nascido.

— Não sou mais recém-nascido e você sabe disso. E nem sempre a melhor alternativa é correr de encontro ao inimigo. Estou lhe fazendo um favor ao forçá-la a ficar quieta por alguns dias.

— O único favor que pode me fazer é descobrir a maldita Flecha, então morrer em definitivo.

Eu me levantei, chutei um caixote e soltei um palavrão em goblinoide.

Todos ficaram me olhando em silêncio. De repente, as filhas de Maryx desataram a rir. Vartax as acompanhou.

— É *isso* que escolhe aprender de nossa língua? — disse Maryx. — Uma descrição de como meu pai se alimentava do esterco de javalis moribundos?

— Eu trabalho todos os dias com goblins! O que espera que eu aprenda?

As pequenas rolavam no chão, lágrimas escorrendo de seus olhinhos.

— O humano tem razão — disse Thraan'ya, de repente.

Maryx não dava muita importância a minha opinião, mas prestava atenção à elfa. Thraan'ya era pessoa de confiança de Thwor Ironfist, fazia parte de sua corte e tinha uma posição de autoridade entre seus filhos, generais e sacerdotes. Seus conselhos tinham se mostrado valiosos. Afinal, ela conhecia a mentalidade do inimigo.

E, principalmente, ela me odiava. O fato de dizer que eu tinha razão foi um choque para todos.

— O maior feito do Ayrrak não foi unir as raças ou derrubar Lenórienn — ela continuou. — Foi forçar os goblinoides a esperar por anos e anos antes de dar o próximo passo na conquista.

Maryx fechou a cara e fingiu que argumentava, mas notei que era só teatro. No fundo, ela sabia que Thraan'ya tinha razão. O que definia a cultura goblinoide era movimento. Eles agiam rápido em todos os sentidos, eram impulsivos e resolutos. Mesmo os hobgoblins, os mais disciplinados dos duyshidakk, usavam sua mente militarista para avançar de forma implacável. O conceito de permanência, de estabilidade, estava ligado ao conceito de morte. O que era irônico, já que a Aliança Negra fora impulsionada pelo culto ao Deus da Morte. E também fazia todo sentido, pois talvez esse culto tivesse lhes ensinado o valor da quietude.

Os primeiros anos da conquista foram vertiginosos. A união das raças, a queda sucessiva dos reinos humanos e a destruição do reino élfico aconteceram com uma velocidade que nenhuma raça do norte conseguiria acompanhar, muito menos imitar. Goblinoides não precisavam de descanso, não sentiam saudade de casa, não se acomodavam. Era muito fácil motivar um exército quando cada guerreiro não desejava nada mais que avançar sempre, achar mais um inimigo, travar mais uma batalha. Se dependesse da vontade geral do povo, após o início dos triunfos, a Aliança Negra teria atacado Khalifor imediatamente. Se isso acontecesse, seria o fim da história, pois não havia condições de tomar a cidade-fortaleza que guardava a divisão entre sul e norte.

Thwor Ironfist forçou os goblinoides a esperar. Solidificar as conquistas em Lamnor, fincar raízes, estabelecer cidades, criar um modo de vida. Deixar que a cultura florescesse. E, especialmente, inventar um meio de invadir a cidade inexpugnável.

Khalifor só foi derrotada quando os goblinoides criaram uma máquina de guerra capaz de escavar túneis e atacaram a cidade de surpresa, por dentro. A vitória levou a Aliança Negra a mais uma vez clamar por avanço, por mais batalhas. Nada se colocava entre eles e o rico continente norte.

Mas, mais uma vez, o Ayrrak os fez esperar.

Porque, se eles avançassem, seriam só uma força de conquista. Nunca uma civilização. Naquela época, a capital da Aliança Negra era a antiga capital do reino élfico. Não pertencia a eles. Ninguém amava aquele lugar, ninguém o considerava um lar verdadeiro. Thwor Ironfist obrigou seu povo a colonizar Lamnor. Mantendo-os na espera, fez com que tivessem filhos, levou-os a se apegar a suas cidades. Thraan'ya explicou que era comum na história militar relatos sobre hordas conquistadoras que, sem preocupação com estabelecimento de laços e uma cultura que os unisse, acabavam simplesmente adotando a cultura inimiga. Os exércitos cada vez mais afastados do ponto de partida perdiam o vínculo com seus conterrâneos. Então facilmente podiam se desmantelar em facções independentes ou mesmo virar mercenários.

Thwor Ironfist não queria criar bárbaros e saqueadores invencíveis. Queria criar um povo indivisível.

— Siga o exemplo do Ayrrak, ushultt — disse a elfa, de olhos fechados, contrariada. — Fique em casa, ensine seu escravo a ser gente. Espere antes de agir.

Maryx bufou.

Thwor também a havia chamado de "ushultt". Eu começava a notar que aquele era um termo de extrema honra, amizade e confiança, embora não entendesse seu significado exato. As duas se conheciam, mas eu não imaginara que houvesse tanto respeito entre elas a ponto de se chamarem de "ushultt".

— Muito bem, ushultt — disse a hobgoblin. — Eu fico. Cantarei uma canção de ninar ao humano.

Thraan'ya virou para mim:

— Traia a confiança de Maryx Corta-Sangue e você conhecerá o arrependimento, humano.

— Não sou espião, nem traidor — falei. — Pelo menos não mais.

As duas trocaram um olhar que não entendi.

Vartax cuidou das filhas e se ausentou para mais uma apresentação na arena. O povo estava tenso com as notícias, todos precisavam de um pouco de diversão. Enquanto isso, Thraan'ya amoleceu comigo aos poucos. Por horas, entre ameaças veladas e explícitas, falou mais sobre o que se sabia dos ataques, o que ainda não fora divulgado para todos. Maryx já conhecia boa parte daquilo, mas espremeu a outra em busca de detalhes estratégicos.

Não restara ninguém vivo nas quatro localidades que tinham sido os alvos mais recentes. Eshhenntt era uma cidade pequena, pouco mais que um ajuntamento em torno dos goblins que operavam o telescópio. Ficava no topo de uma montanha isolada, era relativamente desimportante e quase inacessível. Na verdade, sua destruição poderia ter passado despercebida se os goblins não tivessem começado a transmitir uma mensagem por seu sistema de luzes alquímicas coloridas no topo da torre. A mensagem fora vista por uma tribo de nômades, que repassou a notícia até que chegasse a Urkk'thran.

Contudo, bem antes que a informação chegasse até nós, bandos hobgoblins tinham tomado a iniciativa de investigar. Parte da força da Aliança Negra era que nem tudo dependia de uma ordem vinda de cima. Batalhões e grupos de todos os tamanhos tinham relativa autonomia, os líderes conheciam seu papel no grande plano do Ayrrak e podiam tomar decisões independentes. Uma patrulha hobgoblin descobriu Eshhenntt dizimada até o último goblinoide.

Havia lodo negro em vários cadáveres. A torre do telescópio queimava com chama negra.

Comecei a tremer sem controle ao ouvir aquilo.

Embora a mensagem transmitida pelas luzes fosse apenas de um ataque a Eshhenntt, os bandos acharam dois oráculos também mortos. Um deles era um velho bugbear que vivia no interior de uma enorme árvore, protegido por dois wargs. A outra, uma menina orc que nascera com uma boca profética no peito. Nos dois casos, tudo que era vivo nas imediações morreu, sob fogo e lâminas. Pelo menos não havia lodo negro. Mas um poço divinatório, uma fonte térmica natural que eventualmente oferecia vislumbres do futuro, foi visto queimando com chama negra. A água dentro do poço tinha se transformado no lodo que eu conhecia.

Tudo isso chegara a Thraan'ya, aos filhos de Thwor, ao sumo-sacerdote e ao resto da corte, mas ainda não ao povo comum, pois os bandos tinham mandado mensageiros — animais treinados, comunicações místicas, até mesmo um hobgoblin capaz de correr mais que um cavalo selvagem. Mesmo assim, não demoraria para que todos na capital soubessem da verdadeira gravidade da situação.

Com certeza Urkk'thran era um dos próximos alvos.

— Há quanto tempo tudo isso aconteceu? — perguntou Maryx, esfregando o pescoço dolorido pela conversa longa e tensa.

— Não sabemos — disse a elfa. — Não mais que alguns ciclos da lua, pelo estado dos corpos. Mas, com o tal lodo negro, quem pode ter certeza?

— Por que vocês não estão mais preocupadas? — meus dentes bateram de nervosismo. — O lodo negro é uma arma inimaginável! Com ele, Avran pode...

— Urkk'thran está protegida — Thraan'ya me cortou. — Gaardalok convocou os clérigos e xamãs mais poderosos para erguer uma barreira mística sobre a cidade.

Aquilo não me reconfortou. Eu só estivera na presença de Gaardalok por poucos minutos, mas fora suficiente para desafiar sua ordem e me recusar a beijar seu cajado, o que certamente teria me transformado em morto-vivo. O próprio sumo-sacerdote existia num estado intermediário de morte em vida. A proteção de Gaardalok não me parecia melhor que a ameaça de Avran. Mas, sem alternativa, eu precisava aceitá-la. Pelo menos Thraan'ya, que também não gostava dos clérigos da Morte, parecia confiar em sua capacidade de nos defender.

— E onde está o Ayrrak? — perguntou Maryx.

Não era incomum que Thwor Ironfist se ausentasse por longos períodos, sozinho. Eu crescera com o boato de que ele estava infiltrado no norte — qualquer sombra estranha podia ser Thwor Ironfist, mesmo antes que meu pai afundasse até o fim na loucura. O Ayrrak não era só um governante ou um general: era um herói. Ele embarcava em missões e buscas, retornando de surpresa com alguma nova vitória, algum novo prêmio, algum novo trunfo. Mas agora Urkk'thran precisava dele.

— Ele virá — garantiu a elfa.

— Também confio na sabedoria dele, mas... — Maryx começou.

— Ele estará aqui quando for necessário! — Thraan'ya tinha fanatismo nos olhos. — Ele é capaz de vencer os próprios deuses e sempre protegeu seu povo. Não irá nos abandonar agora.

Súbito, uma compreensão sufocante me dominou. De início, quis descartá-la. Mas era inegável. Não adiantava fechar os olhos. Lembrei das palavras de Thyatis na visão que ele me concedera em Sternachten: o presente era uma chama que podia incendiar tudo em volta se fosse ignorado.

— E se estivermos tentando achar algo que já se mostrou? — perguntei.

— O que você quer dizer? — retrucou Maryx.

— E se o lodo negro for a Flecha de Fogo?

Elas ficaram em silêncio.

Ideias simples que faziam sentido eram algumas das realidades mais lindas e cruéis da vida de um estudioso. Lindas porque eram elegantes. Cruéis porque se escondiam à plena vista, zombando de nós quando éramos muito cegos para enxergar. Eu estava procurando a Flecha de Fogo. Eu era a chave para encontrar a Flecha de Fogo.

Mas talvez essa parte da profecia já tivesse se cumprido. Talvez eu estivesse procurando uma resposta que achara no começo de tudo aquilo.

Havia o componente do fogo: a chama negra. E, de certa forma, eu fora a chave para descobri-la, pois era o último sobrevivente do primeiro ataque,

que viera para relatar o massacre de Sternachten. Restava saber o que poderia ser interpretado como "flecha". Minha mente voou, repassando as metáforas proféticas mais comuns, as maneiras de entender as palavras de uma profecia.

— Impossível — disse Maryx. — No castelo, Avran também estava tentando descobrir algo. Estava tentando determinar o quanto você sabia.

— Avran é louco — retruquei. — Ele achava que eu estava escondendo algo dele. Você não pode tentar explicar o delírio de alguém perdido em ódio. Talvez ele achasse que eu conhecia alguma forma de deter o lodo...

Maryx estava olhando para o chão, rilhando os dentes.

Foi a primeira vez que a vi com medo.

Ficamos em silêncio por vários minutos.

— Os milagres dos deuses do norte podem fazer isso? — a hobgoblin perguntou, por fim. — As divindades que vocês consideram bondosas concederiam a seus seguidores um poder tão covarde e cruel?

— Não — admiti.

— Talvez — Thraan'ya deu de ombros.

Fiquei surpreso com a resposta dela.

— A bondade dos deuses é uma questão de perspectiva — ela disse.

— Claro que não! — comecei, mas ela não me deixou falar.

— Os elfos consideravam sua deusa o epítome da bondade, mas ela incentivava o massacre de goblinoides. Quem pode entender o que se passa na mente dos deuses? Talvez eles tenham medo do Ayrrak, por ele ter vencido Glórienn.

Glórienn, a Deusa dos Elfos, tinha descido dos céus em forma material durante a última batalha pela conquista de Lenórienn. Thwor Ironfist atravessara as linhas de guerreiros para enfrentá-la em combate pessoal.

E vencera.

Ou pelo menos era isso que a tradição goblinoide contava. A maior vitória física do Ayrrak fora derrotar uma deusa numa luta corpo a corpo. Glórienn fora obrigada a fugir de volta aos céus para não morrer. Aquilo me parecia fantasioso, mas Thraan'ya garantia que era a pura verdade.

É claro, ela não vira com os próprios olhos, pois já tinha sido capturada quando a batalha acontecera. Mas conhecera elfos que juravam ter testemunhado o milagre e a derrota subsequente.

— Qual divindade desejaria enfrentar o Ayrrak depois disso? — ela perguntou. — Talvez eles tenham abençoado um guerreiro santo com o poder para matá-lo de longe.

Maryx deu um riso resignado. Suspirou.

— Agora então estamos enfrentando os próprios deuses? — ela ponderou. — E a única força divina que está a nosso favor é a Morte? Será que absolutamente tudo neste mundo nos odeia?

Tentei lembrar de novo que eles executavam prisioneiros. Eles tinham massacrado elfos e humanos. Eles não deixavam nada vivo por onde passavam.

Odiá-los era mesmo muito fácil.

Minha sensação era de vazio total. Um anticlímax frouxo, a percepção de que a resposta estava a minha frente desde o começo. Encontrá-la não exigira nenhum esforço, nenhum avanço científico. E não havia nada que eu pudesse fazer. Fora tudo um grande acaso.

Vartax surgiu dentro da casa, rindo e lavado em sangue. Interrompeu a conversa, começou a contar sobre a luta, sobre seus feitos e a força dos inimigos. Eu nem notara quanto tempo tinha se passado. Maryx ficou de pé num salto, foi até ele e começou a beijá-lo. Eles tropeçaram até outro cômodo, engalfinhados. Logo comecei a ouvir grunhidos e gemidos brutos.

Thraan'ya zombou de mim quando viu meu rubor.

— É mesmo um humano — ela disse. — Tem orgulho da violência e vergonha do sexo.

— Não gostar de ouvi-los na palha não significa que sou traidor ou espião.

— Significa que você não os entende — ela fez uma careta de desdém. — Meu pai falava dos hobgoblins como monstros. Mais tarde, quando surgiram os boatos sobre a Aliança Negra, começou a chamá-los de horda. Mas eles são uma cultura. Você consegue compreender a diferença?

— Quero entender. Mas não conseguirei se precisar temer por minha vida a cada instante.

Ela resmungou algo, então continuou:

— Os elfos foram massacrados, mas a cultura élfica não desapareceu. Todos conhecem histórias sobre elfos. Sabem que elfos atiram com arcos, conjuram magias, vivem longas vidas em harmonia com a natureza. O que se sabe sobre goblinoides? Que são ferozes? Que são maus?

— Eu não sabia nada — concordei.

— O que está em jogo aqui é a sobrevivência de uma cultura. O que meu pai quis, o que Avran quer e que o norte parece querer é o extermínio de toda uma maneira de pensar, de viver, de ser. Eles querem manter os goblinoides em suas cavernas e florestas, rosnando, para que possam ser mortos sem culpa. A Flecha de Fogo é uma arma que atinge o mundo inteiro. Alguns dirão que vai purificá-lo.

Continuei ouvindo.

— Quer que eu acredite que você não é espião? Quer ser aceito pela Aliança Negra? Então cumpra sua missão. Porque a chance de vitória é pequena, mas o prêmio é o maior de todos. Tudo isso se resume a uma pergunta, tudo pode ser salvo por uma resposta.

O que é a Flecha de Fogo?

Naquele momento, não acreditei que a Flecha fosse o lodo negro. Ou pelo menos não quis acreditar. No dia seguinte, eu voltaria à Torre de Todos os Olhos e observaria as estrelas. Iria fazer isso até que o lodo me consumisse. Até que a Flecha me queimasse.

Thraan'ya se levantou.

— Não confirme o que penso sobre você, humano. Não decepcione minha irmã. Você sofrerá as consequências.

— Todos querem que eu decifre uma profecia que desafia todos os videntes há décadas.

— Não quer ser duyshidakk? Então triunfe apesar de tudo.

Senti sobre mim o peso de Urkk'thran, de Lamnor, da família de Maryx.

— Maryx usou essa palavra junto a meu nome quando entramos na cidade — eu disse, antes que ela fosse embora. — Tentei decorar os sons para reproduzir a frase, mas não consigo lembrar de todos. Algo como "shak-duyshidakk". Não, "shab-duyshidakk". Não...

— *"Jak-duyshidakk"*? — ela interrompeu.

— Sim! É isso! O que significa?

Thraan'ya suspirou.

— Maryx é muito piedosa.

— O que significa?

Ela respondeu com relutância:

— "Quase um de nós".

Por dois meses continuei trabalhando na Torre de Todos os Olhos. Os goblins me odiavam, mas me toleravam. Fui empurrado de plataformas altas poucas vezes e sempre havia uma rede de segurança para me salvar. Eles se ressentiam por sua torre estar parada enquanto eu observava as estrelas, mas entendiam a importância do que eu fazia. Eram alguns dias na torre, o período às vezes se estendendo por uma semana ou mais, então eu era levado de volta à casa de Maryx, onde estudava meus achados.

Vartax lutava quase todas as noites, pois o povo precisava de heróis e entretenimento. As notícias sobre a morte dos oráculos e a profanação do poço divinatório se espalharam e as pessoas estavam com medo. Muitas estruturas em Urkk'thran começaram a se transformar em armas — catapultas, grandes tubos cheios de pólvora, armadilhas complicadas com estacas e partes móveis. Isso dava algum conforto aos goblinoides, mas não fazia diferença real. Nenhum exército conseguiria tomar Urkk'thran, com ou sem novas preparações. Se a cidade fosse atacada, seria com o lodo negro.

Eu sentia os olhos de Maryx sobre mim, os olhos dos goblins, de goblinoides que eu nem conhecia. Eu estava sob vigilância e expectativa constantes, o ar estava tomado pela sensação de que aquele era um ponto culminante. Eu precisava encontrar a Flecha de Fogo.

Mas meu estudo não revelava nada. Sternachten fizera exatamente aquilo por décadas. Por que as observações de um só astrólogo por meras semanas seriam diferentes?

Cada vez mais a sombra da certeza me cobria. Noite após noite, questionei a razão de continuar olhando os astros, procurando padrões. *Havia* uma resposta. O lodo negro se encaixava perfeitamente. Eu podia estar testemunhando a morte de um povo. Talvez devesse apenas registrar o que eu estava vendo, como um historiador do fim do mundo.

Minha maior esperança, a grande contradição naquela teoria, era que Avran continuava atacando profetas. Talvez o lodo só fosse uma ferramenta para evitar a verdadeira descoberta.

Por isso eu perseverava.

Batalhões hobgoblins estavam cada vez mais presentes em toda parte. Maryx assumiu deveres de patrulha, pois a tensão crescente gerou violência. No fim do primeiro mês, cheguei à casa e só encontrei as meninas. Depois fiquei sabendo que uma batalha entre bugbears e orcs tinha estourado num túnel longe dali e Maryx passara horas contendo a situação.

Eu estava exausto. Comia cérebros e olhos de animais todos os dias, na tentativa de aumentar minha capacidade de observar e entender os céus, mas continuava tão incompetente quanto em Sternachten. Mais de uma vez, pensei que era Ysolt quem deveria ter sobrevivido. Ela seria capaz de achar a solução, ver além do óbvio ou simplesmente trabalhar mais rápido. Pedi para que Maryx me levasse a um tatuador, para me dar um símbolo que me deixasse mais próximo da descoberta. Um gnoll tatuou um olho estilizado em minha testa, mas não me tornei mais perceptivo ou inteligente. Passei a comer as cabeças de pequenos animais ainda vivos. Nada adiantou.

Após dois meses, voltei à casa de Maryx mais uma vez, a frustração me fazendo arrastar os pés. A manhã já corria avançada e eu não dormia há dois dias. Passei por um bugbear gritando algo, cercado por dezenas de pessoas.

— ...fim... ...perto...

Eu começara a entender alguma coisa da língua goblinoide, convivendo com os goblins. Eu mesmo pedira para que eles falassem entre si naquele idioma — o que, nos primeiros dias, resultara em apenas valkar sendo falado dentro da torre, pois ninguém queria me agradar. Mas aos poucos eles aceitaram meu pedido. Não havia tempo para aprender toda uma língua nova, então eu só pescava algumas palavras, alguns significados supostos ou adivinhados. Foi o suficiente para compreender o que aquele bugbear dizia. A mesma coisa que humanos diriam frente a uma situação como aquela:

"O fim está próximo."

Não havia dúvidas de que o bugbear era um devoto de Ragnar. Ele trazia o círculo com o sol negro no peito, brandia duas pedras pintadas como crânios. Uma pequena multidão se reuniu em torno dele.

Virei-me para enxergar o último ato de sua pregação: o bugbear despejou em si mesmo o conteúdo de um odre, então bateu as duas pedras uma contra a outra. Três hobgoblins correram para tentar impedi-lo, mas a multidão não deixou que passassem. Uma faísca foi o suficiente para que ele ateasse fogo ao próprio corpo.

O bugbear se matou, gritando o nome de Ragnar. Os hobgoblins dispersaram a multidão e apagaram o fogo.

Devotos que cometiam suicídio religioso não eram novidade em Lamnor. Mas em geral eles não incentivavam os outros.

Na falta de Thwor Ironfist, a outra grande liderança em Urkk'thran eram os clérigos. Todos sabiam que Gaardalok, o sumo-sacerdote de Ragnar, estava protegendo a cidade com um grande ritual. Os goblinoides davam as costas à mensagem de vida do Ayrrak. Frente à morte inevitável, parecia que só poderiam alcançar salvação por seus representantes.

Entrei na casa de minha mestra, tonto, pensando em vida, morte e ressurreição. Na inutilidade de tudo.

Maryx estava sentada no meio do primeiro cômodo, afiando suas adagas. Fiquei de pé, parado, olhando para ela.

— Houve outro ataque — a caçadora falou.

Não respondi.

— Um profeta hobgoblin foi emboscado e morto. Ele andava com um bando nômade. Era um profeta de guerra, um soldado. Não teve chance de lutar.

Continuei parado como um boneco. Como um idiota.

— Isso significa que o lodo negro não é a Flecha, certo? — a voz de Maryx tinha um tom desesperado, que pedia por conforto. — Se Avran possuísse a Flecha, iria simplesmente usá-la, certo? Ele não pode matar em escala tão grande, ou não estaria fazendo pequenos ataques contra videntes e oráculos.

Nada.

— Fale algo, humano inútil! Você é pior que o escravo chorão que Vartax teve que matar! Você é a chave, mas passa dias e noites brincando com seus pergaminhos e as máquinas dos goblins.

Continuei estático.

Maryx se ergueu. Foi até mim e me deu um soco. Caí para trás, sentado no chão.

— *Fale algo!*

— Rraz-ayitt'tt zazenn-ange duyshidakk.

Seu punho se deteve no meio de mais um golpe. Senti o nariz latejar, sangue espesso escorrer para meus lábios, mas a dor era muito distante. Continuei olhando para ela.

Maryx abriu o punho, me ofereceu a mão. Aceitei, ela me ajudou a levantar.

— Você sabe o que está falando? — perguntou.

— Não tenho tempo para aprender sua língua, Maryx. Minha vida é a Flecha de Fogo. Mas pedi para que os goblins me ensinassem só esta frase.

— Falou tudo errado — ela disse.

— Você entendeu, não?

Ela entendera. Era uma frase solene, um sentimento carregado de significado. *"Rraz-ayitt'tt zazenn-ange duyshidakk"* — "quero ser um de vocês no futuro, até a morte, e minha decisão não tem volta". Ou, como um humano diria, "quero pertencer a seu povo".

— "Ange" — disse Maryx — significa "sem volta".

— Eu sei.

— Você usou um marcador de morte. Significa que...

— Que quero ser um de vocês até a morte, o que quer que isso signifique para alguém como eu. Eu sei o que falei, Maryx Corta-Sangue. Vocês mereciam um astrólogo mais talentoso, mas sou tudo que têm. Pelo menos estou com vocês até o fim.

— Por quê?

— Por que você disse que eu era "jak-duyshidakk"? Quase um de vocês? Talvez eu tenha nascido no povo errado, ou talvez eu seja só um traidor que não esteve feliz na fazenda onde passou a infância, nem na cidade onde foi criado, mas que finalmente encontrou um lugar no continente do inimigo.

Ela olhou para baixo.

— Nunca tive um escravo tão cheio de opiniões, ou que desse tanto trabalho. Vá dormir, humano. Você está delirando.

Fui até outro cômodo, mas não obedeci de imediato. Sentei com meus pergaminhos, examinando-os e fazendo anotações até que as letras se embaralharam. Dormi por pura exaustão, sobre as páginas soltas e os rolos empilhados.

Acordei sem saber onde estava. Pisquei algumas vezes. Threshnutt, a filha mais velha de Maryx, estava agachada perto de mim, me olhando com interesse. Levantei com dificuldade, sentindo o corpo cheio de dores, o pescoço duro por ter adormecido numa posição estranha.

— Tudo bem com você? — falei na língua comum. Ela não entendia, mas era algo a se dizer. — Sua mãe...

Então a menina me interrompeu. Não com palavras em idioma goblinoide ou com risos. Threshnutt me olhou muito séria e falou em valkar:

— Ache Flecha de Fogo.

Já era noite. Eu não sabia onde Maryx e Vartax estavam, mas não importava. Meu estômago estava roncando, mas eu não conseguia comer. Os pergaminhos estavam espalhados, esperando para ser analisados e estudados, mas eu não tinha cabeça para aquilo.

A menina aprendera uma frase em valkar só para me pedir para cumprir meu dever. Eu não queria perder mais tempo.

Saí da casa decidido, embora não soubesse para onde ir. Abri caminho por entre os goblinoides, nas ruas e nos túneis sempre cheios de gente e movimento. Achei uma parede alta, coberta de trepadeiras, que levava a uma plataforma com vista desimpedida do céu. Comecei a escalar.

Notei que muitos deles me olhavam.

Cheguei ao topo com dificuldade. Subi numa mureta, fiquei equilibrado sobre uma superfície irregular pouco mais larga que meus pés.

Olhei para as estrelas.

— Thyatis, revele algo! — berrei para o vazio. Goblinoides passavam por mim o tempo todo. Ergui os braços e repeti: — Mostre-me alguma coisa! Sei que não sou digno, mas mereço uma segunda chance! Eles merecem uma *primeira* chance!

Uma multidão começou a se reunir a minha volta.

As estrelas continuavam em seus padrões conhecidos, lá no alto. A olho nu, eram ainda mais indecifráveis.

— Revele qualquer coisa! Mande um sinal! Diga se há esperança!

O céu continuou impassível, indiferente a minhas súplicas. As estrelas eram as mesmas.

Algumas pedrinhas caíram da superfície precária da mureta onde eu me equilibrava. O mundo parecia girar: apesar de ter dormido, não fora suficiente e eu estava exausto. Não lembrava de quando tinha comido pela última vez. Números e diagramas se embaralhavam em minha cabeça.

— Estou tentando ver o presente! Estou olhando ao redor! Se eu morrer de novo, você revelará o futuro? É isto que quer? Um sacrifício para me mostrar a Flecha?

Notei que a multidão já não olhava mais para mim. Eles estavam se esticando, subindo uns por cima dos outros, para observar uma direção específica. Uma gritaria súbita se elevou ao longe. Virei a cabeça rápido, senti meu corpo balançar para um lado e para o outro. Abri os braços para tentar ficar estável. No limite da visão, enxerguei uma escuridão diferente, um bruxulear difuso.

Era a chama negra.

Ele estava aqui.

— Não! — gritei para Thyatis, para o céu, para Avran, para a injustiça daquilo tudo. — Não pode ser! O que é preciso para...

Escorreguei e senti a mureta desaparecer sob meus pés. O céu sumiu enquanto eu girava no ar, em queda livre.

Na verdade, não sei se foi isso que aconteceu.

Talvez eu tenha me jogado.

Porque havia uma parte de mim, uma pequena parte, que estava disposta a morrer para tentar falar de novo com Thyatis. E, se um bugbear podia se suicidar em desespero pelo fim do mundo, eu também podia.

O pavor da proximidade da morte me invadiu e gritei.

Então senti algo detendo minha queda, agarrando minhas roupas. Os tecidos rasgaram, mas resistiram. Pendi por um instante, vendo a paisagem oscilar, ouvindo os gritos de morte ao longe.

Senti o cheiro ácido e inconfundível de warg.

Reconheci Eclipse, o warg de Maryx, pelos ossos, bolsinhas e penduricalhos amarrados em seu pelo negro. Ele tinha surgido de uma abertura na muralha, só a cabeçorra visível, e segurava minha túnica com seus dentes poderosos. Recuou, puxando-me para cima. Passei pela abertura, agarrei-me em busca de segurança. Eclipse me colocou estirado no chão. Fiquei um tempo ofegando, o coração batendo em descontrole.

O warg viera sozinho. Maryx não estava em parte nenhuma.

Eclipse me tirou da estupefaciência, empurrou o focinho de morcego contra meu rosto, mordeu minha cabeça de leve. Tentou me puxar para cima de suas costas. Não resisti. Segurei-me em seu pelo, montei nele como se fosse um cavalo.

Ele saiu correndo, ganhou terreno aberto e começou a pular sobre os níveis da cidade, vencendo as elevações e cruzando os telhados. Eu conhecia o caminho, embora fosse um atalho que só uma fera pudesse tomar. Ele me levava em direção à Torre de Todos os Olhos.

Eclipse escalou a base da torre por fora, precisei me segurar com toda a força para não cair. Ele entrou, atravessou alguns níveis por rampas e escadas, saiu de novo, ascendeu por andaimes e tapumes. Então, no topo, jogou-me no chão.

Quando cheguei à plataforma superior, vi a chama negra como um pequeno ponto bruxuleante ao longe. Goblinoides com tochas corriam para todos os lados, como formigas. O caos se espalhava aos poucos. Era mais um ataque.

A noite já era avançada. Fiquei de pé com dificuldade sobre a plataforma que oscilava, enquanto a Torre de Todos os Olhos estava em movimento. O warg sumiu na escuridão, desceu por fora da torre e pulou para outra construção, correndo para mais algum lugar. Fui até o telescópio, tentando não escorregar e cair.

— O que você está fazendo aqui? — ouvi a voz de Kuduk gritar.

Virei-me para o goblin ancião. Segurei-o pelos ombros magros.

— Faça esta torre parar de se mexer! — berrei. — Preciso olhar o céu!

— Os outros precisam trabalhar!

— Não há tempo! Estamos sob ataque! Preciso olhar o céu, antes que seja tarde!

Ele entendeu na hora. Seu rosto enrugado ficou sério por um instante, olhando em meus olhos. Urkk'thran passava por nós num movimento contínuo, enquanto o topo da torre balançava. O Olho Comprido girava, lento, movendo-se para cima e para baixo sobre a superfície que cedia.

Kuduk não falou mais nada. Correu para os andares inferiores, gritando ordens aos goblins.

Vi o primeiro incêndio de chamas normais começar a tomar uma área da cidade.

— Revele qualquer coisa, Thyatis! Qualquer coisa!

Procurei a arena, a Torre Ceifadora, a Torre da Forja do Futuro, qualquer construção que pudesse sinalizar que alguma providência estava sendo tomada ou que as pessoas que eu conhecia estavam em segurança. Lembrei das filhas de Maryx, sozinhas em casa.

Agarrei-me às alças do visor do telescópio, encostei os olhos na abertura para enxergar. O Olho Comprido ainda oscilava. Eu não conseguia ver nada. Cheiro de fumaça chegou a minhas narinas. Aos poucos, o movimento da torre diminuiu, as estrelas entraram em foco. Comecei a examinar mais uma área do céu, mesmo que os astros ainda se mexessem.

Ouvi vagos gritos lá embaixo. Vozes esganiçadas de goblins.

Ouvi o estrondo de prateleiras caindo, máquinas se quebrando, frascos de vidro se estilhaçando. A Torre de Todos os Olhos estava sob ataque.

Lutei contra as lágrimas. Eu precisava enxergar direito. Sem meus olhos, eu não seria nada. E, mesmo que o lodo negro estivesse se espalhando por Urkk'thran, eu continuaria estudando até o último instante.

— Eu sou seu verdadeiro alvo, Avran — falei para o vazio. — Eu posso descobrir. Deixe-os em paz, covarde. Venha até mim.

Os céus continuavam indiferentes.

Os gritos aumentaram de volume e intensidade. Tentei ignorar, mas as vozes estridentes dos goblins entraram numa algazarra que subiu os andares. Observei as estrelas. Peguei uma pena, mergulhei na tinta e fiz uma anotação, com a mão trêmula. Pingos pretos mancharam a página toda, minha letra ficou borrada. Parecia o lodo.

A gritaria chegou ao andar logo abaixo. Algo caiu com um impacto enorme. Senti a plataforma tremer, abalando o telescópio.

Ouvi passos fortes, pesados, retumbantes.

O cheiro de fumaça ficou mais nítido.

— *É tudo culpa sua!* — trovejou uma voz de rugido.

Não tirei os olhos do visor. Ri para mim mesmo, de alívio, porque era uma voz goblinoide. Não era Avran Darholt.

Senti uma mão imensa em minha túnica. Fui puxado, o tecido já em frangalhos terminou de rasgar. Continuei agarrado às alças do telescópio. Roubei um olhar para trás, vi que era um dos filhos de Thwor Ironfist. Bhuo-rekk, o fanfarrão que se considerava o preferido. O que tentara me convencer a lhe servir para obter glória.

— Você os atraiu para cá, coisa sem pelos! Humano perdedor!

Coloquei os olhos no visor de novo.

— Você pode me matar, Bhuorekk. Mas vou morrer no telescópio.

— Não importa onde você vai morrer, só o que vou fazer com seu cadáver.

Não importava o quanto eu me agarrasse, minha força não era páreo para a dele. Bhuorekk me deu mais um puxão, mas então interrompeu o movimento.

— O quê...

Olhei para trás de novo, por um instante, e vi Kuduk sobre os ombros do bugbear, agarrado a seus cabelos. O goblin ancião bateu com a bengala na cabeça do herdeiro.

— Deixe o humano em paz! Ele vai descobrir a Flecha de Fogo! Deixe-o em paz!

Pus os olhos no visor.

— *Veja se consegue voar sem um balão, goblin.*

Forcei-me a não olhar. Eu precisava manter os olhos no céu. Mas ouvi o berro de Kuduk, ouvi seu grito ficar mais longínquo, então descer cada vez mais, até sumir. Pisquei para afastar as lágrimas, mas elas não paravam. Kuduk fora arremessado para a morte.

— Os humanos não querem nossa cidade — disse Bhuorekk, atrás de mim. — Só querem os profetas. Vou entregar seu corpo e tudo vai se resolver.

Então ele me agarrou com as duas mãos pelo tronco e não havia mais ninguém para me salvar. Abracei-me ao telescópio com toda minha força. Bhuorekk puxou, senti meus braços arderem enquanto as fibras dos músculos se distenderam. Ouvi uma junta estalar, então outra. Ele me puxou e moveu também o Olho Comprido, porque não soltei. Vi o céu passar por mim, sem conseguir focar nenhuma estrela. Meus braços escorregaram, fracos de tanto esforço. Eu não era mais capaz de resistir. Estiquei o pescoço para um último vislumbre pelas lentes.

Então eu vi.

Eu vi.

Minha mente foi tomada pelas chamas de Thyatis quando, no último momento antes que Bhuorekk me arrancasse do telescópio, descobri o que era a Flecha de Fogo.

10
O ÊXTASE DE CORBEN

TODOS ESTAVAM ERRADOS DESDE O COMEÇO.

Meus dedos escorregaram do telescópio, meus olhos se afastaram num borrão. Vi o mundo girar a meu redor enquanto Bhuorekk me ergueu acima da cabeça para me jogar no piso da plataforma superior. O brilho das chamas lá embaixo fez um rastro em minha visão, o cheiro de fumaça me lembrou do massacre de Sternachten, mas eu gritava de alegria e triunfo, porque descobrira a verdade.

Todos estavam errados.

Nós olhávamos os céus em busca de sinais, augúrios, padrões que levassem à Flecha de Fogo. Pensávamos como clérigos, como videntes e profetas. Naquele momento, logo antes que minhas costas se chocassem com o chão, percebi como isso era um pensamento labiríntico e convoluto, desnecessariamente complexo. Não devíamos pensar como clérigos, mas como cientistas.

Não devíamos olhar para o céu em busca de sinais místicos. Devíamos, desde o início, olhar para o céu e enxergar o que ele nos mostrava.

A última coisa que vi entre as estrelas, antes que o filho de Thwor Ironfist me arrancasse do Olho Comprido, foi um pequeno risco avermelhado contra o escuro da noite. Não era uma estrela, não era um mundo, não era um defeito na lente ou uma faísca fugidia do incêndio em Urkk'thran.

Ali estava ela.

A Flecha de Fogo.

E, quando entendi a Flecha de Fogo como um acadêmico, Thyatis me concedeu uma visão de profeta.

⬤

Vi o presente.

Num instante, eu não estava mais em meu corpo. Não sentia mais a garra de Bhuorekk me segurando, não experimentava mais o ar gelado da noite sendo maculado por fumaça. Minha mente foi tomada pela imagem que a lente do telescópio mostrou: o risco avermelhado, ainda pouco maior que os pontos cintilantes das estrelas. Senti-me saindo de mim mesmo, perdendo todas as sensações físicas, liberto do mundo material, subindo em rapidez vertiginosa rumo ao vazio estrelado.

Tive tempo de uma olhada rápida para Urkk'thran, que se afastou como uma flecha disparada de um arco. Apenas um vislumbre de meu próprio corpo, girando no ar com lentidão extrema, seguro como um boneco de pano pelo bugbear. Então a torre virou um ponto, a cidade se transformou numa miniatura e sumiu; o vale, as montanhas e as florestas ficaram cada vez mais longínquas e menores. Vi o desenho do continente de Lamnor, então o conjunto de Arton Norte e Lamnor, ligado pela faixa estreita do Istmo de Hangpharstyth. Fiquei maravilhado com os acertos e as imprecisões dos mapas, então os continentes se tornaram pequenos. Cada vez mais oceano tomou minha visão, então até mesmo a enormidade de mares e terra de Arton inteiro, redondo e magnífico, virou uma imagem distante.

Olhei para cima, para frente.

Eu passara a vida olhando os céus. Agora estava no céu, vendo tudo de perto, ou tão perto quanto Thyatis me permitia. As estrelas e os mundos ainda não passavam de pontos cintilantes.

Arton também estava se tornando só mais um deles, lá embaixo. Notei que "embaixo" não fazia mais sentido.

Tudo a minha volta era escuridão pontilhada, uma beleza implacável e absoluta, pela qual eu julgaria todas as outras imagens até o fim de todas as minhas vidas.

Procurei o risco incandescente e não era mais um risco.

Era um rochedo.

Um imenso aglomerado de pedra, poeira, gelo e uma espécie de gás luminoso, avançando como uma pedra de catapulta em escala cósmica. O fogo a seu redor não era fogo, mas luz fulgurante, dourada, branca e avermelhada. Uma cauda impossivelmente comprida se esticava rumo ao vazio, num rastro que cortava o infinito.

Cheguei mais e mais perto. Perdido no céu, eu não tinha perspectiva de nada. As estrelas eram tão distantes que sua aproximação era negligenciável. O único ponto de referência era a rocha flamejante. Fiquei impressionado com seu tamanho, porque achei que era grande como uma torre, ocupando quase todo meu campo de visão.

Então continuei chegando mais perto.

O rochedo se revelou grande como uma montanha.

Então grande como uma cidade.

Não havia nada a meu redor que não fosse rocha em chamas, luz branca e dourada, brilho cegante e onipresente. A coisa singrava o céu numa rota direta e incontrolável. Cheguei mais e mais perto, então perdi completamente a noção de escala. Era simplesmente grande demais.

Nem a fúria dos deuses podia se comparar à destruição cega e insensível de algo que a Criação arremessava pelo infinito.

Em direção a Arton.

Em direção a Lamnor.

Nos observatórios, aprendíamos sobre estrelas cadentes, meteoros, cometas. Eram augúrios, sinais de grandes acontecimentos, mas ninguém sabia prever sua chegada. Talvez eu pudesse chamar aquilo de cometa, mas não era apenas um portento a ser interpretado. Era a pura destruição tornada material.

Gritando, continuei na viagem espiritual, em rota de colisão com o cometa. Tudo em volta foi apenas luz quando cheguei perto. A luz da extinção.

Então, quando tudo se tornou brilho, vi o futuro.

O rochedo se aproximou de Arton e a luz se transformou em fogo.

Como se encontrasse uma redoma invisível em volta do mundo, a pedra irrompeu em chamas capazes de incendiar um continente.

E era isso que faria.

Uma barreira flamejante se formou à frente do cometa, mas era impotente para deter seu avanço. As chamas o consumiram aos poucos, o escudo invisível pareceu desgastá-lo, esfarelando sua superfície em rochas menores, que também pegaram fogo e se desfizeram no céu.

Mas mesmo aquele escudo cósmico era inútil contra a devastação celeste.

Enormes pedaços se desprenderam do cometa, cada um grande como um castelo. Eles iniciaram suas próprias trajetórias flamejantes, quase paralelas à rocha principal. O maior dos fragmentos se descolou com uma rachadura de rocha líquida, girando à frente da pedra-mãe como um arauto da morte.

Vendo o futuro de meu mundo, eu rezei por piedade, piedade que não existia. Rezei para que Thyatis me poupasse ou mentisse para mim. Para que a coisa diminuísse até um tamanho que eu conseguisse ao menos compreender.

O desenho do continente de Lamnor se tornou nítido.

O rochedo venceu o escudo de chamas e ganhou nosso céu azul.

Tinha quase o tamanho de Urkk'thran.

Minha visão voava entre as nuvens, em volta da rocha, chegando cada vez mais perto de Lamnor. Eu a acompanhei como um enlutado numa procissão fúnebre, mas seguindo o assassino. O rochedo ainda era coberto de chamas, e também de luz branca e dourada. Eu não tinha nenhuma sensação física, mas o calor a seu redor era tão extremo que pude senti-lo em meu espírito.

Vi, com clareza crescente, as montanhas, as florestas, as cidades, os rios.

Vi populações inteiras tentando fugir, caravanas imensas, colunas de centenas de milhares de pessoas na esperança vã de escapar da morte certa.

O rochedo avançava implacável.

Fui puxado de volta ao chão e vi as cenas de cada vítima nos momentos antes da queda. As árvores queimaram em incêndios espontâneos, apenas pelo calor monstruoso que chegava com a coisa. Os céus foram tomados de pedregulhos em chamas, até que tudo acima era fogo. O sol foi ofuscado por um brilho muito maior. Maryx ergueu seu kum'shrak em direção ao céu, num desafio inútil e heroico. Os goblins da torre continuaram trabalhando em alguma engenhoca, até o último instante. Gradda se abraçou a seu pilão, como se fosse uma pessoa querida. Thraan'ya enfiou uma espada no peito, tomando a morte em suas próprias mãos.

Thwor Ironfist se manteve estoico, com os olhos para cima, peito estufado. Milhares de goblinoides correndo a seu redor. Uma criança goblin segurou sua mão.

Então a Flecha de Fogo caiu.

Antes do impacto, florestas foram devastadas, cidades foram destruídas pelo movimento do ar. Cada um dos pedregulhos menores fez uma cratera, começou incêndios que engolfaram regiões inteiras. O fogo do céu acabou com as plantações. Os rios ferveram.

O grande impacto quebrou o continente.

O estrondo da Flecha de Fogo se chocando com Lamnor foi ouvido no mundo todo. A terra se abriu e se ergueu, mais alta que as maiores montanhas. O oceano se agitou num maremoto divino, ondas capazes de cobrir cidades se ergueram na costa.

O Istmo de Hangpharstyth se esfacelou, queimando e se desfazendo em poeira. A costa de Tyrondir foi varrida dos dois lados pelo oceano em fúria. Collen foi engolido pelo mar, a Ilha de Galrasia foi coberta por uma onda.

Lamnor morreu.

A massa de terra se tornou árida, tomada por fogo e lava, ao redor de uma cratera do tamanho de um reino. O mar em fúria evaporou pelo calor.

Menos de uma centena de goblinoides conseguiu escapar, cruzando o istmo antes da destruição. Eles foram recebidos pela miséria, pela fúria da natureza, por terremotos que despejaram avalanches sobre suas cabeças, por fendas que se abriram sob seus pés.

Então pelo ódio dos humanos.

No interior de Tyrondir, o povo em farrapos tinha sede de sangue e sabia que os únicos culpados pela tragédia eram os goblinoides. Eles se organizaram em turbas, jogaram-se contra os refugiados, entregando as próprias vidas para matar o último deles.

O céu ficou negro. O sol foi tapado por cinzas, mantendo o sul no escuro.

O norte sobreviveu.

Os reinos costeiros sentiram os efeitos do maremoto, todas as nações perceberam o céu obscurecido, o sol mais fraco. Cada castelo e cada casebre ficaram cobertos de cinzas, pois o que queimava era uma grande parte do mundo. As colheitas foram pobres, o povo emagreceu. Terremotos sacudiram todas as terras, mas as cidades permaneceram quase intactas. O norte continuou vivo, preocupado com sua própria guerra.

Pelo menos, os reis suspiraram aliviados, a ameaça goblinoide acabara.

Quando a Flecha de Fogo terminou sua destruição, Lamnor estava em paz.

Era um pedaço de terra vazio, pedra árida e lava endurecida, sem nada vivo. Até o oceano ao redor estava morto. Não restava nenhum traço da cultura da Aliança Negra, nada de seus costumes, sua ciência, seu modo de pensar.

Nada de seu povo.

Nada de seu futuro.

Vi Avran Darholt, ajoelhado, abraçado ao Escudo do Panteão, chorando. Agradecendo aos deuses por sua misericórdia. O inimigo fora vencido.

Thwor Ironfist estava morto.

Pisquei, de volta ao mundo real. Minhas costas bateram contra o chão da plataforma. Bhuorekk gritou para mim, ergueu um machado. Mas minha própria morte não importava.

No escuro dos céus, no vazio entre as estrelas, a sentença de morte da Aliança Negra estava chegando. A Flecha de Fogo fora disparada.

Rompendo o coração das trevas.

11
A NOITE DA ESPADA

O ROSTO EM FÚRIA DE BHUOREKK SE MISTUROU COM A DEStruição da Flecha de Fogo quando voltei à realidade.

— Basta matar os profetas! — ele gritou, de machado em punho.

Vi a lâmina descer sobre meu rosto, como se ainda estivesse fora do corpo. Tudo aconteceu num instante, mas pareceu demorar um tempo enorme. A manzorra do bugbear estava em minha garganta, o peso de seu corpo me prendendo ao chão, enquanto ele berrava que era tudo minha culpa e descia o machado para me matar. Eu não sabia o que minha morte significaria, quantas vezes eu podia morrer ou se minha missão já estava cumprida. Não sabia se algo tinha sentido, porque em breve a Flecha de Fogo cairia sobre Lamnor.

O machado estava no meio da trajetória em minha direção.

Comecei a me debater, mas a força e o peso de Bhuorekk me seguravam como se eu estivesse soterrado. Minhas mãos bateram inutilmente contra seus braços, seu peito. Era como se meus punhos atingissem rocha sólida. Um perdigoto voou devagar para mim, acompanhando a trajetória da lâmina.

Toquei em algo frio e afiado no chão.

Fechei os dedos em torno de um cabo. Sem conseguir ver o que era, ergui, sentindo o peso e o equilíbrio. Meu braço foi direcionado, como se o objeto tivesse vontade própria.

Era uma espada.

Antes que o machado encontrasse meu rosto, estoquei com a espada da direita para a esquerda, num arco. A ponta da lâmina penetrou no pescoço de Bhuorekk. Senti a resistência do couro, o fio da arma rompeu tendões, veias, cartilagem, osso. Fui banhado por sangue quente. A ponta surgiu do outro lado. O bugbear me olhou, estupefato, tentando compreender a própria morte.

Puxei a lâmina, rasgando ainda mais o pescoço. Bhuorekk amoleceu e caiu sobre mim.

Fui coberto por seu corpanzil. Não consegui enxergar nada. Meu olfato foi invadido pelo fedor acre do bugbear, misturado com o cheiro ferroso avassalador de seu sangue. Eu segurava a espada com firmeza. Não sabia de onde ela viera, o que ela era ou por que eu fora tão preciso ao usá-la. Eu não sabia lutar, nunca tinha usado uma espada, mas meu primeiro golpe foi mortal contra um guerreiro veterano.

Eu tinha contrariado o maior dos dogmas de Thyatis. Matara um ser inteligente.

Senti a pressão se aliviar quando o cadáver foi puxado de cima de mim. Rolou para o lado e inspirei fundo, enchendo os pulmões de ar mais uma vez. Tossi, minha garganta ardeu pela fumaça. Meus olhos lacrimejantes demoraram a colocar em foco a imagem a minha frente.

O corpo do bugbear foi substituído em meu campo de visão pela figura digna e brilhante de Avran Darholt, agachado sobre mim.

Ele estava sorrindo.

— Você está bem, Corben?

Avran me ofereceu a mão para me ajudar a levantar. Fiz menção de aceitar, mas então percebi o que estava acontecendo. Dei um repelão para trás, tentei me arrastar para longe. Fiquei de pé com dificuldade, trêmulo. A visão da Flecha de Fogo ainda retumbava em meus pensamentos. A sensação era que eu realmente tinha experimentado aquele futuro, sentido o calor das florestas queimando, visto a morte de Maryx e do Ayrrak.

A plataforma superior da Torre de Todos os Olhos oferecia uma vista de toda Urkk'thran. Lá embaixo, centenas de milhares de goblinoides corriam por todos os lados, enquanto o fogo consumia uma área da cidade. Ao redor, o céu imenso tocava as planícies e montanhas. Goblins cruzavam o vazio em seus veículos voadores. Prédios e espiras cheias de vida se erguiam a toda volta.

Avran também ficou de pé. Tirou o elmo. Ele estava suando, mas seus olhos brilhavam de um jeito honesto. Seu sorriso era gentil.

Segurei a espada à frente do corpo, para me proteger. Só então percebi que ela estava toda enferrujada. Eu lembrava daquela espada.

Era a espada malcuidada de um fazendeiro que se vira obrigado a aprender a lutar.

A espada de meu pai.

— Você entende agora por que precisamos fazer o que fizemos? — perguntou Avran.

— Não se aproxime! — gritei, brandindo a lâmina.
Ele inclinou a cabeça para o lado, como se falasse com uma criança.
— Vai usar contra mim a espada que lhe dei?
— Onde você conseguiu isto? Esta espada é...
— A arma do homem que tentou protegê-lo dos goblinoides. Uma espada humilde, mas honrada. E, agora, a espada que matou um príncipe da Morte, um herdeiro do próprio Thwor Ironfist. Você deveria chamá-la de Treva Santa.
— Não!
Tentei jogar a espada fora, mas tive medo de ficar desarmado. Ele deu um passo em minha direção.
— Você entende agora, Corben?
Ataquei-o. Avran ergueu o escudo, defletiu meu golpe sem alterar a expressão amigável, enviando faíscas brancas rumo ao céu. Esquivou-se para o lado.
— Entende agora?
— Você sabia! Sabia desde o começo!
— Sim, eu sabia o que era a Flecha de Fogo. Sabia que este conhecimento pode chocar quem não compreende a maldade do inimigo. E, por isso, sabia que a descoberta precisava ser adiada até que fosse tarde demais para detê-la.
— Você massacrou Sternachten! É um assassino! São todos assassinos!
— Sua cidade foi enviada aos deuses, Corben, e por esse pecado pagarei a penitência que me for designada. Mas seus amigos estão todos em paz, felizes. Viveram vidas de devoção e foram recompensados com seus próprios paraísos. Clement está no Reino de Thyatis. Ysolt também. Ela o perdoa por tudo.
— Como...? — comecei. — Como você conhecia a Flecha de Fogo?
— Não cabe a nós questionar a bênção dos deuses. Apenas aceitá-la.
Ataquei de novo. Avran bateu com o escudo na lâmina enferrujada, criando mais faíscas brancas. Empurrou a proteção, desviando a ponta afiada.
— É preciso combater o inimigo, Corben. Tenho certeza de que você entende isso agora. Está vendo de perto a barbárie desta horda que cultua a morte. Você foi obrigado a pisar em cadáveres, meu amigo. Foi roubado de tudo que lhe pertencia, até mesmo sua roupa. Sua pele recebeu marcas, você teve que comer carne crua e animais vivos. Testemunhou execuções ritualísticas, foi doutrinado pelos selvagens.
— Como sabe de tudo isso?
— Os deuses falam comigo — ele sorriu. — Eles me deram a missão e me ajudam a cumpri-la.

— Você me matou!

O rosto de Avran adquiriu uma expressão de pesar intenso.

— Tudo seria tão mais fácil se você pudesse morrer! Eu não desejava todo este horror para você. É um bom rapaz, não merece nada disso. Se pudesse morrer, estaria aproveitando sua recompensa eterna, ao lado de seus amigos, para sempre um inocente. Mas eu não contava com sua bênção, então precisei mentir. Precisei drogá-lo com substâncias alquímicas para descobrir se você sabia de algo. Precisei forçá-lo a se juntar a nós, forçá-lo a entender o inimigo como ninguém deveria.

Ele suspirou.

— Perdoe-me, Corben. Por favor, me perdoe.

Olhei para ele de boca aberta. Comecei a falar algumas coisas, mas tudo que consegui dizer foi:

— Vai haver tanta morte... Morte de duyshidakk e de humanos.

— Não use as palavras deles. Lembre-se de quem você é! E não perca a perspectiva, meu amigo. Muitos humanos vão morrer, sim. Será uma época de dificuldades e provações, mas tudo valerá a pena, porque a Aliança Negra é um risco muito pior. Nós somos humanos, Corben, nós somos civilizados! Nós desbravamos um continente bárbaro e criamos o Reinado em poucos séculos. Nós podemos nos reerguer. Mas não se estivermos escravizados por goblinoides.

Engoli em seco.

Eu estava quase esquecendo.

Eu era *humano*.

— Você entende, não? Vejo em seus olhos. Você entende. O conhecimento sobre a Flecha de Fogo precisava ficar escondido a qualquer custo. Chorei cada morte em Sternachten, assim como chorei a morte de meu amigo Thalin e chorei por precisar machucar Fahime e as halflings. Chorei por tudo que fiz contra você. Mas, se a verdade sobre a Flecha de Fogo fosse descoberta, chegaria aos ouvidos de quem não entende o perigo que estamos correndo. De quem tem pena do inimigo, de quem deseja evitar sacrifícios. Arquimagos tentariam deter a Flecha, para evitar as mortes que ela vai provocar, com a melhor das intenções. Heróis empreenderiam buscas para arranjar meios de destruí-la. Clérigos poderosos rezariam para desviar o curso de nossa única arma. Eles só pensariam na morte de inocentes, porque são boas pessoas. Que os deuses os abençoem! Mas o mundo não precisa de boas pessoas agora. O mundo precisa de alguém que tome as decisões difíceis. Para cada um de nós, dez deles.

Aos poucos, baixei a espada.

— A Flecha provocará mortes, mas não acabará com o Reinado. A Aliança Negra, sim, pode destruir tudo que somos.

Ele chegou mais perto.

— Sternachten precisou morrer, Corben. Mesmo se eu viver mil anos, não irei expiar minha culpa por aqueles assassinatos, mas Sternachten precisou morrer. Os astrólogos olhariam os céus e revelariam a Flecha a nobres. Então a verdade chegaria à corte imperial. Seria preciso convencer cada rei, cada mago, cada herói de coração puro, de que o sacrifício dos inocentes será compensado pela garantia de segurança de todos.

Deixei os braços caírem, ficando com a espada na mão.

— Tyrondir vai sobreviver, eu prometo. Serão anos de agruras, mas seu reino continuará existindo. Trabalharei dia e noite para ajudar os humanos que forem afetados pela Flecha, você tem minha palavra. Mas a triste verdade é que é impossível vencer uma guerra sem sofrer baixas. Thwor Ironfist nos transformou em soldados quando declarou guerra a cada um de nós. Infelizmente, alguns precisarão fazer o sacrifício para que muitos sobrevivam.

Então ele me abraçou.

— E eles serão recompensados, meu amigo. Receberão a recompensa máxima, a gratidão dos deuses. Viverão momentos de terror e agonia, então uma eternidade de calma e felicidade. Mas isso só se ninguém ficar sabendo mais do que deve. Só se esse conhecimento continuar secreto.

— Os goblinoides me acolheram...

— Estes monstros não são seus amigos. Você é prisioneiro deles. Quantas vezes foi humilhado e ferido desde que está com Maryx Corta-Sangue? Quantas vezes foi ameaçado desde que chegou a esta cidade maldita? Está na hora de colocar um fim a tudo isso. Só você sabe da verdade, Corben. Se guardar o segredo, podemos vencer a guerra.

Ele tomou minha mão. Colocou algo sobre a palma e fechou meus dedos.

Então se afastou.

— Lembre-se de quem você é, Corben.

Abri a mão e olhei o que ele me dera.

A pena cercada por fogo e estrelas me encarou sobre as asas flamejantes. Era meu medalhão, o símbolo do Observatório da Pena em Chamas. Meu grande motivo de orgulho, que Maryx jogara fora.

— Lembre-se de quem você é.

Eu tinha a espada de meu pai numa mão, o medalhão de astrólogo na outra.

Pus o cordão em volta de meu pescoço.

Por que eu estava pensando em ajudar quem me transformara em escravo?

Tentei rezar, mas Thyatis não respondeu. Eu tinha matado um ser inteligente. Mesmo que fosse em autodefesa, era errado.

A chama da Fênix me abandonara. Eu não tinha mais milagres.

Olhei em volta, procurando Avran, mas ele sumira. Eu não sabia o que fazer. Estava vivo, mas isolado no topo da torre. Eu era o portador do maior segredo do mundo. O arauto da Flecha de Fogo.

Andei como uma marionete. A responsabilidade do fim de um império, de uma cultura, estava sobre meus ombros e ninguém podia me ajudar. O paladino não estava em parte nenhuma. Gritei seu nome, mas as sombras continuaram em silêncio. Eu não sabia se pediria conselhos a Avran ou se iria amaldiçoá-lo, mas pelo menos ele seria *alguém*.

Pelo menos seria humano.

Toquei no medalhão.

A decisão era grande demais. Pensei em me jogar lá de cima, na esperança de que a bênção de Thyatis tivesse mesmo me deixado por completo e eu pudesse morrer em paz. Mas isso seria uma escolha: seria a escolha de guardar o segredo, condenar Thwor, Thraan'ya, Gradda. Condenar Maryx e Vartax. Condenar Threshnutt e Zagyozz, suas filhas.

Respirei fundo.

Qualquer que fosse minha decisão, não era certo matar aquela família. Maryx Corta-Sangue era uma assassina que me escravizara, mas eu não podia condená-la à morte. Seu marido tinha matado um escravo, mas me acolhera em sua casa. E as duas crianças eram só crianças, não importava sua raça.

Acontecesse o que acontecesse, eu iria salvá-los.

Andei rápido, depois corri para a escada. Desci ao andar logo abaixo da plataforma. Ainda havia goblins vivos, mas eles estavam tão ocupados e frenéticos que me ignoraram. Boa parte da torre estava em pedaços, máquinas quebradas e frascos de componentes alquímicos estilhaçados por toda parte. Pequenos incêndios pontilhavam cada andar, as substâncias inflamáveis se misturando em caos. Talvez Bhuorekk fosse o culpado por aquela destruição, talvez Avran. Ou talvez fosse só resultado da desorganização dos goblins frente a uma situação de emergência. Ninguém deu atenção quando atravessei o andar com uma espada ensanguentada, arrastando os pés, olhar fixo.

Depois de procurar alguns minutos, encontrei um ornitóptero.

Eu não sabia conduzir aquela coisa. Nem sabia se uma pessoa sozinha poderia voar com ela em segurança, mas naquele momento não importava. Eu precisava chegar o mais rápido possível à casa de Maryx, para avisar sua família. Eles poderiam fugir. Ela era teimosa e resistiria, iria me xingar e talvez me bater, mas pensaria nas filhas. Elas precisavam sobreviver.

Empurrei o ornitóptero em direção a uma abertura na parede. Quando os goblins notaram o que eu pretendia fazer, começaram a gritar:

— Pare, humano! Você vai morrer!

Se eu morresse, que fosse na tentativa de fazer a única coisa que eu sabia ser correta.

Logo antes que o veículo caísse torre abaixo, pulei para dentro, sentando na cadeira do aeronauta tão bem quanto podia, então ele deslizou para o vazio. O ornitóptero entrou em queda livre, o nariz rumando direto ao chão. Enfiei os pés nos pedais de couro, comecei a mover as pernas o mais rápido que pude. A grande hélice no topo girou, mas isso só fez com que o veículo oscilasse sem controle. Então, lembrando de minha primeira viagem numa daquelas coisas, puxei o manche para trás com toda minha força. O ornitóptero corrigiu um pouco o curso. Pedalei com vigor, a hélice me puxou para cima.

Comecei a planar a poucos metros de distância de uma colisão fatal.

Voei sobre Urkk'thran, mal conseguindo controlar o veículo. Bati num ogro que urrava para o nada, confuso. Evitei por pouco destruir uma asa de encontro a uma torre. Procurei a área da cidade onde a casa ficava, mas o ornitóptero não obedecia a meus comandos — na verdade eu não sabia comandá-lo.

Circundei a região certa, uma lufada de vento quente e fumacento me jogou para o lado contrário. Tentei virar, mas o veículo adernou, ficando quase na vertical. Então perdeu a capacidade de se sustentar no ar.

Comecei a cair de novo. Puxei o manche, em frenesi, mas não sabia qual movimento poderia endireitar o voo. A ponta da asa tocou o chão, então se rasgou e quebrou ao deslizar na pedra. Esbarrei num muro, fazendo o veículo girar de forma caótica. Desabei no solo, ouvindo barulho de coisas quebrando. Em meio à dor, rezei para que não fossem meus ossos.

Emergi do ornitóptero arruinado, sangrando, ofegando, ouvindo um zunido agudo. Minha visão estava embaralhada, uma dor rombuda preenchia minha cabeça. Procurei a espada, sem saber o que estava fazendo.

Cambaleei pelas ruas sempre em mutação, segurando a lâmina, em meio aos goblinoides que corriam para todos os lados. Entrei num túnel que foi bloqueado no meio do caminho, então outra passagem foi aberta, levando-me a uma escadaria que se transformou em rampa e me fez deslizar para baixo. Eu deixava pegadas de sangue por onde passava.

Por sorte burra ou bênção de Thyatis, depois de um tempo incalculável, reconheci os arredores.

O céu não era mais negro, já estava ficando alaranjado.

— É preciso sacrificar prisioneiros — falei para mim mesmo, em tom estúpido. — Ou então o sol vai nascer.

Arrastei os pés para a entrada da caverna, finalmente adentrei a casa de minha mestra, de minha amiga.

— Maryx...?

Meu chamado não encontrou resposta.

Eu tinha deixado pegadas de sangue no chão da casa.

Então notei que isso não fazia sentido. Eu acabara de chegar. O sangue não era meu.

Atravessei o primeiro cômodo, encontrei uma lança quebrada na sala seguinte. Uma trilha de sangue farto, já sendo tragado pela terra. Corri, mas estava tonto e isto me fez esbarrar numa parede. Bati a cabeça de novo.

A terceira sala estava revirada. Um baú tinha sido quebrado, algumas armas estavam no chão. Havia esguichos de sangue na pedra.

A quarta sala tinha marcas de fuligem, cheiro de fumaça e pólvora.

Na quinta sala, encontrei os cadáveres.

Caí de joelhos. Dei um berro, chorando. Sacudi Vartax pelos ombros, mas seu peito estava estraçalhado. O corte imenso começava na garganta e só acabava no baixo ventre. Suas entranhas se derramavam para fora do corpo, seu esterno tinha sido partido e as costelas estavam à mostra. Rezei, mas Thyatis não me ouvia. E, mesmo se ouvisse, não havia nada a ser feito ali.

Fui delicado ao tocar no cadáver da pequena. A filha mais nova de Maryx, Zagyozz, estava morta com os olhos abertos, a expressão de pavor congelada. Sua mãozinha fria e dura estava agarrando um farrapo da roupa do pai. Uma adaga fincada em seu coração.

Sentada contra a outra parede estava Threshnutt, a filha mais velha.

Ela tinha uma faca longa na mão.

Não soltava, embora sua garganta cortada fizesse a cabeça pender.

Dos três, ela tinha sangrado mais, superando até mesmo seu pai. Arrastei-me até ela e abracei seu cadáver. Gritei para que Thyatis ignorasse meu comportamento traiçoeiro e assassino, que me permitisse restaurar sua vida. Não porque eu merecesse, mas porque ela merecia. Que concedesse pelo menos a ela uma segunda chance.

Eu também me sentia um corpo vazio e, assim como a menina morta não largava sua faca, eu também não largava a espada. Estava com Threshnutt num braço, a outra mão no cabo da arma.

Nada aconteceu, como eu sabia que não aconteceria. Soltei a criança hobgoblin que um dia me pedira para encontrar a Flecha de Fogo.

Fiquei um longo tempo em silêncio, no meio dos três cadáveres, coberto de sangue, com a lâmina ensanguentada na mão.

Então ouvi:

— O que você fez?

Maryx já estava com o kum'shrak em punho e saltou para me atacar.

⬤

Ela berrou, um grito de fúria primal e animalesca, segurou a lâmina negra com as duas mãos e desceu-a sobre mim, num golpe brutal, com força devastadora. Eu não sabia lutar, não tinha reflexos para esboçar nenhuma reação, nem vi direito seu movimento rápido.

Eu não sabia lutar, mas a espada sabia.

Não sei se movi o braço ou se ele foi movido. Ergui a espada acima da cabeça, fechando os olhos por instinto. A lâmina enferrujada aparou o golpe do kum'shrak, a caverna se encheu com o clangor de metal contra osso negro. Teria reverberado se as paredes não fossem de terra e pedra porosa.

Maryx olhou com surpresa e indignação por um instante, então descreveu um arco com a arma para a esquerda, contra meu flanco. A espada me forçou a virá-la para baixo e tirei força de algum lugar desconhecido. Bloqueei o ataque de novo. A hobgoblin chutou meu rosto, fui arremessado para trás, contra a mancha de sangue que Threshnutt tinha deixado. Maryx puxou uma adaga e arremessou contra mim. Girei a espada num borrão, acertei a arma em pleno ar. A adaga voou para longe e se cravou numa parede.

— Assassino! — ela gritou. — Traidor!

— Maryx, ouça...

Ela rugiu, puxou uma bolsinha de pólvora e arremessou contra mim.

Numa reação sem pensamento, ataquei o objeto, cortei-o em dois, mas a explosão foi a mesma.

Fui coberto de chamas, urrei de dor. Senti os restos da túnica queimando, meus cabelos e minha barba. Sem soltar a lâmina, joguei-me no chão de terra, rolei em meio aos corpos. Não consegui determinar o quanto estava ferido quando olhei para cima, só para enxergar o pé da caçadora vindo direto para meu rosto. Ela me deu mais um chute poderoso. Senti o pescoço sendo jogado para trás, então algo dentro de mim identificou perigo: Maryx avançou para minha garganta com os dentes arreganhados, como um bicho.

A espada se moveu sozinha, mas a verdade é que eu também queria atacar.

A ponta foi certeira para dentro da boca aberta da hobgoblin. E naquele momento eu não tive pena ou hesitação, só vi uma goblinoide que iria me matar e quis matá-la antes.

Maryx notou o perigo quando já era quase tarde demais. Estoquei para frente, ela abaixou o rosto, a espada só cortou seu lábio e sua bochecha. Seu sangue espirrou em mim.

A caçadora recuou, o kum'shrak à frente do corpo, tateando para trás, nas paredes, em busca de outra arma.

Fiquei de pé, também mantendo minha lâmina à frente, como proteção.

— Humanos são serpentes... — ela chiou, a fala prejudicada pelo corte fresco. — Durante todo esse tempo você fingiu ser um idiota indefeso. Aceitou apanhar sem reagir. Mas sabia lutar desde o início.

— Eu não sei lutar, Maryx. Por favor, acredite, não fui eu. Eu nunca...

— Mesmo assim, esperou que Vartax estivesse sozinho com elas, covarde. Como pude confiar num maldito humano?

— Maryx, não fui eu!

— Então por que estava aqui?

Ela berrou de novo, correu para mim, golpeou minha garganta com o kum'shrak. A espada bloqueou o golpe, Maryx esticou o outro braço num giro que quase não percebi, enfiou uma adaga em minhas costas. A espada tremeu, mas não conseguiu me salvar daquilo.

A dor foi aguda e paralisante. Senti todo meu tronco latejar. O kum'shrak veio rápido, num movimento curto, para o topo de meu crânio. Aparei com a espada, então empurrei a arma dela e desci a lâmina com rapidez, num corte comprido no peito de Maryx.

A espada tremeu de novo, ansiosa, mas eu queria fugir. Tomado pelo medo, dei as costas a Maryx, corri por um túnel. Cada passo era um impacto forte de dor. Minha visão estava ficando escura, meu coração batia forte em meus ouvidos. A espada enferrujada estremeceu mais uma vez, fez com que eu me virasse, mas foi tarde demais. Maryx agarrou o cabo da adaga que estava cravada em minhas costas. Puxou, girando, criando mais dor. Atacou enquanto eu estava de lado, enfiou a lâmina em meu ombro direito.

Meu braço ficou mole de agonia. Ela golpeou com o kum'shrak, mas minha espada não se importava com um braço inútil, aparou com a mesma eficiência.

— Eu cheguei e os encontrei mortos! — gritei. — Você precisa acreditar em mim!

— Você deveria ser a chave! — ela urrou. — Você deveria nos salvar!

— Vim aqui para salvá-los! A Flecha é uma rocha flamejante que vem do céu, vim avisá-los para que fugissem!

— Acha que vou acreditar na palavra do assassino de minhas filhas?

Ela golpeou com o kum'shrak contra minha cabeça. Aparei com a espada na mão esquerda, mas era só uma distração. Seu chute apanhou meu joelho de surpresa. Caí no chão.

Ela saltou por sobre minha cabeça, ficando em minhas costas num relâmpago. Senti um formigamento em meio à dor, um aviso vindo de algum lugar no instante logo antes de ser trespassado.

Então me movi com mais velocidade do que nunca: a espada guiou minha mão, meu corpo. Abaixei a cabeça, passando por baixo do ataque dela, e estoquei num golpe reto. Senti a ponta metálica vencer a resistência da armadura de couro e entrar fundo no peito de Maryx Corta-Sangue.

Ela se deteve. O rosto transfigurado numa máscara de surpresa e dor.

Puxei a lâmina coberta de sangue fresco.

Fiquei de pé com dificuldade, enquanto ela caiu de joelhos.

— Não perca tempo, desgraçado — rosnou Maryx. — Pelo menos faça um corte limpo.

Ergui a espada.

— Não fui eu, Maryx. Eu estava chorando a morte deles quando você chegou.

— Humanos choram depois de matar. É parte de sua fraqueza.

A lâmina tremia. Parecia salivar para desferir o golpe fatal.

— Eu só queria avisá-los — falei. — Só queria que se salvassem.

— Não existe mais o que salvar. Já perdi tudo.

Olhei em seus olhos. Por um momento, houve calma.

Num borrão, Maryx saltou de pé, berrando de dor, atacou com a lâmina negra. As veias em seu pescoço se dilataram, seus olhos negros foram maiores que nunca, tingidos de vermelho. Sua pele amarelada estava coberta de suor, manchada de sangue. Aquele movimento foi um feito heroico, uma façanha de força e determinação digna de lendas.

Minha espada não se moveu para me salvar, mas para matar.

A ponta direto contra o pescoço da inimiga.

Nossos olhos se cruzaram de novo, nós dois sabíamos o que ia acontecer. Iríamos matar um ao outro, acabar com tudo naquele instante.

Então abri os dedos.

Joguei a cabeça para trás, oferecendo a garganta.

Ouvi o impacto surdo da espada enferrujada caindo no chão de terra. Ela tremeu, moveu-se uns centímetros para perto de mim, como um animal querendo agradar o dono. A lâmina guiava meus movimentos, mas não minhas ações. Ignorei-a.

Eu preferia morrer a matar a mulher que me acolhera.

Senti o fio do kum'shrak no pescoço. Um leve toque que não chegou a tirar sangue. Maryx estava ofegando.

Tudo estático.

Fiquei de joelhos mais uma vez.

— Pode me matar — falei. — Mate-me mil vezes se for preciso. Faça comigo o que quiser, ushultt, porque me recuso a matá-la.

A espada se mexeu no chão.

— Não me chame assim...

— Você merece viver mais do que eu. Não matei sua família, mas se só um de nós ficará vivo, que seja você.

— Assassino.

— Não é a primeira vez que me acusam de matar uma criança. Mas a única pessoa que matei foi Bhuorekk, o filho de Thwor Ironfist, há poucas horas.

— Não interessa se você é ou não culpado. Sua morte vai começar a pagar pela deles.

— Eu aceito.

Ela colocou uma perna à frente do corpo, numa base sólida, marcial e majestosa. Segurou o kum'shrak com as duas mãos acima do corpo.

— Pelo menos ouça — pedi. — Conceda-me últimas palavras. Eu descobri a Flecha de Fogo.

— Por que eu acreditaria em você?

— Porque também perdi tudo, Maryx.

— O crime de Avran...

— O massacre de minha cidade não foi a primeira vez em que perdi tudo. Estes não são os primeiros cadáveres de crianças que vejo de perto. Você perguntou várias vezes por que sou leal a você e a resposta é que eu queria fazer parte de sua família. Você não sabe o que aconteceu comigo antes de Sternachten, não sabe sobre a fazenda. Você acabou de perder tudo e sei o que sente. Juro que sei. Mas agradeça a qualquer coisa em que você acredita por pelo menos ter tido uma família e um lar, Maryx.

Ela abaixou o kum'shrak devagar, os músculos tremendo. Encostou a lâmina em meu crânio.

— Por que eu acreditaria em você? — ela repetiu.

— Eu nunca mataria crianças. Você não sabe o que passei na fazenda. Eu nunca mataria crianças.

— Por que...

— Você não sabe.

Ela então ergueu a arma de novo.

Ficou de joelhos a minha frente. Pousou o kum'shrak a seu lado, no chão.

Lágrimas escorreram de seus olhos. Ela tremia toda.

— Eles estão mortos...

— Eu sei.

— Perdi tudo. Tudo.

— Eu também.

Maryx Corta-Sangue tomou minhas mãos nas dela.

— Então me conte, Corben. Conte o que aconteceu.

12
A PORTA FECHADA

NAQUELA ÉPOCA, MEU PAI AINDA NÃO DORMIA ARMADO, ENTÃO minha mãe teve menos medo. Thelma ainda não sabia andar e eu tinha 6 anos. Às vezes ainda abríamos as janelas. Acho que mesmo assim a vida era intolerável.

Não sei por que acordei naquela noite. Talvez algo tenha me avisado que o que estava acontecendo não era normal. Esfreguei os olhos, fiquei observando o teto por uns minutos, esperando o sono voltar, mas aos poucos notei que estava bem desperto. Então ouvi passos.

De início, imaginei que fossem os goblinoides, embora nem conseguisse pronunciar a palavra. Não fiquei exatamente com medo, pois meu pai ainda não falava tanto neles. Naquela época, ele ainda ria, ainda plantava. Nossas vacas estavam vivas e nossos porcos estavam gordos. Então pensei que fossem goblinoides, mas minha mente de criança teve mais curiosidade do que pavor. Meu pai e minha mãe saberiam lidar com qualquer monstro que aparecesse, seria até divertido finalmente ver a cara feia de um deles.

Mas de alguma forma eu não achava que goblinoides teriam pisada tão leve. Fiquei apoiado sobre os cotovelos, tentando decifrar o que era o vulto que se movia na escuridão. Só havia dois cômodos na casa: o lugar onde todos nós dormíamos e a cozinha, então não existia nenhum lugar onde se esconder. O barulho não era bem de passos, mas de pés se arrastando devagar.

— Mãe?

Ela estacou no meio do caminho entre a cama de palha que dividia com meu pai e a porta. Fez um gesto que demorei para discernir, mas então vi que era o dedo indicador erguido sobre os lábios. Ela queria que eu fizesse silêncio. Minha mãe deixava que eu corresse, gritasse e gargalhasse naquela época, quando meu pai não estava por perto. Quando ela não passava o dia na cama, era divertida. Eu saía ao sol, perseguia as galinhas, tentava abraçar os bezerros, aprendia a ajudar na horta, até que meu pai decidisse que era perigoso demais, que precisávamos entrar, fechar as portas e as janelas e esperar pelos goblinoides. Meu pai tinha os temores súbitos, mas minha mãe era mais corajosa. Ela quase nunca me mandava calar a boca, embora às vezes passasse muito tempo sem responder. Então, quando pedia silêncio, eu levava a sério.

Não chamei de novo. Ela ficou parada. Meu pai roncou e ela pousou no chão o grande saco que levava às costas. Veio até mim.

— Por que você está acordada? — sussurrei.

— Volte a dormir, querido.

— Não estou com sono.

— Claro que está. Deite, feche os olhos e logo Wynna vai lhe trazer bons sonhos.

Minha mãe dizia que a Deusa da Magia trazia sonhos às crianças. Depois, quando estudei teologia, descobri que isso era uma crendice sem nenhum fundo de verdade.

— O que você está fazendo? — perguntei.

— Ouvi um barulho lá fora e vou ver se as vacas estão bem. Só isso.

— Será que são bolinoides? — arregalei os olhos.

— Não são goblinoides, meu amor — ela riu.

— Mas o pai...

Minha mãe ficou séria.

— Não acorde seu pai. Não são goblinoides, só quero ver se as vacas não derrubaram um pedaço da cerca. Agora volte a dormir, não quero você cansado amanhã.

— Sim, mãe — falei, um pouco contrariado.

Deitei de novo, ela me deu um beijo na testa e andou em silêncio até sua sacola.

Abri os olhos mais uma vez.

— Mas mãe — sussurrei para a escuridão — se você só vai ver se as vacas estão bem, o que está carregando aí?

Mais uma vez ela ficou parada, como se tivesse virado uma estátua. Esperou meu pai roncar algumas vezes, então voltou a minha cama.

— Vou ficar fora por um tempo, meu amor. Mas vou voltar. Prometo.

— Fora? Onde...

— Não pergunte, Corben. Você não precisa saber e os adultos às vezes não podem contar certas coisas. Mas vai ficar tudo bem.

— Aonde você vai, mãe? — meus olhos se encheram de lágrimas. — Por quanto tempo...?

Ela me abraçou forte.

— Antes que você perceba, estarei de volta. Só preciso fazer uma coisa, querido, então voltarei.

— O que vai fazer, mãe? Não entendo.

Ela me soltou, então me segurou pelos braços. Olhou-me com carinho e seriedade.

— Não me peça para ficar, meu filho. Não peça, por favor. Ouça sua mãe. Eu não aguento mais. Não posso mais ficar aqui. Deixe-me sair e não faça mais perguntas. Entendeu?

—Não aguenta? Por quê? Foi algo que eu...

— Não tem nada a ver com você, nem com sua irmã. Eu só não aguento mais. Você ainda não entende, mas vai entender quando for mais velho. Eu não posso mais ficar aqui. Preciso de um tempo fora. Só uns dias. Só mais alguns dias e voltarei.

— Mas os bolinoides...

Ela se inclinou para mim, intensa. Senti a importância das próximas palavras em sua voz:

— Não existem goblinoides por aqui, Corben. Não ouça o que seu pai diz. Não cresça como ele. Você não merece ficar numa casa cheia de medo. Sua irmã não merece. Eu não mereço.

— Por que você está falando em crescer, mãe? — as lágrimas já escorriam soltas por minhas bochechas. — Você não vai estar aqui quando eu crescer?

— É claro que vou, meu querido. É claro que vou. Só preciso de alguns dias.

— Quem vai fechar a porta enquanto o pai vigia as janelas? — funguei.

— Seu pai não precisa vigiar as janelas, Corben. Nenhum monstro vai entrar na fazenda. Por favor, meu filho, não cresça com medo.

Tentei me agarrar a ela, mas minha mãe me fez soltá-la. Cobriu-me, prendeu o cobertor sob o colchão de palha. Endireitou-se, então dirigiu um olhar demorado para Thelma, que dormia tranquila no berço ao lado de minha cama.

— Não esqueça que amo todos vocês — disse minha mãe. — Logo estarei de volta.

Então ela retornou até sua sacola, colocou-a nas costas com dificuldade e caminhou até a porta. Abriu, deu um passo para fora. Virou a cabeça para me olhar, então saiu, deixando a casa fechada atrás de si.

Fiquei observando a escuridão.

Durante vários anos, achei que era normal que mães um dia não aguentassem mais e abandonassem os filhos. Lembro que, assim que cheguei a Sternachten, perguntei a uma senhora por que ela não ia embora se o choro de seu bebê a incomodava tanto. Ela ficou chocada.

Não sei se minha mãe se perdeu na estrada ou se foi pega por goblinoides que afinal existiam perto de nossa fazenda. Ou se apenas achou uma vida melhor em outro lugar, com algum homem que não tinha medo das sombras, que não mandava que toda a família se fechasse em casa de repente, no meio do dia, sem aviso. Que não provocava nela acessos de fúria nos dias de pouco sono. Só sei que, ao contrário do que prometera, ela nunca mais voltou.

Também não sei por que, se o que ela não aguentava mais era meu pai, ela não nos levou consigo.

Pelo menos podia ter levado Thelma. Eu sentiria falta de minha irmã se não a tivesse por perto, mas isso teria evitado tudo que aconteceu depois.

Nossa última conversa ficou gravada em minha memória para sempre. Por muito tempo, analisei cada uma de suas palavras. Hoje sei que ela não falou para onde ia porque não queria correr o risco que eu contasse a meu pai.

Não dormi mais naquela noite. Quando Thelma começou a chorar, meu pai resmungou, remexeu-se na cama. Chamou minha mãe, dizendo para ela ir cuidar da menina. Meu coração disparou. Eu não sabia o que fazer. Deveria avisá-lo? Falar algo? Demorou alguns minutos para que meu pai se convencesse de que ele mesmo precisava atender a filha. Ele se ergueu, coçando a cabeça, foi até o berço. Fechei os olhos para fingir que estava dormindo. Ele pegou Thelma no colo, trocou sua fralda, murmurou algumas coisas reconfortantes. Quando minha irmã dormiu de novo, ele a colocou no berço.

Abriu a porta, chamou minha mãe.

O sol começou a nascer.

Ele saiu de casa. Momentos depois, voltou, pegou a espada, saiu de novo. Continuei fingindo que dormia. Ouvi os gritos dele, chamando minha mãe. Meu pai voltou para casa após algumas horas. Meu estômago roncava, Thelma estava chorando aos berros de novo. As vacas estavam mugindo alto.

— Como não acordou com esta barulheira, Corben? — ele perguntou, abrindo a porta com um repelão.

Fingi que estava acordando, afetei um bocejo, forcei-me a esfregar os olhos. Ele veio até mim, espada em punho.

— Onde está sua mãe?

Thelma berrava.

— Acordei agora, pai. Não vi nada.

Ele ergueu a espada. Virou-se e atacou o vazio.

— Eles estiveram aqui! Levaram sua mãe embora!

Meu pai correu para fechar a porta e as janelas. Thelma chorava aos gritos. Levantei, tentei pegá-la no colo, mas eu não tinha força suficiente. Quase a deixei cair.

— Faça sua irmã calar a boca, não podemos ser ouvidos!

— Pai, eu não sei...

— Eles vão voltar!

Ele fechou a última janela.

E não abriu de novo por uma semana.

A espada tomou o lugar de minha mãe na cama de casal.

A melhor coisa que posso dizer de meu pai é que ele nunca nos bateu. Seus inimigos estavam sempre do lado de fora.

Acho que quase todas as vacas sobreviveram. Na primeira semana, ouvi seus gritos de fome, a exigência desesperada pela rotina que elas conheciam. Mas, depois de algum tempo, quebraram a cerca com as patas e foram embora. Uma delas ficou. Talvez velha demais, talvez ferida ou resignada, e morreu aos poucos. Aos poucos todos os animais fugiram ou morreram, pedindo nossa ajuda da maneira que podiam. Implorei para abrir a porta. Minha mente de 6 anos não compreendia bem a morte, mas os berros de abandono dos bichos despertavam algo primitivo em mim. Certa noite, depois que as vacas já tinham fugido, acordei e, tentando imitar a furtividade de minha mãe, esgueirei-me até a porta, decidido a achar a ração e dar de comer aos sobreviventes.

Girei a maçaneta com certa dificuldade, mas a porta estava trancada. Senti as lágrimas de novo, insisti. Thelma ouviu o barulho e começou a chorar.

— O que está fazendo, Corben?

Fiquei gelado e paralisado.

— Pai, os bichos...

— Se você abrir a porta, os goblinoides vão entrar. Não entende isso?

— Não tem ninguém lá fora. Eles estão com fome.

Meu pai andou até mim. Como sempre, estava com a espada na mão. Ajoelhou-se para me olhar nos olhos. Puxou a chave que levava presa ao pescoço e enfiou na fechadura. Ficou segurando-a com os dedos.

— Quer que eu gire a chave, Corben? Eles estão só esperando. Estão bem quietos, ouvindo, do lado de fora. No momento em que eu girar a chave e abrir esta porta, eles vão entrar. Eles têm machados e facas, garras e dentes. Eles sabem que temos um bebê em casa. Você quer que sua irmã seja devorada por goblinoides?

Comecei a soluçar. Tentei abraçá-lo, mas meu pai me manteve longe com a mão espalmada.

— Se eles entrarem, você vai enfrentá-los? Vai conseguir defender sua irmã? Os goblinoides já mataram sua mãe. Quer que sejamos as próximas vítimas?

— Não foram os bolinoides! — gritei, em fúria infantil. — A mãe fugiu porque não aguentava mais! Ela mesma disse! E ela vai voltar!

— Não vai — ele foi seco. Meu choro não alterava seu rosto, os olhos dardejando para todos os lados, vigiando as sombras. — Ela nunca mais vai voltar porque está morta. Eles entraram aqui e levaram sua mãe.

— Ela fugiu!

— Isso foi um sonho, Corben. Só um sonho. A verdade é que a Aliança Negra invadiu nossa casa e levou sua mãe embora. A esta altura, eles já a mataram e devoraram seu corpo. Beberam seu sangue, usaram sua cabeça como troféu. Quer que o mesmo aconteça com você? Comigo? Com Thelma?

Minha irmã berrava. Podia ser fome, cólica ou qualquer coisa que um bebê daquela idade sentia. Eu estava confuso. Queria refutar as falhas de lógica, dizer que a Aliança Negra não teria feito uma sacola com as roupas e os objetos de minha mãe. Os pensamentos giravam em minha cabeça, mas eu não conseguia colocá-los para fora. Estava perdido em meu choro, no choro de minha irmã, nos olhos de meu pai espiando todos os cantos, no fraco reluzir da espada na penumbra.

— Eles estão bem perto, Corben, estão sempre perto. Thwor Ironfist pode estar aqui perto em pessoa. Eles estão em silêncio, só esperando uma chance. Por isso precisamos manter a porta trancada, as janelas fechadas. Eles vão chegar um dia, mas nós vamos sobreviver enquanto puder.

Ele se ergueu de novo.

— Faça sua irmã parar de chorar. Precisamos ouvir a aproximação deles.

Não podemos mais dormir esta noite.

Com o correr dos dias, das semanas, dos meses, os animais silenciaram. Minha irmã não.

Embora a fazenda não fosse rica, nunca havíamos passado fome. A única coisa que nunca houvera dentro da casa era bebida, mas só fui perceber isso depois de adulto. Os animais e a horta eram mais que suficientes para manter quatro pessoas bem alimentadas, pagar os impostos e vender o excesso numa aldeia próxima periodicamente. Conheci a fome com seis anos, após o desaparecimento de minha mãe, porque meu pai se recusava a sair de casa e pegar comida. Nos primeiros dias, eu ficara desesperado com os gritos dos bichos, mas depois minha própria fome se tornou a maior preocupação.

Minha fome e a fome de Thelma.

Meu pai não era um idiota. Ele sabia ao menos manter um bebê vivo. Sabia agasalhar minha irmã, garantir que ela não se machucasse, cuidar de sua saúde básica. Mas sem comida, nada disso importava. Thelma chorava muito todos os dias. Mesmo tão jovem, notei como ela estava ficando magra.

— Pai, ela precisa comer mais — disse, certo dia, num momento em que ele estava calmo. — Thelma está com fome o tempo todo.

— Todos nós precisamos fazer sacrifícios — ele respondeu.

— Eu vou lá fora pegar algumas coisas — ofereci. — É dia, pai, os goblinoides...

— Os goblinoides estão só esperando! Só esperando um descuido!

Thelma chorava.

Eu tinha rapidamente aprendido a pronunciar o nome de nossos inimigos.

As plantações tinham virado um banquete de pássaros e pragas. Mato e ervas daninhas cresceram por tudo. Mas ainda era possível salvar alguma coisa, colher o que crescia com facilidade, sem muito cuidado humano. Meu pai saía para coletar comida mais ou menos uma vez por semana. Não era suficiente. No primeiro dia, ficávamos saciados, mas à medida que o tempo passava precisávamos racionar mais e mais. Às vezes ele decidia que, mesmo que a comida tivesse acabado, era muito arriscado sair, então fazíamos jejum.

Meu pai não se favorecia. Não comia mais que eu, embora suas necessidades fossem muito maiores. Quando só restavam migalhas, era o primeiro a abrir mão de todas as refeições, para que sobrasse algo para mim e para

Thelma. Seu delírio não era egoísta. Ele queria nos manter vivos contra os inimigos invisíveis.

Minha irmã chorava. Fazia o máximo barulho que seus pulmões fracos permitiam.

— Vou lhe contar uma história, Corben.

— Pai, a comida...

— Quieto. Ouça.

Engoli em seco. Ouvi.

— Era uma vez um grupo de refugiados. Eles estavam fugindo da Aliança Negra. Sua aldeia tinha sido massacrada pelos goblinoides. Você sabe o que quer dizer "massacrada"?

— Não — admiti. Também não sabia o que eram "refugiados", mas não quis perguntar.

— Quer dizer que todos foram mortos. Os goblinoides mataram todo mundo e só sobraram nove ou dez pessoas, que estavam fugindo. Os refugiados sabiam que os goblinoides estavam atrás deles. Eles precisavam se esconder e fazer muito silêncio, porque os inimigos estavam sempre por perto. Só havia um problema.

— Pai...

— Quieto. Só havia um problema. Uma mulher no grupo tinha um cachorro. Um filhote. E o cachorro não parava de latir. As outras pessoas disseram a ela que precisava fazer seu cãozinho ficar quieto, porque os goblinoides iriam ouvir os latidos. Mas o cachorro não entendia! Eles estavam tentando fugir, tentando se esconder em silêncio, e o cão não parava de latir! Você consegue imaginar isso, Corben?

Não respondi.

Thelma chorava.

— Eles disseram para a mulher que, se os goblinoides os achassem, *todos* iriam morrer. O cachorro também. Ele não parava de latir, Corben, tente imaginar. *Todos* iriam morrer se o cachorro não ficasse quieto! Eles chegaram a ver os goblinoides ao longe e escaparam por um triz. Sabiam que os inimigos estavam em seu rastro. Precisavam se esconder. Mas...

Eu só soluçava.

— Mas...? — meu pai insistiu. — Vamos, Corben, fale. Eles precisavam se esconder, mas...

— Mas o cachorro não parava de latir — eu disse, entre engasgos de choro.

— Isso mesmo. Então eles avisaram que, se o cão não fizesse silêncio, seriam obrigados a matá-lo. Porque os goblinoides iriam matá-lo de qualquer jeito! Então a mulher tentou abraçar o cãozinho, tentou cantar para ele em sussurros, mas ele não parou de latir. Todos gostavam do cachorro, mas ele não parou de latir, meu filho.

Ele colocou a mão em meu ombro e me olhou com as pupilas dilatadas, os globos oculares injetados.

— Então eles o mataram, Corben. Era a única alternativa. Eles mataram o cachorro.

Thelma chorava.

— Mas na verdade, meu filho, não era um cachorro.

— Pai! — gritei. De alguma forma, eu sabia o que viria a seguir.

— *Shhhh*. Na verdade, Corben...

Comecei a berrar, tapei meus ouvidos com as mãos. Mas sempre soube o fim da história e não precisava realmente escutar as palavras.

Na verdade, não era um cachorro.

Na verdade, era um bebê.

Ele não matou minha irmã. Aprendi a cuidar de Thelma, tão bem quanto podia, para que ela ficasse em silêncio. A história do cachorro que não parava de latir guiava meus dias. Eu sonhava com os refugiados e o filhote quase todas as noites. Nas noites realmente ruins, sonhava com os refugiados e o bebê.

Nas piores noites, era eu quem precisava matá-lo.

Aprendi a cuidar de minha irmã para que nunca fosse meu dever silenciá-la para sempre. Mas fiz só o melhor que uma criança pode fazer, quando não há comida e as janelas estão sempre fechadas. Eu pelo menos lembrava do sol, tinha memórias vívidas de brincar do lado de fora e conviver com os animais antes da fuga de minha mãe. Thelma não conhecia o mundo, só a casa escura.

Ela sempre foi muito magra e muito pequena. Eu não fazia ideia do tamanho que uma criança deveria ter a cada ano, mas parecia que ela não mudava de um inverno a outro. Sempre tinha dificuldade para alcançar as coisas, nunca caminhava com segurança total. Thelma começou a falar com três ou quatro anos. Seu vocabulário era limitado e ela logo desistia de se comunicar com palavras, preferindo espernear e gritar quando falar se provava muito difícil.

Felizmente, eu a treinei para entender meus pedidos de silêncio. Thelma podia estar perdida num surto de gritos e frustração, mas bastava segurá-la e colocar o dedo indicador sobre seus lábios e ela ficava quieta no mesmo instante.

Comíamos batatas ou outras raízes amassadas quase todos os dias. Às vezes, havia verduras, alguma fruta, grãos que meu pai conseguia coletar antes que seu delírio o convencesse de que o inimigo estava perto demais. Mas, enquanto vivi na fazenda, nunca mais comi carne. Nunca mais bebi leite, nem nada que não fosse água da chuva ou do poço. A comida era sempre insossa, pois não tínhamos nenhum tipo de tempero, nem mesmo sal. Quase esqueci o gosto doce e Thelma nunca o conheceu. Eu lembrava de quando meu pai trazia favos de mel da aldeia, da festa em que nossa casa se transformava quando podíamos mascar a cera e chupar o mel delicioso. Minha boca se enchia d'água com aquelas memórias, mas eram só memórias. A realidade eram batatas cozidas e amassadas todos os dias, em quantidade cada vez menor, até que meu pai tivesse coragem de sair de novo.

No fim do primeiro ano de isolamento, ele fez uma grande expedição ao curral e ao galinheiro para coletar madeira. Espiei por uma fresta da porta e pude ver o estado de abandono total. Ele voltou carregando uma braçada de tábuas quebradas meio podres, ofegando. Fechou a porta e ficou com as costas encostadas nela, como se pudesse barrar a entrada de seus fantasmas.

Ele precisava de madeira para barricar a porta e as janelas.

Meu pai tinha se convencido de que nossas trancas não eram suficientes. Pregou tábuas sobre as janelas, conseguiu instalar uma barra de madeira presa por suportes de metal na porta, então também a pregou com tábuas. Suas saídas ficaram ainda mais raras, porque era muito difícil desfazer a barricada, retirar os pregos, abrir passagem suficiente.

Não adiantou nada, porque meu pai se convenceu de que os goblinoides podiam vir do teto, de túneis no chão.

Sempre imaginei de onde se originava aquele terror.

Não sei se o medo dele começou com as primeiras notícias da Aliança Negra ou se sempre existira, apenas com outro foco antes disso. Thwor Ironfist tomou Lamnor poucos anos antes de eu nascer, o que significava que meu pai já era adulto quando ouvira falar pela primeira vez na ameaça goblinoide. Às vezes eu tinha curiosidade sobre seus outros fantasmas, se é que existiam. Quando fiquei mais velho, pensei em como ele devia ter sido na época em que conheceu minha mãe, se já havia alguma pista da loucura que iria tomá-lo. Se ela costumava dormir tanto ou ter surtos de raiva contra ele antes do surgimento do inimigo.

Eram perguntas sem resposta.

Minha infância foi no escuro e em silêncio. Quando eu e minha irmã brincávamos, não havia palavras, muito menos risos. Seria barulho demais, e barulho era punido. As punições não eram físicas. Se um de nós se descuidava e falava alto, meu pai não nos batia.

Ele apenas sentava a nossa frente e explicava em detalhes o que Thwor Ironfist faria conosco se não tivéssemos cuidado.

Mas, embora nosso silêncio precisasse ser total, ele tinha permissão de fazer tanto barulho quanto quisesse. Enquanto Thelma crescia sem crescer, o delírio de meu pai adquiriu uma nova nuance.

Não lembro quando os acessos de fúria começaram, mas os reconheci de minha mãe. Lembro do primeiro, mas a memória de terror é tão forte que qualquer contexto se apagou. Ele começou a gritar, praguejar e xingar coisas que não víamos. Thelma chorou, então fui até ela e tapei sua boca. Meu pai brandiu a espada, golpeou as sombras. Virou-se de repente, disse que não iriam pegá-lo de surpresa. Fincou a lâmina no chão, quebrou uma cadeira.

Eu estava de olhos arregalados. Ao mesmo tempo em que esperava que ele se voltasse contra nós e estava preparado para me colocar na frente de Thelma, achava que sua raiva era de coisas que ninguém mais via.

Ele queria nos proteger.

Ele só estava nos matando para nos proteger.

As crises ficaram mais comuns, até que passei a me sentir seguro com elas, embora tivesse medo de seu caráter bizarro. Minha mãe direcionara a fúria contra meu pai; meu pai direcionava a fúria contra o invisível. Assim as coisas eram.

Meu pai nunca me ensinou a lutar com a espada. Ele não se separava dela, usava-a para atacar o vazio e acariciava seu cabo como se disso tirasse conforto. Mas seu apego à lâmina era infantil, não prático. Ele dormia com a arma, mas não a oleava ou afiava. Ela adquiriu manchas feias de ferrugem. Mossas deixaram-na cada vez mais cega e sua ponta ficou arredondada. Cresci vendo aquela espada, mas nunca toquei nela. A herança de meu pai foi o medo, não uma forma de reagir.

Ele dizia que os goblinoides viriam um dia, mas nunca falou sobre o que fazer quando isso acontecesse.

Só fazer silêncio.

Ficar no escuro.

E esperar.

Sem notar, sem perceber uma mudança, eu também passei a *saber* que os goblinoides estavam por perto. Com seis anos, eu soubera que minha mãe tinha fugido porque não aguentava mais. Com dez, duvidava de mim mesmo, amaldiçoava-me como uma criança burra nos anos anteriores, por não temer a Aliança Negra.

Thelma tinha cinco anos. Era tão magra que eu podia ver os contornos de seu crânio sob as bochechas. Seus cabelos eram ralos, ela não tinha força nas mãos. Mas o grande problema eram os goblinoides.

O tirano era Thwor Ironfist.

Com dez anos, eu confiava em meu pai, em sua convicção de desastre sempre iminente. Então tive um sonho.

Acordei gritando. Meu pai pulou da cama, já de espada na mão, foi até mim.
— Você ouviu algo? — ele perguntou. — Eles estão chegando?
Agarrei-me a seus braços de pele flácida. Empurrei a cabeça contra seu peito, na tentativa de sentir algum conforto. Eu estava tremendo.
— Ela vai morrer, pai — gaguejei. — Ela vai morrer.
— O que está falando, Corben? Eles vão nos atacar?
— Thelma vai morrer. Você precisa acreditar em mim! Um pássaro me falou. Ele estava pegando fogo e disse que Thelma vai morrer e eu vi ela morrer e vai ser horrível!

Desabei no choro, abracei-me nele. Meu pai me afastou, ergueu a espada. Deu uma olhada em Thelma, ficou satisfeito com sua respiração tranquila. Então correu e atacou uma sombra.

Não dormi mais naquela noite. Fiquei ajoelhado ao lado da cama de palha suja de minha irmã. Sempre que achava que ela estava quieta demais, colocava os dedos sob seu nariz para verificar se estava respirando. O amanhecer me trouxe algum alívio, mas as palavras do pássaro de fogo continuaram verdadeiras. As imagens que eu vira ainda eram muito reais.

Em meu sonho, Thelma não conseguia controlar a tosse. Eu já sentia o ar começando a ficar gelado, sabia que as próximas semanas trariam o inverno. No sonho, o corpo de minha irmã ficava frio, ela tentava inspirar, mas suas narinas eram invadidas por flocos de neve e vento cinza. E ela tossia. Arranhava a própria garganta em busca de ar, tossia de olhos esbugalhados. A palha de sua cama ficava suja de sangue.

Os raios de sol passando fracos e esguios entre as tábuas pregadas nas janelas me iluminaram com a certeza de que o maior risco não eram os goblinoides. Eles estavam por perto, mas a doença de minha irmã já estava ali.

Meu pai tinha dormido sentado numa cadeira, com a espada no colo. Fui até ele e o sacudi.

— Pai — chamei.

Ele acordou sobressaltado, agarrou o cabo da arma.

— Ah! É você, Corben. Já acordado, já vigiando. Bom menino.

— Pai, precisamos ir até a aldeia.

Ele franziu o cenho.

— Aldeia? Que aldeia?

— A aldeia, pai. Quando eu era pequeno, você e a mãe falavam numa aldeia, onde vendiam nossa colheita e compravam favos de mel. Lembra? Precisamos ir até a aldeia.

Ele começou a rir.

— Corben! Corben, Corben, garoto ingênuo! Você acha que aquela aldeia ainda existe?

— Pai, precisamos...

— A aldeia já foi destruída! Todos lá estão mortos! Acha mesmo que os goblinoides deixariam aquela gente viver? Os aldeões já morreram há muito tempo.

Comecei a argumentar, mas ele riu de novo.

— Acha que o reino ainda existe? — perguntou, condescendente. — Não notou que o coletor de impostos nunca mais veio? Todos os humanos estão mortos! A Aliança Negra massacrou cada um! Só restamos nós três!

Balancei a cabeça. Eu não conseguia aceitar aquilo. Os goblinoides estavam perto, eu sabia. Mas o reino inteiro não podia estar morto. Não fazia sentido que nós fôssemos os últimos humanos vivos. Eu não sabia ler, nunca convivera com outras pessoas, mas uma noção de racionalidade básica me dizia que não podia haver só devastação além de nossa porta.

— Sei que você quer favos de mel, meu filho, mas eles não existem mais. Tudo foi queimado pelos goblinoides. Não adianta pedir doces quando só há sangue.

— Não estou pedindo mel! Precisamos levar Thelma à aldeia ou a qualquer outro lugar com um curandeiro! Ela vai ficar doente!

— Sua irmã não está doente...

— Ela vai ficar doente, eu vi num sonho! Vai ficar doente e morrer!

A imagem do sonho veio a mim de novo, clara como se eu a estivesse vendo a minha frente. A sensação não era do absurdo fugidio de um pesadelo, mas de algo da realidade, um fato que apenas estava fora de ordem no tempo. Que fora testemunhado antes de acontecer.

Naquela época eu não conhecia a palavra "vidência". Não sabia descrever um sonho como "profético".

Não sabia que o nome do pássaro de fogo era Thyatis.

— Você só teve um pesadelo — ele garantiu.

— Não, eu tenho certeza...

— Ninguém a nossa volta nunca foi um feiticeiro. Se fôssemos feiticeiros, poderíamos atacar os inimigos. Só quem mexe com magia por aqui são os xamãs da Aliança Negra. Eles usam magia profana, magia ruim. Não quero que você nem mesmo pense na magia maligna dos goblinoides, Corben.

— Não eram os goblinoides. Era o pássaro de fogo.

Ele chegou bem perto de mim.

— Eles estiveram aqui? Ofereceram a você algum poder profano?

Comecei a tremer.

— Eles entraram na casa mais uma vez, não é? Foi pelo teto? Por um buraco no chão? Você os convidou?

— Não!

— O que lhe prometeram? Disseram que você sobreviveria? Pois saiba que ninguém nunca sobrevive! E, se acha que pode aprender a magia deles...

— *Não me prometeram nada!* — gritei.

Ele tapou minha boca.

— Silêncio, Corben. Eles podem já estar dentro da casa.

Na noite seguinte, criei coragem para levar Thelma sozinho. Eu não sabia onde ficava a aldeia, não sabia onde ficava nada, mas precisava tentar encontrar uma estrada, um vizinho, qualquer coisa. Esgueirei-me enquanto meu pai roncava, peguei seu martelo. Demorei horas empurrando a estante que bloqueava a porta, para não fazer muito ruído contínuo. Se uma criança fraca conseguia mover aquilo, não seria barreira para um goblinoide, mas a lógica não imperava na escuridão. Consegui liberar um pedaço suficiente da porta para alcançar a barra de madeira. Ergui-a, fui capaz de depositá-la no chão com pouco barulho. Então, com dificuldade, retirei os pregos das tábuas.

Restava a fechadura.

Não sei por quanto tempo fiquei parado. Enfim, sem nem respirar, andei na ponta dos pés até meu pai. A chave estava num cordão ao redor de seu pescoço. Aos poucos, fazendo força para não tremer, cortei o cordão com uma faca. Observei seus olhos, esperando que abrissem a qualquer instante.

Puxei a chave.

Fui até minha irmã.

— Acorde, Thelma.

Ela abriu os olhos inchados e não discutiu. Deixou que eu a pegasse pela mão e a conduzisse até a porta. Eu mal conseguia andar de medo e nervosismo. Coloquei a chave na fechadura e girei.

Botei a mão na maçaneta.

Eles estavam por toda parte.

Caí sentado no chão, chorando. Meu coração batia na garganta. Se eu abrisse a porta, iria encontrar um goblinoide.

— Eu sabia que você não iria embora — disse meu pai.

Meu medo já era tão grande que nem consegui ficar surpreso.

Thelma começou a tossir.

Depois de duas semanas de tosse, eu a vi ficar roxa por falta de ar.

— Ela não consegue respirar! — gritei.

— Silêncio! Eles vão ouvi-lo!

Eu não sabia o que fazer. Além de levar a menina a alguma aldeia onde houvesse um curandeiro, não tinha nenhum plano, nem mesmo para oferecer a ela algum alívio. Eu pensava que o coletor de impostos nunca mais viera, embora nem soubesse direito o que era um coletor de impostos. Pensava que talvez o reino estivesse mesmo morto e nós fôssemos os últimos.

Eu não queria ficar sozinho com meu pai.

Thelma conseguiu parar de tossir e inspirou ar, com um barulho horrível. Aos poucos, readquiriu sua coloração pálida.

Algumas horas depois, tossiu de novo.

E de novo.

Na semana seguinte, vi sangue na palha.

— Ela vai morrer, pai — implorei mais uma vez. — Ela vai morrer se continuar aqui. Está ficando frio, ela não consegue se esquentar.

— Tudo que resta é aqui. Não há nada do outro lado da porta além de monstros e cadáveres.

— Thelma vai morrer! — as lágrimas escorreram. — O pássaro de fogo me disse! Ela vai morrer, pai, por favor, você precisa salvá-la!

— É o que *eles* querem, não?

A resposta me pegou desprevenido. Fiquei mudo.

— Eles querem que eu saia para levá-la à aldeia. Estão só esperando. De tocaia.

— Pai...

— Lembra da história do cachorro que não parava de latir? Se tentarmos levar sua irmã à aldeia para salvá-la, nós três vamos morrer.

— Então você vai deixar que Thelma morra?

— Os xamãs vão ver que seu plano não funcionou. Sou mais esperto que eles. Não vão me tirar daqui.

Implorei por horas, por dias. Implorei de todos os jeitos que conhecia. E não tive mais a chance de fugir porque, sempre que tentei, meu pai estava vigiando ou meu medo cortou a tentativa na raiz.

A tosse de minha irmã ficou cada vez pior. As gotas de sangue viraram manchas grandes. Ela não conseguia respirar por cada vez mais tempo. Eu tinha ficado apavorado quando sua pele ficara roxa, mas descobri que podia ficar preta depois de um período longo o bastante sem ar.

E não havia nada que eu pudesse fazer.

Thelma não conseguia mais comer, então sua magreza chegou ao extremo. Ela era incapaz de sair da cama. Precisei carregá-la e, mesmo sendo só um menino fraco, consegui com pouca dificuldade. Ela não pesava nada.

O inverno já estava avançado quando fiz mais uma tentativa com meu pai.

— Deixe que só eu vá. Sozinho. Se eu morrer, tudo bem.

Ele ficou em silêncio. Achei que estava pensando.

— Você quer se juntar a eles, não?

— Pai, por favor...

— Não vou deixar que saia. E diga a seus amigos que este truque não vai funcionar.

— Pai, eles não são meus amigos!

— Você diz que teve um sonho com a morte de sua irmã... Acha que sou idiota?

Ele rilhou os dentes. Dei um passo para trás.

— Retire a maldição de sua irmã.

Tentei me afastar, ele agarrou meu braço.

— Eles lhe deram poderes profanos, não? Ensinaram-lhe a magia negra enquanto eu estava dormindo! Ou foi quando raptaram sua mãe? Diga-me, Corben. Você entregou sua mãe em troca da bruxaria da Aliança Negra?

Berrei sem palavras. Era uma situação incompreensível, incontrolável. Minha irmã começou a tossir.

— Retire a maldição! — ele me sacudiu. — Eu sei que você é o culpado!

— Pai, eu imploro!

— Implore a seu deus profano, bruxo! Implore a seus mestres, os xamãs goblinoides! Você saiu de casa para um ritual? Dançou sobre o cadáver fresco de sua mãe?

Ela tossia.

— E agora vai sacrificar sua irmã?

— Pai, ela vai morrer!

— Não tenho medo de suas ameaças! Retire a maldição, traidor!

Minha irmã tossiu.

Depois de muito tempo, Thelma parou de tossir.

Estava morta.

Meu pai arrastou a estante, despregou as tábuas, ergueu a barra, girou a chave na fechadura, abriu a porta.

Carregou o pequeno cadáver para fora.

Voltou depois de algumas horas. Eu ainda estava chorando. Ele estava todo sujo de terra. Tudo que falou para mim foi:

— Não tenho medo de você, bruxo.

Era primavera quando ele me levou para fora. Eu estava apavorado. Tinha medo dele e de não estar com ele. Tinha medo da casa e do lado de fora. Queria fugir e queria ficar, pois talvez todos estivessem mortos. Talvez nós dois fôssemos os últimos humanos sobreviventes.

Ele me levou para a floresta, onde eu sabia que os goblinoides espreitavam.

Deixou-me lá, desapareceu de alguma forma. Fiquei perdido, fiquei cansado e adormeci.

Sonhei com o pássaro de fogo. Ele me perguntou se eu queria conhecer o passado ou o futuro. Mas seria *todo* o passado. Eu não queria entender o passado, porque estava próximo demais e era escuro demais, então escolhi o futuro. O pássaro me disse que eu seria um sacerdote. Que viveria em segurança e sem medo, num lugar onde ninguém me odiava.

Acordei com frio, para encontrar um grupo de homens e mulheres vestidos em mantos vermelhos andando na floresta. Todos eles tinham ao redor do pescoço medalhões com um símbolo bonito: uma pena cercada de fogo e estrelas, sobre asas flamejantes. Eu soube imediatamente que eram as asas do pássaro de fogo. Ele os tinha mandado para me salvar.

Eram gente, estavam vivos.

Eu os acompanhei até Sternachten, onde as portas não ficavam trancadas.

Maryx Corta-Sangue soltou minhas mãos. Secou suas lágrimas.

Eu também sequei as minhas.

— Você não é a primeira a me acusar de matar uma criança — falei. — Mas não matei minha irmã e não matei suas filhas. Não matei seu marido. Tenho a espada de meu pai porque Avran a trouxe e precisei usá-la contra Bhuorekk.

Ela continuou em silêncio.

— Acredite em mim ou não acredite, Maryx. Você perdeu tudo, mas pelo menos teve uma família. Eu perdi tudo quando meu pai me abandonou na floresta, acusando-me de traidor, bruxo e assassino, depois de eu ter visto minha irmã de cinco anos sufocar até a morte. Eu, talvez mais do que qualquer pessoa, entendo o vazio que você está sentindo.

Peguei suas mãos de novo.

— Mate-me se quiser. Agora você sabe quem estará matando.

Ela me olhou fundo.

Então falou:

— Não vou matá-lo, ushultt.

13
MÃES E FILHAS

ESPERAMOS PELA LUA MINGUANTE, QUANDO A CARRUAGEM DE Ragnar estaria mais próxima para carregar as almas de Vartax, Threshnutt e Zagyozz.

Nós passamos o dia inteiro e a noite seguinte conversando. Maryx ficou sentada, me ouvindo ou falando, contando histórias de sua vida com Vartax, do nascimento de suas filhas. De como o casal precisara lutar para ter o direito de criá-las. Ela estava alheia, agindo como se não houvesse nada a fazer. Eu era seu escravo, era seu amigo, e soube que deveria protegê-la. Lá fora, Urkk'thran rugia. Ouvi gritos, senti cheiro de fumaça. A caverna vibrou com dois estrondos fortes. Mas Maryx Corta-Sangue tinha feito o suficiente pela Aliança Negra por enquanto. Havia chegado em casa e se deparado com os cadáveres de sua família, então decidi que ela merecia algum tempo para que o luto e o desespero fizessem sentido. Ela perdera tudo, assim como eu perdera tudo duas vezes. Eu não podia devolver a ela o marido e as pequenas, mas podia lhe dar tempo.

Eu tivera de lidar com a morte de minha irmã numa fazenda escura e fechada, mais de dez anos atrás, tentando me proteger do delírio crescente de um maníaco que me acusava de bruxaria. Tivera de lidar com a morte de Clement, Ysolt e todos que eu conhecia no meio de uma viagem, cercado por desconhecidos que se mostraram os próprios assassinos de meus amigos.

Maryx não passaria por isso. Ela teria um pouco de paz.

Naquele dia, não me dobrei aos costumes dos goblinoides. Maryx estava sentada no chão, olhando para o vazio, contando sobre uma batalha em que ela e Vartax tinham lutado juntos. Com um meio sorriso e olhos vidrados, ela falou sobre como seu marido enfrentara vários espadachins elfos ao mesmo tempo, mantendo todos ocupados em duelos simultâneos. Enquanto ela narrava a história, um grupo de hobgoblins entrou na casa, cortando caminho para passar até outra parte da cidade, e eu os barrei. Fiquei de pé com a espada enferrujada na mão.

— Vocês precisam dar a volta — disse.

O líder grunhiu alguma coisa no idioma goblinoide. Eram seis ao todo. Estavam armados, trajados em armaduras de metal. Um deles tinha um kum'shrak, embora não tão escuro quanto o de Maryx.

— Não vão passar por aqui hoje — falei. — Maryx Corta-Sangue vai ficar sozinha.

O guerreiro com o kum'shrak tomou a frente e falou em valkar:

— Maryx Nat'uyzkk não precisa da proteção de um humano. Saia de nossa frente.

A caçadora continuava sentada de costas, como se não escutasse.

— Ela não precisa da proteção de ninguém, mas vou protegê-la porque posso. Este é o último aviso. Saiam da casa de minha mestra ou experimentarão minha lâmina.

A espada tremeu, ansiosa por matar de novo. Eu desprezava aquela espada e não queria matar ninguém. Especialmente não queria usá-la para matar goblinoides, pois sabia que seu poder, o que quer que fosse, vinha do ódio. Era a espada de um louco movido pelo ódio, que me fora presenteada por um assassino. Mas eu iria usá-la para preservar a privacidade de Maryx se fosse necessário. A Aliança Negra me ensinara que às vezes os métodos podiam ser sanguinolentos, mas seriam válidos se servissem a uma causa indispensável.

Os hobgoblins me encararam.

Deram meia-volta e foram embora.

Sentei perto de Maryx de novo. Ela continuou falando como se nada tivesse acontecido.

Os cadáveres continuavam ali, como eu os havia deixado. Eu não sabia como proceder, quais eram os rituais e as práticas goblinoides com relação a mortos tão queridos. Não iria macular aquele momento com meus costumes humanos, então deixei que Maryx decidisse quando e como lidar com os corpos.

Uma preocupação mais urgente eram nossos ferimentos. Eu tinha sofrido cortes, contusões e queimaduras. A emoção e o medo tinham me protegido da dor, mas agora eu sentia tudo. Mal conseguia me mexer sem que a agonia reverberasse pelo corpo inteiro. Minhas costas estavam duras, meu braço direito estava quase paralisado. Era perigoso ficar assim, eu sabia que estava perdendo sangue aos poucos. Maryx também estava ferida, embora bem menos.

Fiz curativos em nós dois. Ela deixou que eu tirasse sua armadura de couro, limpasse as feridas e as cobrisse com bandagens que achei pela casa. Não parou de falar, não deu grande atenção ao que eu estava fazendo. Continuei ouvindo-a enquanto fiz meus próprios curativos, tão bem quanto pude.

Ela se calou por algum tempo e rezei. Thyatis não me deu atenção.

Com o decorrer das horas, a algazarra na cidade cessou, cedendo lugar ao burburinho normal de Urkk'thran. Outros grupos tentaram passar por dentro da casa, mas não permiti. Depois de algum tempo, parecia que as pessoas tinham entendido que aquelas cavernas e túneis não estavam acessíveis e pararam de tentar.

Durante aquele dia, ouvi diversas histórias e anedotas sobre a vida familiar de Maryx. Algumas eram tristes, como a primeira gravidez dela, que acabou em tragédia. Outras eram engraçadas, como a vez em que Threshnutt invadiu a arena durante uma luta de Vartax. Todas eram carregadas de amor. Naquele dia, histórias antigas foram mais importantes do que o que acontecia na cidade, ou mesmo do que a Flecha de Fogo. O futuro de Lamnor podia esperar, porque minha amiga precisava de mim no presente.

Já era noite quando ela piscou e pareceu finalmente sair da espécie de transe em que estava. Maryx tinha rido e chorado, falado e escutado, mas sempre como se estivesse ali só pela metade. Ela olhou em volta, apalpou os curativos e deu um longo suspiro.

— Você lembra do Eclipse de Sangue? — ela perguntou.

— Claro.

Parecia cem anos atrás, mas na verdade só alguns meses tinham se passado. Naquela época, eu nunca tinha pisado em Urkk'thran. Era outra vida.

— Lembra da parte em que gritamos os nomes das pessoas que perdemos?

Na verdade, eu não lembrava. A memória voltou só quando foi puxada, e mesmo assim difusa no meio da névoa de pavor daquele dia. Durante o Eclipse de Sangue, eu vira Thwor Ironfist pela primeira vez. Ouvira pela primeira vez as palavras "duyshidakk" e "arranyakk". Testemunhara prisioneiros sendo sacrificados e ficara em choque. E, em meio àquilo tudo, ouvira os goblinoides gritando nomes e palavras que não entendia. Só agora eu ficava sabendo que eram os nomes de quem tinha morrido.

— Vagamente — respondi.

— Você era só um recém-nascido idiota, não poderia mesmo entender tudo que se passava. Mas eu gritei alguns nomes.

"Zystrix".

"Tropa da Forca".

— Fui criada pelos clérigos — disse Maryx. — Do jeito hobgoblin tradicional. Fui tirada de minha mãe, entregue ao templo, treinada desde cedo. Durante minha missão de aprendiz, eu mal conseguia erguer um machado infantil. Matei um humano quando era mais jovem que Threshnutt.

Ela olhou para a saída do cômodo. Em outra sala estava o cadáver da pequena.

— Lutar era natural para mim. Sempre foi. Matar não era difícil. Havia inimigos, alguém precisava lidar com eles. É o modo dos hobgoblins. Depois que meu período de treinamento acabou, eu devia ser designada para um comandante. Eles me disputaram. Fui escolhida para um batalhão antes de sangrar pelo meio das pernas. Fiquei orgulhosa. Era um batalhão honrado. A Tropa da Forca.

Maryx falou sobre aquela família militar. Eram cerca de trinta hobgoblins, ou assim eu deduzi pelo modo como ela expressava quantidades. Eram escolhidos entre alguns dos melhores guerreiros das tribos próximas. Tinham aquele nome pelo costume de enforcar seus inimigos em longos corredores de cadáveres na floresta. Divertiam-se forçando os grupos que vinham enfrentá-los a atravessar aquelas passagens feitas dos corpos de seus colegas. A Tropa da Forca era liderada por um hobgoblin velho e calejado, veterano de muitas batalhas da Infinita Guerra. Mas aquele não era o mentor de Maryx.

— Havia uma mulher — ela disse, com um sorriso solene. — Zystrix.

Zystrix não tinha pelos cobrindo o corpo, ao contrário da maioria dos hobgoblins. Também contrariando a aparência normal da raça, sua pele era amarelada. Ela acolheu Maryx assim que a novata entrou para a Tropa da Forca. Ensinou a ela tudo que sabia sobre guerrear, continuando o treinamento depois de seu término oficial.

— Todos os soldados veteranos devem ensinar os novatos num batalhão — ela prosseguiu. — Mas, no dia a dia de campanha, não há tempo. Na prática, os jovens aprendem em campo ou morrem. Poucos separam horas para repassar estratégias, repetir exercícios e aconselhar um guerreiro iniciante.

Zystrix era uma desses poucos.

A Tropa da Forca era um batalhão hobgoblin normal, uma unidade militar que marchava, atacava sem sutileza e vencia com disciplina, em conjunto. Mas Zystrix ensinou a Maryx outro jeito de lutar: sozinha, com furtividade, em ataques rápidos e imprevisíveis. Ensinou a ela como usar diferentes tipos de pólvora para confundir e debilitar o inimigo.

— Zystrix não queria apenas a vitória de nossa raça — Maryx olhou para baixo, a voz um pouco embargada. — Ela queria *minha* vitória. A Infinita

Guerra rugia, como vinha rugindo desde a chegada dos elfos, e todos nós sabíamos que éramos gotas de sangue no rio vermelho que eles derramavam. Cada um era só uma lâmina num arsenal infindável. Zystrix queria que eu fosse mais. Ela queria que eu fosse uma pessoa.

Zystrix queria que Maryx sobrevivesse.

— É claro que não posso ter certeza, mas a idade dela confirma. Quando nasci, Zystrix seria bem jovem, no auge da fertilidade. E ela tinha pele amarela e lisa, como eu. Não posso ter certeza, ushultt, mas acho...

Ela demorou um longo tempo até terminar.

— Acho que ela era minha mãe.

Zystrix ensinou a Maryx o valor da individualidade. Seu próprio valor. Ensinou-lhe que ser leal à Tropa da Forca não precisava significar abrir mão de si mesma. A hobgoblin mais velha nunca disse claramente, mas deu a entender que entregar um filho para ser criado por clérigos era terrível. Naquela época, ainda não eram clérigos de Ragnar, mas do Deus dos Hobgoblins, uma divindade menor, cultuada apenas por aquela raça e hoje quase esquecida. Mesmo assim, Zystrix achava que devia haver outra alternativa.

O cotidiano eram batalhas e treinos. Eles lutavam contra os elfos, como havia sido desde sempre, e tentavam sobreviver. Enforcavam inimigos, vingavam companheiros caídos. Aquilo seria a vida de Maryx até que alguma flecha élfica enfim desse cabo dela.

— Mas um dia Zystrix me falou de um homem — ela disse, erguendo a cabeça e inflando o peito. — Um líder.

Era um bugbear, mas mesmo assim a hobgoblin mais velha o achava digno de confiança. Diziam que ele unira as tribos de sua raça, transformando o caos selvagem numa união sólida e invencível. Zystrix ouvira boatos de bandos de guerra distantes. Começava a circular a informação de que o Grande General estava cortejando os hobgoblins, propondo uma aliança. Ele falava em todos os goblinoides como um só povo, sem diferenças, um só organismo trabalhando para livrar Lamnor do domínio dos invasores.

— Lembro até hoje do momento em que Zystrix mencionou o nome dele — disse Maryx. — Thwor Ironfist.

Zystrix não era uma hobgoblin típica. Além de saber lutar furtivamente e questionar o poder dos clérigos, ela gostava de goblins. Não havia exatamente preconceito entre hobgoblins e goblins, Maryx explicou: apenas quase não havia contato entre as duas raças. Goblins eram tão fracos que precisavam se preocupar com sobrevivência a todo custo, então geralmente fugiam de qualquer contato externo ou se submetiam a senhores poderosos de outras raças. Mas Zystrix acreditava no potencial dos goblins. Segundo ela, o Grande General também acreditava.

— Mas os hobgoblins não confiaram em Thwor de início. Foi preciso um grande feito.

Quando Thwor Ironfist raptou a Princesa Tanya de Lenórienn, as tribos hobgoblins se uniram em torno dele. Zystrix chorou de emoção naquele dia, Maryx contou. A Tropa da Forca atacou Lenórienn e foi responsável por conquistar uma área externa durante uma das primeiras batalhas pela capital. Mas então recebeu uma missão ainda mais importante.

— Os elfos estavam desesperados por sua princesa — ela disse. — Eles fariam qualquer coisa para recuperá-la. O Grande General sabia que precisava levá-la para longe. Um dia ele surgiu sem aviso. Eu estava de guarda, protegendo o distrito que havíamos conquistado, e o vi chegando. Você não pode imaginar o que senti ao vê-lo. Ele era maior que a vida, carregava aquela elfa como um vitorioso, mas sem crueldade. Então ele falou comigo e ordenou que eu chamasse meu comandante.

A Tropa da Forca foi designada para escolar Tanya até Farddenn, onde o domínio bugbear já era consolidado. O batalhão enfrentou muitos elfos, mas conseguiu esconder a prisioneira, em parte por causa da esperteza de Zystrix. A hobgoblin mais velha tinha a confiança do comandante do batalhão e ficou responsável por cuidar da elfa. Ainda no início da jornada, Zystrix chamou Maryx e as três ficaram juntas — as hobgoblins armadas, a elfa amarrada e amordaçada. Zystrix tirou a mordaça de Tanya e explicou que ela sobreviveria ilesa se não resistisse. Explicou que aquele era o fim da Infinita Guerra. Que a opressão élfica finalmente estava acabando. Que as escolhas de Tanya eram ser uma boa prisioneira ou morrer.

— Como odiei aquela elfa no início! — riu Maryx. — Ela nos insultava sem parar! Eu falava um pouco de valkar na época. Aprendi por insistência de Zystrix. Thraan'ya falava valkar muito bem e fez questão de disparar contra nós o pior vocabulário que conhecia. Dizer que ela era mimada nem começa a descrevê-la. Ela falou que seu pai iria salvá-la e nos matar. Falou que não éramos dignas de tocar nela. Eu queria muito quebrar seus dentes, mas Zystrix não deixou. A princesa chegou a Farddenn em segurança. Foram necessários anos até que ela reconhecesse o bem que lhe fizemos. Ela ainda foi prisioneira de um general hobgoblin antes de se converter. Mas nunca nos esqueceu.

Quando a Tropa da Forca voltou a Lenórienn, a cidade estava conquistada. O reino élfico tinha caído. Os guerreiros contavam histórias sobre como a Deusa dos Elfos tinha surgido em forma física e Thwor Ironfist a tinha derrotado em combate individual.

— Ele já era chamado de Ayrrak — disse Maryx, orgulhosa. — Nunca esquecerei, ushultt. Zystrix pegou minha mão e prometeu que tudo ficaria bem. Abraçou-me e disse que finalmente éramos livres. Que meus filhos, se eu escolhesse tê-los, cresceriam num mundo sem elfos.

Era a felicidade.

— Você não pode imaginar o tamanho dos festejos. Parecia que todos os goblinoides do mundo estavam em Lenórienn. Como fomos felizes naqueles dias! Não havia desconfianças. Bebi com bugbears, conheci os goblins de que Zystrix tanto falava. Rezei com os clérigos de Ragnar, porque o Ayrrak era devoto do Deus da Morte e eu não podia duvidar de nada que ele dizia. Vi o sumo-sacerdote Gaardalok e não tive medo dele. Nós sacrificamos elfos até que ficamos exaustos, fizemos com que eles cavassem as tumbas de seus próprios filhos. Foi glorioso.

A maldade casual do comentário passou por mim como uma onda de realidade gelada. Mas Maryx continuou.

— Foi no meio da festa que Zystrix me levou para fazer uma tatuagem. Ela disse que eu deveria marcar minhas vitórias na pele, para que ninguém pudesse tirá-las de mim. Levar a princesa em segurança até Farddenn era uma vitória imensa e merecia ser comemorada.

Ela apontou sua primeira tatuagem, no interior do bíceps.

Depois que os festejos acabaram, a vida continuou na Tropa da Forca. Havia muito trabalho a fazer: focos de resistência élfica a debelar, reinos humanos a destruir, novas comunidades goblinoides a proteger.

— Nosso comandante já estava velho. Na verdade, acho que ele nunca imaginou que iria sobreviver por tanto tempo. Estava irritado com a morte, que teimava em ignorá-lo. Ele queria que outra pessoa assumisse a liderança, já estava farto de ensinar novos recrutas. A escolha óbvia era Zystrix. Mas Zystrix achava que devia ser alguém mais jovem.

Um sorriso iluminou o rosto de Maryx. Eram memórias doces.

— Fui uma das comandantes mais jovens da Aliança Negra — ela disse. — Estava apavorada, mas tinha ainda mais medo de decepcionar Zystrix. Eu não dormia, só estudava e treinava dia e noite... Até que recebemos um novo soldado.

Era um guerreiro exibido e arrogante, ela contou, um dos últimos sobreviventes de um batalhão que fora quase todo massacrado durante a conquista de Lenórienn. Os poucos soldados restantes foram divididos entre outros batalhões. Era um grande desafio para Maryx, pois seu primeiro recém-chegado não era um novato, mas um guerreiro experiente, com seus próprios vícios e seu próprio jeito de fazer guerra.

— Eu olhei para aquele homem e o amaldiçoei, porque soube que estava perdida.

Nenhum homem fora capaz de abalar Maryx. Eram apenas distrações rápidas. Mas aquele guerreiro fez com que ela se sentisse louca. Foi ruim quando os dois eram só comandante e comandado, ficou pior quando se tornaram amantes.

— Vartax foi a única coisa que conseguiu competir com minhas responsabilidades — ela disse. — E ele sofreu por isso. Cobrei dele muito mais do que cobrava de todos os outros. Eu comandava Zystrix e sabia que ela estava me vigiando, atenta para não me deixar escorregar. Fiz meu melhor para torná-la orgulhosa. Exigi que Vartax também fizesse.

Por algum tempo, a Tropa da Forca foi mesmo uma família. Maryx comandava sua mãe e seu amado, os guerreiros lutavam juntos numa época de triunfos e parecia que nada nunca daria errado.

A tragédia foi disparada com as flechas dos elfos.

— Eles não tiveram coragem de nos enfrentar frente a frente, é claro — seu rosto se anuviou. — Elfos quase nunca têm coragem. Quando Lenórienn caiu, acho que parte do choque deles foi simplesmente ter que olhar um inimigo nos olhos.

Maryx nunca chegou a ver os elfos que massacraram a Tropa da Forca e mataram sua mãe. O batalhão estava patrulhando uma floresta quando um batedor pisou num círculo mágico, então fogo caiu dos céus sobre todos. Elfos surgiram das árvores, emergindo de uma magia que os deixava invisíveis, e banharam os hobgoblins com flechas. Os únicos que restaram foram ela própria e Vartax, porque eram rápidos e espertos.

— Não pude segurar minha mãe nos braços enquanto ela morreu — disse Maryx, entre dentes. — Não ouvi suas últimas palavras. Não cheguei a saber ao certo se ela era afinal minha mãe ou se nossa relação foi uma enorme coincidência. Não houve um desfecho, apenas uma emboscada. Assim morrem os goblinoides. Sem gestos grandiosos, sem nobreza. Somos apenas monstros anônimos nas histórias heroicas de elfos e humanos.

Ela ficou vários minutos calada.

— O que houve então? — perguntei.

— Eu e Vartax estávamos cheios da vida de exército. Parecia idiota que a Aliança Negra finalmente estivesse transformando Lamnor e nós continuássemos a viver como os hobgoblins sempre viveram. Eu não queria mais marchar e destruir. Queria lutar de forma inteligente, como Zystrix me ensinara. Precisei pedir uma audiência com o próprio Ayrrak para ter permissão de ser caçadora de cabeças e não ser designada a outro batalhão.

Ela se interrompeu. Continuou depois de alguns instantes:

— Naquela mesma audiência, pedi permissão para casar.

Urkk'thran ainda estava em construção, mas Thwor Ironfist estava lá, começando a estabelecer o que viria a ser sua corte. Maryx e Vartax conheceram os primórdios da capital goblinoide no mesmo dia em que foram recebidos pelo Imperador Supremo. Thwor lembrava dela. Eu conseguia imaginar aquilo sem problemas — o Ayrrak parecia lembrar de tudo e de todos. Ao receber a atenção dele, uma pessoa comum ou mesmo uma heroína como Maryx se sentia parte de algo maior. Thwor concedeu a ela permissão para lutar de forma independente e viver como queria, porque Maryx já fizera algo muito especial. Ele ordenou que alguém trouxesse "a Princesa Transfigurada" e foi então que Maryx Corta-Sangue conheceu Thraan'ya, a duyshidakk que antes se chamava Tanya. Segundo Thwor, fora por causa das palavras e dos ensinamentos de Zystrix e da convivência com a própria Maryx que Thraan'ya compreendeu o grande crime dos elfos e entendeu o sofrimento goblinoide, embora provavelmente a presença do próprio Ayrrak tenha sido ainda mais importante.

— Urkk'thran não passava de um monte de pedras e madeira infestado de goblins se xingando, mas Vartax ficou encantado com este lugar — ela deu um sorriso triste. — Quis morar aqui, disse que era o maior símbolo de Lamnor. Eu gostei de ver os goblins criando tudo. É uma pena que Zystrix não tenha vivido para conhecer nossa capital.

O casal pôs em prática seu grande plano. Enquanto Maryx saía em expedições cada vez mais ousadas, Vartax se estabeleceu como lutador de arena e logo seu jeito espalhafatoso conquistou a adoração do público. Durante essa época, Maryx conheceu Gradda, que se tornou sua amiga e companheira eventual, e também o warg Eclipse.

— Quando eu era criança, uma vida como a nossa seria inimaginável para um goblinoide — suspirou minha amiga. — Viver numa cidade próspera e bem protegida, sob um governante sábio, com uma pessoa que eu amava, seria uma piada de mau gosto. A velocidade com que tudo mudou é incrível.

A presença cada vez maior dos clérigos do Deus da Morte sempre a preocupou. A substituição do clero do Deus dos Hobgoblins pelo culto onipresente a Ragnar foi o fator decisivo para que ela e Vartax decidissem criar seus filhos por si só.

— Eu tive muita sorte — ela disse com voz pequena. — Minha mãe me encontrou e pôde me ajudar, pôde me ensinar o que ela achava ser importante. Eu experimentei o que quase nenhum hobgoblin experimentava naquela época. O amor materno. Queria passar isso adiante.

— Maryx...

— Quase consegui.

Ela começou a chorar.

O choro de Maryx foi violento, feio, trágico. Ela se agarrou a mim, me machucou, convulsionou em soluços.

— Eu teria conseguido — ela engasgou. — Eu e Vartax teríamos conseguido. Fizemos tudo certo. Tentamos ensinar todo o melhor a elas.

Eu não sabia o que responder.

— Este é o destino dos goblinoides, Corben. Mesmo se lutarmos a vida inteira para conquistar o que humanos e elfos têm naturalmente, nossos filhos podem ser mortos porque somos monstros.

— Vocês foram a melhor família que conheci.

— De que adiantou? De que adiantou se todos eles morreram?

— O amor de sua família sempre será maior que o ódio de Avran. Que o ódio dos humanos e dos elfos.

Ela continuou chorando por muito tempo.

Depois adormeceu a minha frente.

Quando já quase amanhecia de novo, Maryx acordou. Eu tinha dormido sentado, acordei quando a senti levantar.

Maryx foi até os cadáveres de sua família. Tonto, piscando de sono, fui atrás. Ela apanhou uma faca e se agachou. Espantou as moscas dos corpos.

— O que está fazendo? — perguntei.

Maryx cortou um pedaço do braço de seu marido.

Começou a comer.

Ela comeu pedaços da carne dos três. Gostaria de dizer que vi a nobreza daquele gesto, mas a verdade é que senti um enjoo violento e tive que me afastar para não vomitar.

— Talvez este seja o único tributo que poderei prestar a minha família. Quem sabe quando haverá outro ataque?

Apoiei-me numa parede e respirei fundo, controlando a náusea.

— Você terá tempo de prestar as homenagens que quiser, ushultt — falei entre respirações. — Não importa o que aconteça, vou garantir que pelo menos possa se despedir deles.

E não foi fácil, porque precisamos esperar duas semanas. O momento apropriado para o funeral era na lua minguante, quando a carruagem de Ragnar estaria próxima e poderia levá-los ao outro mundo.

Funerais goblinoides não podiam ser muito elaborados, porque os elfos e os humanos os matavam o tempo todo. Sua maneira de honrar os mortos precisava ser rápida e prática.

Quando a morte era tão comum, as pessoas faziam as pazes com as despedidas que conseguissem. Não havia uma única tradição, mas muitas. Os ritos não eram divididos por raças, regiões ou mesmo tribos, só por disponibilidade. Alguns goblinoides, na falta de opção melhor, realmente devoravam partes dos corpos de seus entes queridos, acreditando que assim formariam um elo eterno com eles. Os corpos também eram queimados, enterrados, transformados em adubo. O povo de Lamnor tinha até mesmo criado uma forma de ritual funerário em que os cadáveres eram deixados para apodrecer ao léu, pois muitas vezes isso era tudo que se podia fazer.

Assim, Maryx estava resignada com qualquer destino para os corpos de sua família. Mas consegui descobrir qual dos ritos ela achava mais respeitoso e belo. Meu dever autoimposto então foi garantir que ela recebesse pelo menos aquela pequena dádiva.

Achei um alquimista capaz de preservar os corpos até a data do funeral. Eu ainda não falava a língua e tinha tatuagens de escravo, mas decidi que não aceitaria derrota, então não desisti até encontrar quem precisava. O homem era um hobgoblin. Ele foi até a casa e tratou os cadáveres, de modo que se mantivessem mais ou menos íntegros até a lua minguante. Nós os deixamos num dos cômodos, cobertos por mortalhas.

Também foi difícil apenas andar pela cidade como um humano, pois todos sabiam que um humano era o culpado pelo ataque. Vários escravos humanos foram mortos nos dias após o atentado de Avran, como vingança contra a raça inteira.

Descobri que o ataque ficou contido a uma área da cidade. Algumas centenas de goblinoides morreram, mas o lodo negro e os incêndios não se espalharam. Os relatos diziam que a chama negra tinha surgido de repente numa estátua de Thwor Ironfist, então as pessoas começaram a cair, lodo negro escorrendo de suas bocas, ouvidos e olhos. Os primeiros incêndios foram nas proximidades, em casas de goblins. Falei com uma goblin que descreveu um pequeno grupo de meninas humanas ou elfas fechando passagens e assassinando goblins em fuga. Soube que na verdade eram as quatro halflings. Também circulava um boato sobre uma maga humana com tatuagens que se moviam. A descrição de Fahime não podia ser mais clara. De qualquer forma, os goblinoides eram menos indefesos do que o povo de Sternachten e, assim que a ameaça foi notada, logo pegaram em armas e revidaram. Uma elfa e um humano morreram durante o ataque e seus cadáveres foram esquartejados, os membros espalhados pela região atacada em comemoração à resistência. Mesmo assim, o lodo negro se provou mais uma vez uma arma terrível. Até os mais selvagens bugbears tombaram vítimas da coisa.

Depois de quase doze horas, a chama negra se apagara sozinha. Quando isso aconteceu, nenhum dos membros da Ordem do Último Escudo estava à vista. O ataque fora rápido, preciso e devastador.

Só eu sabia que o grande objetivo tinha sido deter minha descoberta. A torrente de acontecimentos era confusa, mas consegui desenredar o novelo e achar o que julgava ser a resposta ao longo daqueles dias.

A Flecha de Fogo se aproximava no céu, inexorável e invisível, e eu era o único que conhecia sua verdadeira natureza. Toda aquela gente tinha morrido para que eu fosse visto como culpado. A Ordem tinha matado a família de Maryx para que ela me encontrasse com a espada na mão e achasse que eu era um assassino. Então o único portador da verdade não seria ouvido e a Aliança Negra não teria defesa ou aviso contra o evento que traria seu fim.

O plano de Avran teria sido perfeito se Maryx não tivesse me ouvido.

Eu não achava que ela sequer lembrasse do que eu dissera sobre a Flecha. O fim de Lamnor não era tão importante quanto a despedida de sua família. Eu nunca entregaria o segredo a mais ninguém, a Flecha pertencia a nós dois. Ela contaria a alguém ou faria o que decidisse, quando quisesse.

Naqueles dias, fui obrigado a aprender a caçar. Havia fauna selvagem em Urkk'thran e boa parte da população sobrevivia de caça e coleta. Havia também agricultura, mas consumir o produto de colheitas não trazia tanta vida quanto comer o que lutara ou tentara fugir. Alimentei Maryx, tentando achar os animais que poderiam conceder maior força a ela naquele momento. Ela ficava dentro de casa, olhando os três volumes sob as mortalhas, só aceitando o que eu trazia.

Tentei descobrir mais detalhes sobre os ritos funerários da Aliança Negra, mas era difícil sem contato direto com sacerdotes de Ragnar. Eu não queria falar com clérigos da Morte, pois sabia que Gaardalok me vigiava de longe. Precisei contar com conversas oblíquas e não aprendi quase nada. Mesmo assim, sempre que o aspecto religioso era abordado, todos falavam sobre como o sumo-sacerdote tinha protegido a cidade durante o ataque.

Eu duvidava de que Gaardalok e o resto do clero tivessem feito qualquer coisa útil contra a Ordem do Último Escudo. A intenção de nossos inimigos não fora destruir Urkk'thran e, até onde eu podia notar, o poder de Avran não fora diminuído de nenhuma forma. A confiança de Maryx em mim tinha sido muito mais importante do que milagres profanos para impedir que o plano fosse um sucesso total.

Eu chegava em casa com três insetos do tamanho de meu antebraço, ainda se mexendo em minha rede, quando encontrei clérigos da Morte lá dentro, falando com Maryx. Eles estavam de pé, ela estava sentada. O cadáver de Vartax estava descoberto.

— Eles vão reanimá-lo — disse minha amiga, sem inflexão nenhuma na voz. — Vão transformá-lo em morto-vivo.

Deixei os animais presos na rede caírem no chão, saltei para os sacerdotes. Empurrei o que estava mais próximo, examinando o cadáver do gladiador, saquei a espada. Os bugbears me cercaram. Um deles tinha uma foice longa e ergueu-a sobre mim. Outro baixou a cabeça e começou a murmurar uma prece.

— Ninguém vai profanar o cadáver de Vartax — falei, com voz firme.

Eu não sentia toda a força que demonstrava. Por baixo daquilo não havia exatamente medo, mas dúvida. Eu não sabia se seria capaz de fazer algo contra aqueles três, ou quaisquer outros que viessem depois.

Um dos clérigos cobriu meu rosto com a manzorra e me empurrou para o lado, como se eu fosse um inconveniente menor. Maryx estava paralisada, apenas olhando aquilo com expressão vazia. A espada tremeu em minha mão. Gritei e golpeei o bugbear. A lâmina enferrujada zuniu sozinha na direção ao estômago dele, consegui segurá-la no último momento antes que o matasse.

— O corpo de Vartax não vai ser profanado — insisti. — Ele terá descanso. Vocês não têm direito a ele.

Como clérigo de Thyatis, eu via a morte em vida como a maior das maldições. Havia estudiosos da magia e da teologia que não enxergavam a necromancia como uma violação tão grande da ordem natural, mas eu fora educado e doutrinado desde que chegara a Sternachten para entender que eles eram iludidos. A morte em vida não dava ao falecido uma segunda chance, mas uma meia existência de dor cinzenta, preso entre dois mundos.

Gaardalok era um morto-vivo, a Torre Ceifadora tinha coisas mortas-vivas guardando sua entrada, mas isso era só mais uma prova de que não se podia confiar em clérigos da Morte.

Se Vartax estava morto, que ficasse morto. Não seria condenado a uma eternidade de servidão escura.

— Maryx Nat'uyzkk, faça seu escravo se comportar — disse o sacerdote.

Maryx continuou apenas olhando tudo aquilo, alheia.

— Vocês estão se aproveitando da tristeza de uma heroína — falei, minha voz pingando de desprezo. — Nunca teriam coragem de insultá-la deste modo se ela estivesse em sua plena forma.

— Você não sabe o que fala, escravo — ele deu uma risadinha cruel. — Tire sua lâmina de minha barriga antes que seja executado por apostasia.

— Uma execução não irá me deter — respondi, embora não soubesse realmente se ainda possuía a bênção de Thyatis. — E você nada pode contra mim. Sou o portador do segredo da Flecha de Fogo.

O outro bugbear interrompeu sua prece. Vi a sombra da foice baixar, deixando de cobrir minha cabeça.

— Você não sabe nada — disse o clérigo.

— Aposte nisso — desafiei. — Mate-me e arrisque enterrar o conhecimento que pode salvar a Aliança Negra. Conte ao Ayrrak que você destruiu a única chance de deter o que vai matá-lo.

Era um gambito arriscado. Na verdade, uma mentira deslavada, pois Maryx também conhecia a verdade. E eu suspeitava de que eles pudessem simplesmente me matar, trazer-me de volta por necromancia e me obrigar a falar tudo que sabia. Mas eu estava apostando que nenhum daqueles sacerdotes estivesse disposto a desafiar meu blefe.

Ele me olhou por longos instantes, a lâmina de meu pai ainda tremendo encostada em sua pele.

— Urkk'thran sofreu um duro golpe de *humanos* — ele falou a palavra com nojo. — O povo da cidade precisa de um herói. Precisa ver Vartax lutar.

— Um morto-vivo não é um herói. É só um fantoche que vocês exibiriam num teatro macabro. Vartax será honrado com o funeral escolhido por sua esposa.

Ele ficou em silêncio.

— Ainda há muitas perguntas sem respostas sobre aquela noite — rosnou. — Bhuorekk, o filho do Ayrrak, surgiu morto no alto da Torre de Todos os Olhos, onde você estava.

— Muitos morreram durante o ataque — engoli em seco.

— Seria fácil reanimar o cadáver do herdeiro, então perguntar a ele quem foi seu assassino.

— Não tenho medo da verdade — menti. — Reanime Bhuorekk e apresente seu cadáver ambulante a Thwor Ironfist. Diga ao Ayrrak que condenou o filho dele à tortura eterna para interrogá-lo sobre um escravo.

— Você pode morrer com uma palavra — o sacerdote desviou o assunto. Senti que tinha tocado num medo genuíno. — Ragnar ouve minhas preces. Você pode morrer e eu posso reanimar o gladiador.

— Então eu irei me reerguer dias depois, verdadeiramente vivo pela bênção de Thyatis, e banharei seu cadáver-fantoche com a luz da cura. Ele será destruído pelo poder divino.

— Você é mesmo tão abençoado, escravo? Depois de ter abandonado seu povo para servir à Aliança Negra?

— Meu senhor é o Deus das Segundas Chances. Teste minha bênção, servo da Morte, e vamos descobrir o vencedor num duelo entre luz e trevas.

Silêncio.

— O desespero do povo sem um herói recairá sobre seus ombros, humano.

Ele então recuou. A espada tentou atacá-lo, mas eu a segurei com as duas mãos. Os três sacerdotes foram embora.

Cobri o corpo de Vartax de novo e me ajoelhei ao lado de Maryx.

Ela ficou quieta por um longo tempo. Não quis comer nem falar nada.

De repente, ergueu-se e foi até a caverna mais isolada de sua casa, o local de culto obrigatório a Ragnar. Berrou e chutou o altar, derrubando as decorações de ossos. Pisou naquilo até que virasse cacos.

Enfim a lua minguante chegou, a carruagem de Ragnar passando perto de nós com as almas dos mortos. Apesar do desafio ao clero, Maryx precisava do Deus da Morte para levar seu marido e suas filhas, pois não confiava em mais nenhuma divindade para garantir que eles realmente seguissem ao outro mundo. Ela escolheu aquele funeral e eu não discuti.

Havia uma torre em Urkk'thran que não era tão alta quanto as outras. Não chegava perto da magnitude da Torre Ceifadora, da Torre de Todos os Olhos, da Torre do Farol ou da Torre da Forja do Futuro. Chamava-se *Mokash-krohrok Kum'tey*, a "Torre do Cemitério". Ficava no meio de uma área selvagem e erma da cidade, atrás de uma floresta cheia de criaturas ferozes, numa planície urbana habitada somente por monstros e grupos nômades. A Torre do Cemitério não era tão alta quanto as outras, mas era inacessível. Apenas os mais corajosos realizavam seus ritos funerários lá, pelo perigo que ela representava.

Seguindo a tradição, Maryx carregou os três cadáveres sozinha. Ela me disse quanta comida levar, quais equipamentos seriam necessários e me avisou para não tentar ajudá-la. Amarrou os fardos com os corpos às costas e abandonou a casa que dividira com Vartax, Threshnutt e Zagyozz. Desta vez não haveria mudança, não haveria casa nova. Era só uma partida.

O povo viu a caçadora deixando sua caverna, carregando os embrulhos no formato de corpos, e abriu caminho. Muitos deles sabiam quem ela era, sabiam quem eu era, sabiam que um daqueles corpos pertencera ao grande campeão da arena. Gnolls tomaram a casa assim que passamos pela porta. Uma pequena procissão se formou atrás de nós.

A solenidade em relação à morte não era universal entre os goblinoides. Alguns gritaram de alegria, celebrando a união de Vartax com Ragnar, parabenizando Maryx por ter duas filhas que tinham conhecido o lado mais sublime da existência tão cedo. Outros dançaram e amaldiçoaram a morte, em desafio a ela. Um punhado de casais fez sexo no caminho, deitados no chão ou apoiados contra os muros, para celebrar a vida. Mas, aos poucos, formou-se um silêncio a nosso redor. Os goblinoides entenderam o modo como a caçadora estava se despedindo de sua família e respeitaram-na por instinto.

Maryx seguiu calada, carregando os corpos, comigo a seu lado.

A procissão aumentou e diminuiu várias vezes. Muitos hobgoblins se juntaram a nós e nos acompanharam de longe, sem falar nada, com expressões sombrias. Alguns grupos de goblins me reconheceram e andaram conosco em silêncio.

Levamos quatro dias para chegar à torre. Fomos atacados por aranhas gigantes na floresta. Um bando de canibais nos emboscou e exigiu os cadáveres como pedágio. Maryx matou todos. Matou as aranhas e queimou suas teias, matou os canibais e enfiou suas cabeças em estacas. Ninguém a ajudou. Quem escolheu nos acompanhar lutou suas próprias batalhas. Alguns morreram no caminho. Assim era a vida em Urkk'thran.

Quando chegamos à torre, era o meio da tarde.

Era linda. O sol a iluminava com plenitude, fazendo o verde que a recobria pulsar. A Torre do Cemitério era uma espira natural de terra e pedra no meio das construções variáveis e sempre móveis de Urkk'thran. Era parte da antiga paisagem do vale, mas fora modificada, esculpida, incorporada à cidade, mesclada com as florestas artificiais e a planície escavada por orcs. Chamavam-na de torre, mas mais parecia uma montanha. Vegetação de todos os tipos recobria cada superfície, criando uma impressão de verde vivo e forte. Havia também flores, folhas coloridas, uma explosão da flora de Lamnor. A torre se erguia, quase totalmente vertical, até chegar ao topo, onde havia uma espécie de construção — também coberta de verde.

Maryx olhou aquilo e suspirou. Andou até lá, resoluta, sem falar nada.

Um enorme warg surgiu correndo. Reconheci Eclipse pelos penduricalhos em seu pelo. Seu focinho estava todo sujo de sangue.

Eclipse veio até Maryx. Abaixou-se sobre as patas da frente, empurrou a cabeça para o chão, ganindo, esfregando-se nela. A caçadora abraçou sua cabeça feia, coçou atrás de suas orelhas, afagou seu pelo espetado e deu tapas fortes e carinhosos no nariz de morcego.

O warg deixou que ela passasse à frente, ficando a uma distância respeitosa e nos acompanhando.

Ela alcançou a torre. Era uma subida repentina e íngreme, que deixava claro que aquilo não era só uma montanha natural, mas fora moldada. Sem uma palavra, Maryx se agarrou a galhos e cipós e começou a escalar, carregando todo o peso de um homem adulto e duas crianças. Tirei meus equipamentos da mochila e me pus a subir também. Vários atrás de nós ficaram no chão, outros esperaram um tempo respeitoso e começaram a escalada.

No meio do caminho, algo passou por nós em pleno ar. Olhei para trás, suando e ofegante, e vi Gradda flutuando em seu pilão.

Já era noite quando chegamos ao topo. Não sei como consegui completar a escalada sem cair, pois a escuridão era total e a torre coberta de vegetação era muito menos amigável do que um observatório modificado para ser escalado por adeptos sem talento atlético. Apenas não pensei na opção de não conseguir, de não acompanhar minha amiga naquela jornada, então fui em frente.

Havia uma pequena fortaleza no topo. Era aberta, sem teto e as paredes eram todas cobertas de plantas. Mas havia alguns corredores e salas. Maryx entrou na fortaleza, seguindo até o cômodo principal, no centro — um pátio circular aberto que mais parecia um jardim selvagem.

Ela pousou os corpos no meio do pátio. Eclipse logo surgiu e deitou perto de nós. Vários goblinoides, especialmente hobgoblins, tinham completado a escalada e também entraram no pátio, postando-se em semicírculo a uma distância solene. Gradda tinha deixado o pilão e mancou até sua amiga.

Elas se abraçaram.

— Sofro com você, ushultt — disse Gradda, na língua goblinoide. Falou mais algumas coisas que não entendi.

— Sofro menos por sua causa, ushultt — Maryx respondeu em meio a palavras que me eram desconhecidas.

Uma figura inesperada ganhou o pátio: Thraan'ya caminhou digna até Maryx. Também a abraçou, descreveu a dor que sentia. Entendi metade.

— Trouxe sementes, ushultt — falou a elfa.

— Sofro menos por causa disso, ushultt.

De súbito, fiquei tocado com a quantidade de pessoas que chamavam Maryx Corta-Sangue de "ushultt". Era a maior honraria, o maior termo de confiança e união que um goblinoide podia falar, e ela era isso para muitos. Meu peito ao mesmo tempo se expandiu de orgulho e felicidade e se contraiu de emoção por perceber como ela era uma presença benigna, como era querida por tantos.

Gradda quebrou meu devaneio, apontando para mim e falando em valkar:

— Este merdinha foi útil, afinal?

— Foi — Maryx deu um meio riso. — Chegou a desafiar um clérigo.

— Humanos só servem para causar problemas mesmo! — ela cuspiu. Virou o rosto acusador em minha direção: — Por sua culpa tenho que admitir que estava errada!

Eu estava preocupado com Thraan'ya.

A elfa me olhou de cima a baixo. Havia algo diferente em seu rosto. Não ódio ou desprezo. Talvez ainda não respeito.

— Vai me acusar? — falei, em voz baixa.

Avran realmente tinha atacado Urkk'thran. Tinha falado comigo. Eu estava carregando a espada que ele me dera, usando o medalhão que ele havia me devolvido. Desta vez havia motivos para suspeitar de mim.

— Se você está mesmo disposto a sofrer conosco, humano — disse Thraan'ya — não vou impedi-lo.

Tudo que eu queria, desde a noite do lodo negro, era sofrer com eles. Não sozinho. Não mais.

Silêncio.

Maryx olhou para cima, vendo a lua quase toda negra.

— Vamos começar — ela disse.

A hobgoblin desembrulhou os cadáveres, deixando-os a céu aberto. Apanhou um saco de pano do tamanho de dois punhos fechados, estufado com alguma coisa. Abriu, meteu a mão lá dentro e puxou um punhado de coisinhas avermelhadas que não consegui discernir. Fez um gesto largo e as jogou pelo ar, espalhando-as sobre os corpos e na grama em volta. Gradda tirou um punhado de fragmentos vermelhos de seus trapos e fez o mesmo. Thraan'ya tinha um chifre tampado com cera pendurado no ombro. Quebrou a tampa, derramou a poeira vermelha na palma da mão e deixou que caísse sobre os corpos. Aos poucos, todos que estavam lá se aproximaram, puxaram sacos ou recipientes de cerâmica e jogaram os pedacinhos vermelhos sobre os cadáveres. Logo um cheiro forte tomou o pátio, o vento carregando as partículas e soprando o aroma para todos os lados. Era um cheiro azedo, mas ao mesmo tempo convidativo, como um tempero exótico. Eu nunca tinha sentido nada parecido. Os fragmentos flutuaram ante meus olhos e vi que eram pedaços de ervas secas, pequenas sementes, pó, talos minúsculos, até mesmo pétalas do tamanho de um cílio. Eu estava curioso, mas sabia que o momento era solene demais para perguntar o que era aquilo.

    Gradda mancou até mim, seu pé metálico de ave afundando na relva. Estendeu seus braços curtos, oferecendo-me um saco. Sem precisar de mais instruções, coloquei a mão lá dentro e retirei um punhado de coisas vermelhas. Fechei a mão, os fragmentos caindo por entre meus dedos. Fechei os olhos. Respirei fundo, sentindo o cheiro forte, e joguei aquilo sobre os cadáveres.

    — *Zoyrak'iykk* — ela disse, baixinho.

    Eu aprenderia mais tarde que aquilo significava algo como "sementes dos devoradores da morte", mas não me importava naquele momento. Queria apenas compartilhar da despedida de Vartax, Threshnutt e Zagyozz, apenas estar lá para oferecer a Maryx o conforto que pudesse.

    Então o céu negro se moveu, as estrelas e o fio de lua foram cobertos pelo bater de incontáveis asas.

    Eram pássaros de todos os tamanhos, desde aves comuns presentes em qualquer cidade humana até águias orgulhosas e criaturas que eu jamais vira. Eles surgiram de todos os lados, circundando os cadáveres. Logo vi que não eram só pássaros: havia morcegos, lagartos alados, enormes insetos, até mesmo alguns wyverns, espécie de dragonetes de inteligência animal. Como um só, como uma maré viva, eles circularam, a princípio tímidos, então chegando cada vez mais perto. Logo eu não conseguia ouvir nada além do bater de suas asas, não enxergava nada a não ser o movimento de seus corpos na escuridão.

    O primeiro dos animais alados enfim ousou: uma águia mergulhou com as garras abertas sobre o peito of Vartax, rasgou um enorme pedaço de sua carne e subiu de novo.

Então todos atacaram.

Os animais cobriram os corpos da família de Maryx, arrancando pedaços com seus bicos, suas presas, suas quelíceras, suas garras afiadas. Cada um tirou sua parte e subiu ao céu, misturando-se com a noite. Eles estavam levando os corpos para cima, para o mais perto possível da carruagem de Ragnar. Aquele era um rito fúnebre que encomendava os mortos ao deus que os levava para longe, mas sem a presença de sacerdotes. Em vez disso, quem os levava eram os animais.

Era Lamnor.

Logo só restavam ossos. Um wyvern caiu como uma pedra de catapulta sobre o corpo de uma das crianças, agarrou seu crânio descarnado e desprendeu-o do esqueleto. Levou-o para cima, então as costelas foram carregadas uma a uma, os ossos dos braços e das pernas, a bacia e as vértebras. Cada um dos três cadáveres sumiu aos poucos, desfeito em partes. Era grotesco e maravilhoso.

Os guerreiros hobgoblins se postaram numa linha contínua, um ao lado do outro, como se estivessem prontos para um combate. Mas não sacaram armas. Em vez disso, o primeiro deles abriu a boca e emitiu uma nota musical que eu nunca ouvira antes.

Não era a voz normal de uma pessoa, nem mesmo a voz grossa dos goblinoides. O som veio de sua garganta, avassalador, dominando meus ouvidos. Era ríspido como um rugido, mas também suave e musical. Não havia palavras, a melodia era lenta e imponente, mas aquela simples nota me encheu de melancolia infinita. Meus olhos derramaram lágrimas, o som provocou um sentimento espontâneo, primitivo. Era música que não falava com meus pensamentos, não podia ser interpretada pela mente racional. Ela se comunicava com algo mais interior, chamava à superfície sensações que eu não podia nomear, mas que faziam parte de mim no sentido mais primordial. Chorei abertamente, dominado por aquela nota.

Os outros hobgoblins se juntaram ao canto.

Cada um deles conseguia emitir mais de uma nota ao mesmo tempo. A beleza daquela música era incompreensível. Quando eu achava que a tristeza presente naquele som era insuportável, todos emitiram uma nota que pareceu me elevar. Meu peito se encheu de alegria e esperança, um ímpeto heroico, vontade de lutar, criar, conhecer o futuro. Aquela música imitava o som do mundo, dos animais, do trovão, dos terremotos e vulcões. Era o som das ondas, do vento, o barulho eterno do crescer das árvores. Aquela era a música do tempo, o ruído do destino.

Chorei ainda mais, ao mesmo tempo sorrindo. Destruído e reconstruído pelo canto fúnebre dos goblinoides.

Em meio às lágrimas, tive a impressão de enxergar Vartax, Threshnutt e Zagyozz, subindo à luz escura, para a carruagem do Deus da Morte. Eles não falaram nada. Vi Clement, Ysolt e todos os outros de Sternachten. Passando no céu em meio às asas, embalados pela música, eles eram uma procissão que não podia ser detida. Estavam onde precisavam estar, pelo destino inexorável que fora imposto a todos nós.

Vi a alma raquítica e infantil de minha irmã Thelma.

Os pássaros sumiram, espalhando-se de novo para seus ninhos, para os céus.

Os mortos se desveneceram, fossem reais ou imaginados.

Os cantores baixaram o tom de suas vozes de forma imperceptível, gradualmente. Não consegui notar quando a música deu lugar ao silêncio, pois ela se mesclou ao zumbido do mundo.

Não restava mais nada de Vartax, Threshnutt e Zagyozz.

Gradda, Thraan'ya e vários outros foram até Maryx, abraçaram-na de novo, ofereceram palavras de amizade. Fui até ela também. Ela me segurou com força.

Então me soltou. Secou o rosto, bateu a poeira vermelha das roupas e das mãos. Suspirou e tossiu um pouco.

— Eles foram mesmo embora — disse a hobgoblin. — Acabou.

Todos nós ficamos calados. Começamos as tarefas de recolher nossos pertences, começar a jornada de volta à vida normal. Olhei para o céu, sabendo que a Flecha de Fogo se escondia em algum lugar no escuro infinito. Deixei-me ficar perdido só por alguns instantes em conjecturas sobre a devastação cósmica.

Súbito, todos nós sentimos algo mudar. Talvez houvesse algum som, mas era mais do que isso. O ar ficou carregado de uma presença que não podia ser confundida.

Maryx fez um cumprimento militar e se curvou. Eu me virei, já prestando meus respeitos.

— Sofro com você, ushultt — disse Thwor Ironfist.

14
O TRONO DA GUERRA

JÁ FAZIA TRÊS SEMANAS QUE EU CARREGAVA O SEGREDO DA morte do Imperador. Maryx tinha voltado a viver, mas nunca estaria tão viva quanto antes daquela noite. Ela ao menos compreendia a descoberta que pertencia a nós dois. Mais uma vez, parecia feita de aço e pedra.

O que era ótimo, pois eu precisava de sua rigidez para subir as escadas da Torre da Forja do Futuro, que abrigava o segundo trono de Thwor Ironfist.

A caçadora estava sempre a minha frente nas escadarias. Muitos ali a reconheciam, da época da Tropa da Forca e de suas expedições heroicas. A Torre da Forja do Futuro era o único prédio em Urkk'thran que realmente tinha guardas, como no norte. Passamos por quatro portões com guaritas em nossa ascensão. A cada vez, fomos examinados por hobgoblins atentos, precisamos nos despir, falar de nossas intenções e quem nos tinha chamado. Um dos hobgoblins expressou pesar pela perda que Maryx sofrera. Outro começou a fazer um comentário sarcástico sobre como ela tinha passado vergonha no Eclipse de Sangue, mas desistiu ao ver o olhar de minha amiga.

A Torre da Forja do Futuro era a construção mais sólida da cidade. Sua base larga era feita de pedra e reforçada com chapas de metal cheias de espinhos longos. Eram lanças móveis, que podiam se retrair ou se esticar, saindo de buracos nas placas, para deter o avanço de inimigos em carga. Havia aberturas para armas de cerco por toda a torre. A pólvora não era tão presente em Urkk'thran quanto seria de se esperar pelo domínio que os hobgoblins tinham da substância, mas na torre ela era usada em larga escala. Várias linhas de canhões defendiam o prédio contra qualquer ameaça externa e mesmo as balestras e catapultas podiam disparar cargas explosivas.

Cada andar era um pouco menor que o anterior, com seu próprio fosso e ponte levadiça. Embora a torre se movesse pouco, as escadarias podiam ser transformadas em rampas que dificultariam a subida de qualquer invasor.

Os últimos andares só eram acessíveis por elevadores, que podiam ser derrubados com facilidade caso estivessem sendo usados por intrusos. As paredes eram cobertas de uma camada grossa de resina pegajosa que nunca secava. Maryx me disse que era uma substância alquímica inflamável. Se os andares superiores estivessem sendo escalados por inimigos, podiam ser incendiados, matando quase qualquer coisa. A única maneira de invadir a torre era pelo céu — mesmo assim, as armas de cerco e batalhões de arqueiros, besteiros e arcabuzeiros estavam prontos a derrubar qualquer criatura ou veículo que se aproximasse demais. A área em volta do andar superior era o único ponto de Urkk'thran que não possuía tráfego de aeronautas goblins. Algum voador que perdesse o controle e se aventurasse por lá, logo morreria.

Nós estávamos subindo pelo elevador, que não passava de uma gaiola de ferro fundido, muito aberta e cheia de arabescos elaborados, suspensa a centenas de metros do chão por cabos periclitantes. Cheguei a ver um aeronauta ser derrubado por uma saraivada de flechas durante o percurso. Era só um goblin que se aproximara por engano, mas nenhum engano podia ser tolerado.

No último andar estava o Trono da Guerra, o segundo centro de poder de Thwor Ironfist.

A Torre da Forja do Futuro tinha função muito mais prática do que a Torre Ceifadora. Enquanto a construção religiosa era em grande parte cerimonial e seus andares inferiores eram meros depósitos, aqui cada sala e cada corredor tinham um propósito tático. O andar térreo funcionava como quartel para centenas de hobgoblins. Havia camas apenas para metade, pois enquanto alguns dormiam, outros faziam guarda e treinavam. Logo após vinham os andares que abrigavam as cozinhas, as forjas, os almoxarifados, os estábulos de wargs e todo o resto que era necessário para fazer um exército funcionar. A Torre da Forja do Futuro era uma cidadela por si só no meio de Urkk'thran, podia ficar isolada do resto do mundo e se defender durante meses numa situação de cerco. À medida que se subia, era possível encontrar salas de guerra, bibliotecas, pátios de treinamento, salas de mapas e todo tipo de estrutura para planejamento estratégico. Os maiores generais goblinoides estudavam ali e ali se postavam, prontos para coordenar defesas se houvesse um ataque.

A torre tinha aparência tão colorida e caótica quanto o resto da capital. Alguns andares eram cobertos de enormes pedaços de couro pintados com padrões tribais, parecendo versões fortificadas de tendas de tribos nômades. Outros eram cobertos de lâminas e espinhos de metal, como um pesadelo afiado. Havia andares de aparência rústica, outros quase tão elaborados e cheios de partes móveis quanto a Torre de Todos os Olhos.

Os andares podiam se isolar, fechando as passagens para que invasores ficassem confinados lá dentro. Cada andar a partir da metade era comandado por um general, que tratava aquele pedaço da torre como seu próprio reino que deveria ser defendido de inimigos. Alguns andares tinham corredores labirínticos, outros se fechavam em porções cada vez menores, oferecendo a possibilidade de defensores resistirem em casamatas independentes. Invadir a Torre da Forja do Futuro em essência era vencer uma série de batalhas contra cidadelas lideradas por gênios militares, dentro de uma cidadela maior.

É claro que nada disso protegia contra a fúria do cosmos.

— Você já esteve aqui? — perguntei.

Maryx grunhiu, mais uma vez contrariada por responder a minhas perguntas incessantes. Uma prova de que ela estava se recuperando da tragédia era seu jeito rude e brusco. Parte dela claramente se arrependia de ter me contado tanto sobre seu passado, mas eu achava que também era um alívio para ela ter um confidente.

— Queriam que eu comandasse um andar — ela resmungou.

— Por que não aceitou? Você queria viver com Vartax na cidade, seria perfeito.

— Eu queria uma família, não queria ficar fraca e gorda. Nunca há inimigos para matar dentro da torre. Muito melhor ser caçadora.

Fiquei calado. Era uma resposta muito mais elaborada do que teria sido antes, e não foi acompanhada de nenhum insulto.

— Você acha que estes generais ainda são goblinoides? — ela disse de repente.

Tentei disfarçar minha surpresa. Mesmo depois de tudo que acontecera, Maryx não tinha o costume de perguntar minha opinião. Na verdade, começar uma conversa, ou apenas não deixar que morresse, já era tagarelice quase inédita para ela.

— Claro que são goblinoides — respondi, franzindo o cenho. — Como deixariam...

— O Ayrrak quer que criemos raízes. Ele sabe que, se continuássemos sempre em frente, só conquistando, iríamos nos dividir. Iríamos perder o foco assim que nos afastássemos demais ou fatalmente algum de nós iria nos trair. Mas vale a pena defender esta cidade se o preço é passar a vida parado? O que nos difere de humanos e elfos se ficarmos satisfeitos com uma vida de calmaria?

Nós, humanos, nos considerávamos desbravadores inquietos. Valkaria, a Deusa da Humanidade, era também a Deusa da Ambição e a Deusa dos Aventureiros. Mas, para os goblinoides, éramos preguiçosos e acomodados.

— Você está pensando em indivíduos — falei. — Está questionando se alguns de vocês continuam sendo o que são ao mudar seus costumes. Mas, para que sua cultura continue avançando, alguns precisam ficar parados. E não é mais importante que toda a cultura seja goblinoide, não só um punhado de pessoas?

Ela me deu um soco no ombro. Era um gesto bem-humorado, mas forte mesmo assim. Meu ombro já estava ferido, fui tomado de dor, curvei-me e senti o corte ainda não curado nas costas.

— Você já nos entende bem demais, humano. Talvez seja hora de cortar suas orelhas e furar seus olhos para que pare de aprender.

— Obrigado, ushultt — gemi.

Ela quase deu um sorriso. Era bom vê-la com algum prazer na vida.

O elevador chegou ao último andar e parou com um solavanco. Ficamos balançando na gaiola, com vista para toda Urkk'thran. A Torre Ceifadora se erguia não muito longe, a Torre de Todos os Olhos continuava seu movimento contínuo, bem mais alta.

Uma parede de pedra se arrastou para o lado com um rangido ensurdecedor. O salão do Trono da Guerra, de onde o Ayrrak governava Lamnor, se abriu a nossa frente. Vários bugbears ocupavam o grande espaço, muitos guardas hobgoblins se postavam junto às paredes.

Esparramado no trono, um cálice feito de caveira numa manzorra, Thwor Ironfist fez um gesto para nós.

— Bem-vinda à corte, Maryx Nat'uyzkk. Bem-vindo à corte, Corben An-ug'atz.

O dom de Thwor Ironfist para as palavras foi algo que só compreendi muito mais tarde. Ele dominava os aspectos mais sutis da língua goblinoide, usando-os para tecer uma trama intrincada com cada frase, cada expressão que escolhia. Cada uma de suas palavras tinha um significado oculto ou secundário, e não era diferente com o epíteto que ele me deu.

"An-ug'atz", "não humano". Naquela época, eu não compreendia nem mesmo aquele significado mais óbvio. Com o tempo, entendi todas as camadas que havia naquele nome. Humanos eram chamados "ug'atz", ou "mata

e morre rápido". A partícula "ug" significava que o que vem a seguir tem sentido duplo e inverso, valendo em duas direções ao mesmo tempo. Assim, a pausa curta representada por apóstrofe, um marcador de morte, significava tanto "matar" quanto "morrer". "An", o radical goblinoide que negava o que estava à frente, num primeiro momento significava apenas que eu não era humano, que não matava e morria rápido.

Mas, pela poesia das palavras do Ayrrak, modificava também "ug". Eu era Corben, que deixava a morte parada. Aquele que impedia que se matasse e se morresse. O prefixo modificava o radical de velocidade e assim eu era Corben, o que não tinha rapidez em nada relacionado à morte. Eu não era humano, a morte para mim não se deslocava aos dois lados, não era rápido e não era vivo. Ao longo do tempo, traduzi meu epíteto como "O Não Humano", "Lento Para Morrer", "Aquele Para Quem a Morte Chega Vagarosa", "O Que Torna a Morte Lenta".

Negar a partícula "ug" na palavra que designava os humanos era de uma genialidade tocante. Thwor estava dizendo que, comigo, o ciclo de matar e morrer era interrompido. A morte não correria para os dois lados, mas ficaria parada. Era um voto de confiança e um elogio que eu nunca seria capaz de absorver por completo.

É quase engraçado pensar que, no início, já fiquei lisonjeado por ser chamado de "Não Humano".

Eu e Maryx saímos do elevador e pisamos no chão firme da sala do trono. Depois da longa jornada balouçante para cima, era estranho estar sobre uma superfície estável. Não precisei imitar o gesto dela para saber como cumprimentar o Ayrrak: curvei-me, brevemente olhando para baixo. Maryx bateu no peito e ofereceu o coração, num cumprimento militar, mas eu não tinha direito de fazer aquilo, pois não era um guerreiro. Estava me tornando duyshidakk, pela generosidade de minha amiga e de todas as pessoas que eu vinha conhecendo desde que chegara a Lamnor, mas não era arranyakk.

Antes sequer de me levantar, ouvi a voz chorosa de alguém que eu conhecia:

— Corben, meu querido amigo, meu irmão! Como tive medo de que o culpassem por tudo, assim como me culpam pelas desgraças que acontecem em toda parte! Que bom que está aqui para me proteger, meu querido, eles estão planejando algo contra mim!

Não escondi minha careta de desgosto com a presença de Ghorawkk, o raquítico e pusilânime filho de Thwor Ironfist. Eu não sabia direito o que se passava na corte do Ayrrak. Maryx tinha me preparado, mas ela também não conhecia detalhes. Ao contrário das cortes do norte, este lugar não era aberto a nobres e burgueses que tivessem demandas. Não havia, na verdade, a divisão entre nobres, burgueses e simples plebeus. Thwor escutava as necessidades do povo em lugares inesperados: podia surgir em qualquer rua ou praça, qualquer caverna ou floresta. As pessoas de sua maior confiança traziam os anseios da população a seus ouvidos e, às vezes, goblinoides aleatórios eram escolhidos para conhecer a sala do trono e contar sobre sua vida, suas dificuldades. Assim, era difícil saber o que esperar de nossa visita. Ghorawkk veio até mim com seu andar gingado, pegou minhas mãos e as beijou, abraçou minha cabeça sob suas axilas fedorentas, falando o tempo todo. Lá também estava Thogrukk, o filho mais brutal do Ayrrak, mas não quis ou não ousou se aproximar. Enxerguei também uma figura que só vira uma vez, durante o Eclipse de Sangue: Hwurok, outro filho de Thwor, digno e muito parecido com o pai. Outros bugbears que mostravam claramente a semelhança familiar estavam ali, observando ou cochichando entre si com suas vozes graves.

Ao lado do trono, nas sombras, estava Gaardalok.

— Meu amigo, meu querido amigo, pode me contar seu segredo! Eu o transmitirei a meu pai. É ruim falar sobre a morte do Ayrrak, meu irmão, muito ruim! E você é só um humano... Quem sabe o que ele fará com o portador de notícias tão terríveis?

— O segredo pertence a Maryx — falei, minha voz abafada pela carne flácida do bugbear.

— Não é um segredo se todos souberem. Por que guardar um segredo que pode machucá-lo? Conte-me, querido Corben, conte-me. Se o Ayrrak tiver que machucar alguém, que seja eu, que já estou acostumado! Você não precisa sofrer.

Tentei me desvencilhar de Ghorawkk. Olhei para Maryx, preso no abraço choroso do bugbear, mas ela me ignorou. Empurrei-o, ele se agarrou a mim.

— Você fala muito na morte do Ayrrak! — exclamei, o mais alto que pude. — Por que quer ficar tão perto dela?

Ghorawkk me soltou de imediato. Ergueu as palmas das mãos e andou para trás, balbuciando desculpas e justificativas. Tinha sido mesmo uma acusação grave.

Todos os olhos estavam em mim. Eles queriam determinar como eu me portaria.

— Sou o olho que enxergou a verdade e a boca que pode contá-la, mas o segredo não pertence a mim — eu disse. Não era um discurso planejado, apenas algo que soava como os goblinoides falavam entre si. — O segredo pertence a minha mestra, Maryx Corta-Sangue. Sou seu escravo. A língua sente o gosto da carne, mas a força que vem ao comê-la é do corpo. O ouvido escuta a ordem, mas é a cabeça que decide agir. Eu sou um escravo, vi a verdade e a contei a minha mestra. Cabe a ela fazer com isso o que quiser.

Thwor Ironfist deu um meio sorriso e se ajeitou no trono.

Ele estava muito à vontade ali. Aquele salão era um lugar de autoridade, mas também era seu lar. Havia dois tronos em Urkk'thran, como eu sabia: o trono de cadáveres na Torre Ceifadora e aquele outro, uma grande cadeira de pedra forrada com camadas de peles, que parecia confortável. A Aliança Negra era fundada sobre o poder religioso do Deus da Morte e o poder secular e bélico dos exércitos. Enquanto o centro de poder religioso era solene, macabro e cheio de significados, a sede do poder secular era prática e acolhedora, pelo menos para seu líder. Era um lugar onde deveria ser fácil passar horas discutindo e planejando. O que, por si só, tinha um significado muito direto.

A sala toda tinha um aspecto tribal. Estandartes de todos os tipos pendiam das paredes. Alguns eu já reconhecia como as bandeiras militares dos hobgoblins. Outros, feitos de cabeças de animais e pedaços de couro rasgado, pertenciam aos bugbears. Estandartes extravagantes, feitos de metal e partes móveis, com tintas fosforescentes, pertenciam aos goblins. E havia as bandeiras simplistas dos orcs, as armas cheias de penas e enfeites dos gnolls, as cortinas de dentes e penduricalhos dos kobolds. Havia até mesmo partes de corpos com desenhos toscos: os "estandartes" dos ogros. Todas as raças da Aliança Negra estavam representadas ali. Atrás do Ayrrak, pendia uma enorme bandeira de couro com o círculo preto pintado com as mãos, representando a Aliança Negra em si.

Decorações rústicas pontilhavam a sala: tochas acesas, escudos, pinturas primitivas nas paredes. Tudo isso em meio a pilhas de tesouros, baús abertos, montes de sedas finas, armas élficas e humanas, instrumentos musicais, obras de arte. Algumas das maiores riquezas pilhadas dos reinos humanos e do reino élfico estavam naquela sala, mas não havia nenhum inimigo empalhado. Nada remetia à morte, exceto os estandartes de algumas raças. Aquele era um lugar de união, de vida, de celebração. Um braseiro num canto exalava cheiro forte e doce, um warg e um tigre do tamanho de três homens dormiam encostados em montes de espólios, mesas com comida e bebida estavam à disposição de todos. Não havia nenhum servo. Vi um dos filhos de Thwor se levantar de uma cadeira e se servir de dilínio, o destilado tradicional de Lamnor a que eu fora apresentado por Avran Darholt.

O Ayrrak continuava nos olhando, sem dizer nada. Gaardalok caminhou devagar em nossa direção.

Parou a minha frente, apontou o cajado para mim.

— Você é nosso inimigo.

A coragem que tinha me tomado desde que eu precisara apoiar Maryx em sua tragédia me abandonou de súbito. O sumo-sacerdote era uma criatura de morte, uma presença de maldade tangível. Seus olhos sem pálpebras dardejavam para todo lado e, quando pousavam em mim, pareciam me perfurar. Seu hálito gelado tinha cheiro de tumba.

— Há décadas lutamos para retomar Lamnor dos invasores — continuou Gaardalok, em sua voz rasgada que parecia vir de longe. — Já recebemos uma elfa entre nós, como duyshidakk. Agora, logo depois de nossa capital ser atacada, permitimos que um humano tenha voz. Isso é um erro. Estamos abrindo os ouvidos para mentiras.

Thwor esvaziou o cálice de caveira. Então se ergueu. De alguma forma, era ainda maior ali, em sua corte, do que fora, no palco do Eclipse de Sangue ou na prisão. Todos na sala se encolheram um pouco, com exceção de Gaardalok. Achei que o Ayrrak fosse fazer um grande gesto, mas ele apenas deu três passos até uma mesa e se serviu de mais bebida.

Gaardalok se voltou ao Imperador.

— Você confia demais nos humanos, Thwor! Como o líder benevolente que é, acredita que haja valor em todos. Mas humanos são uma raça de cães traiçoeiros e subservientes. Há muitas gerações, os humanos nos traíram, escolhendo rastejar para os elfos em vez de lutar a nosso lado para expulsá-los! Desde então, a raça maldita não mudou. Você chama este humano para falar em seu ouvido, pensando que ele é diferente dos outros. Mas é uma serpente...

— Você precisa estudar história, Gaardalok — interrompeu Thwor.

Ninguém se movia, muito menos fazia qualquer som. Aquela conversa tinha implicações que não passavam despercebidas por mim. Eles falavam em valkar, claramente para que eu pudesse entender. Ambos tinham pronúncia perfeita, poderiam ser nobres eruditos discursando num palácio em Tyrondir. Gaardalok era o primeiro que eu ouvia chamando o Ayrrak pelo nome. Nem mesmo seus filhos tinham tamanha ousadia. Não havia reverência nenhuma na voz do sumo-sacerdote. Seus elogios também não eram bajuladores, mas quase críticas, carregados da condescendência de um mentor desapontado.

Ou um pai.

— Você fala que os humanos deveriam ter lutado "conosco" — Thwor enfatizou a última palavra. — Mas bugbears não estiveram na linha de frente contra os elfos no início. Os grandes heróis do começo da resistência foram os hobgoblins. E hoje quem está aqui é uma das maiores heroínas hobgoblins da era atual, Maryx Nat'uyzkk. O humano pertence a ela.

Gaardalok caminhou até o Ayrrak. Pousou uma mão em seu ombro imenso. Os dois eram muito mais altos do que eu, mas perto de Thwor, o sumo-sacerdote parecia pequeno e magro.

— Existe petulância e desafio neles, meu filho — disse Gaardalok. — O humano exibe uma tatuagem que não é de escravo.

Toquei a tatuagem de olho em minha testa.

— Maryx Nat'uyzkk é uma mestra permissiva e fraca — continuou o sumo-sacerdote. Minha amiga fechou os punhos, mas se manteve estática. — Desde o início ela trata este humano como se tivesse direito de decidir seu próprio futuro. O escravo recebeu tantas escolhas que ousou me desafiar e recusar o dom da morte.

— Ninguém perde a liberdade em Urkk'thran. Ele está lidando com o que surgiu deste futuro.

— Todos nós estamos lidando! Pouco depois de seu desafio, humanos entraram em nossas muralhas. Ele recusou a morte que lhe ofereci e trouxe a morte em seus próprios termos. É um servo do Deus da Ressurreição, uma afronta a tudo que nos torna grandes!

— Hoje não vamos falar da morte de duyshidakk, nem da morte escrava que você ofereceu ao humano. Vamos falar de *minha* morte, Gaardalok. O momento mais sagrado de minha existência, segundo os ensinamentos de Ragnar. Minha morte pertence a mim.

— A morte de um herói pertence a todos. Renegar isso é egoísmo.

— Está me acusando de traição?

— Estou dizendo que a presença deste humano é uma doença que está corroendo a Aliança Negra! Maryx Nat'uyzkk passou muito tempo com humanos e se tornou dissimulada e egoísta como eles. Ela só pensa em si e está espalhando sua infecção para todos, inclusive para você! Ela não permitiu que seu marido gladiador fosse reerguido para servir ao povo...

Então Maryx se moveu.

Não vi quando ela saltou para o meio da sala do trono ou quando sacou o kum'shrak. Quando notei, ela estava com a lâmina negra no pescoço de Gaardalok. Mas Thwor Ironfist foi ainda mais rápido, segurou o pescoço de minha mestra com uma manzorra e a jogou para longe sem esforço. Maryx caiu deitada no chão, seu rosto distorcido de fúria. Os filhos de Thwor já estavam com lâminas em punho — exceto Ghorawkk, que aproveitara a oportunidade para começar a choramingar e reclamar. Os guardas hobgoblins cercaram Maryx, o warg e o tigre pularam e rugiram para ela.

— Basta — disse Thwor.

Silêncio imediato.

Maryx se ergueu devagar.

— Acabei de salvar seu futuro, ushultt — disse o Ayrrak. — Não existe nenhuma criatura viva ou morta em nosso mundo que possa atacar o sumo-sacerdote de Ragnar e continuar existindo. Ele controla a morte. Um toque de seu cajado e o kum'shrak que você levou anos para cultivar estaria arruinado.

Ela guardou a arma. Abriu os braços numa pose ostensivamente inofensiva.

— Lidarei com o futuro que surgir disto — respondeu Maryx. — O sumo-sacerdote lidará com o futuro que surge de falar de minha família.

Gaardalok não disse nada. Não se mexeu.

Abriu um sorriso.

Então se aproximou ainda mais de Thwor. O Ayrrak se abaixou um pouco para ouvi-lo. Gaardalok sussurrou algo no idioma goblinoide. Thwor assentiu.

— Apenas Corben me acompanhará até a Câmara Interior — disse o Ayrrak, com voz firme. — Maryx, você ficará com o sumo-sacerdote.

Eu e Maryx trocamos um olhar.

Thwor Ironfist secou mais um cálice e fez um gesto para que eu o seguisse. Andou para trás do trono, puxou uma tocha e uma parede se abriu. Fui atrás dele, virando o pescoço para olhar Maryx. Gaardalok se aproximou dela. Então entrei pela abertura e a parede se fechou atrás de mim.

Descemos por uma escada, num túnel vazio. Então chegamos a uma sala circular. Não havia quase nada lá dentro. Apenas um tapete de pele de urso gigante, tintas, tochas e um enorme pedaço de couro estendido na parede. Uma espécie de diagrama estava desenhado no couro, um grande círculo pontilhado de círculos menores, com linhas que os ligavam entre si. Havia palavras escritas sob cada um deles. Era a primeira vez que eu enxergava a língua goblinoide escrita fora das oficinas e dos laboratórios dos goblins.

Thwor Ironfist se virou para mim.

— Fale como vou morrer — ordenou.

Estremeci. Era um momento grandioso. O ponto culminante da vida daquele homem, o maior rei e o maior assassino de Arton. Ele estava prestes a conhecer o segredo de sua morte. Mas não havia solenidade ou pompa, só um comando simples e curto. Eu não me sentia à altura de fazer aquela revelação.

— O segredo pertence a Maryx — falei.

— Maryx está lidando com o futuro que surgiu de seu instante de fúria. Gaardalok é a maior autoridade espiritual da Aliança Negra, o sábio que guia meus passos desde a primeira conquista. Ela escolheu atacá-lo em minha corte e criou consequências. Uma delas é que ouvirei a verdade de você.

— Matei seu filho — a confissão saiu de mim sem aviso, como uma flecha disparada por um arqueiro displicente.

Thwor ficou em silêncio. Senti a espada enferrujada zumbir em minha cintura.

— Como isso aconteceu?

— Bhuorekk entrou na Torre de Todos os Olhos durante a noite da invasão. Parecia minha última chance de fazer a descoberta. Ele matou o goblin Kuduk, o mestre do Olho Comprido. Quis me matar também. Ele achava que, matando um profeta, podia aplacar a fúria de Avran Darholt.

Thwor não disse nada. Não consegui tolerar o silêncio, contei mais.

— Eu tinha acabado de descobrir o que era a Flecha de Fogo. Esta espada surgiu em minha mão. Bhuorekk ia partir meu crânio com um machado, mas perfurei sua garganta antes.

Ele continuou quieto.

— Recebi a espada de Avran Darholt. Ele estava lá. Ele conhece a Flecha. Esta espada pertencia a meu pai, um louco que temia e odiava goblinoides. A arma também odeia a Aliança Negra.

Ele deu um passo em minha direção.

— Thraan'ya achava que você era um espião. Você serve a Avran Darholt?

— Não — respondi, minha voz quase quebrando na ânsia de fazê-lo acreditar. — Continuo com esta lâmina porque preciso me defender, porque não a entendo e porque tenho medo do que possa acontecer se a deixar em qualquer lugar.

— Você carrega o segredo de minha morte. Carrega uma espada que odeia meu povo. Que matou meu filho.

— Avran Darholt matou a família de Maryx — falei, tentando achar algo que provasse minha inocência. — Eu nunca poderia servir a um assassino de crianças.

— Eu sou um assassino de crianças.

Olhei para os lados, sem saber o que procurava. Talvez uma saída. Nunca me senti tão preso, tão oprimido. Naquele momento, se Thwor Ironfist arrancasse minha cabeça, seria um alívio. O peso que pairava sobre mim, a ameaça velada e o poder avassalador daquele homem eram uma tortura muito pior que qualquer ferimento físico.

— Matei muitas crianças — continuou o Ayrrak. — Crianças elfas, crianças humanas. Matei-as com minhas próprias mãos e mandei que outros as matassem. Maryx matou crianças. A maior parte do sangue que ela derramou pertencia a guerreiros, mas em seus deveres ela chacinou inocentes. Estamos em guerra. Uma guerra pelo mundo. Os hobgoblins falavam da Infinita Guerra e não sabiam quão certos estavam.

Ele fez um gesto para o couro na parede. Eu não fazia ideia do que era aquele diagrama, do que eram as palavras.

— A Infinita Guerra não é só uma guerra sem fim. Ela não tem fim *ou começo*. Sempre existiu e sempre existirá, porque a Criação é composta de forças que não podem conviver. Elfos e goblinoides, o Reinado e a Aliança Negra. Somos os mortais que jogam este jogo, que desempenham os papéis neste teatro, mas o tabuleiro sempre esteve armado. O palco sempre será o mesmo. Este é um conflito maior que os próprios deuses. As forças não têm nome, embora hoje possam ser chamadas de ordem e caos, civilização e selvageria, luz e trevas, vida e morte. Os sábios dizem que, antes dos deuses, tudo foi criado por duas forças, o Nada e o Vazio. A Criação é dualidade. A morte de crianças é só uma expressão do conflito onipresente.

No meio de todas as especulações transcendentais, meu lado cientista notou algo curioso: o Ayrrak era o único goblinoide que eu já ouvira falar em números concretos, como o norte os compreendia. Uma inteligência assustadora.

Ele se virou para mim de novo.

— Você não pode escolher servir ao lado da bondade, o que quer que isso signifique para você, Corben An-ug'atz. Não há um lado que represente só a felicidade que conheceu na casa de Maryx, ou que inclua apenas seus amigos na cidade de Sternachten. A família de Maryx era uma família de assassinos de crianças. Vartax matou humanos e elfos inocentes. As duas meninas cresceriam para banhar os campos de sangue. Seus amigos na cidade dos observatórios eram parte da máquina que há mais de um milênio oprime meu povo. Suas profecias foram usadas para avisar nobres sobre ataques da Aliança Negra e o fracasso desses ataques fez com que crianças goblinoides morressem de fome. Não há bons ou maus. Só há aqueles que enxergam a verdade e aqueles que são cegos.

— A Flecha de Fogo é um cometa — eu disse, súbito.

Eu queria que ele se calasse. Aquela era uma filosofia que eu não conhecia, um pensamento goblinoide. Nada garantia que fosse verdadeiro, eu não precisava acreditar. Mas soava como uma verdade tão profunda e absoluta que eu não conseguia resistir. Só queria que aquilo parasse, que ele não revelasse mais nada.

Se a Criação era daquele jeito, seria melhor que um rochedo flamejante caísse dos céus e pusesse um fim em tudo. Que a Flecha não destruísse apenas Lamnor, mas o mundo inteiro.

Ele ficou em silêncio, ponderando.

— Um cometa? — falou, por fim.

— Uma rocha celeste — expliquei, embora não tivesse dúvida de que ele soubesse o que era um cometa. — Cairá em Lamnor, destruirá tudo que vocês construíram. Matará tudo que é vivo no continente.

— E o norte...?

— O norte continuará vivo. Haverá mortandade numa escala que Arton nunca conheceu, mas a vida continuará. Os céus ficarão mais escuros, o frio será maior por anos. O povo passará fome. Mas a vida continuará existindo. Em Lamnor, tudo estará morto.

Ele não disse nada.

Então deu um meio riso.

Logo, Thwor Ironfist explodiu numa gargalhada ribombante. Abriu os braços, estufou o peito. Eu me encolhi, pois ele parecia louco. O Ayrrak riu por longos minutos, até que se acalmou, ofegante.

— É claro — ele disse. — A Flecha de Fogo não se refere a minha morte. É a morte de meu povo.

— O rompimento do coração das trevas — recitei.

O rosto do Ayrrak foi tomado por uma grande melancolia. Ele olhou o diagrama por vários minutos.

— Você sabe o que é O Mundo Como Deve Ser? — perguntou, por fim.

— Gaardalok falou algo na Torre Ceifadora. O Mundo Como Deve Ser é um mundo morto.

Ele balançou a cabeça.

— Não. Um clérigo da Morte entenderia dessa forma, é claro, mas Gaardalok está errado. O Mundo Como Deve Ser é um mundo em que o conflito primordial tenha acabado. Ou em que pelo menos nós, mortais, estejamos fora dele.

Thwor Ironfist olhou para mim de forma intensa.

— Ninguém sabe disso, Corben An-ug'atz. Nem mesmo meu sumo-sacerdote, meus filhos, Thraan'ya ou meus generais. Minha missão não é espalhar a palavra do Deus da Morte, destruir a civilização ou mesmo libertar as raças goblinoides. Minha verdadeira missão é criar O Mundo Como Deve Ser. É criar a paz.

15
O MUNDO COMO DEVE SER

— Talvez, se eu tivesse nascido humano, no norte — disse Thwor Ironfist — soubesse como consertar o mundo sem acabar com a civilização. Mas nasci bugbear, então Arton conhecerá a paz pelo sangue.

Não soube como responder àquilo. Havia um brilho nos olhos do Ayrrak que lembrava meu pai. O reluzir da loucura, do ódio. Luz que surge de um poço negro sem fundo.

Mas, que Thyatis me perdoe, as palavras do Imperador começaram a fazer sentido.

— Sempre haverá dois lados, Corben An-ug'atz. Atualmente, no norte, diz-se que há uma guerra de todos contra todos, mas é mentira. A guerra é de forças que tentam preservar o estado das coisas contra forças que desejam mudança sangrenta. No norte, aqueles que lutam pela ordem protegem não humanos, enquanto que os que trazem o caos e a destruição desejam chaciná-los. Anos atrás, os minotauros invadiram o Reinado. Eles traziam mudança e destruição, mas também ordem, pelo domínio e pelo escravagismo. Então as forças que preservavam o status quo eram forças de liberdade. Forças da humanidade. No passado de Lamnor, os elfos foram a força de mudança, encarcerando o continente com sua nova maneira de pensar, trazendo mudança também pela ordem. Os goblinoides foram a força de estabilidade, lutando pelo caos.

Meus olhos foram atraídos para o imenso diagrama no couro pendurado na parede. O enorme círculo com círculos menores, cada um marcado com uma palavra que eu não conseguia ler, todos ligados entre si por linhas retas.

— Hoje Lamnor vive os últimos estágios de uma das grandes batalhas desta guerra que sempre existiu. Nós, goblinoides, duyshidakk, somos forças do caos. Avançamos pelo continente, destruindo a ordem que foi imposta por elfos e humanos. Estamos nos tornando a nova estabilidade, a nova normalidade em nosso caos. Dentro de alguns anos, ou décadas, ou séculos, seremos protagonistas em mais uma das infinitas formas da Infinita Guerra. Algo chegará para nos desestabilizar, continuando o ciclo. As máscaras mudam, mas as forças opostas são sempre as mesmas. Ordem e caos, vida e morte, luz e trevas, sempre dois lados em conflito.

— E você acabará com o conflito? — nem percebi que o tinha chamado de "você". Eu nunca aprendera como me dirigir ao Ayrrak.

— É minha grande ambição e sei como cumpri-la. Mas preciso de tempo.

A mente de Thwor era diferente de tudo que eu já conhecera. Era difícil dizer se ele era um gênio, um selvagem com poder demais, um louco, um iluminado ou tudo isso simultaneamente. Eu dissera que a Flecha de Fogo era um cometa que vinha em direção a Lamnor, para varrer toda a vida do continente, acabar com tudo aquilo que a Aliança Negra construíra. E ele entendera. Mas, em vez de tentar extrair mais informações, ficar chocado ou mesmo começar a planejar alguma contingência, o Ayrrak estava me explicando sobre sua filosofia.

Minha única conversa anterior com ele seguira moldes parecidos. Thwor Ironfist não acompanhava um assunto de forma linear. Ele falava sobre coisas aparentemente não relacionadas, então chegava a uma conclusão que vinha de um lugar inesperado e resolvia a questão. Ou pelo menos era o que eu achava.

— Enquanto houver muitos humanos, elfos, anões e outras raças civilizadas, a Infinita Guerra continuará existindo. Não sei se este era o plano da Criação, nem mesmo sei se existe um plano, ou se somos todos resultado de um grande acaso cósmico, uma piada existencial.

Eu nunca esperaria ouvir aquela palavra, em valkar perfeito, emergindo da boca de um bugbear.

— Todos vocês existem de acordo com moldes muito estritos — disse Thwor, referindo-se a humanos, elfos, anões e todos os outros que dominavam o norte. — Vocês se assentam num lugar, constroem castelos e muralhas, decidem que viverão de um certo jeito, então permanecem assim até que algo aconteça para mudar tudo. São os peões perfeitos na Infinita Guerra, porque algo *sempre* acontece para abalar as fundações de seu mundo. Goblinoides são diferentes.

Goblinoides, explicou o Ayrrak, eram criaturas que existiam para o movimento, para a mudança. Isso tinha ficado claro para mim desde que eu pisara em Lamnor pela primeira vez. Seriam também perfeitos peões na Infinita Guerra, e assim foram por incontáveis eras.

— Mas eu mudei isso — ele declarou, sem modéstia. — Nosso modo de vida pode englobar o seu. O caos admite ordem dentro de si, em pequenos bolsões, mas qualquer caos dentro da ordem é uma ameaça.

— "Pequenos bolsões"...

— Você não é estúpido, Corben An-ug'atz — ele estreitou os olhos. — Sim, para libertar o mundo do ciclo de conflito, preciso exterminar a maior parte dos elfos, dos humanos, dos anões e de todos os outros. Eles *podem* ter lugar na Aliança Negra, assim como kobolds e ogros também têm. Thraan'ya é uma elfa que aprendeu nosso modo de pensar, você é um humano que também está aprendendo. Precisamos criar uma cultura, fazer com que os goblinoides estejam unidos em seu caos de criação e mudança, para que nosso pensamento se espalhe ao norte, não apenas nossas armas. Quando esmagarmos o Reinado, conquistarmos o norte inteiro, subjugarmos o império dos minotauros, dominarmos os reinos subterrâneos, colonizarmos Tamu-ra, vencermos a Grande Savana e o Deserto da Perdição, então nosso trabalho estará acabado. Pelo menos no mundo conhecido. Surgirão outros povos, de outros continentes, seria ingenuidade pensar o contrário. E mataremos tantos quantos forem precisos para trazer O Mundo Como Deve Ser.

Aquilo era muito mais grandioso do que eu jamais imaginara. Do que qualquer pessoa do norte jamais imaginara. Não era simples domínio, escravidão ou mesmo destruição. Era uma mudança total de pensamento no mundo todo. O fim da ordem como modo de vida, o fim de qualquer conceito de permanência ou estabilidade. A mudança eterna, o caos para sempre. Qualquer mancha de ordem seria apenas mais uma nuance no caleidoscópio de criação e destruição.

O mundo todo seria como Urkk'thran.

Todos os mortais seriam livres.

— No Mundo Como Deve Ser, nunca mais haverá guerra — ele falou. — As forças não se organizarão em grandes exércitos, estarão diluídas dentro de cada minúsculo grupo, dentro de cada indivíduo. Assim como entre os goblinoides, pequenos conflitos constantes impedirão que grandes conflitos se formem. A única maneira de alcançar a paz é abraçando a luta.

O preço da paz seria o fim de tudo que eu conhecera até ser tragado pelo turbilhão de acontecimentos com o massacre de Sternachten.

— Tenho certeza de que você lembra de nossa primeira conversa — Thwor voltou sua atenção a mim.

— É claro — gaguejei.

— Sobre o que falamos naquela ocasião? A respeito de ideias e conhecimento?

— Ideias nunca são apagadas — respondi. — Conhecimento nunca é realmente perdido.

— É a verdade completa. Tudo que elfos, humanos e todos os outros criaram será mantido. Alguém irá lembrar, porque ideias não morrem. Mas é cruel permitir que o modo de pensar dessas raças continue dominando Arton. Sozinhas, elas nunca criarão O Mundo Como Deve Ser.

Cada um entendia O Mundo Como Deve Ser de uma forma diferente. Para a maioria dos goblinoides, era a liberdade e a felicidade de sua própria raça. Maryx pensava no Mundo Como Deve Ser como um lugar em que gente como ela e Vartax pudessem existir sem medo, sem a perda súbita daqueles que amavam. Para Thraan'ya, O Mundo Como Deve Ser envolvia a punição dos elfos pelos crimes que cometeram no passado. Kuduk, o velho goblin que fora meu mentor por um curto tempo na Torre de Todos os Olhos, esperara que O Mundo Como Deve Ser fosse um mundo que permitisse aos goblins sua maneira peculiar de genialidade. Gaardalok, é claro, julgava que O Mundo Como Deve Ser era o domínio da Morte. Nenhum deles tinha qualquer vislumbre da escala universal que era a visão do Ayrrak.

— Só existe um problema — ele disse. — Sem a Aliança Negra, O Mundo Como Deve Ser nunca será criado.

A Flecha de Fogo colocava uma questão muito mais urgente e pontual em todos aqueles objetivos. A maneira de pensar e a cultura dos goblinoides seriam destruídas se o cometa acabasse com Lamnor. Embora se preocupasse com questões cósmicas muito além da vida dos mortais, Thwor Ironfist tinha um dever para com seu povo. A Aliança Negra confiava nele. Milhares tinham matado e morrido sob suas ordens, para conquistar o continente e materializar a visão do Ayrrak. Ele não podia abandoná-los. E, de uma forma mais fria e pragmática, eles eram suas únicas ferramentas para tirar o mundo da Infinita Guerra.

Antes de mais nada, era preciso salvar os goblinoides.

※

— Não haverá Ayrrak no Mundo Como Deve Ser — ele disse, de novo mudando o assunto de forma inesperada. — Nenhum rei, nenhum general. O caos dos mortais fará com que todas as disputas se equilibrem, dissolvamse sem nunca se transformar em relações de poder absoluto. Eu serei visto como uma piada ou um mal necessário.

Thwor deu um suspiro longo.

— Mas ainda estamos longe deste ideal. E eu não tenho um herdeiro digno.

A questão do herdeiro de Thwor Ironfist já tinha me ocorrido várias vezes. Nenhum império podia permanecer estável sem uma linha de sucessão. O próprio Reinado, no norte, sofrera quando o Rei-Imperador precisara abdicar sem um herdeiro de sangue, escolhendo a atual Rainha-Imperatriz para nos liderar. Com um império tão novo quanto Lamnor, nem mesmo havia certeza sobre como seria a sucessão. Não havia tradições ou costumes a serem seguidos. Se o Ayrrak morresse inesperadamente, cada raça, cada tribo teria suas próprias ideias sobre quem deveria assumir seu lugar.

— O modo tradicional de sua nobreza é idiota — ele ponderou. — Entregar poder a um filho mais velho é algo que somente humanos, elfos e anões poderiam achar boa ideia. Nada garante que o primogênito seja um bom rei.

Fiquei esperando a continuação do raciocínio.

— Mas há uma vantagem nisso — ele demorou pouco. — O herdeiro é preparado para o governo desde a infância. Assim como eu fui.

O enorme bugbear andou um pouco pela sala. Não havia nada ali para distraí-lo, nada em que pudesse mexer além das próprias tintas. Achei que talvez aquele fosse o propósito de um local tão árido: forçar seus ocupantes a se concentrar no que era discutido, não em comida, bebida ou mesmo na vista de uma janela.

— Mantive meus filhos sempre perto de mim, mas não adiantou. Gostaria que um deles se mostrasse um líder nato, capaz de levar a Aliança Negra adiante em minha ausência, mas todos não passam de decepções. Ghorawkk é um fraco que, se tiver chance, vai assassinar qualquer um que julgue tê-lo ofendido ou humilhado. Vive num mundo de rancor que ele mesmo criou. Thogrukk é só um selvagem. Bhuorekk estava mais interessado em glória e prazer do que no sacrifício necessário do Ayrrak. A morte dele não afetou em nada o futuro de Lamnor. Todos os outros são tolos, brutamontes ou serpentes. Eu tinha esperanças apenas para Hwurok.

Thwor respirou algumas vezes, rilhou os dentes. Iria falar algo difícil até para alguém como ele.

— Estive ausente por tanto tempo porque estava testando Hwurok.

Você sabe que não existem coincidências, Corben An-ug'atz. Quando decidi levar meu filho em uma peregrinação por Lamnor, para determinar que tipo de governante ele seria, eu estava me aproximando da posição de precisar de um herdeiro.

Ele apontou para um dos círculos menores desenhados no couro, como se eu pudesse entender o que aquilo significava.

— Ao mesmo tempo, a necessidade de um herdeiro me colocou naquela situação. Mas por muito tempo me afastei do conceito de herdeiro, de ser sucedido por alguém, para não chegar perto da Morte — ele apontou para outro círculo, oposto ao que tinha mostrado antes. — Talvez tenha sido um erro. Talvez a posição do Mundo Como Deve Ser esteja não longe da Morte, mas perto dela, trazendo-a para perto de outros conceitos que nos ajudem.

Eu não entendia nem metade daquele discurso. Como clérigo de Thyatis, a noção de passado e futuro era muito importante e definida para mim. Nós enxergávamos o futuro e desvendávamos o passado. Esse conhecimento significava que o tempo corria numa linha reta, sempre em frente. Thwor já havia aludido a uma noção diferente de tempo, em que o futuro afetava o passado, em que as coisas aconteciam sem causalidade. Era algo muito metafísico e abstrato para uma conversa sobre a sucessão de um reino e a morte de um imperador.

— Hwurok acha que O Mundo Como Deve Ser está numa posição que simule tudo que eu fiz — ele disse. — Nunca falou com essas palavras, porque não é capaz de pensamentos tão elevados. É um bom homem. Em outros tempos, seria um chefe lendário de várias tribos bugbears. Mas, para ser herdeiro, ele deve ser mais que isso. Ele deve ser o Ayrrak, mas também deve ser diferente de mim. E não consegue.

Thwor narrou sua viagem com Hwurok ao longo de quase um ano. Eles visitaram muitas tribos, cidades, territórios de bandos nômades, zonas de conflito. Em cada lugar, o Ayrrak tinha uma longa conversa com seu filho, ouvindo a interpretação de Hwurok sobre os problemas do povo, o que levara a eles e possíveis saídas. Hwurok tinha certa sabedoria, mas se guiava pela própria história de Thwor. Repetia seus passos, apresentava as mesmas soluções que o pai já utilizara décadas atrás. E, pelos atos de Hwurok, muitas situações foram mesmo resolvidas. Tribos divididas se uniram de novo, bandos deixaram de passar fome, rebeliões foram debeladas. Mas ele não pensava no impacto que cada um daqueles acontecimentos teria no grande esquema do mundo. Pensava no que poderia acontecer em dez ou vinte anos, não em cem ou mil. Pensava no mundo material, não na Infinita Guerra.

Hwurok era um bom líder, mas, sob sua liderança, O Mundo Como Deve Ser nunca chegaria.

— Meu filho tem competência, mas não imaginação ou introspecção — disse Thwor. — Ele pode ser um rei mundano, mas não o Ayrrak.

— Existem outras pessoas — arrisquei.

— Sei em quem você está pensando, humano.

Maryx e Thraan'ya.

Os dois nomes tinham passado pela cabeça de Thwor. Maryx Corta-Sangue era uma guerreira inteligente, que se provara capaz de liderar soldados e conhecia a vida na Aliança Negra em várias posições. Entendia os anseios dos guerreiros comuns e as responsabilidades dos grandes generais. Thraan'ya era uma elfa, e assim viveria longos séculos. Tinha uma perspectiva sobre Lamnor que quase nenhum goblinoide podia ter, conhecia a maneira de pensar do inimigo e era introspectiva o bastante para compreender a verdade sobre a Infinita Guerra.

— Ambas seriam ótimas rainhas ou generais — disse Thwor. — Nenhuma pode levar ao Mundo Como Deve Ser.

Maryx era muito preocupada com a felicidade, ele explicou. Ouvir isso foi uma surpresa: mesmo tendo conhecido sua família, eu pensava nela como alguém preocupada com o dever, não com alegria. Mas, segundo o Ayrrak, Maryx desejaria eliminar o maior número de conflitos possível. Ela não enxergava o caos generalizado como algo necessário para o equilíbrio. Enquanto, ao saber da morte do filho, Thwor não se abalara de forma nenhuma, ela caíra num fosso de angústia e raiva quando perdeu suas filhas. Maryx tinha muitos sentimentos, era próxima demais dos mortais. Se ela pertencesse a minha raça, eu diria que era muito humana.

Já Thraan'ya se apiedava demais dos goblinoides. O Ayrrak amava seu povo, mas não deixava de vê-lo como um conjunto de armas e ferramentas para criar O Mundo Como Deve Ser. Ele mesmo dissera que, se tivesse nascido humano, sua maneira de agir seria outra. A elfa enxergava a injustiça perpetrada pelos elfos ao longo de mais de um milênio e via a necessidade de puni-los, de elevar os goblinoides. Ela nunca veria os povos como meras representações de forças opostas no conflito que sempre existira na Criação, não conseguiria abstraí-los do que eram num nível mais material e superficial.

— Isso significa que não há ninguém que continuará meu trabalho — concluiu Thwor. — Para lutar com o destino, preciso mudar de estratégia.

Minha morte trouxe esta situação em que Lamnor será destruído. Preciso mudar nossa posição no destino para que minha morte nos aproxime do Mundo Como Deve Ser.

— Isso não faz sentido — interrompi. — Você pode ver o futuro ou até mesmo tentar mudá-lo. Mas não pode dizer que o futuro causou o passado ou o presente. O tempo não funciona assim.

Ele sorriu.

— Imaginei quando você iria perguntar, Corben An-ug'atz.

Thwor Ironfist fez um gesto para o grande diagrama desenhado no couro.

— Não existe futuro — ele proclamou. — Pelo menos não como a maior parte das pessoas acha. Essa é minha conclusão, após muito ponderar sobre o modo como as coisas acontecem. Chamo o que existe de destino, por falta de outra palavra em sua língua. No idioma goblinoide, posso expressar um termo melhor. *"Akzath"*. Um humano traduziria como "o agora aberto de tudo", mas há sutilezas que só podem ser compreendidas se você estudar nossa língua a fundo.

O Akzath, disse Thwor, é o estado de todas as possibilidades, de tudo que pode ser na Criação, independente de estar no que um humano chamaria de "passado" ou "futuro". Segundo sua visão, os mortais experimentariam o tempo numa linha contínua porque não teriam a capacidade para compreender o Akzath como um todo. Cada acontecimento, por mais insignificante ou mais grandioso que fosse, era determinado pela posição de algo no Akzath.

— É claro que não sou tão pretensioso a ponto de pensar que compreendi tudo que compõe a Criação — ele disse, algo que só poderia sair da boca de alguém extremamente pretensioso. — Mas meus estudos apontam que o Akzath é composto de alguns conceitos definidos. Tudo que existe, de um grão de areia até uma estrela, de um bugbear até um deus, está em algum ponto do Akzath, próximo a alguns conceitos, o que determina seu destino, os acontecimentos de sua existência.

Ele então passou a manzorra pelo grande círculo, parando em cada círculo menor e nomeando-o. Eram, segundo Thwor Ironfist, os conceitos que definiam tudo, os aspectos fundamentais da Criação:

VIDA

MORTE

CONTINUIDADE

MUDANÇA

INÍCIO

FIM

CONHECIMENTO

INGORÂNCIA

Ele então tocou em cada um dos círculos intermediários, que se colocavam entre os círculos principais:

LUZ

TREVAS

NÓS

ELES

FORA

DENTRO

MOVIMENTO

ESTAGNAÇÃO

VIDA
INÍCIO
IGNORÂNCIA
CONTINUIDADE
MUDANÇA
CONHECIMENTO
FIM
MORTE
LUZ
NÓS
DENTRO
MOVIMENTO
ESTAGNAÇÃO
ELES
FORA
TREVAS

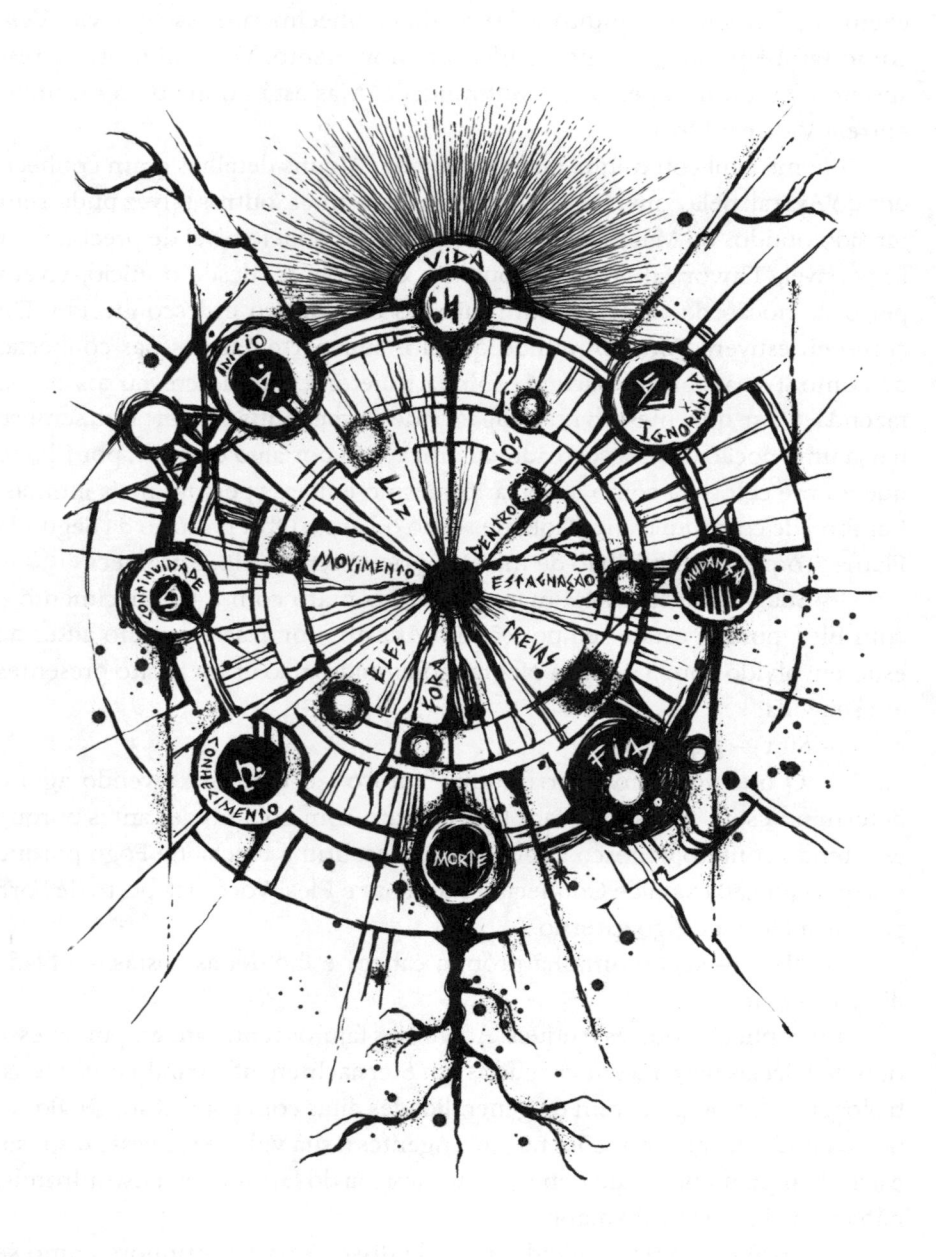

— Cada uma destas forças se atrai ou se repele — ele disse. — Cada um de nós está mais próximo de algumas delas. Tome você mesmo como exemplo, Corben. Está muito próximo do Conhecimento, isso é óbvio. Veja como também está próximo de Eles, de Movimento. Você foi morto e ressuscitou, está muito perto da Continuidade. Mas está no meio do caminho entre a Vida e a Morte.

Ele me explicou minha história de vida. Alguns detalhes eram conhecidos do Ayrrak pela conversa que havíamos tido antes, outros talvez pudessem ter sido obtidos de Maryx ou de Thraan'ya. Mas aquele nível de precisão era impossível. Thwor falou sobre como eu claramente, desde o início, vivera perto da noção de "Eles", de um inimigo estrangeiro e desconhecido. De como eu estivera Fora do mundo que a maior parte das pessoas conhecia, de como Trevas faziam parte de minha trajetória. Ele descreveu a vida na fazenda. Disse que, mesmo num lugar onde eu me sentia confortável, sempre havia uma noção de estar cercado ou ameaçado por algo exterior, por Eles, e que eu me colocava como adversário mesmo entre as pessoas mais íntimas. Lembrei de como eu traíra Ysolt, de como odiara o Observatório da Segunda Flama. Toquei no medalhão de meu próprio observatório, estremeci.

— Sua vida anterior foi marcada pelo contato com o Conhecimento e com Eles, porque esta é sua posição no Akzath. Por acaso, mesmo antes de estar envolvido com a Aliança Negra, goblinoides não eram muito presentes em sua vida?

— Sim — gaguejei.

— O que você enxergaria como "futuro", o que está vivendo agora, determinou seu "passado". Você teve contato com goblinoides antes porque está tendo contato conosco agora. Você descobriu a Flecha de Fogo porque existe na junção exata de Conhecimento, Fora e Eles. Você está perto de Fora porque a Flecha é algo externo...

— *Não!* — segurei minha própria cabeça e lhe dei as costas. — Nada disso é verdade!

Eu conhecia aqueles truques. Adivinhos fajutos tentavam empurrar esse tipo de falácias para recém-chegados em Sternachten, afirmando que era astrologia real. Não passavam de generalidades ditas com convicção. Qualquer pessoa poderia aplicar noções tão abrangentes a sua vida se estivesse disposta e acreditar piamente, tudo dependia do carisma do farsante. E Thwor Ironfist não era nada senão carismático.

— Você não precisa acreditar — ele disse. Então continuou, como se minha objeção não tivesse acontecido: — Eu existo muito perto da Morte, das Trevas e do Conhecimento, o que me coloca Fora. Isso foi determinado pela profecia. Meu nascimento já foi um acontecimento de Morte. Meu futuro definiu meu passado. Desde que nasci, tento existir mais perto da Vida, de Nós, para unir os goblinoides em torno de algo além de mera brutalidade e destruição.

— Não... — mas ele me ignorou.

— Fui marcado perto da Morte por meu nome. Chamavam-me Thwor Khoshkothra'uk, "Thwor da Mão Fechada e Forte que Causa Dor e Morte Feita de Ferro". Eu estaria para sempre de um só lado do Akzath, com a morte em meu nome. Assim como Maryx. Usei a morte para mudar isso. Matei aqueles que conheciam meu nome anterior e passei a me chamar de *"Khoshkothruk"*, tirando o marcador de morte que me acompanhava. E hoje em dia poucos me conhecem por algo que não seja Ironfist. Não uma palavra goblinoide, mas um termo vindo do norte. Algo que me aproxima da Mudança. Nossa língua funciona assim, como você já deve ter notado. As palavras que nos acompanham nos deslocam pelo Akzath.

— Não, não, não — repeti, quase para mim mesmo. — O mundo não funciona assim, o tempo não funciona assim. Existe passado e futuro, podemos vê-los claramente.

— É muito mais confortável estar perto da Vida, de Nós, da Ignorância. É como a maioria dos mortais existe. Mas eu e você somos diferentes, Corben An-ug'atz. Seu envolvimento na descoberta de um evento que vai causar tanta morte provocou uma infância marcada por Morte e por Eles, pelos inimigos. Agora você está em Lamnor, onde tudo é diferente. Onde o sol deixa de nascer porque sacrificamos prisioneiros dignos.

— Aquilo não aconteceu! Foi só escuridão mágica!

— Será muito difícil para você se aproximar da Ignorância, não importa o quanto tente.

— Sou um vidente! Um estudioso! Não irei me apegar a crendices!

— Neste momento, você é um escravo. Já cumpriu sua missão, que era descobrir a Flecha de Fogo. Agora deve lidar com o futuro que surge disso.

Fiquei quieto, ofegando, esperando o que ele diria a seguir.

— É claro, não existe futuro — Thwor riu para si mesmo, antes de embarcar em mais um desvio. — Mas é útil para os duyshidakk pensar em futuro e em lidar com o futuro que surge de suas decisões para que criem uma cultura duradoura, para que acreditem na liberdade. Eu os estou trazendo para mais perto da Ignorância, é verdade, mas também mais para perto da Vida.

Ele permaneceu calado, como se esperasse algo. Talvez fosse a desorientação daquela conversa, talvez fosse só a falta de janelas, mas o tempo parecia ter parado dentro da sala. Não havia pressa para nada. O Ayrrak agia como se sua morte iminente não fosse motivo de preocupação.

Agia como se o tempo não existisse.

— Precisei tomar algumas decisões difíceis desde o início da Aliança Negra — ele começou mais um assunto. — O estado natural dos goblinoides é muito perto de Movimento, de Continuidade e de Eles. Sempre em frente, sem mudar sua maneira de ser, contra inimigos que sempre estão lá. Precisei puxá-los para Estagnação, Dentro e Mudança para que alterassem seu modo de ser, criassem algo que não fosse só transitório e tivessem um lar. Sei que muitos humanos acham que a decisão de interromper a conquista logo após a queda de Khalifor foi um erro incompreensível, mas veja como nos trouxe para perto de Mudança, e de todos esses conceitos necessários. E, é claro, foi essa minha decisão que causou o sentimento de revolta e insatisfação dos goblinoides desde a invasão élfica, tanto quanto algo pode causar outra coisa. Eles sentiam sua posição contraditória no Akzath. Se eu não fizesse isso, nunca haveria desconforto pela opressão do inimigo. É claro, talvez a chegada dos elfos tenha sido causada por meus atos, trazendo a Mudança para Lamnor mil e quatrocentos anos "depois" que ela ocorreu.

Examinei o diagrama. Repeti para mim mesmo que podia ser interpretado como qualquer um quisesse. E, de qualquer forma, era arbitrário. Tudo para que parasse de fazer sentido.

— Manter goblinoides parados foi a coisa mais difícil que já fiz — Thraan'ya já falara isso. Devia ter se apropriado das palavras do Ayrrak, num gesto de verdadeira adoração. — Meu ato nos trouxe mais para perto do Fim, das Trevas, da Morte. Ou a profecia nos trouxe para esta decisão. Não importa, não existem causas e efeitos. O importante é que agora devo arrastar os goblinoides para perto da Vida e da Continuidade, para que tudo não desabe sob a Flecha de Fogo e nós possamos criar O Mundo Como Deve Ser.

Ao falar aquelas palavras, ele agarrou com as duas mãos o couro no qual o diagrama estava desenhado. Então o rasgou na diagonal. Jogou um pedaço fora, mantendo o outro pendurado. Restava só metade dos conceitos, ligados entre si por linhas que, sem a outra metade, adquiriam um significado todo novo:

VIDA

INÍCIO

CONTINUIDADE

CONHECIMENTO

LUZ

MOVIMENTO

ELES

FORA

Era a descrição visual de uma existência eterna de vida e caos, de mescla entre coisas e pessoas diferentes, de criação e nascimentos.

— Talvez a própria Flecha de Fogo possa ser detida se o mundo for mudado o suficiente, embora eu duvide que sejamos mais fortes que todos esses conceitos — ele apontou para o pedaço rasgado que estava no chão. — O que precisamos fazer agora é levar os goblinoides para este lado do Akzath, apesar das forças que nos puxam ao lado contrário.

Salvar o povo goblinoide, mudar o destino, transformar o mundo, acabar com a Infinita Guerra. Tudo estava ligado, o que era etéreo e o que era material, passado e futuro, causa e efeito. Tudo podia ser conquistado com uma decisão drástica.

A Aliança Negra enfim continuaria seu movimento ao norte, para tirar os duyshidakk do caminho mortal da Flecha. Com Lamnor condenado, era hora de tomar um novo continente.

Thwor Khoshkothruk iria invadir o Reinado.

Emergir de um momento tão intenso sempre era uma espécie de anticlímax. Ao sair da sala, o mundo lá fora me pareceu falso, iluminado demais, fútil. Recebi a ordem de ir embora e deixei o Ayrrak sozinho com seus pensamentos. Subi a escada, voltei à sala do trono e ouvi mais algumas ameaças, insinuações e lisonjas.

Minha expressão devia parecer a de um morto, porque era difícil levar muito a sério aquelas interações mundanas, aquelas preocupações mesquinhas. Uma vez expandida, a mente não cabia mais em conceitos tão estreitos.

Ghorawkk se abraçou em mim, molhou-me com suas lágrimas, pediu para que eu lhe revelasse o segredo. Pensei em como aquele bugbear nascera fraco porque se colocara como fraco mais tarde. Sobre como era desprezado pelos demais porque os acusava de desprezá-lo. Ele estava muito perto de Trevas, Fora e Estagnação. Thogrukk rugiu e eu soube que sua vida não passaria de uma série de combates. Ele estava em Ignorância e Morte. Dependendo de para onde se deixasse levar, estaria perto de Dentro, o que o tornaria um guerreiro bugbear normal, lutando em Lamnor sem contato com o resto do mundo, ou perto do Fim. Isso aconteceria se ele se aproximasse muito da Morte.

Olhei para Gaardalok.

Ele era só Morte. Isso o deixava perto do Conhecimento e do Fim.

Das Trevas e de Fora.

De alguma forma, aquelas palavras pareciam descrevê-lo com exatidão. Imaginei se Thwor Khoshkothruk notava o quanto o sumo-sacerdote abraçava o conceito de Fim.

Maryx não estava mais ali. Fui embora sem dizer uma palavra a ninguém. Entrei no elevador e comecei a longa descida, então segui por escadas e enfim saí da Torre da Forja do Futuro.

Minha amiga estava sentada nas escadarias da frente, meio curvada. Comecei a andar até ela. Maryx se virou para mim e enxerguei seu rosto.

Desafiar Gaardalok tinha-lhe custado. Ela fora deslocada no Akzath, mesmo que não soubesse disso, mesmo que o próprio sumo-sacerdote não soubesse. Seu rosto exibia uma tatuagem recente, ainda avermelhada. Era uma caveira que cobria sua testa, suas bochechas, sua mandíbula, seus lábios, as órbitas vazadas ao redor de seus olhos. Maryx recebera a maior marca de morte que eu já vira. Quase pude senti-la sendo puxada para um dos lados do Akzath, para longe do Início e da Vida.

— O desgraçado me marcou — ela disse. — Falou que eu precisava de um lembrete eterno do respeito devido a Ragnar.

Fui até ela e a abracei com força.

— Você tem uma missão, ushultt — eu disse.

— A escolha era entre baixar a cabeça ou ser desfigurada. Entre deixar que ele reanimasse o cadáver de meu marido e ser punida. Entre abraçar a morte ou ter a morte estampada em meu rosto para sempre. Que sumo-sacerdote desprezível é este? Por que aquele verme tem a confiança do Ayrrak?

Eu conhecia a resposta: porque a Morte estava ao redor de Thwor e seria uma ferramenta útil.

— Sou uma pária — disse Maryx. — O que mais podem me tirar?

— Você tem uma missão — repeti.

— A morte está em meu nome, em minha história, em meu rosto. Quem vai querer ser liderado por mim?

Olhei para ela, mais resoluto do que jamais tinha sido, e respondi:

— Eu.

16
LAR É ONDE O CORAÇÃO NÃO GRITA

Senti um nó na garganta ao sair de Urkk'thran. Olhei para trás, para a "cordilheira que se movia", como eu tinha descrito a cidade na primeira vez que a vi, e fui tomado por uma onda de afeição. Cada passo à frente foi difícil, porque mais uma vez eu estava me afastando de um lar. Um lar que logo não existiria mais.

— O que acha de voltar ao norte? — Maryx perguntou.

— É voltar a um lugar morto.

Era uma descrição exata do que eu sentia ante a perspectiva de mais uma vez estar no reino onde passara a vida inteira. Lamnor vibrava a meu redor. Urkk'thran, sempre em movimento e cheia de vida, palco de minha única grande descoberta de valor científico, era o coração de um mundo desafiador e maravilhoso. Lamnor era verde, rápido e letal, enquanto Arton Norte me parecia árido, desolado e estático. Até mesmo Sternachten, que fora cheia de energia até eu conhecer o sul, tinha virado um fosso de tédio em minha lembrança. Eu queria ficar em Lamnor, mas tinha recebido uma missão do Ayrrak.

Na verdade, quem recebera a missão foi Maryx, mas não houvera dúvida de que ela me levaria consigo. Eu ainda era seu escravo, não era duyshidakk e minha amiga tinha responsabilidades comigo. Assim, eu caminhava de pés descalços, afastando-me cada vez mais de meu lar, ao lado da guerreira montada em seu enorme warg.

Gradda zuniu sobre nós, fazendo piruetas e volteios no céu noturno em seu pilão. Éramos um grupo pequeno, apenas os quatro encarregados de uma tarefa importante na vanguarda, mas eu sabia que todo o continente estava se preparando para a marcha.

A Aliança Negra tomaria o que era seu por direito:

Tudo.

Thwor Khoshkothruk não dividira seus planos comigo. Não acho que os tenha dividido com ninguém. Maryx sabia o mesmo que eu: nosso dever, o local e a data aproximada quando iríamos nos encontrar com o Ayrrak. E mais nada. Ao pensar naquilo, meu coração batia forte. Eu fazia parte da história, talvez do momento mais importante dos últimos séculos. Era só um figurante naquele teatro do destino, mas cumpria meu papel. A Torre do Farol tinha piscado, avisando cidades próximas que o momento chegara. Mensageiros tinham corrido até Oyteyhrenn, o Porto dos Desbravadores, de onde partiam centenas de aeronautas goblins. A notícia era repassada a cada comandante hobgoblin, a cada engenheiro goblin, a cada guerreiro e sacerdote bugbear; a cada ogro, orc, gnoll ou kobold que vivia sob a bandeira do círculo negro. Aquele era mais um início, mais um amanhecer de glória. Finalmente estava acontecendo. Se o norte soubesse, estaria chorando, tremendo, pegando em armas.

O Imperador Supremo estava criando O Mundo Como Deve Ser.

Ou tentando preservar o que pudesse de seu povo.

O que ninguém sabia, que era conhecimento privilegiado de um escravo, uma caçadora, uma bruxa e um punhado de generais de elite, era que o fim de Lamnor tinha sido decretado. Marchar ao norte não era uma escolha gloriosa, mas uma necessidade desesperada. Precisávamos preparar o terreno para que os goblinoides tivessem uma chance de sobreviver.

Comecei a chorar quando percebi que eu nunca mais veria Urkk'thran.

— A cidade não importa — disse Maryx, estoica, como se pudesse ler meus pensamentos. — Para ser um de nós, entenda isso. Nenhum lugar importa. Nada material faz diferença. Eles sempre vão destruir seu lar, roubar ou queimar tudo que é mais querido para você. Mas tudo pode ser reconstruído. Urkk'thran foi um sonho maravilhoso enquanto durou, mas haverá outra cidade, ainda mais viva, no norte. Acharemos um vale inexplorado e o encheremos de triunfos, ushultt. Este é o modo goblinoide.

Estufei o peito, ergui a cabeça.

Olhei para trás de novo.

— Adeus, Urkk'thran.

Então não olhei mais para trás, pois queria estar perto do Começo no Akzath.

Aquele era o modo goblinoide.

Cada dia de viagem trouxe consigo uma nova despedida, uma nova melancolia amarga. Oyteyhrenn se descortinou maravilhoso mais uma vez, com uma revoada de balões, ornitópteros e veículos voadores para os quais eu não tinha nome. Os paredões com suas aldeias verticais, as planícies com centenas de povoados minúsculos, até mesmo os rios cheios de gente. Tudo aquilo acabaria. Lembrei de minha visão. Eu enxergara com clareza a Flecha de Fogo queimando o céu, desprendendo-se em pedaços, devastando as florestas, desintegrando as obras fantásticas daquele povo jovem. Mil e quatrocentos anos de opressão sob invasores e seus servos, então poucas décadas de liberdade, seguidas por destruição absoluta.

Que Criação era esta? Onde estava a justiça?

Viajando para fora de Lamnor, tive a certeza de que a única coisa que podia dar algum sentido a Arton era o Ayrrak.

Certa madrugada, pouco antes do amanhecer, montamos acampamento. Gradda sentou ao lado de seu pilão, murmurando algo para o objeto que estremecia e se mexia de leve. Maryx ficou afiando suas lâminas e Eclipse saiu para caçar.

— O que aconteceria se nós desafiássemos o Ayrrak? — perguntei.

As duas me olharam como se eu tivesse falado o maior absurdo do mundo.

— Nem todos os duyshidakk conseguirão marchar ao norte — argumentei. — Não sabemos quanto tempo temos até que a Flecha caia, mas é impossível evacuar um continente inteiro, mesmo que todas as nossas vitórias no norte sejam avassaladoras. Muitos ficarão aqui para morrer. Por que precisamos sobreviver? E se nós quisermos ficar e morrer?

— Um humano morto é uma tragédia — Gradda deu um riso cruel. — Um goblinoide morto é um bom começo. Não é assim que vocês...

— Um humano morto é uma vitória — interrompi-a.

Não havia como esbravejar contra um rochedo que caía do céu ou contra o modo como o mundo funcionava, então eu direcionava minha raiva aos humanos. Talvez meu alvo fossem os elfos, se eu conhecesse algum além de Thraan'ya e Laessalya. Mas, ante a destruição de Lamnor, eu queria pelo menos que os humanos também sofressem.

— Não fale sobre o que não sabe — disse Maryx. — Você nunca matou um humano.

— Mas não me considero mais humano! Eu...

— Ainda não é um de nós. Então, se não for humano, não é nada.

Aquilo me feriu mais do que eu queria admitir.

— Por que você quer ficar aqui e morrer abraçado a estas árvores, seu idiota? — Gradda me insultou para quebrar a tensão.

— Porque é injusto que eu sobreviva. Kuduk não sobreviveu. A família de Maryx não sobreviveu. A maioria dos goblinoides não sobreviverá. Eu já cumpri meu papel, já achei a Flecha de Fogo. Por que devo rumar ao norte?

— Talvez para carregar uma mensagem — Maryx me olhou, séria.

Apertei os lábios.

— Você *é* humano — ela disse. — Não podemos perdê-lo, assim como não podemos perder Thraan'ya. Nem mesmo o Ayrrak pode matar todos os humanos antes que a Flecha caia. Precisamos de gente das outras raças como embaixadores.

— Eu só queria... — suspirei, admitindo a verdade. — Só queria ficar em Lamnor até o fim.

— Lamnor é só um pedaço de terra — Gradda cuspiu no chão. — Pare de desejar a morte, garoto louco. Viver é mais importante que se sacrificar porque um monte de chão, montanhas e cidades vai acabar. Além disso, você provavelmente voltaria da morte e ficaria sozinho no continente destruído, chorando e se lamentando. Sua ladainha seria pior para Lamnor do que a própria Flecha!

O pilão estremeceu, como se concordasse.

Eclipse voltou com alguns pequenos animais nas mandíbulas. Cortamos sua carne. Eu comi os corações, deixando o sangue escorrer pelo queixo, porque queria coragem.

A longa viagem me deu oportunidade para sentir revolta. Tentei determinar a última vez em que vira cada flor que não havia no norte, cada árvore cujo nome eu não conhecia, cada animal nativo de Lamnor. Eles morreriam também. As pessoas de Urkk'thran morreriam. Senti saudade aguda de estranhos, de goblinoides que eu via no cotidiano, cujo nome eu não sabia. E agora nunca saberia. Nunca mais haveria um voo de ornitóptero até a Torre de Todos os Olhos, nunca mais o cheiro de graxa e álcool das oficinas dos goblins, nunca mais a paisagem acachapante vista da plataforma no último andar. Eu não estaria mais num lugar onde todos falavam uma língua exótica, que eu estava aprendendo aos poucos. Cada passo me levava mais para perto do norte tedioso, de humanos ignorantes que se achavam supremos, de um continente estático onde o céu era menos azul e a grama era menos verde. Senti nojo do norte. Se houvesse alguma justiça, a Flecha de Fogo cairia bem no meio do Reinado.

O símbolo do círculo preto se tornou cada vez mais raro, as florestas se mostraram cada vez mais fechadas. Os restos da civilização humana ficaram cada vez mais comuns, então montanhas surgiram no horizonte e o chão passou a ser pedregoso. Tomamos uma estrada e saímos de Lamnor, para o Istmo de Hangpharstyth.

Estar naquele limbo entre os dois continentes era pelo menos um tempo de preparação antes de chegar a Arton Norte. Lamnor já ficara para trás, mas pelo menos eu ainda não enxergava as aldeias, cidades e castelos dos humanos. Enquanto não visse um nobre empolado ou um aldeão de cabeça baixa, eu não estaria de volta ao Reinado. Era um consolo temporário.

O início da trilha pelo istmo nos levou ao topo de uma colina árida, então direto a um vale entre duas montanhas altas. O pilão de Gradda parou de funcionar. Ela o pousou no chão, acariciou-o e ele estremeceu uma última vez antes de ficar imóvel. A goblin não conseguiria atravessar a Cordilheira de Kanter mancando com seu pé de metal, então nós amarramos o pilão ao lombo do warg e ajudamos Gradda a montar nele. Maryx seguiu a meu lado, a pé.

A falta de magia no Istmo de Hangpharstyth era um grande incômodo, mas certamente era mais um escudo que protegia a Aliança Negra contra a voracidade humana. Sem a possibilidade de recorrer a meios místicos, o Reinado precisaria enviar tropas por terra, desbravando as montanhas inclementes, ou por mar, ousando desembarcar em praias selvagens. Isso nunca aconteceria.

— Acho que devemos agradecer a esta bruxa desconhecida — falei, enquanto atravessávamos o caminho entre as montanhas. — Se ela não tivesse morrido tanto tempo atrás, algum mago humano já teria cruzado o istmo.

Gradda me dirigiu um olhar condescendente e balançou a cabeça.

— Se não quer ser chamado de humano, pare de defecar pela boca! — ela riu de forma seca.

— O que falei de tão errado desta vez? — eu já estava irritado.

Maryx interrompeu a torrente de insultos da goblin:

— Apenas um humano poderia chamar Hangpharstyth de "desconhecida". Franzi o cenho.

— Hangpharstyth era uma goblinoide?

— Era uma goblin! — exclamou Gradda. — Uma das mais importantes goblins que este mundo já viu.

— Nunca aprendemos isso no norte — falei, em tom de desculpas. — Eles nos dizem que ela era uma arquimaga.

Logo em seguida ouvi minhas próprias palavras.
— E goblins não podem ser arquimagos, certo? — Gradda zombou.
— Perdão — falei. — Realmente foi algo bem idiota a se dizer.

Ela concordou e adicionou vários adjetivos cada vez mais escatológicos a meu comentário. Quando se deu por satisfeita, explicou que Hangpharstyth tinha sido uma das fundadoras da tradição goblin de magia arcana. No norte, todos *sabiam* que goblins não eram bons magos, assim como sabiam que a ciência goblin não funcionava. Mas Hangpharstyth, contou a bruxa, foi uma grande arquimaga que uniu conhecimentos da magia divina ao estudo arcano. Tendo vivido muitas e muitas gerações atrás, ela não fora parte de nenhum levante goblinoide. Naquela época, Lamnor era o continente civilizado e o norte era terra de bárbaros. A torre de Hangpharstyth, no istmo entre os dois, mantinha-se distante da política dos humanos, da empáfia dos elfos e da Infinita Guerra. A maga tinha servos goblins e dizia-se que era uma mestra mais benevolente do que os feiticeiros humanos que empregavam a raça como seus recrutas descartáveis. Todos temiam e respeitavam Hangpharstyth, seu domínio era cercado de maravilhas e horrores. Ela era visitada por estudiosos que desejavam aprender seus segredos. Dizem que a própria Deusa da Magia um dia surgiu em sua torre para tomar chá.

— O nome Hangpharstyth se tornou conhecido — disse Gradda. — Mas poucos queriam admitir *o que* ela era.

Uma arquimaga goblin era apenas uma arquimaga. Hangpharstyth era uma exceção, uma "goblin quase humana". Sua raça nunca era ressaltada nas histórias a seu respeito, e isso perdurou até que a memória desaparecesse e todos presumissem que ela era humana ou elfa.

— Então ela fez alguma burrada, explodiu sua torre e esmerdeou este istmo todo — grasnou a bruxa. — Fim da história!

— Dizem que ela enlouqueceu...

— Quem pode saber? Talvez tenha mesmo ficado louca, tratando com demônios e coisas do tipo. Talvez os humanos achassem que ela era louca porque era diferente deles. Não importa. O que importa é que hoje em dia não podemos usar magia no istmo por causa de Hangpharstyth e ninguém mais lembra que ela era goblin. Chega de falatório! Em frente, bicho maldito!

Ela bateu com o calcanhar metálico no flanco de Eclipse e o warg saiu correndo.

Eu e Maryx continuamos mais devagar.

— Gradda é descendente de Hangpharstyth — disse a hobgoblin.

— Descendente de sangue?

— Provavelmente não — ela deu de ombros. — Não conheço nenhuma família goblin que possa remontar suas origens a tanto tempo atrás. Mas ela é discípula da tradição de Hangpharstyth.

Fiquei um tempo quieto.

— Ela disse que Hangpharstyth lidava com demônios — falei. — Isso quer dizer que...

— Não faça perguntas cuja resposta você não quer saber.

A travessia do istmo foi tortuosa e cheia de encontros. Estávamos no auge do calor, por isso ao menos as montanhas ofereciam sombra fresca em vez de frio enregelante. Mas subir e descer as colinas e depressões escarpadas era exaustivo, mesmo através das passagens e estradinhas dos goblinoides. A cada punhado de dias, encontrávamos uma patrulha de hobgoblins, uma tribo nômade ou um bando de selvagens. Maryx enfrentou alguns guerreiros para estabelecer boas relações, mas não houve nenhuma luta séria. Na metade do caminho, chegamos a um acampamento militar verdadeiro: centenas de tendas coloridas, montes de rochas pintadas, arranjadas em padrões simbólicos, quase quinhentos hobgoblins e o mesmo número de wargs. Fomos bem-vindos ali, porque Maryx conhecia o líder. Eles nos levaram à tenda de comando, onde até eu fui tratado como convidado. Deram-me patas recém-cortadas de cabritos-monteses para que eu chupasse a carne fibrosa e o tutano dos cascos. Encheram canecos com sangue ainda quente misturado com leite e eu bebi com voracidade. Tive a impressão de ficar meio intoxicado — era a vida presente no líquido.

Maryx, Gradda e os guerreiros de elite daquele exército conversaram por horas na tenda, enquanto eu ouvia e bebia sangue e leite de cabrito. Calado, com um meio sorriso no rosto, deixei que a língua goblinoide me envolvesse e tentei adivinhar o contexto do que eles diziam pelo pouco que entendia do idioma. As palavras começaram a se diferenciar em minha compreensão, eu agora notava com clareza o começo e o fim de cada uma. Então as frases passaram a se conectar e ganhar sentido por algumas expressões-chave. Eu estava aprendendo.

Maryx virou para mim e falou em valkar:

— Diga a eles aquela frase que falou em nossa língua.

Todos me olharam. Limpei a garganta e declamei, orgulhoso:

— Ayggiyk jak'thralub-roekk!

A tenda explodiu em risadas. Maryx quase riu, deu-me um tapa na nuca.

— Não o que falou sobre meu pai comer esterco de javalis moribundos, seu idiota! Sua frase poética. Eu estava tentando mostrar como você está se tornando um de nós.

— Ah — ri de meu erro, de minha própria tolice, do quanto aquilo não importava. — "Rraz-ayitt'tt zazenn-ange duyshidakk".

— Falou perfeitamente o insulto, errou a pronúncia do juramento! Só podia ser um humano!

Eles riram mais, eu ri mais. Serviram-me mais sangue misturado com leite.

Mas, enquanto eu deixava a beberagem espessa descer por minha garganta, algo me ocorreu:

A travessia do Istmo de Hangpharstyth do norte para o sul, com a Ordem do Último Escudo, fora fácil demais. Nós não encontramos patrulhas ou bandos, muito menos um exército. Em Tyrondir, todos falavam como o istmo era intransponível, como apenas goblinoides conseguiam fazer o percurso. Não era inverossímil que aventureiros experientes conseguissem, mas era estranho que tivesse sido tão seguro e rápido.

Aquele pensamento maculou meu humor. Ri com menos vontade até que todos nós fomos dormir na tenda.

Eu estava deitado ao lado de Maryx. A toda volta, os guerreiros roncavam e soltavam gases.

— Ushultt — falei baixinho.

— Vá dormir — ela respondeu.

— Ushultt, como Avran conseguiu passar pelo istmo tão facilmente? Você o perseguiu. O que ele fez?

— Avran ficou fora de minha vista a maior parte do tempo. Só diminuí a vantagem no continente. Agora vá dormir.

— Não entendo como ele fez isso. Ele não deveria ter sido detido em Khalifor?

A voz de Gradda me interrompeu:

— Nada de bom vem de Khalifor.

Eu sabia que era minha deixa para parar de fazer perguntas.

— Vá dormir — Maryx ordenou de novo.

Dormi quase imediatamente.

Demorei alguns dias para insistir na investigação:

— Não vamos passar por Khalifor?

A cidade-fortaleza de Khalifor me enchia de terror e curiosidade. Desde sempre era o bastião que separava o norte do sul, impedindo migrações e invasões. Durante séculos, sua função foi proteger o sul civilizado do norte selvagem. Após a Grande Batalha, populações rebeldes inteiras foram banidas de Lamnor e atravessaram o istmo rumo a Arton Norte, onde fundaram o Reinado. Khalifor as deixou passar e então impediu que voltassem. A cidade não fazia parte de nenhum reino e se encontrava encostada à terra que viria a ser Tyrondir, mas sua aliança estava com o sul. Khalifor se considerava inexpugnável e indestrutível, mantivera sua reputação por muito tempo.

Até a chegada do Ayrrak.

Quando a Aliança Negra se ergueu em Lamnor, o norte civilizado passou a ver Khalifor como uma proteção contra o sul selvagem. Não importava o que acontecesse ou quais fossem as antigas rivalidades, Khalifor nunca deixaria os exércitos goblinoides passar. A função de bastião se manteve e Thwor Khoshkothruk esperou anos antes de avançar para a cidade-fortaleza. Contudo, quando decidiu atacar, não houve como detê-lo.

Agora Khalifor era mais uma vez um bastião — um bastião de trevas. Thwor tinha governado a partir da cidade antes que a construção de Urkk'thran acabasse e foi então que ela adquiriu sua reputação sinistra.

As notícias que chegavam a Sternachten diziam que Khalifor era o pior antro de monstruosidades do mundo conhecido. Falavam de sacrifícios em massa, ruas transformadas em rios de sangue, coisas mortas-vivas guardando a região em volta. Tendo visitado cidades goblinoides de verdade, eu duvidava de boa parte daquilo. Mesmo Farddenn, com seu Eclipse de Sangue, fora cheia da vivacidade goblinoide. Se nenhuma das descrições de Khalifor mencionava os caminhos variáveis e as construções sempre em mutação, o resto também devia ser mentira. Anos de histórias aterrorizantes me deixavam com um frio na barriga, mas Khalifor podia ser minha última chance de experimentar o modo de viver da Aliança Negra, pelo menos até que o continente norte fosse conquistado e transformado.

— Esqueça Khalifor! — disse Gradda. — Aquilo é a latrina dos deuses e está sempre transbordando!

— Não vamos passar por Khalifor — Maryx respondeu. — Perderemos alguns dias para evitar a cidade, mas vale a pena.

Senti o misto de alívio e desapontamento que surge quando um desafio é cancelado.

— Por que vocês odeiam tanto Khalifor? — insisti. — Já foi a sede da Aliança, é um marco...

— Khalifor é onde as histórias que os humanos contam para aterrorizar seus filhos são reais — cortou a caçadora. — Já houve um tempo em que os habitantes de Khalifor eram heróis, nossa linha de defesa inicial contra o norte. Hoje em dia, desconfio de qualquer um que queira viver naquela pocilga.

— Mas...

— Faria muito mais sentido manter um exército maior patrulhando o istmo e derrubar a cidade-fortaleza.

Fiquei argumentando, elas me deixaram para trás. Maryx ainda deu uma olhada em minha direção:

— Pergunte a si mesmo — ela disse. — Por que todos ainda chamam Khalifor de Khalifor, não por seu novo nome?

No caso de Farddenn, era para conectar a cidade a seu passado de morte. A Aliança Negra estava situando a cidade numa posição bem específica do Akzath ao usar aquele nome. Mas Khalifor era diferente, não possuía função simbólica ou espiritual. Não fazia mesmo sentido que se continuasse usando o nome dado pelo inimigo.

Mantive minhas especulações sobre Khalifor para mim mesmo durante o resto do caminho. Ao longo dos dias, falamos sobre a Flecha de Fogo, sobre o norte, sobre os planos do Ayrrak, mas não abri a boca para mencionar a cidade. Já estávamos no fim do trajeto, após incontáveis encontros com patrulhas, caçadores, monstros, animais, avalanches, armadilhas, quando subimos uma encosta e, na beira de um precipício, a vista aberta descortinou Khalifor ante meus olhos.

Só não era a obra mais impressionante que eu já enxergara porque Urkk'thran podia fazer qualquer coisa empalidecer. Khalifor se esparramava por entre as montanhas, suas muralhas altas e muito longas desenhando um caminho que fechava quase todas as passagens pela entrada do istmo. Não eram muros contínuos, que somente atravessavam aquela faixa de terra na transversal, mas quilômetros e quilômetros que se entrecruzavam, corriam em paralelo e perpendicularmente, criando zonas de contenção e isolamento de inimigos. As ameias muito largas, capazes de abrigar batalhões com conforto, exibiam catapultas, trabucos, canhões e outras armas de cerco, prontas para fustigar qualquer alvo externo. Um lado da cidade fora escavado numa montanha, na pedra viva. O resto se erguia num vale entre os picos, um formigueiro urbano feito de pedra e ferro, com um castelo vigiando tudo sobre uma elevação e uma gigantesca torre negra no centro. Eu podia ver o símbolo do círculo preto marcando diversos lugares da cidade, mas as muralhas estavam pintadas com versões imensas do sol negro sobre o círculo, o símbolo do Deus da Morte. Milhares e milhares de pessoas se moviam lá dentro, ao longe, criando a impressão de vida efervescente.

— É mesmo uma porcaria — menti, tentando disfarçar o engasgo em minha voz.

— Tudo que eu queria era a opinião de um humano sobre Khalifor — disse Gradda.

— Olhe bem — Maryx chegou perto de mim. — O que está faltando?

Se eu fosse honesto, diria que nada faltava. Khalifor era uma maravilha arquitetônica. Eu podia entender por que ela defendera dois continentes um do outro durante séculos. Até mesmo um grupo pequeno como a Ordem do Último Escudo teria dificuldade de passar ao largo, tamanha era a extensão e complexidade serpenteante das muralhas. Imaginei que mesmo nós três precisaríamos de um longo desvio para evitar o gargalo.

— Vamos, preste atenção — insistiu Maryx, como uma professora. — O que está faltando?

Então, de repente, percebi. Era tão óbvio e enorme que passara direto por minha atenção. Como se o céu um dia se tornasse verde e nunca ocorresse a ninguém questionar.

Khalifor não se mexia.

As pessoas se amontoavam como formigas, algumas armas de cerco se movimentavam, mas as construções estavam paradas. Nenhum prédio era remontado ante nossos olhos, as ruas não mudavam de direção, crateras não surgiam espontaneamente no meio de praças.

Era uma cidade humana.

Era uma cidade morta.

— Pronto, garoto teimoso, agora já viu Khalifor e já entendeu por que não queremos chegar perto desta cloaca — resmungou a goblin. — Não passa de um antro! Quem já viveu em Urkk'thran...

— *Perigo* — chiou Maryx.

Num instante, ela estava a minha frente, o kum'shrak em punho, o braço esquerdo estendido para me proteger. Gradda agarrou um punhado de bolsinhas de pólvora do pelo do warg e pulou no chão, desajeitada. Eclipse tomou a dianteira, arqueando as costas e expondo os dentes num rosnado. Segurei minha espada, mas ela não estava vibrando.

Uma fileira de criaturinhas baixas e magras saiu de trás de um pedregulho. As mãos para cima em demonstração de trégua, mas todas armadas com machados, facas, lanças. Os corpinhos cinzas e verruguentos tatuados com o sol negro, mantos escuros cobrindo os ombros. Todas tinham sorrisos largos e zombeteiros, cheios de dentes. Eram goblins.

— Cale a merda de sua boca, Gradda — disse o primeiro dos goblins. — Urkk'thran não se compara a seu lar verdadeiro.

A bruxa falou algo em goblinoide, mas o recém-chegado respondeu em valkar:

— Use a língua de sua casa. Suas irmãs querem vê-la.

— Mande elas enfiarem suas ordens em seus rabos sujos.

— Muito bem — o goblin deu um risinho e cutucou a gengiva, tirando um pedaço de algo escuro com a unha. — O Senhor dos Restos fará uma visita hoje. Vou dizer ao clã que você não quis aparecer.

Gradda despejou uma torrente de pragas em goblinoide e valkar.

— Vai realizar seu desejo de conhecer Khalifor — disse Maryx.

— Ushultt, eu...

— Não me chame assim na cidade — ela sussurrou. — Não deixe eles saberem que você é importante.

O goblin deu um riso esganiçado.

⚫

Tomamos uma estrada sinuosa pelas montanhas e chegamos à beira dos portões negros. Uma coisa monstruosa se postava, grotesca e cambaleante, alguns metros à frente das muralhas. Tinha braços, pernas e uma espécie de cabeça, mas chamá-la de "humanoide" seria exagero. Era como um boneco vivo, feito dos cadáveres costurados de vários goblinoides. Cada uma das cabeças espalhadas pelo corpo gemia ou grunhia, os braços feitos de troncos retorcidos se quebravam e estalavam a cada movimento. Sangue, pus e fluido transparente vazava das costuras. O monstro tinha mais que o dobro da altura de Maryx. Ao notar nossa aproximação, barrou o caminho.

— Somos cidadãos voltando para casa! — guinchou o goblin, em valkar. Os outros deram risinhos.

O monstro nos deu passagem, mas eu estava aterrorizado demais para me mover.

— Vamos — Maryx me puxou com um sussurro intenso. — Não fique muito perto desta coisa.

Andei, acompanhando-a, sem conseguir tirar os olhos do guardião. Eclipse rosnou para o monstro, que respondeu com um uivo horrendo, misto de dor, ameaça e fúria. O pilão de Gradda, ainda amarrado às costas do warg, estremeceu pela primeira vez desde que entramos no istmo. A bruxa pousou a mão sobre o objeto, como se o acalmasse.

O goblin não deu nenhuma atenção àquilo. Em vez disso, apontou para mim e falou com Maryx.

— Por que seu escravo está armado?

Ela me empurrou.

— No istmo, melhor um humano capaz de salvar a própria pele do que um humano inútil — respondeu. — Já precisava cuidar de uma bruxa perneta que não conseguia conjurar nem um piolho para lhe fazer companhia, não queria ter que me preocupar com outro indefeso.

Os goblins acharam graça disso.

— Não queremos humanos armados em Khalifor.

— É só uma espada velha e enferrujada — argumentou Maryx.

— Jogue fora.

Ela não discutiu. Agarrou-me com violência, arrancou a bainha de meu cinto, desembainhou a lâmina e a arremessou longe.

— Escravos cheios de riquezas! — zombou o goblin. — Urkk'thran é muito mole!

Ela segurou a corrente de meu medalhão e fez menção de puxar. Pus as mãos sobre as dela, de olhos arregalados.

— O medalhão não, ushultt — sussurrei.

— Muito bem. Mas fique de cabeça baixa.

Ela me deu um tapa com as costas da mão. A força me derrubou.

— Aquele colar é a última coisa que sobrou da cidade deste humano — Maryx falou em tom de desprezo. — Antes de dormir ele se agarra na coisa e chora como um bebê!

Todos os goblins gargalharam.

Passamos ao largo do monstro. As muralhas imensas eram sujas e cobertas de chapas de ferro negro. Soldados hobgoblins no portão nos deixaram entrar e imediatamente eu me vi em meio à podridão.

Já estava anoitecendo, por isso as ruas estavam cheias de gente. Mas Khalifor não parecia viva. Eram goblinoides se amontoando, andando de um lado a outro, gritando, brigando, mas não construindo. A noite caiu rápido enquanto caminhamos pelo lixo, ratos passando a nossos pés. Barris estilhaçados tinham sido deixados onde estavam, os prédios tinham janelas quebradas. As ruas eram ladeadas por cadáveres antigos de humanos empalados, por alguns cadáveres recentes de goblinoides largados para apodrecer. Urkk'thran não era limpa por nenhum parâmetro humano, mas eu não podia descrevê-la como exatamente suja. O caos que houvera na capital era vibrante, a sujeira fazia parte de algo: dejetos eram usados como adubo, restos eram devorados por gnolls ou abutres, lixo era incorporado a construções. Mas Khalifor era *imunda*. A sujeira não servia para nada, apenas ficava lá, sem que ninguém se importasse. Por todo lado, o símbolo do sol negro estava muito mais presente que o círculo preto. Vi clérigos de Ragnar abrindo caminho com empáfia, mas não havia templos feitos de crânios. Uma igreja de Khalmyr, o Deus da Justiça, fora profanada com o símbolo do Deus da Morte, seus degraus cobertos de ossos e partes de corpos. Goblinoides mendigando à volta, implorando por ouro.

Chegamos a uma praça com um mercado, onde comerciantes em tendas berravam, anunciando seus produtos. Clientes barganhavam, crianças goblins corriam com bolsas na mão, sendo perseguidas por adultos furiosos. Não havia só goblinoides: vi um humano morto-vivo, um minotauro caolho, uma mulher muito pálida, com roupas refinadas rotas e apodrecidas. Todos comprando e vendendo.

Então percebi num lampejo: estavam *comprando, vendendo, roubando, mendigando.*

Khalifor usava ouro, como se fosse uma cidade do norte.

A escuridão já era quase total quando entramos na rua que parecia o destino daquela incursão infeliz. Eu estava perplexo. Sempre achara que Khalifor era o centro de poder da Aliança Negra, governada por Thwor e pronta para invadir o norte. Mas, com uma caminhada de pouco mais de uma hora, já ficava claro que a cidade não era a Aliança Negra real. Talvez fosse minha pretensão de humano que tentasse ditar o que era e o que não era realmente uma cidade dos duyshidakk, mas ninguém ali parecia duyshidakk. Eles eram invasores, não criadores. Pareciam se deleitar na miséria e na imundície. Nem o sacrifício de prisioneiros no Eclipse de Sangue me deixou tão chocado.

Os restos da civilização humana eram muito claros, davam à cidade um ar prosaico. A rua onde entramos tinha uma placa escrita em valkar: *Rua da Burla*. Se as ruas tinham nome, Khalifor não era como Urkk'thran. Era estanque, fixa, um simulacro.

Avançamos pela Rua da Burla, rumo a um beco ainda mais escuro.

Um prédio abandonado chamou minha atenção.

Havia sido uma igreja. Uma igreja pequena, espremida entre outras duas construções, mas em sua porta havia algo surpreendente: um brasão complexo, feito dos símbolos mesclados de todos os deuses benevolentes do Panteão.

O mesmo brasão do escudo de Avran Darholt.

A rua era escura e enevoada. Cheia de entulho e fedendo a ar pesado. Alguns prédios estavam ocupados, com luzes bruxuleantes emergindo de seu interior, mas isso só aumentava a camuflagem que as sombras proporcionavam. Assim, ninguém percebeu quando fiquei para trás, fascinado pelo símbolo na porta estreita. Nem mesmo Maryx viu que me desliguei do grupo. Toquei na porta de madeira, sentindo-a ceder, devorada pelo lado de dentro por cupins. Olhei para o lado e eles já estavam longe. A igreja me chamou. Era idiota me afastar de Maryx e Gradda naquela cidade, mas não pude ignorar a coincidência.

Não havia coincidências, segundo Thwor. Havia o Akzath.

Empurrei a porta e ela se abriu sem dificuldade. Entrei no prédio e imediatamente tossi pela enorme quantidade de poeira. Não havia janelas, exceto um vitral circular sobre a entrada, que já fora quebrado há muito. Não consegui enxergar nada, avancei tateando. Tropecei em alguma coisa, caí apoiado nas mãos e nos joelhos sobre um chão que rangeu. Segui engatinhando, estendendo o braço para achar algo que pudesse prover alguma luz. Esbarrei em alguns esqueletos. Eu tinha perdido boa parte da sensibilidade ao lidar com cadáveres, então isso não foi tão nojento ou apavorante. Passei pelo meio dos bancos destruídos e logo cheguei ao púlpito.

Apoiei-me no móvel para me erguer, notei que era leve quando se mexeu sob meu peso. De pé no fundo da igreja, consegui discernir um pouco mais sob a luz da lua que entrava pelo vitral quebrado. Era uma capela normal, sem nada esotérico ou sinistro. Os cadáveres eram poucos, vestidos em trapos que deviam ter pertencido a plebeus comuns. O clérigo não parecia estar ali, nem seu corpo. Debrucei-me no púlpito para tentar enxergar os cantos, senti o topo se mover com uma dobradiça, ouvi-o ranger. O móvel era oco. Fiquei curioso para descobrir o que podia haver em seu interior, ergui a tampa sem dificuldade.

Lá dentro havia vários pergaminhos enrolados e um castiçal com um resto de vela. Puxei os rolos e o castiçal, pousei-o no púlpito e consegui fazer uma chama com uma pederneira. Àquela luz fraca, desenrolei um pergaminho e comecei a ler.

Era o relato mais desinteressante que se podia encontrar numa igreja. O clérigo, um sacerdote do Panteão, relatava para uma posteridade vaga as preleções que havia dirigido a um número cada vez menor de fiéis. Reclamava do quanto sua congregação andava ausente, misturava fofocas, escrevendo para si mesmo boatos sobre supostas traições amorosas e bebedeiras entre seu rebanho. Não passava de um diário disfarçado de documento eclesiástico. Algo que, em Sternachten, até mesmo Ancel teria vergonha de escrever.

Eu não sabia o que tinha esperado encontrar. Era só uma capela. Abri pergaminho após pergaminho, enquanto a vela derretia. Cada um deles narrava fatos mais e mais irrelevantes. O clérigo dava pouca atenção ao próprio avanço da Aliança Negra, muito mais interessado em especular sobre as roupas escandalosas de uma viúva que vinha rezar sob seu teto.

Então algo fez meu coração disparar. A palavra "escudo" saltou a meus olhos como se estivesse gravada em fogo. Desenrolei o pergaminho com mãos trêmulas e li o trecho escrito com a letra miúda e meticulosa daquele sacerdote.

"... ele comprou mais uma ânfora de vinho no mercador da esquina. Sei porque fiquei de olho, enquanto fingia que estava varrendo a entrada da igreja. Um pai de família bebendo vinho como se fosse um mercenário qualquer! Não me admira que as pessoas estejam falando tanto sobre isso. A viúva Merchid já visitou sua casa duas vezes, quando a esposa de Rubold estava ausente. Um homem e uma mulher sozinhos numa casa cheia de bebidas! Os deuses nunca viram uma entrada de igreja tão limpa, pois fiz questão de continuar varrendo para medir o tempo que os dois permaneceram dentro da casa. Comentei com Madame Sulinde que esse tipo de comportamento está destruindo nossa congregação. Não me admira que ninguém mais apareça para meus sermões, estão todos falando sobre essa ligação sórdida. Mas devo dormir e rezar para que minhas palavras tragam alguma bondade a essas almas imorais."

Então continuava pouco depois, com letra trêmula e irregular:

"Os deuses responderam a minhas preces! Oh, louvado seja Khalmyr, louvada seja Lena! Minha verdadeira missão neste mundo foi revelada!

Não importa o comportamento imoral de minha congregação ou os vestidos escandalosos que mulheres de bem estão exibindo como se fossem meretrizes. Fui visitado por um anjo.

Achei que meus comentários sobre a traição de Rubold seriam minhas últimas anotações antes do próximo sermão, mas acordei essa noite com uma forte luz pairando sobre minha cama. Meus olhos se encheram de lágrimas ao ver uma figura maravilhosa, de asas flamejantes e rosto sereno sorrindo para mim. Graças aos deuses! Seja feita a justiça de Khalmyr! Um anjo, um anjo real, com uma missão divina!

Ele falou e sua voz era tão bela que qualquer música empalidece em comparação. Ah, como foram doces suas palavras! Gostaria de relatar aqui exatamente o que a criatura celeste me disse, mas minha emoção apagou a maior parte, numa névoa de beatitude e propósito superior.

Ele me deu um escudo. Um escudo lindo, muito superior ao lixo que os soldados e mercenários usam em suas empreitadas violentas, e basta um olhar para notar que é santo.

Esta noite, depois de todos esses anos, posso parar de duvidar de mim mesmo. Nunca pude conjurar o mais simples milagre, mas hoje sei que o maior de todos os milagres me foi concedido. O símbolo que mandei pintar na porta de minha igreja tanto tempo atrás, o símbolo já desgastado e quase apagado, a que ninguém dá atenção, está no escudo que o anjo me entregou. Fui iluminado desde o começo! Os outros noviços estavam errados durante o seminário. Meus professores estavam todos errados. Disseram que eu me preocupava com bobagens, mas tudo não passava de inveja. Antes de cumprir a missão do anjo, vou pagar um artista para renovar a pintura na porta! Este símbolo será conhecido em Arton inteiro. O dono da loja de poções do outro lado da rua morrerá de inveja! O ferreiro vai ser obrigado a cessar sua barulheira quando eu reclamar!

Precisarei sair de Khalifor. Será uma aventura, mas estou inspirado, assim como os maiores heróis sagrados! Contratarei uma carruagem e uma escolta de guarda-costas. Os fiéis podem pagar um dízimo mais alto. Sei muito bem que Tyllor gasta com queijos importados e a jovem Ynnid só está interessada em seu noivo pelo dinheiro dele. Será uma honra a minha congregação doar seu ouro para apoiar uma expedição santa.

O homem destinado a encontrar o escudo será abençoado, assim como eu fui. Seremos ambos cantados nas vozes dos bardos. Para sempre nossos nomes estarão nas escrituras sagradas! Posso quase ver o despeito na face de meus antigos mestres quando descobrirem que sou um santo.

Não perguntei por que o anjo não entregou o escudo ele mesmo a seu futuro portador. Não cabe a mim questionar as motivações dos deuses.

Partirei com toda pressa. Assim que contratar o pintor para a porta e ficar satisfeito com o serviço, entrevistar os guardas que vão me acompanhar, arrecadar o ouro dos fiéis e deixar toda a rua saber de minha empreitada. Assim que enxergar *seus rostos invejosos, partirei para uma jornada que mudará minha vida e, tenho certeza, muitas outras também.*

Agora, que estou acordado, lembrei que os filhos do sapateiro Hjurenn não são nada parecidos com seu suposto pai. A mãe dos garotos é muito amiga do vigia noturno..."

O restante do pergaminho continuava com especulações mesquinhas e preocupações triviais, em meio a delírios de grandeza. O fato de um homem patético como aquele ter sido escolhido para arranjar que Avran recebesse o Escudo do Panteão era absurdo. Um clérigo incapaz de milagres, um alcoviteiro que prestava mais atenção às roupas dos fiéis do que a suas almas. Estava claro que ele nem mesmo levara a missão tão a sério quanto afirmava. O brasão na porta realmente devia ter sido retocado antes de sua partida.

No meio daquilo tudo, não havia dúvida de que o homem "destinado a encontrar o escudo" era Avran Darholt.

Não havia coincidências. Avran estava ligado a Khalifor de alguma forma.

Sacudi a cabeça, emergindo das especulações. Nada disso mudava o fato de que eu estava sozinho naquela cidade hostil e me perdera de Maryx e Gradda.

Enfiei o pergaminho no cinto e corri para a porta.

Pisei em algo no meio do caminho, meu pé escorregou, caí estatelado no chão.

Tateei em busca do que me fizera tropeçar. Era afiado. Era enferrujado.

Era a espada de meu pai.

Saí da igreja carregando a espada. Meu coração batia na garganta, eu tremia inteiro. A certeza de que estava sendo observado e perseguido por algo era pesada sobre mim. Eu sabia que não adiantava jogar aquela coisa fora, pois ela voltaria.

Ganhei a rua escura e olhei para os dois lados. Só ratos se moviam pelo chão. Os poucos prédios iluminados ofereciam mais ameaça do que conforto. Eu não tinha nenhuma pista sobre onde encontrar Maryx e Gradda.

Escolhi uma direção e andei, a espada à frente do corpo. Algo se moveu perto de mim, virei-me num repelão e ouvi uma risadinha.

A espada ainda não vibrava. Sem a ajuda da arma, eu era um total inútil para me defender.

Pisei num monte de lixo, senti meu pé molhado com algo gosmento. Rezei em silêncio para que não fosse o lodo negro. Continuei em frente, deixando pegadas nojentas no escuro.

Algo correu atrás de mim.

Até mesmo as poucas luzes dos prédios em volta diminuíram. O brilho da lua era fraco e notei uma névoa, aura ou cortina de fumaça que bloqueava as estrelas. Andei pela rua. Era cada vez mais apertada. Não parecia ter fim. Seguia em linha reta, sem pontos de referência que eu reconhecesse. A igreja já tinha se perdido na distância, ou então a escuridão havia ocultado a porta.

Dei mais um passo e, sem aviso, algo pontiagudo encostou em meu peito.

Olhei para baixo com cuidado. Consegui discernir a forma esquálida de um goblin bem a minha frente, uma lança tosca erguida, cutucando-me na altura do coração.

— Me mandaram lhe encontrar — esganiçou a criatura.

— Já matei gente pior que você.

— Não mereço o presente da morte. Talvez você mereça.

Seria estúpido morrer numa rua escura em Khalifor, depois de ter me afastado de minha amiga sem razão nenhuma, vítima da lança suja de um goblin anônimo. Pensei no que faria com a espada para me defender, mas ela era um pedaço morto de metal. Se havia algo místico na lâmina, agora só servia para me perseguir.

— Mas não vai morrer hoje, humano — disse o goblin. — Gradda o quer de volta.

Ele desencostou a ponta da lança. Ser ameaçado de morte tinha se tornado tão comum que em poucos instantes quase esqueci aquilo e fui tomado por um alívio porque ele me levaria de volta à bruxa.

O goblin correu à frente e quase o perdi de novo. Ele se meteu num beco estreito e cheio de entulho, entre duas casas. Se não o tivesse visto entrar lá, eu nunca perceberia que aquilo sequer era um beco, parecia só uma sombra entre dois prédios. Segui-o para a escuridão, tropeçando e resvalando em lixo e destroços. As paredes ficaram mais e mais próximas, até que eu não conseguia mais avançar de frente. Andando de lado, fui por um espaço cada vez menor, até que mesmo assim as paredes tocavam minhas costas e meu peito. Eu já não via o goblin a poucos metros. As construções se encostavam acima, eu estava num túnel. Um túnel que parecia me esmagar. Não havia espaço para continuar em frente. Pensei em por que tinha confiado em um goblin qualquer. Tentei andar para trás e fiquei preso.

Então o chão sumiu sob meus pés.

Meu estômago chegou à boca enquanto caí por uma distância indeterminada, berrando, agitando os braços. Se houvesse alguma coisa a meu lado, eu a teria cortado com a espada. Eu não tinha nenhum ponto de referência, não sabia se cairia para a morte ou por quanto tempo.

Atingi algo macio, de surpresa. Luz tênue e quente surgiu a meu redor.

Um cheiro forte de enxofre tomou minhas narinas, meus pulmões.

— Onde você se meteu? — ouvi a voz de Maryx repreender.

Ergui-me tão bem quanto podia, tentando entender onde estava.

Dezenas de goblins num grande círculo entoavam um cântico repetitivo, batendo os cabos de lanças e machados no chão. As paredes eram de ripas desencontradas de madeira, com chifres, ossos, trapos, peles e pedaços de animais pendendo de ganchos. Nós estávamos entre a multidão que formava o círculo, destoando por nossa altura no meio dos goblins. Ninguém parecia dar atenção a mim, como se eu não tivesse acabado de cair do teto.

No centro do círculo, havia três figuras.

Gradda e mais duas goblins: uma gorducha, sua pele cinza verruguenta, lustrosa e rosada, e outra alta e esguia, com roupas que revelavam boa parte de seu corpo também cinzento. A mais rechonchuda tinha um caldeirão borbulhante e a mais nova segurava um espelho. O pilão de Gradda pulava sozinho, chacoalhando de um lado para o outro.

À frente das três, havia um enorme bode negro. Um animal quase do tamanho de um cavalo, com olhos que brilhavam com uma inteligência astuta. Minha formação religiosa não me deixou pensar que fosse nada além de um demônio. Ele abriu a boca e falou em voz gutural:

— Quais almas me oferecem hoje?

A goblin gorducha tomou a frente. Suas bochechas fofas tornavam seu rosto terno e maternal, ela usava um vestido simples e colorido, que não pareceria deslocado numa matrona humana. Ela mexia o conteúdo de seu caldeirão com uma grande colher de pau.

— Eu, Gubtha, a Fértil, ofereço as almas de um bando de guerra que morreu enfrentando as coisas dos esgotos. Uns eram meus filhos, outros eram parentes distantes. Todos compartilham deste sangue que tem sua magia, todos viveram nos restos e morreram na imundície.

O demônio sorriu com seu focinho de bode.

A goblin mexeu o caldeirão com a colher e o líquido verde lá dentro se agitou. O caldo se ergueu como algo vivo. Expandiu-se para fora do caldeirão, moldando-se para formar os corpos e as cabeças de talvez doze goblins. Eles gritaram sem voz, suas bocarras feitas de líquido pingando e se desfazendo em súplicas mudas.

— O Senhor dos Restos aceita sua oferenda — disse o demônio.

A goblin mais alta então andou para mais perto do abissal. O espelho em suas mãos tremia e se mexia como o pilão de Gradda. A mulher andava de um jeito sedutor, mostrando e escondendo parte de seus seios, suas coxas. Sua cabeça era decorada com contas coloridas. Ela ergueu o espelho para o Senhor dos Restos.

— Eu, Gwydde, a Bela, ofereço as almas de guardas, caçadores e clérigos que morreram devorados. Uns me traziam flores, outros me admiravam de longe. Todos compartilham deste sangue que tem sua magia, todos foram mastigados, digeridos e defecados, viveram como armas burras e morreram como comida.

O demônio ergueu a cabeça com chifres recurvados.

O espelho mostrou as imagens de cerca de dez goblins, acotovelando-se, batendo no vidro como se estivessem presos do outro lado. O espelho se expandiu para fora da moldura, o vidro quebrado se tornando os corpos multifacetados dos goblins, como se eles fossem feitos de cacos e prismas. Eles gritaram sem voz com suas bocas que eram só imagem.

— O Senhor dos Restos aceita sua oferenda — ele repetiu.

O círculo de goblins continuava seu cântico, batendo com os cabos das armas no chão.

As duas goblins olharam para Gradda.

A bruxa ficou parada, abraçada a seu pilão.

— O que oferece a nosso senhor, irmã? — perguntou Gubtha.

Gradda encarou o demônio e cuspiu.

— Meu catarro é tudo que você vai ganhar! E é mais do que merece!

O Senhor dos Restos deu uma gargalhada gutural.

— Você é portadora do poder de Hangpharstyth — disse Gwydde, dentes rilhados, afetando um jeito manhoso e lascivo. — É uma das irmãs desta geração. Deve entregar as almas, como todas nós.

— As almas de nosso clã valem mais do que isso — rosnou Gradda. — Há gerações este monte de fezes devora nossos mortos! A dívida já deveria estar paga!

— Você por acaso sabe contar? Não cabe a você decidir quantas almas são suficientes, Pútrida — disse Gubtha, em tom reconfortante. — Esta é a barganha de Hangpharstyth e ninguém conhece os termos.

— Ele nos engana desde o início! Acho que nunca houve barganha!

O demônio parecia achar aquilo muito divertido.

— Não cabe às irmãs questionar a barganha — miou Gwydde. — Somos a Bela, a Fértil e a Pútrida, como nossas mães e as mães delas antes de nós. Nossa função é receber a arte ancestral e trazer as almas do clã a nosso senhor.

O pilão se arrastou para trás de Gradda, como um cão assustado.

— Este é o modo como os goblins viviam antes do Ayrrak! — ela gritou. — Quando não tínhamos opção a não ser nos esconder nas sombras, roubar, rastejar, servir a demônios. Em Urkk'thran...

— Você não está em Urkk'thran, Pútrida — ralhou Gubtha.

— Sei muito bem que não estou em Urkk'thran, Fértil. Urkk'thran é um berço de vida. Khalifor é uma tumba cheia de vermes.

Gwydde deu uma risadinha, escondendo a boca com a mão.

— Pois ouvi dizer que em breve Urkk'thran também será uma tumba, irmã.

Os ombros de Gradda penderam. Ela parecia exausta, derrotada.

— Bela, você não precisa viver assim.

— *Sempre* vivemos assim. E, se antes dependíamos de clareiras e pedras de sacrifício, hoje temos uma cidade inteira onde nosso senhor é bem-vindo.

O demônio inclinou a cabeça de bode em direção a Gradda.

— Se não quiser entregar as almas de seu clã, posso aceitar outra coisa, minha filha. Como sempre.

— Não sou sua filha! Sou filha de Hangpharstyth!

— Sim, ela é mãe de sua mãe de sua mãe de sua mãe. E eu...

Gradda tapou os ouvidos e berrou para não escutar as palavras do abissal. Ele riu de novo. Quando ela se calou, ofegante, ele retomou o que falava antes:

— No lugar das almas de seu clã, posso aceitar a alma de sua amiga.

Sua cabeça de bode se voltou a Maryx, bem a meu lado.

— Nunca! — disse Gradda.

— Então — sorriu o demônio — podemos mais uma vez fazer a troca mais comum.

Gradda começou a praguejar. O pilão se agitou, ela acariciou o objeto.

— O que quer no lugar das almas do bando de guerra que estão no caldeirão da Fértil?

— Dez anos de sua vida.

Uma noção distante me atingiu. Gradda parecia velha — era o retrato de uma bruxa saída de histórias infantis. Mas as duas goblins aparentemente mais novas a chamavam de irmã. Talvez fosse apenas modo de dizer, talvez elas fossem irmãs num pacto, numa trindade mística.

Ou talvez fossem mesmo irmãs e Gradda já tivesse trocado muitos anos de sua vida para não entregar as almas de seu clã, que viviam em seu pilão.

— Eu aceito... — ela começou a dizer.

A impulsividade tomou conta de mim mais uma vez, como acontecia desde que pisei em Lamnor. Eu conhecia pouco sobre os goblins, mas aprendera pelo menos duas coisas durante meu trabalho com Kuduk, na Torre de Todos os Olhos.

Goblins tinham vidas curtas. Algumas décadas eram suficientes para o nascimento de várias gerações da raça. Dez anos eram um tempo enorme para um goblin. Para uma goblin velha como Gradda, envelhecer dez anos podia facilmente significar a morte. E, uma vez morta, ela iria para a posse do Senhor dos Restos.

A segunda coisa que eu sabia sobre goblins era que, mesmo com toda sua genialidade, eles eram péssimos em matemática.

Goblins não contavam como humanos. Tinham a noção de "suficiente para uma pessoa", "suficiente para uma família" e assim por diante. Gradda não sabia o que "dez anos" significavam. Segundo a mentalidade goblin, dez anos seriam suficientes para que quantidade de gente?

— Não! — interrompi.

Abri caminho por entre os goblins. Fiquei no meio daquele círculo, ao lado de Gradda, de frente para o demônio. O cântico e as batidas cessaram.

— Um humano — disse o Senhor dos Restos, sua voz gutural num tom cantarolante. — Uma alma saborosa. Vale dois goblins.

— Você nunca vai ter a alma deste merdinha!

— Minha alma vale bem mais do que a de dois goblins — arrisquei. — E dez anos da vida de Gradda valem bem mais do que um bando de guerra.

— Quinze anos... — começou o demônio.

— Eu aceito! — Gradda tentou, mas tapei sua boca.

— Eu estou negociando em nome dela. Se quiser falar em números, fale comigo.

Fiz uma prece silenciosa a Thyatis. Negociar com um demônio devia ser um pecado ainda pior do que todos os outros que eu já cometera.

— Este abissal não é duyshidakk — falei para Gradda. — Ele está tentando enredá-la com palavras do norte e do inferno.

Gwydde dançou para trás de mim.

— Não se meta na tradição de Hangpharstyth — ela murmurou.

Não lhe dei atenção. Continuei com o olhar fixo no demônio.

— Gradda, a Pútrida, oferece um mês de sua vida em troca do bando de guerra — propus.

— É isso que quer, Pútrida? — disse o demônio. — Por acaso sabe se um mês é suficiente para...

— Fale comigo! Ela oferece um mês de vida.

O demônio ficou sério.

— Cinco anos — ele disse.

— Você já roubou muita vida dela. Seis meses.

— Um ano — o demônio parecia estar ficando irritado.

— Dez meses.

Ele ficou em silêncio por um momento.

— Muito bem — falou em voz profunda. — Aceito.

— Está combinado! — engoli em seco. — Gradda, a Pútrida, oferece dez meses de vida em troca das almas do bando de guerra que estão no caldeirão de Gubtha, a Fértil.

Acertei o nome da irmã de Gradda por pura sorte. O líquido verde em forma de goblins se ergueu do caldeirão numa torrente, serpenteou no ar e despejou-se com força dentro do pilão. O objeto absorveu tudo, sem ficar molhado. Então estremeceu com violência.

— Seu idiota! — Gradda me deu um chute com o pé metálico. — No fim foi a mesma coisa! "Dez", o que quer que isso seja!

— Confie em mim — grunhi.

O demônio balançou os chifres e ficou sobre as patas traseiras. O rosto de Gradda adquiriu uma ruga a mais enquanto eu olhava. Empurrei-a para o lado e me dirigi ao demônio de novo.

— Gradda oferece quinze dias de vida pelos guardas, caçadores e clérigos que estão no espelho de Gwydde, a Bela.

— Oito anos — disse o Senhor dos Restos.

Desta vez Gradda não tentou aceitar a proposta. Não sei se confiava em mim ou se só estava gostando de afrontar o demônio.

— Vinte e dois dias — tentei manter a voz firme.

— Três anos.

— Dois meses. Nenhum dia a mais.

Ele deu um sorriso que me pareceu forçado. Seu ar de superioridade estava desgastado. Minha mente girava. O turbilhão de descobertas, perspectivas, fatos inexplicáveis e mistérios me trouxe um tipo de confusão que se assemelhava à coragem. Eu poderia ficar o dia inteiro barganhando com o demônio e tinha confiança de que ele cederia primeiro.

— Muito bem — a voz do abissal retumbou. — Aceito.

A imagem feita de cacos no espelho de Gwydde se projetou num fluxo multifacetado em direção ao pilão. O vidro vivo atingiu o fundo e se desfez em poeira cintilante. Logo, até mesmo a poeira sumiu. O pilão deu um pulo no ar, então se acomodou.

— Resta apenas uma dívida — a voz do demônio rolou como uma avalanche lenta. — As almas que a Pútrida deveria ter trazido.

— Ela oferece um minuto de sua vida.

O demônio deu uma gargalhada, mas me mantive estoico.

— Eu poderia exigir vinte anos como pagamento pela rebeldia — ele trovejou. — Uma de minhas filhas que se recusa a cumprir a barganha não é útil.

— Em breve não haverá mais goblins cujas almas você poderá consumir. Deve saber disso, não? Um demônio que lida com a raça há séculos não pode ignorar a chegada da Flecha de Fogo.

Ele ficou calado.

— Seu poder está prestes a acabar — eu disse, desafiante. — Não haverá mais filhas de Hangpharstyth ou seu clã. Mate Gradda e você estará matando uma das únicas pessoas que pode preservar sua barganha. Estamos agora mesmo numa missão para preservar uma parte dos goblinoides. Roube vinte anos dela por pura ganância, então veja a fonte de almas secar logo depois.

— Um mês.

— Você não entende que não está mais em posição superior. Precisa de Gradda, mas ela não precisa de você. Ela vai morrer logo de qualquer jeito. Pela Flecha de Fogo ou pelos cascos de um demônio, não faz diferença.

Silêncio.

— Ela oferece um minuto — repeti.

O demônio abaixou a cabeça, mostrando os chifres, e deu um grunhido baixo antes de dizer:

— Aceito.

Minhas pernas amoleceram de alívio, mas escondi a fraqueza. Por instinto, segurei forte o medalhão. Eu era um clérigo. Mesmo que fosse mais estudioso do que exorcista ou inquisidor, enfrentar demônios fazia parte de minha vocação. Eu esperava que Thyatis encarasse com essa perspectiva, não apenas considerasse que eu estava negociando almas.

Os goblins no círculo retomaram seu cântico, com mais intensidade. Bateram os cabos das armas no chão, uivaram e pisotearam. Uma escuridão quase sólida cobriu o demônio, deixando só os chifres de fora. Logo eles também sumiram nas trevas. O cheiro de enxofre ficou ainda mais forte.

Gwydde, a Bela, deu um tapa no rosto de Gradda. A bruxa devolveu com um gesto arcano e uma maldição chiada. Gubtha, a Fértil, ameaçou-a com um movimento ritualístico da colher de pau. Gradda ergueu os dedos, como se aquilo a protegesse. O pilão se arrastou para a frente dela e estremeceu de modo agressivo contra as duas.

— Você é uma vergonha, irmã — disse a Bela. — Poderíamos ser perfeitas se tivéssemos outra Pútrida.

— Você não foi bem-educada — a Fértil balançou a cabeça. — Havia algo errado com você desde o começo.

— Vocês só pensam em morte e servidão — respondeu Gradda. — Não passam de covardes.

Gwydde enfiou um braço dentro do espelho. Então a cabeça e os ombros, as pernas, num movimento que parecia impossível. Em seguida a própria mão que segurava o espelho entrou nele, o vidro engoliu a si mesmo e desapareceu. Gubtha mexeu o caldeirão, o líquido verde borbulhou e soltou fumaça esverdeada. Ela foi tragada pela fumaça e, quando a nuvem se dissipou, não estava mais lá.

Súbito, houve luz.

Olhei em volta e não havia mais goblins, nem as paredes decoradas com coisas macabras. Só eu, Gradda e Maryx, num casebre sujo e arruinado. Já estava amanhecendo, os raios de sol entravam por frestas nas tábuas e janelas quebradas. Eclipse meteu a cabeça pela porta do casebre, curioso e preocupado como um cão pelo dono.

— Khalifor é isso — resmungou a bruxa. — Satisfeito? Vamos embora.

Saímos da cidade-fortaleza, entrando realmente no continente norte. Nunca pensei que ficaria tão feliz apenas por estar nos ermos de novo.

Maryx e Eclipse seguiam a frente. Gradda flutuava a meu lado no pilão.

— Não vou matá-la — eu disse, sem nenhum contexto. — E não somos amigos, mas você deve me ajudar porque eu sou a pessoa que negocia com o Senhor dos Restos para salvar sua vida.

Ela me olhou com cenho franzido. Tentou entender aquelas palavras sem sentido por um momento, depois recorreu às palavras agressivas de hábito:

— O que está falando, fedelho louco?

— Na masmorra, lembra? — eu sorri. — Eu disse que você precisava me ajudar. Você perguntou se era porque somos grandes amigos, então me acusou de não me importar com a morte de goblins. A razão para me ajudar era essa, e não, eu não mato goblins. Eu salvo suas vidas.

— Você está delirando! Isso foi muito tempo atrás!

— Não existe passado nem futuro, Gradda. Existe o Akzath.

17
AMIGOS EM LUGARES BAIXOS

HAVIA UMA PORTA LATERAL NA PALIÇADA, UMA PASSAGEM escondida que deveria ser usada só para permitir a fuga de aldeões em caso de cerco. O portão principal era mantido bem guardado, mesmo que os guardas fossem só plebeus com machados de lenhador, apavorados com cada sombra. Não seria problema para Maryx dar cabo deles em silêncio, em questão de instantes, mas não estávamos lá para matar humanos.

Uma figura encapuzada destrancou a porta lateral. A abertura era baixa demais para que um humano adulto passasse ereto. Precisei me abaixar, Maryx rastejou. Apenas Gradda pôde andar normalmente. Eclipse ficou do lado de fora, rondando as planícies. Seria impossível colocar um warg para dentro da aldeia e manter a discrição. Podia haver olhos curiosos e bocas fofoqueiras em toda parte.

A aldeia de Dagba não passava de um ajuntamento de casas com teto de sapé, com só uma taverna, um moinho, uma forja e outros estabelecimentos normais de uma vila do interior. Dagba era como milhares de outras aldeias do Reinado — a única coisa que a distinguia era sua localização. Como o povoado mais ao sul de Tyrondir, Dagba era considerada o próximo alvo natural da Aliança Negra depois da queda de Khalifor. O povo da aldeia vivia apavorado. Sua paliçada de toras de madeira não impediria o avanço dos goblinoides e os poucos aldeões que sabiam lutar não seriam páreo para um mero batalhão da horda.

Naquela noite, nem mesmo fora necessário um batalhão para invadir Dagba. Uma hobgoblin, uma goblin e um humano leal a Thwor estavam sendo recebidos como convidados.

A figura encapuzada fez gestos para que agíssemos rápido. Consegui ver seu rosto por baixo do capuz: era uma mulher humana forte, pele queimada de sol e várias rugas fundas. Devia ter 50 anos. Assim que entramos, ela fechou e trancou a portinha. Sinalizou para que ficássemos parados, prestou atenção a quaisquer barulhos. Então nos conduziu com pressa até a taverna.

A viagem até Dagba fora curta e tranquila. Não havia monstros naquela parte de Tyrondir, exceto nós. Eu sabia que estava a poucos dias de viagem das ruínas de Sternachten. Exceto pela ameaça da Aliança Negra, não existia nada a temer ali.

Atravessar a aldeia humana adormecida foi um choque mudo. Uma volta ao passado. Era difícil aceitar que um lugar habitado podia ser tão silencioso. Eu me acostumara com a dicotomia goblinoide: ou ermos desabitados, ou cidades que nunca paravam. A corrida até a taverna durou poucos metros, mas foi suficiente para eu repassar na memória as estranhezas daquela volta ao mundo dos humanos.

Assim que saímos de Khalifor, Maryx perguntou sobre a espada. Ela tinha jogado a arma fora e subitamente eu a carregava de novo. Contei a ela sobre o que encontrara na Rua da Burla, a pequena igreja cujo clérigo fora responsável por providenciar o "milagre" da descoberta do escudo de Avran Darholt. A espada de meu pai estava me perseguindo. Ou então era outra espada comum e enferrujada, que por razões totalmente plausíveis estava abandonada no chão. Podia ser só uma coincidência e eu talvez estivesse iludido. Mas o que o Ayrrak me falara sobe coincidências em nossa primeira conversa não me abandonava.

De qualquer forma, não havia tempo para ponderações. Nossa missão era urgente e já tínhamos perdido tempo em Khalifor. Gradda examinou a espada com sua magia, garantindo que não era um artefato inteligente e que não servia como foco de vigilância mística. Sabendo que não estávamos sendo manipulados ou observados, só nos restava aceitar aquele incômodo por enquanto e seguir em frente.

A parte da história de Avran que eu descobrira foi mais preocupante.

O Senhor dos Restos, o demônio que concedia poder mágico a Gradda e suas irmãs, conhecia a Flecha de Fogo e era cultuado em Khalifor. Avran conhecia a Flecha de Fogo e seu escudo se originara em Khalifor. Não havia coincidências, só o Akzath, então as duas coisas deviam estar conectadas. Mas eu não sabia como. Especulamos se o poder do paladino provinha de uma fonte demoníaca, mas eu enxergara a aura de seu escudo, vira que ela era inquestionavelmente boa. Não havia razão aparente para demônios quererem a queda da Flecha de Fogo. Por outro lado, Avran usava o lodo negro, ou pelo menos estava ligado a ele, e aquilo parecia um poder maligno. Mistérios dentro de mistérios. Nós éramos só peças no jogo, apenas soldados de Thwor Khoshkothruk, e talvez nunca descobríssemos toda a verdade.

Chegamos à taverna em um instante. A mulher encapuzada abriu a porta traseira e nos urgiu para dentro. Espiou para determinar que não tínhamos sido vistos, então a fechou de novo.

O cheiro de uma taverna humana era algo inconfundível e tinha uma memória afetiva maior do que eu podia imaginar. Fui tomado por uma nostalgia esmagadora: o aroma de cerveja derramada, madeira velha, fumaça impregnada, comida quente e gente cansada causou um aperto em meu peito. Por um instante, desejei que nada daquilo tivesse acontecido, que eu ainda pudesse frequentar as tavernas de Sternachten. Mas era um desejo bobo de voltar ao passado e logo sumiu.

Havia quase dez aldeões reunidos ali, todos tipos comuns. Homens barbados, mulheres de tranças grossas. Mais jovens ou mais velhos, todos tinham a aparência de idade indefinida dos plebeus que trabalham há muitos anos e ainda trabalharão por muitos anos. Ao ver o rosto de Maryx tatuado com a caveira, todos deram um passo para trás. Um deles colocou a mão no cabo de uma faca. Mas demonstraram ainda mais surpresa ao me ver.

— Quem é este? — perguntou um homem de barba grisalha.

— Não se preocupe — disse Maryx. — Este é Corben. Não confiam em alguém de sua própria raça?

— Quem me garante que ele não é um espião do rei?

— Se Maryx diz que o humano é de confiança, então ele é de confiança — decretou a mulher que nos recebera na paliçada, tirando o capuz. — Olhe para ele. Mal parece humano.

Toquei nas tatuagens em meu pescoço, por instinto. Eu não devia mais parecer um humano típico. Vestia calças e túnica rústicas, meus pés descalços estavam permanentemente sujos e já tinham adquirido calos grossos por toda a sola. Meus cabelos tinham crescido muito além do que era adequado para um clérigo e minha barba cobria todo meu rosto, agora espessa e volumosa. Eu decorava ambos com contas e penas. A tatuagem de olho em minha testa devia me dar um aspecto bizarro. As únicas coisas tipicamente humanas em minha aparência eram a espada e o medalhão.

Ele foi logo notado.

— Aquele não é um símbolo da cidade dos profetas? — o homem grisalho apontou para mim. — Maryx trouxe um clérigo até nós!

— Não seja ridículo, ele não pode ser clérigo — disse a mulher que parecia a líder. — Olhe para ele! Os clérigos de Sternachten são todos fracos e raquíticos, ou gordos e preguiçosos. Deve ser um guerreiro que achou o medalhão por aí. Além disso, Sternachten foi destruída.

Maryx me dirigiu um olhar que podia ser orgulho. Eu realmente não parecia mais um clérigo. A transformação ao longo de um ano fora tão gradual que eu não notara, mas meus músculos pertenciam mais a um soldado do que a um estudioso. Tinha sido um crescimento natural: em Urkk'thran era impossível manter uma vida de contemplação pura. E, fora da cidade, em Lamnor, eu precisara andar, correr, escalar. Desenvolvera um físico de sobrevivente.

— Não importa quem Corben foi — disse Maryx. — Agora é um de nós. O Ayrrak confia nele. Deve ser suficiente para um aldeão de Dagba.

O homem resmungou algo, mas aceitou.

— O que houve com seu rosto, Maryx? — perguntou a líder.

Minha amiga bufou. Desconversou, contou uma mentira vaga sobre ter passado por um ritual para aumentar sua ferocidade. O aspecto macabro tinha assustado os aldeões, mas não a ponto de lhes fazer desconfiar da caçadora.

— Esqueçam minhas tatuagens ou as origens de meu amigo — disse a hobgoblin. — A hora está chegando. Thwor Ironfist precisa de vocês.

Alguns deles sorriram, entusiasmados.

— Quantos são leais a nós aqui em Dagba, Sylene? — perguntou Maryx.

A líder dos aldeões foi para trás do balcão da taverna e serviu alguns canecos de cerveja. Todos pegaram um, exceto a própria Maryx. Bebi um gole e de novo fui tomado por nostalgia. O gosto de cerveja encorpada era algo que eu tinha quase esquecido.

— Quase todos — respondeu Sylene, limpando espuma dos lábios. — Não há ninguém na aldeia que esteja satisfeito com o rei e os nobres. Nem todos estão preparados para jurar lealdade ao Ayrrak. Mas, tendo a escolha, ninguém vai preferir lutar por Tyrondir a fugir.

— Quantos? — a hobgoblin insistiu.

— Lutadores suficientes para um batalhão. Fugitivos suficientes para uma família, depois mais uma família, depois mais uma família.

Maryx assentiu.

Elas continuaram a conversar e fui encaixando as peças. A líder da aldeia de Dagba não tinha um cargo oficial, como senhora, prefeita ou burgomestra. Dagba não parecia grande o suficiente para ter estrutura tão formal. Ela era apenas Sylene D'Albira, uma caçadora e guerreira que há muito se estabelecera na aldeia para uma vida de tranquilidade que jamais chegara. A existência em Dagba alternava entre marasmo total e terror absoluto durante possíveis ataques goblinoides. Mas aquelas pessoas não estavam aterrorizadas com nossa presença.

— Precisamos espalhar a notícia para toda a região — disse Maryx. — Posso contar com você?

— É claro — Sylene respondeu, séria, mas tranquila. — Por enquanto é melhor não se mostrar nas outras aldeias, principalmente agora que tem essa caveira estampada no rosto. Mas as cidades e vilas do sul não vão renegar a promessa. Estamos todos fartos do Velho Bolor.

— Vocês precisam estar preparados — Maryx demorou o olhar em cada um deles. — Provavelmente terão de lutar contra seus próprios vizinhos, além do exército do rei.

— Já disse, ninguém em Dagba vai se opor a nós se lhes dermos a alternativa de fugir — garantiu Sylene. — Quanto ao povo das outras aldeias, eles serão muito idiotas se preferirem lutar para defender o Velho Bolor e seus nobres balofos. Deixaremos uma passagem livre até Grimmere, onde todos que quiserem se manter neutros poderão se abrigar. Mas acredite. Ninguém terá problemas em matar tyrondinos que insistirem em continuar sendo sugados pela nobreza.

Elas seguiram traçando planos. Grimmere, eu lembrava de meus estudos, era uma espécie de fortaleza que ficava no início da região norte de Tyrondir. Era um lugar abençoado por Marah, a Deusa da Paz. Dentro do forte e em seus arredores, era impossível lutar ou mesmo praticar quaisquer ações agressivas — pelo menos era o que as histórias afirmavam. Maryx e Sylene pretendiam permitir que quaisquer aldeões que não quisessem lutar a favor da Aliança Negra ou contra ela se refugiassem em Grimmere. A hobgoblin garantiu que a fortaleza seria respeitada depois da ocupação. Elas enumeraram aldeia por aldeia, cidade por cidade. Eu conhecia algumas, outras me eram estranhas, mesmo que eu tivesse sempre vivido naquela região. Maryx lembrava de todas elas, tinha detalhes de cada uma na memória.

— Qual é a situação de Vagon? — perguntou minha amiga.

— O Barão Rulyn é totalmente leal ao Bolor. Ele não vai se entregar facilmente. Mesmo que seus domínios não passem de uma aldeia, ele é nobre e se comporta como tal. Temos vários simpatizantes em Vagon, mas não podemos contar com eles. Estarão ocupados lidando com a guarda do barão.

— Estou preocupada com Molok.

Sylene resmungou.

— Molok é uma ameaça — admitiu a humana. — Está sempre cheia de aventureiros que querem fazer fortuna com a matança de goblinoides. E quem não está lá para chacinar seu povo não é melhor. São aproveitadores que venderiam a própria mãe por um punhado de ouro.

— Ninguém em Molok conhece nosso plano?

— Tive muito cuidado para que nenhum de meus aldeões sequer chegasse perto daquele antro. Molok se vê como a sucessora de Khalifor, a cidade de fronteira que vai proteger o norte. Se alguém abriu a boca para Molok, realmente estaremos perdidos, pois os habitantes de lá irão nos delatar por lealdade ao Bolor ou ao dinheiro. Mas todos conhecem o risco.

— Então...

— Então não adianta perder o sono pensando nos canalhas e ingênuos de Molok. Fizemos todo o possível para que a cidade não seja um problema, não podemos desistir por causa deles.

Maryx assentiu, aceitando relutantemente a garantia da outra.

— E Questor? — perguntou minha amiga.

A Vila Questor era famosa na região sul. Uma das poucas comunidades costeiras de Tyrondir, defendida por seu fundador, um clérigo do Oceano. Questor tinha cultura diferente do resto do reino: lidava com navegadores de várias partes do mundo e não parecia se preocupar muito com a Aliança Negra. Talvez porque o mar fosse uma oportunidade de fuga.

— John Questor é um imbecil teimoso — disse Sylene. — E seu filho é pior ainda. Ele acha que goblinoides são malignos e que seu deus vai protegê-lo de qualquer invasão. A Vila Questor vai lutar contra nós.

— John Questor pode ter avisado o rei?

— Ele não sabe de muita coisa. Tive cuidado para não revelar nada comprometedor. De qualquer forma, ele não é nobre. O Velho Bolor não iria lhe dar ouvidos. Ninguém na capital prestaria atenção a um plebeu que defende sua aldeia. Se John Questor fosse um duque que não faz nada além de cobrar impostos, então teria o ouvido do rei.

Minha curiosidade me obrigou a interrompê-las:

— Quer dizer que os aldeões do sul de Tyrondir estão se revoltando? — perguntei. — Quer dizer que vocês são leais... ao Ayrrak?

Sylene D'Albira tomou um gole longo de cerveja antes de responder:

— O que acha que Thwor Ironfist ficou fazendo nos anos desde a queda de Khalifor?

Tyrondir, o Reino da Fronteira, sempre viveu sob a promessa ou a ameaça do continente sul. Nos anos e séculos após a formação do Reinado, era o último reino do continente norte, eternamente cobiçando a antiga riqueza que estava logo após Khalifor e o Istmo de Hangpharstyth. Junto à cobiça, havia ressentimento e ódio antigo. Então, com o surgimento da Aliança Negra, o ressentimento se tornou medo.

O istmo deixou de ser a barreira que separava Tyrondir da abundância do passado, tornando-se o escudo que o defendia da miséria e da devastação. Pouco a pouco, goblinoides subiram ao norte. Primeiro em punhados de batedores isolados. Depois, com a queda de Khalifor, em bandos cada vez mais organizados. Thwor Ironfist se tornou um boato, depois uma preocupação, depois uma realidade.

E, durante todo esse tempo, o Rei Balek III fortificou a capital.

Tyrondir era o Reino da Fronteira, mas só o sul do país realmente conhecia o que era viver na fronteira. Quanto mais ao norte se subia, mais civilizadas e seguras eram as terras. No meio de Tyrondir, os acampamentos do Exército do Reinado garantiam uma barreira adicional contra qualquer inimigo. A capital, Cosamhir, ficava quase na divisa com o reino de Deheon. Era uma cidade rica, cheia de luxos e pompa. A vida de um nobre ou burguês em Cosamhir não era nada semelhante à de um plebeu em Dagba.

O sul vivia com medo.

O sul conhecia o inimigo.

O sul sabia que, com a perspectiva de guerra, ódio não é tudo que surge.

Enquanto Balek III aumentava o número de soldados e a altura das muralhas no norte do reino, garantindo que Tyrondir nunca cairia por completo, o sul lidava com a realidade. Os goblinoides que surgiam como caçadores, batedores e exploradores atacavam aldeias, emboscavam caravanas, matavam e morriam. Mas, às vezes, não faziam nada disso. Como em qualquer guerra iminente, os territórios de fronteira se tornaram uma zona nebulosa. O povo de certa forma se acostumou a ver goblinoides. Alguns, como meu pai, entraram em espirais de pavor e raiva. Outros começaram a notar que goblins, hobgoblins e bugbears também eram pessoas. Inimigos, mas pessoas.

Muito se falava da destruição de Lenórienn, do massacre dos elfos. Mas quem, nas aldeias perdidas do interior de Tyrondir, já vira um elfo? Dizia-se que os reinos humanos de Lamnor tinham sido conquistados um a um. Mas quem conhecia os nomes desses reinos? E não foram seus governantes que, séculos atrás, expulsaram do continente o povo que hoje compunha o Reinado?

Nobres, elfos e reinos antigos eram noções abstratas.

Goblinoides eram pessoas reais.

Enquanto os impostos aumentavam para que Cosamhir fosse fortificada, para que nada jamais faltasse nos castelos do norte, para alimentar milhares de soldados estrangeiros, o sul de Tyrondir ficava cada vez mais abandonado. Não havia respaldo da coroa tyrondina. O Rei Balek III já era muito velho quando a Aliança Negra tinha se erguido. E, quanto mais envelhecia, mais apegado ficava a seu modo de fazer as coisas. Ele não tinha mais condições de visitar o sul do reino. Não conhecia a vida de seus súditos distantes.

Mas os goblinoides conheciam.

— Um aldeão normal de Tyrondir — disse Sylene — considera-se mais próximo de um goblin do que de um nobre.

Eu existira numa bolha em Sternachten. A cidade vivia das doações de nobres, cultivava um cotidiano que, se não tinha luxo, era tão elevado em suas preocupações e atividades que também não se relacionava de forma nenhuma com a luta diária das aldeias. Eu nunca passara fome em Sternachten. Na verdade, em geral eu pudera escolher o que comer. Estragar uma lente de telescópio caríssima fora uma opção para mim. Eu usara na sabotagem substâncias alquímicas que pagara de minha própria bolsa, sem que isso fosse excepcional.

Eu nunca pensara em por que Sternachten era tão pacata, tão segura contra os ataques goblinoides. A verdade é que ela nunca fora segura. Nós apenas vivíamos como se estivéssemos no norte, a despeito de nossa posição geográfica. Recebíamos as visitas de nobres, então pensávamos que éramos como eles. Na primeira vez em que a vida real de Tyrondir chegou até nós, a cidade foi destruída.

Antes de conhecer Lamnor, eu pensava em termos de raças: humanos eram semelhantes a humanos. Mas, cada vez mais, notava como aquelas distinções eram arbitrárias. Goblinoides viviam na miséria, oprimidos por povos mais poderosos, forçados a lutar para sobreviver. O que realmente os diferenciava de aldeões do sul de Tyrondir?

— Logo depois da queda de Khalifor, o Ayrrak surgiu em Dagba pela primeira vez — disse Sylene, seu tom deixando claro que relatava algo de grande peso. — Ele não se anunciou no meio da vila, nem fez nenhum alarde. Deve ter nos investigado de alguma forma, porque sabia quem eu era. Acordei com Thwor Ironfist em meu quarto. Ele mandou que eu me levantasse para ouvir sua proposta.

Ela deu uma risada de si mesma.

— É claro que o ataquei — disse. — Eu era uma guerreira e ele era nosso grande inimigo. Já tínhamos feito comércio com um ou outro goblinoide que viera em paz, mas esses eram exceções. Eu odiava mais os nobres do norte do que os coitados de pele verde que às vezes cruzavam nossas estradas, mas tinha aprendido desde sempre que devíamos matar goblinoides à primeira vista. Então ataquei Thwor Ironfist. Ele não fez esforço nenhum para me desarmar e quebrar minha espada. Mandou que eu sentasse e ouvisse.

A proposta do Ayrrak era simples. Ele queria que os tyrondinos do sul conhecessem os goblinoides. Não seriam atacados se apenas tolerassem a passagem de bandos ocasionais. Em troca, haveria uma linha de suprimentos constante de Khalifor até as aldeias.

— O acordo foi bom para nós. De uma hora para a outra, podíamos pagar os impostos ao rei e ainda ter o suficiente para matar a fome. É claro que nem todos podiam saber do arranjo. De início, só eu sabia. Instruí todos em Dagba a não atacar goblinoides, com a desculpa de que não valia a pena, era mais eficiente proteger nossa aldeia e não perder vidas patrulhando as estradas. Escolhi dois aldeões que considerei sensatos o bastante e organizamos a primeira expedição para trazer suprimentos de um posto avançado goblinoide.

Mas o acordo não acabou ali.

— O Ayrrak nos visitou mais vezes — contou Sylene. — Ao longo dos anos, ele viajou incógnito, esteve em cada aldeia. E, assim como eu escolhi alguns aldeões, cada liderança em cada aldeia escolheu um punhado para ouvir as palavras dele. Mais e mais, a presença de Thwor se espalhou. Formamos nosso próprio país, sem nome, sem bandeira e sem rei. Apenas aguardando a chegada de nosso verdadeiro governante.

O brilho nos olhos dela era o mesmo de Maryx ao falar do Imperador Supremo.

— Balek III é velho demais, rico demais, covarde demais, gordo demais. Sua dinastia governa Tyrondir desde a fundação do reino. Nunca foi interrompida. Nunca houve uma guerra civil ou uma revolução. Nunca tivemos a chance de ser regidos por mais ninguém. Nada muda em Tyrondir há séculos. As coisas sempre foram feitas da maneira de Balek. Nós o chamamos de Balek, o Bolor. Ele é algo que fica parado, cada vez mais arraigado e mais fedorento. Só serve para apodrecer e sugar nossa vida.

Thwor Ironfist lhes dava comida, Balek III lhes exigia impostos além de qualquer limite. Thwor Ironfist conversava com eles pessoalmente, Balek III nem mesmo os visitava. Thwor Ironfist os deixava em paz, Balek III recrutava-os para guarnecer a capital onde nunca tinham pisado. A escolha não era difícil.

— Com o tempo, até os coletores de impostos ficaram fartos — Sylene balançou a cabeça, ela mesma perplexa com o extremo da situação. — Em vez de viajar por todo o reino, arriscando-se a serem roubados e mortos para entregar ouro a nobres arrogantes, eles simplesmente começaram a mentir. Nunca mais pisaram no sul e só reportavam que não produzíamos nada além do mínimo para sobreviver. O que não era mentira.

Lembrei de meu pai, que tinha certeza de que o reino fora devastado por goblinoides porque o coletor de impostos nunca mais passara na fazenda.

— Difundimos a palavra do Ayrrak com paciência. Arranjamos encontros secretos entre as lideranças das vilas. Escrevemos pergaminhos com a visão dele sobre O Mundo Como Deve Ser. Foi durante esse tempo que conheci Maryx.

As duas mulheres trocaram um olhar de respeito.

Maryx conhecia as aldeias em que podia encontrar abrigo durante suas incursões além do istmo. Já tinha dormido algumas noites em Dagba para se esconder de uma patrulha do exército tyrondino e levara uma mensagem de Thwor em outra ocasião. Ela e Sylene não tinham nenhuma relação íntima, mas confiavam uma na outra como aliadas.

Afinal, o sul de Tyrondir já fazia parte da Aliança Negra.

— Não podemos ficar confiantes demais — disse Maryx. — Existem muitos humanos ainda iludidos por aqui. Escravos que vão lutar até a morte para manter seus grilhões.

— Se é a morte que eles querem — Sylene fechou o punho — a morte terão.

Aqueles aldeões pareciam perfeitamente comuns. Eu nunca suspeitaria de que faziam parte de uma insurgência secreta, leal a Thwor Ironfist. O que era seu grande trunfo.

— Conte mais detalhes, Maryx — pediu a líder da aldeia. — O que vai acontecer? Quando? O dia da batalha final chegou?

— Não. O Ayrrak não quer guerra, pelo menos não ainda. Mas haverá um grande influxo de goblinoides. Populações inteiras de todas as raças cruzarão o istmo. Ele mesmo estará aqui. Balek III será obrigado a descer de sua capital.

— O Velho Bolor vai apenas mandar seus capangas, como sempre!

— Se o rei não vier em pessoa, então haverá guerra, Sylene. Thwor precisa falar cara a cara com Balek III. Nenhum intermediário servirá. Mas, de qualquer forma, imagino que em breve vocês serão convocados para os exércitos de seus lordes.

Isso provocou um burburinho entre os aldeões.

Toda aquela discussão girava em torno de partes da vida que eram mais estranhas para mim do que a existência em Urkk'thran. Quando vivera em Tyrondir, eu fora um astrólogo, meus dias tinham sido divididos entre estudar, observar as estrelas e realizar trabalhos no observatório. Mas a vida de um aldeão era conseguir comida suficiente para sobreviver, pagar impostos e, quando havia guerra, ser convocado para o exército.

Alguns reinos tinham exército regular, com soldados que eram pagos em ouro e recebiam treinamento de combate formal. A maioria das nações, contudo, possuía números reduzidos desses guerreiros profissionais e, quando os tambores de guerra rugiam, recorria ao povo. A plebe vivia sob a possibilidade constante de um dia ser arrastada para a guerra sem escolha nenhuma. Em geral, plebeus recebiam algum tipo de uniforme para que soubessem separar seu lado do lado inimigo, mas nenhuma arma ou armadura. Em muitas casas plebeias havia machados, lanças ou mesmo enxadas e ancinhos, só esperando para serem postos em uso quando um lorde e seus cavaleiros surgissem com estandartes e ordens. Em Tyrondir, todos conheciam alguém que já tinha sido recrutado à força.

Agora, que a Aliança Negra cruzaria o istmo, todo o sul seria conscrito.

— Existe esperança de que não haja guerra — garantiu Maryx. — O Ayrrak não quer derramar sangue. Por enquanto. Mas ele precisa do território.

— Qual é a diferença?

— Você vai entender. Confie em mim. Confie nele.

Sylene assentiu, grave.

— Sua função é simples, a menos que o pior aconteça — continuou Maryx. — Tudo que precisam fazer é manter a calma e a disciplina. Não ataquem antes de ouvir o berrante de uryuk.

Depois pedi explicações a Maryx e ela me contou sobre todo o plano. Era genial em sua simplicidade. O uryuk era uma espécie de bisão de pelo comprido que só existia em Lamnor. Seus chifres espiralados eram muito característicos e não podiam ser confundidos com nada que existia em Arton Norte. Os berrantes feitos com chifre de uryuk produziam um som único, oscilante, também diferente de qualquer trombeta ou instrumento que existia no norte. Ao longo dos anos, Maryx distribuíra berrantes de uryuk às aldeias do sul de Tyrondir. A ideia fora sua, considerada por Thwor uma jogada brilhante. Com o tempo, todos os aldeões leais ao Ayrrak se acostumaram com o som do berrante de uryuk e aprenderam a reconhecê-lo. Era impossível que houvesse outros berrantes do mesmo tipo entre o exército tyrondino e ele nunca era usado nas hordas da Aliança Negra. Assim, quando um berrante de uryuk soasse em meio à batalha, isso seria o sinal para que o líder de cada aldeia também soasse o seu. E este, por sua vez, seria o aviso para que todos os insurgentes agissem de surpresa.

— Não tentem ser heróis, não presumam que sabem o que vai acontecer — Maryx foi enfática. — Esperem o toque do berrante. É bem possível que ele não soe em nenhum momento, ou pelo menos que não soe no momento mais provável. Fiquem calmos.

— Esperamos há muito por este dia. Podemos esperar mais um pouco.

— Usem isto — Maryx estendeu a Sylene um pequeno frasco de cerâmica tampado com cera.

Gradda enfiou a mão em seus trapos e começou a tirar de lá uma série aparentemente interminável de frascos iguais. Sylene e os aldeões guardaram todos eles. Era como um truque de mágica para crianças: a goblin produziu vinte, quarenta, cem, duzentos frasquinhos de dentro da roupa. Eles foram colocados em caixotes e protegidos com estopa.

— Cada um de vocês deve derramar a substância em si mesmo quando ouvir o berrante — instruiu Maryx. — Os guerreiros da Aliança Negra vão atacar quem não estiver marcado. E você está responsável por distribuir frascos suficientes para todas as aldeias. Se alguém ficar sem um frasco, deve dividir com quem tenha. Ou então desertar. Se um confronto chegar a acontecer, o campo de batalha será mortal para quem não tiver a marca.

— Não se preocupe.

— Você precisa repassar as instruções e distribuir os frascos o mais rápido possível. Temos cerca de uma estação para nos preparar e não posso ir a cada aldeia pessoalmente. Você tem uma função importante na construção do Mundo Como Deve Ser, Sylene D'Albira. Está à altura da tarefa?

Como resposta, a mulher saiu de trás do balcão. Foi até Maryx e pousou a mão em seu ombro.

— Balek III nunca me deu nada. A nobreza sempre pisou em mim. Só pude depender das pessoas desta aldeia até o dia em que o Ayrrak surgiu. Quando a Aliança Negra chegar, ficarei honrada se puder receber tatuagens no pescoço.

— Estas tatuagens são de escravo — falei.

— Toda a humanidade é escravizada — respondeu Sylene. — O primeiro passo para a liberdade é aprender a enxergar os grilhões.

A conversa continuou noite adentro. Elas planejaram rotas para entregar a mensagem de aldeia em aldeia. Listaram os nomes das lideranças, os perigos que podia haver no caminho. De repente, pensei em algo, interrompi:

— Você sabe se Lorde Niebling passou por aqui nas últimas semanas?

Sylene ficou um pouco surpresa, mas não precisou pensar para responder:

— O gnomo? Sim, esteve aqui há pouco tempo. Falou muito, não entendi metade. Estava tagarelando sobre unicórnios.

— Ele disse mais alguma coisa? — quis saber, entusiasmado.

A presença de Niebling tinha pairado sobre aqueles acontecimentos desde o início. Eu achava que ele podia nos ajudar de alguma forma. Pelo menos era um homem importante do norte que reconhecia os goblinoides como gente e até os ajudara.

— Ele ia para a capital, para se encontrar com o rei — a mulher deu um riso de desprezo. — Seja qual for sua altura ou o tamanho de seu nariz, um lorde é um lorde. O gnomo é só um nobre esquisito, fiquei aliviada quando ele foi embora.

Sylene não sabia mais nada sobre Lorde Niebling e não tinha nada de bom a dizer sobre ele, então desisti do assunto. Pelo menos era bom saber que o gnomo estava vivo, que não caíra vítima de Avran Darholt.

Sem nada para fazer a não ser ouvir, observei a taverna. Havia vidros cheios de ervas secas, a cabeça empalhada de um urso que alguém tinha caçado há muito tempo, lenha empilhada num canto. E, numa prateleira atrás do balcão, várias pequenas caixas de madeira, seu interior forrado com tecido, deixando entrever as bordas esfiapadas saindo pelas frestas das tampas. Muitas formigas estavam ao redor das caixas e todo o redor tinha um aspecto grudento e açucarado. Eu reconhecia aquilo.

Fui até a prateleira e abri uma delas. Dentro havia um favo de mel. Exatamente como meu pai trazia para casa quando ia "à aldeia" vender os produtos da fazenda.

Talvez fosse uma prática comum em várias aldeias do sul. Ou talvez meu pai estivesse vindo a Dagba regularmente antes de cair em seu delírio. Tudo se encaixava, os lugares e as pessoas surgiam de novo e de novo.

Alguns aldeões quiseram saber mais sobre mim, mas não tive vontade de revelar. Disse que eu tinha sido servo numa caravana e que tinha me convertido à Aliança Negra após ser capturado num ataque.

— Você teve sorte — comentou um rapaz de rosto comprido e barba rala. — Em geral, os goblinoides não deixam ninguém vivo quando pegam uma caravana.

Ele falava aquilo com naturalidade, como se não estivesse narrando a morte de humanos. De repente, algo me ocorreu. A mentira sobre ter sido empregado de caravana me lembrou da história da maga Fahime, que fora atacada pela Aliança Negra enquanto estava numa caravana vinda de longe. Isso me levou à Ordem do Último Escudo.

— Vocês já viram por aqui um homem que carrega um escudo com os símbolos de todos os deuses bondosos? — perguntei. — Um guerreiro que...

— Está falando de Avran Darholt? — ele disse imediatamente.

— Vocês conhecem Avran?

— Claro! — o rapaz se entusiasmou. — Um dos poucos humanos que já fez alguma coisa por nós, exceto nós mesmos. Apesar de sempre estar metido naquela armadura de cavaleiro, não é empolado. Ele odeia os goblinoides, mas é melhor que os nobres daqui.

Rilhei os dentes, subitamente nervoso. Avran estava em toda parte.

— Isso é muito grave! — bati com o punho no balcão da taverna. — Maryx, Avran já visitou esta aldeia! Ele finge ser amigo destas pessoas! Ele...

— Calma, Corben — ela me segurou com força, mas sem agressividade. — Já sabíamos que a Ordem do Último Escudo costuma passar por estas aldeias. Os aldeões não podem expulsá-los. Poderia atrair suspeitas.

— Mas...

— Missões no sul do reino não são como missões em Lamnor. Não podemos agir como duyshidakk, ushultt. Precisamos agir como humanos, com mentiras e fingimentos.

Isso não pareceu ofender nenhum dos humanos presentes. Eu também não estava ofendido.

— De qualquer forma — Maryx se dirigiu a Sylene — é preciso ter cuidado com Avran. Ele é uma cascavel. Foi abençoado com um poder muito perigoso, que usou para destruir a cidade dos observatórios. Tenha certeza de que nenhum dos seus contará nada a Avran, caso ele apareça aqui de novo.

Sylene concordou. Fiquei mais calmo. Era difícil não me sentir perseguido.

As duas trocaram um cumprimento marcial.

— Acho que já sabemos tudo de que precisamos, Maryx. A ocupação será um sucesso, tenho confiança no Ayrrak. Agora proponho uma oração rápida.

Minha amiga ficou séria, mas não falou nada. Gradda, que estava bebendo cerveja e trocando piadas obscenas com dois aldeões, parou no meio de um gole.

— Oração...? — gaguejou a bruxa.

— Claro — Sylene olhou para cada um dos aldeões e todos assentiram, austeros. — Estamos com vocês até o fim. Todos nós somos devotos de Ragnar.

Sylene D'Albira voltou para trás do balcão. Removeu alguns barris e revelou um alçapão secreto. Conduziu cada um dos aldeões, e então nós três, por uma escadinha até um porão. Acendeu dois archotes e revelou um pequeno altar ao Deus da Morte.

Era algo simples. Três caveiras humanas encostadas numa parede onde o sol negro estava pintado, ao lado de algumas partes de corpos e uma tigela cheia de sangue, onde vermes nadavam satisfeitos.

— Não podemos ainda ter um altar ao ar livre, aberto para a sombra da carruagem de Ragnar — disse Sylene. — Mas este é um começo. Nossas almas e nossos corpos pertencem a vocês.

Os aldeões começaram a se ajoelhar. Aquelas pessoas de aparência prosaica se prostrando ao Deus da Morte eram uma visão bizarra que me deu calafrios.

— Nossa aldeia vai se chamar Dag'ba — a líder completou. — Terá a morte no nome.

— Não é sábio batizar o lugar onde seus filhos nascem com um nome de morte — Maryx falou com cuidado.

— Não queremos mais vidas sem sentido, feitas de parir, plantar e pagar impostos! Queremos O Mundo Como Deve Ser! Estamos prontos para o Ayrrak!

Sylene se ajoelhou.

— Eu não vou rezar — Maryx sussurrou para mim.

Os aldeões nos olhavam, ansiosos para que nos juntássemos a eles. Decidi tomar uma atitude e pelo menos postergar qualquer ritual.

— Algum de vocês já foi abençoado por Ragnar? — perguntei. — Alguém já é capaz de milagres do Deus da Morte?

— Dizem que um curandeiro em Vagon foi tocado! — o barbudo grisalho sorriu. — Ele fez pássaros caírem do céu apenas com suas palavras. Ainda estamos esperando que alguém em Dag'ba receba a bênção.

— Não chame sua aldeia assim — Maryx estava começando a ficar irritada.

— Quando começaram a cultuar Ragnar? — ignorei o comentário de minha amiga, temeroso de criar algum problema.

— Enxergamos a verdade há menos de um ano — Sylene falou, como se fosse uma confissão constrangedora. — Demoramos a perceber que deveríamos servir à Morte para ajudar a Aliança Negra. Os nobres e cavaleiros de Tyrondir cultuam Thyatis. Querem que rezemos a um deus incompreensível.

— Quem entende aquele deus? — o rapaz com quem eu falara antes fez coro. — Um pássaro de fogo que não é o deus do fogo? Qual o sentido disso? E por que ele é Deus da Ressurreição *e* da Profecia? Quem quer cultuar uma divindade tão esquisita?

— Ainda bem que aquela cidade de profetas de Thyatis queimou! — uma senhora gorducha fez um esgar de raiva. — Bando de lunáticos arrogantes que não serviam para nada!

— Nenhum aldeão do sul de Tyrondir entende algo tão complexo quanto Thyatis — Sylene explicou, mais calma. — Mas todos entendemos a Morte.

— E, no fim, é isso que queremos! — disse o barbudo. — Que tudo fique bem simples! Vamos matar os nobres e todos os outros que atrapalham nossas vidas! Então seremos felizes.

Eles concordaram, num burburinho cada vez mais exaltado. Desejaram a morte do rei, dos aristocratas, dos soldados, de seus vizinhos que ainda não tinham se convertido à Aliança Negra. Ragnar resolvia qualquer coisa.

Sylene insistiu para que nos ajoelhássemos. Eu tinha mais vontade de dar um soco num daqueles aldeões do que de rezar junto a eles, mas Gradda me puxou pela mão, arrastando Maryx pela outra. Dar um soco num aldeão iria diretamente contra a missão que o Ayrrak nos dera. E a missão era mais importante. Aqueles aldeões idiotas estavam contribuindo para a sobrevivência do povo goblinoide e para O Mundo Como Deve Ser.

— Tudo se tornou mais claro quando passamos a rezar a Ragnar — disse Sylene. — Vida, Ressurreição, Paz, Justiça... Cada um entende essas coisas de modo diferente. O domínio de Ragnar só pode ser entendido de uma forma.

Maryx concordou com um resmungo.

Então a líder da aldeia de Dagba falou algo que ficou para sempre gravado em minha mente:

— A vida é relativa. Mas a morte é absoluta.

18
OS DOIS REIS DE TYRONDIR

O TEMPO ESTAVA VAZIO, ENTÃO DECIDIMOS PREENCHÊ-LO COM memória. À medida que o ar esfriava, a Aliança Negra se aproximava de Arton Norte. Não tínhamos comunicação com o Ayrrak, nem nada para fazer. Eu sentia uma vibração a meu redor, como se Tyrondir soubesse que estava prestes a receber dezenas de milhares de estrangeiros e se preparasse para a ocasião. Patrulhei as estradas à noite, com Maryx e Gradda. Estudei o idioma goblinoide. Tentei fazer sentido da história de Avran e da espada de meu pai em suas mãos. Quando vi o primeiro floco de neve, soube que o dia da invasão estava próximo e pedi para visitar Sternachten.

— Melhor do que ficar o dia inteiro coçando a bunda — Gradda deu de ombros.

— Tem certeza de que quer ver seus mortos, ushultt? — perguntou Maryx.

— Você pelo menos teve um funeral para os seus.

Ela assentiu.

— Quer visitar a fazenda onde cresceu?

— Não — respondi, categórico. — A única coisa que existe lá são ossos de animais que morreram de fome, ossos de uma irmã que morreu de doença e talvez um homem que me abandonou na floresta. Talvez os ossos dele.

— Muito bem. Você terá seu funeral, Corben.

Viajamos, seguindo minhas lembranças e impressões vagas e o infalível senso de direção da caçadora.

Durante a jornada, testemunhamos algumas cenas da preparação para a guerra. Já tínhamos visto antes e agora ficava mais comum: aldeias perdidas eram visitadas por nobres, acompanhados de alguns cavaleiros. Eles carregavam estandartes e usavam armaduras. Liam proclamações, faziam discursos inflamados, então mostravam suas verdadeiras intenções. Não precisavam, na verdade, de leis antigas ou palavras bonitas, porque os aldeões não tinham escolha. Vila após vila, o sul de Tyrondir foi recrutado. Mesmo que os aldeões estivessem a nosso lado, a movimentação de tropas em Khalifor nunca seria discreta, principalmente em grande escala. Não se fazia guerra em segredo.

Tomamos cuidado de nunca aparecer enquanto observávamos aquelas cavalgadas e marchas. Era importante que os aldeões insurgentes fossem levados ao exército. Eu nunca estivera num castelo, exceto pelo Castelo do Sol, muito menos servira sob um senhor guerreiro, mas ver aqueles brasões me lembrou de tudo que seria perdido quando Tyrondir fosse tomado. Não importava.

Quando vi minha antiga cidade nevada, chorei mais uma vez. Naqueles tempos, tudo era triste. As muralhas de Sternachten eram baixas, não havia defesas. As casas das zonas seculares se amontoavam entre as colinas, sob um tapete branco lindo. Era uma cena saída diretamente de minha infância, antes que eu tivesse permissão de deixar o Observatório da Pena em Chamas, quando olhava pela janela durante o inverno, à noite, impressionado com as luzes em cada casa e a pureza da neve recém-caída. Ouvi de novo a voz do Bispo Vidente Dagobert, reclamando dos habitantes que não apagavam seus lampiões, da luz refletida na neve que causava poluição visual e dificultava a observação dos céus. Experimentei de novo o gosto de vinho aquecido misturado com especiarias, água e mel, que mantinha os acólitos corados e confortáveis nos postos de observação do último andar, sob o domo aberto. Senti de novo a ardência gelada de uma bola de neve na nuca, escorrendo por baixo do cachecol e dos mantos de lã, quando recebíamos pelo menos a chance de andar pela colina. O inverno em Sternachten fora mágico para uma criança, uma estação de conforto e preguiça agradável, em vez de uma época inclemente que matava meninas de 5 anos.

Entramos pelo portão aberto. A impressão idílica se desfez quando enxerguei as ruas cheias de irregularidades, como grandes caroços sob a neve. Eram esqueletos cobertos de branco.

Andamos, desviando dos cadáveres. Meus pés estavam me levando direto à Colina Oeste, meu antigo lar. Passamos pela praça principal, com a estátua de Thyatis e a fonte com a efígie de Lorde Niebling. A água da fonte tinha secado, a estátua estava chamuscada, um efeito da chama negra. Vi o cadáver da mulher que morrera a minha frente. O local onde eu avistara Maryx. Dei alguns passos e parei, com uma certeza estranha.

— Foi aqui que morri pela primeira vez — eu disse.

Maryx e Gradda ficaram em silêncio respeitoso. O pilão tremeu de leve. Eclipse ganiu como um cachorro.

Continuei liderando o caminho até as ruínas de meu antigo observatório. Subimos o sopé da colina, vi o primeiro cadáver nevado de um clérigo com meu medalhão. Tirei a neve de cima dele. Estava seco, mas não tinha virado ossos — parecia ter sido mumificado de alguma forma. Sua pele estava repuxada e a carne estava murcha. Em seu queixo, em suas bochechas, em seu pescoço sob as orelhas, rastros negros.

— Não mexa nos cadáveres, ushultt — recomendou Maryx. — Você vai ficar mais próximo da morte. Além disso, não sabemos se o lodo negro não pode nos infectar de alguma forma.

— Vou arriscar — eu disse, olhando para ela com serenidade. — Preciso achar o corpo de alguém.

Fiquei de pé, bati a neve do poncho de lã e peles que me cobria, antes que derretesse e a umidade se infiltrasse.

— O nome deste clérigo era Egon. Ele era um adivinho-mestre. Um bom professor. Ele é lembrado.

Continuamos subindo a colina. Achei mais um cadáver. Limpei a neve de cima dele.

— O nome desta clériga era Arenda. Era uma adepta, como eu. Nunca a conheci direito, mas ela é lembrada.

E assim seguimos, perdendo um tempo enorme enquanto eu verificava cada cadáver. Aqueles que tinham morrido por lâminas, fogo ou magia já eram só esqueletos. É claro que eu não conseguia identificá-los. As vítimas do lodo negro tinham sido preservadas daquela forma bizarra e eu podia dizer quem eram. Andamos pela pequena floresta da colina. Vi dois cadáveres abraçados entre as árvores. Talvez fossem o casal que sempre se escondia lá enquanto Sternachten vivia. Os dois tinham morrido pelo lodo negro, agarrados. Finalmente eu soube suas identidades. Talvez o Corben de mais de um ano atrás se preocupasse com quem eram os dois amantes. De uma forma estranha, quis poder voltar para tempos tão inocentes.

Seguimos. Entramos no observatório por portas escancaradas. O domo tinha sido destruído, os telescópios estavam em pedaços, meros destroços no meio de engrenagens, cabos partidos, hastes entortadas e metal derretido disforme. A neve cobria boa parte daquilo tudo. A Ordem do Último Escudo tinha sido meticulosa em acabar com nossos instrumentos de trabalho.

Encontrei o cadáver de Dagobert, mas não o de Ancel. Não encontrei os restos de Neridda ou de Salerne. Talvez fossem alguns dos vários esqueletos que se espalhavam ali. Avran e os outros tinham estado aqui dentro, matando com suas próprias mãos. Tinham cortado, queimado, esmagado.

Escalei a pilha de engrenagens e maquinário arruinado e consegui chegar aos restos retorcidos de uma escada. Subi, acompanhado por Maryx. Gradda flutuou em seu pilão.

Quando chegamos à última plataforma, ao posto de observação, a neve começou a cair mais uma vez. Já era noite e os flocos entraram pela abertura desmoronada do domo. Só havia um cadáver lá em cima.

Era ela.

Abracei o corpo de Ysolt. Ela tinha morrido pelo lodo negro. Rastros escuros marcavam seu rosto. Seus cabelos se desprenderam da pele ressequida quando mexi nela, os dentes caíram das gengivas, atrás dos lábios repuxados num ricto eterno.

— Desculpe, Ysolt. Desculpe. Você tinha razão. Você teve que morrer para eu entender o que realmente importa.

Com cuidado, tirei o medalhão do pescoço dela. Fiquei de pé.

— Não podemos enterrá-los. Não podemos fazer nenhum ritual.

— Humanos! — Gradda deu um grunhido de zombaria. — Acho que são mais sentimentais do que os elfos!

Olhei para ela meio confuso. Não esperava um insulto naquele momento.

— Para sua sorte, goblins pensam em alternativas em vez de choramingar.

Ela meteu a mão nos trapos e tirou uma bolsinha. Abriu-a e eu vi que era pó vermelho, feito de sementes, ervas moídas, pequenas pétalas e caules. Era zoyrak'iykk, o preparado que atraía os animais alados para um funeral goblinoide. Sem esperar eu dizer nada, ela jogou um punhado da coisa sobre o cadáver de Ysolt. O vermelho se misturou com o branco da neve.

— Além de sentimentais, humanos também são distraídos. Aposto que você não notou que eu peguei os colares de seus amigos.

Gradda puxou um punhado de medalhões de dentro de seus trapos. Então outro e outro.

— Não sei o que falar — eu disse, maravilhado.

— Não se entusiasme, garoto, eu não peguei todos. Meus dedos iam congelar. Também não sei se o funeral vai dar certo por causa do lodo negro.

Não importava. Joguei o medalhão de Ysolt sobre o corpo dela, junto a todos os outros. Então o funeral deu certo. Deu mais certo do que eu poderia imaginar. Uma revoada de pássaros e animais alados cobriu o céu, desceu sobre o corpo. Bicaram e arranharam a carne de minha companheira de clero, rasgaram seus mantos.

Agarraram os medalhões do Observatório da Pena em Chamas e os carregaram ao céu, para junto dos mortos.

Então tudo ficou estático. Ysolt tinha desaparecido e os medalhões também. Só restava a plataforma vazia, lentamente sendo coberta de neve sob as estrelas.

— Obrigado...

— Se me chamar de ushultt, vou enfiar zoyrak'iykk em seu rabo e fazer os pássaros levarem suas tripas embora.

Segurei meu próprio medalhão. Tive vontade de dá-lo aos mortos, mas decidi deixá-lo ao redor do pescoço. Ele ainda pertencia a mim.

Então a Aliança Negra chegou.

Primeiro surgiram os batedores, hobgoblins montados em wargs, correndo à frente para averiguar o terreno. Depois comitivas de bugbears trajados em mortalhas, liderados por clérigos de Ragnar, com estandartes do Deus da Morte e tambores de guerra rítmicos e lentos, batendo em uníssono, anunciando o Ayrrak. Em seguida a Cordilheira de Kanter vomitou milhares e milhares de guerreiros de todas as raças — batalhões hobgoblins com disciplina marcial, hordas de bugbears, enxames de goblins, ogros lentos e brutais seguros por correntes, bandos de guerra orcs, tribos de gnolls, kobolds sem nenhuma organização correndo em frenesi. Porta-estandartes anunciando o orgulho de seus povos e clãs, máquinas de guerra feitas de metal e madeira sobre rodas, pernas compridas ou asas, brigadas de cavaleiros de wargs, carroções cheios de equipamentos, monstros dos mais diversos tipos. Era a escuridão subindo do sul para o norte.

No centro de tudo, estava Thwor Khoshkothruk.

O Ayrrak cavalgava um imenso touro de ferro com olhos flamejantes. Primeiro achei que fosse algum tipo de máquina incrível ou construto mágico, mas era um monstro, uma criatura fantástica que o próprio Imperador capturara e domara para que o carregasse em batalha. Ao redor dele, vinham alguns de seus filhos — outros comandavam seus próprios bandos e batalhões. Thwor era cercado por um séquito de clérigos de Ragnar, que erguiam foices e agitavam aspersórios feitos de crânios, espalhando fumaça negra. Junto a ele, na liderança dos sacerdotes, Gaardalok ia sentado numa liteira de ossos, carregado por um cortejo de mortos-vivos em roupas cerimoniais do Deus da Morte.

Atrás da coluna, depois dos guerreiros conquistadores, vinha uma imensa cauda de duyshidakk que só queriam viver. Eram voluntários, escolhidos e apenas desesperados que acompanhavam o exército na tentativa de escapar da morte certa sob a Flecha de Fogo. Naquele momento, eu não sabia o quanto o Ayrrak revelara a seus súditos, mas logo ficou claro que a verdade tinha se espalhado por Lamnor em nossa ausência. Thwor fizera um pronunciamento e encarregara seus arautos e mensageiros de contar ao povo que a invasão era uma luta por sobrevivência. Se a Aliança Negra conseguisse tomar Tyrondir, restaria pelo menos uma parcela dos goblinoides, uma semente da cultura de Lamnor para dar continuidade ao grande projeto do líder. Caso, contudo, o avanço das hordas fosse repelido, tudo que caberia ao povo do sul seria esperar a morte.

Nós enxergamos a enorme mancha da Aliança Negra muito antes de encontrar o exército. Ao longo de dias, vi o fluxo interminável de vida armada emergir das montanhas. Quando cruzamos com os primeiros batedores, Maryx foi cumprimentada com honrarias, então em pouco tempo fomos tragados pela massa goblinoide.

Eu não tinha nenhuma experiência com um exército. Nem mesmo a vida em Urkk'thran me preparou para a sensação de estar em meio a tanta gente indo numa mesma direção, com um mesmo propósito. O que eu lera sobre a organização militar dos humanos não se aplicava de modo nenhum a uma coluna da Aliança Negra. Os focos de ordem existiam em meio a um caos generalizado. Eles não marchavam em formação, mas cada um num ritmo diferente, misturando-se, afastando-se e se aproximando de novo. Os goblinoides também eram muito mais rápidos que qualquer força do norte. Não faziam pausas longas, nem mesmo para dormir. Quase todas as raças tinham resistência muito maior que os humanos e podiam avançar em marcha acelerada por dias a fio, sem descanso. Mesmo aqueles fisicamente mais débeis, como goblins e kobolds, subiam em veículos ou criaturas para manter o ritmo, ou simplesmente ficavam para trás e assumiam outra função no grande organismo que era a coluna. A relativa independência de cada parte do exército fazia com que o todo não dependesse de posições e tarefas fixas — esquadrões, tropas e tribos inteiras tomavam decisões sobre o que fazer a cada momento, garantindo sua própria sobrevivência e utilidade, sem precisar de instruções ou reportar a superiores. A horda não parava para cozinhar, não precisava de uma linha de suprimentos. Os goblinoides caçavam e coletavam no próprio terreno à medida que passavam, comiam andando ou cavalgando. A natureza ficava esgotada pela marcha da Aliança Negra, mas sempre havia pelo menos o suficiente para todos os invasores: eles se espalhavam para chegar a lugares ainda inexplorados e retiravam sustento de tudo que pudesse ser consumido. A retaguarda comia restos, mas quase todos os goblinoides estavam acostumados com isso. E com a fome. Eles tinham lutado contra humanos e elfos, por mil e quatrocentos anos, com fome. Seus corpos não se rendiam à exaustão e às privações, pois quaisquer linhagens menos resistentes já tinham se extinguido há séculos.

Sem saber, a civilização tinha criado um inimigo imune a suas maiores defesas. Enquanto as cidades e muralhas de humanos e elfos tinham-nos tornado gordos e complacentes, a vida nos ermos criara gerações de goblinoides que nada temiam e nada tinham a perder. E, quando eles ergueram suas próprias cidades e construíram sua própria civilização, formaram uma combinação invencível.

Maryx me puxou para cima de Eclipse, ou eu me perderia enquanto nós avançávamos na direção oposta à massa interminável. Todos marchavam, cavalgavam ou corriam para o norte, nós entrávamos cada vez mais na coluna, indo ao sul, em busca do Ayrrak. Eu não conseguia ver o chão ou a paisagem, só um mar de corpos em movimento que se transformavam num borrão de cores e formas afiadas. Nem mesmo o céu era muito visível acima das cabeças dos ogros e bugbears, da revoada dos ornitópteros, das asas de abutres que pressentiam um banquete. Perdi Gradda de vista em poucos minutos. Agarrei-me ao pelo do warg, sem saber direito para onde íamos, confiando na liderança de minha amiga.

Então, após muitas horas de caos, Eclipse parou de repente, mesclou-se a um grupo de wargs montados por hobgoblins. Quando percebi, estávamos em meio ao cortejo de Thwor.

Assim seguimos por dias. A horda mudou a meu redor, apenas o séquito do Ayrrak permanecendo mais ou menos constante. Dormi e comi sobre as costas de Eclipse. Maryx sumia e ressurgia. Não havia condições para falar, a não ser por meio de gritos e sinais de bandeiras, fumaça e berrantes. Quando eu precisava urinar o defecar, fazia no meio de todos, retornando ao centro da horda de alguma forma — levado por Maryx, carregado por Eclipse ou apenas andando, sendo engolido de novo por aquele grupo por simples acaso.

Logo no primeiro dia, parei de pensar.

Sou incapaz de explicar a sensação. Minha mente se transformou, para se adaptar ao frenesi constante. Eu não me sentia eu mesmo, só parte do todo. Era impossível fazer qualquer planejamento, mesmo o mais simples: eu comia quando comida surgia em meu caminho, dormia quando ficava exausto demais, existia só para seguir em frente. Não me via mais como humano, ou mesmo como duyshidakk, mas como um animal num estouro de manada. Ou num enxame. Passei a *saber* o que fazer, em conjunto a todos, num instinto que me tornava infinitamente sábio e completamente estúpido. Não sei quantos dias assim haviam se passado quando me peguei agarrando o medalhão em meu pescoço e repetindo para mim mesmo:

— Eu sou Corben. Eu sou Corben. Eu sou Corben.

Então, de repente, todo o exército começou a gritar e uivar, agitando armas, estandartes e punhos. O som agudo e terrível tomou um raio de muitos quilômetros — vi imensas revoadas de pássaros, e até as árvores longínquas se mexeram em resposta. Todos sabiam que deviam fazer aquilo e eu, sem notar, gritei também. Tentei ficar mais ereto sobre o warg para enxergar o que havia à frente, mas era inútil. Então senti o chão tremer atrás de mim, escutei o estampido de algo muito pesado batendo no solo em ritmo frenético. Senti uma manzorra agarrando minha roupa e me erguendo e só então percebi que era Thwor Khoshkothruk sobre seu touro de ferro, puxando-me acima da massa para que eu pudesse enxergar. Colocou-me montado sobre a criatura.

Em contraste com nossa horda viva e caótica, aproximava-se de nós uma coluna ordenada, feita de quadrados reluzentes de metal, estandartes regulares com cores brilhantes. Eles tinham soldados e cavaleiros, nobres e catapultas. O único brasão que consegui discernir ao longe encheu meu coração de dúvida: havia algumas enormes bandeiras com a figura da Fênix, o símbolo de Thyatis.

Tínhamos encontrado o inimigo. O exército de Tyrondir.

Thwor gritou uma ordem, a primeira que eu notava. O comando foi repetido por berrantes, mensageiros, uivos altos. A horda cessou seu avanço. Ao longo de pouco mais de uma hora, o caos frenético se tornou estático. A Aliança Negra respirou como uma só criatura, resfolegando ansiosa, mas se deteve.

Pude olhar em volta e entender os arredores. Era fim da manhã, estávamos numa grande planície, ladeando uma floresta vasta. Pelo que eu conhecia da geografia de Tyrondir, aqueles eram os Bosques de Baraldi — o nome era enganoso, pois era uma mata fechada e perigosa. A Cordilheira de Kanter era bem visível, mas estava impossivelmente longe. Algumas aldeias e fazendas pontilhavam a paisagem. Certamente estavam abandonadas ou seriam destruídas.

Maryx surgiu montada em Eclipse a nosso lado. Fez um sinal e eu pulei do touro metálico para o warg. Thwor me dirigiu um olhar significativo, então berrou algo no idioma goblinoide. Alguém lhe entregou um estandarte diferente, o tecido ainda enrolado na haste comprida. A liteira de Gaardalok começou a se mover, mas o Ayrrak fez um gesto e disse algo para o sumo-sacerdote. Ele argumentou, mas se deu por vencido e então os mortos-vivos ficaram imóveis.

— Hwurok! — chamou Thwor. — Thogrukk!

Os dois filhos do Imperador vieram para perto dele, cavalgando wargs. Hwurok era uma cópia mais limpa e um pouco menor do pai, erguendo-se galante sobre o animal, enquanto Thogrukk era tão grande que o warg mal conseguia carregá-lo e parecia mais bestial que a própria fera. Thwor chamou mais alguns nomes — alguns bugbears que tinham a aparência de sua linhagem, alguns hobgoblins e até um goblin. Então olhou para nós.

— Maryx! Corben!

Vi minha amiga agarrar o pelo de Eclipse mais forte, de súbito. Era uma explosão de orgulho, mas mais nada em sua postura ou seu comportamento demonstrava isso. Thwor deu um berro gutural e o touro de ferro disparou como uma besta enlouquecida para a frente. Os guerreiros que tinham sido selecionados soltaram cada um seu grito de guerra e o seguiram. Maryx emitiu seu brado ululante. A coluna se abriu para nossa passagem, vi o corredor de goblinoides zunir dos dois lados num emaranhado de movimento. Eles nos saudaram com urros e palavras que eu não compreendia. Ouvi nomes gritados no meio de tudo.

Ouvi meu próprio nome, como se eu fosse um herói.

Nós passamos pela vanguarda da coluna, desprendendo-nos do exército e ganhando a planície aberta, correndo rumo ao inimigo. Eu conseguia ver as fileiras de cavaleiros em armaduras completas postando-se à frente de incontáveis soldados. A distância diminuiu. Notei um movimento nas fileiras de trás: centenas de arqueiros puxaram as cordas de seus arcos e ficaram de prontidão para atirar. Os cavaleiros puseram as lanças em riste, seus cavalos patearam o chão.

Thwor Khoshkothruk emitiu um longo grito oscilante. Então ergueu o estandarte e deixou o tecido se desenrolar.

Era uma bandeira branca.

Ele segurou um chifre do touro metálico com a outra mão, detendo o galope. O chão sob os cascos de ferro se rasgou em sulcos fundos. Os ginetes de wargs ainda correram mais um pouco, postando-se ao redor do Ayrrak.

Nós nos colocamos bem ao lado dele. Pude ouvir com clareza a voz poderosa de Thwor, falando em valkar perfeito:

— Eu convoco Sua Majestade, o Rei Balek III de Tyrondir! Nós viemos em paz! Thwor Ironfist, o Grande General da Aliança Negra, deseja negociar!

Um arqueiro soltou a corda e deixou uma flecha voar, talvez um descuido de pura surpresa. Ouvi o ralhar longínquo de um sargento humano, enquanto Hwurok arremessou um círculo de metal afiado e cortou a flecha errante no meio, apenas para se exibir. O exército inimigo estava bem perto, enquanto nossa horda já se encontrava longe, bufando em expectativa como uma vasta fera enjaulada. Os cavaleiros humanos murmuraram entre si, confusos. Um deles fez sua montaria avançar em trote, mas Thwor o deteve com um gesto e uma frase:

— Qualquer um que se aproximar sem a presença do rei morrerá.

Não houve ameaça nem raiva na voz. Ele estava apenas relatando um fato. O cavalo era bem treinado e andou para trás com a mesma elegância. Ninguém fez troça do cavaleiro — não havia vergonha em não desejar enfrentar o homem que derrotara uma deusa em combate.

Thwor usara palavras típicas do norte. Referira-se a Balek III pelo tratamento correto, não chamara a si mesmo de Ayrrak ou Imperador Supremo. Nenhum daqueles humanos poderia saber disso, mas ele se rebaixara imensamente ao adotar o título humilde de general. Realmente queria conversar e estava dando o primeiro passo.

Por fim, alguém entre cavaleiros, soldados, oficiais e nobres percebeu que precisava repassar a mensagem. Houve uma pequena desordem, os estandartes erguidos balançando e as fileiras regulares remexendo, então uma trombeta longa ressoou no meio deles.

Balek III nos fez esperar, mas não houve dúvida de que ele estava lá. Se aquela fosse uma batalha comum, um rei acomodado como ele nunca pisaria no campo. Mas o Ayrrak tinha deixado a informação de sua presença se espalhar, para que chegasse à capital. A função da nobreza, principalmente num reino marcado pela luta como Tyrondir, era proteger a plebe. Balek III não podia fugir de um encontro tão importante, mesmo que estivesse com medo. O norte todo estava em guerra. Acima de Tyrondir, os reinos se digladiavam numa luta fratricida. A coalizão das maiores nações do mundo estava sem liderança e todos temiam que um tirano se estabelecesse ou que os países se desintegrassem num quebra-cabeças de pequenos lordes e guerreiros ambiciosos. Era mais uma razão para Balek tornar sua presença notada naquele dia histórico: mostrar pulso firme e comando confiante da situação.

Sua arrogância de humano talvez também colaborasse para que ele não negasse o desafio implícito de um mero goblinoide. Mas não havia desafio ali. Só um pedido sincero de reunião sob uma bandeira de trégua.

Thwor continuou com a bandeira branca erguida. Seu enorme machado estava amarrado ao lado do touro metálico, mostrando que o bugbear não pretendia usá-lo. Usava sua estola de caveiras coroadas. De resto, vestia-se com restos de capas e mantos de reis, com peles e couro de animais, com penas coloridas e ossos. O braço que segurava a haste longa não fraquejou por um instante, até que enfim as colunas se abriram para revelar o rei sob o estandarte de Tyrondir, acompanhado por sua guarda de honra.

O brasão do reino, a fênix surgindo das chamas, provocou em mim uma reação conflituosa, mas o monarca só me causou pena. Balek III era um ancião que há muito já devia ter sido aliviado de seus deveres pela abdicação ou pela morte. Talvez Thyatis achasse que estava sendo piedoso ao conceder tantas chances a um homem tão velho, mas sua aparência fazia crer que Ragnar tinha esquecido dele. Balek usava armadura completa brilhante, como cabia a um rei guerreiro, mas as placas eram frouxas para acomodar seu corpo mole e inchado. Diziam que ele não tinha sido obeso na juventude, mas agora o físico cedia à realidade do tempo. A couraça era redonda, para abrigar sua barriga esparramada. As proteções dos braços eram muito finas, como se fossem feitas para um garoto, e mesmo assim ficavam soltas em seus membros fracos. O rei cavalgava meio caído sobre a sela e pude ver que ele estava amarrado para que não despencasse. Um cavaleiro o acompanhava bem de perto, sem armas, com uma mão pronta para amparar Sua Majestade em caso de necessidade. Do lado dele, outro cavaleiro erguia o estandarte. Um pajem cavalgava logo atrás, segurando a enorme e pesada coroa de Tyrondir acima da cabeça do rei. O rosto dele era pálido e cheio de manchas. Uma barba branca, rala e muito comprida emoldurava a boca meio aberta, os cabelos quase transparentes caíam sobre os olhos semicerrados. Aquele não podia ser um monarca ativo. Era um pobre idoso que precisava de cuidados, devia ser deixado em paz e conforto em seus últimos anos ou meses.

O mais chocante, contudo, era a guarda de honra.

Quis gritar quando vi Avran Darholt cavalgando junto ao rei, sobre um corcel branco orgulhoso coberto de armadura prateada brilhante. Ele tinha o Escudo do Panteão num braço e atrás dele alguém cavalgava com um estandarte mostrando o mesmo símbolo, o brasão da Ordem do Último Escudo. A maioria dos membros da Ordem que eu conhecera estava morta, mas Lynna, Gynna, Trynna e Denessari acompanhavam o paladino — três das halflings montadas em pôneis de guerra, a quarta sobre um grande cão de armadura. A maga Fahime flutuava perto deles, sobre um disco de luz púrpura, as pernas cruzadas e as tatuagens da cabeça se movendo, fluidas. Ao redor havia humanos, elfos e anões que eu vira no Castelo do Sol, mas cujos nomes não memorizara. Até mesmo o minotauro estava lá.

A Ordem do Último Escudo era a guarda de honra de Balek III. Olhei para o Ayrrak, temendo por qualquer acordo de paz que ele pudesse tentar, mas Thwor entregou a bandeira branca a um de seus filhos e saudou o rei sem hesitação.

— Majestade — começou o Ayrrak — sei que piso em seus domínios sem permissão, mas não pretendo com isso contestar sua soberania. Venho aqui...

— Chegue mais perto, goblinoide! — cortou o rei, com voz rasgada.

Thwor se calou, mas continuou altivo.

Nós estávamos a alguns metros da comitiva de Tyrondir. Era o procedimento-padrão nesses casos, ao menos pelo que eu sabia de livros e relatos históricos. Mesmo com a declaração de trégua, todos preferiam se manter a certa distância.

— Já é humilhação suficiente discutir com um goblinoide! — latiu o rei. Apesar da aparente fragilidade, sua voz alcançava longe. — Não espere que eu vá gritar para ser ouvido! Se quer falar, venha até mim, criatura.

Todos nós olhamos para o Ayrrak, mas ele não tirava a atenção de seu interlocutor. Com um gesto sutil, fez o touro de ferro avançar lentamente, com o mínimo de agressividade possível. Nós o acompanhamos. Chegando perto do rei, estávamos também muito perto de seu exército.

A menos de um metro, os narizes dos cavalos e wargs quase se tocando, eu podia observar todas as nuances. As montarias estavam inquietas pela presença de nossos animais. O rei tinha um sorriso de desprezo, enquanto que o cavaleiro que o amparava não disfarçava um esgar de nojo sob o elmo aberto. Avran se mantinha estoico e imponente. As halflings exibiam um ar quase risonho e Fahime estava mais uma vez ferida.

Ela fazia parte da Ordem. Era também uma assassina, ajudara a massacrar Sternachten. Mas eu conhecia a origem daquele ferimento. Sabia que tinha sido uma punição de Avran. E não pude evitar a vontade de ajudá-la, como se ela também fosse uma vítima.

— Majestade... — recomeçou Thwor.

— Acha que vai falar comigo como se fosse meu igual? — Balek deu uma risada, roncando como um porco. — Desmonte, goblinoide. Todos vocês, desmontem! Tirem suas feras imundas de perto de meus cavalos!

Thwor apeou com um salto ágil. Aos poucos, nós o imitamos.

— E ajoelhem-se!

Isso fez o Ayrrak estacar. Vi seus músculos ficando tensos sob a pele retesada. Ele respirou uma vez, duas.

Então começou a se curvar.

— Não! — gritou Thogrukk, no idioma goblinoide. — Você não vai rastejar para este humano, pai! Deixe-me matá-lo!

— Fora, Thogrukk — disse Thwor, imperioso, em valkar.

— Este verme...

— *Fora*.

Thogrukk se calou. Virou as costas, montou em seu warg e cavalgou para junto da horda.

Thwor Khoshkothruk se ajoelhou para o rei de Tyrondir. Todos nós fizemos o mesmo. Maryx tremia de raiva. Examinei o rosto de Avran para notar se ele sentia alguma satisfação naquilo, mas o paladino não demonstrava nada.

— Muito bem! — Balek III esfregou as mãos enquanto sua língua pontuda dardejava para dentro e para fora dos lábios gretados. — Muito bem, agora a ordem natural do mundo está restabelecida! Os goblinoides rastejam para nós. Agora irei ouvi-lo, criatura. O que vem pedir de mim, o rei que mantém a fronteira segura há décadas?

Minha expectativa para a resposta de Thwor era quase dolorida, mas não ouvi o que ele falou. Avran Darholt também apeou de seu cavalo, bem a minha frente. Todos notaram aquilo, mas não ousaram falar nada, pois os reis estavam discutindo. O guerreiro se aproximou a centímetros de mim, tirou o elmo e se abaixou para ficar na mesma altura. Meu coração batia tão forte que fazia minhas roupas se mexerem.

— Não fale comigo, assassino — sussurrei.

— Isso é quase o mesmo que o Rei Balek acaba de falar para Thwor Ironfist. E imagino que você considerou uma atitude estúpida.

Roubei um olhar para Maryx, bem a meu lado, mas ela se mantinha atenta a qualquer sinal de perigo. Estava ouvindo, mas uma conversa não seria o suficiente para fazê-la intervir. Não quando o exército inimigo estava tão perto.

— É sua chance, Corben — disse Avran. — Podemos resgatá-lo. Venha conosco.

— Nunca.

— Você não sentiu *nada* ao pisar de novo em seu lar? Não notou como pertence realmente a esta terra de castelos e aldeias, em vez daquele antro de tribos e bandos nômades?

— Eu conheço a origem de seu escudo — ignorei a pergunta, porque não queria responder.

— Conte-me então, meu amigo. Sempre quis entender mais sobre minha bênção.

— Não sou seu amigo! Quem deixou seu escudo no poço da aldeia não foi nenhum deus! Foi um sacerdote vaidoso e fútil, que recebeu a missão de um anjo que não quis se revelar. Não foi um milagre!

— Então o escudo redimiu um clérigo caído antes mesmo que eu o encontrasse? Isso só me faz ter ainda mais orgulho dele.

— A origem do escudo está em Khalifor!

— Sim, porque Khalifor é nossa. Eu já disse, Corben, nada pertence a eles. Khalifor é uma cidade humana, Lamnor é um continente humano e élfico. Se o escudo se originou em Khalifor, é porque a cidade ainda contém bondade e santidade.

Eu não sabia o que dizer. Balbuciei algumas coisas, até me decidir por uma pergunta simples:

— Como... Como você tinha a espada de meu pai?

Avran colocou a mão em meu antebraço. Maryx segurou o kum'shrak, mas se manteve imóvel.

— O nome dela é Treva Santa — disse o paladino.

— Não tem nome — retruquei. — É só um pedaço de metal enferrujado.

Ele deu de ombros.

— Ela me chamou mais uma vez, eu soube que precisava entregá-la a você. Nossa história é igual, meu amigo. Somos iguais.

— *Não* — rangi os dentes. — É mentira!

— Use a visão de Thyatis e saberá que é verdade. A espada o protegeu quando um bugbear quis matá-lo, não? Tenho certeza de que não foi a única vez em que os goblinoides o ameaçaram. E a espada o deve ter protegido.

Olhei de relance para Maryx. Lembrei da noite em que lutamos. A espada estremeceu. Imaginei se era a mesma. Não havia resposta para sua reaparição.

— Você é um assassino. O lodo negro...

— O lodo negro é uma arma que fomos obrigados a usar. Nem eu mesmo o compreendo. Só precisamos recorrer a esses meios por causa da

Aliança Negra. Mas você deve ficar aliviado por saber que ele pode ser combatido. Um soldado afligido pelo lodo negro foi curado no Grande Templo de Thyatis, em Cosamhir.

De novo, fiquei alguns instantes procurando palavras.

— Você quer uma *cura* para o lodo negro?

— Claro; é algo terrível! Só o usamos porque o inimigo nos obriga. Mas, graças a clérigos como você, vamos combatê-lo. Ele nunca mais será usado depois de nossa vitória.

As mentiras dele, envoltas por sua voz tranquila, me faziam afundar num poço de dúvidas, como uma canção de ninar.

— Os clérigos de Thyatis são importantes neste reino, Corben. *Você* é importante. Lembre de que é humano. Você precisará fazer uma escolha agora, meu amigo. Faça a escolha certa. Não deixe que estes monstros entrem em *nosso* continente.

— Você matou clérigos de Thyatis!

— Mas você é melhor que eu. Sempre foi. Você foi escolhido ainda criança, enquanto eu tive meu destino jogado em minha cara por um sacerdote fútil, quando era um adulto. Eu fui obrigado a cometer um massacre, mas você não é. Faça a escolha certa, Corben.

— Mas...

Nisto, o paladino se ergueu e colocou o elmo. Percebi que algo importante estava sendo dito entre os dois reis.

— Não venho aqui como invasor, Majestade — disse Thwor Khoshkothruk. — Trago guerreiros apenas para me proteger. Venho como o líder de um povo, pedindo auxílio a outro líder. Os goblinoides suplicam para ser aceitos como refugiados em Arton Norte.

Balek III começou a rir.

Saliva grossa escorreu por seus lábios rachados, ele tossiu em meio à gargalhada forçada e cruel.

— Refugiados! Goblinoides refugiados! Se aceitar goblinoides refugiados em meu reino, devo também conceder asilo a pragas de gafanhotos? Devo me preocupar com o bem-estar dos carunchos que infestam nossos grãos?

— Meu povo não é uma praga de gafanhotos ou uma infestação de carunchos — disse Thwor. — Os goblinoides são pessoas. Habitantes de Lamnor antes da chegada dos elfos. Assim como o Reinado acolheu os sobreviventes de Tamu-ra quando sua ilha foi destruída, requisito que nós também sejamos acolhidos.

— Sabe muito bem que uma decisão desse tipo cabe à Rainha-Imperatriz! Deseja isolar Tyrondir para começar uma invasão sem que o norte esteja unido para se defender!

— Sua Rainha-Imperatriz está desaparecida e seu Reinado está sem liderança. Vossa Majestade é a autoridade suprema que pode permitir a passagem de meu povo.

Balek III riu mais uma vez.

— Acolher tantos refugiados será algo custoso para seu reino — disse o Ayrrak. — A Aliança Negra não ignora isso. Não precisamos de ouro, mas as riquezas que reunimos de nossos inimigos derrotados em Lamnor podem tornar Tyrondir a nação mais próspera do mundo conhecido.

Thwor fez um sinal. Hwurok e outros dois bugbears que eu não conhecia se levantaram, foram até seus wargs e desamarraram baús que estavam presos às laterais das feras. Então caminharam até Balek. Os membros da Ordem do Último Escudo levaram as mãos às armas, mas Avran sinalizou para que ficassem calmos. Os goblinoides abriram os baús e despejaram seu conteúdo ante os cascos do cavalo do rei. Houve um engasgo coletivo quando os humanos viram o tesouro entregue de livre vontade. Não havia, em quatro baús, uma única moeda de ouro. Eram diamantes e outras joias, objetos de arte sem preço, relíquias que sozinhas podiam sustentar um reino por mais de um ano. O Imperador Supremo tinha selecionado os itens de maior valor com menor volume. Duvido que sequer Balek já tivesse visto tanta opulência.

— Isto é apenas um presente para mostrar nossas intenções — Thwor fez um gesto para o tesouro. — Há muito mais entre meu povo. Podemos ser aliados, Majestade.

Balek III sacou a espada.

Hwurok rosnou, até Maryx fez menção de atacar, mas se deteve. O rei levou sua lâmina trêmula até a frente do Ayrrak ajoelhado, encostou a ponta na testa dele. Mais uma vez os músculos de Thwor incharam e ele bufou para controlar a ira.

— Por que me oferece amizade se tudo que a Aliança Negra já ofereceu foi a morte? — grasnou o rei. — Por que eu acreditaria que deseja entrar em Tyrondir com palavras e riquezas, se marchou sobre todos os reinos de Lamnor com garra, presa e machado?

Thwor Khoshkothruk se ergueu. Afastou a espada do rei com um gesto. De pé, era mais alto que o humano montado.

— *Fique...* — começou Balek.

— Porque meu domínio será destruído e meu povo será chacinado — o Ayrrak o interrompeu, sua voz poderosa alcançando tudo ao redor. — Eu *poderia* entrar em Tyrondir com garra, presa e machado. Com magia e ciência que vocês jamais viram! Mas seria uma guerra longa, Majestade, e não tenho mais tempo. A morte chega para Lamnor. Preciso que Tyrondir nos dê passagem para que as raças goblinoides sobrevivam. Escolha a amizade, Balek, ou escolherá a morte de nossos dois povos.

O rei estreitou os olhos para ele. Sua boca se retorceu num tipo de rosnado indeciso.

— Mentiras de um goblinoide! — ele agitou a espada. — Tenta me cegar com o brilho de seus diamantes, me ensurdecer com suas palavras mansas! Mas vejo claramente o que se esconde por trás de seu fingimento, criatura da sombra e da selva!

— Não precisa acreditar na palavra de um goblinoide, pois o arauto da verdade é um humano. Um clérigo de Thyatis.

Thwor se virou para mim e todos os olhos o acompanharam. Sem receber instrução, eu me ergui. Maryx também ficou ereta, como uma presença protetora. Avran Darholt estava me observando intensamente.

— Esse garoto mais parece um mendigo! — o rei fez um gesto em minha direção, como se me varresse para longe.

— É um clérigo — garantiu Thwor Khoshkothruk. — O último sobrevivente da cidade de Sternachten, um vidente que previu a destruição de meu povo.

— Mais mentiras!

Não falei nada, apenas agi. Vendo o desrespeito daquele homem que ousava brandir a espada contra o salvador de um povo, ouvindo ele duvidar de minha devoção a Thyatis apenas por minha aparência, não pude ficar quieto. Caminhei sem olhar para os lados, rijo e confiante, até Fahime. Passei perto de Avran, não dei atenção aos murmúrios e gritos a meu redor. A maga ergueu os olhos para mim, surpresa, e, antes que ela pudesse fazer qualquer coisa, pousei as mãos sobre seu ombro enfaixado. Eu não sabia o que iria acontecer — havia matado uma criatura inteligente, perdera minha bênção, não lembrava da última vez em que rezara. Mas eu confiava em Thyatis. Ele era a divindade das segundas chances, o senhor da redenção.

— *Thyatis, cure esta vítima que não enxerga a própria dor.*

Meu toque emitiu o brilho dourado da cura.

— Não, esta é a punição de... — Fahime começou a falar, mas nem escutei.

A cura do Deus da Ressurreição e da Profecia banhou a maga. Lágrimas escorreram dos olhos dela. Sem hesitar, puxei as bandagens e revelei a pele intacta. Joguei os curativos ensanguentados no chão.

— Sou um clérigo e aqui está a prova! — falei para Balek III. — Thyatis abençoa meu toque e minhas palavras! Se ainda duvidar, traga-me seus feridos e doentes. Eu os curarei, mesmo que pertençam ao inimigo!

O rei ficou calado.

Caminhei de volta a Maryx.

— Conte a eles a verdade, Corben, o Último Astrólogo! — disse Thwor. — Relate o que viu nos céus de Lamnor!

Todos prestavam atenção em mim. Os dois exércitos dependiam de minhas palavras. Olhei para Avran. Ele moveu a boca, falando sem som:

"Lembre-se de quem você é."

Aquele era o momento da decisão. Eu não mentira para o Ayrrak antes, mas agora veria os efeitos de minha descoberta imediatamente. Se eu revelasse que a Flecha de Fogo iria destruir Lamnor, podia alterar para sempre a história do mundo. A Aliança Negra entraria em Tyrondir e, pelo que o próprio Thwor já me dissera, iria acabar com a cultura da humanidade para criar O Mundo Como Deve Ser. Se eu mentisse, estaria condenando os dois povos a uma guerra longa e custosa. Estaria matando a maior parte dos goblinoides.

Em Tyrondir, o reino onde eu nascera e crescera, eu iria decidir a que mundo eu pertencia. Aqueles meses de inverno tinham me lembrado de tudo que eu conhecia. De aldeias, fazendas e tavernas, de estudos complexos e prazeres simples. De medalhões e favos de mel. Tudo aquilo acabaria com uma palavra minha.

De repente, eu não queria dizer adeus ao mundo dos humanos.

— Vamos, clérigo mendigo! — ordenou o rei. — Fale!

Maryx se moveu para mais perto de mim, num passo sutil. Falou em meu ouvido, numa voz quase inaudível:

— Seu pai não o abandonou na floresta, Corben.

— O que...? — comecei, desconcertado.

Ela falava sobre meu pai. Sobre minha infância. Sobre a história que eu mesmo a havia contado. Por um instante, não entendi, então ela repetiu:

— Seu pai não o abandonou na floresta. — Então, num sussurro curto: — Ele o matou.

O chão dançou sob meus pés. Minha visão se estreitou para um ponto aleatório e minha mente foi tomada por lembranças quebradas, agora finalmente unidas de novo. Os fragmentos fizeram sentido. Eu nunca revelara aquilo a ninguém, exceto a Maryx Corta-Sangue. Assim, eu nunca tivera a interpretação dos fatos de mais ninguém, exceto a minha.

Mas Maryx entendera o que eu nunca conseguira entender.

Meu pai me odiava. Eu tinha 10 anos e ele me odiava. Ele achava que eu era um bruxo, um servo da Aliança Negra. Não fazia sentido que simplesmente me deixasse solto na floresta. Eu era o inimigo que estava logo ali, a ameaça que tinha entrado em sua casa e só minha morte iria satisfazê-lo. Em seu delírio, eu era o culpado pela fuga de minha mãe, pela morte de minha irmã. Ele tinha me levado para fora de casa para se vingar. Ele "sumira" de minha vista porque tinha ido para trás de mim, para me golpear pelas costas. Eu não lembrava de mais nada depois disso porque tinha morrido. Eu não tinha me perdido, não tinha dormido. Minhas memórias realmente acabavam ali. Os clérigos tinham me achado pouco depois de minha primeira ressurreição. Um pai humano matara seu próprio filho de 10 anos com um golpe escondido e covarde.

E agora eu carregava a espada que ele usara.

Meu primeiro encontro com Thyatis não fora um sonho. Eu tinha morrido e recebido uma visão do Deus da Ressurreição, em que ele me perguntara se eu desejava conhecer o passado ou o futuro. Eu não escolhera conhecer o passado porque, se soubesse do passado, entenderia que meu pai me matou.

Este era o mundo dos homens. Um mundo em que os pais matavam os filhos pelas costas.

Senti a mão de minha amiga em meu ombro.

— Desculpe — ela sussurrou, mas não era preciso pedir desculpas pela verdade.

Dei um passo a frente.

— Eu sou Corben, o Último Astrólogo! — falei, com a voz mais alta que consegui reunir. — Eu olhei para as estrelas e Thyatis me revelou o futuro. Revelou-me a maior profecia de Arton, a arma que irá matar Thwor Ironfist. A Flecha de Fogo!

Tudo a meu redor estava quieto. Eu tinha certeza de que minha voz chegava ao exército humano.

— A Flecha de Fogo é um cometa, um rochedo em chamas que singra os céus e vem em direção a Lamnor! O continente está condenado, assim como todos que lá vivem. Thwor Ironfist fala a verdade. Se os goblinoides não forem recebidos em Tyrondir, uma população inteira e inocente morrerá!

Silêncio.

Avran balançou a cabeça, decepcionado.

Eu tinha orgulho de minha decisão.

Então Balek III riu de novo. Nós nos entreolhamos e até mesmo o Ayrrak ficou surpreso.

— Mentiras sobre mentiras! — latiu o rei. — Não pode me enredar com profecias falsas! A Flecha de Fogo não é um cometa!

Então, do meio das fileiras de soldados, surgiu uma elfa.

Olhos prateados.

Cabelos vermelhos.

— Eu sou a Flecha de Fogo — disse Laessalya.

19
À BEIRA DO MUNDO EM CHAMAS

— EU SOU A FLECHA DE FOGO! — GRITOU LAESSALYA, COM raiva pela primeira vez desde que eu a conhecia. — *Eu sou a Flecha de Fogo!*

Ela agitou os braços e expeliu uma onda de chamas pelas mãos.

Então tudo aconteceu em menos de um instante. Maryx emitiu um assobio alto e agudo, imediatamente ouvi o rosnado de Eclipse e senti o cheiro ácido do warg, o calor de sua respiração tocou minha nuca.

— Corben, suba! — ordenou a caçadora, sacando o kum'shrak.

A maga Fahime gesticulou em movimentos circulares, exclamou palavras arcanas por entre seus lábios verdes, as tatuagens em sua cabeça dançaram sob uma melodia mística inaudível. Avran Darholt montou em seu cavalo com velocidade espantosa. Sacou a espada e o sol tocou seu escudo, ofuscando minha visão, enquanto o corcel branco empinava e relinchava.

O Rei Balek III gritou:

— *Carga, meus cavaleiros! Carga!*

Thwor Khoshkothruk estava sem o enorme machado, mas atacou o rei inimigo com um soco terrível. Balek abriu a boca em uma gargalhada de empáfia enquanto o punho do Ayrrak atingiu uma barreira de ar sólido, que reluziu em todas as cores do arco-íris, depois se estilhaçou como vidro policromático. Era uma proteção mágica, com certeza obra de Fahime.

Tudo acontecendo ao mesmo tempo, fui puxado para cima pelas mandíbulas do warg, enquanto Avran galopou com espada erguida e escudo à frente do corpo em direção a Thwor. Maryx se agachou e saltou em direção ao paladino, sacando a foice curta no meio do pulo. Balek III recuou, o cavalo carregando-o para trás sob sua gargalhada horrenda, e o Ayrrak deu outro soco — um golpe que poderia matar um bisão e não teria dificuldade de liquidar um ancião frágil. Mas o cavaleiro que se postava ao lado do rei para amparà-lo se jogou na frente do perigo. A mão de Thwor atingiu a placa peitoral do homem, amassou-a para dentro num impacto horrendo que rompeu o aço, penetrou no peito do infeliz, destroçando seu esterno, esmigalhando suas costelas e esmagando seu coração num instante. Ele expeliu uma golfada enorme de sangue, morrendo na hora. Seu cavalo relinchou de pavor, Thwor desprendeu a mão de dentro do cadáver e deixou o animal fugir.

Avran encontrou o kum'shrak de Maryx com o escudo. A planície foi tomada por um clangor, faíscas brancas banharam humanos e goblinoides. Ouvi o paladino gritar:

— *Para cada um de nós, dez deles!*

Fahime gesticulou e recitou uma fórmula mística. Balek riu mais alto. Thwor atacou o rei de novo com a mão ensopada de sangue.

Seu punho atravessou Balek III, inofensivo como se ele fosse só uma imagem. Atingiu o garoto que segurava a coroa atrás do monarca. O pajem berrou de pavor e largou o objeto, enquanto morria por acidente. Fahime tornara o rei intangível. E, a julgar pela arrogância de Balek, devia haver muitas outras proteções arcanas preparadas.

— *Carga!* — ele repetiu.

Num tropel ensurdecedor, Tyrondir investiu contra nós.

Centenas de cavaleiros galoparam com suas lanças em riste, numa onda letal. Eles passaram inofensivos por seu rei imaterial, que ainda gargalhava. Vi Thwor ser perfurado por três lanças, mas nenhuma penetrou fundo em seu peito rijo. Ele rugiu de fúria, segurou duas das armas dos inimigos antes que eles conseguissem passar. Arrancou-as de suas mãos, usou-as para trespassar o terceiro. Maryx arremessou uma pequena bomba contra Avran, que se protegeu com o escudo, gerando uma explosão de fogo e fumaça. Então ela foi avassalada pela carga.

A caçadora deu um salto acrobático para trás, por cima da avalanche de aço afiado. Os cavaleiros vieram em minha direção. De repente, a planície girou a meu redor, enquanto Eclipse se virava para fugir. Segurei-me em seu pelo e só pude rezar e berrar, estupefato. Olhei para o lado, em busca de minha amiga, de meu Imperador. Maryx estava ferida, mas conseguiu rolar numa cambalhota baixa por entre as patas de um cavalo. Então se segurou na sela, ficando presa à barriga do animal, e abriu-a com uma faca. O cavalo relinchou desesperado e soltou suas tripas por cima dela, desabando e derrubando o cavaleiro. Ela saiu de baixo no último instante. Thwor foi atingido de novo e de novo pelas investidas, enquanto os cavaleiros se reorganizavam e concentravam seus esforços nele.

— Ataquem Thwor Ironfist! — bradou um dos guerreiros montados. —

Ouro e glória a quem derrubá-lo!

O Ayrrak agarrou um dos humanos em investida, tirou-lhe a lança e derrubou-o com um chute. Brandiu a enorme arma com uma mão, enquanto com a outra usava uma espada de duas mãos obtida de outro inimigo. Para ele, a lâmina parecia pequena. Vi-o decapitar um cavaleiro com um movimento rápido, quase sem olhar, ao mesmo tempo em que se abaixava para se esquivar de outra carga. A seu redor, havia um tornado de lâminas e pontas afiadas, dezenas de guerreiros de elite com o único objetivo de matá-lo.

Thogrukk surgiu, correndo e urrando, muito à frente do resto do exército. Foi apanhado na carga, mas não conseguiram jogá-lo ao chão. Estava ferido, ensanguentado, mas lutava. Ele foi varado por uma lança, estendeu os braços e agarrou o cavaleiro pelos ombros. Abriu a bocarra e mordeu sua cabeça, os dentes amassando e furando o elmo, com som de metal rangendo, osso se estilhaçando, carne e cérebro sendo esmagados. O homem gritou até que sua mandíbula foi destruída.

Hwurok, o outro filho de Thwor Khoshkothruk, tinha duas lanças atravessadas no estômago. Deu um passo incerto, ouviu um galopar atrás de si e, antes que conseguisse se virar, mais uma lança trespassou seu pescoço. O cavaleiro largou a arma e continuou a galope, oculto sob o elmo fechado, majestoso e indiferente.

O bugbear caiu de joelhos, arranhando a lança que balançava equilibrada em sua garganta. Era difícil compreender que estava morrendo.

— Recuar! — urrou Thwor, no idioma goblinoide. E depois em valkar, para que eu também entendesse: — Recuar!

Maryx correu atrás do cavalo de Avran, no meio da confusão de cascos, armas, terra revirada, cadáveres, sangue. Ela era a imagem da morte: coberta de vermelho, o rosto transformado em caveira, com a lâmina negra e a foice curta. Desviou de duas investidas, dançou em zigue-zague, passando pelo meio dos cavalos. Alcançou o galope do animal num feito físico prodigioso, ergueu as armas. Avran puxou as rédeas da montaria e o corcel branco deu um coice poderoso com as duas patas de trás, acertando a caçadora no peito. Maryx voou, caiu estirada. Antes que conseguisse se erguer, mais uma leva de cavaleiros jorrou das fileiras inimigas, atropelando-a. Minha amiga tentou em vão proteger a cabeça com os braços, os cascos pisando com a força de martelos de guerra, de novo e de novo. Ela foi atingida na nuca, seu rosto se enterrou na lama, continuou a ser pisoteada e começou a se contorcer. Seria uma morte inglória para uma vida gloriosa. Berrei, estendi o braço para trás, implorei para que o warg voltasse para salvá-la. Mas, se Eclipse me entendia, escolheu me ignorar.

Então ouvi:

— Correndo como o culpado que quer acobertar o crime, Corben?

— Mesmo que manifeste meiguice, mostra-se maligno.

— Todos os traidores terão o tormento que tanto temem!

— Não adianta fugir, covarde. A Ordem do Último Escudo chegou para puni-lo.

As quatro halflings me cercaram, em seus pôneis de guerra e seu grande cão de armadura, correndo a minha volta em círculos rápidos. Notei que uma delas não tinha a mão direita — Eclipse lambeu o maxilar e a mandíbula, como se lembrasse do sabor da carne que devorara no Castelo do Sol. Segurei o cabo da espada, mas, antes que pudesse fazer qualquer coisa, a guerreira maneta saltou dos estribos de seu pônei, passou por cima do warg, cortou meu peito com uma espada curta e pousou ágil sobre a sela de outra montaria, conduzida por uma de suas irmãs. Outra sacou e disparou uma besta. Atingiu meu ombro, enquanto a quarta se aproximou por trás e me esfaqueou.

— Minha misericórdia minguou! — gritou uma delas. — Merece meramente a morte, miserável!

Eclipse saltou sobre um dos pôneis. Antes que o animal pudesse reagir, dilacerou sua garganta. A halfling que o cavalgava rolou no chão, puxou um pequeno arco de algum lugar e conseguiu acertar uma flecha no flanco do warg. Ele mordeu e arrancou a pata do cão de guerra, o animal caiu, jogando a ginete também na lama. As duas que cavalgavam juntas o mesmo pônei arremessaram dardos contra nós. Senti vários penetrando minhas costas. O pelo duro de Eclipse deteve alguns, mas dois se cravaram em sua carne. Comecei a me sentir tonto, ao mesmo tempo em que um gosto amargo emergiu do fundo de minha garganta. Devagar, raciocinei que os dardos podiam estar envenenados.

Mas, em meio àquilo tudo, eu só me preocupava com Maryx.

A caçadora não conseguia se erguer. Estava sufocando na lama, enquanto os cavalos passavam por cima dela de novo e de novo. Os bugbears estavam resistindo como podiam, mas só Thogrukk parecia ter alguma chance de sobreviver. Thwor, é claro, estava vivo, mas avassalado pela quantidade de inimigos.

O Ayrrak olhou para os lados, para seus filhos morrendo. Para Maryx morrendo.

Então rugiu e correu.

Baixando a cabeça como um touro em investida, ele atravessou o mar de cavaleiros. Duas lanças se fincaram em sua carne, mas Thwor continuou, as armas balançando soltas, rasgando-o por dentro. Deu um encontrão com o ombro numa linha de cavaleiros, derrubou animais e homens.

Avran Darholt saltou com seu cavalo branco para ele. Uma cena absurda — o paladino era um guerreiro temível e seu escudo tinha poderes místicos, mas era só um homem. Thwor fora capaz de vencer um deus. Os cascos dianteiros da montaria bateram no rosto largo do Ayrrak. Thwor abriu a bocarra e mordeu a pata, agindo como o warg fizera antes. Deu um repelão com a cabeça, jogou cavalo e cavaleiro para o lado, mas Avran caiu de pé. Suas grevas metálicas afundaram na terra revirada, suas pernas amorteceram a queda numa base meio agachada e ele ergueu o Escudo do Panteão. Thwor não lhe deu atenção, continuou correndo para Maryx. O guerreiro gritou:

— Chegou a hora de sua punição, besta do Deus da Morte! Pelo Panteão! Pela luz! Pela humanidade!

Avran perseguiu Thwor, saltou o último metro, espalhando lama, a armadura brilhando ao sol. Ergueu a espada e desferiu um corte fundo em suas costas. O bugbear se virou de novo, irritado, mantendo os olhos na caçadora que queria proteger. Avran descreveu um meio giro longo com a lâmina, em direção ao pescoço do inimigo muito mais alto, defendendo-se com o escudo. Thwor bloqueou a espada com o antebraço, ergueu a perna e deu um chute com a força de um aríete no paladino. Avran foi jogado para trás, como Maryx tinha sido antes pelo coice.

— Não fuja, monstro! A justiça chegou para você!

Mas o Ayrrak não tinha ouvidos para ameaças ou bravatas. Enfim alcançou Maryx Nat'uyzkk, jogou-se sobre os cavaleiros, dispersando-os para todos os lados. Ergueu o corpo enlameado e ensanguentado da hobgoblin. Ela não soltara o kum'shrak.

— Recuar! — gritou de novo o Imperador Supremo.

Ele escolheu Maryx em detrimento de seus próprios filhos. Colocou-a sobre os ombros e correu em fuga. Quatro cavaleiros estavam prestes a alcançá-lo pelas costas. O Ayrrak se virou, recebendo a carga no peito para proteger a caçadora. Chutou uma das montarias, quebrando seu pescoço e fazendo-o desabar numa desordem de carne e metal.

Eclipse já estava me levando para perto das fileiras da Aliança Negra. Nossos guerreiros correram à frente, gritando, em caos total.

O céu ficou negro de flechas.

As primeiras linhas goblinoides tombaram sob a saraivada de Tyrondir. As trombetas dos humanos soaram e os arqueiros dispararam de novo. Cadáveres goblinoides cobriram o chão pouco a pouco. Eclipse foi atingido por mais uma flecha, mas não desacelerou. Thwor tirou Maryx dos ombros e segurou-a junto ao peito, num abraço firme, sendo cravejado por trás.

Eu imaginava por que a Aliança Negra tinha demorado tanto para avançar. Por que avançavam de forma tão débil.

Mas, mais do que tudo, eu fervia de ódio pelo ataque covarde, traiçoeiro, sob a bandeira de trégua.

E pensava em Laessalya, manipulada pelo inimigo como a portadora da mentira, a falsa Flecha de Fogo.

Apenas eu, Maryx, Thwor, Eclipse e Thogrukk alcançamos vivos o exército goblinoide. O resto dos guerreiros que acompanhavam o Ayrrak morreu pelo golpe sujo de Balek III. Fomos cercados de duyshidakk, o ar se encheu do fedor dos soldados e do som dos tambores de guerra.

O inimigo avançou. Não mais em carga violenta, mas numa formação ordenada, por trás de uma parede de escudos. Era a hora da verdade.

Então, mais uma vez, Thwor Khoshkothruk ordenou:

— Recuar!

Talvez a ordem só tivesse sido ouvida por alguns guerreiros goblinoides, talvez os outros apenas a tivessem ignorado no furor do combate. Em meu estado alterado pelo veneno, não consegui ver nenhuma disciplina ou estrutura no modo de agir da Aliança Negra. Thwor gritou o comando de novo, meia dúzia de líderes propagou-o com berrantes e mais urros. Eles agitaram bandeiras, na tentativa de se comunicar com os soldados, mas só havia caos. Um grupo de três ou quatro ogros avançou, arrastando goblins que tentavam segurá-los por correntes presas em seus pescoços e pulsos. Eles pisotearam um esquadrão de orcs que tentava recuar. Dois bandos de guerra hobgoblins ignoraram as ordens do Ayrrak e avançaram, correndo e uivando. Interromperam a retirada de um destacamento de ginetes montados em wargs, os grupos se misturaram, ficando no caminho um do outro. Logo vi dois líderes hobgoblins lutando entre si, cada um culpando o adversário pela confusão.

Cinco ornitópteros goblins tentaram dar meia-volta em desespero, mas já estavam muito à frente. Foram apanhados na chuva de flechas e desabaram no meio do campo de batalha. Logo a maré de soldados em marcha constante os engoliu, as forças de Tyrondir cortando e estocando em movimentos estudados, calculados, precisos.

Segurei-me no pelo de Eclipse, mas o warg também parecia afetado pelo veneno. Ele girou no lugar, sem saber para onde ir, rosnando e ganindo para nada e para tudo ao redor. Em meio à massa de gente, perdi a noção do que era frente ou atrás. Cada um corria para um lado, esbarrava naqueles que deviam ser seus companheiros. Não parecia haver mais divisões, as raças estavam todas misturadas. Não era um exército. Não era nem mesmo uma horda. Era um ajuntamento de milhares de selvagens sem liderança, sem unidade, sem propósito.

— Recuar! — ouvi a voz de Thwor, já a centenas de metros de distância.

Não fosse um rugido tão alto, eu nunca conseguiria escutá-lo acima da gritaria, do clangor de metal, das infinitas discussões e pragas que emergiam de todas as gargantas. Ele ainda carregava o corpo mole de Maryx. A única parte da caçadora que parecia ter alguma força era sua mão, que segurava o kum'shrak com firmeza. Mais alguns bandos ouviram e obedeceram, correndo para um lado qualquer, que talvez fosse a retaguarda. Mas mesmo esses bateram em fileiras posteriores que não tinham ouvido e apenas avançavam. Um grupo de bugbears portando foices longas tentou recuar, mas deparou-se com uma carroça goblin puxada por javalis enormes. Os bugbears tentaram fazer os goblins saírem do caminho, mas os javalis ficaram furiosos e dispararam, levando a carroça consigo. Atropelaram um dos bugbears, os outros conseguiram se jogar aos lados, mas isso bloqueou a passagem de um bando de gnolls.

Senti um solavanco forte, como se eu fizesse parte de uma imensa criatura que tivesse sido atingida por um impacto ainda maior. As fileiras desordenadas a minha frente foram empurradas, começaram a fazer uma resistência improvisada. O exército inimigo tinha encontrado o nosso, sua parede de escudos estava forçando nossas linhas para trás enquanto se protegia, matando aos poucos, com disciplina.

— Recuar! Recuar!

Enfim a Aliança Negra recuou, dando as costas às lâminas de Tyrondir.

Não foi uma retirada treinada ou unificada. Nem mesmo posso chamar aquilo de retirada ou recuo: foi uma fuga. Cada um dos milhares de guerreiros goblinoides esqueceu de seus irmãos e correu. Sem se preocupar sequer com a própria segurança, eles agiram como animais, berrando de pavor, alguns largando as armas no meio do caminho.

Trombetas de guerra humanas soaram toques orgulhosos. A linha de infantaria recuou e se abriu, então a cavalaria fez mais uma carga. A Aliança Negra se dispersou, morrendo aos punhados para a barragem de lanças. Em minha tontura, tive a impressão de ver tudo de cima, enquanto na verdade não enxergava nada com clareza. Imaginei o exército goblinoide como um monte de formigas quando seu formigueiro era chutado, mas com ainda mais desespero. A fuga foi lenta, ineficiente, tomada de pânico. Os goblinoides jogaram suas bandeiras no chão, sem nenhum orgulho, largaram seus símbolos sagrados e abandonaram seus comandantes.

Só percebi que nosso destino era a floresta quando Eclipse me carregou para baixo das copas densas das árvores e a escuridão transformou os guerreiros apavorados em vultos frenéticos. A noite súbita aumentou minha desorientação e perdi a noção do tempo, ou de quão fundo entrávamos na mata. De repente o warg caiu de exaustão, deixando a língua comprida rolar para fora. Minha impressão, apesar de tudo, era que ele era uma criatura gentil. Desabou devagar, rolando para o lado, dando-me tempo para descer sem me machucar.

Eu estava sentado no chão, em meio à fuga e à correria, do lado de uma fera exausta e provavelmente envenenada. Há muito tinha me perdido de qualquer um que eu conhecia e não sabia o que fazer naquela situação de pandemônio. Forcei meus olhos a ficarem abertos, pois o veneno queria me fazer desmaiar. Eu precisava fazer algo, cumprir alguma tarefa, para ter uma migalha de ordem e para me manter ocupado.

Ajoelhei-me ao lado do warg e rezei, pronunciando as palavras com cuidado, tirando tempo para lembrar do significado e do peso de cada parte da oração. O veneno embaralhava minha mente, mas não cortava minha conexão com Thyatis. Minhas mãos brilharam e enxerguei uma névoa verde deixando o corpo da fera, a toxina sendo expulsa pela bênção do Deus da Ressurreição.

Longe, as trombetas humanas soaram um toque entusiástico de vitória. Milhares de gargantas gritaram ao mesmo tempo:

— Tyrondir! Tyrondir! Rei Balek!

Então explodiram em comemoração, batendo as armas nos escudos, berrando de júbilo.

Rezei por mim mesmo, enquanto tentava avaliar a situação ao redor. A gritaria continuava. Eu achava que várias horas já tinham se passado, mas o caos não diminuíra. A quebra total das fileiras e a dissolução da coragem e da lealdade dos duyshidakk era um choque sem sentido. Então minha mente se desanuviou pela graça de Thyatis. Respirando com calma ao lado do warg, notei que todos gritavam e batiam armas e equipamentos uns nos outros, criando algazarra, mas ninguém mais tentava fugir. Os goblinoides começaram a se reagrupar, sem precisar de ordens ou sinais. Procuraram seus bandos e tribos, enquanto faziam barulho, berravam como se estivessem em pânico, mas sem qualquer expressão nos rostos.

Era um grande teatro.

Percebi que o barulho do exército humano se expandiu para os lados, abrindo-se num grande semicírculo ao longo de horas. Os ruídos se confundiam com os gritos de medo falso da Aliança Negra, mas eram bem distintos — o timbre era outro e, prestando atenção, eu conseguia notá-los como uma camada diferente de som. As forças de Tyrondir estavam cercando a floresta. Depois de algum tempo, comecei a ouvir som de machados batendo repetidamente em troncos e árvores desabando, de madeira sendo serrada, de pregos sendo martelados. Eles estavam montando fortificações a nosso redor. A floresta tinha ficado escura, não só pela cobertura das folhas e dos galhos. Naquele meio tempo, a noite real caíra. Mas, entre a multidão e as árvores, no limite da visão, notei focos de luz espalhados a nossa volta. Os humanos tinham acendido tochas e fogueiras. Eles estavam se preparando para uma espécie de cerco, para ficar lá pelo menos até o amanhecer.

Não notei nenhuma mudança, mas de repente as orelhas de Eclipse apontaram para cima e ele ergueu a cabeça, atento. Levantou-se e se espreguiçou. Ergueu-me pela roupa, colocando-me sobre seu lombo de novo. Então, sem esperar que eu estivesse acomodado, correu em disparada através da floresta.

Um círculo de guardas hobgoblins se abriu para nós, permitindo que entrássemos numa clareira. Não demorei para identificar o que era aquilo, mesmo sob escuridão quase total. Os olhos de vários goblinoides brilhavam, o cheiro de incenso e sangue era tão característico que servia como uma segunda visão. As silhuetas também eram inconfundíveis. O corpanzil de Thogrukk estava bem desenhado, uma mancha enorme contra as trevas. Vários vultos num círculo frouxo entoavam cânticos guturais e eu soube que eram clérigos de Ragnar. A forma decrépita de Gaardalok estava logo perto. E, a seu lado, mais alto que todos, estava a figura orgulhosa do Ayrrak. Não vi Maryx de início, mas Eclipse correu direto para ela, estendida no chão.

Desmontei e fui ver minha amiga.

— Finalmente, seus preguiçosos — ela grunhiu.

— Você está bem? — perguntei.

— Fui pisoteada por cavalos e meu clérigo prefere conversar a fazer algo útil. Além disso, você ignorou o Ayrrak e os sacerdotes de Ragnar estão me olhando como se eu fosse uma herege. Já tive dias melhores.

Forcei um sorriso e fiz um cumprimento militar, batendo no peito e oferecendo o coração.

— Nunca vi uma saudação mais errada em minha vida — ela também sorriu. — E se continuar a ignorar Thwor Khoshkothruk, eu mesma vou dar um jeito de matá-lo.

Era difícil prestar atenção ao cerimonial e à importância de todos ali quando o dia trouxera tantas reviravoltas. Eu ainda estava tentando digerir o fato de que Laessalya, a elfa que nós tratávamos como uma protegida em Sternachten, estava sendo usada como a Flecha de Fogo para enganar os soldados de Tyrondir e provavelmente seu povo. Talvez até mesmo seu rei. Mas me ajoelhei para Thwor e vi o que ele fazia. Ou o que estavam fazendo com ele.

O Ayrrak estava de pé, sendo atendido pelos sacerdotes. Além de entoar o cântico, eles esfregavam uma espécie de pó branco sobre seus ferimentos e desenhavam padrões abstratos em sua pele com sangue, usando os corpos de pequenos animais mortos como pincéis. Vi um dos rasgos na carne de Thwor se fechar ante meus olhos, mas sem a luz curativa dos milagres de um deus benevolente. As fibras do músculo exposto se agitaram, como se ganhassem vida própria, e buscaram umas às outras, enredando-se e costurando-se, exalando um fedor pútrido. Cada ferimento assim curado deixava uma cicatriz alta, para se juntar às inúmeras que o Imperador já possuía.

— Erga-se, Corben An-ug'atz — ele ditou.

Fui até Thwor. Sua presença não me causou medo, apenas uma reverência orgulhosa. Não fazia sentido se ajoelhar para aquele homem. O fato de ele existir me levava a acreditar que eu devia andar de cabeça erguida.

— Ayrrak — eu disse, respeitoso e seguro. — Usar a morte para sobreviver às feridas pode deslocá-lo de forma perigosa no Akzath.

Ele me olhou com sabedoria e certa superioridade. O pensamento fora natural para mim, um fato tão óbvio quanto o nascer do sol ou a queda das folhas no outono. Por minha própria vontade de acreditar, pelo poder persuasório do Imperador ou pela veracidade implacável daquele modo de entender a Criação, o Akzath era para mim uma realidade.

— Acabei de presenciar a morte de meu filho enquanto fui atacado por um rei traidor sob uma bandeira de paz. Minha existência está enraizada num lado muito específico do Akzath, jovem profeta. A morte é a ferramenta mais poderosa que temos neste momento.

Não discordei.

Thwor Khoshkothruk não parecia na verdade uma pessoa. A enormidade do que tinha acontecido naquele dia seria suficiente para destruir o maior herói, para abalar o mais estoico monarca. Ele não estava tomado por tristeza ou raiva, não jurava vingança ou sentia medo. Apenas falava de conceitos filosóficos e da maneira mais eficiente de atingir seu objetivo. Naquela noite, era mais deus do que homem.

— Diga-me o que posso fazer, meu senhor, e sua vontade será cumprida.

— Você já fez muito, Corben An-ug'atz. Fará mais ainda, mas primeiro precisa entender o que acontece. E, antes de entender, precisa curar Maryx Nat'uyzkk.

Voltei até perto de minha amiga. Ela estava em estado deplorável, mas eu não a deixaria morrer. Thyatis não a deixaria morrer. Maryx tinha recusado a cura dos clérigos da Morte, insistira para esperar minha chegada. Rezei ao deus com calma, sentindo sua bênção fluir sobre mim. A certeza de que ela merecia uma segunda chance canalizou o poder divino. A caçadora foi banhada por luz dourada, que tornou sua pele amarela ainda mais luminosa. Maryx fechou os olhos, deixando o milagre acontecer, e a clareira se transformou em dia. Quando a luz se desvaneceu, ela estava curada. Tentou disfarçar a expressão de prazer, o alívio da dor, mas nem mesmo ela conseguia manter a fachada depois de escapar de dano tão terrível.

— Esta luz vai alertar o inimigo — chiou Gaardalok, no idioma goblinoide. — Magia blasfema e burrice humana!

Ele fez um sinal de maldição para mim. Vindo do sumo-sacerdote, podia ter poder real. Senti um calafrio me atravessar.

— Não há tempo para brigas mesquinhas — decretou Thwor. — Aproximem-se. Venham saber como vão mudar o mundo.

O círculo interno do Ayrrak era reduzido. Os generais que deveriam estar lá tinham sido mortos pela carga de cavalaria traiçoeira, então restavam Maryx, Thogrukk, Gaardalok e eu. Apenas Maryx e Thogrukk eram comandantes de guerra. Eu não sabia por que Thraan'ya estava ausente — talvez estivesse ainda em Lamnor, acompanhando os goblinoides na vigília do fim do mundo.

Thwor se agachou no chão, limpando folhas caídas e fazendo uma espécie de tela com o solo. Portava-se como um mortal comum. Thogrukk e Maryx o imitaram, Gaardalok ficou de pé, longe, com postura digna.

— As forças do Rei Balek estão espalhadas a nossa volta — começou Thwor, no idioma comum. — Eles estão entusiasmados, sentindo-se seguros. Estão trabalhando para construir fortificações improvisadas em volta da floresta. Não ousam entrar aqui, pois sua formação seria quebrada e seus cavaleiros não poderiam galopar com liberdade. Então vão pouco a pouco desbastar a orla, tentar nos dividir e nos intimidar. Eles viram uma multidão desordenada de selvagens sem liderança. Vão usar de paciência e disciplina para tentar nos tirar dos Bosques de Baraldi aos poucos, matando-nos isoladamente.

As expressões de Maryx e Thogrukk deixavam claro que já sabiam de tudo aquilo. Thwor não explicava a tática para eles — o único aluno era eu. Eu não seria útil na batalha, mas não questionei a decisão do Ayrrak. Na verdade, eu estava curioso.

— É claro que nem todo nosso exército entrou na floresta — ele continuou. — Boa parte se dispersou na planície. Não preciso de batedores e vigias para saber que esses grupos estão sendo perseguidos. Balek não quer arriscar a presença de bandos de guerra soltos em seu reino. Não quer que eles reencontrem nossa força principal.

Thwor desenhou um triângulo na terra, com o dedo. Era uma representação rústica da floresta. Cercou dois lados do triângulo com uma linha curva — o exército inimigo. Pontilhou a área ao redor com círculos: os bandos goblinoides em fuga e seus perseguidores, cavaleiros com montarias rápidas.

— É exatamente isso que queremos — ele disse. — As tropas mais rápidas do inimigo partiram em perseguição, deixando os mais lentos e pesados aqui. Quem está nos cercando, quem está se espalhando para os lados da floresta e montando vigília para tentar nos apanhar em fuga, é a infantaria e a cavalaria pesada. Forças letais em combate frontal e direto numa planície.

Deixou a segunda parte da frase não dita, mas eu entendi: forças letais em combate frontal numa planície, vulneráveis a escaramuças furtivas na noite.

— Balek conta com disciplina e com fortificações pelo reino todo — o Ayrrak ponderou, quase ignorando os interlocutores. — Suas tropas sabem esperar e se defender, podem recuar a castelos ou fortalezas. Por mais poderosa que seja a Aliança Negra, nunca iremos vencê-lo em combates de resistência pura. Ou pelo menos não iremos vencê-lo a tempo. Os hobgoblins conseguem formar paredes de escudos e aguentar horas numa formação compacta, mas as outras raças logo perderão a paciência. Estamos em território inimigo. Não podemos lutar como eles.

Voltou os olhos a mim:

— Entende, Corben?

Assenti, mas na verdade não sabia se entendia. A tática era bastante clara, mas a razão de ele me explicar aquilo era um mistério.

— A melhor forma de espalhar as forças de Balek III e tirá-las de sua posição vantajosa era fugir — Thwor falou para mim. — Fugir em desespero, confirmar a certeza que ele tinha de que somos monstros. *Animais.* O rei conseguiu que eu me ajoelhasse, me fez implorar, matou meu filho. Eu dei a ele tudo que ele queria. Balek está bêbado com a vitória, se não estiver bêbado de verdade. Uma das melhores armas que você pode usar em qualquer batalha é dada pelo inimigo, Corben. É a lisonja.

Ele ficou um momento em silêncio e deixei aquela verdade se espalhar sobre mim. Thwor usara o preconceito de Balek contra ele. Se mostrasse força desde o início, se deixasse clara a capacidade goblinoide para a organização e a cooperação, ele forçaria o rei a mudar de tática. Mas, mostrando a superioridade humana, Thwor engessara Balek num tipo de pensamento previsível e autoconfiante.

— O Ayrrak sacrificou seu próprio filho para usar essa tática? — perguntei a Thwor. — Sabia desde o início que seríamos traídos?

— Não planejei a morte de Hwurok ou dos outros que caíram hoje — ele disse, com certo pesar. — E por algum tempo acreditei que Balek honraria a bandeira branca. Mas todos que pisam no campo de batalha se colocam muito perto da Morte no Akzath. Negociando com humanos, estamos voltando a uma posição que tínhamos em Lamnor antes do início de tudo, uma posição de subserviência. Em parte, Balek nos traiu porque eu o tornei um humano como aqueles que nos traíram muitas gerações atrás, durante a chegada dos elfos. Em parte, a traição humana inicial ocorreu porque Balek quebrou o pacto da bandeira de trégua neste dia. Não importa, não existe causa e efeito. Existe o Akzath. E, pelo Akzath, humanos traem goblinoides e então os subestimam.

— Mas por que... — comecei, então me calei.

Eu era uma peça no jogo.

Na história da Aliança Negra, havia a traição, o excesso de confiança, o rapto da princesa e a morte do rei. Thwor Khoshkothruk não tinha uma princesa disponível, mas tinha o último sobrevivente de uma linhagem. Ele estava me explicando aquilo, incluindo-me no planejamento da batalha, para que eu fosse como Tanya — como Thraan'ya. A história se repetia infinitamente, em nível cósmico, em nível continental e no nível local e momentâneo de uma mera batalha. Eu era importante: aventureiros tinham tentado me resgatar, mas eu escolhera a Aliança Negra quando percebi a enormidade dos crimes de minha raça. Eu era *igual* a Tanya. Naquele momento, achei que aquelas mesmas relações podiam ser encontradas na luta de duas crianças e na Infinita Guerra, no menor e no maior dos palcos.

— É o Akzath — eu disse, assombrado.

— Tentarei nos mover para a mesma posição do Akzath, o que garantirá nossa vitória, mas para isso preciso de você, Corben. Você terá papel central esta noite, independente de sua vontade. Será confrontado com seu passado e verá o lugar onde cresceu ser tomado por nós.

— Estou pronto — falei.

Thwor assentiu.

— Mas isso não é tudo — ele disse. — Existe algo diferente hoje, Corben An-ug'atz. A única coisa que pode destruir a Aliança Negra, segundo o Akzath, e nos puxar para a Morte em definitivo.

— *A Flecha de Fogo*.

— Seu papel é provar que aquela elfa não é a Flecha de Fogo. Você descobriu a verdadeira interpretação da profecia, mas aquela mulher é algo que não havia na última vez em que essa história aconteceu. É algo novo e precisa ser neutralizado. Você é nosso escudo, Corben. Você irá se confrontar com ela de alguma forma, mesmo que não queira, e precisa prevalecer. Sua verdade contra a verdade dela. O vencedor determinará o que é real.

Eu não conseguia piscar. Na escuridão, o mundo era onírico, tudo era possível, as metáforas podiam ter efeito sobre a realidade. Mais uma vez, eu disse que estava pronto. Rezei para que estivesse.

⬤

Nenhum goblinoide acendeu uma tocha, porque não precisavam. Seus olhos adaptados às trevas perscrutaram a escuridão da floresta enquanto eles se esgueiraram para a orla em pequenos bandos organizados, cada comandante conhecendo sua responsabilidade sem precisar de ordens. As fogueiras e tochas dos humanos eram faróis, seu barulho de construção e destruição era um chamado à morte. Aos poucos, sem uma combinação prévia, os guerreiros da Aliança Negra que fingiam estar perturbados e apavorados foram substituídos pelos não combatentes. Soldados hobgoblins, bárbaros bugbears, aeronautas goblins, caçadores gnolls, todos silenciaram em ondas, enquanto meros refugiados, crianças e velhos começaram a berrar. Para meus ouvidos, as vozes eram totalmente diferentes. Quem poderia confundir o urro de um guerreiro orc com o guincho estrepitoso de uma criança kobold?

Humanos poderiam. Humanos que consideravam todos os goblinoides iguais.

Então o teatro se manteve: o centro da floresta permaneceu tomado de caos, para que o exército de Tyrondir considerasse que a falta de disciplina da Aliança Negra nos condenava irremediavelmente ao fracasso. Mas, do centro, emanou uma onda de guerreiros silenciosos, furtivos, letais. Nem mesmo os wargs faziam barulho.

Eu montava em Eclipse, que seguia Maryx a poucos passos de distância. Meu coração batia em descontrole. Era minha primeira batalha. Eu já estivera presente quando Maryx invadira o Castelo do Sol, já matara um bugbear, já enfrentara a própria Maryx, já sobrevivera a uma carga de cavalaria naquele mesmo dia. Mas todas aquelas tinham sido lutas súbitas, explosões de violência inesperadas. A antecipação era pior. Eu não sabia como soldados podiam fazer aquilo repetidas vezes. Minha mente foi tomada por números. Pensei em quantos morriam num combate campal, quantos desses eram novatos. Mesmo que Thyatis me concedesse o dom da ressurreição de novo, meu instinto me arrastou ao pânico. Eu realmente era o que os goblinoides fingiam ser: alguém que não sabia o que estava fazendo, levado às cegas para uma situação que não compreendia, estupefato de medo. Era muito improvável que eu sobrevivesse. Lembrei da dor e do frio da morte, de quanto fora apavorante e solitário quando eu era um garoto e quando Avran me matou duas vezes. A morte tinha vindo por trás, sem que eu entendesse. Agora eu estava me jogando para a morte.

— Não pense — disse Maryx, notando minha apreensão. — Pensar antes da batalha é para guerreiros treinados. Garotos inexperientes precisam deixar sua mente para trás.

— Vou morrer — falei, tomado por um ataque de tremedeira, sensação de tragédia iminente, aperto no peito. — Vou morrer, Maryx.

— Talvez morra. Isso é o pior que pode acontecer. E o que aconteceu quando você morreu antes?

Meu pai me matou, deixou-me na floresta para apodrecer. Thyatis me achou, os clérigos me acharam, ganhei um lar. Avran me matou, então me matou de novo. Thyatis me aconselhou, Maryx me resgatou, ganhei um lar.

De repente, uma pulsação morna tomou meu corpo. Meu coração bateu algumas vezes muito forte, mas devagar, como se puxasse as rédeas de minha ansiedade.

Eu era Corben, que morria, voltava e ganhava uma casa. Eu era Corben, que perdia tudo e tudo conquistava. A cada morte, eu voltava para uma vida melhor. Tudo só ficava melhor, porque este era meu ciclo.

Segurei o cabo da espada. Era uma espada de morte e loucura. Mas eu queria ficar perto de sua escuridão, porque isso me levaria de novo a um triunfo. Fui tomado por entusiasmo, mal podia esperar para morrer.

— Boa batalha de aprendiz, ushultt — desejou Maryx.

— Quero encontrá-la do outro lado, ushultt.

Então, como um só, o exército da Aliança Negra quebrou o silêncio. Thwor Khoshkothruk rugiu, milhares de goblinoides soltaram seus brados de guerra. Maryx ergueu a cabeça e deixou o uivo ululante escapar de sua garganta. A matança começou.

O exército de Tyrondir estava organizado em batalhões bem divididos. Cada senhor de terras tinha trazido seus cavaleiros, suas tropas regulares, seus filhos e agregados. Os mais ricos trouxeram engenheiros de guerra e armas de cerco. Todos trouxeram um grande contingente de plebeus. Havia poucos mercenários e aventureiros, porque a guerra generalizada no norte do Reinado atraíra a maior parte dos soldados da fortuna. Os exércitos eram regulares, tradicionais. As tropas de cada senhor ficaram juntas quando Tyrondir cercou dois lados dos Bosques de Baraldi. Eles montaram uma formação consagrada, com vigias bem armados na orla da floresta e cavalaria pesada como apoio. Mandaram equipes de recrutas e plebeus para cortar árvores, acompanhadas por destacamentos de soldados experientes, liderados por sargentos veteranos que saberiam lidar com qualquer emergência. Assim que havia madeira, parte dos soldados começou a montar fortificações simples: linhas de estacas longas e afiadas voltadas para a mata, torres de vigilância rudimentares periódicas, para observar o movimento na floresta de longe. Na verdade, esse nível de organização era admirável. Treinar soldados também como trabalhadores e construtores era uma tática que boa parte da civilização não conhecia. Tyrondir era o Reino da Fronteira, acostumado há séculos com a tarefa de resistir à ameaça de inimigos do sul. A doutrina militar tyrondina tinha evoluído da necessidade de se manter sempre em prontidão.

Balek III sabia que goblinoides eram ativos à noite — e Avran conhecia os hábitos da Aliança Negra em detalhes. Eles não relaxaram na atenção, não deixaram que os soldados bebessem e ficassem distraídos, como seria normal depois de uma vitória. As forças do inimigo se mantiveram prontas para o combate. Mas eles precisavam de luz à noite, o que os deixou cegos para a escuridão do interior da floresta. E eles precisavam descansar, então, mesmo que metade dos guerreiros permanecesse equipada e armada, a outra metade dormia algumas horas em tendas erguidas às pressas. E eles precisavam comer, e a comida precisava ser preparada por cozinheiros, então perderam tempo e pessoal com essa tarefa. E eles, como humanos que eram, subestimaram os goblinoides. Acharam que tinham a vantagem e estavam onde queriam.

Quando os gritos de guerra tomaram a noite, a primeira leva de ginetes de wargs e guerreiros velozes explodiu para fora da floresta, num ataque súbito e devastador.

Eclipse correu em velocidade cegante, deixou Maryx para trás. Segurei-me como pude, de repente estava a céu aberto, fora da proteção das copas. O warg pulou sobre um grupo de soldados que montavam guarda com seus escudos no chão e suas lanças em punho. Antes que eles entendessem o que estava acontecendo, a fera caiu sobre o primeiro. Mordeu o cabo da lança, partindo-a em duas como um graveto, derrubou o homem e dilacerou seu peito com as garras de uma pata. Mordeu a perna de outro, puxou-a e o derrubou também. Maryx surgiu num borrão, ululando e girando. Decapitou um dos soldados com o kum'shrak, no meio de um giro, apareceu nas costas de outro e cravou a foice curta bem no meio, dividindo sua espinha. O homem ficou mole no mesmo instante e desabou.

Trombetas de guerra tomaram o acampamento inimigo. Os cavaleiros montaram, alguns ainda de armadura, outros de peito aberto, bradando coragem para seus comandados. Olhei ao redor e vi as manchas negras que eram os wargs quebrando as formações ordenadas, derrubando soldados como dominós, os goblinoides que os montavam cortando com facas e espadas, disparando flechas. Explosões pipocaram ao longe — hobgoblins arremessaram suas bolsas de pólvora. Maryx avançou pelas tropas inimigas, correndo em zigue-zague. Dois cavaleiros identificaram-na e gritaram, incitando seus soldados ao ataque, mas a caçadora não se importou. Zuniu direto para uma grande fogueira, onde vários humanos tinham se reunido para receber comida. Quase todos se espalharam, levando as mãos às armas ou correndo para apanhá-las, mas o cozinheiro só olhou para ela com expressão surpresa e estúpida, uma concha de ferro na mão, ainda cheia do ensopado que estava no caldeirão à frente.

Maryx arremessou uma bomba na fogueira e pulou para longe da explosão.

A bola de fogo iluminou a noite por centenas de metros e engoliu pelo menos dez humanos. O cozinheiro correu, pegando fogo, fagulhas atingiram as tendas e as incendiaram.

Ouvi um tropel alto e terrível. Um grupo de cavaleiros com armaduras completas galopou em nossa direção, suas lanças apontadas diretamente contra mim, contra os wargs e goblinoides que estavam a meu lado. Num instante, eles estavam sobre nós, uma avalanche de aço mortal, como na batalha anterior.

Mas agora os goblinoides não estavam mais fingindo.

Os wargs se separaram instantaneamente, cada um correndo para um lado, carregando seu ginete. Os cavaleiros passaram pelo meio de nós, quase inofensivos. Um deles conseguiu trespassar um guerreiro hobgoblin. Largou a lança, deixando o cadáver cair, e sacou uma espada. Eles puxaram as rédeas, fazendo os corcéis darem meia-volta, mas nossas feras eram mais rápidas.

Os wargs enxamearam sobre um só cavaleiro, numa virada súbita e selvagem. Um dos animais derrubou o cavalo, outro logo prendeu o cavaleiro sob suas patas enormes, enquanto um terceiro mordeu a cabeça do homem e um quarto segurou o braço da espada com as mandíbulas. Os goblinoides que os montavam saltaram ao chão. Três deles atacaram o cavaleiro ao mesmo tempo, mataram-no num instante, então se voltaram a outro.

Um sargento gritou ordens, tentando reunir seus soldados. Chamou movimentos treinados, virando-se para um lado e para outro, mantendo os olhos na batalha. Maryx surgiu atrás dele, uma sombra repentina. Segurou seu elmo, puxou a cabeça para trás e cortou sua garganta antes que ele notasse.

Então seguiu para o próximo oficial comandante.

Soldados humanos dependiam de ordens, de líderes, de que tudo ocorresse como planejado. Maryx e outros caçadores correram pelo acampamento, atacando só os oficiais, mantendo o caos. E, por toda a força inimiga, aquilo se repetia dezenas de vezes. A Aliança Negra tinha trazido seus heróis. Assim como Maryx, existiam vários, cada um experiente em perseguir a mais perigosa das presas, mover-se nas trevas como a morte.

De repente, sem aviso, os wargs e caçadores hobgoblins deram as costas ao inimigo e correram para a floresta. Fiquei meio deslumbrado, meio atordoado com aquele balé de guerra, que não tinha sinalização e nenhum tipo de comunicação entre seus dançarinos. Aquilo era mais uma tática, mais uma parte da esperteza goblinoide; todos apenas sabiam o que fazer e quando. Maryx encarou um sargento trajado em armadura completa pesada, bloqueou o golpe de uma grande espada de duas mãos com o kum'shrak, então se abaixou e enterrou a lâmina da foice curta na virilha do homem, pelas frestas da armadura. Ele desabou sobre o outro joelho, uma fonte farta de sangue vazando da fresta, inundando as placas de metal, escorrendo pelos lados, formando uma poça a seus pés. Minha amiga se ergueu, chutou as mãos dele, fazendo com que largasse a espada, e desceu a lâmina negra com força de cima para baixo. O kum'shrak partiu o elmo, atingiu o crânio e outro riacho vermelho se derramou pelo gorjal do homem.

Então Maryx saiu correndo.

Eclipse a seguiu, levando-me junto. Eu até agora era só um espectador. Estava respingado de sangue, com a espada enferrujada na mão, mas era sangue de outros, derramado por outros. Estava esperando minha deixa, minha hora de agir naquela reconstrução da narrativa eterna.

A fuga súbita em massa pegou os humanos desprevenidos. Soldados estavam sem líderes, muitos ainda terminando de se equipar. Ninguém sabia direito o que estava acontecendo. Sem ordens, sem coordenação, eles viram as costas dos goblinoides e chegaram à conclusão de que a cena daquela tarde se repetira: a Aliança Negra tinha sido repelida e estava fugindo.

Então correram em perseguição.

— Não! — ouvi um sargento berrar. — Parem, idiotas! É um truque!

Mas aquele era um homem isolado no meio do pandemônio. Ele conseguiu segurar talvez dez soldados, mas muitos outros não estavam em condições de ouvi-lo ou simplesmente não lhe deram atenção. O mesmo aconteceu a todo redor dos Bosques, porque humanos eram previsíveis. Eles correram atrás de um inimigo que julgaram estar vencido e apavorado. Então entraram na floresta escura.

Eclipse quase derrubou a linha de guerreiros bugbears que esperava logo após a orla. Notei sua presença entre as trevas mais pelo cheiro e pelo calor que emanavam. Um instante depois, os soldados humanos chegaram, bradando os nomes do rei e do reino. Olhei para trás, vi a silhueta de um rapaz ainda mais novo que eu, com espada e escudo na mão, desenhado contra o brilho das fogueiras e incêndios do outro lado. Ele correu, achando que seria um herói, que mataria um monstro. Mas, antes que desse o primeiro golpe, um machado se enterrou em seu rosto. Dezenas vieram logo depois dele. O segundo tropeçou em seu cadáver, o terceiro sumiu ao ser puxado por algo oculto, o quarto e o quinto tiveram tempo de notar que a morte chegava.

A floresta foi tomada por gritos mais uma vez. Gritos humanos.

Tentei divisar o que acontecia na planície aberta, depois da linha das árvores. A noite estava clara pelo fogo, a luz entrecortada pela passagem anárquica de centenas de soldados confusos. Consegui notar que muitos, na falta de liderança, não optaram pela coragem. Largaram as armas e a lealdade, fugiram. Um clarão azulado iluminou a zona bem a minha frente. Era um relâmpago, atingindo exatamente um grupo de humanos em fuga. O céu foi varado por uma gargalhada tétrica que eu conhecia. Gradda, a Pútrida, voou em seu pilão sobre os soldados que tentavam escapar. Um zumbido alto abafou a gritaria por um instante. Eu não sabia o que aquilo significava, mas logo minha pergunta foi respondida quando escutei um goblin gritar:

— Temos peso demais! Joguem fora tudo que não for vital, seus balofos!

Não controlei um sorriso bobo quando dezenas de veículos voadores emergiram da floresta. Quase um terço desabou imediatamente, num emaranhado de acidentes aéreos como talvez Arton nunca tenha visto, mas os outros tomaram os céus, bloqueando as estrelas, singrando a fumaça dos incêndios. Um balão flutuou, majestoso, então ficou preso no galho de uma árvore alta. A lona rasgou, começou a murchar no mesmo instante. Os goblins berraram, caíram por cima de um ginete de warg, suas vozes esganiçadas se misturando ao som de madeira e ossos quebrando. Mas, logo ao lado, um ornitóptero decolou em alta velocidade, três goblins pedalando freneticamente para manter a grande hélice em movimento. Ganharam altura, acharam o ar quente dos incêndios e as asas os ergueram. Eles soltaram um uivo de comemoração e senti orgulho, apesar de não os conhecer.

O primeiro veículo aéreo alcançou os soldados em fuga e um barril foi largado de cima. Ao atingir o chão, explodiu, mandando os humanos para todos os lados. Estilhaços do barril acertaram o próprio ornitóptero, que espiralou em queda, mas os goblins ainda estavam festejando.

A toda volta, as linhas humanas se iluminaram com a queda de bombas sucessivas.

Eclipse deu meia-volta, correndo de novo para fora da floresta. Desta vez, não eram só as feras e os hobgoblins rápidos. As árvores perto de mim caíram ante a passagem de ogros grandes e lentos. Batalhões de orcs passaram em corrida controlada, batendo machados nos escudos. Uma tribo de gnolls correu ao largo, todos agachados, agitando suas lanças.

Trombetas graves soaram nas forças humanas.

— Segure-se, Corben! — ouvi a voz de Maryx gritar. Eu nem notara quando ela tinha se aproximado de mim.

Antes que eu pudesse perguntar o que estava acontecendo, obtive a resposta. Não entendi o primeiro som, uma série de estalos e chicotadas, quase inaudível em meio aos gritos e às explosões. Houve uma calmaria de alguns instantes, então a área a minha direita foi destruída pela queda de uma rocha enorme. O pedregulho atingiu em cheio o ogro que estava perto de mim, seu sangue quente me banhou, as árvores foram varridas, abrindo espaço para o céu. Escutei outros estrondos perto e longe. Pensei em como eu mesmo não havia sido atingido só por mero acaso, pois estávamos sob fogo de catapultas. Os humanos estavam se reorganizando, ganhando controle da situação. O caos era temporário.

Atingi a orla da floresta de novo, carregado por Eclipse. Ele saltou sobre cadáveres de humanos e goblinoides, desviou de troncos caídos. Vi o inimigo organizado numa parede de escudos, os oficiais sobreviventes gritando ordens por trás das proteções, as equipes de engenheiros operando armas de cerco. Tudo iluminado pelo fogo, enquanto tropas de arqueiros disparavam saraivada atrás de saraivada contra os voadores.

A meu lado, Maryx puxou algo que estava preso a sua cintura. Quase tive pena de Tyrondir. Era um berrante feito de um chifre espiralado. Ela levou o instrumento aos lábios e soprou.

Eu nunca tinha ouvido um som parecido. Era oscilante, variável, inconfundível. Ao mesmo tempo, toques idênticos se espalharam pela floresta, vindos de todas as direções, tomando a planície. No meio das linhas humanas, na parede de escudos, entre os arqueiros, nas reservas, ao lado dos sargentos e perto das catapultas, plebeus recrutados pararam tudo que estavam fazendo. Apanharam frascos de cerâmica que levavam presos aos cintos, em embornais, dentro de sacolas de flechas. Quebraram as tampas de cera e derramaram o conteúdo sobre si mesmos. Num instante, todos aqueles humanos começaram a brilhar com uma luz esverdeada e fantasmagórica, destacando-se de seus companheiros. Na segunda linha da parede de escudos a minha frente, um soldado se virou para tentar entender o que acontecia. Abriu a boca para berrar ante a visão do homem a seu lado transformado numa assombração, então arregalou os olhos quando recebeu uma espada no bucho.

— Thwor Ironfist! — gritou um dos plebeus convertidos. — O Ayrrak! O Ayrrak!

Eles se voltaram contra seu exército, contra seu reino, contra seus vizinhos, mas principalmente contra seu rei e seus senhores. Seriam chamados de traidores por aqueles que se curvavam a brasões e títulos, mas para si mesmos eram heróis revolucionários. Centenas de plebeus que estavam fartos de ser ignorados tomaram o destino em suas mãos naquela noite, marcados por tinta fosforescente. Mil e quatrocentos anos atrás, em Lamnor, os humanos decidiram que preferiam se unir a seres místicos quase imortais em vez de lutar ao lado dos goblinoides, seus irmãos na mortalidade, no trabalho, na sujeira. Mas naquele dia, em Arton Norte, os plebeus preferiram se unir ao invasor a continuar rastejando sob a bota da nobreza.

— Traição! — gritou um cavaleiro, empinando a montaria em fúria indignada. — Plebe suja e vendida!

As equipes de engenheiros que operavam as catapultas foram atacadas pelos plebeus. A chuva de rochas diminuiu para um conjunto esparso de disparos aleatórios. As fileiras de Tyrondir caíram em desordem mais uma vez, numa série de combates individuais. Então a Aliança Negra finalmente emergiu em massa da floresta.

Eclipse pulou sobre um grupo de soldados. Mordeu o braço de um, arrancando sua mão. Olhei para o lado e vi um velho gorducho de barba grisalha, enfiado de alguma forma numa armadura de couro muito apertada. Ele segurava um escudo e uma espada com mãos trêmulas e me olhou apavorado e indefeso. Ergui a espada enferrujada e berrei. Eu devia ser uma visão assustadora, talvez pela primeira vez em minha vida: barbudo, com um olho tatuado na testa, vestido num poncho de peles, coberto de sangue, com uma arma em condições deploráveis, sobre um warg de pelo negro. Aquele homem esteve a minha mercê. Eu podia fazer o que quisesse com ele e a espada tremeu. Tive vontade de matá-lo.

Mas só gritei:

— Fuja, desgraçado! Fuja! Este é o fim de Tyrondir!

O velho não pensou. Largou a espada, deu-me as costas e saiu correndo. Depois de três passos, conseguiu se livrar do escudo. Triunfante, ergui minha voz aos céus.

— Thyatis! Thyatis! Pelas segundas chances e O Mundo Como Deve Ser!

Gargalhei, finalmente entendendo o que todas as histórias e relatos queriam dizer com "a alegria do combate". Eu nunca me sentira tão vivo.

A talvez cem metros, um plebeu fantasmagórico enfiou a espada nas costas de um arqueiro que fazia mira contra um ornitóptero. Em seguida, sua cabeça voou num esguicho vermelho.

— Traidor da raça! — gritou uma voz límpida que eu conhecia bem.

Avran Darholt galopou num cavalo branco, cortando plebeus em seu caminho.

Ouvi berros na floresta, virei-me para tentar enxergar algo.

Uma grande chama negra se erguia do meio das árvores.

— Este é o modo da Aliança Negra! — disse Avran, majestoso e terrível em sua armadura prateada respingada de sangue, refletindo a luz das chamas ao redor. — Covardia e assassinato! Mentira e traição!

— Vai continuar se escondendo atrás do cavalo? — Maryx rosnou, agachada a alguns metros dele. — Minha pele está esperando a tatuagem de sua morte.

— Minha vitória sobre você não será nem uma lembrança na história desta batalha — o paladino apontou a espada para ela. — Meu alvo é seu general.

Ele disparou a galope na direção da caçadora. Maryx saltou, suas pernas agindo como molas tensionadas, girou no ar, arremessou um punhado de bolsinhas no chão, sob as patas do cavalo. Quatro explosões simultâneas deixaram o animal em pânico, seus olhos reviraram e ele relinchou alto. Avran segurou as rédeas, mas Maryx já estava na traseira da montaria. Deslizou pelo chão com a foice curta em punho, cortou os tendões das patas traseiras. O corcel branco caiu, Avran rolou para o chão.

Ele ficou de pé, o escudo à frente do corpo. Começou a circular a inimiga, que o observava meio abaixada. Os dois cercados por fogo, cadáveres, lutas individuais sem nenhuma formação, ornitópteros e balões, flechas e pedras de catapulta, homens e animais morrendo.

— Você também não é meu alvo hoje, Avran — Maryx falou num tom gutural baixo. — Quero a cabeça de seu rei.

— Meu rei é Khalmyr, minha rainha é Lena — ele respondeu, citando o Deus da Justiça e a Deusa da Vida. — Mas você não tocará em Balek III hoje, selvagem. A Ordem do Último Escudo garantiu a segurança de Sua Majestade.

— Até ele ser inconveniente, não? Quando ficar no caminho de seu fanatismo, você vai matá-lo como matou Sternachten.

— Você não sabe nada sobre mim! — ele rugiu, então atacou.

Avran correu para ela, o escudo sempre à frente. Maryx deu uma cambalhota para trás, girou com a perna estendida para tentar derrubá-lo. Ele parou no último instante, como se previsse o movimento dela. A hobgoblin saltou de pé e Avran avançou com um encontrão forte do escudo. Ela se desequilibrou, cambaleou para trás. O paladino golpeou com a espada em seu flanco, Maryx defendeu com a foice curta, prendeu as duas lâminas juntas, forçou o braço de Avran para o lado, abrindo sua guarda. Atacou com o kum'shrak sob sua axila, mas ele urrou e a empurrou. Então se moveu como um relâmpago prateado, numa barragem de ataques com a espada, de cima para baixo. Maryx bloqueou um, dois, três, foi atingida no ombro pelo quarto. Em meio instante ela deixou escapar um esgar de dor, Avran bateu em seu rosto com a borda do escudo. O nariz achatado de minha amiga se quebrou, esguichando sangue. Ela piscou algumas vezes, tentando limpar as lágrimas que brotaram dos olhos por reflexo. Avran atingiu seu crânio com a espada, ela só teve tempo de se jogar para trás, evitando um golpe fatal. Mas o corte leve abriu seu couro cabeludo e sangue escorreu para sua testa.

Maryx girou com as lâminas, recuando sempre, mantendo as armas como proteção ao redor do corpo. Avran a perseguiu com calma, avançando em corrida alternada com passos estudados, sempre atrás do escudo. Um estouro de fumaça negra envolveu os dois e não enxerguei mais nada. Quando a fumaça se dissipou, Maryx estava nas costas do paladino. Enganchou o kum'shrak e a foice curta nos dois tornozelos do inimigo, puxou e fez com que ele desabasse numa queda espetacular. Avran esteve com o rosto no chão por um momento, ela atacou suas costas sem hesitar. Ele conseguiu se virar, colocando o escudo no caminho do golpe. A lâmina negra se chocou mais uma vez com o Escudo do Panteão e faíscas brancas iluminaram a noite.

Ela montou sobre ele, prendendo o escudo sob um joelho, usando todo o peso de seu corpo musculoso para inutilizar o braço de Avran. Ergueu o kum'shrak e o desceu, a espada do inimigo bloqueou seu golpe. Empurrou para baixo, mas a força do paladino era tremenda e ele resistiu. Então, sem aviso, Maryx moveu o braço para o lado, tirando sua proteção por um instante. Golpeou com a foice curta sob o gorjal, no pescoço do inimigo. Vi sangue emergir da fresta na armadura, mas ele estava vivo. Então o kum'shrak desceu de novo em direção ao rosto de Avran, preciso, letal, um golpe sem defesa.

— *Não!* — o urro do paladino tomou a planície.

O Escudo do Panteão emitiu um clarão branco cegante. Ele moveu o braço num feito prodigioso, vencendo o peso e a força da hobgoblin, jogando-a para longe. Vi Maryx no ar, pelo menos dois metros acima do chão, e fiquei assustado com o poder ou a bênção de Avran. Ele ficou de pé enquanto ela atingiu o solo e rolou. Pisquei, a luz branca deixando marcas de brilho colorido em minha vista. Avran estava em guarda de novo, o sangue que escorria de seu pescoço aparentemente não sendo o bastante para diminuir sua ferocidade.

— Monstros! — ele rugiu. — Coisas profanas! O julgamento dos deuses chegou para vocês!

Um grupo de orcs a meu lado caiu de joelhos, segurando e arranhando as gargantas. Com horror, vi-os abrindo as bocas.

O lodo negro escorrendo por seus queixos.

Um warg que corria por perto desabou, rolando, seus olhos deixando um rastro de líquido viscoso e escuro. Ele começou a estrebuchar, esperneando na morte inexplicável.

Avran saltou, movendo-se pelo ar como se voasse. A espada em riste foi diretamente contra Maryx. O escudo brilhou. Ela tentou sair do caminho, mas a ponta já estava quase encostando em seu peito.

Um clangor interrompeu a cena, o Escudo do Panteão emitiu o mesmo clarão de novo. Quando consegui enxergar, vi Thwor Khoshkothruk segurando o enorme machado de duas mãos, agachado ao lado da hobgoblin caída. A espada de Avran Darholt detida pela lâmina gigantesca e irregular, o paladino com os dois pés fincados no chão, numa pose altiva.

Avran sorriu sob o elmo.

— Venha conhecer a morte, monstro.

— A morte foi minha parteira — respondeu o Ayrrak.

Então, num movimento tão rápido que não fui capaz de acompanhar, ele ergueu o machado e o desceu sobre o inimigo, que bloqueou com o escudo numa chuva de faíscas.

Thwor chutou o peito de Avran, fazendo-o recuar. Antes que o paladino conseguisse recuperar o equilíbrio, ergueu e desceu o machado. Avran se protegeu com o escudo acima da cabeça, em mais um clarão branco. O Ayrrak golpeou com o cabo do machado, de baixo para cima, atingindo-o no queixo. Avran cambaleou, Thwor atacou seu flanco, jogou-o para o lado, estirado de lado sobre a lama. A armadura estava amassada, consegui ver um corte no metal. Ele estava sangrando.

— Criatura covarde! — o humano xingou. — Vem ao norte para tentar se salvar, mas os deuses já traçaram seu destino!

— Minha morte não importa — Thwor nem mesmo estava ofegante. — Salvarei meu povo.

— Mentiroso! Sua raça suja não é capaz de autossacrifício! Está tentando nos enganar, mas a humanidade não cairá em seu engodo!

O paladino resvalou na terra para ficar de pé, mas Thwor era um ciclone. Chutou Avran no estômago, fez com que ele rolasse. Bateu com o machado em suas costas, mantendo-o no chão. Ergueu a arma de novo, Avran conseguiu se virar e colocar o escudo no caminho do golpe. As faíscas brancas voaram para todos os lados, de novo e de novo. Thwor Khoshkothruk urrou e demorou um instante com o machado erguido. Desceu-o com toda a força, o clarão tomou a planície. Então, quando levantou a arma, pude ver que o Escudo do Panteão estava rachado.

— Não! — gritou Avran, desesperado. — Isso não é o que deve acontecer! Não está certo!

Thwor chutou seu rosto. Ele rolou para trás. Antes que conseguisse se recuperar, o Ayrrak agarrou o escudo, arrancou-o do braço do paladino. Avran tentou se segurar ao objeto como uma criança com um brinquedo querido.

— Não! Não é assim! Não pode ser!

Ouvi desespero embargando sua voz. Ele estava vendo seu mundo quebrar. Não havia piedade possível. Ele era um assassino, o Açougueiro de Sternachten, um homem cujo ódio era maior que tudo. Alguém que se achava no direito de decidir sobre a vida e a morte de populações inteiras. Ele merecia que seus últimos momentos fossem de horror.

Thwor conseguiu tirar o escudo da pegada do inimigo e o arremessou para longe.

— *Não!*

Mesmo hipnotizado como estava pela luta dos dois, eu via com horror os goblinoides caindo sob o lodo negro. Não todos, não era um morticínio generalizado como acontecera em Sternachten. Mas um a um, grupo a grupo, a Aliança Negra estava sendo enfraquecida e diminuída por aquela maldição. Um caçador hobgoblin cortou a garganta de dois soldados com um só golpe de machadinha, então engasgou e vomitou uma golfada negra. Dois humanos aproveitaram a chance e o atacaram pelas costas, enfiando as espadas até emergirem do outro lado. O hobgoblin morreu chorando negro, sangrando vermelho.

Eclipse me levou para perto de Maryx. A caçadora aproveitou o tempo que o Imperador lhe dera para ficar de pé, tossir, preparar-se de novo para a luta. Vi-a de cima, em minha posição sobre as costas da fera. Seu rosto tatuado estava cheio de sangue seco, mas ela não corria risco de vida.

— O que é aquele homem? — Maryx perguntou, meio para mim, meio só esbravejando. — Ele fica mais poderoso a cada vez que o enfrento! Que bênção maldita...

Não escutei o resto. Não ouvi ou enxerguei nada ao redor.

Minha boca pendeu quando vi um filete negro escorrendo do lábio de Maryx Corta-Sangue.

Ela percebeu minha expressão estupefata.

— O que foi, Corben?

Então Maryx também sentiu. Deixou cair o kum'shrak e agarrou a própria garganta. Estremeceu, fechou a boca com força. Balançou a cabeça, negando a verdade para mim, negando para si mesma. Seus olhos pequenos se arregalaram. Ela não conseguiu mais conter e expeliu um jato de vômito negro no chão, sobre seu próprio peito.

Caiu de joelhos, me olhando com medo genuíno.

— *Ushultt!* — berrei.

Saltei do warg, caí de mau jeito. Segurei-a pelos ombros. O lodo negro escorria de seus ouvidos, de seus olhos.

Ela tentou falar algo.

— Ushultt, não! Não assim! Não é assim que deve acontecer!

Só mais tarde percebi que aquelas eram as mesmas palavras de Avran Darholt.

Naquele momento, percebi que *sim*, era assim que devia acontecer. Aquele era meu ciclo, aquela era minha narrativa. Thwor Khoshkothruk estava recriando as condições do Akzath que levaram ao triunfo da Aliança Negra e, para neutralizar a falsa Flecha de Fogo, trouxera aquele que carregava consigo a verdade sobre a profecia. Mas aquela posição no Akzath trazia para mim uma sequência de fatos bem específica:

Eu era traído por um homem que devia me proteger. Morria e perdia um lar. Renascia e recebia um lar melhor. E, no meio disso, sofria a morte de uma irmã.

Thelma na fazenda.

Ysolt em Sternachten.

Maryx na Aliança Negra.

— Minha irmã! — gritei. — Não pode acontecer de novo! Eu quero sair do Akzath! Quero romper o ciclo!

Ela se segurou em mim sem força.

Avran dissera que o lodo negro fora curado no Grande Templo de Thyatis. Meu deus podia me ajudar, *precisava* me ajudar. Rezei, senti sua presença milagrosa, minhas mãos brilharam. Eu não sabia pelo que rezar, o que era a maldição ou como ela funcionava. Só implorei, como um menino, para que alguém me salvasse.

Não houve alívio.

Nada mudou.

— *Não, ushultt, não!*

Não havia paz nos olhos de Maryx. Não havia aceitação, sensação de dever cumprido ou a perspectiva de reencontrar a família. Só dor e medo.

— Ushultt...

O horror foi quebrado pelo som de tambores.

Tambores graves, rítmicos e pesados se aproximaram. Um cântico solene, emergindo de várias gargantas, misturado com gemidos e grunhidos desconexos. Olhei para trás, pronto para aceitar qualquer salvador, qualquer coisa que interrompesse aquela espiral que eu conhecia bem.

Gaardalok caminhou para perto de nós, nobre e imperioso, liderando uma procissão de clérigos de Ragnar e mortos-vivos.

— Maryx... — eu falei, engasgado e fraco.

— Implore — ele ordenou.

Pus as mãos em reza. Nada me importava, eu não tinha orgulho.

— *Eu imploro, por favor, ajude-a!*

— Implore ao Deus da Morte.

Ergui os braços para o alto e gritei:

— Eu imploro, Ragnar! Eu imploro pela vida de Maryx Corta-Sangue!

Gaardalok fez o que poderia ser um sorriso com seu rosto descarnado. Então colocou a mão magra sobre a cabeça de Maryx e entoou uma prece gutural.

Minha amiga convulsionou. Parou de expelir o líquido negro. Gaardalok gritou palavras que não entendi. Não pareciam o idioma goblinoide, mas algo mais primitivo, mais sinistro. Largou seu cajado e levou a outra mão ao rosto da caçadora. O corpo de Maryx se agitou ainda mais. Então o sumo-sacerdote puxou a mão e, com ela, veio um rastro negro e pegajoso. Ele fez um movimento decidido, como se estivesse se livrando de algo nojento. Uma poça de lodo negro caiu no chão. Borbulhou na terra. Em um instante secou, tornando-se cinza e poeirento.

Maryx inspirou uma enorme quantidade de ar.

— Como...? — perguntei.

— Eu protegi Urkk'thran do lodo negro — disse Gaardalok.

Ele me olhou com superioridade, olhou Maryx como se fosse seu dono. Avran dissera que o lodo negro fora curado pela intervenção de Thyatis, mas que peso podiam ter as palavras do inimigo? O sumo-sacerdote era o representante da Morte em Arton e o lodo negro parecia ser a Morte destilada. Eu não conseguia entender aquilo. Não conseguiria ainda por muito tempo. Naquele momento, estava apenas grato pela salvação.

— Agradeça à Morte.

— Obrigado — eu disse com voz pequena.

Então Gaardalok caminhou para longe de nós. Um de seus clérigos apanhou o cajado e a procissão seguiu em direção aos outros amaldiçoados.

Maryx respirou com sofreguidão. Eu a abracei, feliz por ela estar viva. A qualquer custo.

Amparei Maryx, ajudando-a a ficar de pé, mas ela não precisava. Tossiu mais algumas vezes, pegou as armas do chão e, livre do lodo negro, estava pronta para lutar mais uma vez. Não havia tempo para analisar o que tinha acontecido.

— Onde ele está? — ela perguntou. Não havia dúvida sobre a quem ela se referia.

— O Ayrrak a salvou, ushultt. Ele lutou com Avran.

— Avran conseguiu resistir a Thwor?

Eu me distraíra do combate dos dois, mas procurei o Imperador e o paladino em meio à carnificina. Thwor estava vencendo, mas o poder de Avran Darholt ainda parecia excessivo. O Ayrrak derrotara uma deusa. Nenhum mortal devia durar mais que um instante contra ele.

Enxerguei Avran se arrastando no chão. Sua armadura estava toda amassada, ele deixava um rastro de sangue. Fincou os dedos na terra, puxou a si mesmo à frente, rumo a algum lugar que talvez só existisse para ele mesmo. Não havia escapatória. Thwor estava de pé, pouco atrás, com o machado em punho. Seguiu o paladino com passos lentos, deliberados. Dois cavaleiros vieram em carga contra o Ayrrak, gritando por Tyrondir, por Avran Darholt. Sem prestar muita atenção, Thwor girou o machado e derrubou ambos — um deles foi cortado ao meio, o outro teve o peito destruído.

— Não devia acontecer assim... — balbuciou Avran.

Thwor chegou até ele, implacável e sem pressa. Colocou um pé imenso em suas costas.

Ergueu o machado.

Então uma voz emergiu das chamas:

— *Eu sou a Flecha de Fogo!*

Thwor Khoshkothruk virou-se. Eu mesmo não acreditei. O Escudo do Panteão surgiu do meio do incêndio, ocultando quase que por completo a figura esguia que o carregava. O objeto sagrado emitiu seu brilho branco, protegendo das chamas a portadora. Laessalya, a elfa, correu carregando o escudo de Avran, agora marcado por uma rachadura de um lado a outro. Ela se jogou sobre Thwor, o escudo sempre à frente do corpo. E o Ayrrak não considerou aquela garota uma ameaça — mas, quando ela o tocou, o escudo explodiu mais uma vez como a luz do dia e o Imperador Supremo foi arremessado.

Laessalya largou o escudo ao lado de Avran. O objeto ficou de pé na terra, fincando-se pesado, e o paladino se segurou nele para se erguer. Thwor ainda estava tentando entender o que tinha acontecido, jogado no chão daquela forma absurda, quando a elfa correu para ele:

— Eu sou a Flecha de Fogo! Meu destino é matá-lo!

Uma chama imensa surgiu das mãos de Laessalya, num leque de vários metros de altura. Ela fez um gesto amplo, com os dois braços para os lados e para baixo, e as chamas caíram como uma parede sobre Thwor.

— Eu sou a Flecha de Fogo!

Avran Darholt estava de pé. Trôpego, sangrando, ferido. A metade de seu rosto que era visível estava roxa e inchada, seu elmo estava amassado. Mas ele enfiou o braço esquerdo nas tiras do Escudo do Panteão e se empertigou, como se fosse infundido de um poder maior.

— *Eu sou a Flecha de Fogo!*

As chamas do incêndio rugiram, aumentaram de tamanho por toda a volta. Goblinoides e humanos foram engolidos na fúria súbita. Um ornitóptero que passava bem acima foi tragado, os goblins aeronautas berraram e o veículo rodou enquanto tombava ao chão. Laessalya girou os braços, girou todo o tronco a partir da cintura e as chamas acompanharam seu movimento. Fizeram um círculo, ergueram-se como um tornado de fogo. Nós estávamos bem no centro. Thwor ficou de pé, olhando aquela garota com indignação e incredulidade. A elfa juntou as mãos e a tromba flamejante se enredou sobre si mesma, como uma trança, então oscilou, procurando um alvo, uma serpente buscando uma vítima para o bote. Jorrou sobre Thwor, banhando-o numa torrente interminável.

Avran ergueu a espada e o escudo.

— Pelos deuses!
— Eu sou a Flecha de Fogo!

Eu e Maryx nos olhamos. Conhecíamos nosso papel. Ela gritou seu uivo ululante e correu para Avran, o kum'shrak em punho. Eu segurei a espada enferrujada de meu pai, a espada de ódio e loucura, e a apontei para a elfa.

— Laessalya! — gritei.

A elfa se virou para mim.

Ela estava chorando.

Eu tentei sorrir:

— Você lembra de mim, não?

Laessalya já me vira mais cedo, naquele mesmo dia infinito, mas parecia me perceber realmente pela primeira vez. Suas sobrancelhas fizeram um arco de tristeza e preocupação sobre seus olhos prateados. Ela deixou as mãos caírem e as chamas perderam a força.

— Quem...?

Baixei a espada, tentando me mostrar inofensivo. Caminhei para ela com passos hesitantes.

— Sou Corben. Lembra? Lembra da cidade? Éramos amigos.

Thwor se ergueu, tentando apagar as chamas de sua juba, de suas vestes. Sua pele estava enegrecida, em muitos pontos de seu corpo a carne viva era visível. Um lado de sua boca tinha derretido e se desfeito, tornando-se um esgar. Eu não conseguia ver quanto dano permanente havia em suas mãos, mas pude enxergar osso à mostra em um de seus braços.

— Corben...

— Somos amigos, Laessalya. Fique calma. Vai ficar tudo bem.

Ela balançou a cabeça, agitando brasas dos dois lados.

— Corben, você sumiu naquela noite — disse Laessalya. Ela estava mais articulada do que eu lembrava. — Você me mandou mostrar como eu iria matar Thwor Ironfist, mas tudo começou a pegar fogo. Então você sumiu.

— Eu sei — dei mais alguns passos vagarosos. — Desculpe. Se eu pudesse, teria ficado com você.

Maryx saltou e atacou Avran. Ele ergueu o escudo, o clangor surgiu com as faíscas. Ele a golpeou com a espada, ela bloqueou com a lâmina negra.

— Tudo mudou naquela noite — disse a elfa. — Tudo queimou.

— Não foi culpa sua.

Thwor pegou o machado.

— Não — ela disse.

Eu tentei sorrir mais largo. Estendi a mão para ela.

— Não foi culpa minha, Corben — ela arregalou os olhos e rangeu os dentes. — Foi... culpa... *sua!*

Laessalya berrou e fez um gesto em minha direção. Uma língua de fogo emergiu de seus dedos. Pulei para trás, mas a chama tocou meu poncho e o incendiou. Uma carroça atrás de mim explodiu de repente e senti o calor e a ardência nas costas, nos cabelos. Demorei para perceber que estava gritando.

— Tive que fugir, Corben! Fiquei na estrada, como antes, mas foi muito pior! Fiquei com frio, fiquei com fome! Não entendi nada que o pássaro falou! Onde você estava?

— Eles me mataram, Laessalya! Eu queria salvá-la, mas eles me mataram!

Thwor Khoshkothruk atacou Avran, sem força, só deixando o machado cair. O paladino bloqueou o golpe com a espada, bateu em Maryx com o escudo, girou para enfiar a lâmina na barriga do Ayrrak.

— Foi sua culpa! Eu sabia! Avran tem razão, foi tudo sua culpa!

— Ele está mentindo!

Ela berrou e gesticulou para mim de novo. Meu mundo ficou quente e alaranjado quando tudo foi tomado pelas chamas.

— Avran disse que sou a Flecha de Fogo! Vocês me trataram como louca, mas sou a heroína da profecia! *Eu sou a Flecha de Fogo!*

Minha visão ficou turva, então começou a escurecer. Ardência insuportável se espalhou por meu corpo, mas de repente a dor cessou. Não era bom sinal. Tudo era fogo, tudo era calor. Senti cheiro de carne queimada. Minha carne.

— Eu sou a Flecha de Fogo!

Mais uma torrente de chamas desabou sobre mim. Eu não podia fazer nada. Olhei para o lado. Meu braço se mexia sozinho, mas já não era meu braço. Era um pedaço de carvão, osso calcinado, brasas e carne viva. Os dedos estavam grudados no cabo da espada.

Ouvi gritos de vitória. Olhei em volta, atordoado, sem conseguir raciocinar. As últimas linhas de humanos estavam fugindo. Os goblinoides se espalhavam por toda parte, matando os obstinados que ainda resistiam. Gaardalok andava pelo campo de batalha e seu séquito de mortos-vivos já tinha dobrado de tamanho. Eles atacavam humanos na passagem, engoliam-nos para dentro de sua horda particular.

— *Eu sou a Flecha de Fogo e você é um traidor!*

Vi um cavalo passando a galope, apavorado. Avran se agarrou a suas rédeas e puxou a si mesmo para cima, num salto ágil. Montou e bateu com os calcanhares nos flancos do animal, incitando-o a correr mais. Maryx tentou um último golpe, mas ele saiu de seu alcance. Ela assobiou, chamando Eclipse. Thwor urrou, fez um ataque débil com o machado, mas não chegou perto de atingir o paladino. Caiu de joelhos.

Gaardalok surgiu atrás do Ayrrak. Pousou uma mão em seu ombro. Thwor colocou sua própria manzorra sobre a do sumo-sacerdote. Buscando conforto, como um filho ao ter contato com o pai.

— *Eu sou a Flecha de Fogo!*

Eu estava caído para trás. Já nem conseguia mais mexer o pescoço para olhar o triunfo da Aliança Negra. Só via o céu, em meio ao brilho das chamas e à fumaça. Minha visão ficou ainda mais borrada. Ainda mais escura.

Laessalya surgiu sobre mim, gritando algo que eu não conseguia mais ouvir. Tudo ficou em silêncio. Ela gesticulou com fogo nas mãos. Vi uma coisa negra se mexer a meu lado. Era meu braço, a mão fundida com a espada enferrujada. Eu não tinha mais sensação, então não sei se a lâmina de meu pai tremia ou me puxava. Mas ela entrou no peito de Laessalya, certeira e impiedosa.

A elfa desabou para o lado, sangrando.

A espada caiu por cima de mim. Pensei que o medalhão devia estar derretido, fundido a meu peito.

Eu só conseguia olhar para cima. Para o céu.

E, no meio da fumaça, das faíscas, dos veículos voadores, vi as estrelas. Eu as reconheci. Era bom observar o céu.

Notei uma estrela que nunca vira antes. Uma estrela nova.

Então raciocinei que não era uma estrela. Era um cometa.

Foi meu último pensamento antes de morrer.

ECLIPSE

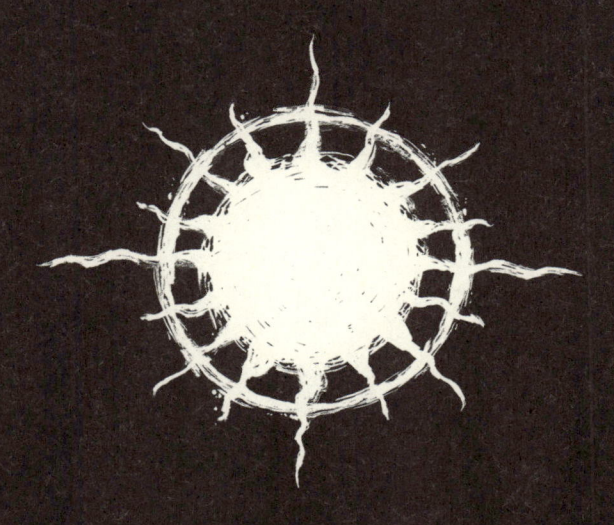

1
O LONGO CAMINHO DE VOLTA

DESTA VEZ EU SOUBE QUE NÃO ERA UM SONHO. EU ESTAVA morto e Thyatis surgiu para mim numa visão.

— Você quer conhecer o futuro ou o passado? — ele perguntou.

Pela primeira vez eu entendia o que estava acontecendo. O Deus da Ressurreição e da Profecia tinha me visitado em cada uma de minhas mortes — ou eu o havia visitado. Sua cabeça variava de ave de rapina para homem, dependendo do ângulo que eu olhava e do que queria enxergar. Seus braços podiam ser asas, seu tronco era largo e musculoso ou um turbilhão de fogo. Tudo eram chamas em volta de Thyatis, assim como tudo fora chamas a minha volta quando eu fora morto por Laessalya.

Ele esperava minha resposta.

— Não existe passado ou futuro — eu disse. — Existe o Akzath.

Naquele momento eu soube que um deus podia ficar surpreso. Thyatis me fitou com um misto de decepção, choque e incompreensão em seus olhos de brasa. Ele era menos inescrutável do que eu pensara em nossas primeiras conversas.

— Você está enganado, Corben — respondeu. — O tempo existe e corre numa só direção. Você recebeu o dom de ver o futuro e teve a chance de aprender sobre o passado.

— Acho que você não compreende toda a verdade sobre a Criação.

— E Thwor Ironfist compreende?

Contradizer um deus era absurdo ou heresia, mas conversar com um deus sobre um mortal parecia ainda mais estranho. O fato de o Ayrrak ser assunto trazido à tona por Thyatis me lembrou do quão extraordinário ele era.

— Talvez não — eu disse. — Mas, se existe um homem que pode entender o que nem mesmo os deuses entendem é ele.

— Que seja — disse Thyatis. — Você ainda tem direito a sua escolha.

— Não quero saber sobre o passado ou o futuro, como você os entende. Nem mesmo sobre o presente. Quero respostas específicas. Quero saber por que fui escolhido ainda criança. Quero saber por que a Flecha de Fogo foi disparada e quem decidiu que isso aconteceria. Quero saber o que é o lodo negro. Quero saber quem é Avran Darholt e como ele é tão poderoso, tão abençoado e tão cheio de ódio.

— Quer então conhecer o passado?

— Não existe passado. Responda a minhas perguntas.

— Você conhece os termos, Corben. Não há perguntas específicas. Somente todo o passado.

Fiquei calado. Era tentador aceitar a oferta, admitir que o tempo era uma linha reta e receber o conhecimento sobre o passado, com todas as respostas que eu tanto desejava. Mas também era uma espécie de traição. Se eu abraçasse a noção de tempo que Thyatis me apresentava, estaria me colocando próximo de Nós, de Dentro e de Ignorância no Akzath. Estaria me afastando de minha nova vida na Aliança Negra.

— Sei por que você não pode me revelar o que peço — falei.

Ele continuou em silêncio, observando-me.

— Se me mostrar a verdade — falei — estará me colocando perto do Conhecimento, o que também me levará para Fora e para perto da Morte. Você precisa de mim perto de Dentro e de Vida para que eu ressuscite. A Ressurreição só é compatível com uma visão restrita da Criação e não pode existir com compreensão total de tudo.

— Você não sabe o que fala, Corben.

— Este é meu nome de inimigo — retruquei. — Não sou mais Corben.

— Como é seu nome então?

— Ainda não sei. Mas ele sempre existiu e sempre existirá no Akzath.

As chamas queimaram de maneira quieta, tranquila, quase tímida.

— Você rejeita minha oferta? — o deus perguntou.

— Sou seu clérigo. Minha fé não se abalou. Mas quero ser mais do que isso.

Então as chamas rugiram.

— Fez sua escolha, Khorr'benn An-ug'atz.

— *Khorr'benn* — foi a primeira coisa que eu disse ao acordar.

Pisquei muitas vezes, minha visão demorou a voltar ao normal. Usar cada músculo era difícil, como se todos estivessem atrofiados. Minhas pálpebras pesavam o mesmo que uma bigorna. Tentei falar mais algumas coisas, mas tenho certeza de que ninguém entendeu, pois minha mandíbula e minha língua se mexiam de forma esquisita, eu precisava prestar atenção a cada parte do movimento. Notei que não estava respirando. Puxei o ar numa golfada enorme, então respirei conscientemente por um longo tempo. Abri e fechei as mãos, flexionei os cotovelos e os joelhos. Eu estava conhecendo meu corpo mais uma vez, como se tivesse acabado de nascer.

Estava deitado numa cama, sob um cobertor áspero. O ambiente ao redor era iluminado por tochas, mas uma nesga de luz do sol entrava por uma abertura. Demorei a compreender que era uma grande tenda. Meus ouvidos passaram a funcionar, pouco a pouco, e escutei gemidos e conversa baixa a meu redor. Senti cheiro de sangue, de ervas queimando num braseiro, de suor e de álcool. Eu estava numa enfermaria.

Enquanto ainda tentava fazer sentido de mim mesmo e do ambiente, fui notado por alguém. Era um rapaz de vinte e poucos anos, alto, metido numa túnica de tecido cru, o pescoço tatuado com os mesmos grafismos que eu e Thraan'ya tínhamos exibido. Seus cabelos negros encaracolados brilhavam à luz das tochas. Ele abriu um sorriso enorme ao me ver acordado, seu rosto adquiriu uma beleza de felicidade. Tentei retribuir, mas ainda não tinha controle pleno de minhas expressões.

— Você está de volta! — ele exclamou. — Como se sente?

Pensei um pouco.

— Não sei — respondi com sinceridade. Pronunciar cada sílaba foi um esforço, eu tinha uma espécie de sotaque forte, como se não ouvisse minhas próprias palavras.

— Muita gente não acreditou, mas Maryx garantiu que você viveria mais uma vez. Espere aqui, não tente se mexer. Ela exigiu ser avisada assim que você abrisse os olhos!

Ele me dirigiu mais um sorriso largo e sumiu pela abertura da tenda. Fiquei estirado, reaprendendo a respirar, a piscar, a usar a boca e a língua. Mexi os dedos um por um, senti um formigamento se espalhar por meu corpo, a partir das juntas. Notei que estava sorrindo involuntariamente.

Depois de alguns instantes, o rosto tatuado de Maryx surgiu sobre mim.

— Bem-vindo, ushultt — ela falou, controlando a satisfação. — Você demorou desta vez.

Tentei me erguer e esticar os braços para abraçá-la, quase caí da cama.

Maryx me ajudou, mandou que eu permanecesse deitado.

— O que aconteceu? — perguntei. — Onde estamos?

O jeito de Maryx nunca mais fora o mesmo desde a morte de sua família, mas reconheci nela uma segurança que não existia desde o Eclipse de Sangue. O ar de uma predadora no topo da cadeia alimentar, uma certeza de que tudo estaria bem porque ela faria tudo estar bem à força. Notei que havia algumas novas cabeças encolhidas penduradas em seu cinto.

— Estamos em Tyrondir — disse a hobgoblin. — Ou no que era Tyrondir, antes de nossa chegada. Nós vencemos, Corben. Em parte graças a você.

O raio de sol que entrava pela abertura da tenda ficou mais brilhante, os cheiros ficaram mais doces. A pele de Maryx ficou mais reluzente, suas tatuagens mais belas. Meu coração disparou de júbilo.

— Vencemos? Mas então...

— Você passou quase uma estação inteira se recuperando. É primavera, ushultt, e o sangue dos humanos adubou os campos floridos.

Maryx sentou ao lado de minha cama de convalescente e me contou aos poucos tudo que acontecera.

A primeira batalha foi devastadora para o Rei Balek III. Espalhar as forças de Tyrondir e cercar a floresta foi um erro fatal naquela noite. A Aliança Negra sofreu baixas consideráveis, mas conseguiu desmantelar boa parte das tropas reunidas do reino. Balek tinha batido em retirada muito antes que qualquer goblinoide conseguisse chegar perto, mas a segurança do rei não impediu que milhares de seus soldados fossem mortos, feridos ou capturados. O que restou daquele exército fugiu logo antes do amanhecer. Com a mudança de lado dos plebeus que eram leais a nós, a suspeita estava instaurada nos remanescentes e nenhum nobre ou comandante de Tyrondir tinha confiança plena em seus guerreiros. A manobra de dez anos de Thwor Khoshkothruk plantou a discórdia e o caos nas linhas inimigas e levou à vitória.

— Foi uma estação sofrida — disse Maryx. — Lutamos em campos nevados, lutamos sob granizo. Lutamos dia e noite. Eles queimaram suas próprias plantações para nos matar de fome. Enfurnaram-se em seus castelos e suas fortalezas, esperando que morrêssemos de frio. E muitos de nós morreram mesmo. Deixamos um rastro de arranyakk enterrados sob o manto branco do inverno, corpos congelados que só reapareceram com o degelo. Mas avançamos pouco a pouco.

O Exército do Reinado mandou um grande destacamento para Tyrondir, na esperança de conter o avanço goblinoide. A presença das tropas da coalizão de reinos era uma constante desde que eu era criança, mas nos últimos tempos os soldados haviam sido chamados de volta, para lidar com a guerra generalizada que tomava o norte. Se Thwor tivesse sorte, eles teriam continuado ocupados demais com seu próprio conflito, mas a sorte não faz parte da vida dos goblinoides. O Exército do Reinado chegou e a Aliança Negra o enfrentou repetidas vezes, sempre vencendo por furtividade, determinação e desespero.

— Muitos de nós caíram de exaustão — Maryx suspirou. — Depois de lutar por dias a fio sem descanso, eles simplesmente tombavam. Mas não se rendiam.

Já os humanos se rendiam. Enquanto a Aliança Negra estava lutando sob o comando do Ayrrak, o homem que os havia elevado de pragas caçadas livremente ao maior império do mundo conhecido, Tyrondir lutava pela bandeira de um rei que só sabia cobrar impostos. Enquanto Thwor sangrava com seus guerreiros a cada batalha, Balek III se escondeu atrás das muralhas da capital após o primeiro confronto. Os humanos ficaram exauridos, fartos da luta constante. Duyshidakk podiam atacar a qualquer momento, podiam lutar sem necessidade de comer ou dormir. A presença de humanos nas fileiras da Aliança Negra provou-se uma contaminação no espírito do inimigo e as deserções aumentaram. Mais e mais humanos mudaram de lado.

— Nós avançamos, ushultt. Gostaria que você estivesse vivo para testemunhar. Nunca houve tantos heróis de Lamnor. A história foi escrita aqui. Eu lembro de como foram as grandes vitórias iniciais da Aliança Negra, a euforia da queda de Lenórienn. A sensação é a mesma agora. Em breve Tyrondir será tema das canções tristes de bardos amargurados, assim como o reino élfico.

As emoções se mexeram dentro de mim de forma complexa e inesperada. Eu imaginei que a melancolia do fim de Tyrondir fosse me tomar, que houvesse algum pesar ou luto por ouvir a descrição de meu reino natal sendo esmagado. Mas só houve alegria. Segurei a mão de Maryx Nat'uyzkk, num cumprimento mudo por seu papel naquele triunfo.

— Quiseram deixá-lo para trás — Maryx deu um meio sorriso. — Afinal, você não passava de carvão com uma vaga forma humanoide. Mas insisti para que fosse levado conosco. O pedaço de carvão teve uma escolta de guerreiros hobgoblins de elite. Deveria ficar orgulhoso.

— Estou orgulhoso.

— Não o suficiente, eu garanto. Quando puder andar, verá o que estamos construindo.

Quis me erguer mais uma vez, mas ainda estava fraco. Maryx me empurrou de volta à cama com uma só mão. Resisti por um instante e só aquele esforço me fez perder o fôlego. Em contraste, eu nunca me sentira tão saudável. Não havia nenhuma dor em meu corpo, tudo parecia novo e cheio de vida. Minha fraqueza era uma simples questão de usar o vigor ainda intocado em meus músculos e órgãos.

Ela continuou narrando, perdendo-se em descrições de façanhas de heróis de todas as raças. Falou sobre como os batalhões hobgoblins tinham demonstrado disciplina capaz de rivalizar a dos humanos; sobre bugbears que chacinaram centenas de inimigos, embriagando-se com seu medo; sobre inventores goblins que testaram novos engenhos de guerra em campo e se sacrificaram em nome da vitória e do progresso científico. Enquanto isso, eu absorvia os cheiros e os sons da enfermaria. Goblinoides e humanos jaziam lado a lado, mas todos os curandeiros eram humanos com tatuagens de escravos. Não havia clérigos, o que provavelmente estava custando a vida de vários feridos. Mesmo assim, o hospital de campo era uma máquina bem azeitada.

— Agora eles estão enfurnados na capital — completou Maryx. — São muitos, mas têm pouco espaço. Podemos fazer um cerco e tirá-los de lá, mas provavelmente levará muito tempo.

Então fiz a pergunta que temia:
— Temos esse tempo?
Maryx não respondeu.

Demorei até conseguir caminhar com segurança. Eu tinha medo de ser um estorvo, sem poder marchar e correr com os outros, mas Maryx garantiu que de qualquer forma ficaríamos parados por enquanto.

Ao fim de duas semanas, eu estava sem paciência e nem o enfermeiro de cabelos encaracolados oferecia alguma distração. Maryx estava lá, como estava todos os dias. Fiz menção de levantar. Ela me segurou, mas insisti. A caçadora balançou a cabeça e se resignou em me amparar. Segurou-me pelos ombros, ajudou minhas pernas a descerem da cama. Meus pés descalços tocaram o chão e senti o frio da terra batida e a aspereza dos grãos de areia com uma sensibilidade inédita. As solas eram lisas e macias, sem calos ou curvas. Maryx e Gradda tinham me chamado de recém-nascido quando me resgataram pela primeira vez, mas agora eu era mesmo um recém-nascido. Tudo para mim era novo, minha pele era alva e fina. Dei alguns passos com o apoio dela. Era difícil me equilibrar, achar a posição certa dos joelhos e o ângulo das coxas para sustentar meu peso. Mas, quando encontrei a maneira correta de me manter de pé, usar os músculos foi um prazer. As fibras estavam ansiosas para ser testadas, como molas sob pressão. Avancei, cada vez mais seguro, embora um pouco curvado. Então me estiquei e senti minha coluna tomar uma postura reta e orgulhosa.

Eu estava nu, mas não me importei. Não queria roupas sobre a pele — queria a resposta de minha pergunta e as novas sensações daquela nova vida. Fui até a abertura da tenda, usei força demasiada para empurrar o tecido. Então ganhei o lado de fora.

Uma lufada de vento tocou meu peito e meu rosto, com uma sensação morna e um cheiro doce. O sol banhou minha pele pela primeira vez e me senti ao mesmo tempo queimar e ficar revigorado. Tive que proteger os olhos do brilho forte. Aos poucos, me acostumei com a luminosidade e fui tomado pela delícia de estar todo exposto aos raios de sol.

Então olhei para o céu furiosamente azul, totalmente sem nuvens. Era dia, mas eu podia ver um corpo celeste com clareza ao lado do sol.

Era um risco, como se o céu fosse uma pintura danificada.

Era um cometa cada vez mais próximo.

— Antes perguntei se tínhamos tempo — falei. — A resposta é não.

Maryx não disse nada.

Alguns goblinoides me olharam, mas ninguém me deu atenção especial. Sob o sol forte da primavera, o enorme acampamento da Aliança Negra funcionava a plena força. Eram tendas, guerreiros, wargs, escravos, máquinas e construções móveis para todos os lados, até onde a vista alcançava. Cheiro de comida vinha de fogueiras sem fim; som de espadas e machados se chocando espalhava-se em dezenas de grupos em treinamento; uma cacofonia de ordens e discussões preenchia o ar, saída de milhares de gargantas de todas as raças. O brasão rústico do círculo preto se erguia em uma centena de hastes, no tecido das tendas, pintado em grandes rochas que pipocavam no meio da planície. O sol negro, símbolo de Ragnar, era ainda mais comum. Aquilo era uma cidade provisória, um ponto que os goblinoides tinham escolhido como pausa em seu avanço contínuo. Era tão caótico e colorido quanto certas partes de Urkk'thran. Vendo aquilo, tive esperança de que Lamnor poderia renascer no norte, assim como eu ressuscitara de uma carcaça carbonizada.

Mas acima de todos estava a Flecha de Fogo.

— Ela está se aproximando muito rápido — falei.

— Quanto tempo acha que temos?

— É impossível dizer... — balancei a cabeça. — Eu vi a Flecha no céu antes de morrer, ushultt. Era pequena, só se destacava porque era noite e eu sabia que não deveria estar lá. Precisaria de sextantes e telescópios para fazer um cálculo preciso...

— Mas não temos tempo, certo?

Assenti.

— Aí está a resposta para sua pergunta de alguns ciclos da lua atrás — ela disse. — O Ayrrak sabe que não temos tempo. Balek está entrincheirado em Cosamhir, no norte de Tyrondir. Quase na fronteira com Deheon, num excelente ponto para receber reforços. Não vamos vencer se simplesmente continuar avançando. Pelo menos não a tempo. Por isso existe este acampamento. Por isso Thwor vai negociar mais uma vez.

Franzi o cenho, sem entender. De novo, um turbilhão de informações chegava até mim mais rápido do que eu podia compreendê-las. A cada morte eu fora soterrado com uma nova realidade, que tivera de absorver imediatamente. Agora me esforçava para internalizar que Tyrondir estava quase derrotado, que a Flecha estava se aproximando rápido, que mesmo com nossas vitórias o inimigo podia montar uma resistência longa e aguerrida. Que, após ser traído sob uma bandeira de trégua, Thwor Khoshkothruk estava disposto a fazer diplomacia com Balek III.

— Por que você falou em vitórias quando acordei, ushultt? — perguntei. — Por que me contou uma história de triunfo? Estamos num momento de desespero. Nossa população ainda está em Lamnor e nossa melhor chance é negociar com aquela serpente!

— Esta é uma história de triunfos — Maryx foi categórica. — O inimigo é resistente e usa traição e a própria fúria dos céus contra nós, mas isso não apaga os feitos e os sacrifícios de nossos heróis. Lembre-se, ushultt. Ser duyshidakk é sofrer em conjunto.

Meu coração bateu forte. Tentei pensar no que ela me dizia por todos os ângulos. Algo podia ser uma tragédia e um triunfo ao mesmo tempo. Cabia a nós mover a situação no Akzath, para que ela se tornasse o que precisávamos.

— Acha que a negociação vai dar certo? — perguntei.

Ela ficou calada.

— Pelo menos eles não têm mais a falsa Flecha de Fogo, certo? — senti minha voz embargada. Era triunfo e tragédia ao mesmo tempo. Era a destruição da ferramenta de mentiras do inimigo e o assassinato de uma amiga que confiara em mim. — Eu matei Laessalya...

Ela ficou em silêncio.

— Não...?

— Ela fugiu — disse Maryx.

Eu não sabia se meu sentimento era alívio ou decepção.

A caçadora me contou como eu cortara o peito da elfa com a espada enferrujada, fazendo-a tombar para o lado. Ela sangrou no chão, mas foi resgatada pelas quatro halflings e pela maga Fahime. Durante todo esse tempo, as chamas rugiram, engolfaram guerreiros dos dois lados. A Ordem do Último Escudo precisou bater em retirada, mas não perderam nenhum membro.

— Eu não entendo... — segurei as têmporas. Meus cabelos estavam curtos mais uma vez. — Como ela adquiriu aqueles poderes? O que é seu dom?

— Talvez você nunca tenha essas respostas — Maryx deu de ombros. — Mas eles ainda têm sua falsa Flecha. A humanidade não vai acreditar no Ayrrak, pois acha que uma elfa de cabelos vermelhos vai cumprir a profecia.

A rede de causas e efeitos, passado e futuro, era intrincada. Na verdade, não era causa e efeito, nem tempo linear, eu sabia. O Akzath estava ali, exposto a minha frente, com elementos de minha vida em Sternachten decidindo o destino do mundo. Precisava reconhecê-los e movê-los para que nos salvassem.

— O que devemos fazer? — perguntei, vulnerável e ignorante como uma criança, no meio do acampamento movimentado. — Como podemos mudar isso? Qual é nosso papel, se mesmo nossos triunfos só levam a mais morte?

Maryx chegou perto de mim. Colocou a mão em meu ombro e olhou a Flecha de Fogo no céu.

— Você ainda pode fazê-los entender. Você é humano, ao menos pelos olhos do inimigo. Você voltou da morte.

— Isso já não deu certo. Para eles, sou só mais um humano que mudou de lado.

Maryx me surpreendeu ao quase dar um sorriso.

— Nós recebemos informações de Cosamhir — disse a caçadora. — Nossos espiões capturaram oficiais do inimigo. Não apenas Balek III e seus nobres estão lá, ushultt. Há mais alguém.

— Alguém...?

— O gnomo. O gnomo sobreviveu e está na capital.

Meu peito inflou, o sol pareceu mais quente. Senti o Akzath a meu redor, todos os aspectos da Criação ligados simultaneamente. Lorde Niebling, o Único Gnomo de Arton, surgira no começo daquilo tudo. Ele era o fundador de Sternachten, ele conhecia a ciência sagrada da astrologia e confiaria no último astrólogo.

— Você tem razão, ushultt — eu disse. — Esta é uma história de triunfo.

— Você vai nos levar ao triunfo, Corben.

— Não sou mais Corben. Este é meu nome de inimigo.

— Tem certeza? — perguntou Maryx.

Não respondi. Apenas deitei na maca e senti a tatuadora fazer os primeiros furos em minha pele, enchendo-me de tinta mais uma vez, para mostrar ao mundo o que eu realmente era.

Nas primeiras semanas depois que despertei da morte, Maryx e eu conversamos sem parar. Falamos de novo e de novo sobre as batalhas do inverno e as perspectivas da primavera. Discutimos Laessalya e Lorde Niebling, Avran e Thwor, o destino e o Akzath. Falamos sobre a experiência de quase morte que ela tivera com o lodo negro e sobre como Gaardalok a salvara. Sobre o que significava a marca de caveira em seu rosto, se a havia protegido ou se a havia marcado para ser uma das vítimas da maldição. Em um determinado momento, voltei minha atenção a mim mesmo.

Era estranho, mas demorei para ter curiosidade de me conhecer mais uma vez, descobrir como era meu novo corpo. Eu era quem era, nada mudava drasticamente ou rapidamente. Mas isso só valia para quem não tinha sido carbonizado e trazido de volta.

A primeira coisa que eu percebera tinha sido meus cabelos curtos, depois notei meu peito. Havia algo esquisito nele, era a única parte do corpo que não tinha a sensação límpida e pura. Algo repuxava, coçava, incomodava como se não pertencesse a mim. Havia metal mesclado à pele. O medalhão do Observatório da Pena em Chamas fora destruído com o fogo de Laessalya, mas de alguma forma tinha se mesclado a mim, preservando quase totalmente a forma da pena flamejante sobre asas de fênix, as estrelas como pintas metálicas pontilhando meu peito. Passei os dedos pela superfície lisa, por onde a pele se encontrava com o material duro.

— Ele ficou enterrado em você, quando você era carvão — disse Maryx. — À medida que seu corpo regenerou, o metal emergiu dessa forma. Era impossível tirá-lo.

Puxei uma borda com a unha. Senti dor. O medalhão estava colado de forma irreversível. Era parte de mim.

Olhei-me num espelho, saque obtido da escolta de um nobre guerreiro de Tyrondir. Minha barba era mais curta, os cabelos eram mais finos, menos selvagens. Maryx disse que eu ressurgira totalmente careca e aquele era o comprimento que os pelos tinham adquirido naturalmente. Eu parecia uma mescla do Corben que vivera em Sternachten e do Corben que vivera em Urkk'thran.

O que me chocou foi a pele sem tatuagens.

As tatuagens faziam parte de mim. Eu me orgulhava da marca de escravo que Maryx tinha me imposto, via o olho desenhado em minha testa como uma ferramenta de ofício. Mas agora não tinha mais nada. Passei os dedos pelo pescoço e pela testa, decepcionado com o vazio. Decidi sem demora que precisava ser marcado mais uma vez. Depois de alguns dias, descobrimos uma artista hobgoblin que se propôs a fazer o serviço.

Ela passou quase uma semana trabalhando em cima de mim. Fiquei com febre, tive alucinações em que enxerguei Avran, Laessalya e Lorde Niebling. Consegui comer pouco, atravessei aqueles dias num estado onírico. Minha pele ficou sensível, a ardência se espalhou por meu corpo todo, primeiro como dor, depois como anestesia. As tatuagens agora eram minha escolha e eram muito mais extensas. Começaram com a marca de escravo no pescoço, depois a artista cobriu meus ombros e meu peito, circundando o metal do medalhão. Eu estava sendo marcado como duyshidakk.

— Não só como duyshidakk — disse Maryx, enquanto eu tremia de febre. — Você lutou e sangrou a nosso lado. Você morreu em batalha pela Aliança Negra. Você é arranyakk.

Minhas tatuagens eram como as da elfa transfigurada Thraan'ya: contavam a história de alguém que começara como escravo, mas se tornara algo mais. Quando a tatuadora terminou, no fim do último dia, e já não aguentava mais de cansaço, Maryx disse que ela deveria continuar.

— Você não merece apenas tatuagens de pertencimento, ushultt. Você realizou dois grandes feitos. Contou a verdade sobre a Flecha de Fogo e enfrentou a falsa Flecha. É preciso marcar essas conquistas em seu corpo, para que você nunca as esqueça.

Minha coragem para falar a verdade se traduziu em círculos sucessivos em meu antebraço esquerdo, enquanto que minha luta contra Laessalya virou uma série de escritos verticais em linhas paralelas em minha coxa direita.

Quando o oitavo dia amanheceu, enfim estava tudo pronto.

— Estamos perto do Início e da Luz — balbuciei, febril. — É hora, ushultt.

Maryx me carregou para fora da tenda da tatuadora. Colocou-me no chão, num círculo desenhado com sangue humano na terra. Aos poucos, vários guerreiros se reuniram a minha volta. Eram hobgoblins, goblins, bugbears, gnolls, orcs, kobolds, ogros. Até mesmo alguns humanos.

— Este é alguém novo! — disse Maryx, em voz alta. — Quem ele era não importa mais. O passado não existe e este novo duyshidakk lidará com o futuro que surgir da decisão que agora toma. Com o futuro que surge do nome que agora adota!

— Não existe passado — murmurei. — Não existe futuro.

Quem primeiro tomou a frente foi um bugbear, para minha surpresa. Ele se postou por cima de mim, seu corpanzil tapando o sol do alvorecer. Senti seu cheiro avassalador de suor azedo e sujeira velha. A criatura abriu um corte fundo no pulso com uma faca de osso. Quando o líquido vermelho começou a pingar farto, ele aproximou o braço de minha cabeça. Abri a boca e deixei que o sangue entrasse em minha garganta. O gosto ferroso provocou náusea, mas me controlei e engoli.

Em seguida vieram dois goblins, depois um hobgoblin. Uma gnoll me deu muito de seu sangue, até eu achar que não conseguiria beber mais. Um ogro despejou sangue tão escuro que era quase negro, muito espesso e fedorento. O sangue de kobolds era ácido e aguado, o sangue de orcs tinha gosto de terra. Maryx apanhou uma faca para abrir um corte em seu braço.

— Não — eu disse, meio delirante. — Use o kum'shrak.

— É uma ferramenta de morte. Não funciona bem para inícios.

— Eu preciso da Morte, ushultt. A Morte sempre fez parte de mim. Este é um ponto de inícios, de Vida, mas eu preciso do oposto. Tudo existe em mim no Akzath.

Ela assentiu. Guardou a faca e fez um longo corte no antebraço com a lâmina negra. Seu sangue escorreu para minha boca. Tinha gosto doce. Tinha gosto de Morte.

— Você tem parte de todos nós — recitou Maryx. — Você é acolhido numa nova vida.

O batismo, assim como o funeral, era um ritual simples na Aliança Negra. A vida goblinoide não admitia nada muito mais complexo. Os duyshidakk precisavam estar prontos para receber quem quisesse lutar a seu lado com um mínimo de cerimônia. Qualquer um podia presidir um batismo, desde que houvesse outros duyshidakk que quisessem entregar parte de si para acolher o recém-chegado. Vários outros batismos deviam estar acontecendo naquele mesmo dia, de forma anônima, enquanto escravos eram aceitos como membros plenos daquela cultura. Eu era só mais um e estava feliz por isso.

— Ainda está faltando uma parte — uma voz conhecida interrompeu.

Reconheci o tom esganiçado de Gradda. Ela mancou em seu pé metálico até mim.

— Você me poupou uns anos de vida, garoto de merda — cacarejou a bruxa. — Embora eu não entenda como e ainda ache que humanos só pensam em bobagens.

— Não quero ser humano — falei baixo.

— O que eu devia fazer era cagar em sua garganta, para contribuir com tudo que você fala! Mas você me ajudou. Então vou ajudá-lo também.

Antes que eu pudesse sequer entender o que acontecia, Gradda meteu a mão dentro de seus mantos negros e puxou de lá uma faca. Levou a lâmina a um de seus dedos, ao lado do coto que já existia por causa tortura de Avran e Thalin, e fez um corte rápido e decidido. Então soltou um grito de dor.

— Merda! Eu devia afogá-lo na latrina dos orcs, garoto que nem humano é! Por que estou fazendo isso? Devo ser mesmo muito idiota.

Então ela colocou o dedo decepado em minha boca. Senti a carne ainda quente. Mastiguei em volta dos ossos, a vida de Gradda entrando em mim por aquele ato sublime de amizade e autossacrifício. Num batismo da Aliança Negra não havia deuses, só mortais. Cada um que desejava acolher o novo recém-chegado dava uma parte de si. O mais comum era sangue, e mesmo isso era um gesto lindo. Muitos novos membros recebiam talvez uma gota de sangue, ou talvez só um tufo de cabelos ou mesmo uma peça de roupa, se não fossem tão bem-vindos assim. Eu recebera um banquete de sangue. E no fim fora presenteado com uma parte do corpo da bruxa. A carne dela era minha carne. Cuspi os ossos e a unha.

— Vou fazer um colar com o que sobrou.

— Enfie o que sobrou no rabo! — Gradda escarrou no chão. — Já me arrependi. Meu dedo virando bosta de humano! É o cúmulo da indignidade!

Mas, mesmo segurando a mão novamente mutilada, ela me ajudou a me erguer, junto a Maryx. Fiquei de pé, lavado em sangue, o estômago estourando, sob o sol jovem.

— Como é seu nome, duyshidakk? — perguntou Maryx.

— Sou Khorr'benn An-ug'atz. Este é meu nome de lutar e sofrer!

Eles gritaram meu novo nome. Ergueram-me nos ombros, celebraram um novo irmão.

Khorr'benn. O nome que simbolizava tudo que eu era. Khorr'benn: "Eu Interrompo com a Morte o Caminho do Aço". Como um humano poderia entender, "Minha Morte Colocará Fim às Batalhas".

Ou, como o Akzath apontava desde sempre: "Minha Morte Interrompe a Infinita Guerra".

Emergi do batismo como uma pessoa nova. Os guerreiros que tinham me dado seu sangue foram embora como se nada tivesse acontecido. Mas eu me sentia renascido, muito mais do que quando despertara na tenda do hospital de campo. Lembrava da fazenda, de Sternachten, de Urkk'thran, mas aquelas memórias eram como sonhos de outra pessoa. Eu não me reconhecia nelas. Corben era uma criança aterrorizada, um jovem clérigo preocupado com prestígio e recompensas, um prisioneiro que alternava entre pertencer à humanidade ou à Aliança Negra. Khorr'benn era um duyshidakk, um arranyakk, o profeta que revelara a Flecha de Fogo, o guerreiro que combatera na primeira batalha da conquista de Arton Norte. Só naquele momento, percebi que todos a minha volta falavam o idioma goblinoide. Eu entendia as palavras de Maryx e de Gradda com perfeição, compreendia até mesmo os grunhidos e resmungos daqueles que tinham dado sangue para a cerimônia. Aquela era minha língua. Aquela era minha gente.

Naquela tarde, estávamos comendo centopeias vivas entre os goblinoides. Eu apenas aproveitava a sensação de ser um deles, aguardava minhas ordens para marchar à capital e mais uma vez prestar meu testemunho.

— Você não se saiu mal — elogiou Gradda. Ela ainda falava do batismo, que era um dos únicos assuntos entre nós no acampamento em espera.

— Alguns se saem mal no batismo?

— Alguns vomitam todo o sangue. Você conseguiu até comer minha carne. Seu corpo e sua alma já pertenciam a nós.

— Você adora me insultar, mas vive me dando presentes — ponderei. — O funeral em Sternachten, seu dedo agora...

— É porque tenho pena de você. Agora cale a boca! Vou transformá-lo num carrapato e vê-lo explodir com todo esse sangue aí dentro.

Maryx tinha se ausentado por alguns minutos, voltou com um embrulho. Eram roupas para mim. Vesti uma capa de peles costuradas, amarrei faixas de couro nos braços e nas coxas, enfiei minhas pernas em calças de tecido manchadas de sangue. Decorei meu corpo com penas, ossos, chifres e contas coloridas.

No meio do embrulho, estava a espada enferrujada.

— Não sabia se você queria isto — disse Maryx. — O cabo se fundiu a sua mão no meio das chamas. Quando puxei, seus dedos caíram. Mas ela está intacta.

Peguei a arma e observei-a. Tão intacta quanto poderia estar: velha, malcuidada, de péssima qualidade. E inegavelmente maligna, impregnada com ódio e medo. Mas a espada fazia parte de minha vida, estava junto a mim no Akzath. Salvara-me em pelo menos três ocasiões e voltara a minhas mãos depois de ser abandonada. Não adiantava tentar rejeitá-la, eu precisava entendê-la e usá-la para ajudar na criação do Mundo Como Deve Ser.

Embainhei a espada e prendi a bainha num cinto de couro rústico.

— Ela me liga a Avran Darholt — falei. — Um dia irá me levar a ele mais uma vez. Então poderemos descobrir o que ele é, como é tão poderoso e como utiliza o lodo negro.

Ao ouvir aquilo, Maryx olhou para baixo.

Ela não quisera me explicar tudo que aconteceu na batalha, mas contou sobre sua experiência com o lodo negro. Não sabíamos por que alguns eram afetados e outros não. Não havia explicação de como ele agia, como se espalhava de uma vítima a outra ou por quanto tempo permanecia num lugar. Maryx disse que na noite da batalha simplesmente começara a sentir frio e dor repentinos. Seus membros ficaram fracos e ela teve a impressão de que cada parte de seu corpo esguichava uma substância viscosa, que se espalhava como uma torrente forte e contínua. Então houve uma pressão dentro de seu crânio, em sua garganta, atrás de seus olhos, e a pior dor de cabeça que ela já sentira. Quando o lodo invadiu sua boca, o gosto era diferente de qualquer coisa que ela já experimentara. Um amargor que queimava fazia descolar as mucosas dentro da boca. E, quanto mais era expelido, mais o lodo negro se avolumava dentro dela. Era como se algo em seu interior estivesse sendo substituído pela coisa.

— Então chegou Gaardalok — ela disse, séria.

O sumo-sacerdote de Ragnar não fizera uma oração ou um ritual. Apenas encostara no rosto tatuado de minha amiga. Eu mesmo testemunhara aquilo.

— Quando ele me tocou, o lodo parou de surgir — ela disse, como se relembrasse um pesadelo. — Continuava dentro de mim, mas não aumentava. Então, quando ele puxou, foi como se sugasse aquilo de dentro de meu corpo. A dor foi ainda pior. Senti que minha carne estava sendo destroçada por dentro. Por um instante, quis que o lodo seguisse agindo, achei que a morte não podia ser pior. Mas então ele retirou a substância de mim e senti um calor como nunca sentira.

Maryx descreveu o interior de seu corpo voltando a ficar inteiro, reconstruindo-se velozmente.

— É claro que não passa de uma impressão. Como o alívio depois de uma dor intensa.

Gaardalok curou outras vítimas do lodo negro naquela noite. O que poderia ter sido centenas de mortes foi reduzido a meras dezenas. A presença do clérigo limitou a propagação da maldição, impulsionou os guerreiros adiante. O lodo negro que ele retirava de dentro das vítimas era tragado pelo solo. Ninguém fazia ideia do que isso poderia causar.

— O que ele sabe? — perguntei, quase para mim mesmo. — *Como* é capaz de controlar o lodo? Será que protegeu mesmo Urkk'thran?

— Quase todos os duyshidakk acham que sim — a voz de Maryx adquiriu um tom baixo e sinistro. — A devoção ao Deus da Morte aumentou muito desde a batalha que deu início à guerra. Mesmo hobgoblins que questionavam o culto a Ragnar começaram a fazer oferendas depois desse milagre.

Além disso, Gaardalok era uma presença visível na coluna e no acampamento todos os dias. Já Thwor lutara coberto por mantos e trapos. Estava há semanas fechado em sua tenda, sem ser visto por ninguém.

— O Ayrrak não está nos liderando? — fiquei alarmado.

— Calma, filhote de goblinoide, ele vai aparecer para limpar sua bunda — Gradda desdenhou.

— Thwor lutou em todas as batalhas e envia ordens todos os dias — disse Maryx. — Estamos sob sua liderança. Mas ele se afastou. Deve ter se ferido nas chamas mais do que quer admitir.

Meu estômago revirou. Se Laessalya era tão poderosa a ponto de ferir seriamente Thwor Khoshkothruk, de onde vinha tanto poder? E como ela tinha aprendido a usá-lo?

Aquela vitória era muito mais complexa do que eu poderia ter imaginado de início. Uma conquista avassaladora, mas talvez não fosse suficiente para nos salvar. Era uma campanha que jogava a Aliança Negra cada vez mais nas garras do Deus da Morte, para longe do ideal de vida e criação do Mundo Como Deve Ser. Um triunfo cheio de mistérios. Não entendíamos nosso inimigo, nem um de nossos aliados. Não entendíamos as armas deles e nossas proteções.

A tarde já estava avançada enquanto conversávamos sobre tudo isso, sentados no chão, no meio do acampamento. À maneira da Aliança Negra, tudo era casual, desprovido de pompa, estranhamente simples. Uma heroína de guerra, um profeta e uma herdeira de Hangpharstyth discutindo o destino do mundo em meio a goblins que carregavam baldes cheios d'água, a kobolds que perseguiam pequenos lagartos, a ogros que se empanturravam e arrotavam. Nenhum de nós precisava ser adulado para que conhecêssemos nossa importância. Da mesma forma, vi Thogrukk andando a esmo pelo acampamento e Ghorawkk choramingando para uma chefe tribal gnoll.

Mas havia aqueles que recebiam pompa, medo e respeito.

Maryx se deteve no meio de uma frase quando viu um grupo de sacerdotes de Ragnar passar a alguns metros de nós, levando consigo doze prisioneiros humanos acorrentados. Cada um dos humanos tinha um saco preto sem furos cobrindo a cabeça. Não enxergavam para onde estavam indo, tropeçavam pelo caminho, seguravam-se uns nos outros em busca de alguma segurança.

Minha amiga acompanhou a procissão com os olhos, seu rosto gradualmente adquirindo uma expressão de nojo e desprezo. Então um dos sacerdotes apanhou um chicote cheio de anzóis metálicos e bateu no último dos prisioneiros, um garoto magro que não devia ter mais de 15 anos. O chicote se cravou na carne do menino, o clérigo puxou de volta e rasgou sua pele. O prisioneiro caiu de joelhos, berrando, recebeu um chute.

Antes que eu pudesse perceber o que estava acontecendo, Maryx se ergueu, correu até lá e segurou o pulso do clérigo no meio de outra chicotada.

A procissão parou, os prisioneiros se chocaram uns com os outros, suas correntes tilintando. Todos os sacerdotes que os conduziam se voltaram à caçadora. Aquele que havia desferido a chicotada falou com voz calma:

— O que está fazendo, Maryx Nat'uyzkk?

— Isto é tortura desnecessária.

Fui até lá, cauteloso. A espada enferrujada estremeceu na bainha. Quis intervir, mas Gradda segurou minha mão e balançou a cabeça.

— Estes humanos são sacrifícios a Ragnar. Eles pertencem a nós.

— Então Ragnar deve se saciar com menos agonia. Ou ele é um mero bugbear, ávido por se embebedar com o medo de plebeus indefesos?

Todos aqueles clérigos eram bugbears. Desde o início, eu vira poucos sacerdotes do Deus da Morte de outras raças. A menção de um "mero bugbear" provocou a ira dos cinco, mas foi uma ira contida. Eles deram um passo na direção de Maryx, fazendo um semicírculo a sua volta.

— Irei lhe dar uma chance de retirar a blasfêmia e pedir perdão pela ofensa contra a Grande União — disse o clérigo, seu pulso ainda seguro por minha amiga.

— Não blasfemei contra Ragnar, nem ofendi os bugbears. Apenas disse que um deus não deveria se preocupar com torturar crianças.

— Estes humanos pertencem a ele.

— Pertencem à Aliança Negra.

— *Você* pertence a Ragnar — o sacerdote deu um meio sorriso, apontando para a tatuagem de caveira.

Maryx inspirou fundo, achei que fosse atacá-lo. Mas ela se conteve.

— Todos recebemos ordens sobre como tratar humanos — disse a hobgoblin. — Não queremos provocar uma cruzada de todos os deuses do norte contra nós. O mais importante é manter nossa cultura viva. O Ayrrak vai negociar a paz, não precisamos de histórias de horror sobre maus tratos de prisioneiros.

— Há uma autoridade superior ao Ayrrak.

Era a primeira vez que eu ouvia aquele sentimento proferido tão descaradamente, embora soubesse que ele existia. Maryx arregalou os olhos e, por um instante, ficou imóvel. O clérigo puxou o braço e tirou o pulso de seu agarrão.

— Os clérigos de Ragnar não decidirão isso — ela se recompôs. — Que o sumo-sacerdote e o Ayrrak decidam.

— Muito bem, caçadora. Fique deitada na porta da tenda do Ayrrak, esperando uma ordem e um osso, como a boa cadela que é. Enquanto isso, Ragnar receberá o que é seu.

Maryx se moveu tão rápido que não enxerguei. Num instante, ela desferiu um soco poderoso no rosto do bugbear. O nariz dele explodiu em sangue, minha amiga se virou com o cotovelo dobrado e atingiu a têmpora de um segundo. Pulou sobre o terceiro, trançando a perna entre as duas dele, derrubou-o e rolou no chão. Ergueu-se de um salto, com mais um soco certeiro no queixo do quarto, emendou com dois chutes na cabeça do quinto.

Os clérigos recuaram, fizeram gestos de maldição. Um deles brandiu uma foice longa contra ela.

— *Chega!* — eu me desvencilhei de Gradda e impedi que a luta continuasse até a morte de alguém.

Dezenas de goblinoides estavam olhando. Aquele tinha deixado de ser um mero conflito pela vida de humanos infelizes. Quem recuasse seria humilhado em público. O bugbear que tinha discutido com Maryx grunhiu para mim, o chicote ainda na mão:

— Fique fora disto, humano!

— Não sou humano. Sou duyshidakk, um clérigo, o profeta que descobriu a Flecha de Fogo. Minha autoridade não vem de mim, mas de Thyatis, que revelou a profecia a Thwor Khoshkothruk. Deixe que nossas divindades resolvam este debate, irmão, sem que a Grande União seja ameaçada.

O clérigo me mediu. Fora uma tentação apenas me juntar a Maryx e atacá-los — a espada com certeza queria isso. Mas um combate significaria que aqueles sacerdotes precisariam me matar ou passar vergonha. Eu trouxera o conflito para a esfera dos deuses. Se eles cedessem, não seriam humilhados.

— Maryx Nat'uyzkk nos atacou — ele rosnou.

— E qual é o modo goblinoide de resolver hierarquia numa situação cotidiana, senão uma luta rápida? Maryx não sacou o kum'shrak, não cortou, esfaqueou ou explodiu. Você impôs sua força divina, ela impôs a força terrena que possui. Maryx demonstrou respeito.

Roubei uma olhadela para minha amiga. Ela estava contrariada. Eu sabia que Maryx na verdade queria decapitar aqueles desgraçados.

— Que seja, Profeta do Fim — disse o sacerdote bugbear. — Estes prisioneiros pertencem ao Deus da Morte.

— Na verdade, não — falei. — Eles pertencem à Deusa da Paz.

Entre os muitos detalhes que Maryx havia me explicado desde que eu despertara, estava o tratamento dado aos prisioneiros humanos. O modo normal da Aliança Negra seria simplesmente chacinar todos que fossem capturados — no máximo transformar alguns em escravos. Fazer pilhas de ossos e torres de cadáveres. Mas a matança em larga escala apresentava um problema logístico e um problema político. Logisticamente, executar tanta gente era trabalhoso. Politicamente, uma força invasora que não demonstrasse piedade nunca seria acolhida como os guarda-costas de uma população de refugiados.

Assim, centenas e centenas de prisioneiros estavam sendo levadas para Grimmere, a fortaleza da Deusa da Paz, que ficava no início da parte norte do reino. Grimmere era um lugar abençoado por uma aura de tranquilidade que impedia qualquer luta ou comportamento agressivo. Tinha sido escolhida como prisão para todos que não quisessem se submeter à escravidão ou se juntar à Aliança Negra.

Muitos prisioneiros eram executados, é claro. Ragnar não deixava de exigir seu quinhão. Mas suas mortes deviam ocorrer com um mínimo de dor, como se fossem gado levado ao abate. A ideia era que os exilados em Grimmere levassem notícias de como os goblinoides não eram tão cruéis quanto sua fama fazia crer. Em Grimmere, eles nunca poderiam se rebelar, pois suas tendências agressivas seriam abafadas. Permaneceriam em quietude e conformidade, enquanto a Aliança Negra mantinha sua superioridade moral.

Eu tinha me tornado insensível ao horror que era o comportamento goblinoide. A duplicidade e crueldade dos humanos tinha me cegado para a verdade que só podia ser chamada por uma palavra: genocídio. Thwor Khoshkothruk era um genocida e eu não enxergava aquilo porque ele era também um herói e um sábio. Eu não pensava naqueles humanos como pessoas de verdade, embora Maryx pensasse. Para mim, não passavam de peças que poderiam representar vantagens ou desvantagens no jogo da conquista de Tyrondir.

Eu, que nascera humano, não via problema em matá-los. Maryx, a hobgoblin, demonstrava piedade.

— Gente como você está afundando a Aliança Negra e acabando com nossa chance de sobrevivência — minha amiga acusou o clérigo.

— Maryx, por favor... — comecei.

— Por que estes prisioneiros pertenceriam à Deusa da Paz e a Grimmere? — o bugbear nos desafiou. — O que os torna especiais?

— Alguém precisa ser especial para sobreviver? — perguntou Maryx, elevando o queixo. — Eu digo que devem ter feito algo especialmente ruim para merecer a morte!

Aquelas palavras não combinavam com a caçadora de cabeças. Maryx nunca precisara de desculpas para matar. Aquele comportamento era ódio e rebeldia contra o clero de Ragnar. Eles tinham tentado transformar seu marido numa aberração morta-viva, tinham desfigurado seu rosto. Tudo que ia contra o Deus da Morte agradava a Maryx e ela tinha cada vez menos medo de demonstrar.

— Não se pode criar O Mundo Como Deve Ser no meio de humanos — falou o sacerdote.

— Não se pode criar O Mundo Como Deve Ser se todos os duyshidakk estiverem mortos em Lamnor — ela devolveu.

— Existe um meio termo! — eu me interpus entre os dois.

— Não venha me dizer que eles devem ser levados a Grimmere — grunhiu o clérigo.

— Não — respondi. — Se os prisioneiros pertencem a Ragnar, que Ragnar os tenha. Mas ele é o Deus da Morte. A tortura não faz parte de seu domínio.

O clérigo fez uma careta, sem saber o que dizer. A espada enferrujada tremeu na bainha.

Maryx arrancou o saco preto da cabeça de um dos prisioneiros. Era um homem forte, com cerca de trinta anos, uma grande cicatriz no rosto.

Ela sacou o kum'shrak antes que eu ou qualquer outro pudesse fazer algo, então cortou a garganta dele. O sangue esguichou em mim, nos clérigos, nos prisioneiros. O cadáver desabou, levando outros consigo pelas correntes, e a terra começou a beber o fluido vermelho.

— Este já foi para Ragnar! — disse Maryx, triunfante. — Era o que queria, não? Vamos ao próximo!

Ela arrancou outro capuz, o prisioneiro gritou e foi silenciado num piscar de olhos. Aquela sede de sangue não combinava em nada com seu discurso de defender a vida. Maryx tinha se agarrado ao que eu dissera, que fazia sentido e não podia ser facilmente rebatido pelos clérigos, e estava se regozijando em afrontá-los. Não senti nada ante aquelas duas mortes. O olhar de Maryx estava um pouco arregalado demais, seu sorriso era forçado. Ela não estava gostando. Era um ato de ódio contra os bugbears, não contra os humanos. Talvez fosse um ato de piedade para com os humanos.

— Você não tem autoridade para fazer sacrifícios — disse o clérigo.

— O importante é que estejam mortos! Vamos ao próximo!

Ela agarrou o tecido preto na cabeça de um homem velho que se encolhia no chão. Ele tentou esconder o rosto com as mãos, gritando de medo. Maryx puxou seu antebraço agrilhoado, para expor sua cabeça e seu pescoço. Ele era barbudo e cabeludo, os fios grisalhos cheios de nós, sujos, embolados em montes de sujeira.

Num instante, reconheci algo naqueles olhos emoldurados por rugas. Olhos arregalados, cheios de pavor e de raiva.

— Vamos ao próximo!

— Eu sabia! — disse o velho.

Minhas pernas ficaram bambas quando ouvi sua voz.

A espada enferrujada estremeceu na bainha.

Maryx ergueu o kum'shrak.

— Eles estão por toda parte! — gritou o prisioneiro. — Eles vieram me pegar!

Segurei o braço da caçadora, ao mesmo tempo em que olhei para aquela figura imunda e patética, retorcida de medo. Medo como ele sempre tivera, medo que definira sua vida. Maryx se deteve no meio do golpe.

Falei só uma palavra:

— *Pai?*

2
O TRIBUNAL

Só havia nós dois na tenda e a única luz vinha de um braseiro fumacento. Ele estava sentado no chão, peito nu e magro, afundado de fraqueza, costelas rentes à pele. Olhava-me com pavor e confusão, a boca meio aberta, os cabelos longos e sujos tapando parte do rosto macilento. Mesmo assim, era inconfundível. A fisionomia de meu pai permanecia quase a mesma de onze anos atrás. Era um rosto que metera medo num garoto, mas só provocava ódio num homem.

A espada enferrujada tremia em minha mão. Eu estava de pé, andando de um lado para o outro, como um bicho enjaulado. Não escutava os sons do acampamento lá fora. Aquele era nosso mundo particular, delimitado por tecido cinzento. Eu não abriria a porta, assim como ele não tinha aberto durante minha infância.

— Reconhece esta espada? — perguntei, imperioso, olhando de cima para baixo.

Ele choramingou.

— *Perguntei se reconhece!* — gritei, minha paciência esgotada por um momento de hesitação.

— Por favor, senhor, por favor! — ele tentou proteger o rosto. — Não entendo o que diz!

Só então eu percebi que falava no idioma goblinoide. Detive-me no meio dos passos, forcei a espada a ficar quieta. Respirei fundo três vezes, achei as palavras em valkar.

— Quem é você? — falei com mais calma.

Não havia dúvida. A imagem, a voz, o jeito, as palavras, até o cheiro me transportavam direto para dentro da casa fechada, para a fazenda arruinada. Para a floresta, passando pela tumba de minha irmã. Mas quis que ele falasse.

— Sou só um fazendeiro — ele disse. — Ninguém importante, juro.

— Quero saber quem é, não o que faz.

Ele abriu um sorriso tímido, mostrando a falta de dentes. Era um gesto de amizade, de um humano tentando se conectar a outro. Ele não devia ter ouvido aquela pergunta nenhuma vez desde que fora capturado.

— Jormann — meu pai respondeu. — Meu nome é Jormann, senhor. Sou só um fazendeiro.

Contra minha vontade, meus olhos se encheram de lágrimas. Rilhei os dentes e fiquei com ainda mais raiva daquele homem, por me fazer passar por aquilo. Jormann Fazendeiro, era como o chamavam, quando havia alguém para chamá-lo de algo. Jormann, pai de Corben e Thelma, esposo de Cyra. Eu raramente ouvira seu nome, muito menos o pronunciara. Mantendo sempre a memória de criança, em minha cabeça eu sempre o chamara de pai. Mas ele era Jormann, o tirano, e agora era meu prisioneiro.

Eu queria dizer quem era. Queria provocar nele alguma reação, qualquer uma. Queria que ele fosse confrontado com o mal que me fez. Queria ver o horror em seus olhos ao perceber que o filho que assassinara pelas costas estava de volta e era hora da retribuição. Mas tudo que perguntei foi:

— O que houve com você, Jormann?

Meu pai se empertigou um pouco, notando que eu não iria matá-lo de imediato. Examinou-me de novo, talvez tentando decifrar o que eu era. Então falou:

— Eles vieram e me pegaram. Assim como eu sempre soube que viriam.

A espada quase deu um pulo em sua direção. Segurei o cabo com as duas mãos.

— "Eles"?

— Os goblinoides. Eu sabia que estavam por perto. Passaram ao lado de minha casa de novo e de novo, por vários anos. Me observavam, tentavam me amedrontar. Cheguei a achar que não havia nenhum humano vivo além de mim em Arton Norte. Mas pelo menos alguns de nós ainda restam...

Ofereceu um sorriso de novo.

— Quem você acha que eu sou?

— Eles devem tê-lo obrigado a colaborar — disse o prisioneiro. — Foi isso? Precisou fazer qualquer coisa para sobreviver, assim como eu? Tive que me trancar em minha fazenda. Mesmo assim, eles entraram. Levaram minha esposa, amaldiçoaram minha filha. O senhor precisou fingir que acreditava na magia negra deles? Teve que se vestir com seus trapos?

Ele só via um humano. Não um indivíduo ou mesmo um inimigo. Não importava que eu estivesse tatuado, vestido com as roupas da Aliança

Negra, brandindo uma espada. Eu era humano e por isso não podia ser amigo de goblinoides.

Para meu pai, isso era tudo que eu era.

— E seu filho, Jormann?

Ele deixou a boca pender.

— O que...?

— Você disse que os goblinoides levaram sua esposa e amaldiçoaram sua filha. O que houve com seu filho?

— Como você sabe...?

— *O que houve com seu filho?* — gritei, agarrei seus cabelos sujos, sacudi sua cabeça. A espada acompanhou meu movimento, ávida por derramar sangue. — *O que houve com seu filho, assassino maldito? Onde ele está?*

— Meu filho se vendeu aos bruxos da Aliança Negra! — ele berrou, lágrimas escorrendo por suas bochechas flácidas. — Ele matou a própria irmã, ganhou poderes sombrios! Meu filho servia ao Deus da Morte!

— *O que você fez, Jormann? O que você fez com seu filho?*

— Eu o matei! Era um bruxo! Eu o matei!

Gritei sem palavras, segurei-o pela garganta, mantive-o afastado com o braço. Ergui a lâmina, a ponta quase encostando em seu rosto, preparada para matar.

— Você reconhece esta espada? — perguntei, tremendo de raiva. — Lembra do que ela fez?

Então o rosto de meu pai foi tomado por uma sombra. Suas sobrancelhas se ergueram ao mesmo tempo em que seus olhos adquiriram um tom mortiço de percepção funesta. Ele parou de respirar, olhou fixo para a ferrugem da lâmina, então para mim.

— A espada...

Ela tremeu.

— *Minha* espada.

Ele ensaiou as próximas palavras algumas vezes. Olhou bem para mim, balbuciou em silêncio. Notei que ele lembrava dos traços de meu rosto. Mesmo onze anos mais velho, mesmo barbudo e cheio de fúria, era a fisionomia de seu filho. Meu pai hesitou, mas por fim disse:

— Corben...? — quase um sussurro.

Não respondi.

Mantive os olhos nos dele, aguardando que notasse a extensão de seu crime. Bastava que soubesse o quanto era culpado, o quanto era um monstro, então eu o mataria. Meu pai não iria morrer ignorante da própria maldade, achando-se vítima de um inimigo exterior. Estávamos mais uma vez no escuro, com a porta fechada, mas agora quem tinha a espada era eu. Ele precisava entender tudo isso.

— Corben, você está vivo.

Fiquei calado, triunfante.

— Eu tinha razão — disse meu pai. — Você realmente se vendeu aos bruxos da Aliança Negra.

Larguei o prisioneiro ensanguentado. Meu punho estava doendo, as juntas dos dedos estavam esfoladas. Bater nele não dava a satisfação que eu esperava.

— Você é um morto-vivo, Corben? — ele perguntou, segurando o nariz e os lábios. — Ganhou a morte em vida quando sacrificou sua irmã?

Ele se via como herói. Como o último bastião de resistência contra seu inimigo obscuro. Eu podia bater em Jormann, mas não atingiria sua mente. Não podia curar a loucura com violência. Não podia mudar o passado. Naquele momento, eu estava no mesmo local do Akzath em que estivera quando criança.

— Fui abençoado por Thyatis! — gritei. Estava me justificando para meu assassino. — Você me matou e fui ressuscitado! Fui ordenado clérigo!

— E agora é um servo dos goblinoides? Parece que não errei, então. Só me adiantei.

Peguei a espada e a ergui, mais uma vez determinado a matá-lo. Fiquei com ela acima da cabeça, sem fazer nada.

— Não sou morto-vivo — eu disse. — Você é mesmo um imbecil se acha que uma criança morta-viva pode crescer e se tornar adulta. Eu recebi uma segunda chance, apesar de você.

Meu pai ficou me olhando, sangue escorrendo de seu nariz.

Então deixei os braços caírem. Continuei segurando a espada, mas a fúria se esvaiu de mim. Todo o fogo e toda a escuridão que eu pudesse jogar sobre aquele homem não significariam nada, pois ele era um abismo vazio. Não havia o que ofender, o que atacar. Tudo era tragado por seu poço sem fundo, assim como minha infância e a vida de Thelma.

— Você não é nada — falei, a voz saturada de decepção. — Não há nada em você além de ódio, medo e loucura. Poderia ter se erguido, lutado contra seus demônios, mas preferiu ficar afundado neles.

Silêncio.

— Não tenho pena de você — falei. — Morrendo ou sobrevivendo, não mudará.

Preparei o golpe.

— Eu sei que goblinoides não levaram sua mãe embora — ele admitiu, de repente. — Ela fugiu. Fugiu de mim.

Jormann não estava tentando se proteger, não tinha súplica na voz. Estava mais calmo do que em qualquer momento que eu lembrasse na fazenda.

— Eu *sei*... — ele deixou as palavras se perderem em silêncio. — Eu *sei* que tudo isso é uma fantasia. É *claro* que goblinoides não podem ter entrado em minha casa e raptado minha esposa. Cyra vinha falando que estava infeliz há anos. E ela tinha medo de mim. Eu nunca levantei a mão para ela, mas ela tinha medo de mim, ficava furiosa comigo. Minha esposa estava apavorada e não aguentava mais. Eu *sei*.

Fiquei em silêncio.

— Havia algo naquela casa, mas não eram goblinoides. Eu *sei*... Às vezes eu sei. Nunca bati nela, mas ela...

Ele não conseguiu completar a frase.

— Por que você fez o que fez? — exigi.

— Mas às vezes também *sei* que foram os goblinoides. É mais fácil acreditar. Precisa ser algo, não? Precisa haver uma razão para tudo aquilo. Por que uma esposa tem tanta fúria com o marido? Por que vai embora no meio da noite? Minha mente gira, como se fosse um redemoinho, sempre em direção a uma ideia. É uma ideia que quero ter. *Eles* são culpados por tudo. Não eu. Não uma mulher que escolhe abandonar os filhos com...

— Com um louco — completei.

Ele baixou os olhos.

— Com um assassino — insisti.

Ele não respondeu.

— Você nunca bateu na mãe, mas me matou.

— Eu tinha certeza. Você não entende. Eu tinha *certeza*. Como tenho certeza de que o céu é azul. Eu *sabia* que meu filho tinha se vendido aos goblinoides.

— Assim como tinha certeza um minuto atrás? É uma certeza conveniente, que surge e desaparece quando você precisa.

Ele sacudiu a cabeça.

— Agora tudo está claro. Mas daqui a pouco... Eu nem sempre achava que eles estavam ao redor. Às vezes sabia que éramos só uma família comum numa fazenda perdida no sul de Tyrondir. Mas o medo vinha de repente, sem aviso. Não havia ninguém para me dizer o contrário.

— Alguém precisava mesmo lhe dizer para não matar uma criança?

— Você é mesmo Corben?

Meu rosto se retorceu de desprezo. Sentei no chão, na frente dele. Deixei a espada entre nós dois. Fitei seus olhos.

— Você tinha dois filhos. Corben e Thelma. Sua esposa foi embora quando Thelma tinha pouco mais de 1 ano. Você negligenciou os animais até que fugiram ou morreram. Obrigou seus filhos a passar fome porque tinha medo de sair de casa. Thelma morreu de uma doença trazida pelo frio, tossindo mais e mais ao longo de semanas. Quando chegou a primavera, você levou Corben à floresta...

— *Certo*. Muito bem. De alguma forma, você é Corben.

— Fui ressuscitado por Thyatis. Não preciso provar quem sou.

Algo mudou na expressão dele. Uma escuridão sutil emergiu de trás de seus olhos. A boca se abriu num esgar. Ele fez um movimento em direção à espada, mas fui mais rápido sem esforço nenhum. Deixei a mão no cabo. Ele desistiu.

— Eles já falavam com você naquela época? — perguntou meu pai. — Já lhe prometiam o direito de ameaçar o próprio pai?

— Não se esconda atrás da loucura. Fale. Por que fez tudo aquilo?

— Porque a Aliança Negra...

Não terminou a frase. Apertou os próprios olhos com as palmas das mãos.

— Eles disseram que os goblinoides vinham — meu pai falou, a mandíbula travada, sem me olhar.

— "Eles" quem?

— Os aldeões. De todas as vilas, mas principalmente de Dagba. Eles disseram que eram o próximo alvo dos goblinoides. Que todos morreriam. E nós estávamos tão perto... Eu não conseguia pensar em mais nada, Corben. Nada. Só nos goblinoides.

— E antes? O que aconteceu antes?

— Você tem que entender, todos me odiavam. Estavam sempre tramando. Falavam pelas minhas costas, riam de mim. Eu nunca conseguia um trabalho bom porque os aldeões se uniam contra mim. Em todas as vilas, eles se comunicavam secretamente, trocavam cartas porque sabiam que não sei ler direito. Mas pelo menos me avisaram sobre os goblinoides. Então levei a sério. Antes disso, ninguém confiava em mim para nada.

Comecei a argumentar algo, mas me detive quando notei que aquilo era a interpretação da verdade por um homem que achava que o mundo estava contra ele. Eram memórias de medo e ódio pertencentes a alguém que só vivia de medo e ódio.

— Ninguém gostava de sua mãe também. Tinham medo dela, porque não era ela mesma quando ficava com raiva. Mas no fundo era boa pessoa. Ela bateu naquelas meninas, mas nunca bateu em vocês.

— Mas bateu em você.

Ele não respondeu. Ficou um tempo murmurando para si mesmo.

Então prosseguiu:

— As tristezas de Cyra eram assustadoras, mas ela o levava para brincar ao sol. Lembra, Corben? Você nunca conheceu o povo da aldeia, nunca viu a menina que não podia mais andar por causa de sua mãe, mas lembra do sol, não é mesmo? Juntos, eu e sua mãe construímos algo bom. Uma casa. Uma família.

Ele estava sorrindo largo ao contar aquilo. Segurei a espada com mais força, por instinto. Aqueles eram meus pais: um homem que achava que o mundo queria destruí-lo, uma mulher que se afundava na tristeza e na violência. Meu pai continuou falando, disse que minha mãe raramente bebia. Que era bondosa quando estava sóbria. Que ele não tinha tanto medo quando ela estava toda *ali,* quando sua personalidade normal surgia através da cortina tumultuosa.

Aqueles eram meus pais: uma mulher que abandonava os filhos com um louco, um homem que assassinava um menino de 10 anos.

— Você não é Corben — ele tirou as mãos do rosto. — Não pode ser. Corben está morto.

Não respondi. Meu pai falou algumas coisas sem sentido, congratulou-se por perceber a farsa. Disse que os monstros estavam sempre atrás dele, querendo entrar em sua casa, espreitando na floresta.

Fiquei mudo.

— Você... Você é Corben. Não? *É* Corben. É claro que é Corben! Pelos deuses, você é Corben, você foi abençoado com um milagre. Que Lena e Khalmyr me perdoem, você é Corben e eu sou um assassino.

Ele olhou as próprias mãos, como se ainda estivessem manchadas com meu sangue.

— O que o tornou assim? — perguntei.

Ele olhou para todas as direções, como se procurasse uma resposta.

— O que o tornou assim? — repeti.

Ele começou a responder, mas se deteve. Suspirou e pareceu ruminar a pergunta por alguns minutos. Quando falou, foi como um rio atravessando uma represa destruída:

— Não havia opções para mim. Não havia nada. O sul de Tyrondir era muito pobre. Antes da Aliança Negra, vivíamos sob a sombra de Khalifor, sempre deixando claro que não éramos bem-vindos. Sob os impostos da capital, que não nos protegia, nem sabia que existíamos quando não estava tomando nosso ouro e nossa colheita. Não há nada que um jovem possa fazer no sul de Tyrondir a não ser aprender a lutar contra um inimigo que nunca chega. E você não ganha ouro se aprende a lutar. Só vira um alvo melhor quando os nobres vêm recrutá-lo para suas guerras particulares.

— Nada disso justifica o que você fez.

— Depois da chegada dos goblinoides, tudo piorou ainda mais — Jormann ignorou meu comentário. — Mas pelo menos havia um sentido. Os aldeões me disseram que era tudo culpa dos goblinoides. Éramos pobres porque a Aliança Negra forçava o rei a cobrar mais impostos. Eu era infeliz e não conseguia mudar minha vida porque goblinoides estavam nos ameaçando o tempo todo. Cyra era triste e violenta porque eles roubavam sua felicidade e sua calma. Os aldeões me convidaram para beber com eles naquela época. Gostavam de minha presença! Na taverna, falávamos sobre como os goblinoides eram culpados de tudo. Não havia outras opiniões. Mas pelo menos o inimigo era *nosso*, não apenas meu.

Ele ia e voltava naquela narrativa, explicando sobre como fora rejeitado, mas aceito quando os goblinoides se tornaram a maior ameaça. A história de meu pai era melancólica, desesperançosa e banal. Ele não pudera controlar a própria vida, então achara culpados para sua miséria. Juntara-se com a primeira mulher que o aceitara, não importava como ela agisse. E ambos, um convencido de ser odiado e a outra realmente odiada, afastaram-se da aldeia para viver numa fazenda.

Então decidiram ter filhos.

Era uma piada cruel que aquelas duas pessoas tivessem se conhecido, e mais cruel ainda que fossem férteis. Eu lembrava de minha mãe como uma criança de 6 anos pode lembrar. Não conseguia fazer sentido de seu comportamento, só aceitava que ela era assim. Lembrava de que ela me levava para o sol. Não achava estranho que nunca houvesse cerveja, vinho ou hidromel na casa. Não notava que, quando ela ficava horas ou dias na cama, era por letargia absoluta, não por preguiça. Não entendia que, quando meu pai aparecia machucado, havia uma culpada.

Não notara que meu pai tinha me defendido dela.
Nunca apanhei com mão, cinto ou vara.
Só com uma espada enferrujada.
Eu tentava entender aquilo tudo, mas meu pai de novo estava me acusando de desde o início conspirar com os goblinoides. Ele disse que eu era o assassino de Thelma, um bruxo, um traidor.
Ele continuou falando sozinho. Assim como durante minha infância, afundei na escuridão fechada.
Só ele e eu.

A loucura continuou, como um cavalo selvagem galopando em direção ao abismo. Era insanidade irreversível, que resultava em maldade absoluta.
Ele era meu assassino.
Sem fúria, apenas compreensão, comecei a aceitar o que deveria fazer. A espada estremeceu, ansiosa.
Ele se interrompeu. Piscou e demorou uns instantes para me reconhecer.
— Se eu abrisse suas correntes agora, o que você faria? — perguntei, sem nenhuma emoção na voz.
Meu pai continuou calado, seu rosto se movendo como se estivesse num debate interno. Aos poucos, adquiriu uma tranquilidade melancólica.
— Eu me ajoelharia e pediria perdão — respondeu.
Continuei observando seu rosto, tentando enxergar o fosso escuro que havia dentro dele.
— Sabe por que foi aprisionado? — perguntei.
— Porque a Aliança Negra está invadindo Tyrondir.
— Não porque os goblinoides estão atrás de você? Não porque sempre estiveram por perto, à espreita?
Ele ergueu as sobrancelhas, parecendo lembrar de algo. Então fechou os olhos com força, sacudiu a cabeça, tentou afastar com as mãos coisas que ninguém mais via. Respirou fundo várias vezes.
— Não, eles não estão atrás de mim. Corben, é difícil até mesmo dizer estas palavras. Eu *sei* que eles não estão atrás de mim...
Então me dirigiu o mais patético e apavorado olhar esbugalhado:
— *Mas e se estiverem?*
A consciência de Jormann oscilava como uma bandeira ao vento. Estava claro que ele tentava se agarrar à realidade, mas ficava temeroso de que, rene-

gando a loucura, iria se tornar vulnerável aos inimigos que sempre percebera ao redor. Mesmo capturado, ele não aceitava que o pior já ocorrera. Mesmo enxergando goblinoides por todos os lados, ele não conseguia exatamente compreender que eles não estavam escondidos. Meu pai achava que o poço sempre podia ficar mais fundo, que ele mesmo sempre podia cair mais.

— Mantenha-se aqui comigo — falei, olhando fixo para ele. — Ignore o medo. Permaneça aqui.

Ele assentiu bruscamente, os cabelos compridos balançando e espalhando seu fedor.

— Você lembra desta espada?
— É a minha espada — respondeu.
— E o que você fez com ela?
— Matei meu filho.
— *Quem* é seu filho?

Ele franziu o cenho. Começou a responder, deteve-se. Pensou mais um pouco, ficou com a boca aberta. Então, devagar:

— Vo... você...

Engoli em seco.

— O que aconteceu com a espada, pai? Como ela veio parar em Lamnor, em minhas mãos? Você precisa lembrar. O que aconteceu?

— Um homem... Alguém chegou à fazenda e me pediu ela de volta.

— *De volta?*

— Eu a ganhei muitos anos atrás, de um guerreiro que passou por Dagba. Ela nos protegeu por um longo tempo. Mas então o guerreiro a quis de volta.

— Que guerreiro?

— Um guerreiro — ele fez um gesto no ar, como se eu fosse um inseto incômodo.

— Que guerreiro, pai?

— Um homem alto e loiro. De bigode e armadura.

Soltei o objeto, como se fosse uma serpente. A espada ficou inerte no chão.

— Pai, você lembra... — precisei me preparar para a próxima pergunta. — Lembra quando seu medo começou? Foi antes ou depois de receber a espada?

Eu estava tremendo. Havia uma resposta que aumentaria o mistério, mas absolveria aquele homem. Se meu pai tivesse afundado no delírio depois de receber a espada, ela poderia ser a origem da maldição. Mesmo que, de alguma forma, eu não conseguisse ver nela nenhuma aura maligna ou notar minha própria mente se distorcendo pelo contato, seria uma explicação. Seria simples.

— Eu sempre soube que todos me odiavam — disse meu pai.

Ele continuou falando, mas não ouvi. Jormann se enveredou por uma longa explicação sobre como sempre houvera alguém tramando contra ele, sobre como o cobrador de impostos do rei o perseguia e roubava sacas de cereais à noite, sobre como os aldeões contavam mentiras a seu respeito para nobres e cavaleiros. Fosse o que fosse aquela espada, ela não tinha causado a loucura de meu pai. As explicações nunca eram tão diretas.

De qualquer forma, restava a dúvida perplexa: por que um fazendeiro humilde fora escolhido para ser presenteado com uma arma, fosse ela o que fosse? Por que Avran se preocupou em fazer isso? Como e por que ele me envolveu neste turbilhão, se mais tarde tudo que queria era me eliminar para que eu não revelasse a Flecha de Fogo?

Não havia respostas sobre a espada ou sobre Avran, mas havia uma certeza sobre meu pai.

Ele era louco.

Era *louco*.

Sua doença não fora sua escolha, assim como não fora sua escolha receber uma espada. Sem escolha, poderia haver culpa?

Ele era um assassino, era *meu* assassino, um matador de crianças. Merecia a morte. Uma morte por outra, uma segunda chance para minha infância atrás da porta fechada.

Demorei a notar que meu pai tinha parado de tagarelar.

Tudo que eu sentia era tristeza. Tristeza profunda e absoluta por vidas tão sórdidas existirem neste mundo, espalhando sua miséria para cada vez mais longe. Um fazendeiro infeliz e apavorado, uma aldeã raivosa e desesperada, uma menina que tossiu até morrer, um clérigo condenado a ser assassinado de novo e de novo. Eram existências sem sentido. Naquele momento, achei que minha missão fosse fazer com que a história escura de minha família não fosse totalmente absurda.

Talvez ela servisse para o mais nobre dos propósitos: salvar os goblinoides.

Meu pai estava lúcido mais uma vez. Ele me reconhecia. Sua voz não fraquejou quando perguntou:

— Você vai me matar?

3
MORTOS PELA MORTE

THWOR KHOSHKOTHRUK NÃO ERA VISTO HÁ MESES, EXCETO em batalhas, quando lutava sob mantos e trapos negros. Sua voz não era ouvida desde que a Aliança Negra acampara naquela planície, sua tenda de comando estava inacessível.

Assim, para ter com uma autoridade dos goblinoides, eu precisava buscar Gaardalok.

Havia uma grande missa a Ragnar todos os dias, no crepúsculo. Apenas isso já era estranho. A religião goblinoide não costumava ser um ato de devoção coletiva — mesmo que houvesse muitos fiéis, os templos eram como mausoléus. As pessoas iam até eles para oferecer sacrifícios, para rezar sozinhas, para morrer. Não havia sermões como em certas igrejas do norte. Esperava-se que cada um cultuasse Ragnar em casa, que mantivesse a devoção a cada batalha, a cada inimigo derrotado.

Mas, em Tyrondir, aquilo mudara.

Gaardalok organizava grandes cerimônias ao anoitecer. Centenas de goblinoides se reuniam a sua volta, ouvindo-o falar sobre como a sombra da morte estava se espalhando pelo Reinado, sobre como era dever de todos garantir que o deus tivesse mais almas para sua carruagem. Os duyshidakk ofereciam sacrifícios ao sumo-sacerdote, matavam prisioneiros humanos ou mesmo seus próprios companheiros. E, embora os cultos presididos por Gaardalok fossem os mais populares, um só clérigo não podia atender às necessidades de todos os milhares de goblinoides no acampamento, então, dezenas de outros sacerdotes faziam cultos todas as noites.

Cheguei tarde, quando o sol já começava a afundar no horizonte, e havia um mar de goblinoides reunidos, impedindo que eu enxergasse qualquer coisa. Eles estavam em volta de uma pequena colina, pouco mais que uma rocha que ao longo dos séculos tinha sido coberta por terra e grama.

Agora, com o pisotear constante dos goblinoides, a grama morrera e só restava terra. A colina era decorada com quinze ou vinte lanças e estacas, cada uma com uma cabeça humana cravada na ponta. Moscas zumbiam em volta das cabeças, vermes brotavam das narinas, das bocas, dos olhos e dos ouvidos. O sangue já tinha secado há muito tempo, os corvos e as formigas tinham comido as partes mais macias, mas aqueles sacrifícios ainda mostravam expressões eternas de horror.

Tentei achar um espaço entre os goblinoides prensados. Seus enormes corpos musculosos e suarentos formavam uma barreira contínua sempre em movimento, como uma maré de carne e osso. Lembrei do Eclipse de Sangue, em Farddenn, mais de um ano atrás, mas este evento era mais feroz e desorganizado. Não havia um grande palco, os duyshidakk não estavam em júbilo. Eles berravam, gritavam o nome de Ragnar e de Gaardalok, alguns atacavam os companheiros bem ao lado.

E havia prisioneiros.

Um humano com o pescoço agrilhoado me viu tentando passar pela massa e se agarrou em mim.

— Você precisa me salvar! — ele berrou. — Serei sacrificado, você precisa me ajudar!

— O que você fez? — foi minha resposta.

Ele ficou mudo de espanto. Então se recompôs:

— Lutei por Tyrondir. Só isso! Eu era um soldado comum. Não sou um nobre ou um cavaleiro, muito menos um clérigo! Eu era só um aldeão! Não queria esta guerra!

— Você lutou contra meu povo — respondi. — Lutou para que meu povo fosse destruído.

— Eu não entendo o que está acontecendo! Disseram algo sobre a tal Flecha de Fogo, disseram que era uma elfa que caiu do céu, mas não entendo nada! Por favor, você precisa me salvar!

— Os bons aldeões lutaram a nosso lado.

Deixei aquele homem para trás, berrando súplicas, enquanto progredia lentamente pelos espaços entre os corpos fedorentos de meus irmãos. Eu mesmo estava lá para suplicar pela vida de alguém. Talvez fosse hipocrisia de minha parte, mas eu não iria me arriscar para salvar um desconhecido que podia ter matado vários guerreiros de meu povo.

Iria me arriscar para salvar alguém bem conhecido, que tinha me matado.

De repente, comecei a ouvir:

— Gaardalok! Gaardalok! O Favorito da Morte!

Um alvoroço tomou conta da multidão aglomerada. Consegui subir nas costas de um ogro que nem notou o que estava acontecendo. Então enxerguei.

O sumo-sacerdote de Ragnar surgiu na colina, entre as lanças e estacas, carregado numa liteira de ossos por seis mortos-vivos. Quatro clérigos vestidos em mortalhas negras ladeavam a pequena procissão, carregando incensários que espalhavam cheiro de enxofre. Um hobgoblin bem à frente segurou uma humana pelos cabelos, exibiu seu pescoço. Enquanto a prisioneira gritava, ele cortou sua garganta, o sangue esguichou nas pernas dos mortos-vivos. Um grupo de gnolls jogou um humano gordo no pé da colina e o matou a pedradas.

— Gaardalok, veja meu sacrifício!

— Ragnar, beba este sangue!

— Leve esta alma e leve a minha quando a hora chegar!

A liteira do sumo-sacerdote foi pousada no chão, sob os urros da massa. Os clérigos se postaram como estátuas, seus turíbulos balançando lentamente e soltando fumaça opaca. Gaardalok desceu da liteira, digno e vagaroso. Apontou para o hobgoblin que sacrificara a humana.

No mesmo instante, o homem subiu na colina. Virou-se para a multidão e enfiou a faca ainda ensanguentada no próprio peito. Com um sorriso enorme, tombou de joelhos. Gaardalok chegou perto dele e molhou os dedos esqueléticos no sangue do moribundo. Então o espirrou nos fiéis que se aglomeravam, benzendo-os no suicídio.

Quando o hobgoblin terminou de morrer, Gaardalok já parecia tê-lo esquecido. Ficou parado na nuvem de fumaça. Esperou o barulho da multidão cessar aos poucos.

Houve alguns instantes de silêncio cheio de expectativa.

— A morte se espalha no continente, como uma sombra perene — sua voz era límpida e poderosa, alcançando longe. — Ragnar está satisfeito com nosso avanço e com nossos sacrifícios.

Os goblinoides explodiram em exaltação mais uma vez. Não era nada surpreendente, nem mesmo inspirador. Era apenas a presença e as palavras do sumo-sacerdote.

Ele esperou haver silêncio para continuar:

— A Flecha de Fogo se aproxima cada dia mais. Muitos não sobreviverão para ver nossa conquista do norte. Invejem seus irmãos e suas irmãs que terão este destino! Gritem seus nomes e cantem seus feitos! Pois eles são os maiores soldados de Ragnar, eles fazem o maior sacrifício e recebem a maior bênção. Permanecem para trás, morrendo sob a fúria da profecia, para que nós possamos avançar e espalhar a verdade de nosso patrono.

Senti a fala de Gaardalok reverberar pelo mar vivo. Pensei em Urkk'thran, em todos que tinham ficado lá.

— Em breve criaremos O Mundo Como Deve Ser — ele prosseguiu. — Não restará uma aldeia humana que não tenha conhecido o toque de Ragnar. Nenhum castelo deixará de estar de luto. Nenhuma família ficará sem um funeral. Os humanos, anões, halflings e todos os outros odeiam a Morte, mas aprenderão a amá-la como uma companheira cotidiana. Os elfos finalmente conhecerão seu fim, serão exterminados como um dia quiseram nos exterminar. A face do Deus da Morte será tão familiar quanto a de suas esposas, seus maridos e seus filhos. Vocês todos são as foices de Ragnar. Vocês todos são seus escolhidos. Esta é uma missão sagrada, assim como é sagrada toda e qualquer morte.

— Este não é o modo do Ayrrak! — gritou uma voz feminina com forte sotaque melodioso. — Não iremos chacinar os humanos! Seremos refugiados!

Gaardalok se virou para Thraan'ya, que terminava de subir a colina. A elfa apontou um dedo acusador para ele:

— Onde está o Ayrrak, clérigo? Nós exigimos ver Thwor!

— Ah, Thraan'ya — ele pode ter sorrido, mas seu ricto de morto-vivo era ambíguo. — Uma relíquia de uma época anterior, quando ainda tolerávamos sobreviventes.

Uma ameaça velada, mas ela não se abalou.

— Abra as portas da tenda de comando! — Thraan'ya vociferou. — Você precisa permitir minha entrada! A entrada dos filhos de Thwor!

Gaardalok se voltou à multidão:

— Thwor Khoshkothra'uk está ocupado nos protegendo. O Ayrrak passa dias e noites analisando mapas, meditando sobre os ensinamentos de Ragnar, pensando em como pode guiar seu povo à conquista e ao extermínio.

Thraan'ya continuou discutindo, argumentando que Thwor nunca havia se isolado daquela maneira. Ele estava lá, não ausente em missão ou viagem, mas permanecia separado de nós pelo tecido de sua tenda e pelos guardas comandados pelo sumo-sacerdote.

Ela não parecia ter notado que Gaardalok pronunciara o nome de modo diferente.

Eu estava longe — mesmo que a voz do bugbear fosse clara, não podia ter certeza do que ele dissera. Mas meus ouvidos tinham captado um som que era um marcador de morte naquela palavra. *"Khoshkothra'uk"*, com a morte inserida no próprio nome, não *"Khoshkothruk"*, como Thwor escolhera. A maneira como as coisas eram percebidas e encaixadas modificava sua existência no

Akzath, eu sabia. Gaardalok estava empurrando Thwor para perto da Morte, mas eu não entendia por que o Ayrrak permitia.

— Como podemos saber que estas ordens são mesmo do Ayrrak? — demandou Thraan'ya. — Obedecer cegamente não é o modo da Aliança Negra!

— Vejam, filhos de Ragnar! — Gaardalok fez um gesto para todos ali reunidos. — Vejam a arrogância de uma elfa desesperada porque seu tempo acabou! Ela não lutou conosco no início, lutou *contra* nós! Era só uma prisioneira, recebeu a clemência do Imperador e agora acusa de traição aqueles que estiveram ao lado dele desde o começo. Observem Thraan'ya, pois ela é o exemplo de toda a raça élfica! Ouçam o medo em sua voz, vejam como cada gesto é traiçoeiro!

Alguns avançaram para cima de Thraan'ya. Ela sacou uma espada curva para se defender, mas isso não pareceu intimidá-los.

Pulei das costas do ogro e tentei abrir caminho pela multidão, mas era mais difícil do que nunca.

— Abram os olhos! — Thraan'ya gritou. — Não deixem nosso líder ser arrancado de nós!

Empurrei um orc, mas ele nem se mexeu. Apenas gritou um insulto para a elfa.

— Thwor Khoshkothruk é prisioneiro! Todos nós somos!

Experimentei outro caminho, onde só havia goblins e kobolds. As criaturas baixas permitiram que eu enxergasse a elfa tentando manter quatro guerreiros afastados com a lâmina, mas não me deixaram passar.

— Juntem-se a mim! — ela falou, olhos arregalados, como uma última medida. — Liberdade ao Ayrrak! Liberdade aos duyshidakk!

Um bugbear bateu na espada de Thraan'ya com um machado. A lâmina caiu no chão e ela ficou desarmada.

— *Thyatis, revele a verdade!*

No mesmo instante, uma coluna de luz dourada chamejante se derramou do céu, sobre a elfa. Thraan'ya olhou para os lados, surpresa, até que me viu no meio da multidão. Seus agressores interromperam o ataque, protegeram os olhos do brilho e recuaram de espanto supersticioso. A magia não oferecia proteção, mas o efeito cintilante ao redor de Thraan'ya foi suficiente para ao menos acalmar os ânimos. Uma vez que os goblinoides percebessem que era algo inofensivo, retomariam a fúria.

Todos se voltaram para mim, de repente, em silêncio e desconfiados. Abri caminho até a colina. Subi e fiquei ao lado da elfa.

— Thyatis a ilumina com a verdade! — gritei, tentando me fazer ouvir longe. — A mesma verdade que nos revelou a Flecha de Fogo! Sob a luz do deus, Thraan'ya não pode mentir!

— *Pertencemos a Ragnar!* — rugiu alguém.

Ignorei a interrupção e me dirigi a Thraan'ya:

— Fale, irmã! Fale sob a luz da verdade, sabendo que não pode mentir. Você está planejando uma traição?

Thraan'ya estava de olhos arregalados para mim. Sacudiu a cabeça, como se afastasse a confusão, então respondeu:

— Não... — então mais convicta: — Não! Minha única preocupação é a segurança do Ayrrak! É a construção do Mundo Como Deve Ser!

Voltei-me para Gaardalok.

— Vossa Santidade sabe que ela não mente. Consegue sentir o poder santo de Thyatis, não? Diga a nossos irmãos que Thraan'ya fala a verdade.

A coluna de luz se desfez aos poucos, deixando só uns pequenos estouros luminosos e algumas minúsculas chamas imateriais. Os goblinoides que tinham tentado atacar Thraan'ya voltaram à multidão. Todos estavam esperando a resposta do sumo-sacerdote.

— Khorr'benn An-ug'atz — disse Gaardalok. — O Profeta do Fim, o Último Astrólogo. Um homem de coragem, clamando por milagres de outro deus no momento sagrado de Ragnar.

— Thraan'ya disse a verdade! — falei o mais alto que pude. — Temos direito de ver o Ayrrak!

— O que sabe sobre os direitos dos duyshidakk? — provocou Gaardalok. — Há pouco tempo foi aceito como um de nós e já tenta impor sua visão humana?

— Não é o pensamento de um humano que eu trago, mas o modo da Aliança Negra. Apenas humanos, elfos e anões se esconder para planejar! Em Lamnor, por acaso nossas casas estavam fechadas para estranhos? Havia algum segredo entre nós? Havia egoísmo fomentado por ouro ou a solidariedade de um exército unido para o mesmo objetivo?

Gaardalok não respondeu por um instante. Um murmúrio se espalhou pela multidão. Thraan'ya me olhava com intensidade indecifrável.

— Eu abro minha tenda a todos que lá quiserem passar! — a elfa emendou, aproveitando a reação geral. — Minha tenda pertencia a outro e pertencerá a mais outro, pois não privarei ninguém do que precisam! Todos precisamos de nosso general, de nosso pai, de nosso Imperador Supremo. Mas o sumo-sacerdote o guarda como um tesouro particular!

— *Saia daí, cadela sarnenta!* — gritou alguém.

A fúria retornou num instante para o aglomerado. Antes que pudessem atacar Thraan'ya, gritei de novo:

— Apenas eu então! Apenas eu, que conheci o maior segredo do Ayrrak e o guardei com minha vida! Permita que apenas *eu* veja Thwor Khoshkothruk, Santidade, e confirmarei suas palavras. Sou um profeta, trago as boas novas e as notícias de morte. Posso anunciar os desejos de nosso líder.

Gaardalok me mediu. Eu não sabia o que aquele bugbear pensava de mim. Ele odiava Maryx e isso fazia com que eu fosse para ele um inimigo. Eu me recusara a beijar seu cajado e me tornar um morto-vivo, participara de desafios à supremacia de Ragnar e trabalhara pela Vida na Aliança Negra. Nossos deuses eram rivais, mas a morte fazia parte de minha existência. Gaardalok não rejeitara a verdade que eu trouxera sobre a Flecha de Fogo. Qualquer ódio que ele pudesse guardar por mim ficava oculto sob camadas de subterfúgio.

Ele se aproximou e apontou o cajado para meu rosto.

— Prove que é digno da presença do Ayrrak, Khorr'benn. Beije.

Ajoelhei-me, tentando ganhar tempo, mas isso não satisfez o sumo-sacerdote.

— Beije o cajado — ele insistiu. — Entregue-se a Ragnar, como Thwor Khoshkothra'uk já fez.

Desta vez eu ouvi o marcador de morte muito distinto na pronúncia do nome.

Tremendo, olhei nos olhos sem pálpebras de Gaardalok. Então fiz minha última jogada:

— Não.

O bugbear afastou o cajado e fez um gesto em minha direção com a mão esquelética.

— Um covarde! Um apóstata covarde, que deseja estar na presença do Ayrrak para...

— A morte em vida não é verdadeira devoção a Ragnar!

Gaardalok se calou. Os goblinoides estavam em silêncio. Ouvi Thraan'ya engasgar.

Fiquei de pé.

— Que espécie de devoto renega o dom de seu patrono? — perguntei, tentando parecer confiante. — Se eu beijar o cajado, irei me tornar um morto-vivo. Não é mesmo, Santidade? Posso fazer brilhar a luz da verdade mais uma vez, então nenhum de nós dois poderá mentir!

Ele não respondeu.

— Mas o dom de Ragnar não é a morte em vida — continuei. — Não é o estado intermediário que não alimenta a terra e não viaja em sua carruagem à noite. O dom de Ragnar é a *morte*, nada mais! Não há como fugir desta verdade!

— Você não sabe o que diz.

— Talvez não. Talvez eu seja ignorante, mas não sou covarde! *Eu* morri! Eu encarei o dom de Ragnar! Eu carrego a espada que me matou!

Desembainhei a lâmina enferrujada. Dois bugbears avançaram em minha direção, mas Gaardalok os conteve com um gesto.

— Vossa Santidade nunca morreu — provoquei. — Não conhece a maravilha que até o mais reles de seus devotos pode experimentar.

— Você é um clérigo do vil Thyatis...

— Não há nada em mim que fale de vida ou ressurreição! Apenas morte! — estreitei os olhos. — Faço-lhe então um desafio, Gaardalok, Sumo-Sacerdote de Ragnar. Beijarei seu cajado, fonte da morte em vida... Se beijar minha espada, fonte apenas da morte.

Aproximei a ponta do rosto dele.

Eu não sabia o que poderia acontecer; aquela ideia fora repentina e improvisada. Mas há algum tempo eu teorizava que a espada de meu pai tinha o toque do Deus da Morte. As coisas no Akzath não se ligavam de formas aleatórias e sempre seguiam alguns padrões definidos. Era uma espada muito próxima da Morte, eu era um clérigo muito próximo da Morte. O Deus da Morte não podia estar longe.

Sustentei o olhar vidrado de Gaardalok.

— Então? — incitei. — Eu tenho coragem de me tornar morto-vivo. Vossa Santidade tem coragem de morrer?

Tudo ficou imóvel por longos instantes.

— Muito bem, Khorr'benn An-ug'atz — ele disse, cada sílaba saindo relutante. — Você tem a permissão de ver o Ayrrak. E lidará com o futuro que surgir disso.

Devagar, embainhei a espada.

Devagar, ele recolheu o cajado.

Era tarde demais para continuar o sermão depois daquela interrupção longa. Imediatamente, os goblinoides voltaram a se empurrar, disputando a primazia para falar com o sumo-sacerdote.

Ante meus olhos, uma goblin com o rosto cheio de cicatrizes fundas se espremeu entre os brutamontes que competiam por espaço e se ajoelhou para Gaardalok.

— Santidade, meu ornitóptero foi destruído na última batalha e não tenho materiais para construir outro. Em terra, sou fraca e inútil, mas queimei muitos inimigos com bombas jogadas do ar!

Gaardalok pensou por alguns instantes, então proferiu uma resolução:

— Una-se a um bando de caça hobgoblin — voltou-se a um guerreiro hobgoblin que tentava chamar sua atenção e designou a ele o dever de acolher a aeronauta. — Ajude-os no que precisarem. Em troca, eles irão ajudá-la a recolher os materiais que precisa para a fabricação de um novo veículo. Venha a mim de novo caso seus novos companheiros não colaborem.

— Obrigada, Santidade! — ela beijou o chão perto dos pés do bugbear. — Obrigada!

Um orc de quatro braços fez uma reverência e expôs seu caso:

— Fui expulso de meu batalhão porque comia demais! Não é justo, todos têm menos braços, eu preciso de mais comida para sustentar todos os meus. Ninguém reclama quando um ogro come mais que um kobold!

— Se vai comer como um ogro, deve lutar como um ogro — decretou Gaardalok. — Observe o que os ogros fazem. Apresente-se a seu batalhão e cumpra o mesmo papel que um ogro cumpriria. Se não for capaz, deve comer o mesmo que os outros orcs.

Em seguida, um bugbear abriu caminho:

— Uma família de kobolds se afeiçoou a meus escravos! Agora eles têm menos medo! Demorei muito para achar uns escravos covardes o bastante para ficar bêbado e agora a fonte secou!

O sumo-sacerdote se pôs a mediar aquela disputa, então várias outras. Os duyshidakk não vinham a ele com assuntos espirituais ou sacrifícios. Eles apresentavam queixas, pedidos, súplicas, dúvidas. Exatamente como súditos.

Gaardalok tomou decisões sobre organização militar, resolveu rixas entre clãs, definiu punições e compensações para ofensas. Reunindo os goblinoides para as cerimônias diárias, ele estava se estabelecendo como o único verdadeiro poder na Aliança Negra. Notei que muitas disputas que antes seriam resolvidas entre indivíduos, sem a participação de um líder, agora eram trazidas a ele. Nos poucos meses em que eu estivera morto, a maneira de viver dos duyshidakk sofrera uma mudança sutil, mas significativa.

Ele estava governando.

Como um rei.

Como um imperador.

Thraan'ya segurou meu braço.

— Você precisa ver o Ayrrak — disse a elfa. — É o único que conseguiu pressionar Gaardalok.

Sustentei seu olhar.

— Não acha que sou um espião?

Ela rilhou os dentes, começou um rosnado, mas se deteve.

— Responda, Thraan'ya. Não tem mais medo de mim?

— Nunca tive medo.

— É o modo dos humanos e dos elfos tentar matar o que os amedronta.

— É o modo dos humanos e dos elfos guardar rancor — ela retrucou.

Ficamos nos medindo.

— Você ainda não sofreu o bastante — disse Thraan'ya.

— Quantas vezes preciso morrer para que você se satisfaça?

— Morrer é fácil. Eu sofri *de verdade* para ser duyshidakk. Fui prisioneira e entendi que merecia tudo que acontecia comigo. Sentei no trono feito do cadáver de meu pai.

Meu pai estava vivo. Pensei em meu único pedido para o Ayrrak, uma audiência que tomara proporções inesperadas.

— Tudo que quero é sofrer junto à Aliança Negra — desconversei.

— Você nunca conseguirá pagar sua dívida. Mas tem uma missão a cumprir.

Havia um pouco de respeito no rosto dela. Thraan'ya me via como fraco, via minha entrada na Aliança Negra como fácil demais. Eu notara sua ausência em meu batismo; ela não me dera as boas-vindas. Mesmo assim, eu era uma peça importante agora. Uma ferramenta.

Uma chave para uma porta fechada.

— Vá até Thwor enquanto Gaardalok está ocupado — ela disse. — Você tem uma chance de descobrir o que está acontecendo.

Assenti. Eu nunca saberia tudo pelo que Thraan'ya passara enquanto prisioneira nem as transformações que sua mente sofrera para chegar àquela lealdade fanática. Por sua vez, ela nunca entenderia meus motivos, minha sinceridade, meu amor por Maryx.

Não importava. Tínhamos um inimigo em comum.

Estávamos sofrendo juntos.

Naquele jogo, o adversário não estava mostrando todos os dados. Se Gaardalok realmente quisesse se livrar de mim, poderia incitar a turba e me manter afastado, ou mesmo me aleijar. Se ele tinha aceitado diálogo comigo, devia ter suas razões. E isso era motivo de preocupação.

Mas, por enquanto, tudo que eu precisava fazer era usar a oportunidade que obtivera.

●

À noite, a grande tenda de comando do Ayrrak estava cercada por tochas altas. Tambores soturnos soavam por toda a volta, a fumaça encobria o céu estrelado numa névoa de cheiro forte. A tenda era decorada por fora com peles, mantos e bandeiras; escudos, cabeças de animais e carcaças de monstros. A entrada tinha um grande círculo preto pintado, mas o símbolo da Aliança Negra fora transformado no sol do culto a Ragnar.

Estava cercada de guardas, mas não eram guerreiros. Vestiam-se com mortalhas escuras, carregavam foices longas e cetros feitos de espinhas humanas, usavam crânios de humanos e elfos como elmos. Eram clérigos do Deus da Morte.

Quando me aproximei, dois deles se moveram para barrar meu caminho.

— Vá embora, humano — disse um dos sacerdotes, seu focinho de bugbear meio oculto por uma caveira e pela fumaça espessa. Falou no idioma comum.

— Não sou humano — respondi, usando a língua goblinoide. — Sou Khorr'benn An-ug'atz, que revelou a Flecha de Fogo ao Ayrrak. Exijo uma audiência.

O outro clérigo tomou a palavra:

— Thwor Khoshkothra'uk não recebe ninguém. Todas as súplicas devem ser feitas ao Sumo-Sacerdote Gaardalok, após o culto do crepúsculo.

Gemidos vagarosos e o som de pés se arrastando na terra anunciaram mortos-vivos se aproximando de todas as direções. Não eram ameaçadores. Pelo menos não ostensivamente.

— Acabei de ter com o sumo-sacerdote — respondi. — A decisão de Sua Santidade foi que eu tivesse a permissão de entrar na tenda.

— Outros já contaram essa mesma mentira, humano — ele me empurrou.

Abri a boca, mas nenhuma resposta surgiu. Descartar totalmente minha palavra era um nível de autoridade que clérigos não deveriam ter, em especial quando o assunto era o Ayrrak. Eu era e sempre seria um forasteiro, mas não costumava ser ignorado.

— Saia de meu caminho — exigi. — Ou lide com o futuro que surge de desobedecer Gaardalok.

— O sumo-sacerdote não vai me punir por afastar um humano da tenda do Ayrrak. Espere do lado de fora, escravo. Quando Gaardalok chegar, ele mesmo pode dar a ordem.

Eu nunca esperara ser bem tratado, mas aquele bugbear não dava nenhuma atenção a minhas tatuagens, a meu papel na batalha. Ele me chamava de escravo impunemente e, naquela época, eu já era um membro da Aliança Negra tanto quanto qualquer goblin, hobgoblin ou bugbear. Tratar um irmão livre como escravo era algo grave.

Ou devia ser.

— Khorr'benn fala a verdade! — ouvi uma voz gutural atrás de mim.

O resfolegar e os passos pesados não deixaram dúvidas. Antes de me virar, eu sabia que ali estava Thogrukk, o filho mais selvagem de Thwor.

Eu não via Thogrukk desde a batalha. Ele sobrevivera, mas não sem sequelas. Um de seus braços tremia, quase mole, e ele caminhava mais devagar do que eu lembrava. Fora muito ferido no ataque traiçoeiro das forças de Tyrondir. Pagara o preço por estar ao lado de seu pai nas negociações — e pagara de novo quando o Ayrrak escolhera ajudar Maryx e deixá-lo para escapar sozinho.

Os dois clérigos deram um passo para trás ante sua aproximação.

— Respeito Gaardalok, por isso não vou massacrar todos vocês — rosnou Thogrukk.

Ele chegou bem perto de um dos sacerdotes.

— Eu digo que Khorr'benn fala a verdade, então ele fala. Até agora tolerei que não me deixem ver meu pai. Mas ainda não chegou o dia em que um verme que se ajoelha em vez de lutar vai me chamar de mentiroso.

— O Ayrrak não...

— Diga que estou mentindo, amante de cadáveres. Diga que minha palavra não vale nada. Então terei motivo para fazer você se encontrar com o deus que tanto adora.

O clérigo tentou disfarçar, mas engoliu em seco.

Olhei para cima, encontrei os olhos de Thogrukk. Sua expressão era um esgar de ódio generalizado e eu me encaixava entre os alvos de seu desprezo. Mas não havia nenhuma violência dirigida a mim. Ele também queria que eu entrasse na tenda e visse Thwor Khoshkothruk sem a presença de Gaardalok. Eu era o emissário que o sumo-sacerdote não pudera ignorar.

Os dois guardas-sacerdotes abriram caminho.

— Não estrague isso, seu fedelho miserável — grunhiu o imenso bugbear. — Se fizer algo errado, vou devorá-lo aos poucos.

Assenti para ele, sem medo. Só respeito.

Então andei alguns passos até a abertura da tenda. Empurrei o tecido para o lado e fui tomado pelo cheiro e pela visão dos aposentos do Ayrrak.

A tenda era enorme e toda ela estava impregnada com cheiro de carne podre e perfume doce. Andei por um corredor feito de tecido, decorado com peles não curtidas, pedaços de humanos, símbolos tribais de Ragnar. A escuridão era quase total, a única luz vinha de brasas mortiças em bacias de ferro no chão, que soltavam fumaça espessa. Eu pisava em chão irregular — não demorei a perceber que eram partes de corpos. O ambiente estava tomado por moscas, o chão estava coberto de vermes. Elas se jogavam com força em meu rosto e meu peito, eles morriam esmagados sob meus pés.

Segui pelo corredor até uma cortina de couro pintado com o sol negro. Abri e enfim cheguei à presença de Thwor.

Meus olhos demoraram para fazer sentido da cena com o enxame de moscas, a fumaça opaca, a escuridão e a visão grotesca que se apresentou a mim.

— Khorr'benn An-ug'atz — disse a voz grossa de Thwor. — Disseram-me que este é seu nome agora. Uma boa escolha.

Thwor não se mexia. Estava sentado, esparramado em algo que parecia um trono, mas era pouco mais que um amontoado de cadáveres. A cadeira tinha uma certa estrutura feita de lanças e hastes que trespassavam as dezenas de corpos, mas se espalhava por todo o grande aposento. O resto do ambiente também estava tomado de corpos. Deviam ser centenas, todos apodrecendo num festival de larvas e gases pútridos, uma paisagem infernal sem nada da arte e do cuidado macabro que houvera na Torre Ceifadora, em Urkk'thran. Aquilo parecia somente um depósito de podridão, um pântano de líquido marrom, um aterro onde se jogavam os mortos indesejáveis sem pensar duas vezes.

Thwor estava preso no meio do lixo.

Grossas correntes negras emergiam de seu peito, seus braços, suas pernas, seu pescoço. Então seguiam pelo interior da tenda e sumiam no emaranhado de carne. O Ayrrak estava diferente. Deformado. A estola de crânios coroados que ele usara em batalha tinha se fundido a seu corpo, em meio a queimaduras e cicatrizes horrendas. Sua longa juba de cabelos selvagens dera lugar a um crânio coberto de tufos curtos de pelos vermelhos eriçados. Sua pele era quase totalmente negra e parecia remendada com piche.

— Você... — balbuciei. — Você é...

— Não me tornei um morto-vivo, Khorr'benn An-ug'atz. Pelo menos não ainda. Aproxime-se.

Obedeci, a cada passo lutando contra o horror. Para chegar perto, tive de passar pelas correntes, senti calor e uma espécie de vapor úmido emanando de cada elo negro.

— O que aconteceu? — perguntei.

— Imaginei que eles o deixariam entrar. Não temem que você conte a verdade sobre o interior da tenda.

Como sempre, Thwor Khoshkothruk não falava seguindo uma progressão linear. Apenas meu estado de choque pôde me fazer acreditar que, se eu lhe perguntasse algo, ele simplesmente responderia. O Ayrrak ignorou o que eu dissera e continuou seu próprio raciocínio:

— É seu papel descobrir a verdade. Talvez seja seu papel sempre descobrir algo em que ninguém acredita. Assim foi com a Flecha de Fogo, que Balek III se recusou a aceitar; assim será com meu estado atual. Gaardalok acha que ninguém pode saber que o Ayrrak é mantido vivo pela energia da Morte. Diz que eu devo continuar como uma figura heroica aos olhos de todos. Não discordo dele. A Aliança Negra deve seguir a Vida e não a Morte, se quisermos mudar o Akzath.

— Gaardalok está governando em seu lugar.

— Se você enfia a espada em meu filho e o mata, quem o matou? Você ou a espada? O homem ou a ferramenta?

— Eu matei seu filho. Mas não teria conseguido sem a espada.

— O homem não pode cumprir a tarefa sem a ferramenta. Seja esta tarefa matar, seja governar.

Passei alguns instantes tentando entender aquilo.

— Gaardalok é sua ferramenta? — perguntei.

— Ele me guiou no início da Aliança Negra. O que o faz crer que eu não sou a ferramenta do sumo-sacerdote?

Um lado infantil dentro de mim gritou que aquilo não podia ser verdade.

— O Ayrrak vai mudar a Criação — falei, com fé que só poderia existir num clérigo. — Não pode ser um mero fantoche de um sacerdote macabro.

— Estou muito perto da Morte, aqui, nesta tenda. Onde está a Vida?

— Lá fora — respondi, de imediato.

— Gaardalok está se aproximando da Vida todos os dias.

— Você o está mudando?

— Eu existo no Akzath, assim como tudo e todos — disse Thwor, de novo sem responder diretamente. — Sou o homem e a ferramenta, sou o Imperador e o fantoche, transformo e sou transformado. Talvez tudo isso seja verdade, talvez nada seja. Não existe ninguém que possa ver o Akzath, só podemos tentar interpretá-lo. Nem mesmo sabemos se os conceitos que deduzi são verdadeiros. Da maneira como entendo, estou muito perto da Morte. Isso me deixa perto do Fim. Acho que você concorda que estamos chegando ao fim do que quer que seja este ciclo. A Flecha de Fogo já foi disparada e está se aproximando rapidamente. Ou talvez ela já tenha chegado e nós já a tenhamos enfrentado.

— O que você quer dizer? — balancei a cabeça, tentando fazer sentido do raciocínio atemporal e sem causa de Thwor Khoshkothruk. — A Flecha ainda está no céu...

— Você acha que salvar minha vida das chamas da elfa foi certo, Khorr'benn?

— Claro! — respondi de imediato, mais uma vez caindo nas idas e vindas do discurso dele.

— Mas, se eu morresse ali, haveria Flecha de Fogo no céu?

— O que...? — fiquei confuso. — A Flecha de Fogo é o cometa. E a profecia não se refere à morte do Ayrrak, mas à destruição de Lamnor.

— Ao coração das trevas. Onde está o coração das trevas, Khorr'benn?

Ele estava cercado de morte, com a pele negra.

Onde, de fato, estava o coração das trevas?

— Espere, está falando de Laessalya, não? — perguntei. — Isso não faz sentido. Mesmo se a profecia dissesse respeito a sua morte, não salvei sua vida, porque você não poderia morrer. O Ayrrak só irá morrer com a Flecha de Fogo.

— E você tem certeza de que a elfa Laessalya não é a Flecha de Fogo?

— Eu vi a Flecha! — protestei. — Thyatis me revelou a verdade. E o próprio Ayrrak disse, há muito tempo, que Laessalya não era uma ameaça. Já tinha até mesmo havido outras elfas de cabelos vermelhos que afirmavam ser a Flecha.

Ele sorriu no meio das correntes negras, da carne calcinada.

— O que é a Flecha de Fogo? — perguntou, enveredando-se em mais um caminho imprevisto. — É o que vai me matar? Digamos que sim. Então o que vai me matar sempre esteve escrito ou algo que me mate se torna a Flecha de Fogo?

— Isso não faz sentido. Uma profecia é uma profecia, eu fui sua ferramenta para desvendá-la.

— Você tem certeza de que, observando o cometa e recebendo a visão de que ele é a Flecha, você não o transformou na Flecha? O que aconteceria se, naquela noite, você não conseguisse olhar pelo telescópio? Talvez Avran Darholt não estivesse lá para lhe entregar a espada enferrujada. Talvez Avran me encontrasse em algum lugar. Talvez ele estivesse com a elfa. Será que eles juntos não teriam condições de me matar? O que seria a Flecha de Fogo então?

Minha cabeça começou a doer.

— Eu determinei que você seria minha ferramenta, Khorr'benn An--ug'atz. Mas talvez isso tenha sido um erro. Somente por você a Flecha de Fogo seria um cometa que devasta Lamnor, porque você é o último astrólogo e não existe mais ninguém capaz de enxergar os céus e interpretar a profecia dessa forma. Talvez eu e você tenhamos criado a Flecha de Fogo que irá acabar com a cultura goblinoide. Se você não tivesse observado a Flecha, talvez ela fosse Laessalya. Então apenas eu teria morrido e todos os goblinoides continuariam em paz.

— Não... — eu tentava seguir o raciocínio, mas era circular e absurdo. — Avran sabia da Flecha. Ele queria garantir que ela caísse.

— Você baseia suas conclusões nas percepções e memórias de um homem. No que ele mesmo afirma notar e lembrar. Nunca teremos uma resposta verdadeira sobre a realidade que ninguém enxerga, Khorr'benn. Será que seu pai o matou? Ou será que ele apenas o deixou na floresta e todos passaram a perceber a Criação de uma nova forma depois que Maryx plantou a ideia em sua mente?

— Como você sabe de tudo isso? — perguntei, com voz fraca.

Thwor pareceu se deleitar com minha confusão. Mas então seu rosto foi tomado por um esgar de dor e ele se remexeu na pilha de cadáveres.

— Meus ferimentos são tão extensos que só a energia da Morte pode me manter vivo — ele pulou de novo para outro assunto. — Nem mesmo todos os curandeiros de Arton Norte poderiam ter me salvado após aquela batalha. Estou preso à Morte porque o poder da Vida não seria suficiente para me curar, e o poder da Vida não teria sido suficiente porque estou preso à Morte. Lembre-se, não existe passado nem futuro.

— O que vai acontecer? — desisti de falar qualquer coisa inteligente.

— A pergunta não é o que *vai* acontecer. É onde estamos no Akzath. Estou muito perto da Morte. Se o Ayrrak está perto da Morte, a Aliança Negra também está. Assim, é melhor que o povo não saiba. Que se mantenham em Movimento, perto da Vida, para que a Flecha de Fogo fique contida a mim, como seria se ela fosse a elfa Laessalya.

— Isso é impossível. A Flecha vai cair em Lamnor, vai destruir o império.

— A menos que, na verdade, a morte do Ayrrak não seja causada pela queda da Flecha, e sim pela *existência* da Flecha. A profecia só diz que ela será disparada, rompendo o coração das trevas. Não diz que atingirá o alvo. Já perdemos uma chance de evitar que a Flecha caia em Lamnor, quando Laessalya não me matou. Ela só estava lá por causa da Flecha no céu, porque Balek III quis uma falsa Flecha para contradizer a verdade que você trazia. Mas se você não tivesse me salvado, ela seria a Flecha verdadeira. E de qualquer forma eu teria morrido por causa do cometa no céu. Então quem poderia dizer se o cometa ainda cairia, ou se já teria cumprido sua função numa outra posição no Akzath?

A voz de Laessalya retumbava em minha mente:

"Eu sou a Flecha de Fogo."

"Eu sou a Flecha de Fogo."

"Eu sou a Flecha de Fogo."

— Não! Thyatis me revelou a profecia! Talvez ninguém conheça o Akzath e a Criação mude de acordo com o modo como é vista, mas Thyatis é o Deus da Profecia! Ele governa este aspecto da Criação!

Uma corrente negra pulsou com escuridão súbita, exalando calor úmido por um instante. Três cadáveres viraram pó, Thwor deu um suspiro de alívio. Então se recompôs:

— Então Thyatis criou a Flecha de Fogo? O Deus da Ressurreição, que proíbe que seus devotos tirem a vida de uma criatura inteligente, decidiu matar milhões de goblinoides?

— Eu não disse que Thyatis criou a Flecha — argumentei. — Apenas que ele tem domínio sobre a profecia.

Ele deu um sorriso superior.

— Profecias não são fenômenos que simplesmente acontecem, como a chuva ou o inverno. Alguém precisa proferir uma profecia. E mesmo a chuva e o inverno são regidos por forças que não compreendemos.

— O que quer dizer?

Então, talvez pela primeira vez, Thwor me deu uma resposta direta:

— Quem proferiu a profecia no início de tudo, Khorr'benn An-ug'atz? Todos sabemos que era uma "antiga profecia bugbear", descoberta numa roda de pedra muito tempo atrás. Mas *quem* a descobriu? Como? Quem a escreveu? E, mais importante, quem decidiu que tudo ocorreria assim?

Tentei pensar, mas não havia uma resposta óbvia. E é claro que o Ayrrak não me deu tempo para formular algo:

— A quem a profecia serve? Quem, de novo e de novo, se beneficia com todos os passos da trajetória do Arauto da Destruição? Serão os goblinoides, libertados por poucas décadas apenas para ser massacrados sem piedade por um cometa? Será o próprio Arauto, levando uma vida de introspecção, luta e dever, até morrer no auge de sua existência?

— Eu não... — comecei, pasmo.

— Quem a Aliança Negra cultua? — Thwor me interrompeu.

— Ragnar, é claro.

— E quem é Ragnar?

— O Deus da Morte — falei, notando onde ele queria chegar. Mas não fazia sentido: — Ragnar não se beneficia com o massacre da Aliança Negra. Os goblinoides são suas maiores ferramentas.

— Não, não — Thwor se mostrou um pouco irritado. — Vá além do óbvio, Khorr'benn. Você é um clérigo. Quem é Ragnar?

— Ragnar é o Deus da Morte! — insisti. — É uma faceta da entidade que antes conhecíamos como Leen. Antigamente o Deus da Morte era soturno e quieto, uma figura encapuzada e esguia. Mas, com a ascensão da Aliança Negra, ele assumiu sua faceta brutal. Ragnar.

— Você quase entendeu. Mas está sendo obtuso. Quem é Ragnar?

— Ragnar é Leen!

— Então Khorr'benn é Corben?

— É o Deus da Morte e dos Goblinoides! Passou a protegê-los depois que...

— Veja além do óbvio.

— Ragnar e Leen são o mesmo deus! — gritei, farto dos jogos. — O Deus da Morte! Leen era conhecido como o Deus da Morte e Ragnar era Leen, assim como cultuado pelos goblinoides!

— *Quem é Ragnar?*

— Ragnar é o Deus da Morte e dos Goblinoides!

— *Pense! Quem ele é?*

— O Deus da Morte dos Goblinoides!

Assim o chamavam em teologias antigas: o Deus da Morte dos Goblinoides, como se houvesse diferença entre a morte de uma ou de outra raça. Era algo ignorante a se falar, para um clérigo estudioso como eu.

Mas parecia ser a resposta que ele queria. Thwor se recostou na pilha de corpos, fazendo breves caretas de dor no meio do movimento.

— Ragnar é o Deus da *Morte dos Goblinoides* — ele disse.

Fiquei estático.

Tudo fez sentido.

— Mas... — comecei.

— Nomes têm poder, você já sabe muito bem. A maneira como somos conhecidos nos desloca no Akzath. Se não fosse assim, Tanya não teria sido rebatizada como Thraan'ya e você não teria assumido o nome Khorr'benn. Se não fosse assim, Gaardalok não teria voltado a me chamar de Khoshkothra'uk, trazendo a Morte para perto de mim.

— Então Ragnar lançou a Flecha...?

— Seu nome o obrigou a fazer isso e ele tem esse nome para que pudesse realizar todo este curso de ação. O Deus da Morte e dos Goblinoides, o Deus da Morte dos Goblinoides. A Aliança Negra esteve cultuando sua própria morte desde o início. Como um eclipse, que tem início, meio e fim definidos.

Deixei-me cair nos corpos e nos vermes. As moscas ficaram incomodadas.

— Então os inimigos estão entre nós! — cheguei perto de gritar. — Gaardalok...

— Gaardalok faz parte do eclipse. Ele tem seu papel a cumprir, tem sua posição no Akzath. Atualmente, apenas por Gaardalok posso permanecer ativo para nos levar ao próximo estágio e tentar criar O Mundo Como Deve Ser. O deus é a ferramenta? Ou a ferramenta sou eu?

Não havia resposta para aquilo.

— Você, como o único que realmente compreende o Akzath além de mim, não revelará meu estado a ninguém, para não levar a Aliança Negra mais para perto da Morte, e assim mais para perto de Ragnar. Gaardalok não é tolo, ele viu isso em parte. Nós vamos marchar até Cosamhir, Khorr'benn, onde vamos contrariar todas as expectativas e negociar paz. Você será o emissário, pois tem a confiança de Lorde Niebling. Então levaremos a Aliança Negra para perto da Vida e do Início, por uma jogada que nem mesmo o deus pode prever.

— Você está absorvendo toda a Morte para si — falei, estupefato.

Ele piscou vagarosamente. Imperiosamente.

— Um deve morrer para que todos vivam. Se nós transformarmos a Flecha de Fogo em algo que só *me* mate, nosso povo estará perto da Vida. Você faz parte deste ciclo, Khorr'benn. Você é aquele que nega a Morte para todos os lados. Você é aquele que, com sua morte, interrompe a Infinita Guerra. Este é seu nome, este é seu grande papel no Akzath.

Repassei mentalmente o ciclo que eu conhecia:

Eu era traído por um homem em quem confiava, perdendo meu lar.

Perdia uma irmã.

Morria.

Ressuscitava e conquistava um lar ainda melhor.

E, no meio disso, trazia conhecimento de fora. Infelizmente, as pessoas não acreditavam em minha verdade.

— Precisamos fazer com que Lorde Niebling acredite — falei. — Precisamos mudar meu papel no Akzath.

Ele assentiu.

— E precisamos salvar a vida de Maryx. Não quero perder outra irmã.

— Qual irmã perdeu na batalha, Khorr'benn?

Suspirei, então respondi:

— Laessalya.

Demorei muito tempo para assimilar aquilo tudo, tentando seguir o raciocínio não linear de Thwor Khohskothra'uk. A noite estava alta quando esgotei minha capacidade de acompanhar a conversa.

Eu já começava a sair do salão interno da tenda quando lembrei do que me trouxera até ali em primeiro lugar:

— Ayrrak — falei, virando-me para sua figura grotesca. — Tenho um pedido.

Ele não falou nada, mas entendi que deveria continuar.

— Meu pai está entre os prisioneiros que seriam executados pelos clérigos da Morte. Eu gostaria de levá-lo a Grimmere, para que possa viver em paz.

Ele me olhou demoradamente. No meio da escuridão, da fumaça e das moscas, não pude ter certeza, mas achei que percebia um leve sorriso.

— É claro, Khorr'benn An-ug'atz. Leve seu pai à fortaleza da Deusa da Paz.

Estava claro que havia algo a mais naquela resposta, mas não consegui decifrar a tempo. Depois de alguns momentos, dois sacerdotes de Ragnar surgiram e me arrastaram para fora.

4
A MARCHA DO CONDENADO

A FLECHA DE FOGO JÁ ERA UM OBJETO DISTINTO NO CÉU quando meu pai pediu perdão.

Eu me acostumara a enxergar o cometa como um pequeno risco, algo que podia ser quase ignorado se por um instante eu não pensasse no que ele era. Mas, de forma imperceptível, a cada dia ele ficava um pouco maior, um pouco mais nítido. Quando acordei certa manhã, fiquei surpreso por notar que não parecia mais uma estrela ou um risco, mas uma pincelada pálida no céu. Era ainda bem menor que a lua, mas muito nítido. Foi neste dia que Jormann escolheu ficar de joelhos e suplicar para que eu o perdoasse.

Maryx estava olhando de longe.

— Eu sei, Corben — ele chorou, as correntes tilintando em seu pescoço e seus pulsos. — Eu sei o que fiz. Não sei por quanto tempo esta clareza vai durar, mas por enquanto sei que sou um assassino de crianças. Por favor, meu filho, ouça minhas palavras enquanto eu mesmo as entendo. Perdoe-me.

Eclipse rosnou.

Estávamos há duas semanas na estrada. Thwor Khoshkothra'uk me dera permissão de levar Jormann Fazendeiro a Grimmere, onde ele ficaria até o fim de seus dias confinado em segurança, sob a bênção de paz que envolvia a cidadela. Eu decidira poupar a vida de meu pai, interromper o ciclo de assassinato que guiava minha existência. A Infinita Guerra existia entre os deuses, entre os reinos e entre dois reles mortais como nós. Eu daria fim a minha Infinita Guerra particular, recusando-me a puni-lo como ele merecia. Ele me dera uma espada nas costas, eu lhe oferecia a paz.

Mas talvez não o perdão.

— Levante-se — mandei.

— Por favor, Corben, meu filho, por favor.

— Este é meu nome de inimigo — retruquei. — Sou Khorr'benn An-ug'atz.

Ele engoliu em seco e falou, com esforço:

— Perdoe-me, Khorr'benn.

Quase nenhum humano conseguia pronunciar o marcador de morte na língua goblinoide, mas meu pai tentou. Falhou miseravelmente, mas tentou. Um goblinoide que não soubesse o que ele tentava dizer nem mesmo reconheceria os sons, mas havia um esforço.

Roubei uma olhadela para Maryx, mas ela não oferecia nenhum conselho. Aquela decisão era só minha.

— Perdoe-me...

— Não.

Dei dois passos para trás.

Até agora seguíamos por estradas. O sul tinha estradas, mas estavam quase todas abandonadas pelo medo e pela avareza do Rei Balek III. Ele sempre dissera que não manter as estradas do sul em bom estado era uma escolha estratégica para o dia em que os goblinoides chegassem — eles não teriam caminhos fáceis para percorrer até a capital. A verdade era que ele não gostava de gastar com o sul. Pude ver as condições ficando melhores quanto mais subíamos ao norte.

Ao redor só havia planícies e florestas. Tyrondir não possuía a geografia mais emocionante de Arton. Assim, não houve uma paisagem dramática como palco para minha resposta. Nós estávamos em campo aberto e qualquer divindade que se preocupasse em olhar dos céus veria que não perdoei meu assassino.

— Você não receberá perdão, Jormann — decretei. — Viverá com seu crime para sempre.

Ele manteve os olhos nos meus.

— Quando fiz o que fiz...

— Quando me matou — corrigi. — Fale.

— Quando *o matei* — ele se esforçou para dizer — eu tinha certeza de que estava me protegendo contra um inimigo insidioso. Eu... Não sei o que estava pensando, Corben. *Khorr'benn.*

— Mesmo assim, não merece perdão.

— Eu sei. Mas preciso pedir...

— Estamos perdendo tempo — interrompeu Maryx.

Suspirei de alívio.

A hobgoblin não se metia em minha relação com meu pai. Uma só vez, ela dissera que achava melhor matá-lo e encerrar o assunto.

"Matar tem muito mais a ver com o assassino do que com a vítima", dissera a caçadora, antes do início da viagem. Eu não queria matar meu pai. Só matara uma pessoa, não porque ele merecia, mas para salvar minha vida e minha missão. Maryx dizia que matar era uma escolha pessoal, o alvo tinha pouca influência. Matá-lo me faria bem, independente de sua culpa, de sua loucura ou de sua relação comigo.

Mas, por mais que eu amasse Maryx e valorizasse sua sabedoria, naquilo ela estava errada. Matar meu pai apenas me colocaria no papel de assassino em nossa narrativa mórbida. Eu tinha medo de me transformar nele, repetir o que ele fizera com alguma criança no futuro, se seguisse seu caminho. De qualquer forma, ela não insistira, apenas arrumara suas coisas para a longa viagem quando decidi que iria a Grimmere.

Mas, se eu não conseguia silenciar Jormann, Maryx conseguia. Por isso fiquei grato.

— Erga-se, prisioneiro — ela ordenou. — Já somos lentos o bastante sem que você nos atrase ainda mais com esse choro.

Meu pai se calou e se ergueu. Arrastou os pés até onde deixara seus parcos pertences e colocou sua sacola às costas, sempre fazendo barulho com as correntes. Ele estava algemado e tinha uma coleira de ferro em volta do pescoço. Involuntariamente, lembrei de Gradda, quando era prisioneira da Ordem do Último Escudo. Os pulsos de meu pai estavam esfolados, assim como os da bruxa tinham estado.

Seguimos viagem.

Jormann era um fardo. Nossa primeira ideia fora a mais óbvia: colocá-lo em cima do warg, seguir o mais rápido possível. Mas meu pai tinha tanto medo da fera que perdíamos horas a cada dia tentando fazê-lo ficar quieto. Mesmo amarrado e amordaçado, ele se debatia. Eclipse também mostrava repulsa por Jormann — era um companheiro, não um escravo, e mais de uma vez o derrubou das costas. Ameaçava morder e destroçar o cativo quando ficava irritado demais. A solução foi deixar que o prisioneiro caminhasse. Éramos tão lentos quanto Jormann e nossa jornada era excruciante.

Aquele trecho acompanhava uma estrada larga, com sulcos fundos formados pelas rodas de milhares de carroças ao longo dos anos. Normalmente, uma rota como aquela seria movimentada, passaríamos por muitos viajantes nos dois sentidos todos os dias. Mas, em época de guerra, só quem viajava eram os exércitos, e aquela região do reino estava sob controle da Aliança Negra.

Os goblinoides tinham mandado grupos avançados para assegurar o domínio de todas as áreas abandonadas por Balek. Embora o contingente principal estivesse no acampamento do qual tínhamos saído, eu sabia que havia muitos duyshidakk espalhados pelas cidades, aldeias e castelos em nosso caminho. Isso significava que humanos tinham medo de sair de casa, estavam sob custódia da Aliança Negra ou apenas estavam mortos. Nossa viagem era solitária e vazia, sem nenhum encontro para quebrar o tédio e nenhum ponto interessante para distrair nossa atenção.

Nem eu nem Maryx jamais tínhamos nos aventurado tão ao norte. Tudo que nos guiava a Grimmere eram indicações de prisioneiros e colaboradores humanos e um mapa precário. Na verdade, o vazio da estrada era uma bênção, pois podíamos segui-la sem medo de cruzar com patrulhas ou batalhões do inimigo. Ignorar a estrada e tentar achar o caminho pelas estrelas seria arriscar que nos perdêssemos na vastidão de Tyrondir.

Naquele dia, andamos até o sol estar a pino antes de ceder aos apelos de meu pai e parar para descansar.

Meu corpo tinha se recriado com a mesma força que eu adquirira no ano que passei em Lamnor, então a marcha era fácil. Eu perdera apenas cicatrizes e calos, dores com as quais me acostumara e pequenos desgastes. Maryx podia correr por semanas a fio sem perder o fôlego — para ela, o maior desafio era diminuir o ritmo para acompanhar um humano. Eclipse não se preocupava com nossa lentidão, corria à frente e voltava periodicamente com caça para nos alimentar.

Apenas Jormann tinha dificuldade de seguir.

Ele possuía o físico de um homem que passara décadas fechado numa casa, comendo migalhas. Nos primeiros dias, o sol foi um tormento; ele andava de olhos fechados, tentando usar os braços acorrentados para se proteger do brilho. Pelo menos com isso se acostumou. Sua magreza não permitia que andasse por muito tempo, suas correntes e posses eram um peso maior do que ele podia carregar. Mas eu decidira que, se ele queria levar algo consigo, deveria ao menos se responsabilizar por isso.

Quando meu pai foi capturado na fazenda, os goblinoides saquearam o pouco que havia lá. Ao decidir levá-lo a Grimmere, permiti que ele reunisse todas as antigas posses que conseguisse achar no meio das pilhas de lixo do acampamento, além das roupas que estivera usando antes de ser levado ao sacrifício. Tudo que meu pai tinha era uma sacola cheia de frascos meio vazios, contendo folhas secas, substâncias pretensamente medicinais e mera sujeira. Também havia uns trapos, a chave da porta da fazenda e alguns amuletos supersticiosos sem valor sagrado. Ele encontrara aquelas porcarias num monte de entulho descartado e as colocara dentro da sacola.

Jormann não abria mão de sua sacola de lixo. Antes de sair do acampamento, achara um cordão e amarrara a chave da porta em volta do pescoço, como fizera durante minha infância. O resto dos cacarecos chacoalhava no saco de tecido, que ele não soltava por nada. Eram os últimos resquícios de sua vida anterior.

Mas carregá-los era mais um estorvo.

Ele se deixou cair no chão e deitou no meio da estrada quando Maryx ordenou que parássemos. Ficou ofegando de braços abertos.

— Faça-o largar aquele monte de lixo — disse minha amiga, no idioma goblinoide. — É peso demais, não serve para nada e está nos atrasando.

Olhei para a figura patética estirada no chão.

— É tudo que ele tem — argumentei.

— Você está com pena de seu assassino? Ele tem a própria vida e é mais do que merece.

— É crueldade tirar-lhe essas coisas. Seria ainda mais difícil lidar com ele.

— Não podemos demorar demais, ushultt. Você é importante no encontro do Ayrrak com o rei humano.

— Chegaremos a tempo.

— A Flecha de Fogo está cada vez maior no céu. Se atendermos a todo capricho de um humano louco, ela vai cair antes que alcancemos a capital.

— Seremos rápidos assim que deixar meu pai em Grimmere — garanti. — E depois ainda precisaremos esperar pelo Ayrrak.

— Você lidará com o futuro que surgir de suas escolhas — ela lembrou.

Suspirei. Tomei coragem para sugerir algo que vinha pensando há alguns dias:

— Há outra forma de fazê-lo ser mais rápido — eu disse. — Podemos tirar suas correntes.

Maryx manteve os olhos em mim, numa expressão que dizia tudo sem dizer nada.

— Ele é inofensivo! — argumentei. — Não conseguiria nos atacar ou fugir mesmo se tivesse uma espada e um cavalo.

— Tirar as correntes de um prisioneiro é um erro.

— Você nunca me deixou acorrentado, exceto em Farddenn.

— Estávamos em território que eu conhecia. Além disso, você não era um assassino. Este humano é uma serpente.

— Uma serpente fraca.

— Faça o que quiser — ela bufou.

Maryx se afastou de mim enquanto Eclipse voltava com duas raposas mortas. Meu pai continuava estirado, tentando se recuperar. Seus pés estavam sangrando.

— Há uma alternativa — Maryx se virou para mim.

Eu estava escutando.

— Diga que o perdoa — ela sugeriu. — Então permita que eu o mate.

— Não vou quebrar minha promessa.

— Você pode deixá-lo feliz e aliviado até o fim da vida. Apenas vai ser uma vida mais curta.

— Ele não vai morrer.

Comemos em silêncio.

A Flecha de Fogo era pouco menor que a lua e deixava um rastro longo.

O fim da estrada foi anunciado por um bando de urubus sobrevoando uma cidade. As muralhas mostravam marcas de fuligem e o círculo preto da Aliança Negra pintado como marca de conquista. Entramos, em busca de suprimentos. Havia corpos humanos nas ruas, ainda fedendo. Os urubus, os corvos e as moscas ficaram incomodados, observando-nos com reprovação de cima dos tetos de sapé. Não havia tanta mortandade quanto nos restos de Lamnor, nenhuma pilha de cadáveres ou sacrifício ritualístico. Mas havia velhos e crianças apodrecendo de cara no chão. Continuei insensível àquelas mortes. Eles eram humanos. Eram o inimigo. Os velhos tinham matado goblins na juventude ou comemorado suas mortes nas mãos de "heróis". As crianças cresceriam para matar goblins.

Eclipse deitou perto de um cadáver e começou a comer a carne apodrecida que os outros carniceiros tinham deixado para trás. Maryx deixou-me responsável por meu pai enquanto chutava a porta de tavernas e oficinas, procurando algum objeto útil. Ela não falou uma palavra, como quase não falava desde que eu sugerira que Jormann seguisse desacorrentado, mas seu olhar deixou claro o quanto eu devia ser vigilante.

Meu pai largou sua sacola no chão. Aproximou-se do cadáver de uma menina e, com dificuldade, ergueu-a nos braços. O corpo soltou um líquido nauseabundo, montes de vermes caíram do tronco dela. Jormann Fazendeiro não se deixou abalar, caminhou em passos hesitantes rumo à praça central.

— Aonde você vai? — perguntei.

Ele precisou recuperar o fôlego para responder:

— Vou levá-la à igreja.
— Não vai fazer nenhuma cerimônia.
— Você não é um clérigo de Thyatis?
— Não vai fazer nenhuma cerimônia! — fiquei irritado com sua petulância. — Largue o cadáver! Você é meu prisioneiro.
Ele me dirigiu um olhar tristonho e esbugalhado.
— Faça comigo o que quiser.
E me deu as costas, andando rumo à igreja.
Meu pai se afastou cada vez mais, as correntes tilintando em seus pulsos, a coleira de ferro negro dançando ao redor de seu pescoço magro, mostrando a pele esfolada e suja. Ele não me via, ninguém nos via. A espada enferrujada tremeu na bainha. Eu sabia o que ela queria fazer. Seria uma retribuição simples e elegante: uma morte por uma morte, sempre pelas costas, sem precisar encarar a vítima.
— Pare! — ordenei.
Ele não me deu atenção.
Corri para meu pai, cheguei até ele em instantes, chutei-o por trás. Jormann caiu sem resistência, por cima do cadáver da menina. Ficou no chão por um momento, então se levantou.
Tomou o corpo nos braços.
— Maryx tem razão! — falei. — Eu devia mesmo matá-lo. É fraco e ingrato! Está sendo levado a um santuário da Deusa da Paz, sob permissão especial de Thwor, e não é capaz de colaborar com sua própria libertação!
Ele seguiu, devagar, o ínfimo peso do cadáver testando-o até o limite.
— Tem noção de seu privilégio? — insisti. — Muitos humanos morreram só porque foi necessário! Você, um assassino de crianças, recebe clemência e não sabe apreciá-la. Você deveria se ajoelhar e agradecer a mim! A Maryx! Ao Ayrrak!
Ele chegou à igreja. Era um templo simples, dedicado a todo o Panteão, com paredes de barro e colunas rústicas. As portas de madeira tinham sido quebradas. O sol negro de Ragnar marcava quase todas as superfícies.
Jormann entrou na igreja e deixou o corpo no chão, em meio a outros cadáveres. Respirou algumas vezes, virou-se e tentou sair.
Fiquei em seu caminho, na porta.
— Vou trazer todos os corpos — ele disse. — Todos que conseguir.
— Vai fazer só o que eu mandar.
— Você está numa igreja, Corben. Reze. Implore para que seu deus perdoe seu erro.

— E o que me diz de *seu* erro?

— Eu já implorei. Você não me perdoou.

— Você é um assassino de crianças!

— E o que são os goblinoides? Você está enxergando os corpos das crianças que eles mataram. Eu não sabia o que estava fazendo. Qual a justificativa de seus amigos?

— Você não entende o que os goblinoides sofreram.

— Foi isso que eles disseram quando lhe prometeram poderes sombrios? Sua irmã precisava sofrer para pagar pelo sofrimento deles?

— *Você* fez Thelma sofrer! Não a Aliança Negra! *Você!*

Seu rosto se moveu de maneira errática.

— Sim, fui eu — ele admitiu. — Fui eu, Corben. Tranquei vocês dois numa casa escura e fria. Fiz com que passassem fome. Recusei-me a levar Thelma a uma aldeia para tratar de sua tosse. Levei-o à floresta, escondi-me atrás de você e trespassei-o com a espada. Eu. Eu sou o culpado.

Comecei a chorar involuntariamente. Fiquei com raiva dele por ter aquele poder sobre mim, revidei com um soco em seu rosto. Jormann caiu para trás.

— É o mesmo que Thwor Ironfist faz — ele disse, com a mão sobre a boca e o nariz ensanguentado. — Mas ele faz isso com milhares de crianças, milhares de homens e mulheres. Se não é capaz de me perdoar, por que perdoa a Aliança Negra?

— Você não conhece a Aliança Negra. As cidades de Lamnor...

— Estou conhecendo a Aliança Negra bem aqui. Numa igreja cheia de cadáveres.

— Não sei por que estou discutindo com um fazendeiro ignorante. Você tem medo de tudo, não conhece nada além de sua casa fechada.

Ele se ergueu de novo.

— Conheço meu filho.

— Não me chame...

— Eu sei pelo que passou. Sou o único que sabe. Então lhe peço perdão mais uma vez, Corben. Sei que minha vida acabou. Serei dócil, serei um prisioneiro, porque não tenho mais chance. Não sou corajoso ou forte. Aceitarei que me levem a Grimmere, onde passarei o resto de meus dias em paz, enquanto a Aliança Negra massacra e conquista o reino a meu redor. Serei uma boa vítima. Perdão, meu filho.

— Você não merece perdão.

Dei-lhe as costas, caminhei para longe. Eu não precisava me preocupar, ele não iria fugir. Em vez disso, Jormann foi até o cadáver de um menino e o carregou lentamente até a igreja. Ouvi sua voz distorcida de esforço:

— Ficarei fechado em Grimmere até morrer, enquanto a Aliança Negra domina todo o lado de fora.

A percepção me tomou com um calafrio. Ainda era a Infinita Guerra. Ainda o conflito eterno, refletido num pai que trancafiava o filho, no filho que aprisionava o pai. Na fantasia ou na realidade, a Aliança Negra rugindo do outro lado da parede, mantida longe por uma vaga promessa de segurança.

— O que está fazendo? — exasperou-se Maryx.

Comecei a gaguejar algo, mas ela me cortou:

— Nunca deixe o prisioneiro sozinho, Khorr'benn! Está louco? Voltou a ser humano?

Ela foi até Jormann, agarrou suas correntes, deu um puxão forte. Ele cambaleou, deixou o cadáver cair. Despencou de joelhos. A hobgoblin não lhe deu tempo de se levantar, arrastou-o aos trancos pelas ruelas empoeiradas, para o portão da cidade.

— O Ayrrak confiou em você! — ela me xingou. — É assim que retribui?

— Ele é inofensivo!

— Humanos nunca são inofensivos, Khorr'benn! Eles só parecem moles e fracos, mas são ardilosos e cruéis!

— Isso é o que humanos falam de goblinoides.

— Falam isso para justificar sua traição ancestral!

— Este humano não a traiu! Não estava vivo quando os elfos chegaram a Lamnor!

— Não! Ele apenas matou meu irmão!

Aquilo me deteve. Permanecemos nos olhando, enquanto Jormann tentava ficar de pé.

— Não precisa se vingar por mim, ushultt — falei. — Você tem vinganças suficientes em sua alma.

— Preciso protegê-lo.

— Não mais. Você me tornou forte.

Ela não respondeu. Senti a tensão de predadora se esvair de sua postura.

— Não sou mais humano, Maryx. Confie em mim. Não pertenço mais ao norte. Não sou mais Corben.

— Uma tatuagem não apaga quem você era.

— Mas uma família apaga.

Jormann retesou as correntes, tentando entrar numa rua principal. Maryx puxou-o de novo, mandou-o ficar quieto.

— Preciso de minhas coisas — ele choramingou para mim.

Olhei Maryx com um suspiro.

— Seja forte, ushultt — ela me entregou as correntes.

Permiti que meu pai voltasse e apanhasse sua sacola de lixo.

De manhã, a lua pálida ainda visível era do mesmo tamanho da Flecha de Fogo.

Tínhamos abandonado as estradas. Quanto mais ao norte, maior a chance de chegar a um trecho ainda sob controle do inimigo. A planície se erguia e despencava em depressões súbitas, o mato alcançava nossas coxas. Havia montes de árvores esparsas e retorcidas, terreno pedregoso oculto pelo matagal e solo sempre irregular. Seguíamos em fila única, para que Maryx pudesse nos avisar de pedras soltas e buracos escondidos no chão. A última coisa de que precisávamos era um prisioneiro com o pé torcido ou mesmo quebrado.

Mesmo assim, meu pai caiu de insolação.

Era algo assustador. Sua pele estava vermelha, seus olhos estavam injetados. Tínhamos bastante água, mas o esforço constante das últimas semanas e o sol da primavera que se tornava verão foi demais para ele. Deixamos que descansasse na sombra e esvaziasse um cantil.

As coisas estavam um pouco melhores entre Maryx e eu, então tive coragem de fazer uma pergunta:

— Você acha que está sob a influência de Ragnar?

Ela se virou para mim como se eu a tivesse atacado. Eu falara no idioma goblinoide, para que tivéssemos privacidade. Estávamos sentados na grama, tentando impedir que insetos entrassem em nossas roupas, sentindo a brisa quente, abrigados do sol sob árvores baixas. Era uma parada tão relaxada quanto poderia ser com um prisioneiro, sob uma sentença de morte que chegava do céu. Mas imediatamente Maryx retesou os músculos.

— O que quer dizer? — ela perguntou, como se estudasse um inimigo.

— Eles desfiguraram seu rosto, ushultt. Deram-lhe uma marca indelével de Ragnar. Acha que isso pode estar mudando sua maneira de pensar?

— Os clérigos da Morte tentam me dobrar desde minha infância. Nunca conseguiram.

— Ragnar está no centro de tudo isso — insisti. — Pelo menos é o que o Ayrrak pensa. Se o Deus da Morte deu origem à profecia e quer exterminar os goblinoides, por que não entraria na mente da heroína que pode impedir isso?

— Não posso impedir nada — ela deu um riso sem humor. — Nem mesmo sou capaz de vencer Avran Darholt em combate. Você é a peça importante.

— Você derruba a barreira entre o norte e o sul, ushultt — falei, sério. — Não eu. Você me resgatou do Castelo do Sol, você me levou a Lamnor, você me mostrou tudo que a Aliança Negra pode ser. Você transformou aldeões humanos em soldados do Ayrrak. Nossa missão aqui não é apenas levar um humano a Grimmere. Estamos nos deslocando pelo Akzath. Estamos escolhendo oferecer a vida a alguém que só nos desejou a morte. Estamos nadando contra a correnteza. Isso pode afetar todo o destino da guerra.

Inspirei fundo:

— Mas você insiste em matá-lo.

Maryx se ergueu, deu dois passos para longe.

— Desconfiar de humanos não é servir ao Deus da Morte — ela disse. — É o que mantém os goblinoides vivos.

— Mas também os manteve na Infinita Guerra. Você precisa fazer o contrário, ushultt. Precisa confiar num humano que não merece confiança. Precisa fazer como o Ayrrak, que já foi traído, mas tentará a trégua mais uma vez.

— Talvez isso seja um erro.

A situação da Aliança Negra era complexa e desesperadora. Ragnar tinha decretado que a Flecha de Fogo caísse, mas Ragnar também nos salvava do lodo negro. Thwor precisava do sumo-sacerdote de Ragnar para garantir que não seria atacado pelo lodo na capital. Normalmente os deuses nos usavam como ferramentas. O Ayrrak tentava usar um deus como ferramenta. Era preciso fazer a paz com os humanos para que os goblinoides sobrevivessem. Então, um dia, pudessem se organizar de novo e criar O Mundo Como Deve Ser. Haveria goblinoides em todo o norte, se a conferência de Thwor e Balek desse certo, e eles poderiam se reerguer em algum momento.

Mas para isso era preciso confiar em humanos, contra todo o bom senso.

— Quem quer que o ciclo de morte continue? — perguntei. — A quem interessa que você mate este humano patético? Quem deseja que haja um abismo entre nós, ushultt?

— Ragnar — ela admitiu, em voz baixa.

— Salvaremos este homem, seguiremos até Cosamhir, então eu prestarei meu testemunho a Lorde Niebling, que confiará em mim. Sou um clérigo de Thyatis e um membro da Aliança Negra. Sou filho de Sternachten e súdito de Thwor Khoshkothra'uk. Minha palavra será ouvida. Mas não sou um herói. Não tenho dúvidas de que a Ordem do Último Escudo tentará me barrar, até

me matar mais uma vez. Preciso de uma heroína que me leve até a capital, que combata as forças da Morte que se interpõem em nosso caminho.
Ela sentou de novo.
— Por você, ushultt — falou.
— Por Thwor.
Pelo Mundo Como Deve Ser.

O verão estava começando quando avistamos uma torre que eu reconheceria em qualquer lugar. Mesmo que nunca tivesse estado naquele lugar, a arquitetura goblin era inconfundível.
— Veja aquilo, ushultt! — eu ri. — É a Vida! É a Aliança Negra transformando Tyrondir!
Maryx se permitiu um sorriso em seu rosto tatuado.
Os últimos dias tinham sido soturnos e agourentos. Achamos sinais da passagem recente de exércitos goblinoides, o que significava que nosso prisioneiro tinha nos atrasado a ponto de nos fazer perder nossa vantagem e ficar para trás em relação às forças do Ayrrak. Não podíamos demorar, ou a conferência de paz seria um desastre. Ao mesmo tempo, a Flecha de Fogo já possuía o dobro do tamanho da lua no céu, sua cauda era comprida e nítida. Era também mais brilhante que a lua e, durante o dia, mostrava-se bem distinta mesmo com sol forte. O cometa estava acelerando sua trajetória, não havia dúvida. Se eu tivesse telescópios, sextantes e instrumentos de medição, poderia tentar entender o que estava acontecendo, mas nos ermos só podia contar com a intuição. Meu pai caminhava cada vez mais devagar e somente os milagres de Thyatis administrados todos os dias impediam que uma infecção séria se instalasse em seus pulsos e pescoço. Ele se recusava a largar a sacola. Maryx chegou a jogar aquele entulho fora, mas Jormann se atirou no chão e esperneou como uma criança, tornou-se um peso morto, ainda mais difícil de carregar. Foi um teste para minha convicção de que ele devia ser levado a Grimmere. Apenas a certeza de que estávamos travando uma batalha moral e cósmica me impediu de matá-lo ali mesmo. No fim, Jormann recuperou a sacola e seguimos com lentidão torturante.
Mas houve um alívio enorme quando enxerguei uma torre goblin.
Obrigamos meu pai a subir em Eclipse, apesar dos protestos dos dois. Naquele momento, não lhes demos escolha: Jormann foi amarrado e imobi-

lizado, Eclipse foi repreendido até que obedecesse. Então correu à frente, em direção à torre, com o prisioneiro nas costas. Eu e Maryx logo atrás, perdendo o fôlego com alegria.

A torre balançava, é claro. Não tinha metade da complexidade da Torre de Todos os Olhos ou mesmo da Torre do Farol, em Urkk'thran, mas, à medida que chegamos perto, notei que ela era desmontada e reconstruída constantemente. Era baixa para os padrões de Lamnor, mas podia ser vista de longe na planície. Era feita de madeira, tiras de couro, pedra e até mesmo alguns pedaços de metal. Progredindo pelas elevações e pelas descidas do terreno, contornando um pequeno morro, vi que ela se erguia no meio dos restos de uma aldeia humana. Para minha surpresa, não era uma aldeia massacrada ou abandonada. Muitos humanos circulavam entre os casebres, junto a uma multidão de goblins.

Então o topo da torre se acendeu com brilho e fumaça verdes, vermelhos, azuis, roxos. Cada período de iluminação era mais longo ou mais curto, combinava-se com as cores para formar um código que só existia entre os goblins, um meio de transmitir mensagens sem magia, à distância, com rapidez e exatidão.

Quando chegamos à aldeia, Eclipse estava deitado, com as duas patas sobre o peito de Jormann, que nem tentava se mexer. Eu estava ofegante e coberto de suor. Maryx respirava um pouco mais pesado.

Os humanos correram para suas casas. Todos tinham tatuagens de escravos. Os goblins, ao contrário, enxamearam de dentro de todas as construções e cantos — saíram do moinho, da torre, do meio da grama, dos arbustos, do chiqueiro, da taverna, de dentro de barris no meio da rua. Vieram em nossa direção, todos falando ao mesmo tempo numa mistura de valkar e goblinoide, até que Maryx segurou um deles pelos ombros e o sacudiu. Ergueu-o pelas canelas e agitou-o como uma bandeira, usando-o para sinalizar que os outros ficassem quietos.

— Calem a boca! — ela ordenou em goblinoide, então de novo em valkar. — Exceto você!

O goblin assentiu de cabeça para baixo.

— O que é este lugar? O que está acontecendo?

— Não tem nada a ver com você, grandalhona cara de caveira! — disse o goblin. — Estávamos esperando o humano que não é humano.

Ele apontou para mim.

Maryx soltou-o e surpreendentemente a criaturinha não caiu de cabeça no chão, mas conseguiu se virar a tempo de apenas desabar de costas.

— Sou Khorr'benn — falei, estendendo a mão para ajudá-lo a se erguer. — Estavam me esperando?

— Khorr'benn — o goblin ponderou, batendo o pó das roupas. — Faz sentido. A única coisa que não conseguimos entender foi seu nome. Quem tem um nome tão complicado? Arranje um nome melhor!

— Como ficaram sabendo que eu viria? — sorri, feliz por mais uma vez tratar com goblins.

— A torre de Cosamhir não fala de outra coisa! — o goblin se exasperou, então vinte ou trinta ao redor se juntaram na indignação cacofônica.

— Todo dia a mesma conversa! — reclamou um.

— O humano, o humano, o humano! — adicionou outro. — Só querem saber do tal humano, mas estão numa cidade cheia deles!

— Humanos são todos iguais, quem consegue diferenciar um do outro?

— Calma! — pedi, gritando acima da barulheira. — Quem mandou essas mensagens? Como sabiam...?

— O gnomo, é claro! — o primeiro goblin ergueu os braços, como se fosse uma obviedade. — Humanos são burros, mas não pensei que...

Parei de ouvir. Fui tomado por uma sensação tão deliciosa que abracei Maryx de pura felicidade, sem me importar com a gravidade da situação ou com quem estava olhando. Ela entendeu e devolveu o gesto.

Um gnomo havia mandado mensagens sobre mim. E só havia um gnomo em Arton.

Lorde Niebling tentava falar comigo.

Estávamos salvos.

— ... e outra coisa! — continuou o goblin. — Humanos têm pouquíssimas verrugas! Não têm vergonha de andar assim? Então, resumindo, seus defeitos são burrice, orelhas pequenas, altura excessiva, vozes irritantes, nomes errados...

— Leve-me à torre.

Antes que ele respondesse, comecei a andar para a construção no centro da aldeia.

Eclipse ficou guardando meu pai, mas na verdade eu mal lembrava que ele existia. Aquele era o mundo goblinoide mais uma vez, movimentado e emocionante. Era onde eu queria estar, com novidades e invenções, não ódios e medos remoídos até a loucura. Maryx logo me imitou e a multidão de goblins nos seguiu.

Entramos na torre e escalamos até o último andar. Para quem já trabalhara na Torre de Todos os Olhos, foi uma subida fácil. Apenas alguns lances de escadas, cordas que se mexiam, dois elevadores e um trampolim. Em pouco tempo estávamos tentando nos equilibrar a céu aberto, na plataforma do terraço, ao lado de um conjunto de globos de pedra porosa semitransparente e tubos de couro. Frascos vazios de substâncias alquímicas estavam espalhados por tudo e poeira multicolorida pairava no ar. Era o aparato científico que fazia funcionar o farol.

Pude ver um brilho multicolorido intermitente no horizonte, no limite da visão.

— A Torre do Rio está mandando outra mensagem! — avisou um goblin.

Logo três ou quatro deles sentaram com carvão e pergaminhos, anotando palavras aleatórias num misto de valkar e goblinoide.

— De novo sobre o humano! — indignou-se um dos goblins copistas. — Avisem que o maldito humano já chegou! Digam para o gnomo se acalmar!

Só então percebi:

— Lorde Niebling... — comecei, me perdi no maravilhamento e consegui completar depois: — Lorde Niebling conhece este código?

— Claro — um dos goblins deu de ombros. — Ele aprendeu no verão passado, em Lamnor. E agora não nos deixa em paz! Desde que construiu a porcaria da Torre de Cosamhir, não cala a boca!

Ele seguiu nas reclamações. Outro goblin me entregou um maço de papéis, pergaminhos, tabuletas de madeira e outras superfícies onde fosse possível escrever. Todas estavam cobertas de anotações nas duas línguas. Palavras desencontradas e letras borradas, mas aos poucos consegui fazer sentido daquilo.

Eram mensagens de Lorde Niebling. A partir de sua torre na capital de Tyrondir, ele transmitia o código para a próxima torre, estabelecida pelos goblins depois da vitória da Aliança Negra — era a rapidez goblinoide em ação. E assim cada torre repassava as mensagens em código, criando uma rede de informações pelo reino.

Todas falavam de mim.

Lorde Niebling dizia que eles deveriam ficar atentos para a chegada de um humano, possivelmente acompanhado por uma hobgoblin. Um humano que talvez usasse um medalhão. Alguém que não seria um plebeu, um escravo, um nobre ou um guerreiro, mas um amigo dos goblinoides, que exibia tatuagens. Os goblins tinham tentado escrever meu nome, mas evidentemente o código que eles usavam era pouco exato para palavras que não tinham significados explícitos. Todas as primeiras mensagens apenas avisavam sobre minha chegada.

Mas, à medida que progredi pela pilha, cheguei à segunda leva. Juntei as palavras desconexas em algo que eu pudesse entender. Meu coração parou de bater por um instante quando compreendi três mensagens seguidas:

"Clérigo humano, sou o gnomo. Lembro de você."
"Estou esperando na cidade. Quero ouvi-lo."
"Confio em você. Teremos paz."

Segurei aqueles pergaminhos de encontro ao peito, sujando-me de carvão, sob os protestos dos goblins.

Tudo se fechava em mais um ciclo. Lorde Niebling passara por Sternachten em uma jornada ao sul, para estudar a ciência goblin. Tivera contato com os telescópios e os faróis. Voltara ao norte à beira da guerra, chegara a Cosamhir.

Mas não dera ouvidos ao ódio cego que guiava Balek III e Avran Darholt.

Lorde Niebling lembrava de mim. Ele era o patrono de Sternachten, o fundador da ciência sagrada da astrologia. De alguma forma, ele soubera que havia um sobrevivente do massacre da cidade — talvez os próprios goblinoides tivessem espalhado a informação, talvez a Ordem do Último Escudo ou mesmo o rei. Não era difícil descobrir que eu estava vivo.

E, sabendo que eu estava vivo e que já tentara revelar a verdade sobre a Flecha de Fogo, era uma conclusão lógica pensar que eu iria a Cosamhir para acompanhar o Ayrrak mais uma vez.

Em meio a dois lados que se odiavam, nós éramos pessoas racionais. Ele, um membro da corte imperial, seria ouvido e respeitado por Balek. Eu, o profeta da Flecha de Fogo, serviria como conselheiro de Thwor.

Lorde Niebling arriscara e seu palpite dera certo. Espalhara uma mensagem pelo reino, esperando que chegasse a mim.

E agora eu lia aquelas palavras.

O resto dos escritos eram repetições, perguntas sobre minha chegada, pedidos de notícias. O importante estava lá: ele lembrava de mim, confiava em mim, estava me esperando.

— Vai dar certo, ushultt — falei. — Lorde Niebling conhece os goblinoides. Ele não vai permitir que a Aliança Negra seja exterminada.

— Precisamos nos apressar — ela disse. — Estamos tentando vencer um deus.

— Existe algo mais poderoso que os deuses, que Thyatis me perdoe.

E existia.

A ciência. A ciência vencera aquela barreira e a racionalidade de dois cientistas iria acabar com a guerra.

— Mande uma mensagem de volta a Cosamhir! — sacudi um dos goblins para atrair sua atenção. — Diga que o humano está chegando! Diga que teremos paz!

Repassei de novo as mensagens, separando as mais importantes. A última delas, rabiscada numa capa de livro arrancada, dizia algo que me fez rir:

"Sabem onde conseguir crina de unicórnio?"

Passamos por mais uma torre goblin e enxergamos uma terceira ao longe.

A Flecha de Fogo já era o objeto mais brilhante no céu quando avistamos Grimmere.

Nossa jornada tinha adquirido nova velocidade. Deixamos de nos dobrar às vontades de Eclipse e ao pavor de Jormann. Tirei as correntes de meu pai e nós o mantivemos amarrado sobre o warg. Conseguimos que ficasse quieto quando garantimos que a sacola seria levada, também amarrada no corpo da fera. Então Maryx impôs um ritmo de marcha que foi desafiante até para mim. Precisei pedir a Thyatis por força e resistência todos os dias. A cada noite eu caía exausto, os pés sangrando. Recusei-me a mastigar nat'shikka, apesar da dor, porque não queria ficar próximo da Morte. Apenas os milagres do deus e minha própria determinação impediram que eu ficasse para trás.

Quando a fortaleza se descortinou a nossa vista, Maryx me parabenizou.

Grimmere era um misto de cidade e fortificação. Não se comparava a Khalifor e não contava com metade de sua força. Ficava na beira de um rio, mas de resto era aberta por todos os lados. Grimmere fora o lar de gente comum, de plebeus e soldados, de burgueses e mendigos, com a única peculiaridade de ser dividida em quartéis e casernas. Enquanto uma cidade normal erguia suas muralhas, tinha talvez um castelo e deixava que casas e negócios crescessem sem ordem ou planejamento em seu interior, Grimmere fora desde sempre pensada como um local capaz de resistir a inimigos. O povo não tivera liberdade de construir o que queria ou morar onde decidisse, mas em troca recebera segurança. Famílias habitavam pequenos fortes coletivos, havia túneis e ruas cobertas, torres e estoques de alimentos bem guarnecidos. As muralhas eram altas e grossas, pontilhadas de guaritas, e ninguém vivia do lado de fora.

Mesmo assim, seria só mais um lugar em Tyrondir onde as pessoas esperavam se proteger de ameaças externas, até o dia em que uma antiga sumo-sacerdotisa da Deusa da Paz morreu em seu interior.

Ninguém sabia como a santa morrera. Ou todos sabiam, cada um com sua própria versão. Dizia-se que a clériga se sacrificara defendendo os plebeus de um inimigo que conseguira penetrar nas muralhas — nas últimas décadas, esse inimigo era identificado como um batalhão goblinoide. Outros garantiam que ela morrera em absoluta paz, nunca tendo experimentado nenhum tipo de violência do berço até o túmulo. Também havia quem jurasse que ela morrera de fome ao dar tudo que tinha aos cidadãos mais pobres de Grimmere. Fosse qual fosse a história, o desenrolar era conhecido: a sumo-sacerdotisa tinha sido enterrada no centro da cidadela. E de alguma forma abençoado todo o lugar.

Grimmere era território da Deusa da Paz. Não havia crime, exceto os mais inofensivos. Ninguém conseguia sequer dar um soco. Não havia necessidade de guardas, pois uma harmonia irresistível tomava todos em seu interior. Nenhum forasteiro conhecia exatamente o funcionamento de Grimmere. Falava-se que não havia governo, ou que existia um burgomestre que dominava tudo com mão de ferro. Dizia-se que todos eram aceitos lá, ou que cada candidato era analisado com cuidado antes de ser admitido.

Fosse como fosse, Grimmere era talvez o único local de paz absoluta em Arton. E abrira suas portas aos humanos sobreviventes da Aliança Negra.

A cerca de um quilômetro de distância, paramos para admirá-la. Grimmere não parecia um santuário pacífico: suas construções eram de pedra escura, o estandarte de Tyrondir balançava orgulhoso em suas torres. As janelas eram estreitas e as ameias eram largas, boas para abrigar muitos guerreiros. Heranças de seu passado de batalhas, agora inúteis.

Suspirei.

Seria o último lar de meu pai.

— Vou desamarrá-lo — falei para ele. — Você tem a chance de se portar como um adulto e entrar em Grimmere com dignidade. Ou podemos apenas largá-lo como um saco de batatas no portão. A escolha é sua.

Maryx fingiu não ouvir. Jormann assentiu devagar.

Tirei-o de cima de Eclipse com certa dificuldade. Desatei os nós que prendiam seus braços e suas pernas, removi sua mordaça. Seu olhar foi atraído para a sacola. Respirei, cansado, e a entreguei a ele.

— Você ao menos entende tudo que aconteceu? — perguntei. — Compreende melhor este povo?

— Goblinoides são goblinoides — ele disse. — Sempre foram, sempre serão.

Ali estava a resposta.

Não houvera impacto nenhum. Ele continuava o mesmo. Dei de ombros.

— Vamos, pai. Você vai ter paz, finalmente.

— Espere, Corben.

Eu me detive.

Jormann Fazendeiro estava olhando para o chão, segurando sua sacola como se tivesse medo que ela fosse roubada. Ficou um tempo buscando palavras. Então, por fim:

— Eu sei que você não se vendeu aos bruxos da Aliança Negra. Sei que sua mãe fugiu de mim e os abandonou. Sei que Thelma morreu por minha causa.

Continuei aguardando.

— Sei que o matei sem motivo.

— Você já percebeu tudo isso antes. É algo que vem e vai embora, assim como sua lucidez. Sei que você nunca terá redenção.

— Não. É diferente. Eu... Eu acho que fiquei tempo demais na fazenda. A cada dia era mais difícil sair. Ao mesmo tempo, a cada dia ficar lá dentro era uma loucura maior. Obrigado por ter me feito ver Tyrondir, meu filho. Por anos temi pelo reino, mas nunca o conheci. Eu não sabia como era caminhar tanto. Já esquecera da sensação da pele queimada de sol. Nunca pensei que fosse ver uma cidade.

— Tudo isso aconteceu por causa dos goblinoides. Você teria ficado trancado na casa com ou sem Aliança Negra. Mas só os goblinoides puderam tirá-lo de lá. Só eles puderam arrastá-lo por Tyrondir. Se você conseguisse entender a beleza da cultura deles, veria que nenhum outro povo pode nos empurrar dessa forma.

— Não, não — ele falou. — Os goblinoides sempre foram os culpados. Eles nos odeiam, Corben. E eu os odeio.

Balancei a cabeça.

— E sei que você me odeia — disse meu pai. — Eu me odeio também. Mas não odeio você. Nunca odiei. Eu o amava, Corben.

Fiquei em silêncio.

— Perdão, meu filho.

— Eu o perdoo.

Sem precisar de uma ordem, meu pai começou a caminhar em direção aos portões de Grimmere.

5
A ÚLTIMA PAZ

PRIMEIRO NOTAMOS QUE HAVIA ALGO ERRADO QUANDO NÃO vimos ninguém nos portões.

Grimmere tinha grandes portas de pedra e metal na muralha da frente e algumas portas menores espalhadas à volta. Esperávamos que a cidadela estivesse fechada, para defesa e contenção dos humanos sobreviventes. Esperávamos que houvesse algum tipo de vigias ou clérigos nos portões. Mas, quando chegamos à entrada, passando por uma estradinha de terra batida no meio do matagal e dos morros baixos, vimos as portas entreabertas.

Encostei os dedos no baixo-relevo elaborado das folhas do portão. Retratava inúmeras cenas de salvação e esperança: doentes sendo curados, desabrigados sendo acolhidos, moribundos sendo elevados aos céus. Tudo ao redor de um enorme símbolo da Deusa da Paz, o coração e a pena. Embora o portão tivesse mais que o dobro de minha altura, fosse largo o bastante para admitir a passagem de seis homens lado a lado e mais espesso que o tronco de Maryx, pude empurrá-lo com um mero toque.

A abertura revelou um corredor largo, decorado com afrescos retratando as sumo-sacerdotisas da Paz dos últimos séculos. As tochas estavam apagadas, a única luz vinha do sol, através da porta. Dei um passo hesitante, Maryx tomou a frente. Eclipse farejou o ar e rosnou. Mandei meu pai se manter próximo.

O corredor era longo e reto, totalmente fechado exceto por seteiras nas paredes. Arquitetura defensiva clássica: quaisquer invasores ficariam num espaço exíguo, sendo vítimas de arqueiros e besteiros do outro lado. Mas, como uma fortaleza convertida em solo sagrado da Paz, as seteiras tinham sido estufadas com flores e trepadeiras.

— Ushultt, o que acha... — comecei.

— *Shhhh* — Maryx me silenciou.

Devagar, ela sacou o kum'shrak e a foice curta. Agachou-se um pouco, prosseguiu pé ante pé, atenta ao chão e às seteiras. Eclipse se colocou bem perto de mim e de Jormann, esfregando seu pelo áspero em nós dois. A espada enferrujada tremeu na bainha. A hobgoblin e o warg estavam procurando armadilhas ou uma emboscada.

Mas, enquanto avançamos, nada nos recebeu a não ser o silêncio.

O corredor acabou em mais um conjunto de portas duplas, igualmente decoradas com cenas edificantes. Havia um enorme mecanismo de fechadura, mas as duas folhas também estavam entreabertas.

Quando Maryx alcançou aquele segundo portão, ficou ereta de novo. Relaxou os ombros. Com um instante de hesitação, guardou as armas. As costas de Eclipse deixaram de ficar arqueadas, ele parou de arreganhar os dentes. Começou a respirar com calma e chegou a ganir. Eu também senti: afastei a mão da espada, como se ela fosse algo repulsivo. Qualquer raiva que eu sentia por meu pai se desvaneceu. A guerra lá fora me pareceu absurda. Fui tomado por um sentimento de calma, um ímpeto à solidariedade. Havia algo errado ali, mas qualquer coisa errada podia ser resolvida com compreensão. Eu deixaria Jormann Fazendeiro em segurança, para que ele pudesse tentar ser feliz, então seguiríamos a Cosamhir e celebraríamos o acordo que faria os goblinoides serem aceitos como refugiados no norte.

O espírito de Marah, a Deusa da Paz, estava ali dentro. Senti sua bênção e não quis nada além de fraternidade para todos em Arton.

Maryx empurrou o segundo portão, revelando um pátio interno com chão de pedra, uma fonte que jorrava água, vários canteiros floridos com árvores frondosas, um teto esculpido como uma renda de pedra, que deixava entrar a luz do sol filtrada de forma gentil.

Vi o primeiro cadáver estendido ao lado da fonte.

Caminhei até ele, sabendo que deveria estar apavorado. Meu coração se recusou a bater mais forte. Era um corpo ressequido. Era só um contratempo.

Agachei-me perto dele.

Toquei em seu rosto. Os cabelos e os dentes se desprenderam.

Lodo negro escorria de seus olhos, seus ouvidos, suas narinas, sua boca.

Eu não conseguia parar de sorrir.

— Estão todos mortos, ushultt — disse Maryx, com a voz mais tranquila que eu já ouvira.

Olhei em volta: o pátio interno se abria para vários corredores, então a uma larga avenida. Havia cadáveres por tudo, sobre poças negras. Eram burgueses, plebeus, clérigos, mendigos. Eram principalmente aldeões esfarrapados — os sobreviventes.

Estavam mortos onde deveria haver maior segurança.

Tudo estava perdido.

Tive vontade de sentar ali e aproveitar o sol, no abraço de Marah, enquanto o mundo desabava.

— Eu o perdoo, Corben — disse meu pai.

Virei-me para ele, atônito. Eclipse deitou num canteiro, rolou na grama. Maryx olhava impotente a indolência causada pela aura de paz.

— O que está falando? — sorri.

Eu sabia que não deveria me sentir assim, mas fiquei grato pelo perdão de meu pai. Não só porque ele era meu pai, mas porque era um humano, um mortal, um filho dos deuses.

— Você me trouxe ao cenário de mais um massacre dos goblinoides, mas eu o perdoo — ele insistiu.

— Não são os goblinoides que usam o lodo negro — falei, tentando explicar com paciência. Ele só precisava ser educado.

— Reze para que todos saibam disso, meu filho.

Olhei Maryx, tocado com a amizade daquela hobgoblin.

— Se alguém passou por aqui e viu o que aconteceu, pode ter levado uma mensagem a Cosamhir — falei. — Pode ter avisado que houve um ataque. Se os humanos acharem que a Aliança Negra massacrou quem deveria estar protegido...

— Os humanos não têm culpa, ushultt — disse Maryx. — São apenas ignorantes.

— Eu os amo, ushultt, mas eles vão prolongar a guerra. A Flecha de Fogo vai cair e os goblinoides morrerão.

— Temos de ajudá-los a entender, só isso. Com um pouco de conversa, todos podemos conviver.

Eu não conseguia parar de sorrir. Andei no meio dos corpos, entre as poças de lodo negro, vendo o extermínio de toda a população de Grimmere. Passei por homens e mulheres abraçados na morte. Eles ainda mantinham seus sorrisos eternos, os lábios repuxados para trás. Tinham morrido sem sentir pavor e, de alguma forma, aquilo era ainda mais terrível. Eu queria ficar desesperado. Queria correr, sentir medo, raciocinar. Thwor Khoshkothra'uk estava rumando à capital, pronto para a diplomacia. Eles chegariam para negociar numa cidade que achava que tinham massacrado os sobreviventes. O grande gesto de boa vontade da Aliança Negra fora transformado em mais uma afronta, mais uma prova de que goblinoides não passavam de monstros. Tudo que eu desejava era sentir urgência, fazer algo, mas a aura de paz me impedia. Eu notava a beleza do abraço dos mortos, a delicadeza dos baixos-relevos e dos afrescos.

— Quem foi capaz de fazer algo assim aqui? — perguntei. — Como...?

— Foi um erro, apenas isso — garantiu Maryx. — Por que estou pensando assim? Eu deveria estar armada, assustada e pronta para reagir. Mas quero descobrir quem fez isso e entender suas razões. Ushultt, este lugar é perigoso.

— Não, é maravilhoso — as lágrimas escorreram de meus olhos, enquanto eu não conseguia desfazer o sorriso. As palavras saíram de minha boca sem que eu pudesse controlá-las: — Desculpe discordar de você, ushultt. Respeito sua opinião. Não acha que o culpado foi Avran?

— Avran é um servo dos deuses — ela inclinou a cabeça num gesto terno. — Ele só é incompreendido.

Demos as mãos. Ambos nos olhamos, vendo o sorriso um do outro. Só no fundo de nossos olhos havia uma sugestão de medo.

— Onde está seu pai?

— Não sei — dei de ombros com um riso divertido. — Eu confio nele. Nunca faria nada contra nós.

— Eclipse está brincando no pátio. Ainda bem, ele merece. Não gostaria de tolher sua liberdade.

Andamos assim, de mãos dadas, pelas ruas e pelos corredores da fortaleza. Grimmere tinha sido feita para ser defendida, por isso havia muitas passagens estreitas e cobertas — algo que não teria lugar numa cidade comum, mas que era perfeito para uma fortificação. Um destes corredores estava bloqueado por corpos num abraço coletivo. Precisamos arrancá-los dos braços um do outro para prosseguir. Os membros grudados se desprenderam de seus próprios corpos, ficando enrolados nas roupas. A carne ressequida e quebradiça deixou vazar golfadas de lodo negro. Eu vi a beleza naquilo.

— Avran deve ter se esforçado muito para fazer tudo isto — ponderei.

— É preciso respeitar sua dedicação — ela concordou. — Mesmo que seja um in...

Não conseguiu completar a palavra.

— Mesmo que seja um *inim*...

Ela me olhou com um grande sorriso, tremendo sob a bênção da Deusa da Paz.

— Mesmo que ele ainda não seja um amigo — ajudei.

— Obrigada, ushultt.

Nós dois nos abraçamos em meio aos cadáveres.

Passamos por uma região de alojamentos. Originalmente tinham função militar, os cidadãos vivendo como soldados. Mas, depois da bênção, tornaram-se algo como grandes casas coletivas. Famílias inteiras jaziam mortas entre salas decoradas com flores, corredores e quartos cheios de brinquedos. Casais mortos de mãos dadas, pais com seus lábios grudados às bochechas dos filhos num último beijo manchado de negro.

— Você acha que estamos nos arriscando ao manipular os cadáveres? — perguntei.

— Já fizemos isso antes e nada deu errado — ela me tranquilizou.

— Você sempre sabe o que dizer.

— Eu não me importaria de morrer aqui com você, ushultt. Seria tão pacífico!

— Eu também não — pisquei. — O que é o pior que pode acontecer? Rumarmos juntos aos Reinos dos Deuses, onde eu poderei reencontrar meus amigos e você será reunida a sua família?

— Seria maravilhoso!

— Tudo sempre fica bem — segurei Maryx forte, sem conseguir expressar o sentimento logo abaixo de toda aquela alegria e tranquilidade.

— Por um lado, estou feliz que meu marido e minhas filhas tenham morrido — ela também segurou meu ombro. Senti sua mão tremer. — Assim sei que nada mais de ruim pode acontecer com eles.

— Eles estão em paz — concordei.

— *Ushultt, estou feliz pela morte de minha família.*

— *Eu sei, Maryx. Estou feliz pelo massacre de Sternachten. Se a cidade não tivesse morrido, eu nunca a teria conhecido.*

— *Devemos agradecer a Avran, ushultt! Entende? É o que estou sentindo agora! Devemos ser gratos a Avran Darholt!*

Eu entendia. Mas não conseguia fazer nada a respeito. Nem mesmo falar.

Andamos em frente.

Seria mais lógico fugir. Correr para longe, tentar alcançar alguma torre goblin e transmitir uma mensagem a Lorde Niebling. Avisar que aquele massacre não era culpa dos goblinoides. Mas Grimmere era tão acolhedora que nossos pés nos levavam sozinhos cada vez mais para seu interior.

Afinal, o que era o pior que poderia acontecer?

A Flecha de Fogo cairia sobre toda a população goblinoide? Qual era o problema?

Estariam todos unidos pela eternidade.

Com aquele pensamento reconfortante, como tudo era reconfortante em Grimmere, chegamos ao cemitério, no centro da fortaleza.

Então encontramos os vivos.

Havia uma mulher com um lindo vestido branco, sentada em meio a um punhado de humanos esfarrapados. De início, achei que ela era a própria Marah, a Deusa da Paz, mas logo lembrei que os mortais eram belos e inspiradores por si só. O cemitério era uma área circular a céu aberto, bem no meio da cidadela, um imenso jardim pontilhado de tumbas de todos os tipos. A mulher estava acomodada nas escadas de um grande mausoléu de mármore, exibindo a magnífica estátua de uma clériga cercada por crianças sorridentes. As estátuas estavam chamuscadas, enegrecidas de fuligem. Era uma visão que eu conhecia.

— Bem-vindos a Grimmere — ela disse, com voz doce. — Não esperávamos receber outros visitantes.

Fui até ela e a abracei. Era linda, devia ter cinquenta anos. Seus longos cabelos loiros tinham tons prateados que apenas aumentavam sua luminosidade. A mulher devolveu o abraço, enquanto os outros humanos ofereceram comida a Maryx.

— Quem é você? — perguntei. — São os últimos vivos?

Ela fez um afago em meu rosto.

— Sim, somos os últimos, pela graça de Marah. Sou Demilke, clériga da Deusa da Paz e mãe protetora de Grimmere. É ótimo receber novos amigos!

Maryx aceitou um petisco e ofereceu parte de suas próprias provisões aos humanos.

— Trouxeram mais comida? — sorriu Demilke. — Que ótimos convidados! Iríamos morrer de fome em alguns dias.

— Há bastante comida lá fora — argumentei. — Desculpe por contradizê-la.

— Decidimos que é melhor não sair — ela me abraçou de novo. — Alguns soldados passaram por aqui e, quando viram o que aconteceu, não quiseram ficar. Foram à capital para contar o que houve. Já imaginou? Querer deixar este lugar! Respeito a decisão deles, mas não é o que quero para mim.

— Eu também não quero nunca mais sair daqui.

Sentei nas escadas do mausoléu. Demilke me imitou, segurando minhas mãos. Na verdade, eu queria sair de Grimmere. Lembrava que precisávamos chegar a Cosamhir o mais rápido possível. Mas não queria rejeitar a hospitalidade dela. Não queria dar a entender que não respeitava sua decisão de ficar parada até que a comida acabasse e então morrer à míngua.

— O que aconteceu aqui? — perguntei.

— Nada de mais — ela sorriu. — Tivemos a visita de um guerreiro santo. Um homem galante.

— Avran Darholt?

— Sim! Como você sabia?

— Ele é meu amigo. Matou todos que eu conhecia.

— Matou todos que eu conhecia também! Que coincidência!

Comemoramos a experiência em comum com um abraço.

— Avran Darholt veio até aqui e reuniu o povo — continuou Demilke. — Explicou que precisava fazer um ritual.

— Um ritual?

— Sim, foi muito bonito. Um ritual ao Deus da Morte.

Olhei para Maryx. Ela estava sorrindo.

— Avran é um servo de Ragnar — disse a caçadora, como se falasse da travessura de uma criança. — Desde o início, abençoado pela Morte! Por isso sabia sobre a Flecha de Fogo.

— Um homem que nunca fraquejou em suas convicções — elogiei. — Mas como ele consegue ao mesmo tempo ser um guerreiro iluminado? Como é capaz de manipular um objeto sagrado do bem?

— Todos temos talentos únicos — disse Demilke. — O talento de Avran está na morte. Ele é muito bom nisso.

Concordei efusivamente.

— Como foi o ritual, Demilke?

— Muito criativo! É lindo conhecer as tradições de outras religiões. Primeiro ele pediu para que todos dormíssemos no cemitério, com os mortos. Não queríamos ofendê-lo, então concordamos. Não havia muito espaço, mas isso nos deu oportunidade de ficar fisicamente próximos. Dormir com estranhos é tão bom! Depois de algumas noites disso, ele pediu para que fizéssemos um juramento. Queria saber se éramos leais. Pareceu insensível não obedecer. Foi então que a tumba da sumo-sacerdotisa começou a arder com uma chama negra.

Demilke fez um gesto para a estátua enegrecida.

— Ele rezou para todos nós, fez um discurso sobre nossos deveres para com os deuses. Avran tem uma voz muito bonita. Depois disso, deixou que seguíssemos com nossas vidas. No dia seguinte, mais e mais pessoas começaram a morrer pelo lodo negro.

Dei uma risada. Aprender coisas novas era divertido.

— Foi o que aconteceu no Castelo do Sol, ushultt! Ele faz a Ordem do Último Escudo dormir com cadáveres! Estão todos cultuando a Morte sem saber! Tudo faz parte do ritual!

— Avran é muito inteligente — admirou-se Maryx.

— Perguntei por que ele fez isso — contou Demilke. — Não queria ofendê-lo, só estava curiosa. Ele disse que ninguém acreditaria que um paladino realizou um ritual a Ragnar e causou a morte de milhares de humanos. Disse que todos colocariam a culpa nos goblinoides.

— Ele tem razão — dei de ombros. — Nossa única chance de resistir ao lodo negro era Gaardalok, o sumo-sacerdote de Ragnar. Mas se Avran também é servo de Ragnar, não há nada a fazer! Haverá um massacre na conferência de paz, o norte vai combater a Aliança Negra com toda sua força. A Flecha de Fogo cairá antes que os goblinoides possam ser salvos. Aqueles que já estão em Tyrondir atacarão o Reinado por vingança. Thwor estará morto. Eles serão só um exército, só uma horda. A Morte tomará tudo e todos.

Maryx se deitou ao sol, estirada sobre algumas tumbas.

— Se não há nada a fazer — ela se espreguiçou — é melhor aproveitar o dia.

Concordei.

— O que vocês fazem para se divertir aqui? — perguntei.

— Grimmere é uma cidade muito divertida! — entusiasmou-se Demilke. — Agora é cada vez mais difícil fazer qualquer coisa, por causa da fome. Mas tenho certeza de que sua estadia aqui será muito agradável.

Tudo que eu queria era uma estadia agradável.

Em paz.

Sob a bênção de Marah.

Vi meu pai chegando ao cemitério, carregando sua sacola de lixo. Convidei-o a se sentar conosco.

— Então ficaremos aqui até morrer? — perguntou Jormann Fazendeiro.

— Até morrer — concordei, deitado sob o sol. — Em paz.

Grimmere era maravilhosa. Não havia por que sair. Lá fora existia guerra, luta, pessoas que corriam para todo lado, sempre querendo chegar a algum lugar. Aqui podíamos descansar, aproveitar as bênçãos simples dos deuses. Como a Paz.

Ou a Morte.

Havia algo errado.

Olhei para meu pai. Ele também sorria. Estava feliz.

— Demilke — falei. — Eu já fiquei trancado num lugar, passando fome. Não foi bom.

— Mas era um lugar tão bonito quanto Grimmere? — ela cantarolou.

— Não — admiti. — Era uma casa escura. Claro, você tem razão. Aquilo foi diferente. Desculpe por discordar.

— Está perdoado.

Voltei a deitar. Em poucos minutos, o calor gentil do sol me levou a um cochilo leve.

Ouvi a voz de meu pai conversando com um sobrevivente e abri os olhos.

— Mas qual é a diferença entre uma prisão bonita e uma prisão feia? — perguntei.

— Não é questão de feiura — ela tocou meu nariz, bem-humorada. — Aqui você está com pessoas que o amam. Não é o que todos queremos?

— Sim — sorri. — Quero estar com pessoas que me amam. Minha irmã me amava. Meu pai me amava. Mas não foi bom ficar preso com eles.

Ela acariciou meus cabelos.

— E é bom abandonar as pessoas que o amam?

— Não — admiti. — Minha mãe nos abandonou. Sofremos muito.

— Ninguém deve sofrer em Grimmere.

Sorri.

Dentes rilhados.

Mas eu estava sorrindo.

— Acho que quero sair daqui, Demilke.

— Não, não quer. Desculpe por contradizê-lo.

— Não se preocupe. Quero sair.

— Mas eu quero que vocês fiquem. Por favor, não me magoe.

Meu pai estava muito confortável, deitado sobre uma sepultura.

Ele e Maryx estavam de mãos dadas, lado a lado, estirados sobre tumbas.

Levantei com grande esforço.

— Você tem amigos melhores que Jormann, ushultt — falei.

— Seu pai é um ótimo homem — ela murmurou, quase adormecida.

— Claro que é — concordei. — Mas por alguma razão ficar preso com ele não foi bom antes. Não acho que vá ser bom agora.

Fui até ela, segurei sua outra mão e tentei puxá-la para cima.

— Respeito sua decisão — disse Demilke. — Mas por que quer ir embora?

— Não quero repetir o ciclo — falei, sorrindo. — Isso já aconteceu. Eu acho que você é parte da Infinita Guerra, Demilke. Não quero mais ser quem fica preso com o pai, escolhendo não sair nem para pegar comida, porque o lado de fora é assustador e desconfortável.

— Mas aqui é seguro — ela argumentou. — Mesmo quando todos morrem, está sempre tudo bem.

— *Eu sei* — eu estava tremendo. — Eu não entendo por que isso é ruim para mim. Mas não posso repetir o ciclo.

Puxei Maryx para cima. Ela estava indolente, mas não resistiu. Não havia nenhuma agressividade em minha amiga.

Olhei para Jormann.

Eu podia deixá-lo ali.

Eu podia ser o filho que prendia o pai num lugar que o isolava do terrível mundo exterior.

Era a Infinita Guerra.

Puxei-o também.

Conduzi Maryx e Jormann pelas mãos. Ela quis deixar o kum'shrak para trás. Pedi que o levasse consigo. Ele se agarrou à sacola de lixo.

— Têm certeza de que não querem ficar? — perguntou Demilke. — A morte será tão mais agradável com vocês!

A morte num lugar que parecia seguro, com inimigos goblinoides atrás da porta. A morte que só podia existir em isolamento, provocada por um homem que devia ser digno de confiança. Pais e filhos presos por sua própria vontade, para morrer. Ciclos dentro de ciclos. Eu precisava quebrá-los.

— Eu amo vocês — disse Demilke.

Ela só iria nos matar porque nos amava.

Passamos por Eclipse, brincando no pátio interno, entre os cadáveres. Vi o portão que levaria ao corredor. Soube que, assim que o atravessasse, nunca mais me sentiria tão em paz.

— Vou deixar Eclipse aqui — Maryx afagou o pelo do warg. — Ele está gostando tanto!

— Mas nós vamos sentir saudade dele, ushultt.

— Não é uma violência obrigar que ele nos siga?

— Não é uma violência separá-lo de você?

Ela travou no meio de um passo.

— Vou ficar — anunciou. — Com Eclipse. Com Vartax, Threshnutt e Zagyozz.

— Venha comigo só até o corredor — pedi. — Dê-me um último abraço.

— Claro, ushultt.

Ela não conseguia dizer não, então me seguiu.

Eclipse veio conosco, esfregando-se em Maryx.

Abri as portas. Vi o corredor, com suas seteiras tomadas por flores. Não havia necessidade de armas em Grimmere. Quaisquer invasores que tentassem atacar a cidadela seriam aprisionados pela paz.

Exceto Avran Darholt.

Cruzamos as portas.

O sorriso de Maryx diminuiu.

— Não quero prosseguir, ushultt — ela pediu.

— Só mais um passo.

Mais um.

Mais um.

A hobgoblin parou de sorrir. Os pelos de Eclipse se eriçaram. Meu pai se virou, agarrei-o pela roupa.

— Vamos embora.

Empurrei o portão externo e fui atacado pelo sol. Deixei-me cair de joelhos no chão lamacento da estradinha de terra. Meu coração disparou, tomado pela realidade do desastre iminente, pelo fracasso de todos os nossos esforços. Tudo a meu redor pareceu violento e letal. Ragnar estava em toda parte, qualquer um podia ser seu servo.

A Flecha de Fogo era maior que o sol.

Maryx me ofereceu a mão.

Aceitei e ela me ergueu. O primeiro passo para fora da prisão era sempre o mais assustador.

6
MELANCOLIA

ATRAVESSAMOS O QUE RESTAVA DE TYRONDIR SOB A IMAGEM funesta da Flecha de Fogo.

Paramos só para dormir quando nenhum de nós aguentava continuar. Meus pés ficaram esfolados, eu não lembrava mais como era não sentir dor no corpo todo, mas não importava. Havia uma chance de evitar o massacre em Cosamhir, de avisar a Lorde Niebling de que havia servos do Deus da Morte dos dois lados.

Encontramos uma torre goblin depois de alguns dias. Forçamos os goblins a transmitir uma mensagem em seu código colorido, sem saber se adiantaria de alguma coisa. Quando encontramos a próxima torre, descobrimos que nossas palavras não tinham chegado a ninguém: todos os goblins ali estavam mortos, seus cadáveres ressequidos e estirados em poças de lodo negro. A linha de comunicação fora interrompida e Lorde Niebling estava no escuro.

O norte do reino era urbanizado e civilizado. Havia estradas e aldeias, castelos e cidades.

Havia goblinoides.

Passamos por várias cidades sitiadas pela Aliança Negra, num estado de trégua tensa e armada. Os duyshidakk não atacavam, mas também não baixavam a guarda. Os humanos não ousavam abrir os portões, mas também não usavam suas catapultas. A nobreza de Tyrondir estava recolhida a algumas fortalezas e principalmente à capital. A Aliança Negra estava sendo liderada pelo clero de Ragnar.

Em nossa corrida contra a Morte, não podíamos confiar em ninguém. Qualquer liderança goblinoide podia transmitir informações a Gaardalok, mesmo sem saber. Conseguimos descobrir que o Ayrrak já passara por todos aqueles lugares, rumo a Cosamhir. Ele já estava na capital ou chegaria em breve.

Tudo era cada vez mais inútil e desesperador.

A Flecha de Fogo cresceu acima. Já não parecia mais um objeto distante, mas uma bola de fogo ameaçadora que quase podia ser tocada. O brilho a seu redor era mais forte que o sol e a cauda cortava o céu. Os goblinoides estavam furiosos e atormentados, sabendo que o fim chegaria logo. Havia um misto de pânico e raiva assassina nas fileiras. Eu imaginava o que os humanos pensavam. Correndo pelos ermos de Tyrondir, eu estava isolado de tudo, só podia especular. Talvez houvesse algum arquimago ou sumo-sacerdote que tentasse deter a Flecha. Talvez grandes heróis estivessem preocupados com isso.

Talvez todos pensassem que era só a justiça chegando a Thwor Ironfist, como fora profetizado.

Ou talvez ninguém sequer cogitasse que aquele cometa fosse a Flecha de Fogo. Havia uma guerra de proporções históricas acontecendo no sul, mas a civilização não dava importância ao sul. Era possível que nenhum humano, elfo ou anão tivesse dado ouvidos a nenhum goblinoide. O maior império do mundo conhecido estava para acabar e talvez ninguém do norte soubesse.

Estávamos a poucos dias da capital quando cruzamos com uma patrulha de hobgoblins. Eles disseram que havia representantes de outros reinos humanos em Cosamhir. Não tivemos tempo de confirmar a informação ou perguntar mais detalhes. Mas a humanidade estava se unindo em Tyrondir. Unindo-se contra nós.

Naquela noite, desabei de exaustão, antes que Maryx determinasse nosso descanso. Fiquei deitado na relva e minha visão foi tomada pela Flecha. Estendi o braço, como se pudesse encostar nela. Tapava as estrelas e fazia a lua empalidecer. Era a coisa mais importante do mundo.

— Não vamos conseguir, ushultt — ofeguei, mal articulando as palavras. — Isso é muito maior do que nós. Não vamos...

— Não é hora de desistir — disse Maryx.

Sua voz era determinada, mas seu corpo estava alquebrado. Seus músculos tinham murchado pelos vários dias comendo pouco, a exaustão era visível em seu rosto. Ela parecia mesmo ter um crânio descarnado sobre o pescoço, a magreza e o desgaste combinando com a tatuagem que a desfigurava.

— A Flecha está tão perto... — falei. — Ela não parece estar indo para Lamnor. Parece estar vindo para nós.

— Isso muda algo em nosso dever?

— Não — admiti.

Precisávamos chegar a Cosamhir de qualquer jeito. Mas, se não mudava nosso dever, o alvo da Flecha mudava o significado de tudo.

— A Flecha está sendo atraída pelos acontecimentos em Arton — eu disse, sem conseguir tirar os olhos do cometa. — E se sua trajetória mudou? Se ela cair em Tyrondir, a Aliança Negra estará a salvo no sul...

— É o que queríamos desde o início.

— Será um exército sem líder, guiado só pelo Deus da Morte, com passagem aberta para o Reinado. Thwor estará morto, você estará morta. Um exército com sede de vingança sem nada que possa detê-lo, contra um norte sem sua Rainha-Imperatriz. Apenas a Morte, ushultt. Isso não é O Mundo Como Deve Ser. É só o plano de Ragnar.

— Não muda nosso dever. Chegar a Cosamhir e impedir a guerra.

— Os reinos humanos já devem estar reunidos lá. Tudo já pode ter acontecido. A guerra já...

Maryx me agarrou pela roupa e me colocou de pé com um repelão. Deu um tapa sonoro em meu rosto. Fiquei de boca aberta.

— Vamos lutar até o fim, Khorr'benn, mesmo que não haja esperança. Enquanto esse pedregulho não cair em minha cabeça, continuarei servindo ao Ayrrak. E você não pode parar nem com a morte. Irá voltar quantas vezes forem necessárias e lutará *para sempre*. Você é duyshidakk, é arranyakk. Os humanos e os deuses pisaram em nós desde o início dos tempos e nós formamos o maior império do mundo. Nós não desistimos. *Nunca*.

Engoli em seco.

Olhei a Flecha.

Se tudo estava contra nós, então estávamos no caminho certo.

— Vamos continuar — falei.

— Consegue andar?

— O pior que pode acontecer comigo é morrer de exaustão.

⚫

A Flecha de Fogo iluminou o céu.

O cometa dominava tudo acima, óbvio e terrível como um exército às portas de um castelo. O céu diurno estava manchado de laranja e branco. A Flecha era cercada por uma aura, olhar para cima deixava qualquer um ofuscado. A noite deixou de existir, pois havia aquele segundo sol sobre nós o tempo inteiro.

Perdemos a noção dos dias. Nem eu nem Maryx conseguíamos dormir sob o brilho constante da Flecha. Líamos o mapa com dificuldade, adivinhando cada vez mais os pontos de referência. As estrelas sumiram sob o brilho e era difícil determinar onde e quando o sol nascia. Andamos a esmo por um tempo indeterminado. Nem mesmo Eclipse encontrava caça, pois os animais estavam todos escondidos em tocas, nos pontos mais escuros de florestas e bosques. O warg compartilhava de nossa exaustão.

O único que não parecia estar afetado era Jormann Fazendeiro.

Meu pai era um fantasma, como sempre fora, agora amarrado a Eclipse e agarrado a sua preciosa sacola. Ele comia pouco sem reclamar, como fizera durante minha infância. Não pesava nada, mas carregá-lo era cada vez mais difícil para o warg, como se a loucura tivesse um peso por si só.

Contornamos um bosque e pela graça de quaisquer deuses que ainda nos vigiassem chegamos a um rio, suas águas cintilando com brilho insuportável. Não tínhamos ideia se estávamos no caminho certo, mas nossa única chance era que fosse o Água Vítrea, que levaria a Cosamhir.

— Se este for o rio errado, tudo está perdido — disse Maryx.

— Não vamos desistir — respondi. — Você mesma falou, ushultt, nós...

— Não falei em desistir — ela me interrompeu. — Mas já perdemos tempo demais. Se este for o Água Vítrea, chegaremos a Cosamhir margeando contra a corrente. Caso contrário, estamos nos perdendo cada vez mais e não há tempo de ajudar o Ayrrak.

— Então...

— Então o que faremos se tudo estiver perdido? Como vamos servir a Thwor se a missão tiver fracassado?

Olhei meu pai. Tentei olhar a Flecha de Fogo.

— Lutarei a seu lado para sempre — falei.

— Não é suficiente, Khorr'benn. Como vamos criar O Mundo Como Deve Ser sem o Ayrrak, sem Lamnor, com todo o norte unido contra nós?

— Vamos espalhar a palavra dele — agarrei suas mãos ossudas. — A Aliança Negra vai se erguer de novo, ushultt. Sem Ragnar. Sem Morte. Apenas a Vida lutando para continuar.

Ela respirou algumas vezes.

— Ele vai se sacrificar por nós — eu disse, de repente.

— O que quer dizer...?

— O que é o destino, ushultt? O que é o Akzath?

Eu já falara sobre o Akzath com Maryx, mas ela não o entendia como eu ou Thwor.

— A Flecha de Fogo matará Thwor — continuei. — É o que está escrito na profecia. Se ele morrer, ela precisa cair? Só sabemos que *ela será disparada*.

— Isso não importa. Se todos morrerem na conferência de paz...

— Mesmo que todos morram, Lorde Niebling pode me ouvir!
— Esse tal lorde também pode morrer.
— Ele só precisa ficar vivo por tempo suficiente para me escutar! Thwor está se sacrificando para manipular o Akzath, para que a Flecha não caia. Ou para que caia aqui, em Tyrondir. Se o que ele especula for verdade, sua morte poupará todos os goblinoides. Então só depende de nós fazer com que o Reinado ouça...
— *O que vamos fazer sem o Ayrrak?*
O bastião de esperança de toda a raça goblinoide estava prestes a morrer. Agora ou logo depois. Por um cometa, pelo lodo negro, por uma elfa com poderes inexplicáveis ou pelos exércitos de nossos inimigos. O que Maryx sentia era a volta do desespero. Era a Infinita Guerra continuando, sempre igual, apesar de todas as tentativas de várias raças unidas.
— O sonho dele continuará, ushultt — eu disse. — Conheço o Akzath, conheço O Mundo Como Deve Ser. E você pode liderar os goblinoides.
Ela arregalou os olhos.
— Não diga idiotices.
— Você traz a marca de Ragnar. Você foi salva pelo Ayrrak. Você é uma heroína. Você ama os goblins e entende a Grande União. Você pode fazer com que todos lutem juntos, ushultt. Através de nós, a Aliança Negra continuará.
Maryx Nat'uyzkk se empertigou. Olhou para a Flecha de Fogo, desafiante, sem se importar com o brilho que queimava os olhos. Tudo que precisávamos era chegar a tempo. Impedir que a conferência de paz se transformasse num massacre. Falar com Lorde Niebling para que ele entendesse a verdade. Então os duyshidakk seriam aceitos como refugiados no Reinado, a Infinita Guerra seria detida. Poderíamos criar O Mundo Como Deve Ser.
Seguimos o rio correnteza acima.
Meu coração explodiu de felicidade quando descobri que estávamos no caminho certo. Finalmente avistamos Cosamhir.

A capital estava cercada por exércitos goblinoides. Uma vasta massa de guerreiros de todas as raças, monstros, máquinas voadoras, armas de cerco e barracas se estendia ao redor da cidade.
Começamos a atravessar as incontáveis fileiras, as centenas de pequenos acampamentos. Eclipse estava se arrastando, a língua pendendo mole para fora da boca, mal conseguindo erguer o corpo magro de Jormann. Os

goblinoides estavam raivosos e mal-humorados, sob o brilho incandescente do fogo no céu. Era manhã, ou pelo menos eu achava que era. Tudo em minha visão tinha cores claras e esbranquiçadas. O mundo tinha se tornado o interior de um lampião.

— O que eles estão fazendo? — Maryx reclamou meio para mim, meio para si mesma. — Isto é um cerco? Deveria ser uma missão diplomática!

Tentei responder qualquer coisa, mas ela não me ouviu. Seguiu em frente, empurrando hobgoblins, goblins, bugbears. Passamos por vários templos improvisados de Ragnar e por muitos grupos de clérigos. Ninguém nos dava importância. Inúmeras brigas estouraram durante as horas que levamos para cruzar a imensa linha de sítio.

Enfim chegamos às fileiras internas, onde milhares de guerreiros estavam armados e de prontidão. A maioria era composta de hobgoblins, mas também havia bugbears, orcs e ogros.

À frente de todos, entre eles e a cidade, estava Thraan'ya.

— É hora de invadir — disse um bugbear que carregava uma foice longa. Não havia dúvidas de que era um sacerdote.

— Você não desobedecerá às ordens do Ayrrak! — disse Thraan'ya. — Ele é nosso líder, nosso pai; seu sonho é nosso futuro! Não estamos aqui para guerrear contra os humanos. Precisamos confiar em Thwor!

Olhei a cidade. Era difícil discernir seus contornos, pois Cosamhir era coberta de vidro: janelas, decorações, murais, espelhos. O vidro refletia a luz da Flecha e transformava a capital num borrão de clarões intermitentes. Mas, no meio de minha ofuscação, notei uma estrutura que se sobressaía.

Uma torre goblin.

Assim como os goblins disseram, havia na cidade um bastião da raça, um farol de comunicação que transmitira todas aquelas mensagens que perguntavam por mim. A torre oscilava em meio à arquitetura rebuscada de Cosamhir. Era uma marca da inventividade da Aliança Negra. Havia esperança.

Maryx abriu caminho pelas linhas de soldados. Quando os hobgoblins a reconheceram, eles mesmos se juntaram no esforço de lhe dar passagem. Muitos fizeram o cumprimento militar, batendo no peito e estendendo a mão, oferecendo o coração. Ela ignorou.

Eclipse desabou no meio dos guerreiros, derrubando meu pai. Maryx olhou para trás, preocupada, mas se obrigou a seguir até a elfa. Eu desamarrei Jormann do warg e tentei examinar a fera, mas meus conhecimentos de medicina eram muito limitados.

Maryx se postou ao lado de Thraan'ya, à frente das tropas.

Atrás delas, a poucas centenas de metros, estavam as muralhas e os portões de Cosamhir.

Abertos.

— O que está acontecendo? — perguntou a caçadora.

Thraan'ya olhou Maryx com gratidão, mas não desfez a postura imperiosa.

— Thwor Khoshkothra'uk e Gaardalok estão há dias na cidade dos humanos! — latiu o clérigo bugbear. — A elfa diz que devemos confiar nos inimigos que já nos traíram uma vez! Eu digo que devemos entrar e matar todos!

Uma elfa de Lamnor, membro da Aliança Negra, dizendo para confiar em humanos. Eu vivia em tempos interessantes.

Muitos bugbears e ogros ergueram as armas e rugiram, concordando com o sacerdote. Os hobgoblins se contiveram, com os olhos em Maryx.

— Os portões estão abertos — disse minha amiga.

— Os portões de Cosamhir estão abertos para nós desde que chegamos — respondeu Thraan'ya. — Somos bem-vindos na cidade.

— Mas os que entraram foram recebidos com a sanguinolência dos humanos! — devolveu o bugbear.

Aos poucos, entendi o quadro que estava vendo. As tropas da Aliança Negra haviam chegado há vários dias. Sabiam que Cosamhir recebera tropas e nobres de outros reinos, que havia exércitos humanos aguardando na fronteira norte para atacar se a conferência de paz não tivesse sucesso. No entanto, quando os goblinoides avistaram a capital, encontraram seus portões abertos.

Um arauto do Rei Balek III anunciou que todos os goblinoides eram bem-vindos na cidade. Antes que Thwor conseguisse conter os duyshidakk, muitos correram para dentro. Em sua maioria goblins. Os visitantes nunca voltaram, nem havia nenhum sinal do que acontecera com eles. Muitos guerreiros e especialmente clérigos de Ragnar afirmavam que os goblins desaparecidos estavam mortos. O Ayrrak tentou conter esses boatos. Mensageiros da Aliança Negra foram enviados para dentro de Cosamhir e nenhum voltou.

Enfim era preciso tomar a decisão: tentar a paz ou desconfiar dos humanos e atacar.

Thwor e Gaardalok entraram sozinhos nos portões.

Não havia notícia deles desde então.

Thraan'ya e Thogrukk foram deixados como líderes do exército, mas a independência dos comandantes da Aliança Negra garantia que essa liderança seria frouxa e temporária.

Ajudei meu pai a ficar de pé. Ele já estava desamarrado — no meio de tantos goblinoides, um fazendeiro magro e fraco nunca conseguiria fugir. Sua fuga também não representaria risco nenhum. Fui até Maryx, com Jormann logo atrás.

— O que isto significa? — perguntei.

Thraan'ya me olhou, séria.

— Você foi humano, Khorr'benn. O que acha de tudo isso?

Suas palavras não passaram despercebidas por mim. Ela dizia que eu não era mais humano, assim como ela não era mais elfa. E queria minha opinião, meu julgamento. Thraan'ya, que me vira como ameaça desde o começo, agora queria evitar matança sem sentido e confiava em minha visão.

— Quer aceitar a palavra de um humano? — grunhiu o clérigo bugbear.

— Ele é duyshidakk — disse Thraan'ya. — E ele conhece o inimigo. Assim como eu conheço os elfos.

— Khorr'benn nos trouxe as respostas até agora — concordou Maryx. — Demonstrará sabedoria se ouvi-lo, sacerdote.

Mas desta vez não havia resposta. Nem mesmo sabíamos se era ou não tarde demais. Tudo acontecia atrás das muralhas de Cosamhir.

De repente, ouvi uma voz lamentosa do meio das fileiras:

— Meu pai não consegue fazer tudo sozinho! Coitado, está muito doente e fraco. Todos esperam que ele resolva tudo, mas não pode mais. Está no meio dos humanos traiçoeiros, com apenas o sumo-sacerdote para ajudá-lo. Precisa de nós. Precisa de vocês, heróis! Vocês precisam invadir e matar os humanos malignos!

Meu estômago revirou antes mesmo que eu enxergasse Ghorawkk. O filho menor e mais patético do Ayrrak abriu caminho pelas fileiras com seu andar gingado e se abraçou no clérigo que discutia com Thraan'ya, ficando meio escondido atrás dele.

— Que bom que chegou, Maryx Nat'uyzkk! — disse Ghorawkk. — Você pode liderar as tropas. Pode ajudar meu pai, coitado! Ele está fraquinho, precisa ser socorrido.

— Este verme agora está lambendo os pés dos clérigos — Maryx sussurrou para mim.

— Thwor venceu uma deusa em combate individual! — disse Thraan'ya, com fervor. — Nada é uma ameaça para ele!

— Não cobre de um homem que seja sempre forte! — choramingou Ghorawkk. — Não vê como isso é cruel? Meu pai está quase morto. Deixe que ele descanse!

— Nada vai matar o Ayrrak — Thraan'ya rilhou os dentes.

Não era verdade.

A Flecha de Fogo queimava no céu.

Maryx estufou o peito e se dirigiu a Ghorawkk, aos clérigos, aos hobgoblins:

— Ninguém entrará em Cosamhir. A cidade não será invadida.

— Já estamos esperando... — começou o filho do Ayrrak.

— *Ninguém entra!*

Ele se calou.

A caçadora olhou para Thraan'ya.

— A liderança é sua, ushultt.

— Confio em você — respondeu Thraan'ya.

Então ela respirou fundo antes de dizer:

— Confio em Khorr'benn.

Por um instante, tudo ficou em silêncio. Tremendo, estufei o peito e ergui a voz.

— Os humanos são traiçoeiros. Mas também são covardes! Não terão coragem de atacar o Ayrrak. Nosso inimigo é outro.

Eu e Maryx trocamos um olhar.

— Khorr'benn só traz a verdade — disse Maryx Corta-Sangue. — Não é hora de atacar. Apenas eu e ele entraremos em Cosamhir. Faremos a paz entre o Reinado e a Aliança Negra.

Segurei o braço de Jormann Fazendeiro.

Cruzamos os portões de Cosamhir sob o sol e o fogo do céu. Não havia guardas e por um momento eu temi encontrar todos mortos pelo lodo negro. Mas logo sinais de vida surgiram por entre janelas fechadas, na fumaça de chaminés em tavernas, atrás de barricadas pelas ruas.

A capital de Tyrondir era rica, construída com pedra, ouro e vidro. Os bairros de artesãos se dividiam entre suas várias atividades e quase todos ostentavam mansões e oficinas imensas. Por toda a cidade, espiras altas se erguiam, marcando os palacetes dos nobres e burgueses prósperos. O produto mais notório de Cosamhir era o vidro — a cidade fabricara as lentes dos telescópios de Sternachten, quando Sternachten existia. Vitrais coloridos adornavam todos os prédios de posse do rei e todas as maiores casas comerciais. Os topos espiralados e arredondados das torres eram decorados com vidro que rebrilhava no céu em chamas. Paredes inteiras de templos, casarões, teatros, empórios e bibliotecas eram vazadas, preenchidas por imensas janelas elaboradas. Cosamhir possuía extensos jardins cheios de flores, decorados com estátuas de cristal e coretos com vitrais que filtravam o sol. Possuía alamedas ladeadas por árvores frondosas, cada galho cheio de pendentes de cristal, como se fossem lustres chamejantes. Possuía luxo desconhecido para quase qualquer outra capital do Reinado e um grande palácio colorido e fortificado no topo de uma colina. Em qualquer outra situação, eu ficaria maravilhado: a cidade era um tributo ao que os humanos podiam criar quando colocavam seu gênio a serviço da arte e da manufatura. Mas, estando assim coberta de vidro, Cosamhir era ofuscante sob o brilho da Flecha de Fogo. E toda aquela beleza escondia o inimigo que podia condenar a Aliança Negra para sempre.

Além disso, várias ruas estavam barricadas.

Protegendo meus olhos com a mão, pude discernir os estandartes de diferentes feudos de Tyrondir tremulando nas espiras. Também as bandeiras de reinos vizinhos: os três lobos de Ahlen, a torre de Wynlla. E o mais preocupante: o estandarte esquartelado de Deheon, o pujante Reino Capital, sede da corte imperial e líder do Reinado. O poder do norte estava reunido ali. A certeza de que a humanidade estava armada contra nós na cidade foi confirmada quando entramos numa rua larga e nos deparamos com uma barreira de pedras desabadas. Vinte arqueiros apontaram suas flechas de trás da proteção e um cavaleiro de armadura completa surgiu de escudo em punho.

— Alto! — ele gritou, por trás do elmo. — Quem são?

Maryx tomou a frente:

— Estamos em guerra?

Segurei o pulso de Jormann com mais força. Engoli em seco.

— Não até que nos ataquem, goblinoide — respondeu o humano. — Quem são e o que querem?

Deixei o ar sair de meus pulmões, sem ter sentido que estava prendendo a respiração. Minhas pernas amoleceram de alívio.

— Sou Maryx Corta-Sangue, caçadora e comandante da Aliança Negra. Comigo estão Khorr'benn, clérigo de Thyatis, e Jormann Fazendeiro, um plebeu que viemos entregar a vocês. O que está acontecendo?

Para minha surpresa, o cavaleiro abaixou o escudo e fez sinal para que os arqueiros relaxassem. Eles guardaram as flechas.

— Nossas portas estão abertas aos goblinoides, guerreira, embora você deva entender nosso medo. Estamos armados, mas não vamos atacá-los se não nos atacarem.

Forcei-me a não sorrir.

— A conferência de paz está acontecendo?

— Thwor Ironfist e Gaardalok estão há dias dentro do palácio com o Rei Balek, Lorde Niebling e um monte de nobres. Espero que estejam falando sobre o que fazer com essa coisa que surgiu no céu.

Ele apontou para cima, sua manopla reluziu sob o brilho da Flecha.

— E os goblins que desapareceram aqui dentro?

O homem deu de ombros.

— Sempre tivemos goblins em Cosamhir. Nunca me incomodaram. Se os conheço, devem estar na torre que o gnomo construiu ou inventando alguma coisa que vai explodir.

Era um comentário tão banal que me encheu de prazer, como uma volta a um tempo mais inocente. A Flecha de Fogo estava prestes a cair sobre nós, mas um guerreiro fazia comentários sobre a paz.

Tive que me meter. Falei com cuidado:

— Vocês receberam algum mensageiro com notícias de Grimmere?

— Dizem que os prisioneiros de Grimmere estão mortos.

Observei-o com cautela.

— Dizem...? — perguntou Maryx.

— Já ouvi muitos boatos desde que a guerra começou. Não importa no que acredito, nossas ordens são para não atacar goblinoides.

— Temos informações importantes para a conferência — disse Maryx. — Lorde Niebling está esperando este humano.

— Vão em frente.

O cavaleiro nos deu passagem. Os arqueiros que estavam com ele se afastaram alguns passos e Maryx escalou a barricada, saltando para o outro lado. Imitei-a sem dificuldade e ajudei meu pai a fazer o mesmo.

— Como estão as coisas do outro lado dos muros? — perguntou o cavaleiro.

Maryx o mediu por um instante. Então escolheu falar a verdade.

— Tensas. Muitos de meus irmãos querem lutar.

— Muitos dos meus também — ele respondeu. — Se vocês estão sendo esperados, não perca tempo, guerreira. Algo me diz que enfrentá-la não seria divertido.

Corremos pelas ruas em direção ao palácio.

— Vamos conseguir, ushultt! — ofeguei. — Os humanos também não querem guerra!

— Não são os humanos que me assustam.

Vimos plebeus, comerciantes e artesãos nas ruas, além dos soldados em barricadas ao longe. Vimos até mesmo alguns goblins. Cosamhir era totalmente urbanizada, com paralelepípedos cobrindo o chão e grandes prédios a cada esquina. Assim, era fácil se perder. Mas o palácio era visível a todo instante, acima de tudo. Passamos pelo bairro das maiores oficinas de vidreiros e chegamos a uma praça dominada por uma grande estátua de Thyatis: a Fênix com as asas abertas, fogo feito de vidro cercando-a numa fluidez que parecia viva. O brilho da Flecha fazia a estátua irradiar luz cegante. A praça estava cheia, como um lembrete de que a vida continuava mesmo naqueles tempos absurdos. Virei o rosto e notei que, a algumas centenas de metros, erguia-se o Grande Templo de Thyatis, centro do culto ao deus no reino inteiro. Senti-me num lugar abençoado.

Então a luz que brilhava na estátua se apagou.

Por um momento, não entendi o que acontecia. Minha mente tentou fazer sentido daquilo: a Flecha de Fogo continuava queimando no céu, as ruas ao redor continuavam iluminadas demais. Mas a estátua escurecera.

Com horror, percebi que na verdade a luz não estava apagada. Uma nova escuridão surgira na estátua.

A Fênix ardia com chama negra.

— O ritual! — gritei, mas minha voz foi abafada por berros.

Olhei em volta, atônito, enquanto humanos caíam por entre os prédios, vomitando lodo negro. Um grupo de plebeus correu para a estátua, buscando a proteção de Thyatis. Os primeiros deles desabaram, arranhando as gargantas. Vi a substância viscosa escorrer por seus olhos, seus narizes. Maryx sacou o kum'shrak, mas não havia o que atacar.

— Ushultt... — ela falou com voz fraca, então apontou.

As espiras altas do palácio de Cosamhir ardiam com chamas negras.

— Khorr'benn, rápido! — ela gritou e me agarrou pela mão.

A praça estava tomada de humanos. Eram plebeus em roupas simples, burgueses vestidos com casacas bem decoradas, guardas com espadas e cotas de malha. Vi dois deles caírem, esperneando e babando lodo negro.

A pequena multidão de habitantes da cidade barrou nossa passagem.

— Os goblinoides estão atacando! — vociferou um homem barbudo com um chapéu bufante. — É como os mensageiros avisaram! Eles vão nos matar com sua magia profana!

Eu e Maryx nos olhamos. Ela segurou a lâmina negra com força. A espada enferrujada tremeu na bainha.

— Ela tem a marca do Deus da Morte! — gritou um plebeu. — É uma serva de Ragnar!

Os gritos tomaram Cosamhir.

A meu lado, ouvi um corpo desabar. Uma sacola cheia de entulhos cair no chão. Frasquinhos de vidro se espalharam nos paralelepípedos, quebrando e derramando substâncias de cheiro forte.

Meu pai começou a arranhar a própria garganta, olhando para mim com súplica.

Uma gota de lodo negro escorreu de seu nariz.

— Ushultt, vamos! — disse Maryx, me puxando.

— É uma goblinoide com a marca de Ragnar! — gritou outro humano. — Eles trazem a morte!

Sem notar, a hobgoblin levou a mão ao próprio rosto. Ela carregava a morte estampada, a tatuagem que finalmente vinha cobrar seu preço. Uma pedra voou contra ela. Minha amiga se abaixou, deixando que passasse por cima de sua cabeça.

— Não estou aqui para lutar com vocês!

Mas suas palavras saíam de um rosto marcado com a Morte. Era tudo que os humanos viam.

— *Ushultt, rápido!* — Maryx me puxou de novo.

Firmei os pés, resistindo.

Olhando horrorizado para meu pai.

— *Socorro...* — Jormann Fazendeiro suplicou com voz fraca.

Um guarda sacou a espada e deu um passo na direção de Maryx.

— Vamos, Khorr'benn — ela falou, o rosto congelado em horror e preocupação.

— *Meu filho...*

Uma dúzia de plebeus tomou coragem pelo gesto do guarda. Começaram a se aproximar. Alguns deles tinham pedaços de pau. Um fez surgir uma faca de açougueiro.

— Precisamos chegar ao palácio! — disse Maryx.

— Desculpe, ushultt — falei, quase inaudível.

Ela abriu a boca em descrença quando segurei as mãos de meu pai e o ajudei a se erguer.

— Khorr'benn, o que está fazendo?

— Ele pode ser curado no Grande Templo de Thyatis!

Jormann se segurou em mim, deixando o lodo negro escorrer por meu ombro. Seu corpo magro estava trêmulo, suas mãos esqueléticas se agarraram em minha roupa com toda a força. Ao mesmo tempo, ele tentava manter consigo a sacola, com os poucos pedaços de entulho que ainda restavam lá dentro. Lembrei do primeiro clérigo que encontrei morto em Sternachten. Lembrei de Clement, morrendo indefeso, implorando por minha ajuda.

Os humanos se aproximaram.

— *Morte à serva de Ragnar!*

Um deles caiu, babando lodo negro.

— *Khorr'benn, só você pode falar com o gnomo!*

A gritaria tomou conta de Cosamhir. Vi soldados deixando seus postos atrás das barricadas, cambaleando, babando gosma escura. Ouvi trombetas de guerra.

— Os goblinoides estão atacando! — uma voz se ergueu ao longe. — É bruxaria da Aliança Negra!

O tropel de cavalos e os nomes de reinos humanos em várias gargantas nobres anunciaram que o norte enxergava aquilo como um ato de guerra.

— Vamos nos encontrar no palácio, ushultt! — prometi.

— *Khorr'benn, venha comigo!*

— Não posso deixar meu pai morrer!

O guarda deu um grito, ergueu a espada e atacou Maryx. Os plebeus foram incentivados por isso e avançaram para ela com paus e pedras.

A caçadora bloqueou o golpe de espada com a lâmina negra. Seus olhos em mim.

Arrastei meu pai pelas quadras até o Grande Templo de Thyatis.

Era uma construção bela e colorida, misto de igreja e fortaleza. Suas paredes grossas eram decoradas com um mosaico representando a Fênix. Janelas altas de vitrais policromáticos mostravam Thyatis ressuscitando os mortos, revelando a verdade a seus profetas, inspirando guerreiros santos. O Grande Templo possuía quatro torres com guaritas e sinos, um quartel para os clérigos militantes e, é claro, uma nave principal para que os sacerdotes falassem ao povo.

Atravessei os quarteirões que separavam a praça do templo sob o brilho da Flecha de Fogo e a sombra bruxuleante emitida pelas chamas negras na estátua e no palácio. Arrastei meu pai. Ele soltou uma golfada de vômito negro, deixou um rastro escuro de morte pela rua. Desviei de outro amaldiçoado, que olhava para todos os lados em busca de algum alívio, alguma salvação.

— Vá ao templo! — eu disse. — Há ajuda no templo!

Ele entrou num beco, sem me dar ouvidos.

Olhei para trás. Maryx desaparecera sob a turba de humanos.

— *Matem a goblinoide!*

— *Ela traz a marca da morte!*

— *É uma serva de Ragnar!*

Meu pai se abraçou em meu pescoço. Seu hálito era amargo e fumacento, cheirava a decadência.

— *Meu filho, por favor...*

Puxei-o pelos últimos metros, empurrei as grandes portas duplas do templo. Adentrei a enorme nave principal, onde uma floresta de colunas de cristal sustentava um teto altíssimo. A luz forte da Flecha de Fogo era filtrada pelas janelas de vitral, criando um caleidoscópio de cores que só podia existir em Cosamhir. As colunas refletiam e refratavam o brilho, enchendo a nave de incontáveis arco-íris. O teto era coberto de pequenos pedaços de vidro colorido e espelho. A luz chegava até em cima e dançava por todo o grande interior da igreja. Senti-me num ambiente santo, transcendental, fora do mundo. Tão exótico e poderoso quanto o próprio Thyatis.

Mas não havia espaço para maravilhas em minha cabeça:

— Clérigos! — berrei. — Clérigos, pelo amor da Fênix! Trago uma vítima do lodo negro!

Minhas palavras ecoaram no vazio.

Vi um imenso púlpito, sobre um palco elevado de mármore e vidro, uma enorme estátua da Fênix, toda feita de cristais vermelhos, laranjas e amarelos encaixados num quebra-cabeças de dezenas de milhares de estilhaços afiados e moldados pelos maiores vidreiros do mundo.

Mas não havia nenhum sacerdote.

Puxei meu pai para dentro da nave, por entre a floresta de colunas.

Ouvi as portas se fechando atrás de mim.

Então um som conhecido.

Um som de infância.

Uma chave girando na fechadura. Um grande mecanismo de tranca estalando.

Vozes do meio das luzes chamejantes:

— O traidor tenta tirar alento do templo de Thyatis?

— O herege escolhe esmolar à entidade que eminentemente execrou?

— Avran avisou a verdade. O vilão voltou voluntariamente com uma vítima.

Então a quarta halfling, com a chave na mão:

— Eu sabia que você não deixaria seu pai morrer, Corben. Mas isso não vai salvar sua vida.

Jormann Fazendeiro tossiu, vomitando o lodo negro. Cambaleou e caiu para trás. Tirou um frasco de dentro de sua sacola de lixo. Destampou-o com mãos trêmulas e bebeu o conteúdo.

— Pai...

Na praça, eu lhe dera as costas. Deixara-o livre com sua sacola, com seus frasquinhos, como ele estava agora.

As quatro halflings sacaram as armas e andaram em minha direção, por todos os lados. Ouvi passos do fundo da nave.

— Eu sou a Flecha de Fogo — disse Laessalya.

Jormann ficou de pé. Deu uma cusparada negra no chão, pigarreou e limpou a boca.

— O que... — comecei.

— Você se vendeu de novo aos bruxos da Aliança Negra, Corben — disse meu pai. — Exatamente como Avran falou.

Ele andou para trás, saindo do círculo de morte. Laessalya fez um gesto amplo com as mãos, criando um arco de fogo entre as palmas. As halflings começaram a rir.

— Precisa pagar, pagão.

— Traidores terminam torrados.

— Cairá como qualquer criminoso comum, Corben.

— Como qualquer servo do Deus da Morte.

— Você não tem mesmo salvação, meu filho. Fique morto desta vez. Para seu próprio bem.

— Eu sou a Flecha de Fogo, Corben. Eu sou a Flecha de Fogo e você me deixou para morrer. Se Avran não tivesse me salvado, eu estaria morrendo até agora. *Eu sou a Flecha de Fogo, Corben, eu vou matar Thwor Ironfist!*

O templo foi tomado por chamas.

7
A PAIXÃO DE KHORR'BENN

GRITEI DE DOR QUANDO AS CHAMAS DE LAESSALYA ME ENGOLFAram. A morte, minha velha conhecida, veio mais uma vez me cumprimentar.

Saquei a espada enferrujada, que vibrava sem controle. Dei um golpe selvagem, desesperado, num arco enorme contra a elfa. Ela cambaleou para trás, juntou as mãos e emitiu um jato de fogo contra meu peito.

— *Eu sou a Flecha de Fogo!*

Senti minhas roupas, meus cabelos, meu rosto, minha carne queimando. Mesmo assim, consegui discernir a dor aguda quando uma das halflings enterrou uma espada curta em minhas costas.

— Avran avisou que haveria apenas agonia aguardando os amotinados!

Virei-me, desferi mais um golpe sem método, quase sem enxergar. O templo era fogo e luz colorida, minha visão estava tomada de chamas. A pequena guerreira deu uma cambalhota para trás, equilibrando-se numa mão só. Senti um impacto forte: outra halfling me perfurou com um virote de besta.

— Sangre, servo da sujeira!

Eu não notava que estava gritando. Meu mundo era dor, meu corpo era fogo. Andei em sua direção, mas a halfling facilmente dançou para o lado, rindo de minha morte, e disparou de novo, acertando-me no estômago.

Ouvi o grito de uma terceira. Olhei para trás e vi quando ela saltou com duas machadinhas. Com um enorme sorriso, cravou-as em minhas costas:

— Peça perdão, pusilânime!

Ela deixou as armas queimando, presas em minha carne. Caí de joelhos. A quarta halfling surgiu a minha frente:

— Quantas vezes precisa morrer para parar de criar problemas?

— Avran tortura-as... — falei com minha voz de chamas. — Por que ainda o seguem?

— Um humano que nos tortura ainda é melhor que um goblinoide.

— Vocês mataram Sternachten.

— Matamos muitas cidades para deter a Aliança Negra. Era fácil. Só fazer o ritual de Avran, dormir com os cadáveres e deixar que a chama negra aparecesse. Nós tentamos poupá-lo, Corben. Você era inocente. Mas escolheu servir ao inimigo.

Ela segurou uma espada com as duas mãos. Apontou-a para minha garganta.

Senti a espada enferrujada tremendo, ansiosa para ser usada.

Levei a mão ao cabo. Meus movimentos eram vagarosos, embotados de dor. Meus músculos estavam se esvaindo, carbonizando, enquanto as chamas chegavam aos ossos.

A lâmina da halfling atravessou meu pescoço. Só engasguei por um instante.

Então estava morto.

— *Preciso voltar!* — berrei no meio do fogo.

Thyatis me fitou com seus olhos de brasa. Não deixei que falasse:

— *Escolho o futuro! Escolho o futuro, preciso voltar!*

No Grande Templo de Thyatis, no ponto culminante da profecia da Flecha de Fogo, minha visão foi vívida e imediata.

Vi as quatro halflings correndo para a porta fechada, puxando a chave, girando-a na fechadura, enquanto Laessalya gritava em meio às chamas e meu pai se esgueirava pelos cantos, tentando sobreviver. Uma das pequenas ficou para trás, olhando a figura enlouquecida da elfa, distraída por um instante. Aquele era o futuro do agora, o único futuro que importava.

Abri os olhos.

A luz multicolorida do templo se mesclava ao brilho do incêndio para esconder e mostrar todo o vasto ambiente ao redor.

Enxerguei o que havia visto na dádiva de Thyatis: o movimento das quatro guerreiras, a insanidade da elfa. Naquele instante, eu sabia exatamente o que cada uma delas faria, como iria se mover, para onde estaria voltada.

A espada enferrujada chacoalhou, implorando por matança.

Segurei seu cabo e me ergui.

Caminhei em meio às chamas, meus passos silenciados pelo rugido do fogo, meu corpo camuflado enquanto morria queimado mais uma vez.

Elas foram até a porta. A primeira pegou a chave.

A última ficou para trás, olhando a elfa. Distraída por um instante.

Eu me movi para suas costas. Um movimento que aprendera aos 10 anos, com meu primeiro professor de assassinato.

Enfiei a espada enferrujada entre suas omoplatas. A ponta malcuidada, mas tocada pelo poder da Morte, atravessou tecido, osso, carne. Senti-a vencer a resistência e emergir no peito dela, do outro lado.

A halfling deixou cair sua arma e tentou virar o pescoço.

— Diz-se devoto, mas descumpre os dogmas do deus...

Girei a espada e puxei, arrancando sangue. Ela caiu de cara nas chamas. Os dogmas de Thyatis já não me importavam mais. A morte era onipresente, negá-la era estupidez.

— Gynna! — gritou uma de suas irmãs.

Um virote certeiro em minha testa me matou de novo.

— *O futuro!* — gritei.

A Fênix me mostrou as três sobreviventes a meu redor. A besta apontada para meu corpo no chão, uma espada curta descendo direto para meu peito, uma machadinha se enterrando em meu abdome, enquanto eu queimava. Elas gritavam pela morte da irmã. Queriam, de alguma forma, me destruir.

Abri os olhos.

Eu conhecia a trajetória das armas.

Girei para o lado. O virote da besta foi disparado, mas acertou o chão. Enquanto isso, senti o virote já cravado em minha testa se mexer, destroçando o interior de minha cabeça. Minha visão estava manchada de negro, tomada de fogo.

A espada curta vinha na direção de meu peito.

Minha lâmina enferrujada foi mais rápida. Direcionei-a para bloquear o movimento que eu conhecia. Decepei as duas mãos da halfling, que giraram soltas, desprendendo-se da lâmina. Ela gritou. A machadinha se enterrou em minha barriga.

※

— O futuro!

Eu as vi correndo, as duas ainda ilesas tentando arrastar a irmã mutilada. Ela tropeçou, fraca pela perda de sangue e pelo choque.

※

Abri os olhos.

Aproveitei o tropeço. Corri para ela, urrando, a espada enferrujada acima de minha cabeça. Ela me olhou com horror e desespero.

A lâmina tocou seu pescoço.

Sua cabeça rolou no chão, os cabelos se incendiando imediatamente.

— Faça-o ficar falecido! — gritou uma das duas sobreviventes.

— Precisamos deixá-lo aqui só mais um pouco!

Laessalya berrou sem palavras, gesticulou com os braços e uma onda de chamas se ergueu do chão sobre mim. Fui tragado, até mesmo as cores dançarinas do templo desapareceram.

※

— O futuro.

As duas halflings só estavam tentando fugir. Uma delas se virou, disparou dois virotes contra meu corpo morto em chamas, a outra pegou a chave. Deu um grito e a soltou.

Era feita de metal. Estava quente demais.

Abaixou-se para apanhar o objeto, a mão protegida por tecido. Precisavam sair antes que o templo desabasse. Sua irmã se virou para ela.

※

Abaixou-se para apanhar o objeto, a mão protegida por tecido. Agarrei-a com meu abraço de chamas. Laessalya fazia um turbilhão de fogo se erguer a meu lado. Duas colunas de cristal se estilhaçaram por causa do calor, fui banhado pelos fragmentos afiados. O templo estremeceu.

A halfling gritou e esperneou, enquanto suas roupas incendiaram. Desvencilhou-se, deixou a chave cair de novo. Um momento de descuido foi tudo de que precisei para afundar a espada em seu peito.

Sua irmã me cravejou de virotes.

— Pode me aguardar — eu sorri. — Não demoro.

— *O futuro!*

A última halfling se dedicou a me manter morto. Catou do chão a machadinha e se ajoelhou a minha frente. Golpeou de novo e de novo, destruindo meu peito, meus ombros. Berrando, as lágrimas evaporando no calor, sob a realidade inexorável da morte de suas irmãs. Da não morte de seu inimigo.

Mas precisou de um instante para recuperar o fôlego. Tossiu em meio à fumaça.

Abri os olhos.

Abri várias vezes, porque morri muito ante a fúria da pequenina. Mas eu sabia o instante exato em que aquela fúria teria uma pausa. Quando ela precisaria respirar. Quando ela iria tossir.

Abri os olhos e, em seu momento de vulnerabilidade, a espada enferrujada atravessou sua barriga.

Ergui-me enquanto ela cambaleava para trás. Puxei a lâmina, rasgando-lhe o ventre, os intestinos se derramando. Ela largou a machadinha, começou a procurar a chave no chão.

— A porta está fechada — eu disse. — Você não vai embora.

— Serpente sórdida! — ela gritou. — Sicário sacrílego e sujo!

Ela tentava manter as tripas dentro do corpo com uma mão, enquanto a outra vasculhava o chão freneticamente em busca da chave. Os corpos de suas irmãs já estavam irreconhecíveis, queimando em fogueiras altas. Vi a mudança de expressão em seu rosto quando ela percebeu que não conseguiria. Que, mesmo se encontrasse o objeto, não iria se manter viva por tempo suficiente para encontrar ajuda. Que seria preciso um grande milagre para salvá-la.

E o único clérigo da Ordem do Último Escudo era eu.

Ela deixou as mãos penderem.

Aceitou o que viria.

— Vale a violência, visando ver os vilões vencidos.

— Você morreu por nada. Serviu ao Deus da Morte e morreu por nada.

— Para cada um de nós, dez de vocês.

Tombou.

As chamas me consumiram.

Escolhi o futuro.

Abri os olhos.

Enxerguei Laessalya.

Eu não sabia mais se estava vivo ou morto. As visões do futuro imediato se confundiam com o presente. Não havia futuro ou passado, eu estava unido à Morte no Akzath.

A elfa me banhou com chamas. Levei a mão ao rosto. Não havia mais pele. Senti meu crânio nu. Vi meus dedos descarnados, cobertos por cinzas que eram levadas pelas lufadas de vento quente. O pássaro de fogo estava lá num vislumbre, então não estava mais. O fogo do Grande Templo não era menor que o fogo do Reino Divino.

— Eu sou a Flecha de Fogo.

— Não, Laessalya — falei, sem lábios. — Você é uma elfa louca que foi usada como joguete por um assassino fanático.

— Eu sou...

— O que Avran lhe prometeu?

Ela silenciou por um instante. Thyatis estava nos olhando, então não mais.

— A vida, Corben! Ele prometeu que eu não morreria de novo!

— Avran não pode lhe dar a vida.

Ela abaixou as mãos.

— Você me deixou morrer — disse Laessalya.

Ela também estava queimando. Thyatis também estava perto dela. O incêndio do templo lambeu suas roupas, subiu pelo tecido, engolfou sua pele.

Fui até a elfa, com a espada na mão.

— Você também morreu, não é? — perguntei.

Pisquei, abri os olhos. Talvez tenha sido mais uma morte.

— Você disse que tudo ficaria bem! — ela acusou. — Fiquei tão assustada, Corben! Mais uma vez vi o pássaro de fogo que fala sobre o passado e o futuro. Não consegui entender. Só queria meus amigos, mas estavam todos mortos.

"Mais uma vez".

— O que aconteceu com você, Laessalya?

— Avran me achou...

— Antes disso. Antes de Sternachten. Quando você viu o pássaro de fogo pela primeira vez?

Ela fechou os olhos com força, em meio às chamas. Rilhou os dentes. Abriu os olhos. Abri os olhos. Thyatis estava lá, então não mais. Depois de algum tempo, Laessalya conseguiu responder:

— Eu era criança... Não lembro direito. Tudo era mais claro. Então vieram os goblinoides e depois só lembro do pássaro. Ele perguntou se eu queria conhecer o passado ou o futuro.

Ela falou aquilo duas, três, dez vezes. Algumas eram visões, outras eram o presente. Não havia diferença.

Tentei me ater ao que ela dizia. Laessalya morrera quando criança. Assim como eu.

— O que você respondeu? — perguntei, e já sabia a resposta.

— Eu não sabia, Corben... Eu não sabia. Eu disse que queria conhecer o passado, mas não sabia o que estava respondendo. Então ele me mostrou *tudo*. Me mostrou a Flecha de Fogo, e eu *fui* todas aquelas pessoas. Eu...

Thyatis estava lá.

Em meio às chamas.

Éramos só nós dois.

O teto do templo rugiu com uma rachadura.

— Eu sou Laessalya — ela falou. — Mas também sou a Flecha de Fogo. Eu...

Um brilho de compreensão tomou seus olhos. Era minha visão, era sua visão, era nossa realidade. Eu escolhia a cada vez ver o futuro, mas talvez ela tenha escolhido o passado de novo, para tentar entendê-lo, o que só piorava tudo. Laessalya falou com voz pequena:

— *Eu fui a Flecha de Fogo.*

Ela escolhera conhecer o passado. Todo o passado, como Thyatis me oferecera da primeira vez.

— Você me deixou morrer! — ela balançou a cabeça, espantando as visões.

— Eu sei.

— Então vieram guerreiros e me mataram de novo.

— Eram guerreiros de Avran.

— Não! Eu lembro de quando fui Avran!

Ela me empurrou, jorrou uma nova golfada de chamas. Àquela altura, não importava mais.

— Avran foi o único que me acolheu! — ela disse. — Você me mandou criar fogo, disse que eu devia fingir que estava matando Thwor, mas então a cidade inteira morreu! *Eu* morri! Foi culpa sua! Mas Avran me explicou. Ele me fez dormir com os mortos para eu entender tudo. Ele teve paciência e me ensinou a dominar o fogo.

Por um instante, imaginei como Avran poderia ter ensinado aquilo.

— Desculpe, Laessalya.

— Você me usou!

— É verdade.

— Você me matou!

— De certa forma, sim. E vou matá-la de novo.

Fazia alguma diferença? Thyatis estava lá, logo depois não estava. Eu piscava e abria os olhos, eu via de novo e de novo cada uma daquelas cenas, ouvia repetidas vezes cada uma das palavras.

Laessalya não entendeu quando a espada atravessou seu peito. A dor deve ter se confundido com a ardência insuportável das chamas. E nós dois, morrendo e voltando, fechando e abrindo os olhos, nos abraçamos.

— Estou com medo, Corben.

— Eu também.

— Por quanto tempo isto vai acontecer?

— Não sei, Laessalya. Estou lhe dando o maior presente que possuo. Existe Morte nesta lâmina.

Ela, aos poucos, fechou os olhos.

— Espero que você finalmente tenha paz.

E não abriu mais.

Laessalya escorregou para baixo, suas mãos perdendo a força aos poucos. Levou consigo a espada. Não puxei a arma de volta. Quando Laessalya caiu no chão, seus cabelos e seu rosto foram tragados pelo incêndio. Logo cada centímetro da elfa estava em chamas.

Um objeto de Morte em seu corpo. Eu só podia rezar para que a lâmina a mantivesse presa no Akzath. Presa na Morte.

— *Eu sou a Flecha de Fogo* — ela falou pela última vez, um murmúrio em meio ao rugido do incêndio.

— Não, não é. Mentiram para você, Laessalya. Mentiram para mim.

Fechei os olhos.

Abri.

Meu pai estava encolhido num canto, contra uma coluna de cristal, a boca e os olhos escancarados de pavor.

— Mas as mentiras acabam agora.

Dei passos deliberados para ele. Jormann tentou recuar, mas não havia para onde fugir.

— De pé — ordenei.

Puxei-o pelos trapos. De novo e de novo, o movimento repetido na visão, na realidade, sob a vigilância de Thyatis. Eu escolhia o futuro.

As pernas de Jormann estavam bambas.

— Você é mesmo um servo de Ragnar... — ele falou, horrorizado.

— Diga-me o que aconteceu, Jormann.

— Eu tinha razão! Tinha razão o tempo todo! Você é um servo de poderes profanos, vendeu-se aos bruxos...

Joguei-o nas chamas.

Jormann Fazendeiro, o homem que me trancara no escuro e no frio por toda minha infância, começou a arder sob as luzes multicoloridas e o brilho do cometa filtrado pelas janelas de vitral.

— Fale! — berrei, sacudindo-o com meus dedos enegrecidos. O fogo se espalhou dele para mim, de mim para ele, unindo-nos em correntes de assassinato. — Fale a verdade!

— Avran me deu seu sangue num frasco! — ele gritou. — Eu juro! Me deu seu sangue, disse para eu beber quando você me trouxesse para cá! Disse para eu beber o remédio depois!

— Mentiroso!

— *Eu juro!*

O fogo chegou a seus olhos. Os globos se derreteram num choro de medo.

Mas não de arrependimento.

Thyatis me olhava.

Abri os olhos.

— Eu tinha razão! — ele gritou. — Monstro, traidor, servo de bruxos!

— Sim, sou servo da Aliança Negra! — gargalhei. — Você finalmente tem razão, Jormann assassino de crianças! Os goblinoides chegaram para pegá-lo!

Ele deu um urro que podia ser satisfação, pânico ou lucidez. Enfiei meus dedos de osso por seus cabelos em chamas. Segurei seu rosto contra o fogo.

— Leve-o, Ragnar! Leve-o em sua carruagem! Thelma, venha pegá-lo! O assassino está chegando!

Meu pai estrebuchou algumas vezes, enquanto era devorado pelo incêndio. Sua mão agarrou meu pulso.

Abri os olhos.

Vi-o se mexer num espasmo.

— Perdoe-me, meu filho — ele disse.

Abri os olhos.

— Perdoe-me, meu filho.

— Perdoe-me, meu filho.

— Perdoe-me, meu filho.

— *Perdoe-me, meu filho.*

De novo, e de novo, no futuro repetido ao infinito, no ciclo eterno.

E respondi só uma vez:

— Não.

Entendi o que era liberdade quando fiquei de pé sobre o cadáver em chamas de meu pai. Eu não tinha mais medo da porta fechada. As janelas de vitral explodiram pelo calor, criando um último fulgor de todas as cores.

Abri os olhos.

Caminhei para a estátua de Thyatis.

Vi as rachaduras se espalharem no cristal.

— Não tenho mais medo — eu disse para o deus. — Não me importa mais viver ou morrer.

Então a estátua também explodiu, retalhando minha forma de brasas com um milhão de lâminas de cristal.

As colunas cederam.

O Grande Templo de Thyatis desabou sobre mim.

O pássaro de fogo abriu as asas a minha volta. Eram também braços. Seu bico flamejante era também o rosto de um homem forte e sábio. A chama infinita em seu centro era também um tronco musculoso.

— Você quer conhecer o passado ou o futuro? — perguntou Thyatis.

Olhei em seus olhos de brasa. Ele não era mais estranho, assim como a morte não era mais estranha. Ragnar e Thyatis, Morte e Ressurreição, eram pedaços de minha existência que se alternavam de novo e de novo. Ponderei sobre a pergunta. Ao longo dos anos, eu tivera várias respostas, de acordo com minhas mortes. Quando criança, pedi para saber sobre o futuro, porque não queria conhecer todo o passado, não queria saber que meu pai era meu assassino. Em Sternachten, pedi para conhecer o presente, pois queria entender o que estava acontecendo. Na batalha contra Tyrondir, reneguei os conceitos de passado e futuro, por minha lealdade para com o Ayrrak. Agora eu usara o futuro para matar meus inimigos.

— Se eu escolher o passado — falei com calma — será todo o passado?
— Tudo — ele garantiu.
— Preciso voltar rápido — exigi, como se o deus fosse um mero burocrata preguiçoso. — Thwor e Maryx dependem de mim.
— Quanto mais perto você esteve de mim, mais rápida foi sua volta, Khorr'benn. Em Sternachten, você voltou em poucos dias. Sua morte só foi longa quando rejeitou minha dádiva de conhecimento.
— Acabei de matar várias pessoas. Não estou longe de você?
— Faça a escolha, Corben.

E, de alguma forma, com seu bico flamejante, com seus olhos ferozes e indecifráveis, o Deus da Ressurreição e da Profecia deu um sorriso triste.

— Estou pronto — falei. — Finalmente estou pronto. Quero conhecer o passado.

Não foi uma visão.

Fiquei grato por não ter feito aquela escolha antes, pois minha mente não teria resistido. Eu teria ficado louco. Louco como Laessalya. Ela escolhera o passado cedo demais.

Não enxerguei nem ouvi o passado. Não foram meus olhos, meus ouvidos ou mesmo meu espírito que captaram as ações de Jormann Fazendeiro, de Avran Darholt, de Laessalya, de Thyatis, de Ragnar.

Por um instante e por uma eternidade, conheci *todo* o passado.

Durante vidas inteiras, *fui* cada um deles.

E o que vivi foi isso:

8
O JOGO DE XADREZ

NÃO LEMBRO DE MUITA COISA ANTES DO ESCUDO, MAS LEMBRO que sempre odiei goblinoides.

Na verdade, a primeira coisa que lembro é acordar no cemitério. Eu estava com frio e a melhor ideia para me aquecer parecia me enterrar numa daquelas tumbas. Era uma ideia de merda, mas só percebi o absurdo quando já estava escavando o túmulo de um infeliz qualquer, tentando entrar na terra revirada. O coveiro me viu, me chamou e perguntou o que eu estava fazendo. Ele não lidava com muitos ladrões de tumbas num cemitério minúsculo, numa aldeia perdida no meio de Deheon. Nem mesmo era coveiro de profissão; depois descobri que também era um dos dois únicos guardas da vila e ainda fabricava linguiças com os restos de porcos e vacas nos fundos de casa. Estou ficando confuso, porque aquela época era confusa, tudo só ficou mais claro depois que descobri meu escudo e meu propósito. O coveiro me chamou, já se preparando para algum tipo de luta. Acho que ele nunca tinha lutado na vida.

Fiquei paralisado, olhei para trás e não sabia o que fazer. Fui notando aos poucos que me enterrar numa tumba não era um bom jeito de me esquentar. Eu estava nu, precisava de roupas. Estava sujo e precisava me limpar. Na verdade, eu me sentia imundo. O coveiro viu meu ar de idiota e se aproximou, hesitante, uma mão estendida de forma inofensiva e a outra no cabo de um facão que levava à cintura.

Ele tocou em meu ombro e dei um repelão para trás. Eu estava com frio, mas a mão dele era quente demais. Ele fedia a alguma coisa que eu não conseguia discernir.

— Quem é você? — perguntou o coveiro. — O que está fazendo aqui?

Abri a boca para falar. A resposta estava na ponta da língua, mas então as palavras se desfizeram. Tentei lembrar de quem eu era e do que estava fazendo lá. De onde eu viera e por que tinha acordado num cemitério. Um minuto atrás eu saberia, mas agora tudo era vago. Eu só tinha certeza de uma coisa: meu nome.

— Sou Avran — falei. — Avran Darholt.

O coveiro me olhou de cima a baixo. Eu também me olhei, como se precisasse me reconhecer. Eu era musculoso e uma cabeça mais alto que ele. Quando eu respirava, podia ver meu peito inchando, meu abdome se expandindo e retraindo sob uma camada rígida. Meus braços eram grossos.

— Um recém-chegado com nome e sobrenome? — o coveiro se impressionou. — Deve ser um guerreiro! Talvez um oficial do exército?

— Não... — balbuciei. — Não sou... Não sou nada.

Tentei montar as peças em minha mente. Eu era Avran Darholt, isso estava claro. O nome não me dizia nada, mas as sílabas se encaixavam bem e fluíam da língua, davam-me um sentimento de identidade. Fora isso, eu não lembrava. A palavra "guerreiro" foi familiar, mas "oficial do exército" era algo tão distante de mim quanto "arquimago" ou "coveiro".

— Como chegou aqui, guerreiro?

Olhei para ele sem dizer nada.

— Perdeu a memória? — ele insistiu.

— Acho que sim.

O coveiro coçou a cabeça. Sua mão não estava mais no cabo do facão, embora eu fosse um estranho desmemoriado, claramente muito forte, fazendo coisas esquisitas no meio de um cemitério. Aquele era um vilarejo em Deheon. Deheon era seguro, mesmo um guarda provavelmente nunca precisaria usar sua única arma e não tinha medo de desconhecidos.

— Precisamos arranjar roupas para você.

Deixei que ele me conduzisse pela mão até a casinha que dividia com a esposa e os dois filhos, nos fundos do cemitério. Quando abriu a porta, o cheiro de sangue e carne crua me engolfou. O coveiro pediu desculpas, disse que o odor forte era porque eles tinham passado a tarde fazendo linguiças e precisavam deixar as janelas fechadas para manter os cães e gatos vadios longe. Mas gostei do cheiro. Lembrou algo familiar que eu não sabia identificar.

O homem acordou sua família. Eles conseguiram roupas que ficaram pequenas e curtas em mim, mas pelo menos me cobriram. A mulher fez chá e me deu pão dormido. Pedi carne, eles se entreolharam, mas disseram que sim. Ela começou a fazer fogo para cozinhar, eu disse que podia ser crua.

— Você quer... — o coveiro se posicionou à frente da mulher, lentamente voltando a tocar no cabo do facão — ... carne crua?

Percebi que aquilo não fazia sentido. Por que eu preferiria comer carne crua?

— Não — balancei a cabeça. — Não, claro que não! O que estou dizendo?

Ele ficou um pouco mais aliviado, mas ainda apreensivo. No fim, comi pão e queijo, bebi chá com leite. Eu não tinha notado como estava com fome. Depois de devorar boa parte das provisões do coveiro, comecei a me sentir cansado.

Eles me colocaram na cama de um de seus filhos, me encheram de cobertores.

— Eles não estão aqui, certo? — perguntei, sonolento, enquanto o coveiro e sua esposa estavam de pé ao lado da cama, como se eu fosse uma criança.

— Quem?

— Os... — tentei lembrar. — Os goblinoides.

— Goblinoides? Você quer dizer aquelas coisas verdes que vivem no mato? Que os aventureiros caçam?

— Goblinoides...

— Não se preocupe. Ninguém nunca viu um goblinoide por aqui.

— Que bom — eu disse, adormecendo. — Odeio malditos goblinoides.

⚫

Não havia muito trabalho para um estranho sem memória e sem profissão além de tratador de porcos. A aldeia toda se reuniu para decidir o que fazer comigo. Eles eram bons, todos se ofereceram para me ajudar, mas ninguém podia simplesmente alimentar outra boca. Um dos homens mais prósperos da aldeia tinha um grande chiqueiro, cheio de porcos gordos. Ele matava os porcos, que viravam o prato do dia por semanas a fio na única taverna da vila. Vendia os restos ao coveiro para que fizesse linguiças. Às vezes vendia os animais a aldeias vizinhas. Ele me ensinou a chamar os porcos, a dar lavagem para que eles comessem, a retirar sua sujeira com uma pá.

Esta se tornou minha vida.

Eu fedia a merda de porco o dia inteiro, mas não era o fedor realmente ruim da aldeia. Os aldeões tinham um cheiro pior, de alguma forma. Eu não conseguia identificar o que me dava tanto nojo. Consegui me acostumar aos poucos, mas sempre que prestava atenção aos aldeões eu lembrava de que eles cheiravam estranho e eram quentes demais.

Mesmo fedendo a merda, eu era uma pessoa nova, era alto e forte.

Tinha cabelos claros e um bigode farto. As garotas da vila me olhavam de longe, davam risinhos. A mais ousada delas veio me procurar um dia, quando meu patrão estava ausente. Ela se aproximou, me atraiu para longe do chiqueiro. Levou-me até um celeiro, perguntou se eu não queria tomar um banho. Havia uma tina de água lá, como se estivesse esperando. Deixei que ela tirasse minha roupa e depois a dela. A garota se esfregou em mim, me beijou. Aquilo não fazia sentido.

Quando ela me puxou para a palha, molhado e confuso, tentou fazer com que eu copulasse com ela. Depois de alguns minutos, viu que nada iria acontecer e que eu não sabia o que fazer, então ficou irritada. Me xingou de coisas que, em sua cabeça, eram muito ofensivas. Me chutou para longe de seu corpo nu. Ela era quente demais. Repugnante. Fedia.

Eu não sabia o que era aquele fedor.

— Louco castrado! — a garota vociferou, recolhendo seu vestido, tentando mascarar com raiva o orgulho ferido. — Só serve para limpar bosta de porco mesmo!

Nu, pingando, tentando decidir se eu devia me sentir humilhado, pensei se eu realmente só servia para limpar bosta de porco. Havia um propósito maior. Eu sabia que havia, mas não sabia qual era. Eu tinha uma missão a cumprir, estava lá por alguma razão.

— Onde estão os goblinoides? — perguntei.

— Saia de perto de mim!

Ela fugiu, como se eu fosse perigoso. Algo em mim falava que eu devia ser violento com ela, mas eu não via motivo. Eu tinha pena daquela garota, mesmo que ela fosse fedorenta e sua pele fosse fervente. Queria que ela fosse feliz, que ficasse bem. Mas também queria que ela sangrasse.

As garotas passaram a me evitar, o que se espalhou para os jovens rapazes, então a seus pais e mães. Não demorou para que eu fosse o estranho que todos querem ver longe. Eu desejava o bem de todos eles. Passei a fazer pequenos serviços na casa de cada um, o que só aumentou a estranheza. Alguns me expulsaram, sem entender por que eu era tão prestativo.

Mas meu patrão estava satisfeito com meu trabalho. Eu não incomodava, exceto por existir. Trabalhava sem descanso, não falava a não ser que alguém falasse comigo. Exceto por perguntar sobre goblinoides vez ou outra, não havia assunto. Ele me deu mais responsabilidades e não pensei em exigir mais pagamento. Passei a cortar lenha, reunir feno, tirar água do poço todas as madrugadas.

Houve um dia em que um mascate chegou com uma notícia de longe.

Ele disse que os goblinoides tinham se erguido num grande exército ao sul. Não era nenhum risco para nós, porque ainda havia a cidade-fortaleza de Khalifor para defender Arton Norte, depois todo o reino de Tyrondir. Mas os elfos tinham perdido sua nação. Diziam que nosso reino iria acolher refugiados élficos. Os aldeões especularam se poderiam ver um elfo de perto, ao mesmo tempo em que lamentaram pela tragédia. Mas, no fundo, era só mais um assunto de fofoca.

Quando ouvi aquilo, ardi de ódio pelos goblinoides.

Fiquei com febre. Peguei o machado com o qual cortava lenha e sumi na floresta por quase um dia inteiro. Fiquei berrando, atacando árvores aleatórias. Os goblinoides estavam no sul, isso me incomodava muito por alguma razão.

Quando voltei, todos me olharam com ainda mais desconfiança. Meu patrão passou a trancar a porta de casa e mandou que eu deixasse os baldes cheios d'água do lado de fora a cada manhã. Eles me temiam, mas eu só queria protegê-los. Os goblinoides eram uma ameaça, eu amava todos os aldeões.

Era uma madrugada comum quando puxei o balde do poço e senti que estava mais pesado. Ouvi o barulho de algo raspando nas paredes de pedra. Puxei a corda com força, vencendo a resistência do que quer que fosse.

Havia um escudo sobre o balde, meio cravado entre as tábuas. Um escudo com um lindo símbolo retratando todos os deuses bondosos do Panteão.

Tudo ficou claro.

Rezei pela primeira vez no dia em que deixei a aldeia.

Fui embora porque amava os aldeões. Amava meu patrão que me botava para trabalhar por pouco mais que um teto e restos de comida, amava a garota que me xingou porque eu não tinha interesse em deitar com ela, amava o coveiro que quase sacou uma arma ao me ver. Eu sabia que algo horrível os ameaçava, algo que não deveria existir, e este algo estava no sul. Eu não descobrira o que era o fedor que me incomodava tanto nos aldeões, nem por que seu calor era tão desconfortável, mas os amava e não deixaria que os monstros do sul os pegassem.

O escudo me ensinou minha verdadeira vocação.

Naquele dia, escondi o escudo, como uma criança com um brinquedo encontrado no chão, temerosa de achar o dono. Trabalhei com a mente distraída pela lembrança do símbolo sagrado no metal. Assim que me livrei de meus deveres, recusei o jantar e fui até o fundo do estábulo onde eu tinha deixado o objeto. Fiquei observando-o à luz de velas a noite inteira. Fui embora antes do amanhecer.

    Não me preocupei com provisões, ou mesmo com roupas e sapatos que resistissem a uma viagem longa. Saí como estava, vestindo uma camisa velha que pertencera a meu patrão e calças costuradas a partir de sacos de estopa. Meus pés estavam enfiados em botas remendadas, pequenas demais para mim, que deixavam entrar umidade, mas eu não me importava. Tinha meu escudo e conhecia meu propósito na vida.

    Quando já tinha me afastado bastante da aldeia e estava embrenhado numa floresta, ajoelhei-me e rezei. Eu não sabia rezar; a aldeia não tivera um clérigo e ninguém me ensinara. Mas eu conhecia os nomes dos deuses e jurei a Khalmyr, Lena, Marah, Valkaria, Thyatis, Allihanna, Lin-Wu, Tanna-Toh e Azgher que defenderia o bem, puniria os injustos e protegeria os inocentes. Eu não sabia de onde viera ou como fora parar naquele vilarejo, mas sabia que amava os aldeões e odiava os goblinoides. Eu nunca vira um goblinoide, mas agora entendia que os odiava porque esta era a vontade dos deuses.

    Os galhos das árvores se abriram. Podia ser o vento, ou podia ser desígnio divino. O sol me banhou com sua luz dourada e quente e me senti abençoado. Meu corpo se encheu de força e o escudo brilhou com branco puro. Aquela bênção me sustentou. Precisei beber água apenas dois dias depois, quando encontrei um córrego límpido. Não precisei comer durante a primeira semana de minha jornada. Senti frio, mas não fiquei doente. Senti cansaço, mas fui capaz de vencê-lo com a fé. Não me preocupei com mapas ou nenhuma tentativa de orientação. De qualquer forma, eu não seria capaz de me guiar pelos ermos. Meu espírito sabia para onde ficava o sul e eu era puxado como se houvesse uma corda amarrada em minha cintura.

    Havia um exército goblinoide no sul. Eu chegaria lá para enfrentá-lo.

    Todos os dias rezei e implorei para que os deuses me mantivessem no rumo correto. Supliquei que apenas expressassem sua vontade, para que eu pudesse cumpri-la. Quando avistei uma imensa montanha que dominava toda a paisagem, encontrei uma aldeia tomada pela peste.

    Entrei na aldeia sem falar nada. Ninguém lá tinha capacidade ou ânimo para me deter. Passei por um homem miserável, pés descalços na lama, carregando um carrinho com dois cadáveres. As moscas zumbiam por toda parte, os corvos estavam pousados nos tetos de sapé, esperando mais um banquete.

— Vá embora — disse o aldeão. — Aqui só existe morte.

Aquelas pessoas tinham cheiro bom. Eram inocentes, como o povo de meu próprio vilarejo, mas não fediam. Uma garota que parecia jovem demais para ser mãe cambaleou por mim, carregando seu bebê esquelético e cinzento num cobertor imundo. Ela e a criança estavam perfumadas. Fui até as duas. Ela me olhou com olhos enormes, afundados em seu rosto magro. Não disse nada.

De alguma forma, eu sabia o que fazer.

Toquei nas testas da criança e da mãe. Sua pele era bem mais fria e confortável, não havia o calor dolorido dos aldeões que eu conhecia. Pedi para que os deuses concedessem a saúde àquelas duas pessoas.

Meus dedos emitiram uma luz dourada maravilhosa. A garota começou a chorar no mesmo instante. Seu filho moribundo adquiriu cor rosada e teve força para berrar.

Eu berrei também.

De dor.

O toque da cura me machucava. Enquanto a energia divina fluiu por minhas mãos, meus dedos soltaram fumaça. Senti minhas veias, minha carne e meus ossos sendo preenchidos por fogo, mas precisava aguentar. Por eles.

A jovem mãe inspirou uma enorme golfada de ar. Abraçou-se em mim e começou a beijar minhas mãos e meu rosto. Ela tinha adquirido o mesmo fedor dos aldeões de minha vila, seu toque agora era fervente e nojento. Mas estava saudável. Fiquei apavorado e feliz.

Logo o povo do vilarejo se amontoou a meu redor, pedindo para que eu os curasse, implorando piedade, suplicando pela vida. Todos eles eram perfumados. Deitei as mãos sobre cada um, sentindo seu frescor, deixando que a luz agonizante passasse por meus dedos, numa tortura que concedia a cada um deles vida nova. Foram necessários dias para que todos os aldeões fossem curados. Os únicos momentos em que eu não sentia dor eram aqueles em que não era mais capaz de canalizar a energia divina, então eles me deixavam dormir, rezando para que seus corpos enfermos resistissem mais uma noite. E mesmo durante esse tempo eu era assaltado pelo fedor horrível que as pessoas adquiriam depois da bênção.

Quando o último deles foi curado e a peste foi expulsa da vila, a jovem mãe veio até mim mais uma vez, carregando um bebê que já começava a ficar gordo.

— O senhor é um santo? — ela perguntou.

— Sou Avran Darholt — respondi.

— Deve ser um santo. Um mero sacerdote não seria capaz de fazer tudo isso.

— Sou só alguém que precisa combater um inimigo terrível no sul. Os deuses me colocaram em sua aldeia, só fiz o que precisava ser feito.

— É um guerreiro sagrado, então — ela sorriu. — Já ouvi histórias sobre heróis como você.

Então falou a palavra que me acompanharia para sempre:

— Um paladino.

Ecos daquela dor horrenda me acompanharam por semanas depois que fui embora, mas tudo valeu a pena. Eles estavam curados, eu não me importava de sofrer um pouco por eles. Tentei pensar em como conhecia os gestos que canalizavam a cura, como soubera por instinto que meu toque podia erradicar a peste, mas não havia explicações a não ser inspiração divina. A mesma inspiração que me fazia rumar ao sul para matar os goblinoides.

Foi mais ou menos nessa época que comecei a fabricar substâncias alquímicas.

Até hoje não sei se posso chamar assim os preparados simples e primitivos que minha mente inventou sozinha. À medida que me aproximava mais e mais da grande montanha, comecei a notar raízes e flores que nunca vira antes. Imaginei o que aconteceria se eu moesse, fervesse ou esmagasse algumas, quais seriam as propriedades de cada uma e de várias delas juntas. Fiz minhas primeiras experiências sobre uma pedra, com uma fogueira improvisada, e testei em mim mesmo. Senti os efeitos da substância quando tive uma vontade incontrolável de contar meus segredos a alguém, mas eu não tinha segredos e não havia ninguém por perto para ouvir. Então agradeci a Allihanna por me dar aquele conhecimento e me confessei aos próprios deuses, em meio à natureza.

Percebi que aquela mistura podia ser útil para arrancar a verdade dos mentirosos. Para forçar os impuros a confessar seus pecados. Afinal, mesmo que eu amasse todos que já tivesse conhecido, sabia que havia aqueles dignos de meu ódio. Do ódio dos deuses.

A montanha dominou todo meu campo de visão quando me aproximei. Nos dias seguintes, a paisagem se tornou rochosa e elevada, o horizonte se escondeu por trás do enorme pico.

Comecei a ouvir um barulho agudo e irritante. Interrompi minha jornada ao sul para procurar a fonte. Aquele som enervava, era ofensivo e debochado. Era algo odioso, que precisava ser silenciado. Passei dias vasculhando a encosta da montanha, as reentrâncias da pedra, até que notei uma fenda. O barulho vinha de lá.

Eu já havia curado aldeões e chamado isso de bênção, já inventara alquimia da natureza e também considerara aquilo uma bênção, mas minha bênção verdadeira era outra. A jovem mãe na aldeia tomada pela peste tinha razão: eu era um guerreiro sagrado, embora tivesse vergonha de falar aquilo em voz alta e achasse que cabia aos deuses julgar meu merecimento. Eu era um *guerreiro* sagrado e minha bênção se manifestou quando lutei contra goblinoides pela primeira vez.

Comecei a urrar sem perceber. Meti as mãos entre a fenda na rocha, puxei com toda a força. Ouvi a pedra rachar, então se esfacelar. Joguei longe um pedaço de rocha maior que meu tronco, sem ver onde caiu. Continuei escavando, esfolando meus dedos, deixando meu sangue na pedra, alargando o caminho. Já havia um caminho aberto para coisas pequenas.

Encontrei os goblins e berrei de raiva.

Era uma fêmea magra com dois filhotes nojentos agarrados a ela. Eram verdes, sujos, feios e malignos. Um dos filhotes estava segurando o braço verruguento da aberração que o tinha parido, o outro sugava leite podre de sua teta murcha. O barulho irritante vinha deles: uma canção de ninar horrenda, um choro nauseante. A goblin ergueu a mão para mim, implorando piedade, querendo me enganar, fazer-me hesitar para me trair depois.

Segurei o Escudo do Panteão com as duas mãos e desci a borda metálica contra os corpos daqueles monstros. O objeto santo brilhou, inundando a caverna de luz branca. Senti-me tomado de fúria sagrada.

A borda do escudo encontrou o peito da goblin e destruiu seu esterno. O mesmo golpe atingiu o crânio do bebê e o abriu. O cérebro da criatura espirrou para fora. Ele teve uma morte rápida, mas fiquei feliz porque a mãe sofreu. Ela viu seu filhote morrer e ficou desesperada. Bati de novo, quebrando seu braço, esmigalhando sua garganta para que ela fizesse silêncio.

O outro monstro tentou fugir.

A bênção dos deuses me concedeu rapidez — virei-me como um relâmpago e agarrei a coisa pela nuca. Joguei-o sobre os cadáveres da mãe e do irmão de ninhada. Fechei a mão e desferi um soco que afundou seu focinho, fazendo os poucos dentes saltarem.

Continuei batendo até que não conseguia mais diferenciar um do outro.

Eles exalavam um cheiro maravilhoso. O cheiro da morte.

Naquela noite, deitei entre os cadáveres e dormi melhor do que nunca. Os deuses me embalaram com sonhos doces e congratulações por meu dever cumprido. Acordei descansado, rejuvenescido, mais forte do que jamais havia sido.

Acordei com uma ideia nova.

As palavras de um juramento sagrado.

Entoei-o com a reverência de um servo dos deuses usando pela primeira vez uma nova dádiva. Então só precisei visualizar e acreditar para que uma pequena chama negra ardesse no interior da caverna.

Daquela vez os monstros já estavam todos mortos, mas haveria outras.

Eu usaria a arma divina nos momentos de maior necessidade.

○

Marcadores nas estradas avisaram que eu já estava em Tyrondir quando encontrei um guerreiro caído.

Ele estava estendido na beira da estrada. Havia um bosque de um dos lados, planície aberta do outro. Era uma região movimentada, com muitas rotas comerciais que levavam a Cosamhir, a capital de Tyrondir, mas eu não encontrava mais ninguém na estrada há quase um dia inteiro. Ajoelhei-me ao lado do guerreiro. Sua armadura prateada era linda, mas estava toda manchada de sangue. Seu elmo tapava metade do rosto e era decorado com asas. Sua espada estava quase ao alcance de sua mão.

— O que houve com você? — perguntei.

Ele só conseguiu gemer.

— Não se preocupe — eu disse. — Você vai ficar bem.

Retirei seu elmo com cuidado. Ele era jovem, tinha cabelos castanhos revoltos e olhos quase negros. Mas seu olhar era mortiço, um dos olhos estava fechado. Seu rosto estava inchado, como se ele tivesse levado muitas pancadas, metade de seus dentes fora quebrada.

Rezei ao Panteão e toquei na testa do guerreiro. Fechei os olhos para resistir à dor enquanto meus dedos eram atravessados pela sensação de fogo. A fumaça fina que emergiu de minha pele era um preço baixo a pagar pela vida daquele desconhecido.

O inchaço diminuiu. Ele pareceu me enxergar com mais clareza.

— O que houve? — repeti. — Foram os goblinoides, não?

— Mercenários — ele balbuciou. — Eu fazia parte da companhia...

— Não minta — interrompi. — Você faz parte do exército de Tyrondir, não? Foi atacado pelos goblinoides.

Ele tentou franzir o cenho, mas ainda era difícil.

— Sou mercenário — conseguiu dizer. — Eles me bateram...

— *Pare de mentir* — rosnei.

Ele ficou surpreso com minha reação.

— Eles fugiram...

— Nunca vou conseguir matar os goblinoides que fizeram isso com você se não parar de mentir.

— Eram mercenários humanos.

— Muito bem. Insista em suas mentiras. Os deuses me concederam uma dádiva para lidar com isso.

Meu cantil improvisado continha um pouco de minha mistura que arrancava a verdade. Forcei a boca do guerreiro a ficar aberta e derramei o preparado lá dentro. Ele engasgou, tentou cuspir, mas tapei sua boca e seu nariz e ele foi obrigado a engolir.

Esperei alguns minutos e perguntei de novo.

— Você foi atacado por goblinoides, não?

— Eu era mercenário — ele repetiu. — Meus colegas me bateram porque roubei deles. Me deixaram vivo, mas perdi dinheiro nos dados e precisei de mais... Roubei de novo...

Ele estava confessando tudo que já fizera de errado.

Mas não estava confessando o que eu queria.

— *Por que está mentindo?*

— Eu juro... — ele falou, apavorado.

— Ladrão e mentiroso!

Tapei sua boca e seu nariz de novo.

— Não tenho mais da substância da verdade. Mas tenho uma maneira de punir quem mente para os deuses.

Ele exalou o perfume dos mortos pouco depois que parou de se mexer.

Agradeci aos deuses pela armadura e pela espada que tinham me concedido.

⬤

Conheci heróis. Agradeci aos deuses por terem colocado em meu caminho Thalin, Fahime, Manada, Nirzani, as quatro irmãs halflings e todos os outros. Eles eram vítimas e eu os amava. Eles fediam a vida, mas tinham histórias de sofrimento com os goblinoides e entendiam que precisávamos matá-los.

Encontrei Thalin já em Lamnor, depois de minha longa jornada ao sul, enquanto ele vigiava uma aldeia de hobgoblins. Ficava no meio da floresta, longe de qualquer ponto civilizado. Eram vinte ou trinta monstros, entre adultos e filhotes. Thalin era uma sombra, só consegui percebê-lo porque minha bênção me dava visão e audição além de um humano normal. Senti seu cheiro horrível. Ele estava camuflado entre os galhos de uma árvore alta. Não me ouviu chegar. Deu um pulo quando pousei a mão em seu ombro.

O elfo sacou uma faca longa e se virou num movimento súbito para encostá-la em minha garganta. Mas todos se mexiam devagar para minha percepção tocada pela divindade. Tive tempo de observar e entender seu golpe. Com calma, segurei seu pulso, tomando cuidado para não o quebrar. Desarmei-o, empurrei-o da árvore e caí por cima dele, com o joelho em seu peito.

— Você não deve puxar uma arma para mim, amigo — avisei.
— Quem é você? Como...
— Sou Avran Darholt. Você está caçando goblinoides?

Thalin interrompeu algo que estava prestes a falar. Fechou a boca e assentiu.

— Muito bem — eu disse. — Vamos matá-los juntos.
— Estou esperando a saída de um bando de caça.
— Por quê?
— Saia de cima de mim.

Franzi o cenho.

— Não. Não, amigo. Você puxou uma lâmina para um servo dos deuses e será punido, mas não se preocupe. Somos companheiros agora. Sua punição virá depois que matarmos esta aldeia.

Ele não gostou da resposta. Fez força para me empurrar — e sua força era muito maior que a de um elfo comum. Depois descobri que ele fora abençoado com um cinturão que lhe concedia a força de um gigante, capaz de arrancar árvores do solo e quebrar pedras com um soco. Mas não foi difícil resistir. Segurei seus braços abertos contra o chão, mantendo-o imóvel. Olhei bem em seus olhos.

— Pare de relutar, amigo.
— Não sou seu amigo.
— Vai ser. Seremos grandes amigos. Sua punição só está aumentando. Se você parar de se mexer, não vai me obrigar a quebrar nenhum osso mais

tarde. Agora me conte o que já viu desta aldeia, então vamos dar cabo destes monstros.

— Quem é você? — ele perguntou mais uma vez, assustado.

— Sou Avran Darholt. Estou tentando cumprir uma missão que os deuses me deram.

— Os hobgoblins vão ouvi-lo. Não sei como eu mesmo não o ouvi, mas eles...

— Ninguém vai nos ouvir, companheiro elfo. Não se os deuses não quiserem. Gostaria de saber seu nome.

— Thalin — ele gaguejou.

— Muito bem, Thalin. Muito bem. Há quanto tempo você está vigiando as aberrações?

— Três dias — ele finalmente respondeu. — Já observei seus padrões. Todas as noites um bando de seis ou sete caçadores deixa a vila. Podemos emboscá-los...

— Não — eu ri. — Não, não, Thalin. Não usaremos as táticas traiçoeiras do inimigo. Nada de emboscadas ou covardias. Vamos caminhar até a aldeia, vamos nos apresentar e então vamos matar todos.

— Você não entende! Todos ali são guerreiros, exceto as crianças! Homens e mulheres...

— *Shhhh* — tapei sua boca com as mãos. — Em primeiro lugar, não são crianças. São filhotes. Crias sujas de ventres podres. Você nunca mais vai falar deles como se fossem pessoas, entendeu? Em segundo lugar, vou precisar puni-lo por me contradizer.

Enfiei os dedos na boca do elfo Thalin. Ele grunhiu, tentou gritar, apesar dos goblinoides, e resistiu. Tentou mover meu braço com as duas mãos, usando sua força sobrenatural, mas os deuses nunca permitiriam que ele conseguisse. Tateei até segurar um dente com firmeza. Então puxei.

Arranquei-o num puxão limpo, tirando a raiz, deixando um rastro de sangue. Ele desistiu de se debater e começou a gritar. Precisei tapar sua boca.

— Está vendo o que acontece quando você me desafia? — mostrei o dente a ele. — Que isto sirva de lição, meu amigo Thalin. Agora pare de resmungar e vamos matar goblinoides.

Saí de cima dele. Observei com cuidado, atento para alguma tentativa de fuga.

Mas ele só ficou de pé, segurando a boca sangrenta.

— Me diga o que fazer — falou, com voz abafada.

Fiquei feliz. Thalin foi o primeiro herói que conheci.

— Vamos matá-los, é claro — respondi. — Vamos fazê-los pagar em dobro, em triplo, pelo mal que fazem. Para cada um de nós, dez deles.

Depois que matamos a vila hobgoblin, encontramos outros heróis. Suas histórias me inspiravam. Achamos nossa primeira fortaleza, uma pequena ruína que ocupamos.

Fahime não era devota de nenhum deus, mas aprendeu que não deveria expressar suas opiniões blasfemas depois que ficou presa numa cela por algumas semanas. Eu a visitava todos os dias e, com o tempo, ela entendeu que a punição era uma forma de amizade. Lynna, Gynna, Trynna e Denessari surgiram quase prontas, dispostas a matar goblinoides sem hesitar, mas faziam muitas perguntas. A melhor forma de puni-las era escolher só uma para pagar pelas falhas de todas e fazer as outras três assistirem. Manada foi um dos maiores heróis que conheci, um homem simples que não queria nada além de vingança. Mas um dia, com grunhidos e sorrisos, ele me desafiou para uma queda de braço. Precisei quebrar alguns ossos para ele entender que fazer brincadeiras com um servo dos deuses era heresia. Nirzani logo entendeu seu lugar e seu propósito em tudo que fazíamos. Nunca precisei puni-la. Na verdade, ela me ajudou a punir Rutrumm quando ele mentiu para mim certa vez.

Puni-los era uma tristeza. Eu dormia mal à noite quando eles me obrigavam a lhes causar dor. Quando precisava matar algum herói que não entendia nosso grande propósito, eu pedia perdão aos deuses. Sempre estive disposto a pagar pelo sofrimento que causei a pessoas boas. Mas alguém tinha de ensiná-los. Alguém precisava tomar as decisões difíceis.

Formamos uma família cheia de amor. A Ordem do Último Escudo, um grupo de heróis liderados por um guerreiro que só queria estar a sua altura. Sob um único dogma: para cada um de nós, dez deles.

Depois de alguns anos, os deuses me revelaram a Flecha de Fogo numa inspiração súbita. Olhei para o céu e simplesmente lembrei da verdade. Era óbvia, como se eu a conhecesse o tempo todo.

Então finalmente fui pleno, pois era aquele meu verdadeiro propósito. Garantir que a Flecha caísse em Lamnor e varresse a imundície goblinoide de meu mundo querido, de uma vez por todas. Àquela altura, nenhum de meus companheiros questionava que precisávamos dormir com os corpos das vítimas da Aliança Negra para nos tornar mais próximos da tragédia que acontecera no continente.

Antes de partirmos a Sternachten, eu estava solitário, observando o céu estrelado, sabendo que em algum lugar daquela imensidão se escondia a arma que decidiria toda aquela luta. A bela Nirzani sentou a meu lado em silêncio.

Ficamos assim por vários minutos.

— Sabe, Nirzani — eu disse, com um suspiro. — Acho que a melhor coisa que fiz na vida foi criar a Flecha de Fogo.

Ela arregalou os olhos para mim:

— Criar? Como assim...

— Quem falou em criar? — eu sorri, achando graça de sua esquisitice. — Como eu poderia criar a Flecha de Fogo?

— Você acabou de dizer...

— Não minta, Nirzani — falei, cheio de amor. — Ou serei obrigado a puni-la.

Algo que poucos entendem, mesmo entre meus devotos, é que para existir a Ressurreição é preciso existir a Morte.

Entre meus muitos irmãos, há aqueles que são opostos e antagônicos. Khalmyr é o Deus da Justiça, Hyninn é o Deus dos Ladrões. Ambos podem tocar um ao outro em seus domínios, mas sempre existirão em lados muito distantes do espectro divino. Marah é a Deusa da Paz e Keenn é o Deus da Guerra. Nada pode uni-los.

Isso não é verdade quanto a mim e a Ragnar.

Sempre dependi dele. A Profecia, a visão do futuro e a determinação do destino, que também cabem a mim, existiriam sem o Deus da Morte. Mas eu não seria Thyatis se não fosse também o Deus da Ressurreição e para isso preciso dele. Em Arton, nossos seguidores duelam: os meus evitando tirar vidas inteligentes, os de meu irmão fazendo disso um ritual sagrado. Mas em meu Reino eu sei que nossa relação é íntima. Eu o desafio, mas não pode haver desafio sem algo a ser contestado. Sempre foi assim e sempre será, até que a Morte ou a Ressurreição triunfem, sem uma segunda chance.

Eu sabia o que aconteceria no futuro, por isso estava perdido nestes pensamentos quando o Deus da Morte veio me visitar.

Ele entrou em meu Reino sem se anunciar. Andou pelas planícies de fogo, pelos mares de lava, pelas florestas de cristal, atravessou os sóis e os desertos infinitos de brasas e plasma. Viu meu mundo morrer e ressuscitar, como era a todo instante de todo dia. Viu meus filhos queimarem e voltarem à vida, pisoteou por cima de tudo sem dar importância.

Ele chegou a meu palácio de chamas, meu ninho onde o futuro renascia eternamente. Não se apresentou na forma do sinistro e silencioso Leen, como era cultuado pelos mortais naquela época. Escolheu a aparência e a personalidade do brutal Ragnar.

Pousei a Pena em Chamas sobre um pergaminho feito da essência do tempo e ergui os olhos para o visitante. Ele queimava, mas não era consumido. O Deus da Morte estava sempre morrendo e para ele aquilo era um bálsamo.

— Por que vem até meu Reino, irmão? — perguntei. Já conhecia a resposta, porque o futuro existia em minha visão, mas sabia que, para obtê-la, precisaria de uma pergunta. — Por que, num lugar de mistérios e enigmas, escolhe ser um selvagem e não uma sombra?

Ragnar cuspiu no chão, como um mortal faria se quisesse demonstrar a própria brutalidade. Seu catarro era uma nova peste que assolaria seres de todos os mundos por séculos. Sua mente estava limitada, como cabia àquela forma simplória.

— Preciso de uma profecia — disse o Deus da Morte.

Eu me empertiguei em meu trono que era uma fogueira. Abri os braços, abri as asas. Sorri com minha boca de homem, emiti um piado agudo com meu bico de fênix.

— Toda profecia passa por Thyatis. Este é meu dever para com você, para com cada um de nossos irmãos, para com cada mortal que se aventura pelos augúrios. Você sabe que escreverei sua profecia, Ragnar.

— É uma profecia de morte.

— Eu sei que é, porque seu futuro está em minha visão.

— É uma profecia que vai alterar o ciclo de vida e renascimento, Thyatis.

Mantive o sorriso, mas com esforço. Eu sabia que este dia chegaria, assim como sabia, sei e saberei de todos os dias no passado e no futuro. Eu cumpriria a vontade de Ragnar porque era meu dever. Eu era Thyatis, aquele que escrevia as profecias. Se não as escrevesse, não seria eu mesmo. O que era profetizado acontecia porque eu formulava as palavras e porque eu via o futuro, sabia o que escrever. Aquela profecia geraria uma onda de mortes que nem mesmo eu seria capaz de reverter, mas eu a escreveria.

— Os mortais cultuam Leen — disse o Deus da Morte. — Um assassino quieto, uma figura que carrega um deles por vez. Alguns me veem como misericordioso, como parte da ordem natural do mundo.

— Prefiro enxergá-lo assim, irmão.

— Tudo isso acabará. Quando a profecia começar a se cumprir, eles me verão como Ragnar. Não um ceifador que leva os doentes e agonizantes, mas um selvagem que massacra povos inteiros. Ninguém mais me amará.

Todos irão me temer. Serei o deus mais poderoso do Panteão.

Suspirei.

Eu tinha dois lados: homem e fênix, passado e futuro, Ressurreição e Profecia, sábio e guerreiro. Minha faceta impetuosa queria lutar contra Ragnar ali mesmo. Atravessaríamos os mundos, queimando e cortando, morrendo e matando, porque o que ele dizia era horrendo. Mas meu dever era escrever as profecias, fossem elas quais fossem. Eu faria isso porque tinha visto o futuro, isso existia no futuro porque eu o faria.

— Tanto poder compensa sacrificar sua natureza? — perguntei. — Prefere ser um poderoso monstro, cultuado por bárbaros, ou uma sombra sutil, respeitada por todos?

— Quero poder, Thyatis. Escreva a profecia.

— Ragnar só é cultuado por uma raça insignificante de primitivos. "O Deus da Morte dos Goblinoides". Leen é uma figura importante...

— *Escreva* — ele interrompeu.

Enrolei o pergaminho no qual vinha trabalhando. Movi meus dedos, movi minhas garras e apanhei o tempo no vazio. Teci mais um pergaminho com fio feito de tempo, coloquei-o sobre o altar de pedra ígnea. Segurei a Pena em Chamas, o artefato com o qual eu escrevia o destino.

— Fale — pedi.

— Eles não serão mais uma raça insignificante quando a profecia começar a se cumprir — disse Ragnar. — Serão os líderes de todos os goblinoides. E os goblinoides serão o maior império que os mortais jamais viram.

— Se é esta a profecia que você pede, esta profecia será escrita.

— Um grande conquistador se erguerá, Thyatis. Escreva isto em seu pergaminho! Um bugbear que unirá todos os selvagens, todas as raças sanguinárias. Ele conquistará um continente, vencerá todos os inimigos, matará todos que estiverem em seu caminho...

— Lembre-se de que qualquer um pode pedir uma profecia, Ragnar. E todos serão atendidos. Qualquer deus pode criar um herói para enfrentar seu conquistador.

Ele sorriu. Um sorriso cheio de dentes afiados.

— Eu mesmo darei cabo de meu conquistador. Quando a Morte tiver se espalhado por todo um continente e o nome "Ragnar" povoar os pesadelos de toda a civilização, uma pedra cairá do céu sobre o império goblinoide. Irá matar meu conquistador e todos os outros.

— "Uma pedra"?

— Não me confunda com palavras difíceis! Uma pedra do céu! Você sabe o que é!

Ele esquecera da palavra "cometa". A estupidez estava tomando conta de sua personalidade. Estava mesmo se transformando em Ragnar para sempre. Até quando "sempre" durasse.

— A Flecha de Fogo — disse o Deus da Morte. — Uma arma que pertence a seu mundo, Thyatis. A Flecha de Fogo será disparada, rompendo o coração das trevas.

Era o plano de um selvagem. Espalhar a morte através de um povo transformado em horda. Impedir que outro deus derrotasse o campeão pela própria morte. Criar a morte em escala que nunca ocorrera em Arton, gerando guerras de vingança e extermínio, jogando uma sombra sobre todos os povos.

Era idiota e brilhante.

— Você sabe que existem leis, irmão — eu disse. — Você dita a profecia, mas eu a escrevo. Tenho meu dever a cumprir, mas determino *como* ele será cumprido.

— *Escreva!* — ele berrou.

Não tive medo. Era apenas sua nova natureza emergindo.

Esperei Ragnar bufar e resfolegar, acalmando-se no meio das chamas. Então ele disse:

— Eu dito a profecia. Ela será sobre Morte.

A Pena em Chamas traçou o futuro no pergaminho de tempo.

— Eu escrevo a profecia — falei. — A vida estará presente em seus versos desde o começo.

Ragnar grunhiu.

— Eu dito a profecia. A Flecha de Fogo cairá sobre Arton, matando o conquistador e seu povo.

— Eu escrevo a profecia. A morte do conquistador e a Flecha de Fogo estarão ligadas, mas nunca ninguém saberá qual delas é causa, qual é consequência.

Ele rosnou. Era uma jogada esperta contra um deus que escolhera ser burro.

— Eu dito a profecia — disse Ragnar. — Nada que nenhum mortal faça poderá deter a queda da Flecha.

— Eu escrevo a profecia. Nada que nenhum deus faça poderá deter a vontade dos mortais pela vida e pela felicidade, sejam eles humanos ou goblinoides.

— Eu dito a profecia. Os elfos serão o primeiro povo a ser sacrificado.

— Eu escrevo a profecia. Haverá elfos que criarão para si novas vidas, novas lutas, novos futuros.

A Pena em Chamas dançou no pergaminho.

— Eu dito a profecia. Ninguém acreditará na verdade e na gravidade da ameaça da Flecha de Fogo até que seja tarde demais.

— Eu escrevo a profecia. Meus escolhidos estarão por todo o caminho, desafiando a Morte e espalhando o conhecimento sobre a Flecha.

— Eu dito a profecia. Seus escolhidos serão loucos, órfãos, miseráveis, traidores e párias.

— Eu escrevo a profecia. Eles terão poderes para manipular o fogo e para ver o futuro.

— Eu dito a profecia. Eles terão poderes, mas nunca aprenderão a usá--los sozinhos. A não ser que *eu* os ensine.

— Eu escrevo a profecia. Não importa o que aconteça, um de meus escolhidos descobrirá *toda* a verdade.

— Eu dito a profecia! — ele berrou. — Aquele que descobrir a verdade será eternamente perseguido pela Morte!

Às vezes, o maior desafio de um guerreiro é permanecer calmo. Sorri e escrevi com a Pena em Chamas.

— Eu escrevo a profecia — falei, saboreando cada sílaba. — Nada disso importa. Você espalhará o ódio no caminho de meu escolhido, mas ele irá contra-atacar com amor.

Ragnar chegou muito perto de mim. Bateu com o punho na pedra ígnea onde o futuro era escrito. O tempo sacudiu nas prateleiras de chamas.

— *Eu dito a profecia!* Eu mesmo pisarei em Arton, como um humano, para queimar todo o conhecimento sobre a Flecha de Fogo, para destruir cada um de seus escolhidos!

— Eu escrevo a profecia — olhei em seus olhos. — Quando pisar em Arton como humano, você será um servo da bondade. Um paladino.

9
O ÚLTIMO VERSO

EMERGI EM CHAMAS DOS ESCOMBROS, RESSUSCITADO MAIS uma vez. Senti a bênção de Thyatis me deixando, ao mesmo tempo em que as chamas se apagaram, deixando só carne viva e pele calcinada. Sua última dádiva era me manter vivo naquele estado de agonia e conhecimento.

Ganhei as ruas de Cosamhir, ouvindo os gritos de morte e de guerra, vendo os paralelepípedos encharcados de lodo negro. Os cadáveres atapetavam o chão, pendiam das janelas, estiravam-se em becos. A chama negra queimava no palácio.

Os humanos não tocados pela maldição soaram suas trombetas, fizeram suas paredes de escudos e atacaram. Ao mesmo tempo, mensagens eram enviadas a todo o norte, chamando a civilização para a luta. O lodo negro foi visto como uma declaração de guerra, Maryx com o rosto tatuado com a caveira foi o estopim para a batalha.

Então ouvi os gritos e berrantes goblinoides, do outro lado das muralhas. A Aliança Negra correu em armas para dentro da capital, pisoteando qualquer diplomacia. O lodo negro iria matar os dois lados sem distinção, mas isso não importava aos inimigos que só enxergavam um no outro os culpados por uma traição que vinha de dentro. Os humanos achavam que os goblinoides eram assassinos usuários de magia negra; os duyshidakk viam o Reinado como covardes que mais uma vez atacavam sob bandeira de trégua.

Toda esperança de paz queimou na chama negra. O dia da conferência selou a guerra, a Infinita Guerra, da qual éramos todos joguetes.

Olhei para cima: o céu estava em chamas, enquanto a Flecha de Fogo queimava o ar sobre nossas cabeças. O próprio cometa quase sumiu no laranja e branco do incêndio celeste. Ela estava vindo para nós, para a cidade, para o norte e para os humanos. De qualquer forma, o plano do Deus da Morte iria se cumprir. Não haveria barreira entre o Reinado e a Aliança Negra. Com um motivo para guerrear e sem o Ayrrak para refreá-los, os goblinoides espalhariam a chacina por Arton.

Era a morte da cultura goblinoide.

Era a morte da cultura humana.

Era a morte do Mundo Como Deve Ser.

Era a Morte.

Cambaleei até a praça, onde a estátua de Thyatis queimava com chama negra. Não havia um centímetro de chão visível. Corpos humanos cobriam tudo. No meio deles, coberta de sangue, retalhada e ofegante, de lâminas em punho, Maryx Nat'uyzkk, minha irmã.

Abri os braços feitos de carne vermelha e negra, anunciando a verdade como o profeta que eu era:

— Avran Darholt não é um servo de Ragnar! — gritei. — Avran Darholt é Ragnar!

A batalha rugiu a algumas centenas de metros, indiferente.

Maryx veio até mim, pingando sangue humano.

— Khorr'benn...?

Eu sabia que meu rosto mal era discernível entre as feridas e queimaduras, assim como a Flecha de Fogo se confundia com o incêndio no céu.

— Você me abandonou — ela disse.

Ouvi um fio de mágoa se desfazendo em frieza. Foi o último sentimento que minha irmã dirigiu a mim.

— Todos nós apenas cumprimos o que nos foi designado, ushultt. Eu fui destinado a ser um traidor.

Ela era de novo uma predadora, uma caçadora de cabeças. Não mais uma amiga. Para ela, eu era nada.

— É o fim de nosso mundo — disse Maryx.

— Sim — falei. — É o fim de tudo, ushultt.

Ela me empurrou com o kum'shrak. Um toque de morte.

— Não me chame assim.

Olhei-a em silêncio.

— Você fez sua escolha — disse a hobgoblin. — Vou morrer a seu lado, mas não sou sua irmã.

— Quero morrer ao lado do Ayrrak.

Ela começou a caminhar:

— Eu também.

— Morte aos goblinoides! — gritou o cavaleiro. — *Tyrondir!*

Quatro humanos a cavalo, trajados em armaduras completas, fizeram carga pela rua estreita. Estavam sujos e apavorados. O tropel dos animais reverberou nas paredes de prédios decorados com vidro, escorrendo lodo negro. Os cascos esmagaram cadáveres humanos, enquanto a batalha tomava as ruas próximas.

— *Carga!*

Maryx correu para eles. No último instante, abaixou-se, deslizou para a frente sobre as pernas, estendeu o braço com o kum'shrak, decepou as patas do primeiro cavalo. O animal berrou de dor e medo, caiu para a frente, derrubando o cavaleiro. Ela se ergueu de um salto, encontrando o rosto do homem com a lâmina negra. O elmo fechado se partiu, uma golfada de sangue jorrou pela fenda. Os outros cavaleiros passaram ao lado, atordoados com sua velocidade. Ela puxou um deles, derrubou-o no chão, pisou em seu rosto e expôs sua garganta. Enfiou a foice curta pela falha na armadura, arrancou a arma berrando seu grito de guerra ululante.

Os dois cavaleiros restantes se depararam com três clérigos de Ragnar na saída da ruela, suas foices erguidas.

Maryx se virou.

Correu pelo meio dos cavaleiros e atacou os clérigos.

O líder do trio era um bugbear, como sempre. Ele viu a hobgoblin saltando de arma em punho. Arregalou os olhos, começou a gritar uma maldição, movendo os dedos num gesto ritualístico. Maryx caiu pesada, o kum'shrak cortando o ombro do sacerdote e destruindo a clavícula. Ele desabou para trás, ainda tentando berrar uma magia, ela enterrou a foice em seu peito.

— Traidora! — chiou um dos clérigos.

— A Aliança Negra segue o Ayrrak. Não vamos mais nos curvar ao Deus da Morte.

Os cavaleiros galoparam para longe, sem entender a luta entre os goblinoides. Viraram-se em seus cavalos e prepararam outra carga. Um dos bugbears apontou para Maryx com um dedo encarquilhado, começou uma torrente de palavras místicas. O outro ergueu a foice para golpear.

Então uma sombra derrubou os dois.

Maryx Corta-Sangue correu para os dois cavaleiros em investida, enquanto Eclipse dilacerou a garganta de um dos sacerdotes. Ela saltou por sobre a lança em riste, chutou o peito do humano com os dois pés, jogando-o para trás. O cavaleiro caiu pesado sobre o pescoço, ouvi o som nauseabundo do osso quebrando. O warg mastigou a cabeça do clérigo que restava.

O último cavaleiro puxou as rédeas da montaria e tentou fugir, mas um relâmpago atingiu sua armadura. Homem e cavalo convulsionaram com a energia mágica, enquanto uma gargalhada tétrica tomou os céus em chamas de Cosamhir.

Eclipse ofegava. A exaustão da viagem deixara-o magro e desbotado, mas não diminuíra sua lealdade. Gradda tinha um esgar no rosto verruguento. Flutuou acima de nós, preocupada.

— Vamos morrer juntos! — gritei.

Um estrondo enorme me ensurdeceu. Por toda parte, humanos e goblinoides taparam os ouvidos, desorientados. Era o barulho terrível de mil avalanches, o ruído de incontáveis montanhas desmoronando e de uma centena de vulcões em erupção. As janelas de Cosamhir explodiram, o chão tremeu, os prédios racharam.

Olhei para cima: a Flecha de Fogo se partiu.

Um pedaço flamejante se desprendeu e impulsionou-se com a velocidade de um bólido para longe de nós.

Para o sul.

Os poucos guardas que restavam vivos na colina do palácio não resistiram a Maryx, Gradda e Eclipse. A hobgoblin passou pelas portas duplas escancaradas, nós entramos no pátio central sujo de lodo negro e cheio de corpos. A bruxa pousou o pilão.

— O que vamos fazer? — ela perguntou.

Maryx se virou para a amiga, com expressão soturna.

— Vamos morrer, Gradda. Isto não é mais uma bravata. Não há mais o que fazer, a não ser morrer bem.

— Merda — Gradda cuspiu no chão. — Não quero morrer bem. Quero morrer berrando e esperneando. Quero que minha morte seja um incômodo para todos os desgraçados.

— São muitos desgraçados.

— Então vou incomodar bastante.

Eclipse estava todo ferido, com várias flechas presas à carne e grandes pedaços de pelo empapados de sangue. Ele se esfregou na caçadora.

Vi a chama negra numa das torres do palácio.

— Basta que Lorde Niebling acredite — falei. — Basta que ele acredite, então temos chance. Nosso mundo está acabando, mas um dia a Aliança Negra pode se erguer de novo se ele não for enganado pelas mentiras de Avran.

Não esperei por elas. Atravessei o pátio, contornando os cadáveres. As portas do salão principal estavam abertas, um batalhão de soldados congelados na morte, agarrados a elas com suas mãos secas, sobre poças de lodo negro. Ouvi Maryx, Gradda e Eclipse atrás de mim. Andei sem olhar para trás. Ouvi gritos acima — não luta, mas discussão. Cheguei até a grande escadaria, subi degrau por degrau.

Uma cachoeira de lodo negro escorria, lenta e viscosa. Cadáveres de nobres e guardas estavam espalhados por toda parte. Os sons de discussão ficaram mais altos no terceiro andar. Eram vozes de humanos trocando acusações, sotaques carregados de opulência e autoridade.

Antessalas e guaritas anunciaram que aquela era a área do castelo que abrigava a corte, mas não havia ninguém para defendê-la. Um corredor largo levava à sala do trono, atrás de portas fechadas. Um grupo de guardas humanos com armaduras completas barrou minha passagem.

Ergui minha mão em carne viva para eles:

— Saiam de minha frente.

Estavam tremendo. Suas espadas chacoalhavam, as armaduras faziam barulho enquanto metal se chocava contra metal repetidamente.

— Vá embora, monstro — um deles disse, mas a ordem saiu quase como uma pergunta.

Eu era um monstro. Certamente não era humano. Era uma coisa queimada e destroçada, um escolhido da Ressurreição que tinha a aparência da Morte. Atrás de mim estavam uma caçadora de cabeças, uma bruxa e um warg.

— O Deus da Morte está atrás destas portas — falei. — A Flecha de Fogo está caindo sobre nós. Tudo acabou. Vocês só devem decidir como será *seu* fim.

— Não se aproxime — ele gaguejou.

Comecei a andar.

Passei por entre os soldados. Eles não fizeram nada. Olhei para o lado — um deles estava de olhos fechados, tentando controlar o choro, lágrimas escorrendo por sua face, mal visíveis pela abertura do elmo.

— Seu rei está morto — sussurrei. — Seu reino está morto. Você está morto.

Ele largou a espada e saiu correndo.

Cheguei às portas da sala do trono de Balek III. Lodo negro escorria pela fresta de baixo. Estendi a mão, mas Maryx tomou a frente. Com um chute, ela escancarou as duas folhas e entramos na conferência de paz.

A sala do trono de Balek III estava tomada por armas e medo.

Era um salão vasto — o teto era um enorme mosaico de vidro sustentado por colunas de cristal. Enormes janelas de vitral colorido dos dois lados deixavam entrar luz de arco-íris, mas agora toda a impressão era de vermelho e laranja. As paredes eram cinzentas, cortadas por decorações multicoloridas. Lustres gigantescos feitos de gotas de cristal espalhavam brilho alquímico. Havia várias cadeiras de espaldar alto dispostas num semicírculo, voltadas ao trono elevado do rei. Os estandartes dos reinos de Deheon, de Ahlen e de Wynlla estavam expostos em pedestais, atrás de grupos de cadeiras, com o estandarte de Tyrondir no centro, o maior dos três. Aquela era uma reunião da nobreza de quatro reinos, agora transformada em pandemônio.

Guardas, magos e cavaleiros jaziam no chão, em poças de lodo negro. Nobres em casacas decoradas e armaduras brilhantes estavam de pé, espadas na mão, ou tentando se esconder nos cantos. O rei estava encolhido em seu trono, berrando de forma incoerente. A maga Fahime gesticulava ao lado, as tatuagens em sua cabeça dançando.

Lorde Niebling estava de pé sobre uma cadeira. Tinha uma espécie de cajado metálico curto nas mãos. Vapor soprava das duas pontas do cajado e várias rodas de metal giravam por sua extensão.

Thwor Khoshkothra'uk se erguia no centro do salão, calado e incólume. Sua figura majestosa era agora maculada por ferimentos não cicatrizados, pelas queimaduras da batalha, pelas marcas negras da cura do Deus da Morte. Como eu vira em sua tenda, ele não tinha mais a vasta juba de cabelos vermelhos, mas pelos curtos e calcinados. As caveiras coroadas mescladas a seus músculos faziam um relevo macabro em seu corpo. O Ayrrak estava desarmado. Talvez isso desse aos humanos uma ilusão de segurança.

A seu lado estava Gaardalok, o cajado macabro em punho.

E na frente deles, como se protegesse todos os nobres humanos, postava-se Avran Darholt, o Escudo do Panteão erguido. Uma rachadura cortava o brasão elaborado de um lado a outro. As feições estoicas do guerreiro adquiriram outro significado para mim agora que eu sabia quem ele era: Ragnar, o

Deus da Morte, personificado no mundo físico, transformado em guerreiro santo pela vontade de Thyatis.

Avran e Thwor se viraram para mim.

— É mais um ataque! — esganiçou Balek III. — Mais uma traição goblinoide! Mate-os, Avran! Mate-os agora!

O paladino não deu atenção.

— Pensei que não fosse sair do templo, Corben — ele disse. — Pensei que finalmente iria me livrar de você.

Thwor estendeu a mão para nós.

— Fiquem fora disto. Salvem-se.

Maryx deu um passo à frente, o kum'shrak e a foice curta em punho, mas eu a detive.

— Não foi a traição goblinoide que me trouxe aqui! — minha voz de fogo subiu como a de um profeta. — Foi a traição humana!

Virei-me para Lorde Niebling. Ele apontou o cajado em minha direção, como se fosse uma arma. Então franziu o cenho. Olhou para meu peito. Os restos metálicos do medalhão do Observatório da Pena em Chamas ainda podiam ser divisados, parte de meu corpo desfigurado. Lentamente o reconhecimento tomou seu rosto, a boca abrindo por baixo do enorme nariz. Ergueu as sobrancelhas grisalhas e peludas.

— Você é o garoto humano — disse o gnomo. — Corben, o astrólogo!

Meu aspecto não era o de um astrólogo. Ou de uma pessoa.

— O senhor precisa avisar o Reinado, meu lorde — implorei. — A Aliança Negra veio até aqui para fazer a paz. Para pedir refúgio frente a uma catástrofe.

Niebling estava sério. Os nobres e cavaleiros ficaram estáticos, de armas nas mãos. Gaardalok só observava. Thwor parecia esperar.

— Eu quis aprender com os goblinoides, adepto — disse Niebling. — Mas eles só querem nos matar.

Então a sala explodiu em gritos. Dois cavaleiros atacaram Thwor com as espadas. O Ayrrak agarrou as lâminas com as mãos e jogou-os para os lados. Fahime gritou palavras mágicas, formando mais uma proteção em volta do Rei Balek. Avran se manteve calmo.

— Sua Majestade tem razão! — Lorde Niebling brandiu seu cajado a vapor. Pequenos relâmpagos estalaram na ponta. — Avran tem razão! Tudo acabou depois que os goblinoides massacraram Grimmere!

Cerrei os punhos. Olhei para Maryx.

— Quem massacrou Grimmere não foi a Aliança Negra! — gritei. — Foi Avran Darholt!

— Cale-se! — ordenou o rei. — Cale suas mentiras, traidor!
Avran me olhou com serenidade.
— Ninguém nunca vai acreditar nisso, Corben.
— Ele não é humano! Avran é Ragnar, o Deus da Morte!
Mas minhas palavras não foram ouvidas. Balek III continuou a gritar, os nobres acusaram Thwor de emboscada e traição. Gaardalok vociferou palavras místicas, enquanto Niebling mexia em sua máquina em forma de cajado.
— *O que você disse?* — Avran chiou.
Então ele estava sobre mim num borrão de velocidade. Bateu em meu rosto com o Escudo do Panteão, voei para trás, chocando-me com uma coluna de cristal.
— *O que você disse, traidor mentiroso?*
— Falso paladino! — gritei, no chão. — Você é a Morte!
Ele não era um falso paladino. Era um paladino real, verdadeiramente abençoado, mas também era Ragnar. Avran correu para mim, gritando, erguendo a espada e o escudo. Vi a forma veloz de Maryx se interpor em seu caminho: a caçadora pulou, o kum'shrak atrás do corpo e a foice curta na frente. Encaixou a lâmina da foice na borda do escudo e deu uma cambalhota no ar, abrindo a guarda de Avran. Endireitou-se de pé num instante e golpeou com o kum'shrak, atingindo-o bem no peito. Avran cambaleou para trás, ela se abaixou num giro, enredando o pé nos tornozelos do inimigo. O paladino perdeu o equilíbrio, Maryx ficou de pé e ergueu a lâmina negra. Desceu-a sobre sua nuca exposta, no exato momento em que ele estava vulnerável. Assim como fora antes, eles pareciam estar em pé de igualdade.
Mas, assim como fora antes, Avran Darholt se moveu como se lembrasse de seu próprio poder.
Ele girou com velocidade estonteante, colocou o escudo à frente do corpo. O kum'shrak bateu na proteção, gerando um clarão branco. Avran caiu de costas. Encolheu as pernas e deu um chute duplo em Maryx. A hobgoblin voou metros para trás, caiu no meio dos nobres e cavaleiros humanos.
Ele ficou de pé e me olhou com fúria.
— *Suas mentiras acabam aqui!*
Então uma manzorra segurou seu ombro.
— Eu acredito em você, Khorr'benn — disse Thwor Khoshkothra'uk. — Já tenho experiência em derrotar deuses.

Thwor fechou o punho e desferiu um soco poderoso. Avran ergueu o escudo e bloqueou o ataque, numa explosão de luz branca.

— Por Khalmyr e por Lena! — ele gritou. — Para cada um de nós, dez deles!

Mal acabou a última palavra, Thwor agarrou sua cabeça com uma mão imensa. Moveu o corpo do paladino como um boneco, arremessou-o no chão com um estrondo. Avran não conseguiu reagir e Thwor ergueu o pé, pisando forte em suas costas e sua cabeça, de novo e de novo. O chão quebrou ante a força das pisadas. Um instante de pausa permitiu que o deus tornado paladino se erguesse um pouco, recuperando-se, mas então Thwor segurou-o e o levantou acima de si mesmo, com os braços erguidos.

Correu com o guerreiro sagrado nas mãos, bateu com sua cabeça numa coluna de cristal uma, duas, três, quatro vezes, fazendo um barulho horrível de metal e vidro quebrando. Sangue espirrou por todo lado. As rachaduras se espalharam pela coluna, até que ela se estilhaçou. Thwor jogou Avran no chão, apanhou um pedaço afiado de cristal, comprido e pontudo como uma lança e segurou-o sobre o paladino, pronto para mais uma morte.

— Deuses são fracos — ele rosnou.

— *Sou humano!*

A lança de cristal desceu sobre Avran, mas ele a atingiu com um golpe do escudo. A luz branca tomou a sala num clarão, a arma improvisada se desintegrou em poeira cintilante. A luz se refletiu em cada partícula e a sala do trono foi tomada de incontáveis arcos-íris.

Quando consegui enxergar de novo, vi Avran Darholt de pé, pingando sangue. A armadura cheia de mossas e rachaduras, as asas do elmo quebradas, o metal rasgado como se fosse papel.

Mas ele estava vivo.

Deu um sorriso feroz, os dentes pintados de sangue.

— Sou humano.

— Eu o reconheço, Ragnar — Thwor apontou um dedo acusatório. — Reconheço sua maneira de agir agora que meu profeta me trouxe a verdade.

— Cale a boca, monstro. Eu sou humano. Um simples aldeão escolhido pelos deuses...

— O Deus da Morte e dos Goblinoides, o Deus da *Morte dos Goblinoides*. Aquele que criou a Foice de Ragnar e também a Flecha de Fogo. Aquele que fez o eclipse que anunciou a chegada do emissário da dor e também gerará o eclipse que marca o rompimento do coração das trevas. Afinal, todo eclipse é a sombra da carruagem de Ragnar passando frente à lua.

Virou-se para Gaardalok. O sumo-sacerdote se mantinha quieto.

— Você sempre soube?

O bugbear não se alterou.

— Isso não diz respeito a você, Thwor. Você é a Foice de Ragnar. Uma arma não reclama. Apenas é usada.

— *Calem-se, monstros!* — gritou Avran.

Mas eles o ignoraram.

— Tudo estava escrito, Thwor. Desde o começo você sabia que sua função era morrer.

O Ayrrak não respondeu, porque Avran atacou de novo.

Thwor se virou e contra-atacou com um bote com as duas mãos, tentando agarrá-lo. Avran avançou, entrando no abraço do Ayrrak, ergueu o escudo e golpeou contra seu queixo. A cabeça de Thwor foi jogada para trás, o paladino atravessou-o com a espada, puxou a lâmina e recuou. O Imperador pareceu ficar tonto, Avran saltou e bateu em seu rosto com o escudo.

— A humanidade nunca se curvará a você, criatura! — ele bradou. — A civilização vencerá!

Avran golpeou de novo com a espada, um corte largo no estômago de Thwor. A pele coriácea derramava sangue e o Ayrrak não conseguia achar uma brecha para se recuperar.

— *Sou humano!*

Gaardalok sorria em seu rosto sem pele.

Eu estava rente a uma parede, assistindo a tudo aquilo sem poder fazer nada. Maryx já havia matado dois cavaleiros, mas estava ferida e fraca pela multidão que a havia atacado antes. Ela girou com o kum'shrak, bloqueou a lâmina de um nobre trajado numa couraça decorada com ouro, enterrou a foice curta no rosto do homem. Olhou-me em triunfo amargo.

— Matem! — gritou o Rei Balek III. — *Matem os monstros!*

Lorde Niebling se mantinha imóvel, protegendo-se com o cajado a vapor.

— Você pode deter tudo isto! — falei. — Você pode avisar o norte!

Dei um passo para perto do gnomo, as mãos calcinadas estendidas. Por um instante, eu me vi como ele deveria me ver. Um traidor, servindo aos monstros que usavam o lodo negro. Uma coisa sem pele, carbonizada e sangrenta. Algo preso entre a vida e a morte — vindo em sua direção.

Niebling se virou para mim e um arco azulado de eletricidade me atingiu no peito.

Não consegui gritar. Senti-me estremecer inteiro, tomado por uma nova dor. Ele não tinha culpa. Ele não podia saber.

Caí, ainda tremendo.

Uma sombra voou por cima de mim, para cima do lorde. Uma sombra que rosnava e babava, que exalava um cheiro ácido.

— Eclipse, não — eu disse, sem força.

O warg saltou com as presas arreganhadas para o gnomo. Lorde Niebling apontou o cajado contra sua boca aberta.

Eclipse estava vagaroso pela exaustão e o relâmpago o atingiu em cheio. A fera se contorceu em pleno ar, tremendo. Caiu pesado, um grande rombo fumegante aberto no focinho, o pelo ao redor da boca ardendo em chamas pequenas. Niebling olhou para mim e em volta, arregalado. Senti meu peito afundar. Eu estava além de qualquer ferimento, a Morte zombava de mim ao mesmo tempo em que eu zombava dela. Sobreviver não era mais uma bênção; eu seria obrigado a ficar vivo para assistir a tudo desmoronar. O patrono de minha cidade, o gênio que eu idolatrara desde que fora resgatado na floresta, tinha me atacado por puro medo. Tinha ferido o leal warg, que me ajudara incontáveis vezes, que me levara até a Torre de Todos os Olhos, onde eu descobrira a Flecha de Fogo.

Niebling era igual a todos os outros. Reagiu com medo e raiva em vez de me escutar.

Mais uma vez, eu tinha perdido uma irmã — Maryx.

Mais uma vez, um pai tinha me traído — Niebling.

Era inevitável que eu perdesse um lar.

Só posso chamar o que aconteceu então de reação em cadeia. Uma linha de dominós caindo sem que eu pudesse fazer nada para detê-los.

Maryx viu o gnomo atacando seu warg, ignorou os cavaleiros que enfrentava e saltou para ajudar a fera. Ela também não estava mais interessada em paz e nunca seria ouvida: coberta de sangue, o rosto tatuado com o crânio, revidando o ataque contra seu companheiro. Niebling enfiou a mão dentro de sua casaca listrada, puxou uma corrente fina, como se ativasse um mecanismo, e uma explosão alta ressoou de suas botas. Ele deu um salto imenso para trás, saindo do caminho da hobgoblin.

Maryx tinha dado as costas aos outros inimigos.

— *Protejam o Lorde!* — gritou alguém.

Niebling se virou em pleno ar, disparou um relâmpago contra uma enorme janela de vitral. O vidro colorido se estilhaçou e um instante depois ele o atravessou, cortando-se em poucos cacos, quase incólume. Corri na direção daquele caos, vi Niebling em queda livre do lado de fora, para a colina tomada por cadáveres. Uma corda com arpéu foi arremessada de dentro de suas roupas, sem que ele parecesse fazer nada. O gancho se fixou numa reentrância decorada do palácio e o gnomo interrompeu a queda, numa chicotada para cima. Então oscilou como um pêndulo e começou a aumentar o comprimento da corda, descendo em segurança.

Maryx caiu onde ele estivera, o kum'shrak atingindo o chão com um impacto surdo.

Um instante depois, foi trespassada nas costas pelas espadas de três humanos.

— *Morte ao monstro!*

Em resposta àquele ataque covarde, Gradda estendeu as mãos, guinchou palavras arcanas e esguichou ácido verde das pontas dos dedos. As armaduras dos inimigos chiaram, eles berraram de dor. O ácido escorreu pelas frestas, corroendo seus corpos. A bruxa voou em seu pilão através da sala do trono, em direção aos nobres e cavaleiros, chamas rugiram de suas palmas.

— Aí está a paz dos goblinoides! — gritou o Rei Balek III. — Uma bruxa ataca a nobreza de quatro reinos!

Quase todos os magos que deviam ter servido como guarda-costas naquele encontro jaziam no chão em poças de lodo negro, mas havia duas mulheres, em mantos decorados com estrelas e luas, atrás de uma coluna. Saíram de seu esconderijo e gritaram palavras arcanas. Esferas de energia roxa deixaram seus dedos e voaram contra Gradda. A bruxa foi atingida uma dezena de vezes, gritou em cada impacto e o pilão girou descontrolado. Foi derrubada no chão, rolando com o objeto.

Fahime se ergueu ao lado do rei e bradou um encantamento. Luz branca emergiu num raio espesso, direto para Gradda, cobrindo a bruxa. Frio enregelante tomou a sala. Um instante depois, consegui enxergar a goblin mais uma vez. Ela estava coberta de cristais congelados. As esferas de energia roxa a atingiram de novo, Fahime gesticulou com chamas.

Maryx tentou correr para as magas, mas se deparou com um inimigo mais poderoso.

Gaardalok se interpôs em seu caminho e ergueu o cajado.

Eclipse se ergueu, fraco, tentando rosnar com metade da boca.

Gradda olhou para mim com raiva e mágoa. Não sei se tudo aquilo era minha culpa ou se me culpar era só confortável, mas estava claro que naquele momento ela me odiava. Sua voz saiu rouca e embargada:

— Faça alguma coisa de útil, pirralho de merda.

Gradda ignorou a barragem de magia que a assolava. Ficou de pé com dificuldade sobre sua prótese metálica em forma de garra de ave. Gesticulou com os braços enquanto foi banhada pelas chamas de Fahime. Enfiou a mão nos mantos negros esfarrapados e retirou algo que de início não consegui discernir.

Depois entendi: era um coração. Um coração vivo.

Ela esmagou o órgão, esguichando sangue por entre os dedos. Ao mesmo tempo, sangue escorreu de sua boca, seu nariz, seus ouvidos. Vi o ar ao redor de Balek III se estilhaçar como se fosse vidro — eram as proteções de Fahime se quebrando. O rei interrompeu a gritaria num momento de pavor absoluto.

O pilão de Gradda voou sozinho na direção do trono. Os fantasmas translúcidos de dezenas de goblins brotaram do objeto como vapor, espiralando numa ânsia vingativa. Morrendo sob fogo e gelo, com um rombo no peito, a bruxa gargalhou.

Fahime estava conjurando mais um feitiço, gritando em sua língua arcana, as tatuagens em sua cabeça se movendo num frenesi fluido. O pilão atingiu-a como um aríete. A maga foi jogada para trás, atropelada. O rei estava sozinho e indefeso.

"Faça alguma coisa de útil, pirralho de merda."

E eu fiz: gritei para Eclipse ficar parado quando Maryx foi atingida pelo cajado do sumo-sacerdote de Ragnar. O golpe fez um estouro surdo, uma curta explosão de trevas. A hobgoblin ficou de joelhos.

— Você já é minha — disse Gaardalok.

Os estandartes queimavam pelas magias disparadas em todas as direções. Peguei um trapo em chamas da bandeira de Tyrondir.

Toquei no pelo eriçado do fiel Eclipse.

Procurei as bolsinhas que ele levava amarradas por seu corpo. Eu sabia o que eram. Afinal, os hobgoblins tinham inventado a pólvora.

Eclipse olhou para mim com seu focinho de lobo-morcego. Inspirei seu fedor ácido mais uma vez.

Encostei o trapo em chamas em seu pelo. O fogo se espalhou, mas ele se manteve impávido.

Então chegou às bolsas de couro.

Ele correu na direção do trono, um fantasma negro em chamas.

Gaardalok ergueu o cajado com as duas mãos sobre Maryx ajoelhada.

O warg o abalroou. O sumo-sacerdote foi pego de surpresa. Com metade da boca destroçada, Eclipse mordeu o corpo do bugbear e o arrastou para a frente.

Gradda gargalhou enquanto morria queimada.

Eclipse saltou com Gaardalok nas mandíbulas, para cima de Balek e Fahime, deixando um rastro de fogo e fumaça. A maga abriu a boca em pavor, tentando se desvencilhar do pilão. No último instante, compreendeu e aceitou. Fechou os olhos numa expressão serena. As tatuagens em sua cabeça descansaram.

Balek não teve tanta dignidade. Tentou se proteger com as mãos, berrou de medo:

— Não podem fazer isso! Sou o rei! *Alguém me salve...*

Eclipse caiu sobre os dois, enquanto Gaardalok batia nele com o cajado.

A explosão das bombas de Maryx presas no pelo do warg sacudiu a sala do trono. Fui jogado para trás, as últimas janelas de vitral se estilhaçaram. O corpo mole de Gradda atingiu uma coluna de cristal, que quebrou. Ela caiu no chão já morta. As magas foram banhadas por uma chuva de estilhaços afiados e caíram em poças de sangue. Maryx rolou, foi atingida por fragmentos e chamas, mas conseguiu proteger o rosto e o peito. Thwor e Avran resistiram de pé.

Quando a fumaça se dissipou, o trono era uma ruína de pedra, vidro, carne e sangue. Não restava ninguém vivo.

Mas, do meio dos cadáveres destroçados de Eclipse, Fahime e Balek, Gaardalok se ergueu.

— A Morte triunfa! — urrou o sumo-sacerdote. — Meu senhor, veja o tributo que lhe oferecemos!

Maryx ficou de pé, trôpega, o kum'shrak e a foice curta em mãos. Suas tatuagens eram quase ininteligíveis em meio aos inúmeros cortes em sua pele. Ela olhou para Gaardalok:

— Acho que está na hora de você conhecer a morte mais de perto.

— Mesmo que o norte e o sul entrem numa guerra assassina, você não vencerá, Ragnar — disse Thwor. — Os goblinoides são mais do que isso. Outro líder irá se erguer.

— Não sem a profecia — respondeu Avran.

Ele então fez uma careta de estranhamento. Sacudiu a cabeça.

— Chega de truques, monstro! — disse o Deus da Morte. — Você não irá me confundir. Sou Avran Darholt, um servo dos deuses.

— Você sabe que é Ragnar. Sabe que é ambos. Você é a Morte, está perto do Conhecimento. E você está muito perto de Fora, Avran. Está Fora de si mesmo, Ragnar. Se entendesse a Criação e o Akzath, entenderia tudo isso. Mas é só um deus burro, preocupado com a destruição, e mesmo tão perto do Conhecimento não entende nada.

— A Flecha de Fogo chegou! É sua hora de morrer!

— Sim, é verdade. Mas você nunca entendeu sua própria profecia. É a Flecha de Fogo que provoca minha morte? Ou minha morte provoca a Flecha de Fogo?

— *Cale-se!*

Avran correu para Thwor, de espada em punho. O Ayrrak se movimentou em velocidade impressionante, mas não conseguiu se esquivar. O paladino trespassou-o com a espada, puxou a lâmina, arrancando ainda mais sangue. Thwor grunhiu. Avran bateu com o escudo, o bugbear se virou para receber a pancada com o ombro e cambaleou para trás. Avran golpeou com a espada, Thwor interceptou a lâmina com a mão, segurou-a no lugar, sangue escorreu por entre seus dedos. Os dois estremeceram de esforço.

— Revele-se, Ragnar. Mostre sua verdadeira forma para sua foice.

— Os deuses me avisaram para não dar ouvidos às mentiras de monstros. Sei que não devo acreditar em você desde que ditei a profecia a Thyatis.

Thwor sorriu, suando por fazer força, e Avran berrou de fúria.

Maryx golpeou de cima para baixo com o kum'shrak, Gaardalok bloqueou com o cajado. O corpo morto-vivo do sumo-sacerdote estava ferido, enormes pedaços de carne ressequida tinham sido arrancados pela explosão. Seu crânio descarnado estava enegrecido de fuligem, um olho fora destruído. Os ossos apareciam nos braços e no tronco. Mas ele teve força para resistir ao ataque da caçadora sem se abalar.

— Sua rebeldia será inútil, Maryx Corta-Sangue — disse Gaardalok. — Seu modo de vida blasfemo não teve nenhum impacto. Seu marido e suas filhas morreram quando nós decidimos. Os humanos a rejeitam por sua marca. Os hobgoblins são apenas mais um sacrifício ao Deus da Morte. Seu povo se entregou em troca de uma princesa élfica e agora está morrendo pela glória de Ragnar.

— Meu povo não são os hobgoblins. Sou duyshidakk e você é apenas um inimigo.

— As fantasias que vocês teceram estão no fim. Nunca haveria paz e felicidade para os goblinoides, tudo foi um sonho louco de uma arma que pensa ser gente. Vocês são uma alcateia de predadores e um rebanho de vítimas.

— Já ouvimos isso de humanos e de elfos. Lembra o que aconteceu com eles?

Não sei de onde minha irmã tirou força. Ela correu para Gaardalok, abaixada como uma fera. O sumo-sacerdote fez um gesto de maldição, chiou uma praga para ela. Um rastro negro se espalhou de seus dedos como teia de aranha, incontáveis linhas de energia mortal tomando o espaço a sua frente. Maryx deslizou por baixo de um fio, saltou com precisão por entre outros dois, desviou como uma bailarina para que eles passassem aos lados, encolheu as pernas num pulo sem impulso, deixando que um novelo se desenrolasse por baixo, tocou o chão com só um pé, deu uma cambalhota para trás, evitando mais um emaranhado de fiapos etéreos, até que um deles tocou em seu rosto.

A caçadora gritou de dor, caiu para trás. A tatuagem de caveira começou a se expandir. A tinta negra ganhou vida, tomou o resto da cabeça de Maryx, espalhou-se por seu pescoço. Gaardalok urrou mais uma prece sombria, mas Maryx sorriu. Ela estava perto o bastante do bugbear para arremessar três bombas.

Os três impactos simultâneos tiveram efeitos diferentes. Uma explosão de luz tirou a concentração de Gaardalok, enquanto fumaça negra e espessa fez com que ela desaparecesse numa nuvem impenetrável. Uma simples bomba de impacto fez com que o clérigo perdesse o equilíbrio.

Eu não conseguia enxergar nada. A sala era uma confusão de poeira opaca, pó brilhante, fumaça preta e brilho quente vindo de fora. Não vi o que Maryx fez, apenas ouvi um grunhido de Gaardalok e o barulho de seu corpo atingindo o chão. Quando a fumaça se dissipou, ele estava estirado de costas. Seu corpo morto-vivo não tinha mais sangue, mas pude ver o tendão do calcanhar cortado, o pé esquerdo mole.

Maryx estava ao lado dele, a foice curta voltando para a posição de guarda após o golpe.

Gaardalok berrou algo que não entendi, enquanto se levantava com dificuldade, sem poder usar o pé aleijado. Apoiou-se no cajado e foi então que Maryx atacou.

Ela correu numa linha escura de rapidez. Atingiu o cajado com o kum'shrak. Tirou-o de baixo do clérigo, ele caiu de novo. Mas, quando estacou, vi a surpresa nos olhos escuros da caçadora. A tatuagem já se espalhava por seus ombros, engolindo as marcas antigas de suas vitórias. Maryx estava definhando enquanto a escuridão se alastrava.

— Achava que uma arma mundana poderia quebrar a bênção de Ragnar tornada material? — rosnou Gaardalok.

Ela disfarçou o medo, com as costas para ele por um instante. Gradualmente o kum'shrak ficou cinzento, então esbranquiçado. As bordas perderam o fio e se tornaram rombudas.

— A Morte é meu domínio, herege — disse o sumo-sacerdote. — Há quantos anos você usa a Morte para afiar esse pedaço de osso? Quanto tempo dedicou a aperfeiçoar a arma que funciona com todos, *exceto* comigo?

Ela se virou para ele, então os cadáveres atacaram.

Gaardalok teve tempo de se erguer enquanto os cavaleiros mortos se amontoaram ao redor de Maryx. Eram cerca de dez, mutilados e trôpegos, mas tinham a energia de Ragnar. Seus corpos animados agarraram os braços e as pernas de minha irmã. As entranhas queimadas de Eclipse, de Gradda, de Fahime e do rei avançaram para ela como serpentes, amarraram seus pulsos, enroscaram-se ao redor de seu pescoço. Vi as patas do warg se arrastando sozinhas para atacar a antiga mestra, os ossos de Balek III rastejando como aranhas contra ela. Os intestinos mortos-vivos se apertaram em volta de sua garganta, começando a asfixiá-la. O rosto enegrecido de Maryx estava ficando inchado de falta de ar. Ela bateu com o kum'shrak num cavaleiro morto-vivo, mas a arma não tinha mais fio. Fez barulho contra o elmo semidestruído e resvalou, inofensiva.

Gaardalok se apoiou no cajado, sem conseguir usar o pé esquerdo. Berrou outra prece e os fiapos negros e etéreos se enroscaram ao redor de Maryx. Ela rilhou os dentes para não gritar. A tatuagem se espalhou por suas costas, suas pernas. Os joelhos de Maryx fraquejaram. Ao mesmo tempo, os mortos ganharam mais força com aquilo.

Thwor bateu em Avran com um enorme pedaço do teto. O paladino ergueu o escudo, um clarão branco tomou a sala e a pedra se desfez. Era uma batalha aguerrida, em que o Ayrrak não podia se distrair. Não havia ajuda para Maryx ali.

O olhar de Maryx cruzou com o meu. Ela estava quase totalmente coberta de mortos-vivos que arranhavam sua pele, mordiam sua carne, tentavam cortá-la com lâminas. Apenas a cabeça e a mão direita estavam de fora — suficientes para Maryx respirar e para erguer o kum'shrak em golpes inúteis contra os inimigos. Eu estava parado, impotente para interferir no fim do mundo. Tentei canalizar a cura de Thyatis, mas o vínculo com o deus me deixara. Até mesmo a espada enferrujada, arma do Deus da Morte, ficara para trás, nos escombros, presa no corpo de Laessalya. Eu não tinha mais poder nenhum. Não podia fazer nada.

Comecei a andar até Maryx.

— Deixe-me em paz — ela conseguiu grunhir para mim, a voz mal saindo em meio ao enforcamento.

Eu não podia fazer nada.

Juntei-me à multidão morta que avassalava a heroína.
Estendi a mão e agarrei a lâmina cega do kum'shrak.
Eu não podia fazer nada.
Exceto morrer.

Fiz força, desci a arma contra minha cabeça. Eu não estava protegido por um elmo, nem era resistente como um cadáver escravizado por Gaardalok. Eu era só alguém condenado a morrer para sempre. O kum'shrak quebrou meu crânio. Senti a dor aguda, então o alívio momentâneo. Uma sensação conhecida. Àquela altura, eu sabia muito bem como era morrer. Abri os olhos menos de um instante depois. O kum'shrak estava um pouco mais escuro.

Tinha um pouco de fio.

Encostei a lâmina em minha garganta.

Fiz força e ela cortou, enterrando-se em minha carne. A luz se esvaiu de meus olhos e voltou. Segurei o kum'shrak firme na ferida aberta. Meu sangue escorreu e a arma o tragou.

Morri de novo e de novo, com cada pulsação. A luz piscando devagar, acompanhando meu coração morto de novo e de novo, num ritmo funesto.

Maryx tombou ante a multidão, a cabeça sumiu sob os corpos animados, apenas o braço com o kum'shrak estava de fora.

A lâmina já era quase tão negra quanto eu lembrava.

Joguei meu corpo sobre a massa morta-viva. Mantive a lâmina enterrada, me matando, bebendo meu sangue. Maryx afiara a arma ao longo de anos, com incontáveis mortes. Eu estava disposto a morrer tanto quanto fosse preciso. Meu sangue escorria farto pelos inimigos desmortos.

Então minhas mãos estouraram em inúmeros cortes.

Cortes espontâneos, pelo poder do kum'shrak.

Vi a lâmina escura como a noite, letal como a Aliança Negra.

Puxei-o de minha garganta com dificuldade, enquanto ele sorvia minha vida e minha morte com gula.

Caí para trás, ressuscitando a tempo de ver Maryx segurar o kum'shrak com força.

A caçadora sentiu que sua lâmina estava livre mais uma vez. Com esforço do único braço que não estava soterrado, desceu-a sobre os mortos-vivos. O primeiro golpe cortou armadura como se fosse tecido, penetrou fundo em carne morta, quebrou ossos como manteiga. Então golpeou de novo, dividindo os cadáveres, decepando braços e cabeças, cortando troncos ao meio. Cada vez mais livre, cada vez diminuindo mais a multidão morta. Com força, ela retalhou os mortos, até que emergiu da pilha. Seu rosto estava inchado, os olhos esbugalhados, ela sufocava pelo laço apertado das tripas. Maryx fez um corte leve e preciso, soltando-se da forca.

Ficou de pé, inspirando uma quantidade enorme de ar com um urro. Marcada pela morte de todas as formas que Gaardalok era capaz de criar, quase totalmente tatuada, coberta de sangue e pedaços de cadáveres, tendo destroçado inimigos e aliados. Seu corpo estava avassalado pela magia profana do sumo-sacerdote. Mas nada podia detê-la.

Ela rugiu, abriu os braços em triunfo e enxerguei medo na face de Gaardalok.

Ele gesticulou para ela, Maryx arremessou a foice curta. A arma girou com precisão, a lâmina recurvada atingiu os dedos do inimigo. Eles voaram soltos, a prece se transformou num grito. Gaardalok ergueu o cajado, perdendo o equilíbrio. Um raio negro emergiu da ponta enquanto ele caía. Maryx rolou no chão, mas estava lenta e foi atingida de novo. Gritou de dor.

O bugbear desabou mais uma vez. Agitou o cajado, conjurando a energia da Morte. Abriu a bocarra, berrando uma oração.

Maryx não podia vencê-lo pela força. Talvez nunca tenha tido tamanho poder, e a maldição que ele lhe impusera só aumentava esta certeza. Mas Maryx não lutava só com a força. Ela lutava como sua mãe a havia ensinado.

Arremessou uma pequena bolsa.

A bomba caiu com precisão milimétrica dentro da boca aberta de Gaardalok.

A caçadora rolou para longe. A explosão ribombou na sala do trono e destroçou parte do crânio do morto-vivo. Ele ainda se mexia, aquilo não era o suficiente para destruí-lo.

Mas era o bastante para impedi-lo de falar.

— Engraçado — Maryx fez um sorriso feroz. — *Agora* seria uma boa hora para você rezar.

Ela andou trôpega de volta ao inimigo. Agarrou seu braço, prendeu com as pernas a mão que restava. Guardou o kum'shrak, sabendo que a arma não teria efeito contra ele. Então segurou o crânio e puxou-o.

Com um repelão, Maryx Nat'uyzkk arrancou a cabeça do sumo-sacerdote de Ragnar.

Ela ficou de pé, a cabeça na mão. Gritou de triunfo: tinha o maior troféu para uma caçadora de cabeças. Gaardalok continuava tentando falar, continuava tentando gesticular. Mas sua boca semidestruída não articulava mais as palavras. Seu corpo mutilado não podia mais coordenar os movimentos. Ele convulsionava no chão, sem nenhum poder. Preso na morte eterna. Assim como eu.

— Veja, Zystrix! — gritou minha irmã. — Veja, Tropa da Forca! Veja, Vartax! Veja, Threshnutt; veja, Zagyozz! Veja, Gradda! Veja, Eclipse!

Então jogou a cabeça no chão com força.

— *Vocês foram vingados!*

O salão foi invadido por um rugido ainda mais alto, vindo de fora. As paredes racharam. Thwor olhou pela janela por um instante. Avran aproveitou a distração e correu para o Ayrrak.

Atingiu-o em cheio com o Escudo do Panteão, fazendo mais um clarão branco. Continuou correndo, arrastando Thwor. O Imperador se agarrou em seus ombros, batendo em sua cabeça com punhos fechados, como martelos. O paladino se jogou através da parede, levando o inimigo. Os dois atravessaram a pedra, destroçando toda uma ala do palácio. Ouvi o som de uma torre desabando. Corri pelo salão que ruía, em direção à abertura.

Vi Avran e Thwor caindo na colina como se fossem eles mesmos o cometa. A queda ergueu terra, pedra e cadáveres, abriu uma cratera. Os dois continuaram engalfinhados em luta, enquanto Cosamhir estava tomada pela guerra entre humanos e goblinoides.

No céu, a Flecha de Fogo rugia incandescente, uma bola de chamas do tamanho da cidade.

Avran montou sobre o Ayrrak, dentro da cratera. Sua espada estava quebrada, a ponta enterrada fundo no peito de Thwor, o cabo perdido em algum lugar longe dali. O paladino segurou o escudo rachado com as duas mãos sobre o rosto do Imperador, desceu-o com força.

Um clarão branco tomou a colina.

— *Maldito seja!* — Avran gritou.

Outra batida, em cheio no rosto de Thwor.

— *Malditos sejam todos os goblinoides!*

A colina foi tomada por outro clarão.

O palácio ainda não estava todo arruinado, mas uma grande ala fora destruída. O resto ameaçava desabar, as colunas de cristal rachavam aos poucos, pedaços dos pisos e torres caíam de forma intermitente. Corri o mais rápido que pude para fora da sala do trono. Vi Maryx saltando pelo rombo que o deus e o Ayrrak tinham formado. Tentei escalar para fora, escorreguei e caí. Acho que quebrei o pescoço, talvez tenha morrido de novo, mas minhas mortes agora eram rápidas demais para que eu notasse. Enfim, cheguei perto da batalha. As tropas humanas e goblinoides convergiam ao redor da luta. Maryx se aproximou pelo outro lado, mancando, arrastando o kum'shrak no chão.

— Raça maldita! — o Deus da Morte berrou de novo.

Ele bateu mais uma vez, mas algo o deteve. Consegui ver que Thwor Khoshkothra'uk travou o escudo com os dentes. Avran tentou arrancá-lo das mandíbulas do Ayrrak, mas não teve força. Thwor segurou o Escudo do Panteão com as duas mãos e puxou para os lados.

Toda Cosamhir foi tomada pelo brilho branco e por um som agudo quando Thwor partiu o artefato sagrado em dois.

Quando consegui enxergar de novo, vi o Ayrrak de pé. Seu rosto era uma ruína de sangue, tiras de carne pendentes e pedaços de osso, ele respirava pesado. Descartou os dois pedaços do escudo. Avran estava caído a algumas dezenas de metros. Os exércitos tinham parado de lutar, humanos e goblinoides observando aquele duelo.

O paladino ficou de pé. Sua armadura era um punhado de pedaços de metal retorcido, seu elmo se perdera.

— Revele-se, Ragnar — ordenou o Ayrrak. — Gosto de ver quem estou matando.

— Sou humano — rosnou Avran. Sua voz não estava alterada, mas chegou a cada ponto de Cosamhir. A voz de um deus.

— Você é mais covarde que a Deusa dos Elfos — disse Thwor. — Pelo menos Glórienn teve coragem de mostrar o rosto para que eu esmurrasse.

Avran andou até ele.

— *Sou humano.*

— Bugbears ficam bêbados com o medo dos outros, lembra? Estou embriagado, Ragnar. Nunca estive tão bêbado na vida! *O medo de um deus é delicioso!*

— *Pare de mentir!*

Avran correu para Thwor. Num instante, atravessou a distância, como se fosse um só passo. Parou a sua frente e vi que ele também tinha a forma de um bugbear. Um enorme bugbear de pele cinzenta e cabelos compridos, caveiras adornando seu pescoço. Fez um punho com a manzorra e atingiu o Ayrrak no queixo.

Thwor voou contra as ruínas do palácio. Atingiu uma muralha, que se quebrou com o impacto. Mal se ergueu e Ragnar estava sobre ele de novo, mas não era mais Ragnar. Era Leen, a forma antiga do Deus da Morte, uma sombra trajada em mantos com uma foice nas mãos. Leen golpeou com a lâmina recurvada num arco longo contra Thwor. Uma explosão negra tomou a paisagem quando o impacto atingiu o Ayrrak. Eu o ouvi berrar.

Leen ergueu a foice de novo.

Desceu-a.

A arma foi detida pelas mãos de Thwor. Ele estava tremendo. Seus músculos e suas veias estavam inchados, os ferimentos abertos jorravam sangue. Ele rilhava os dentes, grunhia de esforço.

Aos poucos, o Imperador Supremo se ergueu, resistindo à força de um deus. Segurava nas mãos nuas a foice de Leen, o machado de Ragnar, a espada de Avran Darholt.

— Você sempre foi só uma arma — disse Leen.

— A ferramenta é você — respondeu Thwor. — Você foi uma ferramenta que usei para unir meu povo no maior império que este mundo já viu.

— Você é fraco — rosnou Ragnar.

— *Prove.*

— É odiado pelos deuses! — disse Avran Darholt.

— Eu também odeio os deuses.

As três formas do inimigo se alternavam ante meus olhos, sem que houvesse transformação. Ele era um deus: um assassino, um selvagem e um guerreiro sagrado. Era o conceito da Morte e estava lutando contra um mortal.

Em volta da colina, os goblinoides correram para ajudar seu Imperador. Os sacerdotes da Morte os atacaram, comandaram fiéis e mortos-vivos para que os impedissem. Os soldados, oficiais e nobres humanos não sabiam o que fazer. Olharam atônitos a luta entre os goblinoides, enquanto a Flecha de Fogo se aproximava, tomando todo o céu com chamas.

Uma forma imensa atravessou as linhas de Tyrondir e da Aliança Negra, abrindo caminho entre humanos estáticos e duyshidakk em luta.

Era um corpanzil peludo e musculoso. Um bugbear ainda maior que os outros. Um nobre viu aquilo e se desesperou, soou uma trombeta de guerra e deu ordem para que seus guerreiros atacassem. Um cavaleiro trespassou o bugbear numa carga, ele foi jogado para o lado mas retomou a corrida. Soldados humanos enfiaram nele suas espadas, mas ele continuou. Devotos do Deus da Morte atacaram-no com maldições e foices, seu corpo murchou e sangrou, abriu-se em rombos e cortes, mas nada foi capaz de detê-lo.

Thogrukk, um dos últimos filhos de Thwor Khoshkothra'uk, emergiu das linhas caóticas, ensanguentado, urrando, carregando o machado do pai.

Avran venceu a força de Thwor, desceu sobre ele a espada. A foice de Leen cortou seu ombro e seu peito. Ragnar puxou o machado para um novo golpe, enquanto Thwor rolou colina abaixo.

Deteve-se aos pés do filho. Thogrukk caiu de joelhos, ofereceu com as duas mãos ao Imperador Supremo o machado, que era seu símbolo de ofício e sua maior arma. Enquanto o filho caía devagar, abrindo mão da vida e das últimas forças, o pai se ergueu.

Thwor segurou o machado. Thogrukk viu o sucesso de seu último ato de bravura e brutalidade. O Ayrrak se virou a tempo de bloquear um golpe do deus.

Thogrukk desabou de rosto no chão.

Leen girou a foice e golpeou o flanco de Thwor. Ele não se protegeu: deixou a arma entrar fundo em suas costelas enquanto desceu o machado sobre a cabeça do Deus da Morte.

O machado de Thwor rachou o crânio de Ragnar enquanto Avran livrou a espada para golpear de novo.

— Sua morte é inevitável — sussurrou Leen. Então Avran completou:
— A morte de toda sua raça imunda.

— Você não entende a Flecha de Fogo.

Avran enterrou a espada no estômago de Thwor. Ragnar puxou o machado, trazendo consigo as entranhas do Imperador. Thwor golpeou pesado o peito do deus.

Ouvi uma voz gritando no meio da multidão. Falava o idioma goblinoide, mas era musical. Distorcida pela fúria e pelo sotaque pesado.

— Ele é nosso deus! — urrou Thraan'ya. — Não Ragnar! *Thwor!*

Ela ergueu uma espada curva. Estava montada no touro de ferro que eu vira o Ayrrak cavalgar antes da primeira batalha. A fera mágica pateava o chão, mantinha todos os inimigos longe com seus chifres.

Maryx surgiu de pé sobre uma torre desabada. Ergueu o kum'shrak e bradou:

— Thwor!

Os hobgoblins responderam:

— *Thwor!*

Então ouvi as vozes esganiçadas dos goblins:

— *Thwor!*

Levantei meus braços arruinados e juntei minha voz à dos fiéis:

— *Thwor! O Ayrrak!*

A Flecha de Fogo estava próxima. Seus contornos de chamas eram nítidos. Ouvi de novo o ruído horrendo que escutara antes, como uma avalanche e o maior desabamento de Arton. Eu não sabia o que podia ser aquilo, mas não era um bom augúrio.

Leen cravou a foice no peito de Thwor. O Ayrrak desceu o machado com força no pescoço de Ragnar. Avran atravessou sua axila, a ponta da espada surgindo na base do pescoço do inimigo. Thwor golpeou o topo da cabeça encapuzada de Leen.

— Você não vai sobreviver — disse o Deus da Morte.

— Você não entende — disse Thwor Khoshkothra'uk. — Minha intenção nunca foi sobreviver.

— O Ayrrak! — gritou Thraan'ya. — O Ayrrak!

A guerra tinha cessado nas ruas. Fossem goblinoides ou humanos, devotos do Deus da Morte ou leais a Thwor, todos voltavam sua atenção à batalha de um mortal contra um deus.

A foice, o machado e a espada estavam cravados no peito de Thwor, as três lâminas, que eram uma, presas na carne em uma ferida mortal. Ragnar envolveu o pescoço de Thwor com os dedos brutos. Leen apertou com as mãos esqueléticas. Avran fez força, orando por ajuda dos deuses.

— Você está exatamente onde eu quero — o Ayrrak falou, a voz mal saindo.

Era um mortal resistindo a um deus. Uma criatura viva, por pior que fosse, enfrentando a própria Morte. Algo muito profundo foi tocado dentro de cada um que assistia àquilo. Pois todos, não importava quem fossem, enxergavam o guerreiro se transformar na imagem do bugbear selvagem que temiam há décadas. E viam o bárbaro adquirir a forma do assassino de mantos escuros com a foice. Havia algo primordial que nos fazia entender o que era aquela entidade. Todos os medos que qualquer um de nós jamais tivera estavam personificados ali, pois qualquer medo na verdade era o medo do fim. Ragnar, Leen e Avran eram o fim tornado pessoa, tudo que os artonianos buscavam evitar condensado numa forma material. E só havia um guerreiro em todo o mundo que ousava lutar contra ele.

Ouvi os primeiros humanos gritando:

— Thwor!

Um cavaleiro fez seu corcel empinar e ergueu a espada:

— O Ayrrak!

Pois unir as diferentes raças sempre fora o verdadeiro poder de Thwor Ironfist, de Thwor Khoshkothruk, de Thwor Khoshkothra'uk. A Flecha de

Fogo se aproximava e iria cair sobre todos nós, humanos e goblinoides. Mas Thwor enfrentava o desespero. Enfrentava a Morte. E, mesmo que houvesse ódio entre todos ali, aquele mortal podia nos mostrar que éramos iguais. Porque, mesmo frente à derrota certa, ele não desistia. O Deus da Morte não compreendia sua própria profecia, talvez nem mesmo Thyatis entendesse o poder daquilo.

Thwor não era um homem, Thwor não era uma arma.

Thwor era um ideal.

Thwor era aquele que unia os povos. Thwor invadia uma cidade, derrotava um deus e formava uma união invencível.

Acho que o Deus da Morte não entendeu quando, por toda a cidade, humanos e goblinoides gritaram em uníssono:

— Thwor! Thwor!

Éramos mortais e, contra a própria Morte, iríamos nos unir de qualquer forma.

— Você está exatamente onde eu quero — repetiu Thwor.

O deus não respondeu, mas minha curiosidade de profeta e de estudioso queria mais do que tudo perguntar: *"Onde?"*.

Mais uma vez, o som horrendo tomou Cosamhir. Olhei para cima e finalmente entendi.

A Flecha de Fogo se partiu. Quando chegou perto de nosso mundo e incendiou o céu, ela enfraqueceu. O que estávamos ouvindo era a Flecha rachar. O cometa se dividiu em incontáveis fragmentos incandescentes, que foram disparados como uma saraivada para todos os lados. Vários sumiram a distância. Um deles caiu nos arredores da cidade. O chão tremeu. Poeira se ergueu do chão, formando uma camada escura que aos poucos cobriu todo o brilho do círculo de chamas que tinha sido a própria Flecha.

— A sombra está passando pelo globo de luz mais uma vez — murmurei para mim mesmo. — A sombra da morte completa seu ciclo.

Em meio aos estrondos e à gritaria, consegui ouvir a voz do Imperador.

— Você está exatamente onde eu quero — ele disse, pela terceira vez.

O Deus da Morte apertou seu pescoço. Thwor sorriu e, como se ouvisse minha pergunta muda, respondeu:

— No coração das trevas.

Então um pedaço da Flecha de Fogo caiu com uma explosão sobre o Ayrrak e o deus.

10
DEPOIS DA FLECHA

A FLECHA DE FOGO SE ESFACELOU E CAIU SOBRE O REINO.
    O fragmento que atingiu Thwor e o Deus da Morte tinha o tamanho de uma carroça, ou ao menos era o que parecia. Era uma bola de fogo sólida, caindo em velocidade estonteante — cada pessoa que testemunhou aquilo tem suas próprias memórias e sua própria descrição. O estrondo foi maior do que qualquer coisa que já ouvi. O impacto fez o chão saltar como um terremoto. Fui jogado para cima, caí sobre o ombro e a cabeça, desorientado. Acho que morri de novo. Muitos morreram com a queda. Mais uma parte do palácio ruiu, a gritaria de pânico se espalhou pelos exércitos.
    Então os outros fragmentos choveram.
    Só mais um atingiu Cosamhir, longe de nós. Rachaduras surgiram na maior parte dos prédios. Uma fenda imensa se abriu entre duas ruas, fazendo desabar construções dos dois lados, engolindo gente e coisas. A praça com a estátua de Thyatis sumiu sob um fosso instantâneo. Depois soubemos que Tyrondir inteiro foi vítima da chuva de rochas incandescentes. As planícies sofreram o pior, um ataque constante que durou um dia e uma noite. Algumas vilas foram atingidas em cheio e ninguém nunca ficará sabendo quem foram as pessoas que morreram lá, pois desapareceram por completo. Alguns pedaços atingiram a praia e o mar se revoltou. Ondas imensas subiram, tragando comunidades costeiras. As estradas foram interrompidas por rachaduras e abismos, por crateras e elevações repentinas. Florestas ganharam linhas compridas de ruína, onde os fragmentos varreram todas as árvores; incendiaram e se tornaram desertos carbonizados. Alguns lugares nunca pararam de arder.
    O Istmo de Hangpharstyth também foi assolado.
    Toda uma seção das muralhas de Khalifor desabou quando a Cordilheira de Kanter foi alvo de um dos maiores fragmentos. Uma avalanche desceu dos

picos, varreu os morros e a encosta, caiu sobre a cidade-fortaleza. A torre negra no centro de tudo balançou. As rotas dos goblinoides pelo istmo foram soterradas, um grande acampamento da Aliança Negra morreu queimado. Perdemos contato com outros bandos, mas eu só soube disso muito mais tarde. Os maremotos assolaram aquela faixa de terra, boa parte do istmo afundou sob o oceano. Dizem que, em certas épocas, a passagem se torna tão estreita que duas pessoas não podem passar lado a lado.

E Lamnor foi atingido.

Mas, por causa da astúcia do Ayrrak, sofreu o menor dano.

O primeiro fragmento que se desprendeu da Flecha caiu perto de Farddenn. A floresta foi devastada e várias tribos morreram, mas a cidade sagrada restou incólume. Os pedaços do cometa pontilharam os vales e os pântanos. Minha querida Urkk'thran viu a queda de um rochedo em chamas e tremeu, mas continuou viva. Incontáveis incêndios tomaram o continente, mas foi só fogo e chacina, não o fim do mundo. Talvez minha única verdadeira alegria naquilo tudo foi saber que uma rocha flamejante atingiu o sítio das ruínas do Castelo do Sol, como se a Flecha buscasse varrer o legado de Ragnar. Mais tarde visitei o local para me certificar de que tinha sido pulverizado. Nada restou da fortaleza de ódio de Avran Darholt. Rezo todos os dias para que, em alguns anos, ninguém lembre dos membros da Ordem do Último Escudo.

A nuvem de poeira cobriu Lamnor, Tyrondir e partes do Reinado, tapou o sol durante semanas. Não um eclipse, mas uma sombra muito mais mortal e demorada do que qualquer um de nós podia imaginar. Mas a Flecha fragmentada não era capaz de destruir todo um povo. Os mortais passaram frio e fome, mas sobreviveram. Por causa de Thwor.

Nada restou do Ayrrak e do corpo físico do Deus da Morte. Eu não sabia se devia chamá-lo de Ragnar, de Leen ou de Avran. Eles eram diferentes aspectos da mesma coisa, assim como Ironfist, Khoshkothruk e Khoshkothra'uk eram diferentes aspectos do mesmo homem. Os nomes tinham poder e aqueles dois mudaram ao longo do tempo, para travar sua luta cósmica. Fiquei grato por fazer parte daquele conflito, mesmo que meu papel tenha sido pequeno. Eu fui Corben, fui Corben An-ug'atz e fui Khorr'benn An-ug'atz, e a mim coube trazer a verdade. Todos nós éramos apenas coadjuvantes naquela história grandiosa; na ascensão, no triunfo e na queda do maior homem que já viveu, do único mortal que realmente conseguiu vencer a Morte.

A Vida era relativa e a Morte era absoluta. Eu aprendera isso ao longo de minha jornada. Mas havia outra verdade: a Vida era inteligente e a Morte era burra. Nem mesmo o Deus da Morte, em todas as suas formas, fora capaz de compreender a própria profecia como Thwor.

Thwor trouxera a Morte para perto de si no Akzath. Notara que a profecia nunca realmente falava sobre o fim da Aliança Negra ou mesmo afirmava que a queda da Flecha mataria o Ayrrak — apenas que os dois eventos estavam ligados. Se a última batalha acontecesse em Lamnor, talvez a Flecha de Fogo tivesse caído inteira, devastando o continente como era o desejo do Deus da Morte. Mas apenas um pequeno pedaço de Tyrondir era "o coração das trevas". A profecia não poderia se cumprir se Thwor não morresse, mas também não poderia se cumprir se todo o Reinado fosse destruído pela Flecha. Nem o norte nem o sul eram o coração das trevas. Tanto o norte quanto o sul estavam cheios de Vida. A Morte só estava ali, naquela cidade.

Foi assim que um mortal distorceu os desígnios de um deus.

Compreendi tudo isso enquanto tropeçava, caía e morria no caminho até a beira da cratera. Quando cheguei lá, encontrei Thraan'ya ajoelhada.

Rezando.

Em meio à névoa de poeira, discerni outros vultos. Grandes e pequenos, de todas as raças. Havia um punhado de goblins, claro, pois goblins sempre estavam por toda parte e eram uma das razões pelas quais nosso mundo era tão maravilhoso. Também havia hobgoblins e até alguns bugbears. Havia orcs calados e solenes. Havia um ogro, que não precisava entender tudo para sentir a verdade do que acontecia ali. Havia gnolls e alguns kobolds. E havia humanos. Plebeus e soldados, nobres e cavaleiros estavam ajoelhados em volta da cratera, porque ali um mortal lutara contra a Morte.

Juntei-me a eles.

— Você está sentindo, Khorr'benn? — Thraan'ya perguntou.

Fechei os olhos.

Eu sentia.

Minha conexão com Thyatis tinha desaparecido, mas agora havia um outro vínculo. Como era meu ciclo e meu lugar no Akzath, eu perdera um lar para ganhar outro, ainda melhor. Minha confiança em Thwor me encheu de felicidade e plenitude, de uma forma que deixou de ser mera lealdade, mera admiração, mero amor.

Sorri largo e abri os braços para a fé, mais uma vez.

— Você está sentindo, Khorr'benn? — ela repetiu.

Não havia mais nela ódio por mim. Eu sofrera com eles, experimentara com eles o fim e o início de tudo. Uma segunda chance. Thraan'ya era uma irmã na fé, nós dois éramos o começo de algo novo e poderoso. Ela segurou minha mão para que continuássemos ajudando o Ayrrak, como seus soldados no conflito eterno.

Havia, em algum lugar intangível, uma batalha entre Vida e Morte.

Uma batalha entre um mortal e um deus.

A Infinita Guerra seguia, enquanto a alma ascendida de Thwor enfrentava a forma verdadeira do Deus da Morte.

Os dias e as semanas passaram de forma vagarosa e intensa, enquanto todos tentávamos entender o que estava acontecendo. Goblinoides e humanos continuaram a lutar nos becos, porque a luta nunca acabava. Mas eram conflitos isolados, pessoas com medo e com raiva, recebendo com violência o novo mundo que estava nascendo.

E, mais e mais, humanos vinham rezar conosco ao redor da cratera.

O lodo negro surgiu mais uma vez. O sangue de Ragnar brotou entre os paralelepípedos. Emergiu de fendas, por entre as folhas de grama, da casca das árvores e no fundo de rios e lagos por todo Tyrondir.

Temi que começasse um novo morticínio, mas ninguém ficou doente ou amaldiçoado. Logo descobri que a maldição não se espalhava mais. Apenas aqueles que tocavam na substância morriam.

Não era mais uma arma. Era apenas um deus ferido em batalha sangrando em nosso mundo.

Eu dormia numa casa arruinada, acompanhado por sobreviventes e miseráveis de todas as raças, que tentavam achar comida e abrigo na cidade destroçada. Não existia dia ou noite, apenas a sombra perene da batalha celeste. Enquanto estava acordado, eu também procurava o que comer, tentava ajudar quem precisava de ajuda e estava disposto a se juntar a nós.

Foi numa dessas perambulações pelas ruínas de Cosamhir que encontrei Maryx de novo.

Era uma rua deserta, ladeada por prédios meio desabados. Uma fenda interrompia a passagem e havia um grande pântano de lodo negro nas quadras ao redor. Ninguém passava por lá. Ficamos parados, um encarando o outro, durante vários instantes.

— Você entende o que está acontecendo? — perguntei.

— Não sou idiota.

Fiquei calado.

— Só posso pedir seu perdão mais uma vez, Maryx — quebrei o silêncio de novo.

— Não vou perdoá-lo.

— Eu sei. Faz parte de meu ciclo. Pelo menos você está viva.

Isso pareceu aumentar sua raiva:

— Porque consegui sobreviver sozinha. Você me deixou para morrer. Preferiu salvar o homem que o matou.

— O que eu podia fazer? Nunca fui um guerreiro.

— Ainda era abençoado por Thyatis. Você poderia ter me ajudado. Sempre pensa em uma solução quando quer.

— Precisava ser assim, Maryx. Eu precisava ser traído e perder uma irmã. Se não fosse assim, a batalha de Thwor...

— Justifique seus erros com motivos nobres. Foi assim com sua amiga na cidade, não? Como era o nome dela?

— Ysolt — respondi com um suspiro.

Silêncio.

— Em minha casa, muito tempo atrás, você disse que nunca trairia quem o salvou. Que nunca trairia a família que o acolheu. Era mentira desde o início? Ou você só é fraco demais para cumprir a palavra?

— Não traí sua família.

— Você deveria *ser* minha família. Eu o chamava de ushultt. Sabe o que significa?

— Você sabe que sei.

— Não tenho certeza.

Aquilo me machucou, apesar de tudo.

— Todos sempre o chamaram de traidor — ela disse. — Eu achava que você apenas descobrira sua verdadeira lealdade na Aliança Negra e a nós seria fiel. Mas você não conhece a lealdade, Khorr'benn. Todos tinham razão a seu respeito.

— Eu a ajudei no palácio. Morri várias vezes para afiar sua lâmina.

— Minha vitória contra Gaardalok era útil para você.

— Vamos criar O Mundo Como Deve Ser, Maryx. Você pode se juntar a nós.

— *Eu* vou criar O Mundo Como Deve Ser. Já há vários duyshidakk leais a mim. Leais *de verdade*.

— Eu a amo como uma irmã.

— Eu sei. Você sempre trai aqueles que ama.

Ela passou por mim. Fiquei parado.
Ouvi sua voz atrás:
— Quem é sua nova irmã?
Não quis responder.
— Quem? — ela insistiu.
— Thraan'ya — falei.
Thraan'ya, que de início me chamara de traidor, de espião. Thraan'ya, que esperava por mim na borda da cratera santa.
— Espero que ela sobreviva a seu amor.

Durante semanas, rezamos com fervor, recebendo mais e mais devotos. Emprestamos o poder de nossa crença a Thwor, para que nos usasse como armas e ferramentas em sua luta, a mais nobre das batalhas.

Já éramos milhares. As ruínas de Cosamhir se tornaram um imenso templo, enquanto goblins, hobgoblins, bugbears, orcs, ogros, gnolls, kobolds e humanos foram preenchidos pelo sentimento de união e irmandade, novos vínculos que se formaram entre todos nós. Entre aqueles que sofreram juntos no dia em que a Flecha de Fogo caiu.

A cobertura de pó se abriu aos poucos e pudemos ver o céu de novo. A noite trouxe a boa nova.

A lua estava cheia. Permaneceu cheia na noite seguinte, então na próxima e na outra.

A lua cheia durou um mês.

Se eu ainda fosse um estudioso, tentaria achar uma explicação com telescópios e sextantes. Mas o fenômeno aconteceu pelas regras de Lamnor. A carruagem de Ragnar não podia mais fazer sombra, pois não havia ninguém para guiá-la. Quatro ciclos foram um só e as noites foram brilhantes até que a Criação se ajustasse e a lua mais uma vez começasse a minguar.

Durante aquele mês, ninguém morreu no mundo todo. O mundo ainda não sabia morrer sem o Deus da Morte.

Para alguns foi uma bênção, outros foram obrigados a pagar um preço terrível. Doentes passaram um mês em estertores agonizantes, sem chance de alívio. Vítimas de acidentes ficaram esmagadas sob rodas de carroças, no fundo de poços e abismos, presas em afogamento eterno nos destroços de navios. Pessoas e animais foram devorados e seus restos permaneceram vivos. Guerreiros continuaram vivendo com machados enfiados nos crânios, espadas trespassando seus corações. Nenhuma folha caiu, nenhuma flor murchou.

Mas, com o tempo, Arton reaprendeu a morrer.

O povo passou a achar estranho que um dia a morte tivesse sido personificada num deus. Era só um fenômeno, um conceito abstrato, não precisava ser regida por ninguém. Voltou-se a morrer sem ajuda, voltou-se a viver como sempre. O mundo continuou em seus ciclos eternos.

Era um dia comum e maravilhoso, como eram todos depois de nossa vitória. Fui até a cratera. Vi meus irmãos, vi minha irmã. Curvei-me na beira do sítio sagrado. Enfiei meus dedos no pó de cometa, escombros, rocha e gente. Andei em meio à multidão de fiéis ajoelhados. Toquei em suas testas. Usando pó, marquei-os com o símbolo de nossa religião. O círculo preto, brasão da Aliança Negra. Caminhei por Cosamhir, distribuindo a bênção.

Encontrei um goblin com a perna quebrada. Ele tinha escorregado nos destroços e estava se contorcendo de dor. Ajoelhei-me, desenhei o símbolo sagrado em sua testa. Minha mão brilhou com luz dourada, luz divina. Num instante, o esgar de agonia se transformou em lágrimas de alívio.

Eu era mais uma vez um clérigo.

Pois o Deus da Morte tinha sido destruído nos céus, derrotado por um mortal.

E havia um novo deus no Panteão. Meu deus, que nos guiaria até O Mundo Como Deve Ser.

Thwor Khoshkothruk, o Deus dos Goblinoides.

EVANGELHO

A COISA MAIS FÁCIL QUE FIZ NA VIDA FOI ACHAR UM MOTIVO para odiar alguém. A coisa mais difícil foi não decepcionar aqueles que amo.

Não vejo Maryx há mais de um ano. Sei que ela lidera seu próprio exército, um dos maiores que viajam por Lamnor. Desejo seu bem, mas ela está equivocada. Assim como vários generais que se ergueram dos fragmentos da Aliança Negra, Maryx Corta-Sangue acha que pode criar O Mundo Como Deve Ser sem os clérigos de Thwor. Eu gostaria de convertê-la, converter todos eles, mas é um trabalho demorado.

As últimas palavras que Maryx falou para mim nunca pararam de ressoar em minha mente. Procuro ficar longe de Thraan'ya porque sei que um dia vou traí-la, talvez provoque sua morte. Eu mesmo a ordenei clériga, fico orgulhoso de seus milagres. O exército que ela lidera é santo, composto unicamente de devotos. Há até mesmo um punhado de guerreiros sagrados. Não quero estragar isso. Talvez Thraan'ya merecesse ser a sumo-sacerdotisa em meu lugar.

Hoje em dia, permito poucos a meu redor. Não tenho mais medo de Lamnor — agora posso falar isso sem hesitação. Mantenho alguns goblins como escribas, pois meus dedos deformados não têm muita destreza para pegar em pergaminho e pena. Às vezes um bando de hobgoblins se junta a nós, mas eles não são feitos para a pregação. Seu modo de mudar o mundo é pela guerra e logo eles procuram um dos generais.

O norte ainda nos chama de Aliança Negra, mas não somos mais uma aliança. A Grande União perdura, talvez mais sólida do que nunca. Não há divisão entre raças: cada exército conta com goblins, hobgoblins, bugbears, ogros, orcs, gnolls, kobolds e humanos. Urkk'thran, Farddenn, Rarnaakk e todas as outras cidades continuam vivas e em constante transformação, prosperando sem um líder. Mas nos ermos somos divididos, cada general acha que seu próprio exército levará adiante o legado do Ayrrak. E, embora lutas entre nós sejam raras, o sonho de Thwor ainda está muito distante.

Há alguns bugbears que se dizem filhos de Thwor. Talvez um ou outro até esteja falando a verdade. Cada um deles é seguido por milhares de guerreiros. Há Ghorawkk, filho verdadeiro do Ayrrak, vagando de horda em horda, tentando conseguir privilégios por piedade e insistência. Há Maryx com seus batalhões e Thraan'ya com seus devotos. Há generais goblins que comandam enormes forças de máquinas de guerra, há antigos clérigos de Ragnar que ainda lideram bandos de cultistas da Morte sem poderes. Cada um de nós acha que levará adiante o que o Ayrrak construiu. Rezo para que ele me revele o caminho.

Se Maryx se juntasse a nós, teríamos seguidores suficientes para mais uma vez unificar os duyshidakk, mas ela nunca me perdoará. Minha escolha em Cosamhir pode ter dividido a Aliança Negra para sempre. Ou pode ter me concedido a maldição da vida eterna, que salvou minha amiga no palácio e me permitiu ser um clérigo mais uma vez. É impossível determinar todos os futuros que surgem de nossas ações. Ou mesmo se futuros existem.

O norte ainda nos teme. As ruínas de Tyrondir são uma barreira quase intransponível entre os dois continentes, mas Khalifor se tornou um antro ainda mais funesto para tudo que havia de sinistro na Aliança Negra. O lodo negro que surge do chão no antigo reino dá cabo da maior parte dos exploradores, mas sempre existem aqueles corajosos ou tolos o bastante para desafiá-lo. E, sem um Imperador Supremo para guiar os goblinoides, qualquer general pode sucumbir à sanha ambiciosa e tentar atravessar com seus guerreiros a Terra de Ninguém.

Ainda não sei qual é minha missão como sumo-sacerdote de Thwor. Um dia ele revelará como criaremos O Mundo Como Deve Ser. Talvez um dia haja uma nova profecia, um novo escolhido, alguém capaz de unir todos os exércitos. Talvez seja meu papel guiá-lo, como outrora foi o papel de Gaardalok. Talvez seja meu papel traí-lo.

Chego ao fim destas páginas transcritas por meu escriba. Não resta em mim nenhum segredo e nenhuma verdade. Esta é a história da ascensão de nosso deus, assim como percebida por mim. Sei que Thraan'ya trabalha em sua própria versão. Gostaria que Maryx contasse seu relato. Só assim podemos espalhar a palavra dele. Só assim podemos garantir que a narrativa da vitória sobre a morte não se perca com o passar dos séculos.

Não cabe a mim entender ou julgar o que minhas palavras significam. Talvez este seja um relato de desesperança e horror, sobre uma vítima presa num ciclo de perda e traição, fascinada por um conquistador assassino. Talvez seja uma saga que eleve o espírito, uma jornada de amizade entre inimigos. Cada um que conheceu Thwor e seus feitos o enxergou de um modo diferente. Cada um lerá sua história a sua própria maneira.

O ódio é necessário e cumpre um propósito. É fácil se saciar com o ódio que existe na superfície de tudo isso.

Mas também podemos buscar o amor que há no fundo, o que sempre será muito mais difícil.

APÊNDICE
ELEMENTOS DA LÍNGUA GOBLINOIDE

Ao escrever *A Flecha de Fogo*, logo senti a necessidade de inventar algumas palavras no idioma goblinoide, para dar aos leitores pelo menos uma ideia da sonoridade da língua. Como muitas vezes acontece, tudo tomou proporções além do previsto. "Algumas palavras" viraram algumas frases, as frases deram início a rudimentos de gramática e, quando percebi, estava criando elementos de um idioma.

As páginas a seguir são minhas anotações pessoais sobre o idioma goblinoide, feitas de início apenas para me orientar enquanto eu escrevia. Meu plano era que isto nunca fosse lido por ninguém além de mim e talvez dos editores — mas, à medida que a língua cresceu e tomou forma, comecei a achar que podia ser interessante para os leitores. Mais ou menos a partir da metade das anotações eu já escrevia pensando em ser lido.

Tudo isso explica a "organização" caótica, incompleta e sem lógica aparente deste conteúdo. Fui estabelecendo regras à medida que eram necessárias para a história, às vezes avançando um pouco nas anotações como ferramenta para criar a cultura da Aliança Negra, mas sem nenhuma preocupação com método.

Peço desculpas de antemão a todos os linguistas que lerem isto. Tenho certeza de que muita coisa vai soar extremamente simplória ou até absurda a qualquer especialista ou mesmo estudante. O idioma goblinoide nunca foi pensado para ser uma língua viável. Não é minha ambição que ninguém aprenda a falar goblinoide, nem existem elementos remotamente suficientes para isso. Apenas desejo expor um pouco sobre a mentalidade dessas criaturas por seu idioma. Da mesma forma que a maneira de pensar de Thwor e o Akzath não devem servir como base de uma visão de mundo real, o idioma só precisa fazer sentido no contexto deste livro — talvez de um punhado de outros materiais situados no mundo de Arton.

O idioma goblinoide é, em sua essência, uma curiosidade e uma brincadeira. Ninguém vai se tornar fluente, mas tweets em goblinoide são extremamente bem-vindos!

"kk", principalmente no final de uma palavra, marca plural.

"y" no meio de uma palavra, principalmente em conjunto a vogais, é uma marca de algo relacionado à vida.

Apóstrofe no meio de uma palavra é marca de algo relacionado à morte.

"tt" no fim de uma palavra significa centro, central, âmago, círculo interno, coração.

Ayirratt'tt Maryx Nat'uyzkk arranyakk significa "Eu sou Maryx Corta-Sangue, guerreira/caçadora" (na verdade, "membro dos guerreiros/caçadores").
Ayi é o radical de "ser/existir".
"rr" marca a primeira pessoa do singular.
"tt" significa interno, âmago, é uma marca que indica que "ayi" se refere à primeira pessoa. É usado duas vezes para se referir à própria pessoa que está falando.
O apóstrofe é marca de morte.
"Nat" é "corte/cortar".
O apóstrofe, mais uma vez, é marca de morte. Costuma ser usado em conjunto a "nat".
"uyz" é "sangue" num sentido geral. O "y" depois de vogal marca como algo ligado à vida, o "z" marca como algo ligado ao destino — o que determina o que vai acontecer com algo que é vivo. Sangue é um conceito importante para a cultura goblinoide, como visto em seus vários rituais de sangue. É o fluido que carrega vida e destino.
"kk" depois de "uyz" é marca de plural, significa que "uyz" não é sangue de uma criatura só ou sangue como um todo, mas "sangues", sangue de várias criaturas.
A frase poderia ser traduzida com mais exatidão como:
"Eu existo e existirei até a morte como Maryx que Corta para Tirar Sangue de Muitos, membro dos guerreiros e caçadores."

"Ayrrak" significa "Imperador Supremo".

"Ay" é um radical que carrega marca de vida, denotando paternidade, o que é identificado como autoridade. Tem relação com "ayi" — "ay" é "o que dá o ser". O conceito de "dar" em língua goblinoide denota propriedade e autoridade. Alguém só pode dar o que é seu, aquilo que a pessoa comanda. Isso se relaciona com o próprio conceito de propriedade coletiva dos goblinoides. Não existe propriedade privada como algo comum, então alguém que dá algo é poderoso e excepcional.

"rr" é marca de primeira pessoa do singular.

"ak" é marca de "tudo/todos".

Portanto, Ayrrak poderia ser traduzido ao pé da letra como "Pai e Chefe de Mim e de Tudo".

Ug'atzayi Corben oy'reshrrtt jak-duyshidakk significa "O humano é Corben, meu escravo pessoal e quase um de nós".

"Ug'atz" significa "humano". Literalmente, "mata e morre rápido". "Ug" é uma partícula que significa que o que vem à frente vale para os dois lados (no caso, a apóstrofe se refere à morte, então tanto matar quanto morrer).

"Oy'resh" significa "escravo", "vida interrompida pela servidão". "resh" carrega marca de sofrimento, denotando que servir é algo negativo. "rr" depois é marca de primeira pessoa, "tt" é marca de círculo interno. "Meu escravo pessoal".

"jak-" é, de forma bem simples, "quase". O hífen é pronunciado de forma bem distinta da apóstrofe pelos goblinoides. Um forasteiro que pronuncia um hífen como apóstrofe pode cometer uma grande gafe, inserindo morte numa palavra ou construção em que o conceito não deveria estar presente.

"Duyshidakk" é "o povo", "os goblinoides". Não tem a marca de primeira pessoa (como "arranyakk"), mas quando um goblinoide fala isso, fica implícito que está se referindo também a si mesmo como duyshidakk.

"d" denota algo que está ao redor, que permeia tudo. Algo coletivo ou universal.

"sh" ou "shi" é marca de dor, sofrimento.

"Duyshidakk" significa literalmente algo como "toda a vida a nosso redor, que sofre junta".

"an" é marca de contrário. Em geral, significa que todo o conceito contido na palavra deve ser invertido.

"Arranyakk" significa literalmente algo como "nós, que invertemos a vida, que temos a vida invertida (ou seja, que matamos e morremos)".

É interessante notar que os goblinoides não usam apóstrofe em "arranyakk", mesmo sendo uma palavra com o conceito de morte. Isso porque "arranyak" é uma palavra muito positiva, que deve englobar um grande número de pessoas — muitas das quais não se sentiriam bem sendo incluídas em um conceito que envolva morte. O nome goblinoide de Maryx ("Nat'uyzkk") carrega o conceito de morte, mas foi algo escolhido por ela. Muitos goblinoides considerados arranyakk não desejam continuar uma existência ligada à morte, então o conceito não é imposto a eles. Vítimas de ataques humanos ou élficos são bons exemplos.

"Nat'shikka" significa "corta-dores".

O som "z" relaciona-se com o conceito de "destino". "Oyz" é "destino de nascimento", ou "sorte".

O radical "oy" tem a ver com nascimento, criação de algo novo, o que é inerentemente bom. Usado com mais frequência do que o radical "ay", que denota que algo foi intencionalmente criado e dado por alguém.

O radical "at" tem a ver com velocidade. "atz" é o conceito de "rápido", "cumprir o destino com velocidade".

A língua goblinoide é gramaticalmente muito simples. Não existe grande diferenciação entre verbo e substantivo. As palavras em geral não declinam ou conjugam. Nem mesmo existem pronomes pessoais como os conhecemos.

A grande dificuldade do goblinoide está em entender os conceitos, sentimentos e contextos que cada partícula carrega; como, onde e quando usá-los.

Alguns são simples: "kk" é um indicador claro de plural.

Contudo, a apóstrofe e o "y", que formam boa parte do conteúdo semântico do goblinoide, são elementos complexos que um estrangeiro pode nunca entender totalmente. A palavra "viagem" pode tanto ser traduzida como "ugoyenn" ("existência antes e depois do caminho") quanto como "nat'eshhenn" ("permanência interrompida por um caminho"), dependendo se o viajante pretende ou não voltar.

Conta-se do caso de um forasteiro que desejou a um guerreiro goblinoide seu amigo "muak-nat'eshhenn" ("boa viagem") logo antes de ele partir em uma expedição de guerra. O guerreiro virou-se e matou o forasteiro antes que ele entendesse o que estava acontecendo. O forasteiro não sabia que estava essencialmente dizendo que era bom que o guerreiro iria partir para nunca mais voltar. Usando a marca de morte, estava atraindo a morte para o guerreiro. Ele devia ter dito "daytt-oyz ugoyenn" — "reúno e dou a você a criação e o nascimento que existem a nosso redor para o caminho do qual você voltará" (essencialmente, "boa sorte em sua viagem").

"eshh" é o conceito de permanência, constância, estabilidade. Contém em si o radical de dor. Isso se relaciona ao modo como os goblinoides veem o mundo, como algo que deve estar sempre em movimento. Interessante notar que "servidão" ("resh") é muito semelhante a "constância". Ficar parado é ser usado por algo ou alguém. "eshh" *não* contém o radical de vida porque permanecer e viver são coisas quase antagônicas para os goblinoides. "Permaneça vivo" é algo que soa muito estranho para eles.

Interrupção/morte e movimento são coisas muito diferentes para os goblinoides. No exemplo do forasteiro que tentou desejar boa viagem e acabou dizendo que seu amigo iria morrer, o problema não foi ele desejar o fim da permanência, mas usar a palavra que contém "nat'", que denota interrupção e por sua vez contém em si morte. Ele poderia ter dito "muak-a-neshh ugoyenn". Seria errado (significando algo como "é bom que você vai viver antes e depois da partida sem nunca parar de viajar"), mas não custaria sua vida. Ou poderia dizer "muak-ange ugoyenn" ("é bom que você vai viver antes e depois do caminho e nunca mais voltar"), que seria falta de educação, mas valeria no máximo uma bofetada.

"ge" denota volta. Também é um marcador de passado, quando isso importa.

"enn" é "caminho".

"Urkk'thran" significa literalmente "muralhas fortes da morte".
"ur" significa "muralha, barreira".
"thra" é um radical genérico que denota força. Muito comum em nomes goblinoides, não é traduzido em muitos casos.

O "n" em vários casos não tem conteúdo semântico, mas foi adotado ao longo do desenvolvimento do idioma em palavras que de outra forma não teriam pronúncia confortável.

"Oyteyhrenn" significa "Porto dos Desbravadores".
O radical "oy" como "nascimento, origem".
"tey" pode ser tanto "lar" quanto "quartel" (principalmente para hobgoblins) ou outro ponto de conforto e segurança. Contém o conceito de vida (vogal + y).
O radical "hr" denota coragem. É usado como parte de "hrok" (algo artificial), pois os goblinoides acreditam que a invenção e a construção são formas de coragem.
"enn" é a noção de caminho.
Assim, "Oyteyhrenn" poderia ser literalmente "ponto seguro de origem de um caminho que exige coragem, ou que é empreendido por aqueles com coragem".

"Kum'shrak" significa, em tradução livre, "osso da dor e da morte que cresce em poder". Na verdade, esta palavra não contém todos os radicais necessários para formar este sentido. Especula-se que tenha sido simplificada a partir de uma palavra composta do goblinoide primitivo.
"Kum" é "osso".
A apóstrofe denota a ideia de morte.
O radical "sh" significa "dor".
O radical "rak" denota algo gradual, que cresce gradualmente. Por exemplo, "criança" ou "filhote" é "oyrakenn" ("nascimento, então crescimento por um caminho"). Uma maneira mais orgulhosa de se referir a uma criança é "oyrakange" ("nascimento, então crescimento sem volta, sem decadência").
Tentar traduzir exatamente "kum'shrak" é inútil, basta dizer que é o nome da arma.

Como curiosidade, "oyanrakeshh" é alguém infantil, mimado ou inútil.

"Recém-nascido" (insulto que Maryx usa para se referir a Corben, porque ele não sabe nada da vida em Lamnor) é "athnoy".

"ath" significa "agora, há pouco, neste instante, atualmente".

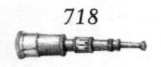

"Doyshnyurtt" significa "Coração Intocado".

"Coração" é "dtt", literalmente "o que permeia tudo, mas que está no âmago". O coração é visto pelos goblinoides como o centro da vida — está presente inclusive em seu cumprimento militar mais comum. Como é um conceito importante, a palavra geralmente é dividida e mesclada com outros radicais para formar frases e conceitos mais complexos.

Não existe uma palavra "oyshnyur". É um conceito sutil, algo como "sofrimento bloqueado por muralhas de vida". Denota algo intacto, protegido, ileso. O fato dos radicais "d" e "tt" estarem separados do radical "sh" implica que a vida está protegendo o coração.

Lenórienn, antiga capital élfica e posteriormente capital da Aliança Negra, foi rebatizada como "Rarnaakk". Significa, em tradução livre, "Ragnar governa sobre todos". Alguns estendem esta tradução para "Capital de Ragnar", embora a palavra não contenha os radicais "tey" (lar, casa, lugar seguro), "ur" (muralha, proteção) ou mesmo "tt" (âmago, centro).

"Rar" é usado em palavras compostas intercambiavelmente com "Ragnar". Não possui significado conhecido, além do próprio nome do deus.

"na" é um radical arcaico que denota governo, liderança, comando. Entre os hobgoblins, um general é chamado "na'thradakk" ("comanda com força todos para a morte"). O radical "na" tem caído em desuso com a ascensão de Thwor Ironfist, que chama a si mesmo de Ayrrak. O clero da morte evita o radical "ay" porque contém em si o conceito de vida.

"ak" denotando "tudo/todos".

"kk", como sempre, denotando pluralidade.

Se a formação da palavra respeitasse totalmente as regras do idioma, seria "Rarnaakkk". Mas isto é difícil de pronunciar até mesmo para o aparelho vocal goblinoide. A língua, sendo viva, adaptou para "Rarnaakk".

Curiosidade: os devotos mais fanáticos de Ragnar pronunciam o nome da cidade como "Rarna'ak", inserindo um marcador de morte entre "comandar" e "todos".

É interessante ver que as primeiras cidades estabelecidas pela Aliança Negra, sob forte influência de Gaardalok e do clero de Ragnar, *não* tinham marca de morte (apóstrofe) no nome. Isso porque até mesmo os devotos mais ferrenhos do Deus da Morte sabiam que atrair esse tipo de sombra sobre um lugar onde o povo vive é má ideia.

Contudo, a nova capital representou um crescimento do poder de Thwor Ironfist, do desenvolvimento dos goblinoides sem dependência do clero de Ragnar. Assim, Gaardalok e outros clérigos fizeram pressão para que o nome da cidade incorporasse o conceito de morte.

Teoricamente, isso foi feito para homenagear Ragnar. Goblinoides mais cínicos dizem que o objetivo é nunca deixar o povo esquecer quem *realmente* manda na Aliança Negra. E os mais paranoicos dizem que é uma maldição colocada na cidade pelo clero que jura proteger seu povo...

"Ragnarkhorrangor" significa "Escudo de Ragnar". Foi o nome dado a Khalifor depois da conquista (embora muitos goblinoides ainda usem "Khalifor").

"Ragnar", assim como "Rar", denota apenas o nome do deus.

"kho" significa "aço" ou "ferro".

"rr" é marca de primeira pessoa.

"an" é marca de contrário.

O radical "gor" tem uma história interessante. Originalmente, era uma palavra para "morte", antes que a apóstrofe se tornasse marca de morte quase universal. Foi expandido para englobar o conceito de "inimigo", "ameaça" e até mesmo "infortúnio". Hoje em dia, é uma palavra arcaica, considerada um eufemismo. Usada praticamente apenas para falar com crianças ou em situações em que sequer pronunciar o marcador de morte pode atraí-la.

A escolha do radical "gor" é um forte indicativo da necessidade de batizar cidades sem usar o marcador de morte. Mais um indício de que a insistência do clero para batizar Urkk'thran com uma apóstrofe foi algum tipo de jogada de poder.

Literalmente, "Ragnarkhorrangor" seria algo como "aço de Ragnar que anula/afasta a morte de mim".

A palavra mais usual para "escudo" é "khorran'sh" ("aço que anula/afasta a dor e a morte de mim") ou "gad'rransh" ("madeira que anula/afasta a dor e a morte de mim").

"gad" significa "madeira". Inclui um indicador de algo que permeia tudo, que está ao redor, claro sinal de que os goblinoides se desenvolveram em florestas.

"Carruagem de Ragnar" (o veículo utilizado para entrar em Khalifor) é "Rarthraat Hrokenn" ("a construção rápida e forte de Ragnar para atravessar caminhos").

"hrok" é tudo que é construído ou artificial.
Qualquer veículo genérico pode ser "hrokenn".

Os veículos voadores dos goblins são chamados "hrokennash". Muitos os chamam de "hrokenn'ash", principalmente se referindo aos balões...

"ash" é "céu/ar/cima".

"vur" é "chão/terra/baixo".

"vurtt" é "subterrâneo".

O nome "Thwor Ironfist" em goblinoide é "Thwor Khoshkothruk" — "Thwor da Mão Fechada e Forte que Causa Dor Feita de Ferro". Tecnicamente, deveria ser "Khoshkothrauk", mas o radical "thra" foi simplificado pela sonoridade.
Existe o boato de que, no início de suas conquistas, o Ayrrak chamava a si mesmo de "Khoshkothra'uk", com o radical de força intacto e uma marca de morte em seu nome. Ele teria mudado a pronúncia propositalmente. Contudo, quase ninguém que testemunhou aqueles primeiros dias da ascensão de Thwor está vivo, e os remanescentes não falam sobre isso...

"ko" significa "fechado".

"za" significa "aberto". Contém em si um marcador de destino — os goblinoides mais uma vez demonstram que percebem movimento e expansão como algo desejável e benigno.

"uk" significa "mão".

"ushultt" significa "irmão de dor".
O radical "ul" denota "família". Quanto mais vezes é usado numa palavra, maior é a ligação inferida. Pode ser apenas "u". Por exemplo, "irmão" normalmente é "ul-utt", enquanto gêmeo é "oy-ul-utt".

"Ushultt" é talvez a mais forte palavra de companheirismo que um guerreiro goblinoide pode falar a outro. Quando Thwor chama Maryx desta maneira, está concedendo a ela uma honra incrível. Tacitamente, está dizendo que concorda com o modo como ela procede e que ela está procedendo da melhor forma para a Aliança Negra.

Existe uma honraria que só pode ser concedida postumamente a dois guerreiros que já tenham morrido, em geral na mesma batalha. É "ul'ultt", ou "irmão de morte". Quando guerreiros que já se tratassem como "ushultt" morrem juntos, realizando grandes feitos, seus comandantes ou clérigos de grande autoridade podem nomeá-los "ul'ultt". Batalhões goblinoides que tenham em sua história alguns "ul'ultt" são gloriosos e honrados.

Existe uma história folclórica sobre dois irmãos goblinoides, um corajoso e outro covarde. A história é pontuada pelo irmão corajoso dizendo coisas como "Meu irmão, vamos para a guerra" (usando "ul-utt") e sempre ouvindo desculpas do irmão covarde. Por fim, o irmão corajoso tem uma visão de que sua tribo será atacada. Então ele diz "Meu irmão de morte, vamos para a guerra" (usando "ul'ultt"). Em seguida, a tribo é atacada e o irmão covarde demonstra grande coragem, morrendo junto ao irmão corajoso.

"Pai", referindo-se puramente à paternidade biológica, é "ayutt.

"Mãe" é "rey" — progenitora, doadora de vida, protetora, fonte de amor e conforto num sentido amplo. Especula-se que a palavra "tey" (porto seguro, lar) tenha surgido de "rey". Mãe num sentido puramente biológico é "reyutt". "Minha mãe" é "reyrrutt".

Os goblinoides não possuem mais uma única palavra para "morte". Existem incontáveis termos que significam morte em diferentes contextos.

Morte violenta pode ser "thrash'uyz", envolvendo "força", "dor", "sangue", "destino" e, é claro, "morte".

Morte por velhice pode ser "an'oy-enn", "o contrário da vida que põe fim ao caminho".

Alguns dizem "nat'uyz", como o nome de Maryx, embora isso seja uma construção pouco natural.

Uma palavra brutal e direta que se refere a quase todas as formas de morte não natural é "ko'enn", "caminho fechado".

O conceito de matar alguém (dito pelo pretenso assassino) é "thra'zakagh" ("eu uso a força de dentro para fora contra outro, de forma mortal").

O radical "agh" denota outra pessoa, forasteiro, pode ser usado para formar "inimigo".

Também há muitas palavras para inimigo, mas uma das mais comuns é "agh-anutt", "forasteiro, o contrário do que pertence ao âmago".
Uma palavra muito importante para os goblinoides é "zazenn", "caminho do destino aberto", que significa "futuro". O conceito de possuir ou não possuir futuro é vital para a mentalidade goblinoide — inclusive tendo em vista que várias raças, entre elas os goblins, são capazes de trabalhar por algo que só seus descendentes irão ver pronto.

Uma das coisas mais fortes que um goblinoide pode falar é "an'zazenn", ou "sem futuro". Goblinoides dizem isso uns para os outros para significar que inimigos foram varridos do mapa, como maldição/praga ou como grito de guerra.

Diz-se que, após a primeira grande vitória da Aliança Negra em Farddenn, Thwor Khoshkothruk teria sentado na cadeira ensanguentada do burgomestre e dito "agh-anduttkk rranugge'zazenn". Isso tem significado profundo e é considerado imensamente poético para os goblinoides, uma das frases mais importantes de sua história. Quer dizer, em tradução livre, "Matei todos os inimigos, matarei todos os inimigos, no mundo todo".
O uso do radical "ug" nessa frase é estudado até hoje por acadêmicos e historiadores de Lamnor. Pode ser interpretado tanto como uma noção de passado e futuro (afetando só a partícula "ge") quanto num sentido mais amplo. Thwor teria na verdade falado "Matei todos os inimigos, matarei todos os inimigos, no mundo todo, de uma forma tão absoluta que eles não terão futuro e também não terão passado". Aqueles que tiveram a honra de conhecer a mentalidade introspectiva do Ayrrak afirmam que a segunda interpretação com certeza é a correta. Também vale ressaltar o sutil uso da palavra "dtt" (coração), certamente inserida de propósito pelo Ayrrak, sinalizando talvez o duro golpe que havia sido dado no coração do inimigo.

"muak" significa "bom".

"ret" significa "mau/mal".

Um famoso ditado goblinoide é "ret'eshh dugan, muakatzaay". Significa, a grosso modo, "ficar parado é morrer e inutilizar o que já foi feito (ou a vida inteira, ou o mundo inteiro), ser aberto e veloz é bom e gera vida".

Alguns goblinoides chamam Tenebra, a Deusa das Trevas, de "Ret'Rey", "a mãe má da morte".

"Ayirruttaykk, ayirrul-utturkk, ayirragh'anuttkk, ayidutt-angezazenn".

O fim de um dos discursos mais famosos do Ayrrak. Significa "Sou o pai de nosso povo, sou a muralha que protege meus irmãos, sou a morte de nossos inimigos, sou o futuro de todos nós, representando um destino irreversível". Thwor inseriu habilmente "dtt" (coração) no fim da frase.

"iyk" significa "comer".

"dzahuk" é "conhecimento" ("aquilo que torna a mente aberta e que permeia tudo").

"huk" é "mente/sabedoria/alma".

"deshhzahuk" é conhecimento escrito, palavras no geral.

"iyk-deshhzahuk" significa "ler/leitura" ("comer conhecimento escrito").

"Daytt-muakenn iyk-deshhzahuk" significa "boa leitura" ("crio e reúno o bem que existe a nosso redor e coloco-o no processo/caminho deste ato de consumir a palavra escrita").

"Ashugvur, ug'oy": "céu e terra são iguais, vida e morte são iguais". Atribuído a um pensador goblinoide fatalista.

"Kum'tey" quer dizer "cemitério" ("lar dos ossos e da morte").

"zxa" quer dizer "fogo".

"Zxa-hrokennkk": "carruagens de fogo".

"Uryuk" é um tipo de bisão selvagem de Lamnor. Sua carne é muito apreciada por seu gosto forte, mas é difícil caçá-los. Uryuks não podem ser domesticados ou mantidos no mesmo lugar por muito tempo — quando não têm espaço continental para vagar em manadas de centenas de indivíduos, ficam estéreis e não conseguem digerir o alimento. Especula-se que seus aparelhos reprodutor e digestivo sejam ativados pelos movimentos que fazem ao correr, ou por algo que seus corpos produzam ao correr grandes distâncias.

Um uryuk adulto tem cerca de dois metros e meio de altura na cernelha. Tem chifres espiralados e pelo longo e grosso, que serve tanto para esquentar quanto para manter o corpo fresco. Seus cascos são divididos em três, o que leva muitos a pensar que uryuks têm garras.

Seu nome deriva de "muralha", "vida" e "mão", mas a origem da palavra se perdeu há muito. Alguns estudiosos dizem que originalmente os goblinoides chamavam uryuks de "muralhas móveis e vivas com mãos que cortam", ou "urzaennynat-uk", mas isso é duvidoso, já que não se conhece outros exemplos de palavras que tenham evoluído de forma comparável.

"Árvore" é "garyashenn", "madeira viva que sobe".

"Arma" é "da'uk". Contém o radical de "mão" e um marcador de morte.

"Urdaynat" é uma árvore cuja casca se desprende naturalmente, adquirindo bordas muito afiadas. O nome significa algo como "muro/proteção viva de arma cortante". Contém um marcador de vida, mas não de morte, apesar de conter radical de corte e parte da palavra "arma". A casca de urdaynat nunca é usada para fazer armas, apesar do nome, pois acredita-se que esteja muito ligada à vida e nada à morte. Apenas casca de urdaynat de uma certa idade tem o efeito cortante.

"Thraaguytppahet", literalmente "animal forte que segue sempre em frente" é um quadrúpede típico de Lamnor, uma espécie de mula de pescoço curto. Sua capacidade de continuar andando, mesmo puxando veículos dentro de um certo limite, é aparentemente infinita. Um thraaguytppahet não precisa descansar nunca e dorme andando.

"guyt" é "animal", caracterizado como tudo que é vivo e se mexe, mas não fala.

"ppa" é "sempre", "contínuo", "eterno". Muito diferente de "eshh", não tem nenhuma conotação negativa.

"het" é "frente".

"xhut" é "atrás".

Curiosamente, os goblinoides não relacionam "frente" e "atrás" com futuro e passado. Dizer a um goblinoide que "o tempo segue em frente" soa absurdo, como dizer a um humano que "a temperatura segue à direita".

Os hobgoblins se referem a si mesmos como "hob-duyshidakk", mas apenas quando é preciso diferenciar entre as raças.

Crianças goblinoides são consideradas uma espécie de raça separada. São chamadas de "yaenn-duyshidakk". Quando é importante dizer que a criança é de uma raça específica, pode haver junção com o radical da raça — por exemplo, "yahobenn-duyshidakk" para uma criança hobgoblin. Mas isso soa estranho. É como, para os humanos, dizer "esta é uma pessoa menina humana mulher": tecnicamente certo, mas redundante.

A existência de outras palavras para filhote/criança, inclusive com a possibilidade de expressar orgulho, é algo complexo. É possível que uma criança não seja considerada duyshidakk, mas que não seja culpada por isso. Por exemplo, uma criança goblin criada no Reinado nunca teve oportunidade de ser duyshidakk. Em geral, crianças em famílias duyshidakk são consideradas automaticamente duyshidakk.

"gg" marca segunda pessoa.

"Ayiggatt'gg duyshidakk. Anhob. Ayirraaktt'kk duyshidakk anagh!", que Maryx diz para sua filha, significa "Você é e será até o fim de sua vida uma goblinoide (membro do povo/uma de nós). Não uma hobgoblin. Somos todos goblinoides, sem diferenças!".

"Dathrayatt" significa "meu amor", "querido/a". Um termo de enorme afeição, usado apenas para se referir a uma pessoa que seja a principal relação emocional de alguém. Contém os radicais de "coração", "vida" e "força". Poderia ser interpretado como "aquilo que dá força ao âmago de minha vida" ou "o centro de minha vida", mas o significado é bem mais profundo. A palavra é tão poderosa que em geral não é usada numa frase que envolva outras palavras com conceitos negativos (como morte).

"gdak" quer dizer "visão", "ver" ou "enxergar".

"daytt-gdak" quer dizer "olho" ("eu reúno e lhe concedo a visão").
"kro" quer dizer "pedra".

"Krogdak", "pedra de visão", é um tipo de cristal usado nos telescópios goblinoides.

"Eshhenntt", "parada/permanência no meio do caminho" é uma cidade em Lamnor onde se localiza um telescópio.

"mok" significa "grande".

"mik" significa "pequeno".

O conceito de "longo/comprido" pode ser traduzido como "mokhet", "grande para a frente". Já "curto" é "mikhet", "pequeno para a frente". Como os goblinoides não pensam em passado ou volta atrás como um conceito importante, para eles o que tem qualquer comprimento segue sempre em frente. Falar "uma longa história pregressa" para um goblinoide soa como um oximoro. Um goblinoide diria algo como "um longo caminho desde o começo até agora" — "mokhet oyennath". A noção em geral é de movimento à frente. O mesmo vale para "uma longa estrada atrás". Um goblinoide diria "mokhet Farddenn-enn-Urkk'thran", por exemplo, "um longo caminho de Farddenn até Urkk'thran", sempre começando com o ponto de partida.

Goblinoides chamam seus telescópios de "mokhet daytt-gdak", ou "Olho Comprido".

O conceito de "querer", "desejo" ou "ambição" pode ser traduzido como "raz". Contém um marcador de destino, o que sinaliza que, para os goblinoides, o ato de querer algo coloca este algo no destino. Diferente do que acontece em outras culturas, para os goblinoides, não há grande diferenciação entre o "querer" primitivo de uma criança e um desejo ou uma ambição elevada de um adulto. Crianças goblinoides dizem "rraz!" ("eu quero!") como qualquer criança humana poderia dizer, mas o próprio Thwor Ironfist usou esta construção ("Rraz Lamnorak daytt-zazenn", ou "Desejo dar futuro a Lamnor inteiro") em um de seus mais famosos discursos.

"Rraz-ayitt'tt zazenn-ange duyshidakk", a frase que Corben diz para Maryx, significa "quero ser um de vocês no futuro, até a morte, e minha decisão não tem volta" ou "quero pertencer a seu povo".

"Mokash-krohrok Nat'ak" significa "Torre Ceifadora", "coisa de pedra artificial grande para cima (torre) do corte mortal de tudo".

"Mokash-krohrok Daytt-gdakak" quer dizer "Torre de Todos os Olhos".

"Mokash-krohrok Zazenn Bekhoy" quer dizer "Torre da Forja do Futuro".

A partícula "be" tem um significado profundo na língua goblinoide. "Be" denota transformação para o bem, transformação positiva. É um conceito considerado universalmente desejável, ao contrário do conceito de vida (rejeitado pelos devotos de Ragnar). "Be" pode ser usado tanto em palavras mundanas ("bekhoy" significa "forja" ou "forjar", "transformar positivamente o aço, criando algo") quanto em noções transcendentais como O Mundo Como Deve Ser. "Be" não é nenhuma transformação positiva, mas algo que cumpre um propósito que sempre esteve lá, a noção de cumprimento do destino. Uma palavra com a partícula "be" denota algo envolvido no conserto de uma parte essencial da Criação, em tornar algo adequado, da maneira como sempre deveria ter sido para completar sua função e seu intento original.

A noção de "mundo" para os goblinoides é complexa. Para eles, o mundo se expande. Eles habitam um mundo diferente de seus inimigos. Um deus que os favorece (como Ragnar) é percebido como sendo fisicamente mais próximo que humanos ou elfos, que são inimigos. Quando os elfos invadiram Lamnor, para os goblinoides, eles literalmente destruíram seu mundo aos poucos.

Em geral, goblinoides se referem a "mundo" (no sentido de lugar que todos habitam, existência) como "dashay-ug'vurtt", contendo os radicais de "acima", "abaixo", "família", "vida", "morte" e "tudo" (alguns comprimidos por sonoridade), além de "coração" sutilmente inserido na palavra. "Ug" liga as duas metades da palavra. Pode ser traduzido como "tudo que está acima e abaixo, a vida e a morte de tudo".

O mundo como lugar físico possui uma palavra: "groyok". Contudo, é raramente usada, pois goblinoides têm pouca necessidade de se referir ao mundo como um lugar físico, não um conceito.

"O Mundo Como Deve Ser" é "Muak'dbeppa Dashay-ug'vurtt". "A mudança positiva e permanente do bem, envolvendo a morte, para o mundo todo".

"Thralub-guyt" quer dizer "javali". Possui um radical de "força" e uma terminação comum para animais selvagens que não servem para a guerra ou para o trabalho. Já "porco" é "anthraguyt" ("javali fraco").

"roek" significa "dejeto" ou "esterco". Em geral, o contexto dita o uso: em relação a coisas vivas, sempre está relacionado a excremento.

As primeiras palavras de Corben em goblinoide foram "Ayggiyk jak'thralub-roekk!" ("Seu pai come merda de javalis moribundos!"). O uso do radical "kk" denota que o alvo do insulto consome o excremento de vários javalis moribundos, não apenas um.

"Semente" é "zoyrak": "destinado ao nascimento e crescimento gradual".

"Zoyrak'iykk", "semente dos comedores da morte", é o nome dado à mistura de ervas, sementes, pétalas e outras substâncias tratadas para atrair os pássaros e outros animais alados que devoram os cadáveres numa das cerimônias fúnebres mais elaboradas dos goblinoides, o "ash'uxzappa", ou "funeral a céu aberto" ("rito de morte que mantém o destino aberto para sempre no céu").

O radical "ux" é usado em quase todos os nomes de rituais goblinoides. Pode ser traduzido como "ritual" ou "cerimônia".

"Ashlub'iykk" ou "pássaros devoradores da morte" são os animais alados que surgem como resultado de espalhar as zoyrak'iykk. Para os goblinoides, esses animais se transfiguram por seu papel no ritual, temporariamente deixando de pertencer a diferentes espécies.

"Akzath", "o agora aberto de tudo", é o conceito desenvolvido por Thwor Ironfist para explicar sua visão simultânea e não linear do tempo e da causalidade.

"Ug'akt-agh", significa "elfo" — literalmente, "forasteiro que morre e nasce devagar". Os elfos também são chamados de "eshhagh" — "inimigo que ficou", "inimigo permanente" ou "inimigo eterno".

"ikt" significa "lento" ou "lentidão".

"Atacar" ou "golpear" pode ser traduzido como "za'thragh", "usar força para fora, com a intenção de matar, contra outro". A palavra flexiona quando é aplicada a uma pessoa específica, sendo uma das poucas palavras no idioma goblinoide que segue a estrutura gramatical de um verbo como nas línguas da civilização. Por exemplo, "você está sendo atacado" é "za'thragg" e "eu estou sendo atacado" é "za'thrarr". Já "eu estou atacando" é "zarr'thragh" e "você está atacando" é "zagg'thragh".

"Eshhagh za'thragg", que Gradda diz para Maryx durante a batalha no Castelo do Sol, significa algo como "o maldito elfo vai atacá-la".

AGRADECIMENTOS

Durante muito tempo achei que nunca escreveria este livro. Que ele sempre seria uma ideia não concretizada, uma intenção vaga, perdida no meio de outras tramas, outros compromissos, outras propostas. Hoje vejo que *A Flecha de Fogo* só estava esperando o momento certo.

Logo depois da publicação de *O Terceiro Deus*, fechando a *Trilogia da Tormenta*, os livros que deram início a minha carreira, imediatamente surgiu a pergunta: "Quando teremos um novo romance em Arton?". Fazia sentido. Afinal, a trilogia teve uma recepção muito melhor do que esperávamos, alcançou lugares que nunca tínhamos imaginado e, até aquele momento, meus leitores pensavam em mim como um romancista de *Tormenta*. Mas eu queria explorar outros cenários, outras ideias. Depois de cinco anos escrevendo sobre os mesmos lugares e personagens, tudo que mais desejava era variar. Minha personalidade também colaborou com este afastamento temporário — os pedidos dos leitores vinham acompanhados de carinho e entusiasmo, mas quando algum comentário se transformava em cobrança isso me empurrava para longe de Arton. Ninguém vira escritor no Brasil por gostar de seguir o senso comum...

Mesmo assim, a trama se formou em minha cabeça, quase sem querer. Em 2011 surgiu o conceito de um clérigo acadêmico arrancado de sua vida de estudos, fazendo escolhas entre dois mundos opostos e antagônicos. Foi o primeiro embrião do livro. Neste estágio inicial, Corben foi um jovem brigão, um velho com um passado enigmático, um garoto tímido e medroso, até finalmente se assentar no personagem que temos hoje. Já o ponto principal do livro veio em 2012. Não sei como, mas um dia eu simplesmente passei a *saber* o que era a Flecha de Fogo. Estava lá, era óbvio. O enigma criado em 1997, quando a profecia foi publicada pela primeira vez na revista *Dragão Brasil*, estava resolvido. A sensação não era de ter inventado uma resposta, mas de tê-la descoberto. Relatei minha ideia aos demais autores de *Tormenta* e todos acharam que fazia sentido. Pouco depois, Maryx também ganhou sua forma final. Primeiro como um homem, depois como mulher, como irmã. Eu sabia que Corben a chamaria de "irmã hobgoblin", o que se transformou na palavra *ushultt*. O romance exigia ser escrito.

Mas não era o momento certo. Eu continuava desejando explorar outros projetos, outros mundos. Cheguei a delinear uma versão de *A Flecha de Fogo* que se passava em outro cenário (com outra profecia, é claro), mas isso nunca funcionaria. Era uma história que precisava acontecer em Arton. Num determinado ponto, já com os conceitos de Corben, da Flecha e da Ordem do Último Escudo bem sólidos, cheguei a entregar tudo para J.M Trevisan. Trevisan, além de meu editor neste livro e autor de *Tormenta*, é o criador de Thwor Ironfist e da própria profecia da Flecha de Fogo. Fazia sentido que fosse ele, não eu, a escrever o romance. Ele parecia incerto. Sugeriu transformar Corben em um bardo — torci o nariz, pois para mim o que definia o personagem era ser cientista. Contudo, se a história fosse dele, ele deveria escrevê-la como achasse melhor.

Mas não era o momento.

Em 2016, coloquei em minha agenda que 2018 seria o ano. Preparei-me de antemão, tirei todos os outros projetos do caminho. Independentemente de tudo isso, Guilherme Dei Svaldi, também autor de *Tormenta*, fez um presságio sem saber. Como mestre da Guilda do Macaco, nossa campanha de RPG online passada em Arton, ele narrou o deus Thyatis observando o mundo e dizendo: "A Flecha de Fogo será disparada". Guilherme não sabia que Corben seria um devoto de Thyatis, não conhecia a participação do deus na história. Quando ele descreveu isso, arregalei os olhos, mais uma vez vendo tudo se encaixar. Porque 2018 era o momento. O momento perfeito.

Este foi o ano em que Emília Giuliani, minha esposa, terminou de escrever e defendeu sua tese de doutorado. Na reta final, ela precisou de ajuda, de força adicional. Então mudei minha mesa de trabalho para o escritório dela e produzimos lado a lado. Ela finalizando um trabalho de mais de quatro anos, eu concretizando um projeto de sete. Ao lado de uma cientista, escrevi sobre um cientista. Em 2018, a tese e o romance se tornaram realidade. Obras irmãs, que em algum ponto pareceram impossíveis, mas que só dependiam das condições corretas. Não sou supersticioso, mas a sensação foi mesmo de um momento profetizado. A Flecha de Fogo finalmente foi disparada, numa história de guerra selvagem e pesquisa acadêmica.

Nenhuma pesquisa é feita sem ajuda. Assim, para evitar que uma flecha de ingratidão se crave em minha cabeça, é hora de agradecer a quem me ajudou a revelar a profecia.

Obrigado a Emília Giuliani, por estar a meu lado durante a escrita e me mostrar um mundo que eu precisava conhecer. Como falei, nossas obras de 2018 são irmãs. Nenhum romance meu jamais terá o peso e a importância de uma tese de doutorado, mas nunca deixarei de tentar.

Obrigado a J.M. Trevisan, por acreditar em mim e compartilhar comigo suas criações. Nada disto teria se realizado se um dia, mais de vinte anos atrás, Trevisan não tivesse escrito sobre um bugbear que uniu as raças goblinoides num exército conquistador.

Obrigado a Marcelo Cassaro e Rogerio Saladino, por abrirem as portas no início de tudo e serem exemplos profissionais que guiaram minha carreira. Obrigado a Rafael e Guilherme Dei Svaldi, por terem construído a casa de *Tormenta* e, em grande parte, mantido o RPG nacional vivo com a Jambô.

Obrigado a Alexandre Ottoni e Deive Pazos por canalizarem o Nerdpower na minha direção. Como fã antigo do Jovem Nerd, estar no meio disso tudo é sempre extraordinário e surreal. Obrigado a Eduardo Spohr pelas dicas, conselhos e amizade ao longo dos anos. Não é preciso usar vidência para descobrir que o Dudu é um paladino.

Obrigado a Caio Gomes, meu consultor sobre astronomia e ciência. Usei tantas informações cientificamente precisas quanto consegui, mas minha ignorância sobre o assunto e as necessidades da história devem ter distorcido algo. Isso é culpa inteiramente minha, nunca do Caio.

Obrigado à equipe que trabalhou com dedicação e paixão neste livro, fazendo trailer, trilha sonora, projeto gráfico, capa, revisão, diagramação, distribuição, marketing e mais dezenas de elementos. *A Flecha de Fogo* só existe por causa do esforço de todos vocês.

E, mais importante que tudo, obrigado aos leitores. Aos resenhistas, podcasters, YouTubers, *streamers*, jogadores de RPG e todos os outros que acompanham, incentivam, conversam e até cobram. Ler resenhas, ouvir opiniões, receber mensagens no Twitter e comentários nos grupos de Facebook ajuda a entender que não estamos sozinhos criando conteúdo. Um obrigado especial a todos que comparecem aos eventos e vêm bater papo. É bom saber que os leitores existem na vida real!

É isso. A Flecha foi disparada, a profecia foi cumprida, mas *Tormenta* continua. No próximo livro, vamos nos afastar de Arton mais uma vez. Mas vocês sabem que nunca direi adeus ao mundo que ajudo a criar e destruir. Até lá!

Outros títulos de literatura da Jambô

Dragon Age
O Trono Usurpado

Dungeons & Dragons
A Lenda de Drizzt, Vol. 1 — Pátria
A Lenda de Drizzt, Vol. 2 — Exílio
A Lenda de Drizzt, Vol. 3 — Refúgio

Profecias de Urag
O Caçador de Apóstolos
Deus Máquina

Tormenta
A Joia da Alma
Crônicas da Tormenta, Vol. 1
Crônicas da Tormenta, Vol. 2
Trilogia da Tormenta, Vol. 1 — O Inimigo do Mundo
Trilogia da Tormenta, Vol. 2 — O Crânio e o Corvo
Trilogia da Tormenta, Vol. 3 — O Terceiro Deus

Universo Invasão
Espada da Galáxia

Para saber mais sobre nossos títulos,
visite nosso site em www.jamboeditora.com.br.

Para acompanhar as novidades da Jambô e acessar conteúdos gratuitos de RPG e literatura, visite nosso site e siga nossas redes sociais.

www.jamboeditora.com.br

facebook.com/jamboeditora

twitter.com/jamboeditora

instagram.com./jamboeditora

youtube.com/jamboeditora

twitch.com/jamboeditora

Para ainda mais conteúdo, incluindo colunas, resenhas, contos, quadrinhos e material de jogo, faça parte da *Dragão Brasil*, a maior revista de cultura nerd do país.

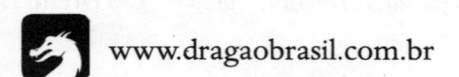

www.dragaobrasil.com.br

JAMBÔ
Livros divertidos

Rua Coronel Genuíno, 209 • Centro Histórico
Porto Alegre, RS • 90010-350
(51) 3391-0289 • contato@jamboeditora.com.br